I0574002

ଅମୃତ କଙ୍କଣ

ଅମୃତ କଙ୍କଣ

ଦିବ୍ୟସିଂହ ପାଣିଗ୍ରାହୀ

ସମ୍ପାଦନା

ବିଶ୍ୱନାଥ ସାହୁ

ବ୍ଲାକ୍ ଇଗଲ୍ ବୁକ୍ସ
ଭୁବନେଶ୍ୱର, ଓଡ଼ିଶା
BLACK EAGLE BOOKS
Dublin, USA

ଅମୃତ କଙ୍କଣ / ଦିବ୍ୟସିଂହ ପାଣିଗ୍ରାହୀ

ସମ୍ପାଦନା: ବିଶ୍ୱନାଥ ସାହୁ

ବ୍ଲାକ୍ ଇଗଲ୍ ବୁକ୍ସ : ଭୁବନେଶ୍ୱର, ଓଡ଼ିଶା • ଡବ୍ଲିନ୍, ଯୁକ୍ତରାଷ୍ଟ୍ର ଆମେରିକା

BLACK EAGLE BOOKS

USA address:
7464 Wisdom Lane
Dublin, OH 43016

India address:
E/312, Trident Galaxy, Kalinga Nagar,
Bhubaneswar-751003, Odisha, India

E-mail: info@blackeaglebooks.org
Website: www.blackeaglebooks.org

First International Edition Published by
BLACK EAGLE BOOKS, 2023

AMRUTA KANKANA
by **Dibyasingha Panigrahi**
Edited by **Biswanath Sahu**

Copyright © **BEB**

All rights reserved. No part of this publication may be reproduced, stored in a retrieval system, or transmitted, in any form or by any means, electronic, mechanical, photocopying, recording or otherwise without the prior permission of the publisher.

Cover & Interior Design: Ezy's Publication

ISBN- 978-1-64560-452-5 (Paperback)

Printed in the United States of America

ପ୍ରଥମ ସଂସ୍କରଣରୁ ଗୃହୀତ

ନିବେଦନ

ପୁରୀର ଶ୍ରୀଯୁକ୍ତ ଦିବ୍ୟସିଂହ ପାଣିଗ୍ରାହୀ ବି.ଏଲ୍. ଓଡ଼ିଶାରେ ଜଣେ ପ୍ରସିଦ୍ଧ ଗଳ୍ପ-ଲେଖକ। ଗତ ଦଶବର୍ଷ ଧରି ସେ ଓଡ଼ିଆ ଭାଷାରେ ଉନ୍ନତ ଧରଣର ନାନା ପ୍ରବନ୍ଧ ଓ ଗଳ୍ପ ଲେଖିଛନ୍ତି। ସେଥିମଧ୍ୟରୁ କେତେ 'ଉତ୍କଳ ସାହିତ୍ୟ' ମାସିକ ପତ୍ରିକାରେ ପ୍ରକାଶିତ ହୋଇଥିଲା। ଅବଶିଷ୍ଟ କେତେକ ଏପର୍ଯ୍ୟନ୍ତ ଅପ୍ରକାଶିତ ଥିଲା। ଓଡ଼ିଶାର କେହି କେହି ବିଶିଷ୍ଟ ସାହିତ୍ୟସେବୀ ଦିବ୍ୟସିଂହ ବାବୁଙ୍କ ଏହି ସରଳ ସୁଲଳିତ ଗଳ୍ପ ଲେଖାର ବହୁଳ ପ୍ରଂଶସା କରି ସେ ସବୁକୁ ପୁସ୍ତକାକାରରେ ପ୍ରକାଶ କରିବାକୁ ବାରମ୍ବାର ଅନୁରୋଧ କରିବାକୁ ଆମ୍ଭେମାନେ ତାଙ୍କଠାରୁ ଅନୁମତି ନେଇ ପ୍ରକାଶ କରିଅଛୁ। ଓଡ଼ିଆ ସାହିତ୍ୟରେ ସୁରୁଚି-ସମ୍ପନ୍ନ ଗଳ୍ପ ପୁସ୍ତକ ବଡ଼ ବିରଳ। ଦିବ୍ୟସିଂହ ବାବୁ ନିଜର ଅଭିନବ ଔପନ୍ୟାସିକ ଛଟାରେ ସମାଜ ଓ ସଂସାରର ବିଭିନ୍ନ ଚିତ୍ର ସବୁ ଗଳ୍ପ ଆକାରରେ ଯେପରି ସରଳ, ସୁବୋଧ ଓ ହୃଦୟସ୍ପର୍ଶୀ ଭାଷାରେ ବ୍ୟକ୍ତ କରିଛନ୍ତି ତାହା ଉତ୍କଳ ସାହିତ୍ୟରେ ସମ୍ପୂର୍ଣ୍ଣ ନୂତନ। ଏ ପୁସ୍ତକ ପାଠକଲେ ଲେଖାର ସରସତା ଓ ନୂତନତ୍ୱ ଉପଲବ୍ଧି କରାଯାଇପାରିବ। ଆମ୍ଭେମାନେ ଓଡ଼ିଆ ସାହିତ୍ୟରେ ଏହି ଶ୍ରେଣୀୟ ଲେଖାର ଅଭାବ କିଞ୍ଚିତ ପରିମାଣରେ ଦୂର କରିବା ଆଶାରେ ଏହି ପୁସ୍ତକ ପ୍ରକାଶ କରିଅଛୁ। ଏଥିରେ ଯଥାର୍ଥ ଆଦର ହେଲେ ଦିବ୍ୟସିଂହ ବାବୁଙ୍କର ଅନ୍ୟ ଔପନ୍ୟାସିକ ଲେଖା ପ୍ରକାଶ କରିବାକୁ ଚେଷ୍ଟା କରିବୁ।

ଏହି ପୁସ୍ତକର କେତେକ ଗଳ୍ପ ଉତ୍କଳ ସାହିତ୍ୟରେ ପ୍ରକାଶିତ ହୋଇଥିଲା। ସେ ସବୁକୁ ପୁନରପି ପ୍ରକାଶ କରିବା ପାଇଁ ଉତ୍କଳ ସାହିତ୍ୟ ସମ୍ପାଦକ ମହୋଦୟ ଅନୁଗ୍ରହପୂର୍ବକ ଅନୁମତି ଦେଇଛନ୍ତି। ସେଥିପାଇଁ ତାଙ୍କଠାରେ କୃତଜ୍ଞତା ଜଣାଉଅଛୁଁ।

- ପ୍ରକାଶକ

ସୂଚିପତ୍ର

ଭୂମିକା

ଫକୀରମୋହନ ପରବର୍ତ୍ତୀ ଓଡ଼ିଆ ଗଳ୍ପାକାଶରେ ଗାଳ୍ପିକ ଦିବ୍ୟସିଂହ ପାଣିଗ୍ରାହୀ ଜଣେ ଉଜ୍ଜ୍ୱଳ ଜ୍ୟୋତିଷ୍କ। ପୁରୀ ଜିଲ୍ଲାର ବିଶ୍ୱନାଥପୁରରେ ପିତା ସ୍ୱପ୍ନେଶ୍ୱର ପାଣିଗ୍ରହୀ ଓ ମାତା ହାରାମଣୀଙ୍କ ଜ୍ୟେଷ୍ଠପୁତ୍ର ଭାବରେ ୧୮୮୯/୯୦ ମସିହାରେ ତାଙ୍କ ଜନ୍ମ। ପିତା ସାହିତ୍ୟ ସାଧନା କରିଥିବା ହେତୁ ତା'ର ପ୍ରଭାବ ଦିବ୍ୟସିଂହ ଏବଂ ତାଙ୍କର ଦୁଇ ଅନୁଜ ବହୁ ପ୍ରତିଭୂ କାଳିନ୍ଦୀଚରଣ ପାଣିଗ୍ରାହୀ ଓ ଭଗବତୀଚରଣ ପାଣିଗ୍ରାହୀଙ୍କ ଉପରେ ପଡ଼ିଥିଲା। ତେଣୁ ଓଡ଼ିଆ ସାହିତ୍ୟକୁ ଋଦ୍ଧିମନ୍ତ କରିବାରେ ପାଣିଗ୍ରାହୀ ପରିବାରର ଦାନ ଅତୁଳନୀୟ। ବାଲ୍ୟଶିକ୍ଷା ପରେ ଦିବ୍ୟସିଂହ ଓକିଲାତି ପାସ୍ କରି ପୁରୀ ଓ ବାରିପଦାରେ ଓକିଲାତି କରିଥିଲେ। ପୁନଶ୍ଚ ଜଣେ ରାଜନୀତିଜ୍ଞ ଭାବରେ ପୁରୀ ଜିଲ୍ଲା କଂଗ୍ରେସ କମିଟୀର ସଭାପତି (୧୯୨୬) ଦାୟିତ୍ୱ ମଧ୍ୟ ସୁଚାରୁରୂପେ ତୁଲାଇଥିଲେ। ଚନ୍ଦ୍ରଶେଖର ନନ୍ଦଙ୍କ 'ଚିତ୍ର' (୧୯୦୭), ଫକୀରମୋହନ ସେନାପତିଙ୍କ 'ଗଳ୍ପସ୍ୱଳ୍ପ' (୧୯୧୭) ଓ ଦୟାନିଧି ମିଶ୍ରଙ୍କ 'କଥାକଦମ୍ବ' (୧୯୨୪) ପରେ ଦିବ୍ୟସିଂହଙ୍କ 'ଅମୃତ କଙ୍କଣ' (୧୯୨୬) ସମ୍ଭବତଃ ଓଡ଼ିଆ ଗଳ୍ପଗ୍ରନ୍ଥ ପରମ୍ପରାରେ ଚତୁର୍ଥ। ଏହାବ୍ୟତୀତ ସେ 'ମହାରାଜା ରାମଚନ୍ଦ୍ର' ନାମକ ଜୀବନୀ ଗ୍ରନ୍ଥ ଏବଂ 'ତୁ ମୋ ମା' ଓ 'ବନ୍ଧୁ' ନାମକ ଦୁଇଗୋଟି ଉପନ୍ୟାସ ମଧ୍ୟ ରଚନା କରିଥିବାର ଜଣାଯାଏ।

'ଅମୃତ କଙ୍କଣ' ୧୯୨୬ ମସିହାରେ କଟକ ଟ୍ରେଡ଼ିଂ କମ୍ପାନୀ, ପୁରୀଦ୍ୱାରା ପ୍ରକାଶ ପାଇଥିଲା। ଗ୍ରନ୍ଥାରମ୍ଭରେ ପ୍ରକାଶକ ଲେଖିଛନ୍ତି- "ପୁରୀର ଶ୍ରୀଯୁକ୍ତ ଦିବ୍ୟସିଂହ ପାଣିଗ୍ରାହୀ ବି.ଏଲ୍. ଓଡ଼ିଶାରେ ଜଣେ ପ୍ରସିଦ୍ଧ ଗଳ୍ପ-ଲେଖକ। ଗତ ଦଶବର୍ଷ ଧରି ସେ ଓଡ଼ିଆ ଭାଷାରେ ଉନ୍ନତ ଧରଣର ନାନା ପ୍ରବନ୍ଧ ଓ ଗଳ୍ପ ଲେଖିଛନ୍ତି। ସେଥିମଧ୍ୟରୁ କେତେ ଉତ୍କଳ ସାହିତ୍ୟ ମାସିକ ପତ୍ରିକାରେ ପ୍ରକାଶିତ ହୋଇଥିଲା। ଅବଶିଷ୍ଟ କେତେକ ଏ ପର୍ଯ୍ୟନ୍ତ ଅପ୍ରକାଶିତ ଥିଲା। ଓଡ଼ିଶାର କେହି କେହି ବିଶିଷ୍ଟ ସାହିତ୍ୟସେବୀ ଦିବ୍ୟସିଂହ

ବାବୁଙ୍କ ଏହି ସରଳ ସୁଲଳିତ ଗଳ୍ପ ଲେଖାର ବହୁଳ ପ୍ରଂଶସା କରି ସେ ସବୁକୁ ପୁସ୍ତକାକାରରେ ପ୍ରକାଶ କରିବାକୁ ବାରମ୍ବାର ଅନୁରୋଧ କରିବାକୁ ଆମ୍ଭେମାନେ ତାଙ୍କଠାରୁ ଅନୁମତି ନେଇ ପ୍ରକାଶ କରିଅଛୁ। ଓଡ଼ିଆ ସାହିତ୍ୟରେ ସୁରୁଚି-ସମ୍ପନ୍ନ ଗଳ୍ପ ପୁସ୍ତକ ବଡ଼ ବିରଳ। ଦିବ୍ୟସିଂହ ବାବୁ ନିଜର ଅଭିନବ ଔପନ୍ୟାସିକ ଛଟାରେ ସମାଜ ଓ ସଂସାରର ବିଭିନ୍ନ ଚିତ୍ର ସବୁ ଗଳ୍ପ ଆକାରରେ ଯେପରି ସରଳ, ସୁବୋଧ ଓ ହୃଦୟସ୍ପର୍ଶୀ ଭାଷାରେ ବ୍ୟକ୍ତ କରିଛନ୍ତି ତାହା ଉତ୍କଳ ସାହିତ୍ୟରେ ସମ୍ପୂର୍ଣ୍ଣ ନୂତନ। ଏ ପୁସ୍ତକ ପାଠକଲେ ଲେଖାର ସରସତା ଓ ନୂତନତ୍ୱ ଉପଲବ୍ଧି କରାଯାଇପାରିବ।" କିନ୍ତୁ ଅମୃତ କଙ୍କଣ ପୁସ୍ତକ ଓ ଦିବ୍ୟସିଂହ ପାଣିଗ୍ରାହୀଙ୍କ ଗଳ୍ପସଂଖ୍ୟାକୁ ନେଇ ଓଡ଼ିଆ ସମାଲୋଚନା ଗ୍ରନ୍ଥମାନଙ୍କରେ ନାନାଦି ତଥ୍ୟ ଦେଖିବାକୁ ମିଳେ। ବୈଷ୍ଣବ ଚରଣ ସାମଲ କହନ୍ତି- "ଦିବ୍ୟସିଂହ ପାଣିଗ୍ରାହୀ ସର୍ବମୋଟ ୧୭ ଗୋଟି ଗଳ୍ପ ରଚନା କରିଥିଲେ। x x x ଦିବ୍ୟସିଂହ ୧୯୧୯ ମସିହା ପରେ ଆଉ ଗଳ୍ପ ରଚନା କରିନାହାନ୍ତି।" ପୁନଶ୍ଚ ପ୍ରକାଶ କୁମାର ପରିଡ଼ାଙ୍କ ମତରେ "'ଅମୃତ କଙ୍କଣ' ନାମକ ଏକମାତ୍ର ଗଳ୍ପ ସଂକଳନରେ ତାଙ୍କ ରଚିତ ୧୭ଟି ଗଳ୍ପ ଗର୍ଭିତ। ସେ ସମସ୍ତ ଗଳ୍ପ ୧୯୧୩ ମସିହାଠାରୁ ୧୯୧୯ ମସିହା ସୁଦ୍ଧା ରଚିତ।" ଆଉ କେତେଗୋଟି ଗ୍ରନ୍ଥରେ ଏ ସଂଖ୍ୟା ଓ ସମୟ ଅସ୍ପଷ୍ଟ ଅଥବା ଅନୁଲ୍ଲିଖିତ। କେହି ମୂଳଗ୍ରନ୍ଥ ନ ଦେଖିଥିବା ହେତୁ ଏଭଳି ଭ୍ରାନ୍ତି ଉପୁଜିଥିବାର ଅନୁମାନ କରି ହୁଏ। ପ୍ରକୃତରେ ଅମୃତ କଙ୍କଣର ପ୍ରଥମ ସଂସ୍କରଣରେ ସର୍ବମୋଟ ୧୫ଗୋଟି ଗଳ୍ପ ସ୍ଥାନିତ। ଏଥିରେ ଥିବା ଗଳ୍ପମାନଙ୍କ ମଧ୍ୟରେ ଗୋଟିଏ 'ମୁକୁର' ପତ୍ରିକାରେ (ପିତୃଶିରାଧ/ପିତୃଶ୍ରାଦ୍ଧ) ଏବଂ ୧୧ ଗୋଟି ଗଳ୍ପ (ଅମୃତ କଙ୍କଣ, ଗୟାଶ୍ରାଦ୍ଧ, ନିଶାବସାନ, ଦିବାବସାନ, ସାବିତ୍ରୀ ଉପବାସ, ପରିବର୍ତ୍ତନ, ପାନବାଲି, ଜାତୀୟତା, ଶେଷ ଉପହାର, ଆଦ୍ୟ ପରିଣାମ, ହିସାବ ନିକାଶ) 'ଉତ୍କଳ ସାହିତ୍ୟ'ରେ ପୂର୍ବରୁ ପ୍ରକାଶ ପାଇସାରିଥିବା ବେଳେ ଅନ୍ୟ ତିନିଗୋଟି ଗଳ୍ପ (ନୂଆବୋହୂ, ଡିପାର୍ଟମେଣ୍ଟ, ପ୍ରତାରଣା) ସିଧାସଳଖ ଅମୃତ କଙ୍କଣ ପୁସ୍ତକରେ ସଂଯୋଜିତ।

ଏହା ବ୍ୟତୀତ ୧୯୧୪ରୁ ୧୯୩୬ ମସିହା ମଧ୍ୟରେ 'ମୁକୁର', 'ସତ୍ୟବାଦୀ', 'ସହକାର' ଓ 'ଭଞ୍ଜପ୍ରଦୀପ' ପତ୍ରିକାରେ ଗାଳ୍ପିକଙ୍କ ଆହୁରି ପାଞ୍ଚଗୋଟି ଗଳ୍ପ (ମାଳତୀ, କାରିଗର, ବନ୍ଧୁ, ମଜଲିସ୍ ଓ କରୁଣାକର) ପ୍ରକାଶ ପାଇଥିଲା। ତେଣୁ ଏହି ଦୁଷ୍ପ୍ରାପ୍ୟ ଗଳ୍ପଗୁଡ଼ିକୁ ସଂଗ୍ରହ କରି ସର୍ବମୋଟ କୋଡ଼ିଏଟି ଗଳ୍ପକୁ ନେଇ ଆଲୋଚ୍ୟ ଗ୍ରନ୍ଥ ପ୍ରସ୍ତୁତ କରାଯାଇଅଛି। ତେବେ ଗାଳ୍ପିକଙ୍କ ଆହୁରି କିଛି ଗଳ୍ପ ରହିଥିବାର ଅନୁମାନକୁ ଏଡ଼ାଇ ଦିଆଯାଇନପାରେ।

ଆଉ ଏକ କଥା ଏଠି ଉଲ୍ଲେଖଯୋଗ୍ୟ ଯେ, ଲେଖକଙ୍କ ସାନଭାଇ ଗାଳ୍ପିକ ଭଗବତୀ ଚରଣ ପାଣିଗ୍ରାହୀଙ୍କ ସର୍ବମୋଟ ୧୨ ଗୋଟି ଗଳ୍ପ ଥିବାର ଆମେ ଜାଣୁ। ସେଥିମଧ୍ୟରେ ଥିବା 'ମଜଲିସ୍' ନାମକ ଗଳ୍ପ ଭଗବତୀଚରଣ ଲେଖି ହିଁ ନାହାନ୍ତି। ତାହା ବାସ୍ତବରେ ଦିବ୍ୟସିଂହ ପାଣିଗ୍ରାହୀଙ୍କ ଦ୍ୱାରା ଲିଖିତ ଗଳ୍ପ ଅଟେ। 'ଭଞ୍ଜ ପ୍ରଦୀପ' ପତ୍ରିକାର ଚତୁର୍ଥ ଭାଗ, ପ୍ରଥମ ସଂଖ୍ୟା ଆଶ୍ୱିନ ୧୩୪୨ (୧୯୩୫/୩୬)ରେ ଏହି ଗଳ୍ପ ଦିବ୍ୟସିଂହ ପାଣିଗ୍ରାହୀଙ୍କ ନାମରେ ପ୍ରକାଶିତ। ଭବବତୀ ଚରଣଙ୍କ ଅନ୍ୟ ଏକ ଗଳ୍ପ 'ଦୋକାନଦାର' ଏଥିରେ ପ୍ରକାଶ ପାଇଅଛି, ଯାହା ଏଯାବତ୍ ଅସଂକଳିତ। ସୁତରାଂ ଦିବ୍ୟସିଂହଙ୍କ ଲିଖିତ ଏକ ଗଳ୍ପ କାହିଁ କେତେଦିନରୁ ଭଗବତୀଚରଣଙ୍କ ନାମ ସହ ଯୋଡ଼ିହୋଇ ରହିଛି, ତାହା ଓଡ଼ିଆ ପାଠକ ମହଲରେ ଅଜଣା। ଆମ୍ଭେ ନିଜର ପୂର୍ବସୁରୀଙ୍କୁ ଯେ ଅବହେଳା କରିଆସିଛୁ ଏହାଠୁ ବଳି ଦୃଷ୍ଟାନ୍ତ ଆଉ କ'ଣ ହୋଇପାରେ ?

ଅମୃତ କଙ୍କଣରେ ସ୍ଥାନିତ 'ପିତୃଶ୍ରାଦ୍ଧ' ଗଳ୍ପ ପ୍ରଥମେ 'ପିତୃଶିରାଧ' ଶୀର୍ଷକରେ 'ମୁକୁର' ପତ୍ରିକାର ଅଷ୍ଟମ ଭାଗ, ପ୍ରଥମ ସଂଖ୍ୟା, ବୈଶାଖ ୧୩୨୦ (୧୯୧୩)ରେ ପ୍ରକାଶ ପାଇଥିଲା। ଏହା ଲେଖକଙ୍କ ପ୍ରଥମ ପ୍ରକାଶିତ ଗଳ୍ପ। ଏହି କ୍ଷୁଦ୍ରାୟତନବିଶିଷ୍ଟ ଗଳ୍ପକୁ ପରବର୍ତ୍ତୀ କାଳରେ ଗାଳ୍ପିକ ପରିମାର୍ଜିତ ଓ ପରିବର୍ତ୍ତିତ କରି 'ପିତୃଶ୍ରାଦ୍ଧ' ନାମ ଦେଇ ଅମୃତ କଙ୍କଣରେ ଯୋଡ଼ିଛନ୍ତି। ପ୍ଲଟ୍ ଓ ଚରିତ୍ର ବଦଳି ନାହିଁ କେବଳ ବର୍ଣ୍ଣନା ଯୋଗୁଁ ଗଳ୍ପର ଆକାର ବଢ଼ିଛି। ଗଳ୍ପଟି ପୂର୍ବାପେକ୍ଷା ଅଧିକ ପରିପକ୍ୱ ଲାଗୁଛି। ଗରିବ ବ୍ରାହ୍ମଣ ପିଲା ମାଧିଆକୁ କେନ୍ଦ୍ରକରି ଦୁଇଗୋଟି ଉପକାହାଣୀ ମାଧ୍ୟମରେ ଏଥିରେ ସୁନ୍ଦର ହ୍ୟୁମର ତିଆରି କରାଯାଇଅଛି। ପିତାଙ୍କ ଶ୍ରାଦ୍ଧ ପାଇଁ ମାଧିଆ ବାରଦୁଆରେ ଭିକ ମାଗି ମାଗି ଶେଷରେ ଜଣେ ଦୟାବନ୍ତ ରାଜାଙ୍କ ପାଖକୁ ସାହାଯ୍ୟ ପାଇଁ ଯାଇଛି। କିନ୍ତୁ ରାଜାଙ୍କ ବାବଦରେ ଯାହା ଶୁଣିଥିଲା ତାହା ଦେଖିବାକୁ ନପାଇ ସେ ନିରାଶ ହୋଇ ଫେରିଛି ଘରକୁ। ଗଳ୍ପର ପ୍ରଥମ ଭାଗରେ ରାଜାଙ୍କୁ କେନ୍ଦ୍ରକରି ସୃଷ୍ଟ ଉପକାହାଣୀରେ ପାଠକ ଜଣେ ବୁଦ୍ଧିହୀନ ଶାସକର ବେପରୁଆ ବିଚାରକୁ ଦେଖିବାକୁ ପାଏ। ପ୍ରକୃତ ଦୋଷୀକୁ ଦଣ୍ଡ ଦେବାପାଇଁ ଥିବା ଶୂଳୀକାଠି ମୋଟା ହୋଇଯିବାରୁ ରାଜାଙ୍କ ନିର୍ଦ୍ଦେଶ କ୍ରମେ ଜଣେ ମୋଟୀ ସ୍ତ୍ରୀଲୋକକୁ ଆଣି ମୃତ୍ୟୁଦଣ୍ଡ ଦିଆଯାଇଛି। ରାଜାଙ୍କ ଏଭଳି ବିଚିତ୍ର ଫଇସଲା ପାଠକ ଭିତରେ ହାସ୍ୟରୋଳ ସୃଷ୍ଟି କରିବା ପାଇଁ ଯଥେଷ୍ଟ।

ଗଳ୍ପର ଅନ୍ୟଭାଗରେ ପିତାଙ୍କ ଶ୍ରାଦ୍ଧ ପାଇଁ କିଛି ନପାଇବାରୁ ମାଁ ନେଇ ଆଣିଥିବା କିଛି ନଳିତା ମଞ୍ଜିକୁ ସେ ପିତୃପୁରୁଷଙ୍କୁ ଭୋଗ ଚଢ଼ାଇଛି। ପିତୃପୁରୁଷଙ୍କୁ ତାହା ପିତା ଲାଗିବା ସତ୍ତ୍ୱେ ମାଧିଆର ଦୁରବସ୍ଥା ଦେଖି ତାକୁ ସେମାନେ ଧନୀ ହେବାର ଆଶୀର୍ବାଦ

ଦେଇଛନ୍ତି ଏବଂ ତାହା ଫଳିଛି ମଧ୍ୟ । ଏହାକୁ ଧନୀ ହେବାର ସୂତ୍ର ଭାବି ମାଧିଆ ପୁଣି ପରବର୍ଷ ପୂର୍ବ ଅପେକ୍ଷା ଅଧିକ ନଳିତା ମଞ୍ଜି ଆଣି ପରଶି ଦେଇଛି ପିତୃପୁରୁଷଙ୍କୁ । ଫଳରେ ପିତୃପୁରୁଷ ଏଥିରେ ରାଗିଯାଇ ମାଧିଆକୁ ଧନହୀନ ହେବାର ଅଭିଶାପ ଦେଇଛନ୍ତି । ଶେଷରେ ମାଧିଆ ପୁଣି କାଙ୍ଗାଳ ହୋଇ ବୁଲିଛି ।

'ଅମୃତ କଙ୍କଣ' ଗଳ୍ପରେ 'କଙ୍କଣ' ଏକ ପ୍ରତୀକ । ନିଟୋଳ ଭଲପାଇବାର ସ୍ମୃତି ସିଏ । ହରିଚରଣ ବାବୁଙ୍କ ଝିଅ କଞ୍ଚନ । ଗୁରୁଚରଣ ବାବୁଙ୍କ ପୁଅ ମନୋମୋହନ ସହ ତାର ଖେଳକୌତୁକ । ଏହି ଲାଡ଼ଗେଲରୁ ସୃଷ୍ଟି ହୋଇଛି ପ୍ରେମ । କିନ୍ତୁ ସମୟଚକ୍ରରେ ମନୋମୋହନ ବାହା ହୋଇଯାଇଛି ଅନ୍ୟତ୍ର । ଏପଟେ କଞ୍ଚନକୁ ତା'ର ଜେଜେମା ଅର୍ଥାତ୍ ହରିଚରଣଙ୍କ ମାଁ ଦେଇଥିଲେ ଏକ 'କଙ୍କଣ' ଏବଂ କହିଥିଲେ ଏ 'କଙ୍କଣ' ସବୁ ରୋଗ-ବ୍ୟାଧି-ଜ୍ୱର ଦୂର କରିବ । ଶେଷରେ ସନ୍ନ୍ୟାସିନୀ ପାଲଟିଥିବା କଞ୍ଚନ ଲୋକାରଣ୍ୟ ମଧ୍ୟରେ ଲୁଚିକି ଉକ୍ତ କଙ୍କଣକୁ ମନୋମୋହନର ରୋଗୀଣା ପୁଅ ହାତରେ ପିନ୍ଧାଇ ଦେଇ ଭିଡ଼ ଭିତରେ କୁଆଡ଼େ ହଜିଯାଇଛି ।

'ଗୟାଶ୍ରାଦ୍ଧ'ରେ ଭ୍ରାତୃପ୍ରେମକୁ ସରଳ, ସାବଲୀଳ କାହାଣୀ ମାଧ୍ୟମରେ ଦର୍ଶାଇ ଦିଆଯାଇଛି । ସଦାନନ୍ଦଙ୍କ ଦୁଇପୁଅ- ରାମହରି ଓ ଗୌର । ରାମହରି ପାଠ ପଢ଼ିଛି ଅଥଚ ଗୌରର ପାଠରେ ମନ ନାହିଁ । ସଦାନନ୍ଦଙ୍କ ମୃତ୍ୟୁପରେ ବେସାହାରା ଦୁଇଭାଇ କଷ୍ଟେ ମଷ୍ଟେ ଚଳିଛନ୍ତି । ଗଲାବେଳେ ବାପା କହିଥିଲେ- "ଗୌରର ଯତ୍ନ ନେବୁ ଏବଂ ସମୟ ଦେଖି ମୋର ଗୟାଶ୍ରାଦ୍ଧ କରିଦେବୁ । ସୁଯୋଗକୁ ରାମହରି ମାଷ୍ଟର ଚାକିରି ପାଇ ଘର ସମ୍ଭାଳିଛି ଏବଂ ଗୌର ବଡ଼ଭାଇକୁ ସାହାଯ୍ୟ କରିବା ପାଇଁ ଘରେ ରନ୍ଧାବଢ଼ା ଦାୟିତ୍ୱ ନେଇଛି । ରାମହରି ବିବାହ ପରେ ସ୍ତ୍ରୀ କଥାରେ ପଡ଼ି ଦିନେ ଗୌରକୁ ପ୍ରଚୁର ଗାଳି ଦେବାରୁ ଗୌର ଅଭିମାନ କରି ଘରଛାଡ଼ି ପଳାଇଛି । ସମୟକ୍ରମେ ରାମର ପରିବାର ଦିନକୁ ଦିନ ଅସୁସ୍ଥ ହୋଇପଡ଼ିବାରୁ ତା'ର ମନେପଡ଼ିଛି ପିତାଙ୍କ ଗୟାଶ୍ରାଦ୍ଧ କଥା । ଗୟାରେ ଗୌର ଭିକାରୀ ଅବସ୍ଥାରେ ଥିବାବେଳେ ହଠାତ୍ ଦୁଇଭାଇଙ୍କ ମଧ୍ୟରେ ମିଳନ ଘଟିଛି ।

'ନିଶାବସାନ' ଭାଇଭଉଣୀ ପ୍ରେମମୂଳକ ଏକ ସଫଳ ଗଳ୍ପ । ଗଳ୍ପାରମ୍ଭରେ ଦିଆଯାଇଥିବା ଗ୍ରାମ୍ୟ ଚିତ୍ର ଚମତ୍କାର । କୁଶଭଦ୍ରା ନଈରେ ବଢ଼ିଆସିଛି । ବଢ଼ିର ମଜା ନେବା କୌତୁହଳରେ ଶ୍ୟାମସୁନ୍ଦରଙ୍କ ପୁଅ ବନ ସାଙ୍ଗମାନଙ୍କ ସହ ଡଙ୍ଗାନେଇ ନଈ ଭିତରକୁ ପଳାଇଛି । କିଛିଦୂର ଗଲାପରେ ସେମାନେ ନିଖୋଜ ହୋଇଯାଇଛନ୍ତି । ଏପଟେ ସାନଭଉଣୀ ସୁଲୋଚନା ବହୁବର୍ଷ ପର୍ଯ୍ୟନ୍ତ ଭାଇ ନ ଫେରିବାରୁ ଅଧୈର୍ଯ୍ୟ ହୋଇ ଦିନେ ଭାଇଙ୍କୁ ଖୋଜିବାକୁ ବାହାରିଛି । ଏକଲା ଡଙ୍ଗାନେଇ ପଶିଯାଇଛି

ଗଭୀର ନଈକୁ ଏବଂ ବାଟରେ ଶୋଇପଡ଼ିଛି। ଡଙ୍ଗାଯାଇ ନଈର ଆରପାଖେ ଲାଗିବାରୁ ସୁଲୋଚନାକୁ ସେଠି ମିଳିଛି ତା'ର ଭାଇ। ଭାଇଭଉଣୀର ମିଳନରେ ନିଶାର ଅବସାନ ଘଟିଛି।

'ଦିବାବସାନ' ଗଳ୍ପରେ ଦୁଇବନ୍ଧୁ- ହରିବନ୍ଧୁ ଓ ଶ୍ୟାମବନ୍ଧୁଙ୍କ ସ୍ନେହ-ସୋହାଗ-ରାଗ-ରୁଷାର କାହାଣୀ ବର୍ଣ୍ଣିତ। ହରି ବଡ଼ଘର ପିଲା, ଧନଲୋଭୀ ଓ ପିତାର ଅନୁଗାମୀ; ଅଥଚ ଶ୍ୟାମ ତା ପିତାଙ୍କ ପରି ଅମାୟିକ ଭଦ୍ର। ଶ୍ୟାମ ପଢ଼ାରେ ସବଳ, ହରି ଦୁର୍ବଳ। ସମୟକ୍ରମେ ଦୁଇବନ୍ଧୁ ମଧ୍ୟରେ ଦୂରତା ଓ ଶତ୍ରୁତା ବଢ଼ିଛି। ଶେଷରେ ହରି ପଶ୍ଚାତ୍ତାପର ସହ ଶ୍ୟାମପାଖକୁ ଚିଠି ଲେଖିବାରୁ ଶ୍ୟାମ ଦଉଡ଼ି ଆସିଛି ତା ପାଖକୁ। ସେତେବେଳେ ଅସୁସ୍ଥ ଥିବା ହରି ତା ବନ୍ଧୁର ଆଖି ଆଗରେ ଇହଲୀଳା ସମ୍ବରଣ କରିଛି। ଶେଷାଂଶରେ ଶ୍ୟାମର ସ୍ୱପ୍ନ ବର୍ଣ୍ଣନା ଏବଂ ତା' ଭିତରେ ଲୌହ ଅର୍ଗଳିର ପ୍ରତୀକ ବେଶ୍ ଚମତ୍କାର। 'ସାବିତ୍ରୀ ଉପବାସ' ଗଳ୍ପଟି ପ୍ରସିଦ୍ଧ 'ବୁଢ଼ାଶଙ୍ଖାରୀ' ଗଳ୍ପକୁ ମନେପକାଇ ଦିଏ। ହରିଶଙ୍କର ମିଶ୍ର ତିନିଗୋଟି ସନ୍ତାନର ମୃତ୍ୟୁପରେ ପାଇଛନ୍ତି ଅଳି ଅଳି ଝିଅ ନଳିନୀକୁ। ସ୍ତ୍ରୀର ମୃତ୍ୟୁପରେ ଝିଅ ଭିତରେ ସ୍ତ୍ରୀଙ୍କୁ ଖୋଜିପାଇ ସବୁ ସ୍ନେହ ଢ଼ାଳି ଦେଇଛନ୍ତି। ଭଲ ଜ୍ୱାଇଁ ଦେଖି ବାହା କରାଇବା ପରେ ଧନଲୋଭୀ ସମୁଦି ରାମେଶ୍ୱର ରଥଙ୍କ ସମସ୍ତ ଇଚ୍ଛା ପୂରଣ କରିଛନ୍ତି। ଝିଅ ପ୍ରଥମ ସାବିତ୍ରୀ ଉପବାସ କରିଛି। ତା' ପାଇଁ ଭାର ଯିବ ବାପଘରୁ। ତେଣୁ ଜମିବାଡ଼ି ବିକ୍ରିକରି ଝିଅ ପାଇଁ ଶାଢ଼ୀ ଜାମା, ଅଳଙ୍କାର ଭାର ନେଇକି ପହଞ୍ଚିଲା ବେଳକୁ ହରିଶଙ୍କର ଦେଖନ୍ତି ଝିଅ ବିଧବା ହୋଇସାରିଛି।

କନକ ଚରିତ୍ରକୁ କେନ୍ଦ୍ରକରି 'ପରିବର୍ତ୍ତନ' ଗଳ୍ପ ଲେଖାଯାଇଅଛି। ଗଳ୍ପାରମ୍ଭରେ ଉଲ୍ଲେଖ ଅଛି- "ଚକ୍ରବତ୍ ପରିବର୍ତ୍ତନ୍ତେ ଦୁଃଖାନି-ଚ-ସୁଃଖାନି-ଚ।" ଅର୍ଥାତ୍ ଦୁଃଖ ଓ ସୁଖ ଚକ୍ରବତ୍ ବଦଳୁଥାଏ। ଆଲୋଚ୍ୟ ଗଳ୍ପରେ ହସଖୁସିରେ ଥିବା କନକ ମାଁର ମୃତ୍ୟୁପରେ ନୂଆବୋଉ ସରର ମାଉସୀଠାରୁ ଅକଥନୀୟ ଅତ୍ୟାଚାର ପାଇଛି। ଅତ୍ୟାଚାର ଅସହ୍ୟ ହେବାରୁ ଘରଛାଡ଼ି କୁଆଡ଼େ ଚାଲିଯାଇଛି। ଏଇଠୁ ହୋଇଛି ତାର ଭାଗ୍ୟୋଦୟ। ସୋମନାଥ ଶତପଥୀ ତାକୁ ବାଟରେ ପାଇ ଝିଅ କରିନେଇଛନ୍ତି। ପରେ କନକକୁ ବାହା କରାଇ ସବାରୀରେ ଶାଶୂଘରକୁ ନେବାବେଳେ ଆଉ ଏକ ବାହାଘରିଆ ଦଳର ସବାରୀ ସହ କନକର ସବାରୀ ବଦଳିଯାଇଛି। ତେଣୁ କନକ ଠିକଣା ଜାଗାରେ ନପହଞ୍ଚି, ପହଞ୍ଚିଛି ଅନ୍ୟ ଏକ ବରଘରେ। ଗଳ୍ପରେ କନକ ଭାଗ୍ୟରେ ଏପରି ପରିବର୍ତ୍ତନ ଲାଗିରହିଛି। ଶେଷରେ ମଧ୍ୟ କନକର ଏ ଦୁଃଖ ଅପସରି ଯାଇଛି ଯେତେବେଳେ ସେ ତା'ର ପିତା ଓ ଭାଇ ନବଘନକୁ ଫେରିଯାଇଛି। 'ପାନବାଲି' ଗଳ୍ପରେ ରାଜ୍ୟର ଜଣେ ରାଜବଂଶୀୟ ଯୁବକ ଦସ୍ୟୁଙ୍କଦ୍ୱାରା ଆଘାତ ପ୍ରାପ୍ତ ହୋଇ ଏକ ଶୁନ୍ଶାନ

ଘରେ ଆଶ୍ରୟ ନିଅନ୍ତି। ସେ ଘର ପୁଣି ଦସ୍ୟୁମାନଙ୍କ ଦଳପତିର ଘର। ଦଳପତିର ପାଳିତା କନ୍ୟା ଶାରଦା ଯୁବକଙ୍କ ସେବା ଶୁଶ୍ରୂଷା କରିବା ସହ ଦଳପତି ହାତରୁ ତାଙ୍କ ଜୀବନ ରକ୍ଷାକରେ। ଏହାକୁ ଯୁବକ ଭୁଲିପାରିନାହାନ୍ତି। ପରେ ଯୁବକଙ୍କ ବିବାହ ହୁଏ ଅନ୍ୟତ୍ର। ବହୁଦିନ ପରେ କଟକର ଜଣେ ପାନବାଲି ଯୁବତୀ ସହ ତାଙ୍କ ପରିଚୟ ହୁଏ ଏବଂ ପାନବାଲି ତାଙ୍କ ସନ୍ତାନମାନଙ୍କୁ ଶିକ୍ଷା ଦେବାପାଇଁ ନିଯୁକ୍ତି ପାଏ। ନିଜ ପରିବାର ସହ ପାନବାଲିର ଗଭୀର ଆଗ୍ରହ ଦେଖି ଯୁବକ କିଶୋରଚନ୍ଦ୍ର ଜାଣିପାରନ୍ତି ଯେ ପାନବାଲି ହିଁ ତାଙ୍କ ଜୀବନ ରକ୍ଷାକାରୀ ଦସ୍ୟୁକନ୍ୟା ଶାରଦା। କିନ୍ତୁ କାଳର କରାଳରେ ପାନବାଲିର ମୃତ୍ୟୁ ହୁଏ ଏବଂ ସେ ତା'ର ଅର୍ଦ୍ଧେକ ସମ୍ପତ୍ତି କିଶୋରଚନ୍ଦ୍ରଙ୍କ ସନ୍ତାନମାନଙ୍କ ନାମରେ ଲେଖିଦେଇ ଚାଲିଯାଏ।

'ଜାତୀୟତା' ଗଳ୍ପରେ ଜାତିପ୍ରେମର କଥା ସମୁଜ୍ଜ୍ୱଳ। ସେ ସମୟର ଓଡ଼ିଆ କିପରି ନିଜକୁ ଓଡ଼ିଆ କହିବାକୁ ଲଜ୍ଜ୍ୟାବୋଧ କରୁଥିଲେ ଏବଂ ନିଜକୁ ବଙ୍ଗାଳି କହିବାକୁ ଗର୍ବ ମଣୁଥିଲେ, ତା'ର ଏକ ବ୍ୟଙ୍ଗାତ୍ମକ ନମୁନା ଏ ଗଳ୍ପ। କଲିକତାରେ କିରାଣୀ କାମକରି ବଡ଼ କଷ୍ଟରେ ପରିବାର ପୋଷୁଥିବା ଜଣେ ଲୋକ ନିଜକୁ ବଙ୍ଗାଳି କହି ବାହାବା ନେବାବେଳେ ଅନ୍ୟ ଜଣେ ଜାତିପ୍ରେମୀ ଖାଣ୍ଟି ଓଡ଼ିଆଙ୍କ ଦ୍ୱାରା ଉପହାସର ଶିକାର ହେବାର ଦୃଶ୍ୟ ସୁନ୍ଦର ଭାବରେ ଚିତ୍ରିତ। ସ୍ଥାନେ ସ୍ଥାନେ ବଙ୍ଗଳା ସଂଳାପର ପ୍ରୟୋଗ କରି ଲେଖକ ହାସ୍ୟରସ ସୃଷ୍ଟି କରିବାକୁ ଚେଷ୍ଟା କରିଛନ୍ତି।

'ଆଦ୍ୟ ପରିଣାମ' ଗଳ୍ପରେ ରାମଶରଣ ବାବୁ ଜଣେ ଶିକ୍ଷକ। ଚାକିରୀ ହେବାର ବର୍ଷକ ମଧ୍ୟରେ ସୁନ୍ଦରୀ କନ୍ୟା ନିର୍ମଳ କୁମାରୀ ସହ ତାଙ୍କ ବିବାହ ହୁଏ। ନିର୍ମଳ କିନ୍ତୁ ଲୋଭୀ ଓ ଅର୍ଥଲିପ୍ସୁ। ରାମଶରଣ ପତ୍ନୀ ପ୍ରିୟ ଥିବାବେଳେ ନିର୍ମଳ ଠିକ୍ ଓଲଟା। ପଡ଼ୋଶୀ ହରପ୍ରସାଦ ବାବୁଙ୍କ ଧନଦୌଲତ ତଥା ତାଙ୍କ ସ୍ତ୍ରୀଙ୍କ ଅଳଙ୍କାର ଉପରେ ନିର୍ମଳର ଭାରି ଲୋଭ। ଏଇ ଲୋଭରୁ ନିର୍ମଳ ଚୋରି କରିଛି ଅଳଙ୍କାର, ଯାହା ଫଳରେ ପୋଲିସ୍ ରାମଶରଣଙ୍କୁ ବାନ୍ଧି ନେଇଛି ହାଜତକୁ। ସ୍ତ୍ରୀକୁ ରକ୍ଷା କରିବାକୁ ଯାଇ ରାମବାବୁ ଭୋଗିଛନ୍ତି ଦୁଇମାସ ଜେଲ। ଜେଲ ଅବଧି ସରିବା ପରେ ସେ ଯେତେବେଳେ ବଡ଼ ଉଲ୍ଲାସରେ ଘରକୁ ଫେରିଛନ୍ତି; ସେ ଦେଖନ୍ତି ଘର ଭିତରୁ ନିର୍ମଳର ଖୋଲାହସ ଶୁଭୁଛି ଏବଂ ହଡ଼ବଡ଼ିରେ ଘରୁ ବାହାରି ଯାଉଛନ୍ତି ହରପ୍ରସାଦ। ସେଇଠି ହତବାକ୍ ହୋଇପଡ଼ିଛନ୍ତି ରାମଶରଣ। ପ୍ରେମ ଓ ଛଳନାର ଏକ ପ୍ରକୃଷ୍ଟ ଚିତ୍ର ଏ ଗଳ୍ପରେ ଚିତ୍ରିତ।

ପ୍ରେମ, ବିରହ ଓ ଅପ୍ରାପ୍ତିଜନିତ ଦୁରବସ୍ଥା ହିଁ 'ଶେଷ ଉପହାର' ଗଳ୍ପର ବିଷୟବସ୍ତୁ। ମୋହିନୀ ମୋହନ ଓ ବିମଳା ପିଲାଦିନରୁ ସାଙ୍ଗ ଓ ପରସ୍ପର ପ୍ରତି ଅନୁରକ୍ତ।

ମାତ୍ର ଘଟଣାଚକ୍ରରେ ସେମାନେ ବାହାହୋଇ ପାରିନାହାନ୍ତି । ଶେଷରେ ବିମଳା ମୋହିନୀ ମୋହନଙ୍କୁ ଶେଷ ଉପହାର ସ୍ୱରୂପ ତାଙ୍କ ହଜିଲା କବିତା ସହ ନିଜ ମନୋଭାବ ଲେଖି ଚିଠିଟିଏ ପଠାଇ ଦେଇଛି ଏବଂ ଇହଧାମ ତ୍ୟାଗ କରିଛି । ମୋହିନୀ ମୋହନ ତାପରେ ଫେରନ୍ତି ଗ୍ରାମକୁ । ପ୍ରିୟ ବିମଳା ପାଖକୁ । ଏବଂ ବିମଳାର ଦଗ୍ଧ ପାଉଁଶ ଆଗରେ କରନ୍ତି ପଶ୍ଚାତ୍ତାପ । କିଛି ସମକାଳୀନ ବାସ୍ତବତା ଓ କିଛି ହ୍ୟୁମରକୁ ନେଇ ରଚିତ ହୋଇଛି 'ହିସାବ ନିକାଶ' ଗଳ୍ପ । ମାଗୁଣୀ ଗୁରୁର ବହପ ଓ ବାହାଦୂରୀ କେମିତି ତାକୁ କାଙ୍ଗାଳ ପରିସ୍ଥିତିକୁ ଆଣି ଥୋଇଛି ତା'ର ଚିତ୍ର ଏଥିରେ ପ୍ରଦତ୍ତ । ସୁଧଖୋର ଲୋଭୀ ମହାଜନ ଯାହା ଯାହା ଜମିବାଡ଼ି ବନ୍ଧକ ରଖି ଧନ ଲୁଟି ଥିଲା ସବୁ ନିଆଁରେ ପୋଡ଼ିଯାଇଛି । ମାଗୁଣୀର ମୃତ୍ୟୁ ସହ ମହାଜନର ସମସ୍ତ ସମ୍ପତ୍ତି ମଧ୍ୟ ଶେଷ ହୋଇଛି । ତେଣୁ ଗଳ୍ପର ଶେଷରେ କୁହାଯାଇଛି- "ଦୁଃଖେ ଅର୍ଜିତ ଯେତେ ଧନ, ସୁଖେ ସେ ନୋହେ ପ୍ରୟୋଜନ ।" ବୋହୂ-ନଣନ୍ଦର ସ୍ନେହ ସରାଗକୁ ନେଇ ଗଢ଼ିଉଠିଛି 'ନୂଆବୋହୂ' ଗଳ୍ପ । ତିନିବୋହୂରେ ନୂଆବୋହୂ ଭାରି ଭଲ । ନଣନ୍ଦ ରତନ ସହ ତା'ର ସମ୍ପର୍କ ମାଁ-ଝିଅ ପରି । ରତନର ଏକା ଜିଦ୍ ନୂଆବୋହୂ ହିଁ ତା' ପାଇଁ ବର ଖୋଜିବ । ଅନ୍ୟ ବୋହୂମାନେ ଏକାକୁ ସହିପାରନ୍ତିନି । ଏପଟେ ରତନର ବାହାଘର ଠିକ୍ ହେଲା ପରେ ନୂଆବୋହୂ ପିଲାଟେ ଜନ୍ମ କରିଛି । ପିଲାକୁ ରତନ ଭାରି ସ୍ନେହ କରେ । ଏହାକୁ ସହିନପାରି ମଝିଆବୋହୂ କ୍ଷୀରରେ ବିଷଦେଇ ଛୁଆକୁ ମାରିବାକୁ ଚେଷ୍ଟା କଲାବେଳେ ରତନ ହାତରେ ଧରାପଡ଼ିଛି ଏବଂ ରତନ ସେ କ୍ଷୀର ପିଇଦେବା ଫଳରେ ଏକ ଦୁଃଖଦ ସମାପ୍ତିରେ ଗଳ୍ପ ଶେଷ ହୋଇଛି ।

'ଡିପାର୍ଟମେଣ୍ଟ' ଗଳ୍ପର ମୁଖ୍ୟ ଚରିତ୍ର ନରହରି ତତ୍କାଳୀନ ସହରୀ ଶିକ୍ଷିତ ଯୁବକର ପ୍ରତୀକ ମାତ୍ର । ସେ ସମୟର ଏକାଧିକ ଯୁବକ ଶିକ୍ଷା, ବୃତ୍ତି ଓ ପାରିବାରିକ ଜଞ୍ଜାଳରେ ଫସିରହି କିପରି ବିପର୍ଯ୍ୟୟ ଭୋଗୁଥିଲେ ତାହା ଏ ଗଳ୍ପରେ ବର୍ଣ୍ଣିତ । ଶିକ୍ଷିତ ଯୁବକ ନରହରିଙ୍କ ସ୍ୱପ୍ନ ଅନେକ । ଘରେ ଏକାସଙ୍ଗେ ଛଅଗୋଟି ଡିପାର୍ଟମେଣ୍ଟ ଖୋଲି ଅଧିକ ଆୟ କରିବାର ଅଭିଳାଶ ତାଙ୍କର । ମାତ୍ର ଏଥିରେ ବିଫଳ ହେବାପରେ ଶେଷରେ ତାଙ୍କୁ ବେସାହାରା ଭାବରେ ଗ୍ରାମପ୍ରାନ୍ତ ନଈକୂଳରେ ଥିବା ଏକ କୁଡ଼ିଆ ଘରେ ଜୀବନ ବିତାଇବାକୁ ପଡ଼ିଛି । ସେ ସମୟରେ ଓକିଲାତିକୁ ଆୟର ବଡ଼ ପନ୍ଥା ଭାବୁଥିବା ଯୁବକମାନଙ୍କ ବିଫଳତା ଏଥିରେ ଜୀବନ୍ତ । 'ପ୍ରତରଣା' ଏକ ଭିନ୍ନ ସ୍ୱାଦର ଗଳ୍ପ । ଏଥିରେ ଯେଉଁ ପ୍ରତାରଣାର କଥା ଉଲ୍ଲିଖିତ, ତାହା ଗୋଟେ ସୁଖଦ ପ୍ରତାରଣା । ସୁଦର୍ଶନ ରାଉତରାୟଙ୍କ ପୁଅ ଶ୍ରୀକାନ୍ତ ବିଲାତରୁ ବାରିଷ୍ଟରୀ ପଢ଼ି କଲିକତାରେ ରହେ । ଶିକ୍ଷିତ ଯୁବକ । ଓଡ଼ିଆ ସଂସ୍କୃତି ତା'ର ପସନ୍ଦ ନୁହେଁ । ତେଣୁ ବିବାହିତ କନ୍ୟାକୁ ସେ ଗ୍ରହଣ

କରିବାକୁ ନାରାଜ। ଘରକୁ ଫେରିବା ପାଇଁ ସିଧା ମନା କରିଦେଇଛି ବାପାଙ୍କୁ। ଏ ସମୟରେ କୌଶଳପୂର୍ବକ ମନମୋହନ ବାବୁ ଶ୍ରୀକାନ୍ତଙ୍କ ପଡ଼ୋଶୀ ହୋଇ ରହିବାକୁ ଆସନ୍ତି। ଏଇଠି ଲୀଳା ସହ ଶ୍ରୀକାନ୍ତଙ୍କ ପରିଚୟ ହୁଏ। ଲୀଳା ମନମୋହନ ବାବୁଙ୍କ ଘରେ ସବୁ କାମଧାମ ବୁଝେ। ଲୀଳାର ରୂପ-ଗୁଣ ଦେଖି ଶ୍ରୀକାନ୍ତ କୌଣସି ମତେ ତାକୁ ନିଜର କରିବାକୁ ଉପାୟ ପାଞ୍ଚନ୍ତି ଏବଂ କୌଶଳ କରି ଏଥିରେ ସେ ସଫଳ ହୁଅନ୍ତି। ଶେଷରେ କଥାର ରହସ୍ୟ ଫିଟେ ଯେ- ମନମୋହନ ହେଉଛନ୍ତି ଶ୍ରୀକାନ୍ତର ସଶୁ ଏବଂ ଲୀଳା ହିଁ ତାର ବାଲ୍ୟ ବଧୂ ସହଧର୍ମିଣୀ, ଯାହାକୁ ସେ ଗ୍ରହଣ କରିବାକୁ ମନାକରୁଥିଲା। ଏଇଠି ସଶୁ-ସଶୁ ମଧ୍ୟରେ ଏକ ସୁଖଦ ପ୍ରତାରଣା ପାଠକ ଦେଖିବାକୁ ପାଏ। ଚାଲାକି କରି ମନମୋହନ ସ୍ୱାମୀ-ସ୍ତ୍ରୀର ମିଳନ କରାଇବାରେ ସଫଳ ହୋଇଛନ୍ତି।

ଏକ ପ୍ରେମମୂଳକ କାହାଣୀକୁ ନେଇ 'ମାଳତୀ' ଗଳ୍ପର ସଂରଚନା। ଜଣେ ସମ୍ଭ୍ରାନ୍ତବଂଶୀୟ ଯୁବକକୁ ସେ ଭଲପାଏ; କିନ୍ତୁ ବାହା ହେବାପାଇଁ ନିଜ ଘରେ କହିପାରେନି। ଫଳସ୍ୱରୂପ ମାଳତୀର ବାହାଘର ଅନ୍ୟତ୍ର ଠିକ୍ ହୋଇଯାଇଛି। ବାହାଘର ଦିନ ସାହସକରି କହିବା ପରେ ଘରେ ସମସ୍ତେ ଅମଙ୍ଗ ହେବାରୁ ମାଳତୀ ବିଷ ଖାଇ ବେଦୀ ଉପରେ ଢଳିପଡ଼ିଛି। ଏହାପରେ ସେଠି ଉଭୟ ପକ୍ଷ ମଧ୍ୟରେ ଗଣ୍ଡଗୋଳ ଆରମ୍ଭ ହୋଇଛି। ଅନ୍ୟପଟେ ମାଳତୀର ପ୍ରେମିକ ସେହି ସମ୍ଭ୍ରାନ୍ତ ଯୁବକ ମଧ୍ୟ ପାଗଳ ହୋଇ ଏଣେତେଣେ ଘୂରି ବୁଲୁଥିବାର ଲୋକେ ଦେଖିଛନ୍ତି। ଚିରାଚରିତ ସରଳ ସାମାଜିକ ବିଷୟବସ୍ତୁକୁ ନେଇ ଗଳ୍ପଟି ରଚିତ ହୋଇଥିଲେ ହେଁ ଏହାର ଆବେଦନ ହୃଦୟଭେଦୀ। 'କାରିଗର' ଗଳ୍ପ ସଂପୂର୍ଣ୍ଣ ମିଳିପାରି ନଥିବାରୁ ପ୍ରାପ୍ତ ଅଂଶରୁ ଯାହା ବୁଝାପଡ଼େ – ଏଥିରେ ହୃଦାନନ୍ଦ ଓ ରମାର ବନ୍ଧୁତାର କଥା କୁହାଯାଇଛି। ହୃଦାନନ୍ଦ ଶୈଶବରୁ ସୌନ୍ଦର୍ଯ୍ୟ-ପିପାସୁ। ସୁନ୍ଦର ମୂର୍ତ୍ତି ବା ପ୍ରକୃତି ଦେଖିଲେ ସେ ଉତ୍‌ଫୁଲ୍ଲିତ ହୋଇ ଉଠୁଥିବା କଥାରୁ ଜଣାଯାଏ, ପରବର୍ତ୍ତୀ ଗଳ୍ପାଂଶରେ ଗାଳ୍ପିକ ତାକୁ ଜଣେ କାରିଗର ଭାବରେ ଗଢ଼ିଥାଇପାରନ୍ତି। ତେଣୁ ଗଳ୍ପର ଶୀର୍ଷକ ଏପରି ରଖାଯାଇଥାଇପାରେ। ସତ୍ୟବାଦୀ ପତ୍ରିକାର ଫର୍ମା ତିଆରିରେ କିଛି ଅସୁବିଧା ରହିଯାଇଥିବାରୁ ଏ ଗପ ଅଧା ହିଁ ପ୍ରକାଶ ପାଇଥିଲା ବୋଧେ।

'ବନ୍ଧୁ' ଗଳ୍ପରେ ନିଚୋଳ ବନ୍ଧୁତ୍ୱର କଥା କୁହାଯାଇଅଛି। ବନ୍ଧୁବତ୍ସଳ ଲେଖକ ପ୍ରିୟବନ୍ଧୁ ଶ୍ରୀନିବାସଙ୍କୁ ଭେଟିବାକୁ ଇଚ୍ଛା ରଖିବା, ସେଠି ପହଞ୍ଚି ବନ୍ଧୁଙ୍କ ଦେହାନ୍ତ ଖବର ତଥା ବନ୍ଧୁ ପତ୍ନୀଙ୍କ ଦୁର୍ଦ୍ଦଶା ଦେଖି ବିଚଳିତ ହେବା ଏବଂ ଘରଭଡ଼ା ସୁଝିବା ପାଇଁ ଘରୁ ତାର ଯୋଗେ ଟଙ୍କା ମଗାଇ ତାଙ୍କୁ ସାହାଯ୍ୟ କରିବା ଭିତରେ ପାଠକ

ଦ୍ରବୀଭୂତ ହୋଇଯାଏ। ବନ୍ଧୁପ୍ରେମ ଆଗରେ ପତ୍ନୀମାନେ ସବୁବେଳେ ଏକ ପ୍ରଶ୍ନବାଚୀ ସୃଷ୍ଟି କରନ୍ତି – ଏ ବାସ୍ତବ ଦିଗ ବି ଗଳ୍ପରେ ଦୃଶ୍ୟାୟିତ। 'ମଜଲିସ୍' ଏକ ହାସ୍ୟରସାତ୍ମକ ଗଳ୍ପ। ଏଥିରେ ଦାଢ଼ିକୁ ନେଇ ଦୁଇଟି ସୁନ୍ଦର ବ୍ୟଙ୍ଗାତ୍ମକ ଉପାଖ୍ୟାନ ରହିଛି। ତିନିଗୋଟି ଉପକାହାଣୀକୁ ନେଇ ଏ ଗଳ୍ପ ଗଠିତ। ଲେଖକ ଶ୍ରୀହରି ବାବୁ ଏବଂ ଦୁଇଜଣ ଭଦ୍ରଲୋକ ଖଟି କଲାବେଳେ ସେମାନେ ଏକ ଏକ ମଜାକିଆ ଘଟଣା ବା କାହାଣୀର ଉଲ୍ଲେଖ କରିଛନ୍ତି। 'ପାଦ୍ରୀ, ପଣସ ଓ ଦାଢ଼ି କଥା' ହେଉ ବା 'ପଣ୍ଡିତଙ୍କ ବାଇଗଣ କିଣା' ଗପ ହେଉ ଅଥବା ମନ୍ତ୍ରୀ ହାଣ୍ଡିରେ ଦାଢ଼ି ବୁଡ଼ାଇ ଆମ୍ବର ସ୍ୱାଦ ବଢ଼ାଇବା କାହାଣୀ ହେଉ, ସବୁଥିରେ ହାସ୍ୟରସ ଭରପୁର। 'କରୁଣାକର' ଅନ୍ୟ ଏକ ହାସ୍ୟରସାତ୍ମକ ଗଳ୍ପ। ବୁଢ଼ା କରୁଣାକରକୁ ଗାଁରେ ସମସ୍ତେ ଥଟ୍ଟା ପରିହାସ କରନ୍ତି। ବୁଢ଼ାର ଏକ ସୁନ୍ଦର ରୂପବର୍ଣ୍ଣନା ଗାଳ୍ପିକ ଦେଇଛନ୍ତି ଗଳ୍ପରେ। ଅଲାରପୁରକୁ ଭାଗବତ ଗାଇବାକୁ ଯାଇଥିବାବେଳେ କରୁଣାକର ଦେଖିଛି ଶ୍ରୋତା ମଧ୍ୟରେ ଜଣେ ବୁଢ଼ୀ ତା ଭାଗବତ ଶୁଣି ବାରମ୍ବାର କାନ୍ଦୁଥାଏ। ବୁଢ଼ୀ ଏକଲୟରେ କରୁଣାକରକୁ ଦେଖି କାନ୍ଦୁଥିବାର ଅସଲ ରହସ୍ୟ ଥିଲା କିନ୍ତୁ ଭିନ୍ନ। ବୁଢ଼ୀର କହିବାନୁସାରେ କରୁଣାକର ଯେତେବେଳେ ପାଟି ପାକୁ ପାକୁ କରି ଗୀତ ବୋଲୁଥିଲା, ତା'ର ଦାଢ଼ି ଯେତେବେଳେ ଥରି ଉଠୁଥିଲା, ସେତେବେଳେ ବୁଢ଼ୀ ମନେପକାଏ ତା'ର ହଜିଯାଇଥିବା ଛେଳିକଥା। ତା'ରି ପରି ପାଟି, ତା'ରି ପରି ଦାଢ଼ୀ କରୁଣାକରର। ଏହାକୁ ପଢ଼ିଲାପରେ ପାଠକ ନ ହସି ରହିପାରେ ନାହିଁ।

ଦିବ୍ୟସିଂହ ପାଣିଗ୍ରାହୀଙ୍କ ପ୍ରାୟ ସମସ୍ତ ଗଳ୍ପ ସାମାଜିକ ବିଷୟବସ୍ତୁ ଆଧାରିତ। କଥାବସ୍ତୁଜନିତ ବୈବିଧ ପ୍ରାୟ ନାହିଁ। ତତ୍କାଳୀନ ଉତ୍କଳୀୟ ସମାଜ ଓ ସଂସ୍କୃତିର ଟିକିନିକି ବର୍ଣ୍ଣନା ତାଙ୍କ ଗଳ୍ପଗୁଡ଼ିକର ମୁଖ୍ୟ ବିଭବ। ପାରିବାରିକ ସଂପର୍କ, ସାଂସାରିକ ଜଞ୍ଜାଳ ଓ ଦାୟିତ୍ୱ, ଚାକିରିଆର ଦୁର୍ଦ୍ଦଶା, ଗାଁ ମହାଜନର ଶୋଷଣ ଓ ଗରିବର ଦୁରବସ୍ଥା-ଏସବୁ ତାଙ୍କ ଗଳ୍ପର ଛତ୍ରେ ଛତ୍ରେ ପ୍ରତିଫଳିତ। ବିଶେଷ କରି 'ପ୍ରେମ' ବିଷୟ ତାଙ୍କ ଅଧିକାଂଶ ଗଳ୍ପର ଭାବବସ୍ତୁ। ଏ ପ୍ରେମ ପୁଣି ବିବିଧ, ସେ ବନ୍ଧୁ ପ୍ରେମ ହୋଇପାରେ, ସେ ହୋଇପାରେ ବାତ୍ସଲ୍ୟ ପ୍ରେମ, ଭ୍ରାତୃପ୍ରେମ ଅଥବା ତାରୁଣ୍ୟ ପ୍ରେମ। 'ଦିବାବସାନ', 'ଆଦ୍ୟ ପରିଣାମ' ତଥା 'ବନ୍ଧୁ' ଗଳ୍ପରେ ବନ୍ଧୁପ୍ରେମର କଥା, ସାବିତ୍ରୀ ଉପବାସ, ପରିବର୍ତ୍ତନ ଗଳ୍ପରେ ବାତ୍ସଲ୍ୟ ପ୍ରେମର କଥା, ନିଶାବସାନ, ଗୟାଶ୍ରାଦ୍ଧ ଆଦିରେ ଭ୍ରାତୃପ୍ରେମର କଥା ଏବଂ 'ଅମୃତ କଙ୍କଣ', 'ଶେଷ ଉପହାର', 'ମାଳତୀ', 'ପାନବାଲୀ' ଆଦି ଗଳ୍ପରେ ତାରୁଣ୍ୟ ପ୍ରେମର କଥା ଉଲ୍ଲିଖିତ।

ଦିବ୍ୟସିଂହଙ୍କ ଗଳ୍ପରେ ହାସ୍ୟରସର ପ୍ରଚୁର ପ୍ରୟୋଗ ରହିଛି। ଫକୀରମୋହନଙ୍କ

ପରେ ଏ ଧାରାକୁ ଆଗେଇ ନେବାରେ ଦିବ୍ୟସିଂହ ଉପଯୁକ୍ତ ଦାୟାଦ। 'ପିତୃଶ୍ରାଦ୍ଧ', 'ଜାତୀୟତା', 'ମଜଲିସ', 'କରୁଣାକର' ଆଦି ଗଳ୍ପରେ ବ୍ୟଙ୍ଗ ସହିତ ନିଟୋଳ ହାସ୍ୟ ପୂରି ରହିଛି। ଏ ଗଳ୍ପମାନଙ୍କରେ ଜାତୀୟତା ଓ ସଂସ୍କୃତି ପ୍ରୀତି ମଧ୍ୟ ବିଦ୍ୟମାନ। ବାତ୍ସଲ୍ୟରସର ସଫଳ ରୂପାୟନ ଦିବ୍ୟସିଂହଙ୍କ ଗଳ୍ପକୁ କରିଛି ପାଠକ ପ୍ରିୟ। ପିତା-ପୁତ୍ର, ମାଆ-ଝିଅ, ବୋହୂ-ନଣନ୍ଦ, ଭାଇ-ଭଉଣୀ ଆଦି ସବୁ ପାରିବାରିକ ସଂପର୍କର କଥା ଏ ଗଳ୍ପଗୁଡ଼ିକରେ ବର୍ଣ୍ଣିତ। ଗ୍ରାମ୍ୟ ସଭ୍ୟତା ସହରୀମୁହାଁ ହେବା ଏବଂ ପୁଣି ସହରୀ ଲୋକ ଗ୍ରାମପଥ ଆଡ଼କୁ ମୁହାଁଉଥିବାର ଅନେକ ଦୃଷ୍ଟାନ୍ତ ଦିବ୍ୟସିଂହଙ୍କ ଗଳ୍ପରେ ପ୍ରତିଭାତ। ଅତଏବ ଉନ୍ମେଷକାଳୀନ ଓଡ଼ିଆ ଗଳ୍ପଧାରାରେ ଦିବ୍ୟସିଂହ ପାଣିଗ୍ରାହୀ ଜଣେ ଧୂରୀଣ କଥାଶିଳ୍ପୀ ଭାବରେ ନିଜକୁ ପ୍ରମାଣିତ କରିପାରିଛନ୍ତି, ଏଥିରେ ଦ୍ୱିରୁକ୍ତି ନାହିଁ।

ସୌଭାଗ୍ୟ ଯେ 'ଅମୃତ କଙ୍କଣ'ର ଏକ ନୂତନ ସଂସ୍କରଣ ପ୍ରକାଶ ପାଇବାକୁ ଯାଉଛି। ୧୯୨୬ରେ ପ୍ରକାଶିତ ପ୍ରଥମ ସଂସ୍କରଣ ପରେ ୧୯୫୭ ମସିହାରେ ନଅଗୋଟି ଗଳ୍ପକୁ ନେଇ କଟକ ଷ୍ଟୁଡେଣ୍ଟସ୍ ଷ୍ଟୋରଦ୍ୱାରା ଏହାର ଆଉ ଏକ ସଂସ୍କରଣ ପ୍ରକାଶ ପାଇଥିଲା। କିନ୍ତୁ ଏଥିରେ ପ୍ରଥମ ସଂସ୍କରଣରେ ଥିବା ଅନ୍ୟ ଛଅଗୋଟି ଗଳ୍ପକୁ କାହିଁକି ଯୋଡ଼ାଯାଇନାହିଁ, ତାହା ଜାଣିବା କଷ୍ଟ। ତଥାପି ଏହି ଦୁଷ୍ପ୍ରାପ୍ୟ ପୁସ୍ତକର ଏକ ନୂତନ ସଂସ୍କରଣ ପ୍ରକାଶିତ ହେବାର ଆବଶ୍ୟକତାକୁ ଅନୁଭବ କରି ମୁଁ ଏ ଦିଗରେ ଅଗ୍ରସର ହୋଇଥିଲି। ଏହି ପୁସ୍ତକଟିକୁ ପ୍ରକାଶ କରିବାପାଇଁ ସମ୍ମତି ଜଣାଇ ମତେ ଉତ୍ସାହିତ କରିଥିଲେ 'ବ୍ଲାକ୍ ଇଗଲ୍ ବୁକ୍ସ'ର ନିର୍ଦ୍ଦେଶକ ସମ୍ମାନାସ୍ପଦ ସତ୍ୟ ପଟ୍ଟନାୟକ। ତାଙ୍କ ପାଖରେ ମୁଁ ଋଣୀ। ଉକ୍ତ ସଂସ୍କରଣରେ ମୂଳ ପନ୍ଦରଗୋଟି ଗଳ୍ପ ସହ ଅସଂକଳିତ ଅବସ୍ଥାରେ ଥିବା ଅବଶିଷ୍ଟ ପାଞ୍ଚୋଟି ଗଳ୍ପକୁ 'ଅନ୍ୟାନ୍ୟ ଗଳ୍ପ' ବିଭାଗରେ ରଖାଯାଇଅଛି ଏବଂ ପାଠକମାନଙ୍କ ଗୋଚରାର୍ଥେ 'ପରିଶିଷ୍ଟ'ରେ ଗାଳ୍ପିକଙ୍କ ପ୍ରଥମ ପ୍ରକାଶିତ ଗଳ୍ପର ମୂଳରୂପକୁ ଦିଆଯାଇଅଛି। ପାଠକମାନେ ଏ ପୁସ୍ତକଟିକୁ ଶ୍ରଦ୍ଧାର ସହ ଆପଣାଇବେ ବୋଲି ଆଶା ଓ ବିଶ୍ୱାସ।

- ବିଶ୍ୱନାଥ ସାହୁ

ଅମୃତ କଙ୍କଣ

ହରିଚରଣ ବାବୁ ଯାଜପୁର ଅଦାଲତରେ ଜଣେ ନାମଯାଦା ଓକିଲ ଥିଲେ। ସେ ଆଜିକୁ ଅନେକ ଦିନର କଥା। ତାଙ୍କ ଗୃହସଂସାର ବେଶ୍ ଏକରକମ ସୁଖସ୍ୱାଚ୍ଛନ୍ଦ୍ୟରେ ଚଳୁଥାଏ, ପୈତୃକ ଜମିଦାରୀ ଖୁବ୍ ଥିଲା; ରୋଜଗାର କରି ହରିଚରଣ ବାବୁ ଢେର କୋଠାବାଡ଼ି ମଧ୍ୟ କରିଥିଲେ। ତାଙ୍କର ସଂସାରରେ କେବଳ ତାଙ୍କ ସ୍ତ୍ରୀ ଓ ଜନନୀ; ଆଉ ସବୁ ଯାହା ଦାସୀ ଓ ଚାକର। ସେ ବହୁକାଳ ସନ୍ତାନ ମୁଖଦର୍ଶନ ସୁଖରୁ ବଞ୍ଚିତ ଥିଲେ। ଭାଗ୍ୟକ୍ରମେ ତାଙ୍କର ଅପୂର୍ବ ରୂପଲାବଣ୍ୟ ସମ୍ପନ୍ନ ଗୋଟିଏ କନ୍ୟା ଜାତ ହେଲା। ଏତେଦିନେ ହରିଚରଣଙ୍କ ଗୃହସଂସାର ହସି ଉଠିଲା; ଦାନ ଧ୍ୟାନରେ ମଧ୍ୟ ଖର୍ଚ୍ଚପତ୍ର ବଢ଼ିଥିବାର ଜଣାଗଲା। କନ୍ୟାଟି ଜନ୍ମ ହେବା ସମୟକୁ ହରିଚରଣ ୪୫ ବର୍ଷ ଅତିକ୍ରମ କରିଥିଲେ। ନବପ୍ରସୂତା କନ୍ୟାଟି ବନ୍ଧୁବାନ୍ଧବ ସାଇପଡ଼ିଶାଙ୍କର ମଧ୍ୟ ନୟନପିତୁଳା ହୋଇ ଉଠିଲା; ପିତାମାତାଙ୍କ କଥା ତ ଛାଡ଼ନ୍ତୁ। କେହି କେହି ତୋଷାମୋଦବଶତଃ, କେହି ଅବା ଅନ୍ୟ କୌଣସି ଭାବପରବଶ ହୋଇ କନ୍ୟା ଦର୍ଶନ ପରେ ତାହାର ରୂପର ଅଶେଷ ପ୍ରଶଂସା କରିବାକୁ ଲାଗିଲେ। କ୍ରମେ କ୍ରମେ ପଞ୍ଚୁଆତି, ଉଠିଆରୀ ଏକୋଇଶା ଚାଲିଗଲା। କନ୍ୟାର ନାମ ହେଲା କଞ୍ଚନ। ଗଣକମାନେ ଆସି ଗଣାପୋଛା କଲେ। ସେମାନଙ୍କ ମଧ୍ୟରୁ ଅନେକ କହିଲେ, "ଆମ୍ଭେମାନେ ଅନେକ ରାଜ୍ୟ ବୁଲିଅଛୁଁ, ଅନେକ ରାଜରାଜୋଡ଼ାଙ୍କ ଝିଅ ବୋହୂମାନଙ୍କ କୋଷ୍ଠୀ ସାଧିଅଛୁଁ, କିନ୍ତୁ ଏ କନ୍ୟା କୋଷ୍ଠୀ ପରି ସର୍ବଗୁଣ ପରିପୂର୍ଣ୍ଣ କୋଷ୍ଠୀ କେଉଁଠି ଦେଖି ନାହୁଁ।" ସେମାନଙ୍କ ମଧ୍ୟରୁ ଯେଉଁମାନେ ଟିକିଏ ସ୍ପଷ୍ଟବାଦୀ, ସେମାନେ କହିଲେ – "ଏ କନ୍ୟା ପ୍ରକୃତ ଗୁଣବତୀ ହେବ, ସନ୍ଦେହ ନାହିଁ। କିନ୍ତୁ ଏହା ଭାଗ୍ୟରେ ଐହିକ ସୁଖ ନାହିଁ।" ସେ ଯାହାହେଉ, ସମସ୍ତେ ସମାନ ଭାବରେ ବିଦାକୀ, ଲୁଗାପଟା ଇତ୍ୟାଦି ପାଇଥିବାର ଖର୍ଚ୍ଚ ତାଲିକାରୁ ଜଣାଗଲା।

ଆମ୍ଭେମାନେ ଯେଉଁ ବିଷୟର ଅବତାରଣା କଲୁଁ, ତହିଁର ପ୍ରାୟ ୬ ବର୍ଷ ପରେ ଯାଜପୁର ଅଦାଲତକୁ ଗୁରୁଚରଣ ବାବୁ ପେସାର ବାଲେଶ୍ୱରରୁ ବଦଳି ହୋଇ ଆସିଲେ। ଗୁରୁଚରଣ ବାବୁ ଅତି ଭଦ୍ର, ଦାନଶୀଳ ଓ ପରଦୁଃଖକାତର ଥିଲେ। ସଙ୍ଗରେ ତାଙ୍କର କେବଳ ଗୋଟିଏ ବୃଦ୍ଧା ଦାସୀ, ୧୦ ବର୍ଷର ଗୋଟିଏ ପୁଅ ଓ ଗୋଟିଏ ଚାକର ଥିଲେ। ଗୁରୁଚରଣ ପ୍ରାଚୀନ, ପେନସନର ସମୟ ପ୍ରାୟ ୭/୮ ବର୍ଷ ବାକି ଥିଲା। ଏତେଦିନ ଚାକିରି କରି ସେ ଗୋଟିଏ ପଇସା ରଖି ନଥିଲେ। ଦରମା ବ୍ୟତୀତ ଅନ୍ୟ ଆୟ ତାଙ୍କର ନଥିଲା। ସେହି ଦରମାରୁ ନିଜ ଖର୍ଚ୍ଚ ନ ଚଳିବା ଯୋଗୁଁ କେତେକ ଋଣ ମଧ୍ୟ ହୋଇଥିଲା। ଶତ୍ରୁ ଶତ୍ରୁର ଅନିଷ୍ଟ କଲେ, ଏହା ସ୍ୱତଃସିଦ୍ଧ କଥା। କଳିଯୁଗ ପ୍ରକୃତି ଗୁରୁଚରଣଙ୍କ ଉପରେ ଖଡ୍ଗହସ୍ତ। ସେ କେତେବେଳେ ହେଲେ କଳିଯୁଗିଆ ନଥିଲେ। ଅତି ଅସମୟରେ ତାଙ୍କ ପୁତ୍ର ଜନ୍ମର ଅବ୍ୟବହିତ ପରେ ତାଙ୍କର ସ୍ନେହମୟୀ ସହଧର୍ମିଣୀ ଦେହତ୍ୟାଗ କରିଗଲେ। ଗୁରୁଚରଣ ବାବୁଙ୍କ ମୁଣ୍ଡ ଉପରେ ଯେପରି ବଜ୍ରପାତ ହେଲା। ଘର ବ୍ୟବସାୟ ସେ କେବେ କିଛି ଭାବୁ ନଥିଲେ, ବୁଝିବା କରିବା ତ ଦୂରର କଥା। ପତ୍ନୀ ବିୟୋଗ ଦିବସରୁ ନବଜାତ କୁମାର ଚିନ୍ତା, ଗୃହ ଚିନ୍ତା, ତାପରେ କଚେରୀ କାର୍ଯ୍ୟ ଓ ଦେଣା ପରିଶୋଧ ତାଙ୍କୁ ବ୍ୟତିବ୍ୟସ୍ତ କରି ପକାଇ ଥିଲା।

ଗୁରୁଚରଣ ବଡ଼ ଦାନଶୀଳ। ବିପନ୍ନ ବ୍ୟକ୍ତି କିଛି ପ୍ରାର୍ଥନା କଲେ ସେ ନଦେଇ ରହିପାରୁ ନଥିଲେ। ଦରମା ପାଇବା ପର ଦିବସ ଉଣ୍ଡି ଅନେକ ଅତିଥି ଅଭ୍ୟାଗତ ତାଙ୍କ ଦ୍ୱାରସ୍ଥ ହୁଅନ୍ତି। ଦରମାରୁ ପ୍ରାୟ ଅର୍ଦ୍ଧେକ ସେହିଦିନ ନିଃଶେଷ ହୁଏ। ଗୃହ ଖର୍ଚ୍ଚ ନିମିତ୍ତ ପରେ ନିଅଣ୍ଟା ହେଲେ, ଧାର ଉଧାର ହୁଏ। ବନ୍ଧୁମାନେ କାରଣ ପଚାରିଲେ, ସେ କହନ୍ତି – "ମୁଁ ବଡ଼ ସ୍ୱାର୍ଥପର, ପରଦୁଃଖ ଅପନୋଦନ କରିବା ମୋର ସେତେ ଉଦ୍ଦେଶ୍ୟ ନୁହେଁ। ଦୁଃଖ ସମୟରେ ପ୍ରାର୍ଥୀ ବ୍ୟକ୍ତିକୁ ସାହାଯ୍ୟ କରି ନପାରିଲେ ମୋ ମନ ବଡ଼ ବ୍ୟସ୍ତ ହୁଏ, କିଛି ଭଲ ଲାଗେ ନାହିଁ। ମୋ ନିଜ ହୃଦୟର ଏ ଦାରୁଣ ଯନ୍ତ୍ରଣା ଦୂର କରିବା ନିମିତ୍ତ ମୁଁ ଯାହା କିଛି ସାଧମତେ ସାହାଯ୍ୟ କରିଥାଏ। ଏ ଆଉ ବେଶୀ କଣ ?" ଆହା ଜଗତ୍ ଗୁରୁଚରଣଙ୍କ ପରି 'ସ୍ୱାର୍ଥପର'ହେଲେ କ'ଣ ନ ହୁଅନ୍ତା !

ପେସ୍କାର ଗୁରୁଚରଣ ହରିଚରଣଙ୍କ ଘରର ଅନତି ଦୂରରେ ଖଣ୍ଡିଏ ଘରଭଡ଼ା ନେଇ ରହିଲେ। ଉଭୟ ପରିବାର ମଧ୍ୟରେ ଘନିଷ୍ଠତା କ୍ରମେ ବୃଦ୍ଧି ପାଇବାକୁ ଲାଗିଲା। ଗୁରୁଚରଣ ବାବୁଙ୍କ ପୁତ୍ର ମନୋମୋହନ ଯାଜପୁର ସ୍କୁଲ ଷଷ୍ଠ ଶ୍ରେଣୀରେ ନାମ ଲେଖାଇଲା। କୌଣସି ପୁଣ୍ୟପର୍ବ କିମ୍ବା ଭଲ ଖିଆପିଆ ହେଲେ ହରିଚରଣ ବାବୁ ମନୋମୋହନକୁ ନିଜ ଘରକୁ ଡକାଇ ନିଅନ୍ତି। କଞ୍ଚନ ମଧ୍ୟ ଗୁରୁଚରଣଙ୍କ ଘରକୁ ଦାସୀ ସଙ୍ଗେ ଯାଏ। ମନୋମୋହନ ସେତେବେଳେ ବସି ବସି ପଢୁଥାଏ, କଞ୍ଚନ

ପହଞ୍ଚିଲେ ଆଉ ରକ୍ଷା ନାହିଁ, ହାତରୁ ବହିପତ୍ର ଝିଙ୍କି ଆଣେ, ତା କଥା ନ ଶୁଣିଲେ କ୍ଷୁଦ୍ର କୋମଳ ହସ୍ତରେ ତାକୁ ମାଡ଼ ମାରେ, ରାମ୍ପୁଡ଼ି ପକାଏ; ଶେଷରେ ନ ଶୁଣିଲେ କାନ୍ଦେ। ମୋହନ ମଧ୍ୟ ତାକୁ ରଗାଇବା ଅଭିଳାଷରେ ତା କଥା ଶୁଣି ନ ଶୁଣିଲା ପରି ରହେ । ମୋହନ ସ୍କୁଲରୁ ଚାରିଟାବେଳେ ଫେରି ଆସିବା ସମୟରେ କଞ୍ଚନ ପିଣ୍ଡାରେ ଜଗି ବସିଥାଏ, ତାକୁ ଦେଖିଲାକ୍ଷଣି ପଛେ ପଛେ ଗୋଡ଼ାଏ, ସଙ୍ଗେ ସଙ୍ଗେ ଘରକୁ ଯାଏ। ମୋହନ ଖଣ୍ଡିଏ ବର୍ଣ୍ଣବୋଧ କିଣି ଆଣିଅଛି, କଞ୍ଚନ ପଢ଼ିବ ବୋଲି। ପ୍ରତିଦିନ ସନ୍ଧ୍ୟାବେଳେ କଞ୍ଚନ ଆସି ମୋହନକୁ ବିରକ୍ତ କରେ, ତାଠାରୁ ପାଠ ପଢ଼ିସାରି ରାତି ହେଲେ ଘରକୁ ଚାଲିଯାଏ।

ଏହିପରି ଦିଓଟି କ୍ଷୁଦ୍ର ଅଥଚ ସରଳ ଓ କୋମଳ ପ୍ରାଣ ମଧ୍ୟରେ ପରସ୍ପର ପ୍ରତି ସ୍ନେହ ମମତା ଦିନକୁ ଦିନ ବୃଦ୍ଧି ପ୍ରାପ୍ତ ହେବାକୁ ଲାଗିଲା। ମୋହନ ଚାରିଟାବେଳେ ସ୍କୁଲରୁ ଆସି ହରିଚରଣ ବାବୁଙ୍କ ବଗିଚାକୁ ବୁଲିଯାଏ; କଞ୍ଚନ ମଧ୍ୟ ଯାଇଥାଏ। ଦୁହିଁଙ୍କର ଦେଖା ହେଲେ ଉଭୟେ ଭାରି ଖୁସି ହୁଅନ୍ତି। ଯେପରି କି ଦିଓଟି ସହୃଦୟ ବନ୍ଧୁଙ୍କ ମଧ୍ୟରେ ବହୁଦିବସ ପରେ ଏହି ପ୍ରଥମ ସାକ୍ଷାତ୍! ମୋହନ ସେହି ବଗିଚାରୁ ଚମ୍ପା ମଞ୍ଜି, ଯୂଇ, ଯାଇ ଇତ୍ୟାଦି ଫୁଲ ଓ ଚାଉଳିଆ ଏବଂ ଅନ୍ୟାନ୍ୟ କୋଳି ତୋଳି ଆଣେ। କୋଳି ତୋଳି ଆଣି କଞ୍ଚନକୁ ଖାଇବାକୁ ଦିଏ; କଞ୍ଚନ ଖାଏନାହିଁ। ମୋହନ ପ୍ରଥମେ ଖାଇଲେ ସେ ଖାଇବ ବୋଲି କହେ। ପ୍ରଥମେ କିଏ ଖାଇବ, ଏ ବିଷୟର ମୀମାଂସା ହୋଇପାରେ ନାହିଁ, ଶେଷରେ ଫଳସକଳ ପୋଖରୀକୁ ନିକ୍ଷିପ୍ତ ହୁଏ, ମାଡ଼ ମରାମରି କନ୍ଦାକଟା ପର୍ଯ୍ୟନ୍ତ ଯାଏ। ରାଗରେ ଉଭୟେ ନିଜ ନିଜ ଘରକୁ ଯାନ୍ତି। କିନ୍ତୁ ପରଦିନକୁ ଆଉ ସେ କଥା ମନେ ନଥାଏ। ପୁଣି ସେହିପରି ଫଳ ତୋଳା ହୁଏ; ପୁଣି ରୁଷାରୁଷି କନ୍ଦାକନ୍ଦି। ଦିନେ ଅନେକ ପ୍ରକାର ଫୁଲ ତୋଳି ଆଣି ନାରଙ୍ଗ କଣ୍ଟା ଓ କଦଳୀପଟ ସାହାଯ୍ୟରେ କଞ୍ଚନ ଗୋଟିଏ ସୁନ୍ଦର ସତେଜ ମାଳ ଗୁନ୍ଥିଲା। ମୋହନ ସେତେବେଳେ ବଗିଚାରେ ଏଣେତେଣେ ବୁଲୁଥାଏ। ମୋହନ ସେହି ମାଳଟିକୁ ଛଡ଼ାଇ ନେଇ କଞ୍ଚନ ବେକରେ ଲମ୍ବାଇବାକୁ ଗଲା। ସେ କହିଲା, "ନା ତୁ ତୋ ବେକରେ ପକା, ମୁଁ ତୋ ପାଇଁ ଗୁନ୍ଥିଛି" ଏହିପରି ଛଡ଼ାଛଡ଼ିରେ ମାଳଟି ଛିଣ୍ଡିଗଲା। କଞ୍ଚନ ତାର ବହୁ ଆୟାସଲବ୍ଧ ମାଳଟିର ଏ ଦଶା ଦେଖି ବଡ଼ ବ୍ୟସ୍ତ ହୋଇ କାନ୍ଦି କାନ୍ଦି ଘରକୁ ପଳାଇଗଲା। ଭାରି ରାଗରେ କହିଗଲା – "ମୁଁ ଆଉ ତୋ ପାଖକୁ ଆସିବି ନାହିଁ, କି ତୋ ସାଙ୍ଗରେ ଆଉ ଖେଳିବି ନାହିଁ।" ସେହିଦିନଠାରୁ ମୋହନ ମଧ୍ୟ ଦୁଇ ତିନି ଦିନଯାଏ ଏ ବଗିଚାକୁ ବୁଲିଗଲା ନାହିଁ।

କଞ୍ଚନର ବଡ଼ ମା ଦିନେ କାହିଁକି କପିଳାସ ଦର୍ଶନରେ ମନ ବଳାଇ

ହରିଚରଣ ବାବୁଙ୍କୁ କହିଲେ। କପିଳାସ ଯିବାର ଧୁମଧାମ ପଡ଼ିଗଲା। ଏହା ଶୁଣିପାରି ମୋହନ ମଧ୍ୟ ଯିବାର ଇଚ୍ଛା ପ୍ରକାଶ କଲା। ଗୁରୁଚରଣ ସମ୍ମତ ହେଲେ। ଦୁଇଖଣ୍ଡି ଗାଡ଼ିରେ ସମସ୍ତେ ବାହାରିଲେ। ହରିଚରଣଙ୍କ ସ୍ତ୍ରୀ, କଞ୍ଚନ ଓ ବୃଦ୍ଧା ଖଣ୍ଡିଏ ଗାଡ଼ିରେ, ଅନ୍ୟ ଗାଡ଼ିରେ ମୋହନ ଓ ଚାକରମାନେ ବସି ବାହାରିଲେ। ଗ୍ରୀଷ୍ମ ସମୟ, ଦିନ ଦ୍ୱିପହରରୁ ଗଡ଼ିଲାଣି, ପ୍ରଚଣ୍ଡ ଖରା; ଗାଈଜଗା ପିଲାମାନେ ଗୋରୁପଲ ଛାଡ଼ିଦେଇ ବରଗଛ ଉପରେ ଚଢ଼ି ବଂଶୀବାଦନ କରୁ ଅଛନ୍ତି; ଗୋରୁମାନେ ଗଛମୂଳେ ପଡ଼ି ବୈଷ୍ଣବମାନେ ମାଳା ଗଡ଼ାଇଲା ପରି ପାଟି ପାକୁ ପାକୁ କରୁଅଛନ୍ତି; କୁକୁରମାନେ ଲମ୍ବ ଜିଭ କାଢ଼ିଦେଇ ଛାଇରେ ପଡ଼ି ଧକଉଅଛନ୍ତି। ନିଆଁ ପବନ ଶିରି ଶିରି ବହୁଅଛି। ଦାଣ୍ଡଘାଟରେ ଲୋକସମାଗମ ପ୍ରାୟ ନାହିଁ। ପ୍ରକୃତି ଜନସମାଜର ଗୋଟିଏ ଘଟଣା ଦେଖାଇ ବ୍ୟସ୍ତ। କୌଣସି ବଡ଼ଲୋକଙ୍କ ଘରକୁ କେହି ଭଦ୍ରଲୋକ ଦେଖା କରିବାକୁ ଗଲେ ପ୍ରଥମେ ଦ୍ୱାରବାନ ନିକଟରୁ, ତା ପରେ ଚାକରମାନଙ୍କଠାରୁ ବେଶ୍ ପଦେ ଅଧେ କଡ଼ା କଥା ଶୁଣିବାକୁ ପାଇଥାନ୍ତି। ମୁନିବ ଭଦ୍ରସମ୍ଭାଷଣ କରିପାରନ୍ତି, ଭଦ୍ରଭାବରେ ଭଦ୍ରଲୋକମାନଙ୍କ ସଙ୍ଗେ ବ୍ୟବହାର କରିପାରନ୍ତି; କିନ୍ତୁ ଚାକରମାନେ ପଦେ ଅଧେ କଡ଼ା କଥା କହିବାକୁ ଛାଡ଼ିବା ଯେପରି ନୀତିବିରୁଦ୍ଧ ମନେ କରନ୍ତି। ପ୍ରକୃତି ସେହି କଥା ଦେଖାଉଅଛି। ସୂର୍ଯ୍ୟକିରଣରେ ସେତେ ଉତ୍ତାପ ନାହିଁ, କିନ୍ତୁ ସେହି କିରଣରେ ତପ୍ତ ମୃତ୍ତିକା ଆଜି ଯେପରି ଅଗ୍ନିମୟ ହୋଇଅଛି। ଏପରି ସମୟରେ ଦୁଇ ଖଣ୍ଡ ଗାଡ଼ି କପିଳାସ ଅଭିମୁଖେ ଚାଲିଅଛି। ବେଳ ରତ ରତ ସମୟକୁ ସମସ୍ତେ ଯାଇ ପର୍ବତର ପାଦଦେଶରେ ପହଞ୍ଚିଗଲେ। ପର୍ବତ ବୁଲି ଦେଖିବା ନିମିତ୍ତ ବାହାରିଲେ। କିଛିଦୂର ଆରୋହଣ କଲାପରେ ବୃଦ୍ଧାର ପାଦ ଆଉ ଚଳିଲା ନାହିଁ; ସେହିଠାରେ ଦେବ ଦେବ ମହାଦେବଙ୍କ ଉଦ୍ଦେଶ୍ୟରେ ପ୍ରଣାମ କରି ବସି ରହିଲା। ଅନ୍ୟ ସମସ୍ତେ ବୃଦ୍ଧାର ଅନୁସରଣ କଲେ। ମାତ୍ର ମୋହନ ପର୍ବତ ଉପରକୁ ଉଠିବାକୁ ଲାଗିଲା, କଞ୍ଚନ ମଧ୍ୟ ଅନୁଗାମିନୀ ହେଲା। ଦୁହେଁ ଶୀଘ୍ର ପଦକ୍ଷେପରେ ଉଠିଲେ।

ସୂର୍ଯ୍ୟ ସ୍ୱର୍ଣ୍ଣକିରଣରେ ପୃଥିବୀ ମଣ୍ଡିତ କରି ଅସ୍ତଗାମୀ ହେଉଅଛନ୍ତି, ଶୀତଳ ସମୀରଣ ମୃଦୁ ମୃଦୁ ବହୁଅଛି। ଅଶୋକ ମଲ୍ଲି ଯୂଥିକାର ମଧୁର ସ୍ନିଗ୍ଧ ବାସରେ ଚତୁର୍ଦ୍ଦିଗ ଆମୋଦିତ; କୋକିଳ, ହଳଦିବସନ୍ତ ପ୍ରଭୃତି ଅଗଣିତ ବିହଙ୍ଗମାନଙ୍କର ସୁମଧୁର କାକଳି ବଡ଼ କର୍ଣ୍ଣପ୍ରୀତିକର ହେଉଅଛି, ଜନକୋଳାହଳ କର୍ଣ୍ଣଗୋଚର ହେଉନାହିଁ, ଚତୁର୍ଦ୍ଦିଗରେ ସ୍ୱଚ୍ଛ ସୁନୀଳ ଅମ୍ବର ପରିବ୍ୟାପ୍ତ। କେତୋଟି ନକ୍ଷତ୍ର ମିଞ୍ଜି ମିଞ୍ଜି ହୋଇ ବଡ଼ ଅସ୍ପଷ୍ଟ ଭାବରେ ଦେଖା ଦେଲେଣି। ନିମ୍ନଭାଗର ଅଧିକାଂଶ ଦୃଷ୍ଟିପଥାରୂଢ଼ ହେଉନାହିଁ। ପ୍ରକୃତିର ଏପରି ରଙ୍ଗମଞ୍ଚରେ ପରସ୍ପର ପ୍ରତି ଆକୃଷ୍ଟ ଦିଓଟି ହୃଦୟର ଅବସ୍ଥା କିପରି ହେବା

ଉଚିତ, ପାଠକମାନେ ଅନୁମାନ କରିନିଅନ୍ତୁ। ଦୁହେଁ ସ୍ଥିରନେତ୍ରରେ କିଛିକ୍ଷଣ ଠିଆ ହୋଇ ରହିଲେ; ପରେ ମୋହନ କହିଲା – "କଞ୍ଚନ, ଏହି ସୁନ୍ଦର ଅଥଚ ବିଶାଳ, ଆନନ୍ଦମୟ ଅଥଚ ଭୟାବହ ରାଜ୍ୟରେ କେବଳ ତୁ ଏବଂ ମୁଁ। ଏଠାରେ ଜନସମାଗମ ନାହିଁ, ରୋଗିର ଆର୍ତ୍ତନାଦ, ଦୁଃଖିର ଚିନ୍ତା, ଧନିର ଗର୍ବ ଅଭିମାନ, କିଛି ନାହିଁ, ଏଠାରେ କେବଳ ତୁ ଏବଂ ମୁଁ। ଏ କଥା ଯେପରି ଜୀବନର କୌଣସି ସମୟରେ ଭୁଲି ନଯାଉ।" କଞ୍ଚନର ହୃଦୟତନ୍ତ୍ରୀରେ ଯେପରି ବାଜି ଉଠିଲା – ତୁ ଆଉ ମୁଁ। ଦିଗନ୍ତ ବିସ୍ତାରୀ ଶୀତଳ ସମୀରଣ ବୃକ୍ଷର କୋମଳ ପଲ୍ଲବରେ ତାଳେ ତାଳେ ବାଜି ଯେପରି କହିବାକୁ ଲାଗିଲା – ତୁ ଆଉ ମୁଁ। କଞ୍ଚନ କିଛି କହି ପାରଲା ନାହିଁ, ତା'ର ଅଜ୍ଞାତରେ ଆଖିରୁ ଦୁଇଟୋପା ଲୁହ ଗଡ଼ିପଡ଼ିଲା। ଦୁହେଁ ସନ୍ଧ୍ୟା ଆଗତ ଦେଖି ଫେରି ଆସିଲେ। ସେ ରାତ୍ରି ସେହିଠାରେ ଯାପନ କରି ପରଦିନ ଦେବଦର୍ଶନାନନ୍ତର ଗୃହାଭିମୁଖରେ ଯାତ୍ରା କଲେ।

କପିଳାସରୁ ଫେରି ଆସିବା ପରେ ବୃଦ୍ଧାର ଦେହ ବ୍ୟସ୍ତ ହେଲା। ପ୍ରଥମେ ଶର୍ଦ୍ଦି, ତା ପରେ ସାମାନ୍ୟ ଜ୍ୱର। ବୈଦ୍ୟ ଡାକ୍ତର ଡକାଇଲେ, ମାତ୍ର ବୃଦ୍ଧା କହିଲା – "ମୁଁ କୌଣସି ଔଷଧ ଖାଇବି ନାହିଁ, ମୋର ଶେଷ ସମୟ ପହଞ୍ଚିଲାଣି।" କଞ୍ଚନ କାନ୍ଦି କାନ୍ଦି ବୁଢ଼ୀ ପାଖରେ ବସି ସେବା କରୁଥାଏ। ହଠାତ୍ ବୁଢ଼ୀର ମନ କଣ ହେଲା, ସେ ତା ନିଜ ହାତବାକ୍ସ ମଗାଇ ଆଣି ତହିଁରୁ ଗୋଟିଏ ଅପୂର୍ବ କାରୁକାର୍ଯ୍ୟ ଖଚିତ ଅଷ୍ଟଧାତୁ ନିର୍ମିତ କଙ୍କଣ କାଢ଼ି କଞ୍ଚନ ହସ୍ତରେ ପିନ୍ଧାଇଦେଇ କହିଲା, - "ମା, ମୋର ଆଉ କିଛି ନାହିଁ କି ନଥିଲା, ଧନ ସମ୍ପତ୍ତି ମୁଁ ପାଣ୍ଠି କରି ରଖୁ ନଥିଲି। ହରି ମୋର ପିଲାଦିନୁ ରୋଗିଣା। ତା ଦଶା ଦେଖି କେତେ ଦିଅଁ ଦେବତା କଲି, ପୂଜା ଉପବାସ କଲି, କାହିଁରେ ଭଲ ହେଲା ନାହିଁ। ଶେଷରେ ଜଣେ ସନ୍ନ୍ୟାସୀ ଆସି ମତେ ଏହି ଅମୂଲ୍ୟ ରତ୍ନଟି ଦେଇ କହିଲେ, ପିଲା ଦେହରେ ଏହିଟି ଥିଲେ କୌଣସି ରୋଗ ବୈରାଗ ରହିପାରିବ ନାହିଁ। ହରିର ସେଦିନୁ ରୋଗ କୁଆଡ଼େ ଗଲା, ସେ ସୁସ୍ଥ ହେଲା। ହରି ବଡ଼ ହେବା ଦିନରୁ ମୁଁ ଏହାକୁ ତା ଦେହରୁ କାଢ଼ି ରଖିଅଛି। ଭାବିଥିଲି, ହରିର ପୁଅ ହୋଇଥିଲେ ପିନ୍ଧାଇଥାନ୍ତି, ଦିଅଁ ତ ଶୁଣିଲେ ନାହିଁ; ସେ ମୋ କପାଳ ଦଶା; ତୁ ଏହିଟିକୁ ପିନ୍ଧିଥା, ପୁଅ ହେଲେ ପିନ୍ଧାଇବୁ। କେହି ମାଗିଲେ ଦବୁ ନାହିଁ! ମନେ ରଖିଥା, ଏହାର ନାମଟି 'ଅମୃତ କଙ୍କଣ'।" ବୁଢ଼ୀ କିଛିଦିନ ଶଯ୍ୟାଗତ ରହି ଚାଲିଗଲା। ବୁଢ଼ୀର ଶୁଦ୍ଧଶ୍ରାଦ୍ଧ ଯଥାବିଧି ହେଲା। ମୋହନ କଞ୍ଚନ ହାତରେ ଏ ନୂତନ ଅଳଙ୍କାର ଭାରି ପସନ୍ଦ କଲା। କଞ୍ଚନଠାରୁ ଏହି କଙ୍କଣଟିର ବୃତ୍ତାନ୍ତ ଶୁଣି ଭାରି ଆନନ୍ଦିତ ହେଲା।

ଦିନ ଯାଏ, ଦିନ ରହେ ନାହିଁ। ଦୁଃଖରେ ହେଉ, ଆନନ୍ଦରେ ହେଉ,

ଶାନ୍ତିରେ ହେଉ, ରୋଗଯନ୍ତ୍ରଣାରେ ହେଉ, ସୁସ୍ଥ ଶରୀରରେ ହେଉ, ଦିନ ଯାଏ, ରହେ ନାହିଁ। ସମୟ ଅତିବାହିତ ହେବାକୁ ଲାଗିଲା। ମନୋମୋହନ ବର୍ତ୍ତମାନ ପ୍ରଥମ ଶ୍ରେଣୀରେ ପଢ଼େ। ଦିନେ ହଠାତ୍ ଗୁରୁଚରଣଙ୍କର ପୀଡ଼ା ହେଲା, ଚାହୁଁ ଚାହୁଁ ସନ୍ଧି। ହରିଚରଣ ବାବୁଙ୍କୁ ଯତ୍ନରେ କେତେ ବୈଦ୍ୟ ଡାକ୍ତର ଚିକିତ୍ସା କଲେ, କିଛି ହେଲା ନାହିଁ; ସନ୍ଧ୍ୟା ସମୟକୁ ଶେଷ। ଅନ୍ତ୍ୟେଷ୍ଟିକ୍ରିୟା ସମ୍ପନ୍ନ ହେଲା। ମୋହନ ବର୍ତ୍ତମାନ ନିରାଶ୍ରୟ, ନିରନ୍ନ। କିପରି ପଢ଼ିବ, କୁଆଡ଼େ ଯିବ, କିଛି ସ୍ଥିର କରିପାରିଲା ନାହିଁ। ହରିଚରଣ ବାବୁ ଦୟାପରବଶ ହୋଇ ସେହି ବର୍ଷର ଖର୍ଚ୍ଚ ବହନ କରିବାକୁ ପ୍ରତିଶ୍ରୁତି ଦେଲେ। ମୋହନ ସେହିପରି ପିତାଙ୍କ ବସା ଗୃହରେ ରହିଲା। ଆଜିକାଲି କଞ୍ଚନ ସଙ୍ଗେ ପ୍ରାୟ କ୍ୱଚିତ୍ ସାକ୍ଷାତ୍ ହୁଏ। ସ୍କୁଲରୁ ଫେରିବାବେଳେ ଦାଣ୍ଡଦୁଆରେ ଚକ୍ଷୁବିନିମୟ ହୁଏ ମାତ୍ର – କିନ୍ତୁ ତାହା ଅତୀବ ଭାବବ୍ୟଞ୍ଜକ, ଶତ ଖଣ୍ଡ ପୁସ୍ତକରେ ସେ ଭାବର ପୂର୍ଣ୍ଣ ବିକାଶ ହେବା ଅସମ୍ଭବ। କଞ୍ଚନର ବିବାହ ବୟସ ଉପସ୍ଥିତ। ହରିଚରଣଙ୍କ ସ୍ତ୍ରୀ ପ୍ରଥମେ ମନୋମୋହନର ନାମ ଉଲ୍ଲେଖ କଲେ। କିନ୍ତୁ ଦାମ୍ଭିକ ହରିଚରଣ କୌଣସିମତେ ସେ ପ୍ରସ୍ତାବରେ ସମ୍ମତ ହେଲେ ନାହିଁ । ମୋହନ ଭଦ୍ର, ନମ୍ର, ଗୁଣବାନ୍ ହେଲେ ମଧ୍ୟ ନିଃସ୍ୱ, ହରିଚରଣଙ୍କ ଅନ୍ନରେ ବର୍ତ୍ତମାନ ପ୍ରତିପାଳିତ। ଏପରି ଲୋକକୁ ଜାମାତା ପଦରେ ବରଣ କରିବା ହରିଚରଣଙ୍କ ପକ୍ଷରେ ଅସମ୍ଭବ। ଏ ବିଷୟ କ୍ରମେ କ୍ରମେ କଞ୍ଚନ ଓ ମୋହନ ଲୋକମୁଖରୁ ଶୁଣି ପାରିଲେ, ଉଭୟେ ମନ ମଧ୍ୟରେ ତୀବ୍ର ବେଦନା ଅନୁଭବ କଲେ ସତ୍ୟ, ମାତ୍ର ପଦାକୁ କିଛି ପ୍ରକାଶ ହେଲା ନାହିଁ। ମୋହନର ପରୀକ୍ଷା ସମୟ ଆଗତ। ପରୀକ୍ଷା ଦେବାକୁ ତାକୁ କଟକ ଯିବାକୁ ହେବ। ସେ ହରିଚରଣ ଓ ତାଙ୍କ ସ୍ତ୍ରୀଙ୍କଠାରୁ ବିଦାୟ ନେଇ ସନ୍ଧ୍ୟା ସମୟରେ ତା'ର କେତେ ଆନନ୍ଦର ଉପାଦାନ, କେତେ ମଧୁର ସ୍ମୃତି ବିଜଡ଼ିତ ସେହି କମନୀୟ ଉଦ୍ୟାନରେ ଶେଷ ଭ୍ରମଣ ନିମିତ୍ତ ବାହାରିଲା। ସନ୍ଧ୍ୟା ପ୍ରାୟ ଆଗତ। ବୁଲୁ ବୁଲୁ ଅନତିଦୂରରେ ଗୋଟିଏ ବୃକ୍ଷ ଅନ୍ତରାଳରେ କଞ୍ଚନକୁ ଦେଖିଲା। ବହୁଦିନ ପରେ ପୁଣି ଏପରି ସାକ୍ଷାତ୍। ପରସ୍ପର ପରସ୍ପରକୁ ଦେଖି କ୍ଷଣେ ଠିଆ ହେଲେ। ସେମାନଙ୍କ ମଧ୍ୟରେ ବେଶି କଥାବାର୍ତ୍ତା ହେବାର ଥିଲା ବୋଲି କେହି କିଛି କହି ପାରିଲେ ନାହିଁ; ବେଶି କାନ୍ଦିବାର ଥିଲା ବୋଲି କେହି କାନ୍ଦି ପାରିଲେ ନାହିଁ; କେବଳ ନିସ୍ତବ୍ଧ ନିଶ୍ଚେଷ୍ଟ ଭାବରେ ପରସ୍ପର ପରସ୍ପରକୁ ଚାହିଁ ଠିଆ ହୋଇ ରହିଲେ। ଦାସୀ ଆସି ଡାକିବାରୁ କଞ୍ଚନ ବାହାରିଗଲା; ମୋହନ କେତେକ ସମୟ ଶୂନ୍ୟହୃଦୟରେ ଆକାଶକୁ ଚାହିଁ ରହି ଶେଷରେ ଫେରି ଆସିଲା;ଘରକୁ ଆସି ଦେଖିଲା ଯେ ଘଣ୍ଟା ୧୨ଟା ବାଜିଗଲାଣି। ପରଦିନ ପ୍ରାତଃକାଳରୁ ଶୁଭଲଗ୍ନରେ ବ୍ରାହ୍ମମୁହୂର୍ତ୍ତରେ କଟକ ଯାତ୍ରା କଲା।

ମୋହନ ଏଣ୍ଟ୍ରାନ୍ସ ପାଶ୍ କରି ବୃତ୍ତି ପାଇ କଟକ କଲେଜରେ ଏଫ୍.ଏ. ପଢ଼ିଲା। ଦୁଇ ବର୍ଷ ପରେ ଦକ୍ଷତା ସହିତ ଏଫ୍.ଏ. ପାଶ୍ କରି ବି.ଏ. କ୍ଲାସରେ ନାମ ଲେଖାଇଲା। ମୋହନ ଯେପରି ଭଦ୍ର, ସେପରି ନମ୍ର ଓ ବୁଦ୍ଧିମାନ୍। ପ୍ରଫେସରଠାରୁ ସହାଧ୍ୟାୟୀ ପର୍ଯ୍ୟନ୍ତ, ଚାକର ପୂଜାରୀଠାରୁ ମେହେନ୍ତର ପର୍ଯ୍ୟନ୍ତ ସମସ୍ତେ ମୋହନର ଗୁଣରେ ମୁଗ୍ଧ। କିନ୍ତୁ କେହାଣି କାହିଁକି ସେ ତାର ଯାଜପୁରିଆ ବନ୍ଧୁମାନଙ୍କ ସହିତ ବଡ଼ ସମ୍ପର୍କ ରଖେ ନାହିଁ; ମନ ଫିଟାଇ ସେମାନଙ୍କ ସହିତ ଆଳାପ କରେ ନାହିଁ। ବି.ଏ. କ୍ଲାସରେ ନାମ ଲେଖାଇବା ପରେ ଗଞ୍ଜାମର ସୁପ୍ରସିଦ୍ଧ ଜମିଦାର ଲାଲମୋହନ ବାବୁ ଉତ୍କଳ ସମ୍ମିଳନୀକୁ କଟକ ଆସିଲେ। ସମ୍ମିଳନୀ ମଣ୍ଡପରେ ସ୍ୱେଚ୍ଛାସେବକ ମୋହନର ପ୍ରଶାନ୍ତ ମୂର୍ତ୍ତି, ଉଦାର ସ୍ୱଭାବ ଓ କାର୍ଯ୍ୟତତ୍ପରତା ଦେଖି ଅତିଶୟ ପ୍ରୀତ ହେଲେ। ପରେ ବନ୍ଧୁମାନଙ୍କଠାରୁ ତାହାର ସମସ୍ତ ପରିଚୟ ପାଇ ନିଜ କନ୍ୟା ସୁଶୀଳା ସହିତ ମୋହନର ବିବାହ ଦେବା ନିମିତ୍ତ ସ୍ଥିରସଙ୍କଳ୍ପ ହେଲେ।

ସମୟର ଅଶେଷ ଗୁଣ, ଏହା ସମ୍ଭବକୁ ଅସମ୍ଭବ ଓ ଅସମ୍ଭବକୁ ସମ୍ଭବ କରିପାରେ। ମୋହନ ମଧ୍ୟ ଏ ପ୍ରସ୍ତାବରେ ସମ୍ମତି ଦେଇଅଛି। ଛି, ଛି ମୋହନ।

ମନୋମୋହନଙ୍କର ସୁଶୀଳା ସହିତ ଶୁଭପରିଣୟ ଯଥାସମାରୋହରେ ସମ୍ପନ୍ନ ହୋଇଅଛି। ସୁଶୀଳା ଗୁଣବତୀ, ଶିକ୍ଷିତା ରମଣୀ। ମୋହନ ମଧ୍ୟ ଏ ବିବାହରେ ସୁଖୀ ହୋଇ ପାରିଥିବାର ଜଣାଯାଏ। ଯଥାସମୟରେ ମୋହନ ବି.ଏ. ପାଶ କରିଅଛନ୍ତି। ଲାଲମୋହନ ବାବୁ ଗଞ୍ଜାମର ଜଣେ ଖ୍ୟାତନାମା ଧନୀ ଓ ଶିକ୍ଷିତ ବ୍ୟକ୍ତି। ତାଙ୍କ ଯତ୍ନରେ ମୋହନ ବର୍ତ୍ତମାନ ବ୍ରହ୍ମପୁରର ଜଣେ ଡେପୁଟି ମାଜିଷ୍ଟ୍ରେଟ। ସେ ବ୍ରହ୍ମପୁରରେ ସପରିବାର ରହିଅଛନ୍ତି। ମୋହନ ଅନେକ ଟଙ୍କା ଖର୍ଚ୍ଚ କରି ପୁଅର, ଏକୋଇଶା, ଅନ୍ନପ୍ରାସନ ଆଦି କଲେ। କିନ୍ତୁ ପ୍ରାୟ ତିନି ବର୍ଷ ବୟସରେ ବାଳକଟି ପିତା ମାତାଙ୍କୁ ଶୋକ ସାଗରରେ ଭସାଇଦେଇ ଇହଲୀଳା ସାଙ୍ଗ କଲେ। ତାପରେ ମୋହନ ବାବୁଙ୍କର ଆଉ ଗୋଟିଏ ପୁତ୍ରସନ୍ତାନ ହୋଇଅଛି। ପିଲାଟି ବଡ଼ ରୁଗ୍ଣ, ପିଲାଦିନୁଁ ଔଷଧ ଖାଇ ଖାଇ ସ୍ୱାସ୍ଥ୍ୟ ନଷ୍ଟ ହୋଇଅଛି। ସବୁ ସମୟରେ ଶର୍ଦ୍ଦି କାଶ ଜ୍ୱର ଲାଗି ରହିଅଛି।

ଦିନେ ମୋହନବାବୁ ଖବରକାଗଜରେ ପଢ଼ିଲେ ଯେ, ପୁରୀଠାରେ ଗୋଟିଏ ପ୍ରକାଣ୍ଡ ଧର୍ମଶାଳା ଖୋଲାଯାଇଅଛି। ଧର୍ମଶାଳାର ନାମ 'ମନୋମୋହନ ପାନ୍ଥାଶ୍ରମ'। ସେଠାରେ ପ୍ରତିଦିନ ପ୍ରାୟ ପାଞ୍ଚଶତ ନିରନ୍ନ, ନିଃସହାୟ ଦରିଦ୍ରମାନଙ୍କର ଅନାହାର ଓ ବସବାସର ବ୍ୟବସ୍ଥା କରାଯାଇ ଅଛି। ନାମ ଦେଖି ମୋହନ ବାବୁଙ୍କ ମନ କପିରି ଗୋଳୋଇଘାଣ୍ଟି ହେଲା। ବନ୍ଧୁମାନଙ୍କଠାରୁ ଉକ୍ତ ଧର୍ମଶାଳା ସମ୍ବନ୍ଧରେ କିଛି ଖବର ପାଇ ପାରିଲେ ନାହିଁ। ଖବରକାଗଜରେ ମଧ୍ୟ ଧର୍ମଶାଳାର ନିର୍ମାତାଙ୍କ ନାମ ଦେଖିଲେ

ନାହିଁ। ପୁରୀର ବନ୍ଧୁମାନଙ୍କୁ ପତ୍ର ଲେଖି ମଧ୍ୟ ତାଙ୍କୁ ହୃଦୟର ଅଭିଳଷିତ ପିପାସ ମେଣ୍ଟିଲା ନାହିଁ। ସେହିଦିନଠାରୁ ମୋହନବାବୁଙ୍କୁ ମନର ସ୍ଥିରତା ନଷ୍ଟ ହେଲା। ରାୟ ଲେଖିଲାବେଳେ, ସାକ୍ଷୀଜବାନବନ୍ଦୀ ନେଲାବେଳେ ଅନେକ ସମୟରେ ବଡ଼ ଭୁଲ ହୁଏ। ତାଙ୍କ ମୁଖରେ ଆଉ ସେ ପ୍ରଫୁଲ୍ଲତା ଓ ମନରେ ପ୍ରସନ୍ନତା ନାହିଁ। ସବୁ ସମୟରେ ବସି କଣ ଭାବୁଥାନ୍ତି।

ସୁଶୀଳା ଜନ୍ମାବଧୀ କେବେ ପୁରୀ ଦେଖି ନଥିଲେ ଓ ପୁଅଟିର ରୁଗ୍ଣାବସ୍ଥାରେ କାତର ହୋଇ ଜଗନ୍ନାଥଙ୍କ ନିକଟରେ ପୁତ୍ରର ଆରୋଗ୍ୟ ନିମିତ୍ତ କିଛେ ଭୋଗରାଗ କରିବାର ମଧ୍ୟ ଇଚ୍ଛା ଥିଲା। ଆସନ୍ତା ରଥଯାତ୍ରାକୁ ପୁରୀ ଯିବାର ସ୍ଥିର ହେଲା। ମନମୋହନବାବୁ ମଧ୍ୟ ସମ୍ମତ ହେଲେ। ତାଙ୍କର ଜଣେ ଆତ୍ମୀୟବନ୍ଧୁଙ୍କ ଗୃହରେ ସପରିବାର ଆସି କହିବା ନିମିତ୍ତ ପୁରୀକୁ ପତ୍ର ଲେଖିଲେ।

ଆଜି ରଥଯାତ୍ରା। ମନୋମୋହନବାବୁ ନିଜ ସ୍ତ୍ରୀ ପୁତ୍ର ଓ ଦାସ ଦାସୀ ସହିତ ପୁରୀ ଆସି ବନ୍ଧୁ ଘରେ ରହିଅଛନ୍ତି। ପ୍ରଥମେ ଆସି ସେ 'ମନୋମୋହନ ପାନ୍ଥାଶ୍ରମ' ଦେଖିବାକୁ ବାହାରିଲା। ଦେଖିଲେ, ଏହା ଗୋଟିଏ ପ୍ରସ୍ତର ନିର୍ମିତ ସୁଦୃଶ୍ୟ ତ୍ରିତଳ ପ୍ରସାଦ। କେତେ ଖୋଜ ତଲ୍ଲାସ କରି ମଧ୍ୟ ସେହି ପ୍ରକାଣ୍ଡ ସୌଧ କିଏ ନିର୍ମାଣ କରାଇଅଛି ଓ ତାହାର କାହିଁକି ଏପରି ନାମକରଣ ହୋଇଅଛି, କିଛି ଠିକ୍ କରି ପାରିଲେ ନାହିଁ। ସକାଳବେଳା ସ୍ତ୍ରୀ ପୁତ୍ରଙ୍କୁ ପହଣ୍ଡି ଦେଖାଇ ଆଣି ବିଶ୍ରାମ କଲେ। ପ୍ରାୟ ଚାରିଟା ସମୟରେ ଗାଡ଼ି କରି ରଥଚକା ଦେଖିବାକୁ ବାହାରିଲେ। ତିନିରଥ ସେତେବେଳକୁ ପ୍ରାୟ ବଳଗଣ୍ଡି ନିକଟସ୍ଥ ହୋଇଅଛି। ବଡ଼ଦାଣ୍ଡ ଆଜି ଲୋକାରଣ୍ୟ। ସେହି ମନୁଷ୍ୟବ୍ୟୂହ ଭେଦ କରିବା ଅତି ଅସାଧ୍ୟ ବ୍ୟାପାର। ମୋହନବାବୁ ବଡ଼ଦାଣ୍ଡର ଗୋଟିଏ ପାଖରେ ଗାଡ଼ି ରଖାଇ ସ୍ତ୍ରୀ ପୁତ୍ରଙ୍କୁ ଓହ୍ଲାଇଦେଇ ରଥଚକା ଦେଖୁଅଛନ୍ତି, ଏପରି ସମୟରେ ତାଙ୍କର ଜଣେ ବନ୍ଧୁ ସଙ୍ଗେ ସାକ୍ଷାତ୍ ହେବାରୁ ସେ ସ୍ତ୍ରୀ ପୁତ୍ରଙ୍କୁ ଦାସୀ ନିକଟରେ ଛାଡ଼ିଦେଇ ଅଦୂରରେ ବନ୍ଧୁ ସଙ୍ଗେ କଥୋପକଥନ କରୁଅଛନ୍ତି। ସୁଶୀଳା ନିଜ ରୁଗ୍ଣ ପୁତ୍ରଟିକୁ ଟେକି ଧରି ବାଷ୍ପାକୁଳ ନୟନରେ ପତିତପାବନ ଦେବଦେବ ଜଗନ୍ନାଥଙ୍କ ଆଡ଼କୁ ଚାହିଁ ମନେ ମନେ ପ୍ରାର୍ଥନା କରୁଅଛନ୍ତି, ଏପରି ସମୟରେ ଗୈରିକ ମନପରିହିତା ଜଣେ ଅସାମାନ୍ୟ ସନ୍ନ୍ୟାସିନୀ ମୂର୍ତ୍ତି ଆସି ଆଗରେ ଉଭା ହେଲେ। ମସ୍ତିଷ୍କ ମୁଣ୍ଡିତ, ସର୍ବାଙ୍ଗ ଭସ୍ମାବୃତ, କିନ୍ତୁ ସେହି ଭସ୍ମାଭ୍ୟନ୍ତର ଦେଇ ଦେହର ତେଜ ଭସ୍ମମଧ୍ୟସ୍ଥିତ ଅଗ୍ନିକଣା ତୁଲ୍ୟ ପ୍ରତିଭାତ ହେଉଅଛି। ବଦନଶ୍ରୀ ବଡ଼ ତେଜୋଦୀପ୍ତ ଓ ଗାମ୍ଭୀର୍ଯ୍ୟବ୍ୟଞ୍ଜକ। ହଠାତ୍ ଦେଖିଲେ ନିତାନ୍ତ ପାଷଣ୍ଡର ମଧ୍ୟ କ୍ଷଣକାଳ ନିମିତ୍ତ ଭକ୍ତିଭାବର ଉଦ୍ରେକ ହେବ। ସୁଶୀଳା ଏପରି ସନ୍ନ୍ୟାସିନୀଙ୍କୁ ଦେଖି ପୁତ୍ର ସହିତ ସାଷ୍ଟାଙ୍ଗ

ପ୍ରଣିପାତ କରିବାକୁ ଉଦ୍ୟତ ହେବା ସମୟରେ ସନ୍ନ୍ୟାସିନୀ କହିଲେ – "ଆଉ ସେ ସବୁର ଦରକାର ନାହିଁ, ଭଉଣୀ!" ଏହା କହି ପିଲାଟିକୁ ନିଜ ବକ୍ଷରେ ଧାରଣ କରି ମୁଖ ଚୁମ୍ବନ କଲେ। ତତ୍‌ପରେ କହିଲେ – "ଆହା ପିଲାଟି କେତେ ରୋଗିଣା! ଦୟାମୟ ହରି ସବୁ କୁଶଳ କରିଦେବେ ଯେ।" ପରେ ପୁଅଟିକୁ ସୁଶୀଳା ହସେ ଦେଇ ନିଜ କଟିଦେଶରୁ ଗୋଟିଏ ସୁନ୍ଦର ଅଳଙ୍କାର କାଢ଼ି ପୁଅ ହାତରେ ପିନ୍ଧାଇଦେଲେ। ସେହି ସମୟ ମଧ୍ୟରେ ସୁଶୀଳା ନିଜ ହସ୍ତରେ ଦୁଇ ଚାରି ଟୋପା ତପ୍ତ ବାରି ପଡ଼ିବାର ଅନୁଭବ କରି ଚାହିଁ ଦେଖିଲେ ଯେ ସନ୍ନ୍ୟାସିନୀ ରୋରୁଦ୍ୟମାନା। କାରଣ ପଚାରିବାରୁ ସେ କିଛି ନକହି ପିଲାଟିକୁ ଆଉଁସି ଦେଇ ଲୋକାରଣ୍ୟ ମଧ୍ୟ ଅଦୃଶ୍ୟ ହୋଇଗଲେ।

ମୋହନବାବୁ ବନ୍ଧୁଠାରୁ ବିଦାୟ ନେଇ ଆସି ପୁତ୍ର ହସ୍ତରେ ଅପୂର୍ବ ଅଳଙ୍କାର ଦେଖି ଅନେକ ସମୟ କଣ ଭାବିଲେ, ଶେଷରେ କହିଲେ – "ଏ ତ ସେହି ଅମୃତ କଙ୍କଣ!"

ଉତ୍କଳ ସାହିତ୍ୟ, ୨୦/୦୧, ବୈଶାଖ ୧୩୨୩ (୧୯୧୬-୧୭)

ଗୟା ଶ୍ରାଦ୍ଧ

ସଦାନନ୍ଦଙ୍କ ପରି ଆଦର୍ଶ ପିତା ମଫସଲି ଅଳ୍ପ ଶିକ୍ଷିତଙ୍କ ମଧ୍ୟରେ ବିରଳ। ଯଥାସାଧ୍ୟ ଯତ୍ନ କରି ପୁତ୍ରକୁ ପାଠ ପଢ଼ାଇ ଆସି ଅଛନ୍ତି। ଘରର ଅବସ୍ଥା ତେତେ କିଛି ସ୍ୱଚ୍ଛଳ ନ ହେଲେ ସୁଦ୍ଧା ତାଙ୍କ ମିତବ୍ୟୟିତାରେ ସମସ୍ତ କାର୍ଯ୍ୟ ସୁସମ୍ପନ୍ନ ହେଉଥାଏ। ଗୃହିଣୀ ରାମହରି ଓ ଗୌରହରି ଦୁଇ ପୁତ୍ରଙ୍କୁ ଛାଡ଼ି ଚାଲିଯିବା ଦିନୁ ଘର ବାହାର ସମସ୍ତ ଧନ୍ଦା ବୃଦ୍ଧ ସଦାନନ୍ଦ ଅକୁଣ୍ଠିତ ଚିତ୍ତରେ ଅମ୍ଳାନବଦନରେ ନିର୍ବାହ କରି ଆସିଅଛନ୍ତି। ରାମହରି ମାଇନର ପାଶ ପରେ କଟକ ଯିବାରୁ ଅନେକ ଖର୍ଚ୍ଚ ବଢ଼ି ଯାଇଅଛି। ତଥାପି ତାଙ୍କର ଚିନ୍ତା ନ ଥାଏ।

ରାମ ଟିକିଏ ସାହାଖର୍ଚ୍ଚୀ; ଭଲ କୋଟ କାମିଜ ଜୋତା ମୋଜା ନ ହେଲେ ନୁହେଁ। ଗୌର ପିଲାଦିନୁ ମା-ଛେଉଣ୍ଡ; ବୃଦ୍ଧ ତାକୁ କିଛି କହି ପାରନ୍ତି ନାହିଁ। ସେ ଚାଟଶାଳୀକୁ ଯାଇ ବସି ରହେ। ଆଜି ଯାହା ଶିଖେ, କାଲିକି ଚେଷ୍ଟା କରି ଭୁଲି ଯାଏ। ସଦାନନ୍ଦ କାହାରି ଦୋଷ ଦେଖି ତୂନି ହୋଇ ରହିପାରନ୍ତି ନାହିଁ। କୌଣସି ପ୍ରକାର ଦୋଷ ଦେଖିଲେ ସେ ବଡ଼ଲୋକ ଛୋଟଲୋକ, ଜ୍ଞାନୀ ଅଜ୍ଞାନ, ପଣ୍ଡିତ ମୂର୍ଖ ମଧ୍ୟରେ ପ୍ରଭେଦ ଭୁଲି ଯାନ୍ତି। ସେ ଯେ ହେଉ ପଛକେ ଦୋଷ ଦେଖିଲେ ତତ୍କ୍ଷଣାତ୍ ମୁହେଁ ମୁହେଁ କହି ଦିଅନ୍ତି। ସେଦିନ ଜମିଦାରଙ୍କ ସମ୍ମୁଖରେ ତାଙ୍କ ପ୍ରଜାପୀଡ଼ନ କଥା କହି ଦେଇଥିଲେ। ସେଥି ନିମିତ୍ତ ତାଙ୍କୁ କେତେ ଲାଞ୍ଛନା କେତେ ନିର୍ଯ୍ୟାତନା ସହ୍ୟ କରିବାକୁ ପଡ଼ିଅଛି ! କିନ୍ତୁ ପୁତ୍ରଦ୍ୱୟଙ୍କ ନିକଟରେ ସେ ପରାସ୍ତ ହୋଇଅଛନ୍ତି। ସେ ଚେଷ୍ଟା କରିଥିଲେ ରାମକୁ ଆଉ ଟିକିଏ ମିତବ୍ୟୟୀ କରିପାରିଥାନ୍ତେ; ଗୌର ମଧ୍ୟ ତାଙ୍କ ତାଡ଼ନାରେ ପାଠରେ ମନଦେଇ ପାରିଥାନ୍ତା। କିନ୍ତୁ ସେମାନଙ୍କୁ କୌଣସି ପ୍ରକାର ଶାସନ କରିବା ଇଚ୍ଛା ବାରମ୍ବାର ତାଙ୍କ ମନରେ ଉଦିତ ହୋଇ ଲୟପ୍ରାପ୍ତ ହୁଏ। ହଠାତ୍ ସେହି ସମୟରେ ସ୍ନେହମୟୀ ପତ୍ନୀଙ୍କ କଥା ମନେ ପଡ଼ିଯାଏ; ସେ ଜୀବିତ ଥିବା

ସମୟରେ ସ୍ୱାମୀ ପୁତ୍ର ପ୍ରତି ବିରକ୍ତ ହେବାର ଦେଖିଲେ, ବଡ଼ କାକୁତି ମିନତି କରି ସବୁ ଦୋଷ ନିଜ ମୁଣ୍ଡରେ ନେଇ ସେମାନଙ୍କ ନିମିତ୍ତ କ୍ଷମା ଭିକ୍ଷା କରୁଥିଲେ। ଆଜି ସେ ନାହାନ୍ତି; ସେଭଳି ଆପତ୍ତି କରି ଆଉ ପିଲାମାନଙ୍କ ପକ୍ଷ ସମର୍ଥନ କରିବ କିଏ? ଏ ଭାବନା ସଦାନନ୍ଦଙ୍କୁ ମୂକ କରି ଦେଉଥିଲା।

ରାମହରି ଟିକିର ସାହାଖର୍ଚ୍ଚୀ ହେଲେ କ'ଣ ହେଲା, ପାଠପଢ଼ାରେ ତ୍ରୁଟି କରୁ ନଥାଏ। ଗୌର ଗାଁ ଟୋକାଙ୍କ ସଙ୍ଗରେ ଏଣେ ତେଣେ ବୁଲେ। ଚାଟଶାଳୀରେ ତିନି ଚାରି ବର୍ଷ ପଢ଼ିଲାଣି, ମୂଳବର୍ଣ୍ଣ ଓ ବର୍ଣ୍ଣବୋଧକ ପର୍ଯ୍ୟନ୍ତ ମନେନାହିଁ। ରାମହରିର କଟକ ଖର୍ଚ୍ଚ ଯୋଗାଇବା କ୍ରମେ ସଦାନନ୍ଦଙ୍କ ପକ୍ଷରେ ଅସମ୍ଭବ ହୋଇ ପଡ଼ିଲା। ଜମିବାଡ଼ି ବିକ୍ରି ଆରମ୍ଭ ହେଲା। ସେ ବର୍ତ୍ତମାନ ବି.ଏ. ପଢ଼ନ୍ତି, ଏ ମଧ୍ୟରେ ପୈତୃକ ସମ୍ପତ୍ତିରୁ ପ୍ରାୟ ଚାରିପଣ ବିକ୍ରି ହୋଇ ଗଲାଣି। ସଦାନନ୍ଦଙ୍କର କୌଣସି କଥାକୁ ଭ୍ରୂକ୍ଷେପ ନାହିଁ। ଆଶା, ରାମ ରୋଜଗାର କଲେ ବର୍ଷକ ମଧ୍ୟରେ ଏପରି ପୁଞ୍ଜାଏ ସମ୍ପତ୍ତି କରିନେବ। ଗୌରର ଆଉ କିଛି କାର୍ଯ୍ୟ ନାହିଁ; ଖାଏ ପିଏ ବୁଲି ଆସେ; ତା ପରେ ପରେ ବାପାଙ୍କ ପାଖରେ ବସିଥାଏ। ସଦାନନ୍ଦ ମଧ୍ୟ ତାହାର ଏପରି ସ୍ୱଭାବ ଦେଖି ତାକୁ କେତେକ ସାମାନ୍ୟ ଗୃହକର୍ମରେ ସମୟ ସମୟରେ ଲଗାଇ ଦିଅନ୍ତି। ସେ ଅତି ଆନନ୍ଦରେ ପିତାଙ୍କ ଆଦେଶ ପାଳନ କରେ।

ରାମହରି କଲେଜ ବୋର୍ଡ଼ିଂରେ ଅଛନ୍ତି; ଏପରି ସମୟରେ ହଠାତ୍ ଗୋଟିଏ ଲୋକ ତାଙ୍କ ଗ୍ରାମଠାରୁ ଖଣ୍ଡେ ପତ୍ର ନେଇ ପହଞ୍ଚିଲା। ପତ୍ର ପଢ଼ି ଅବାକ୍ ହୋଇଗଲେ – ବାପାଙ୍କ ଦେହ ବଡ଼ ବେରାମ, ଚାରିଦିନ ହେବ ଅନ୍ନଜଳ ଛୁଇଁ ନାହାନ୍ତି। ଘରେ କୌଣସି ଚିନ୍ତା ଆଜି ପର୍ଯ୍ୟନ୍ତ ରାମହରିଙ୍କ ମନକୁ ସ୍ପର୍ଶ କରି ନଥିଲା। ଏଥିପୂର୍ବରୁ ଅନେକ ଥର ବାପାଙ୍କ ଦେହ ବ୍ୟସ୍ତ ହୋଇଅଛି; କାହିଁ ଆଉ କେବେ ପଢ଼ାପଢ଼ି ଛାଡ଼ି ଘରକୁ ଯିବାକୁ ଲେଖିବାର ତ ମନେନାହିଁ। ତେବେ ଏଥର ବୋଧହୁଏ ପୀଡ଼ା ଗୁରୁତର ହୋଇଥିବ, ଏପରି ଭାବନାରେ ତାଙ୍କର ମନ ବଡ଼ ବିଚଳିତ ହେଲା, ବନ୍ଧୁମାନଙ୍କଠାରୁ କେତେକ ଟଙ୍କା ଧାର କରି ଗୋଟିଏ ଡାକ୍ତର ସାଙ୍ଗରେ ଘେନି ବୋର୍ଡ଼ିଂ ସୁପରିଣ୍ଟେଣ୍ଡେଣ୍ଟଙ୍କଠାରୁ ଅବସର ଗ୍ରହଣ କରି ଘରକୁ ବାହାରିଲେ। ଅନେକ ପ୍ରକାର ଚିକିତ୍ସା ହେଲା। କିଛି ଫଳ ହେଲା ନାହିଁ।

ସଦାନନ୍ଦ ମୃତ୍ୟୁଶଯ୍ୟାରେ ପଡ଼ି ରହି ଦୁଇ ପୁତ୍ରଙ୍କୁ ପାଖକୁ ଡକାଇ କହିଲେ, – "ରାମ, ଏହି ମୋର ଶେଷ, ଗୌରଟି କିଛି ଜାଣେ ନାହିଁ, ତାକୁ ଦେଖିବୁ, ବିବାହ କରି ଯୁଗରାଜ୍ୟ କରିବୁ ମୋ ବାପା, ତେବେ ଏତିକି, ସୁବିଧା ହେଲେ ଟଙ୍କା ପଇସା ପାଇ ସୁଖରେ ରହିଲେ ମୋ ପାଇଁ, ପିତୃପୁରୁଷଙ୍କ ପାଇଁ ଥରେ ଗୟାଶ୍ରାଦ୍ଧ କରି

ଆସିବୁ।" ଡାକ୍ତରଙ୍କୁ ବିଦାୟ ଦିଆଗଲା। ଦୁଇ ଦିନ ପରେ ସଦାନନ୍ଦ ଅମରଧାମକୁ ଚାଲିଗଲେ।

କେଉଁ ହେତୁରୁ ଏ ଜଗତରେ କାହାର ଅଭ୍ୟୁଦୟ ହେଉଅଛି, କାହାର ଅବା ସର୍ବନାଶ ଘଟୁଅଛି, ଅନୁସନ୍ଧାନ କରିବା ବିଡ଼ମ୍ବନା ମାତ୍ର। ମନୁଷ୍ୟର କାର୍ଯ୍ୟ କାରଣ ଠିକ୍ କରିବା ଶକ୍ତି ବଡ଼ ସୀମାବଦ୍ଧ। ଆଜି ରାମ ଓ ଗୌର ପିଲା ଦିଓଟି ଅକୂଳ ସାଗରରେ ଭାସିଲେ। ଆଜିସୁଦ୍ଧା ଯେଉଁମାନେ ଅବାଧରେ ଖୁସିବାସିରେ କାଳ କଟାଇ ଆସୁଥିଲେ, ସେମାନଙ୍କ ଉପରେ ଆଜି ସଂସାରର ଗୁରୁଭାର ପଡ଼ିଲା। ଘର ବାହାର ଚିନ୍ତା, ପଢ଼ାପଢ଼ି ଖର୍ଚ୍ଚ ଚିନ୍ତା ଇତ୍ୟାଦି ରାମହରିଙ୍କୁ ବ୍ୟାକୁଳ କରି ପକାଇଛି। ଗୌରର ଏ ସବୁ ଭାବନା ନାହିଁ। ସେ ଭାଇକୁ ଦେଖି ଆନନ୍ଦ; ସବୁବେଳେ ଭାଇ ମୁହଁକୁ ଚାହିଁ ବସିଅଛି।

ସେହି ଗ୍ରାମରେ ରାମହରିଙ୍କ ପିଉସୀ ଘର। ଶ୍ରାଦ୍ଧ ପରେ ଦୁଇ ଭାଇଙ୍କ ନିମିତ୍ତ ପିଉସୀ ଆସି ଗଣ୍ଡାଏ ରାନ୍ଧି ଦେଇଯାନ୍ତି। ଦୁଇ ଭାଇ ବସି ଭାତ ବାଢ଼ି ଖାନ୍ତି। ରାମହରିଙ୍କୁ ଅଗତ୍ୟା ପାଠପଢ଼ା ଛାଡ଼ିବାକୁ ହେଲା। ଘରେ ରହି ଘରକାର୍ଯ୍ୟ ବୁଝିବାର ଶକ୍ତି ତାଙ୍କଠାରେ ନାହିଁ। ବିଲବାଡ଼ି ଚିହ୍ନି ପାରିବାର ମଧ୍ୟ ଉପାୟ ନାହିଁ। ଚାଷବାସ ବରାଦ ଦେବା ତ ବହୁ ଦୂରର କଥା। ଜମିବାଡ଼ି ସବୁ ଭାଗ ଦିଆଗଲା। ପିଉସା ଆସି ଘର ଖବର ସମୟ ସମୟରେ ବୁଝି ଦେଇଯାନ୍ତି।

ଏହିପରି ଚାରିମାସ ଅତୀତ ହେଲା। ତାଙ୍କ ଗ୍ରାମ ମାଇନର ସ୍କୁଲର ପ୍ରଥମ ଶିକ୍ଷକ ବଦଳି ହୋଇଗଲେ। ରାମହରି ବର୍ତ୍ତମାନ ସେ ସ୍କୁଲର ପ୍ରଥମ ଶିକ୍ଷକ - ଦରମା ୩୫ ଟଙ୍କା, ଇଚ୍ଛା, କେତେକ ଦିନ ଶିକ୍ଷକତା କରି ଘରେ ପଢ଼ି କୌଣସି ମତେ ବି.ଏ. ପରୀକ୍ଷାଟା ଦେବାକୁ ହେବ। ସ୍କୁଲ ବେତନରୁ ଯଥାତଥା ଘରଖର୍ଚ୍ଚଟା ଚଳି ଯାଉଥାଏ। ଗୌର ଘରେ ବସି ରନ୍ଧାବଢ଼ା କରେ। ଭାଇ ସ୍କୁଲରୁ ଆସିବା ପୂର୍ବରୁ ଜଳଖିଆ ପ୍ରସ୍ତୁତ କରି ରଖିଥାଏ। ଭାଇଙ୍କର ଯେପରି କୌଣସି ଅସୁବିଧା ନ ହୁଏ, ଏ ବିଷୟରେ ଗୌର ବଡ଼ ତତ୍ପର। ରାତିରେ ଖାଇପିଇ ସାରି ଦିଓଟି ଭାଇ ଏକାଘରେ ଶୁଅନ୍ତି। ଘର କଥା, ଆପଣାର ଭବିଷ୍ୟତ କଥା ପକାନ୍ତି। ବାପାଙ୍କ କଥା ମନେପକାଇ କେତେ କାନ୍ଦନ୍ତି, ବେଶି ରାତି ହେଲେ ଶୋଇପଡ଼ନ୍ତି।

ରାମହରି ଗୋଟିଏ ପାଚକ ବ୍ରାହ୍ମଣ ଆଣି ରଖିବାର କେତେଥର ପ୍ରସ୍ତାବ କଲେଣି, ଗୌର ନାହିଁ କରେ। ଥରେ ଦିଥର ଦିନେ ଦୁଇ ଦିନପାଇଁ ପାଚକ ବ୍ରାହ୍ମଣ ଆଣି ରଖିଥିଲେ । ସେ ରନ୍ଧାବଢ଼ା ମନକୁ ଆସେ ନାହିଁ। ସେ କେତେ ଦିନ ରାଗରେ ଗୌର ଭାଇଙ୍କୁ କଥା କହି ନାହିଁ, କି ଘରେ ଖାଇ ନାହିଁ। ପିଉସୀ ମଧ୍ୟ ଦୁଇ ଓଳି ତାଙ୍କ

ନିଜ ଘର ଛାଡ଼ି ଆସି ଏଠାରେ ରନ୍ଧାବଢ଼ା କରିବା କଷ୍ଟକର। ଗୌର ଅତି ଆନନ୍ଦରେ ଭାଇଙ୍କ ପାଇଁ ସବୁ କାର୍ଯ୍ୟ କରିଦିଏ। କଂସାବାସନ ମାଜି ଆଣେ, ଘରଦୁଆର ଓଳାଇଦିଏ, ଆବଶ୍ୟକ ମତେ ଭାଇଙ୍କ ପାଇଁ ପାନ ଭାଙ୍ଗି ରଖେ, ପାଣି ଆଣି ଦିଏ। ଏହିପରି କେତେ ଦିନ ଗଲା।

ରାମହରି ମନରେ ଭାବିଥିଲେ, ସ୍କୁଲ ମାଷ୍ଟରୀ କରି ଅବସର ସମୟରେ ପଢ଼ାପଢ଼ି କରି ବି.ଏ. ପରୀକ୍ଷା ଦେବେ; କାର୍ଯ୍ୟରେ ତାହା ହୋଇ ପାରିଲା ନାହିଁ। ଘରେ ରହିବାରୁ ଘରର ଓ ଗ୍ରାମର ବାର କଥା ବୁଝିବାକୁ ପଡ଼ିଲା। ଗୌର କିଛି ବୁଝିପାରେ ନାହିଁ। ଗୋରୁଗାଈ କେତେବେଳେ କିଏ କାଞ୍ଜିହାଉସରେ ପକାଇ ଦେଲା, ଲୋକ ପଠାଇ ଆଣିବାକୁ ହେବ। ନିଜ ଫସଲ ଅନ୍ୟ କାହାରି ଗୋରୁଖାଇ ନଷ୍ଟ କରିବାର ଜଗୁଆଳିମାନେ ପ୍ରକାଶ କଲେ, ଗ୍ରାମର ପାଞ୍ଚ ଜଣଙ୍କୁ ଡକାଇ ସେ ବିଷୟର ନିଷ୍ପତ୍ତି କରି ଦେବାକୁ ହେବ। କେତେବେଳେ ଘରେ ଧାନ ନାହିଁ, ମୁଗ ନାହିଁ, ପରିବାପତ୍ର ନାହିଁ, ଲୁଣ ତେଲ ନାହିଁ; ଯୋଗାଡ଼ କରି ପ୍ରୟୋଜନ ଅନୁସାରେ କିଣି ଆଣି ରଖିବାକୁ ହେବ। ଅହରହ ଏହିପରି ସମସ୍ୟା ମଧ୍ୟରେ ରହି ସେ ପାଠ ପଢ଼ିବା ଏକପ୍ରକାର ଭୁଲି ଯାଇଥିଲେ ?

ଗୌରଟି ଘର କାମଦାମ କରି ଘର ଭିତରେ ଥାଏ, କାହା ପାଖକୁ ଯାଏ ନାହିଁ କି କେଉଁଠି ବସାଉଠା କରେ ନାହିଁ। କେବେ ଅକସ୍ମାତ୍ ଗ୍ରାମ ମଧ୍ୟକୁ ଗଲେ ଗାଁ ଟୋକାଏ ମିଶି ତାକୁ ମାଇଚିଆ, ରୋଷେଇଆ ବୋଲି ପରିହାସ କରନ୍ତି। କାହାକୁ କିଛି ନ କହି ସେ ଘରକୁ ଆସେ। ଘରେ ଆସି ବସିଥାଏ, ଭାଇ ଆସିଲେ କାନ୍ଦି କାନ୍ଦି ସବୁ କହେ; ଭାଇଠାରୁ ଦିପଦ ସାନ୍ତ୍ୱନାବାଣୀ ଶୁଣି ପୁଣି ଖୁସି ହୋଇଯାଏ।

ରାମହରିଙ୍କର ବିବାହ ବୟସ ହୋଇଅଛି; ଅନେକ ସ୍ଥାନରୁ ସମ୍ବନ୍ଧ ଆସୁଅଛି। ଘରର ଅବସ୍ଥା ଟିକିଏ ଉନ୍ନତ ନ ହେବା ପର୍ଯ୍ୟନ୍ତ ବିବାହଟା ସ୍ଥଗିତ ରଖିବାକୁ ହେବ ଭାବି ଆଜି ପର୍ଯ୍ୟନ୍ତ ଟାଳଟୁଳ କରି ଆସିଅଛନ୍ତି। ଏତେଦିନ ଗଲା, କେବଳ ଘର ଖର୍ଚ୍ଚ ଛଡ଼ା ଗୋଟିଏ ବୋଲି ପଇସା ବଳି ପାରୁନାହିଁ। ତଥାପି ପାଠପଢ଼ା ଅବସ୍ଥାରୁ ରାମହରିଙ୍କ ବାବୁଆନି ଚାରିପଣରେ ସୁଦ୍ଧା ନାହିଁ। ପିଉସା ଓ ଗ୍ରାମବାସୀମାନେ ତାଙ୍କୁ ଏ ବିଷୟରେ ଅନେକ ବୁଝାଇ ଅଛନ୍ତି। ଗୋଟିଏ ଭଲ ସ୍ଥାନରୁ ସମ୍ବନ୍ଧ ଆସିଅଛି, ସେହିଠାରେ ମତ ଦେବାକୁ ହେବ, ରାମହରି ସାତପାଞ୍ଚ କେତେ ଭାବିଲେ; କିଛି ଠିକ୍ କରି ପାରିଲେ ନାହିଁ। ବଳେ ପଡ଼ି ପିଉସା ଟିପଣା ଅଣାଇ ମେଳକ ବୁଝାଇଲେ; ସବୁ ଶୁଝିଗଲା।

ଗୌର ଏ ସବୁ ଶୁଣି ମନେ ମନେ ଭାରି ଖୁସି। ଡରରେ, ଲାଜରେ ଭାଇଙ୍କୁ କିଛି କହି ପାରୁ ନଥାଏ। ଦିନେ ରାତିରେ ଶୋଇବା ବେଳେ ଭାଇଙ୍କୁ ମନ ଫିଟାଇ

ସବୁ କହିଲା – ଯେତେବେଳେ ବିବାହ ହେବାକୁ ହେବ, ଏଠି ନାହିଁ କରିବା ଭଲ ନୁହେଁ। ପିଉସା ଓ ଆଉ ଆଉ ଲୋକମାନେ ସବୁ ଭଲ କହୁଛନ୍ତି। କନ୍ୟାଘରୁ କେତେ ଜିନିଷପତ୍ର ଆସିବ; ଶୁଣାଯାଏ ଜମି ପାଞ୍ଚମାଣ ମିଳିବ; ଆଉ କେତେ ସୁନା ରୂପା ଅଳଙ୍କାର ମଧ୍ୟ ମିଳିବ ଜାତକ ଭଲ ଶୁଝିଛି; ଏ ବିବାହରେ ଅମତ କଲେ ଆଉ ଏପରି ସ୍ଥାନ ମିଳିବ ନାହିଁ।

ରାମହରି ଗୌରର ବିଷୟ ବୁଦ୍ଧିକୁ ମନେ ମନେ ଖୁବ୍ ପ୍ରଶଂସା କଲେ; ମନ ମଧ୍ୟ ମାନିଲା। ପରଦିନ ସକାଳୁ ପିଉସାଙ୍କୁ ଡକାଇ ବିବାହରେ ମତ ଦେଇଅଛନ୍ତି। କ୍ରମେ ସମସ୍ତ ଠିକ୍‌ଠାକ୍ ହେବାକୁ ଲାଗିଲା। ଧାନ କୁଟା ପଡ଼ିଲା, ପଡ଼ିଯାଇ ତିଆରି ହେଲା। ଦିଅଁ ନିମନ୍ତ୍ରଣ, ମଉଳା ନିମନ୍ତ୍ରଣ ଓ ବନ୍ଧୁବାନ୍ଧବ ନିମନ୍ତ୍ରଣ ଚଳିଗଲା। ଏ ଉପଲକ୍ଷେ ସ୍କୁଲକର୍ତ୍ତୃପକ୍ଷଙ୍କ ନିକଟରୁ ଛୁଟି ନିଆଗଲା। ଯଥା ସମୟରେ ବିବାହ କାର୍ଯ୍ୟ ଶେଷ ହୋଇଗଲା।

କେତେକ ଦିନପରେ ନୂଆବୋହୂ ଆସି ଘର ଉଜ୍ଜ୍ୱଳ କରିଦେଲେ। ରାମହରିଙ୍କର ଏକୁଟିଆ ଘର। ଘରେ ଶାଶୂ ନଣନ୍ଦ କେହି ନାହାନ୍ତି; ପିଲାଟା କିପରି ଚଳିବ ଭାବି ରାମଙ୍କ ଶଶୁର ଝିଅ ସଙ୍ଗରେ ଗୋଟିଏ ବୃଦ୍ଧା ଦାସୀ ପଠାଇ ଦେଇଅଛନ୍ତି। କନ୍ୟାଟି ସ୍ୱାମୀ ଘରକୁ ଆସି ବଡ଼ ହରବରରେ ପଡ଼ିଲା। କେତେ ସାଙ୍ଗସୁଖ, କେତେ କୋଳାହଳ ମଧ୍ୟରୁ ଆସି ନିର୍ଜନ କାରାବାସରେ ରହିଛି। ସଙ୍ଗୀ କେବଳ ସେହି ବୃଦ୍ଧା ଦାସୀଟି। ବେଳେବେଳେ ଗାଁର ସାଇ ମାଇପେ ବୁଲି ଆସନ୍ତି; ଦଣ୍ଡେଖଣ୍ଡେ ରହନ୍ତି। ବୁଢ଼ୀ ଦରବୁଢ଼ୀମାନେ ବୋହୂଠାରୁ ଟିକିଏ ଘଷାମୋଡ଼ା ପାଇ ଘରକୁ ଫେରିଯାନ୍ତି।

ନୂଆବୋହୂ ଆସି ଘରେ ରହିବାରୁ ଗୌର ଭାରି ଖୁସି। ବୋହୂଟି ରନ୍ଧାବଢ଼ା ଭଲ ଜାଣି ନାହିଁ। ଗୌର ଅନେକ ସମୟରେ ରାନ୍ଧିଦେଇ ଆସେ, ତାକୁ ଦେଖି ବୋହୂଟି ତିନି ହାତ ଲମ୍ବ ଓଢ଼ଣା ଟାଣି ଦେଇ ଅନ୍ୟ ଘରକୁ ଚାଲିଯାଏ। ଗୌର ରାନ୍ଧିଦେଇ ଭାଇଙ୍କ ପାଇଁ ଓ ନିଜ ପାଇଁ ବାଢ଼ି ଆଣେ, ବୋହୂ ଓ ଦାସୀ ପାଇଁ ଭାତ ତରକାରୀ ରଖି ଦେଇ ଆସେ। ରାମହରିଙ୍କୁ ଏ ସବୁ ବଡ଼ ଭଲ ଲାଗୁ ନଥାଏ, ଘରେ ସ୍ତ୍ରୀ ଥାଉଁ ଥାଉଁ ଭାଇଟା ହାଣ୍ଡିଶାଳେ ପଶି ରାନ୍ଧିବ, ବଡ଼ ଅସୁନ୍ଦର କଥା। ମାତ୍ର ବୋହୂର ଆଜିସୁଦ୍ଧା ରନ୍ଧା ଶିକ୍ଷା ହେଲା ନାହିଁ। ଯେଉଁ ଦିନ ରାନ୍ଧିବସିବ, ସେ ଦିନ ସବୁ ଅଖାଦ୍ୟ। ଭାତ ପୋଡ଼ା ବା ପେଜଛାପରା, ତରକାରୀ ଲୁଣିଆ, ଅଲଣା ବା ଦରସିଝା! ଗୌର ଭଲମନ୍ଦ ଜାଣିପାରେ ନାହିଁ; ଯାହା ହେଲେ ପେଟ ପୂରାଇ ଖାଇଦିଏ । କଷ୍ଟ ଯେତକ ରାମହରିଙ୍କର। ସ୍ତ୍ରୀ ରାନ୍ଧିବା ଓଳି ପେଟ ଚାରିପଣ ବି ପୂରେ ନାହିଁ; ପୁଣି ଥରେ ଜଳଖିଆ କରିବା ଦରକାର ହୁଏ। ଗୌର ପକ୍ଷରେ ଏସବୁ ଅସହ୍ୟ। ଭାଇଙ୍କର କୌଣସି ପ୍ରକାର

ଅସୁବିଧା ଦେଖିଲେ ତା ମନ ଘାଣ୍ଟି ହୁଏ, କିଛି ସୁଖ ଲାଗେ ନାହିଁ। ଏଣିକି ପ୍ରତ୍ୟହ ଦୁଇବେଳା ଗୌର ରାନ୍ଧେ।

ବୋହୂଟିର ଆଉ ଆଜିକାଲି ସେତେ ଲଜ୍ଜା ନାହିଁ। କବାଟକଣରେ ଥାଇ ଗୌରକୁ ଅନେକ କାମଦାମ ବତାଏ, ଅନେକ ଫରମାସି କରେ। କ୍ରମେ ଭାଉଜର ଅତ୍ୟାଚାର ବଢ଼ିବାକୁ ଲାଗିଲା, ଗୌର ପାଣି ଆଣିବ, ବାଟଣା ବାଟିବ, ଗାଧୋଇବା ପାଣି ପର୍ଯ୍ୟନ୍ତ ଦେବ। କଅଁଳ ଲୁହା ପାଇଲେ ବିରାଡ଼ି ମଧ୍ୟ ପୁଳାଏ ଦି ପୁଳା କାମୁଡ଼ିବାକୁ ଛାଡ଼େ ନାହିଁ। ବୃଦ୍ଧା ଦାସୀଟି ମଧ୍ୟ କେତେ ଫରମାସ ଆରମ୍ଭ କରିଦେଲାଣି। ଦାସୀର ଯାହା ଦରକାର, ଗୌରକୁ କରି ଦେବାକୁ ହେବ; ନ କଲେ ବା କରିବାରେ ବିଳମ୍ବ ଘଟିଲେ ଗାଳି ମନ୍ଦ ଚାଲିଲାଣି – ମଲା ମୋର, ଏଡୁଟାଏ ହେଇଚି, ଦିନିବେଳା ଛ'କଂସା ଭାତ ବାଟୁଳି ବାଜୁ ନାହିଁ, ଅର୍ଜନ ଗୋଟିଏ ବୋଲି ପଇସା ନାହିଁ, ଏତେ ପୁଣି କେଉଁଠୁ କିମିତି ଆସିବ ମ!

ଗୌର ଏସବୁ ଭାଇଙ୍କୁ କେତେ ଥର କହିବାକୁ ମନସ୍ଥ କଲାଣି, କହିପାରୁ ନାହିଁ। ଦେହରେ ତାହାର ଅପରିସୀମ ବଳ, ଅମ୍ଳାନ ବଦନରେ ସବୁ କରିଯାଉଛି। କେବଳ ମାନମର୍ଯ୍ୟାଦା ଉପରେ ବ୍ୟାଘାତ ପଡ଼ିଲାବେଳେ ମନ କିମିତ କିମିତି ହେଉଛି। ରାମହରି ଏସବୁ ଦେଖି ନ ଦେଖିଲା ପରି କହୁଛନ୍ତି। ସାଇପଡ଼ିଶା ମାଇପି ମହଲରେ କେବଳ ଗୌରର ଚର୍ଚ୍ଚା ପଡ଼ିଛି – ମରଦ ହୋଇ ମାଇପଙ୍କର ବାର ଖିଜିମତ ଗୋଲାମୀ କରି ଖାଉଚି, ଧିକ୍ ତା ଜୀବନ। ଗାଁ ଦାଣ୍ଡକୁ ବୁଲି ବାହାରିଲେ ସମସ୍ତେ ତାକୁ ଚାହିଁ ମୁରକିହସା ଦେଲା ପରି ତାକୁ ଜଣା ପଡୁଛି। ଦୁଷ୍ଟ ଗାଁ ଟୋକାଗୁଡ଼ାକ ତାକୁ ଦେଖି କେତେ କଣ ଏଣୁତେଣୁ କହିଯାନ୍ତି। ସେ ନୀରବରେ ସବୁ ସହେ। କାହା ଆଗରେ କିଛି କହି ପାରେ ନାହିଁ। ଅପ୍ରକାଶ୍ୟ ମନୋବେଦନା ଅତି ତୀବ୍ର, ବଡ଼ କଷ୍ଟକର; ଗୌରର ଆଜିକାଲି ସେହି ଅବସ୍ଥା। କାହା ସଙ୍ଗରେ କଥାବାର୍ତ୍ତା କରିପାରୁ ନାହିଁ। ଖାଇବା ପିଇବା ମଧ୍ୟ ଖୁବ୍ କମି ଆସିଲାଣି। ଘର କାମଦାମ ଆଉ ମନ ଲଗାଇ କରିପାରୁ ନାହିଁ। ଦିନେ ଦିନେ ଭାଉଜ କଥା ମଧ୍ୟ ଅମାନ୍ୟ କଲାଣି। ଭାଉଜ ଆଜିକାଲି ରାନ୍ଧି ଶିଖିଲାଣି।

ଦିନେ ପରିବା ଅଭାବରୁ ଘରେ ତରକାରୀ ହୋଇପାରି ନାହିଁ। ରାମ ବୁଲି ଆସି ରାତ୍ର ୯ ଘଣ୍ଟା ସମୟକୁ ଖାଇବାକୁ ମାଗିଲେ। ଗୌରକୁ ବାରମ୍ବାର କହି ସୁଦ୍ଧା ସେ ବଜାରକୁ ଯାଇ ପରିବା ନ ଆଣିବାରୁ ଏପରି ଘଟିଛି ବୋଲି ଦାସୀ ଆସି ତାହାର ଜଳଦଗମ୍ଭୀର ସ୍ୱରରେ ପ୍ରକାଶ କଲା। ରାମ କ୍ଷୁଧାରେ ଆତୁର ଥିଲେ, ବର୍ତ୍ତମାନ ପର୍ଯ୍ୟନ୍ତ କିଛି ରନ୍ଧାବଢ଼ା ହୋଇ ନଥିବାର ଶୁଣି ରାଗରେ ଥରିଗଲେ; ଲଣ୍ଠନ ନେଇ ଗୌରକୁ

ଗୋଟିଏ ଘରେ ଶୋଇଥିବାର ଦେଖିଲେ, ବହୁତ ଡାକିବାରେ ସେ ଉଠି ଠିଆ ହେଲା। ରାମହରି କହି ପକାଇଲେ – "ତୋ ପରି ଅପାଳପାଉଁଶଟିଏ ଘରେ ରଖି ବିପଦ ଛଡ଼ା କିଛି ନାହିଁ ଦେଖୁଛି। ଆଜିକାଲି ତ କିଛି କାମଦାମ ନାହିଁ। ପରିବା କିଣି ଆଣି ଦେବାକୁ କଣ ହାଡ଼ ଭାଙ୍ଗି ଯାଉଥିଲା! ବାହାର ତୁ ଆଜି ମୋ ଘରୁ, ସଇତାନ୍। କିଛି ନ କହିବାରୁ ଦିନକୁ ଦିନ ବଦ୍‌ମାସୀ ବଢ଼ି ଯାଉଛି, ନା! ଆଚ୍ଛା ହେଉ।"

ପଡ଼ିଶା ଘରୁ ପରିବାପତ୍ର ଉଧାର ଆଣି ଯେନତେନ ପ୍ରକାରେଣ ସେ ଓଳି ରୋଷେଇ ହୋଇଗଲା। ସମସ୍ତେ ଖାଇପିଇ ଶୋଇଲେ। ଗୌରକୁ କେହି ଖାଇବାକୁ ଡାକି ନାହାନ୍ତି। ସେ ପ୍ରତିଦିନ ମାଗି ଖାଇ ଆସେ; ଆଜି ଆସି ନାହିଁ, କି ଖାଇ ନାହିଁ।

ଗଭୀର ନିଶା ସାଇଁ ସାଇଁ ଡାକୁଛି। ବେଳେବେଳେ ବିଲୁଆ ପଲେ ହୁକା ହୋ, ହୁକା ହୋ ଡାକି ଯାଉଛନ୍ତି। ଅନ୍ଧକାର ରଜନୀ, ପୁଣି ଆକାଶ କିଞ୍ଚିତ ମେଘାଚ୍ଛନ୍ନ। ସୁବିଧା ସୁଯୋଗ ପାଇଲେ ନିତାନ୍ତ ଅକର୍ମଣ୍ୟ ବ୍ୟକ୍ତି ମଧ୍ୟ ନିଜର ବଡ଼ିମା ଦେଖାଇ ପାଞ୍ଚ ପଦ କହି ଦେବାକୁ କୁଣ୍ଠିତ ହୁଏ ନାହିଁ; ବଡ଼ ବଡ଼ ଲୋକଙ୍କ କଥା ତ ଜାଣି ଅଲଗା। ଏ ସଂସାରଟା ଯେପରି କି ଗୋଟିଏ ବଡ଼ିମାର ସଂସାର! ଏ ସୁଯୋଗ ପାଇ ଆଜି ଜୁଳୁଜୁଳିଆ ପୋକଗୁଡ଼ାକ ଗଛପତ୍ର ଘେରିଯାଇ ନିଜର ପ୍ରଭାବ ବିସ୍ତାର କରିବାରେ ବ୍ୟସ୍ତ। ଜନମାନବର ସ୍ୱର ଶବ୍ଦ ନାହିଁ। କ୍ୱଚିତ୍ କେଉଁ ଘର ଭିତରେ ବୃଦ୍ଧଟିଏ ଖୁଁ ଖୁଁ କାଶୁଛି। ଗୌରକୁ ଆଜି ରାତିରେ ନିଦ ନାହିଁ। ଏଣେ ଜଠରଜ୍ୱାଳା, ତେଣେ ପୁଣି ହୃଦୟବିଦାରକ ଚିନ୍ତା ମନପ୍ରାଣ ଦଗ୍ଧ କରୁଛି। ଆସ୍ତେ ଆସ୍ତେ ଉଠି ସେ ବାହାରକୁ ଆସିଲା, ଅତି ସାବଧାନତା ସହକାରେ ଦାଣ୍ଡ କବାଟ ଫିଟାଇ ବାହାରି ପଡ଼ିଲା।

ଡର ନାହିଁ, ଭୟ ନାହିଁ, ଗ୍ରାମ ପରେ ଗ୍ରାମ, ଗହୀର ପରେ ଗହୀର ଅତିକ୍ରମ କରି ଚାଲିଛି। ପୁଣି କ'ଣ ମନରେ ପାଞ୍ଚିଲା, ଟିକିଏ ବସିଲା, ଟିକିଏ କାନ୍ଦିଲା, ଘରଆଡ଼କୁ ଫେରିଲା। ଅତି ଆସ୍ତେ ଆସ୍ତେ ଫେରୁଥାଏ। କେତେକ ବାଟ ଫେରିଲା। ଗ୍ରାମ ଆସି ନିକଟ ହେଲାଣି, ଗୋଡ଼ ଯେପରି ଆଉ ଚଲୁ ନାହିଁ; କିଏ ଯେପରି ତାକୁ ଗ୍ରାମ ଭିତରକୁ ପ୍ରବେଶ କରିବା ନିମିତ୍ତ ନିଷେଧ କରି ଆଗରେ ବାଟ ଓଗାଳୁଛି। ପୁଣି ଲେଉଟିଲା। ସେହି ଗହୀର, ସେହି ଗ୍ରାମ ବାଟ! ଗ୍ରାମଠାରୁ ଖଣ୍ଡେଦୂର ଗଲେ, ଗ୍ରାମ ଛାଡ଼ି ଯିବାକୁ ମନ ବଳୁ ନଥାଏ, ପୁଣି ଫେରି ଆସି ଗ୍ରାମ ନିକଟ ହେଲେ ଗ୍ରାମ ଭିତରକୁ ଯିବାପାଇଁ ମନ ହେଉ ନଥାଏ। ଏପରି ଉଭୟ ସଙ୍କଟରେ କେତେକ ସମୟ ଅତିବାହିତ କରି ଅତି କଷ୍ଟରେ, ଅତି ଅନିଚ୍ଛାରେ ନିଜର ସ୍ୱର୍ଗାଦପି ଗରୀୟସୀ ଜନ୍ମଭୂମି, ଭାଇବନ୍ଧୁକୁଟୁମ୍ବଙ୍କ ମାୟା ମମତା ପରିତ୍ୟାଗ କରି ସଦାନନ୍ଦଙ୍କ ସେହି ସ୍ନେହ ପରିପାଳିତ ନିରୀହ, କୋଳପୋଛା ମା'ଛେଉଣ୍ଡ ପୁଅଟି କୁଆଡ଼େ ଚାଲିଗଲା।

ସକାଳ ହେଲା, ଯେ ଯାହା କାର୍ଯ୍ୟରେ ଲାଗି ଯାଇଛନ୍ତି। ଗୌରକୁ ଖୋଜା ପଡ଼ିଲା। ସେ କୁଆଡ଼େ ଗଲା, କେହି କହି ପାରୁ ନାହାନ୍ତି। ଗାଳି ଖାଇଥିବାରୁ ରଷି କରି କେଉଁଠି ଲୁଚିଥିବ, ପରେ ଆସିବ ବୋଲି ରାମହରି ନୀରବ ରହିଲେ। ସନ୍ଧ୍ୟା ହେଲା, ପୁଣି ସକାଳ ହେଲା; ଗୌରର ଦେଖା ନାହିଁ। ଅନେକ ଆଡ଼େ ଖବର ପଠାଗଲା; ହୁଲିଆ ହେଲା। ଗୌରର ପତ୍ତା ନାହିଁ। ବାପାଙ୍କ କଥା ମନେପକାଇ ରାମହରି ବଡ଼ ବ୍ୟାକୁଳ ହେଲେ ମାତ୍ର ସମୟ ସ୍ରୋତରେ ଗତି ସଙ୍ଗେ ସଙ୍ଗେ ତାଙ୍କ ମନୋବେଦନା ଦୂରୀଭୂତ ହେବାକୁ ଲାଗିଲା।

ଗତ କେତେକ ବର୍ଷ ରାମହରି ବଡ଼ ଅଧ୍ୟବସାୟ ସହକାରେ ସ୍କୁଲର ଶିକ୍ଷକତା କାର୍ଯ୍ୟ କରିବାରୁ ପ୍ରତି ବର୍ଷ ଛାତ୍ରମାନେ ବୃତ୍ତି ପାଇ ଆସୁଅଛନ୍ତି। ସ୍କୁଲର ଅବସ୍ଥା ସର୍ବତୋଭାବରେ ଉତ୍ତମ ହୋଇଅଛି। ଦର୍ଶକାଭିପ୍ରାୟ ବହିରେ ରାମହରିଙ୍କର ଅଗଣିତ ପ୍ରଶଂସା ପ୍ରକାଶ ପାଇଲା। କେନ୍ଦ୍ରାପଡ଼ା ଉଚ୍ଚ ଇଂରାଜୀ ସ୍କୁଲର ଦ୍ୱିତୀୟ ଶିକ୍ଷକ ପଦରେ ରାମହରିଙ୍କୁ ଡାକ ପଡ଼ିଲା, ଦରମା ୫୦ ଟଙ୍କା ପାଇବେ, ଭବିଷ୍ୟତ ଉନ୍ନତିର ମଧ୍ୟ ଆଶା ଅଛି।

କେନ୍ଦ୍ରପଡ଼ାରେ ସୁଖ୍ୟାତିର ସହିତ କାର୍ଯ୍ୟ କରି ରାମହରି ବି.ଏ. ପରୀକ୍ଷାରେ ମଧ୍ୟ ପାଶ କରିଅଛନ୍ତି। କିଛିଦିନ ପରେ ସେ କଟକ କଲେଜିଏଟ୍ ସ୍କୁଲର ଦ୍ୱିତୀୟ ଶିକ୍ଷକ ହୋଇ କଟକ ଆସିଲେ। ଦରମା ୧୦୦ ଟଙ୍କା ପାଆନ୍ତି। ଏ ମଧ୍ୟରେ ତାଙ୍କର ଗୋଟିଏ ପୁତ୍ର ଓ ଗୋଟିଏ କନ୍ୟା ହୋଇଅଛନ୍ତି। ବେଶି ଦରମା ପାଇବାରୁ ଅବସ୍ଥା ମଧ୍ୟ ଟିକିଏ ଭଲ ହୋଇ ଆସିଅଛି। କଟକରେ ଗୋଟିଏ ଘର ଭଡ଼ା ନେଇଅଛନ୍ତି। ଗୌର କଥା ସମୟ ସମୟରେ ମନେ ପଡ଼ିଥାଏ; କିନ୍ତୁ ତାହା କ୍ଷଣକାଳ ପାଇଁ, ଅନବରତ ଛାତ୍ରମାନଙ୍କ ଆଗମନ, ସେମାନଙ୍କ ସଙ୍ଗେ କଥାବାର୍ତ୍ତା ଓ କିପରି ସ୍କୁଲରେ ଭଲ ଶିକ୍ଷକ ହୋଇ ପୂର୍ବ ଗୌରବ ରକ୍ଷା କରିବେ, ଏ ଚିନ୍ତାରେ ଅଧ୍ୟବସାୟସହକାରେ ସବୁ ସମୟରେ ବିଦ୍ୟାଚର୍ଚ୍ଚା ତାହାଙ୍କୁ ଅନବରତ ବ୍ୟାପୃତ ରଖୁଥିଲା। ଘର ଚିନ୍ତା ପର୍ଯ୍ୟନ୍ତ ତାଙ୍କ ମନକୁ ସ୍ପର୍ଶ କରିପାରୁ ନଥିଲା।

ରାମହରି ଖୁବ୍ ଦକ୍ଷତା ସହିତ ଶିକ୍ଷକତା କାର୍ଯ୍ୟ କରି ସୁନାମ ଅର୍ଜନ କରିଅଛନ୍ତି। ଛାତ୍ରମାନଙ୍କଠାରୁ ଆରମ୍ଭ କରି ଶିକ୍ଷକଙ୍କ ପର୍ଯ୍ୟନ୍ତ ସମସ୍ତେ ତାଙ୍କ ବିନୟ, ବିଦ୍ୟାଚର୍ଚ୍ଚା ଓ ମନୁଷ୍ୟତ୍ୱରେ ମୁଗ୍ଧ ହୋଇଅଛନ୍ତି। କେତେକ ପରଶ୍ରୀକାତର ବ୍ୟକ୍ତିଙ୍କ ବ୍ୟତୀତ ସମସ୍ତେ ରାମହରିଙ୍କ ପକ୍ଷପାତ।

ରାମହରିଙ୍କ ପରିବାର କେତେକ ବର୍ଷ ବେଶ ଖୁସିରେ ଚଳି ଆସିଅଛି। ଘରେ ଅର୍ଥାଭାବ ନାହିଁ, କାହାରି ଦେହ ଅସୁସ୍ଥ ନାହିଁ; ବାହାରେ ସମସ୍ତେ ପ୍ରଶଂସା

କରୁଅଛନ୍ତି। ସ୍କୁଲ କାର୍ଯ୍ୟ ଶେଷକରି ଘରକୁ ଆସି ଦିଓଟି ସହାସ୍ୟ ମୁଖ ଦେଖି ଓ ଚାରି ପଦ ଦରୋଟି କଥା ଶୁଣି ସେ ନିଜକୁ ସ୍ୱର୍ଗର ଜୀବ ବୋଲି ମନେକରନ୍ତି। ନିରବଚ୍ଛିନ୍ନ ସୁଖସମ୍ପଦ ଭଗବାନ୍ କାହାରି ଭାଗ୍ୟରେ ଦେଇ ନଥାନ୍ତି। ଦୁଃଖ ପରି ସୁଖର ମଧ୍ୟ ଅବସାନ ଅଛି। ରାମହରିଙ୍କ ସୁଖର ସଂସାରରେ ବାଧା ପଡ଼ିଅଛି। ପିଲା ଦିଓଟି ଗତ କେତେ ମାସ ହେବ ବଡ଼ ରୁଗ୍‌ଣ ଅବସ୍ଥାରେ ପଡ଼ି ରହିଅଛନ୍ତି, ନାନାପ୍ରକାର ଉପସର୍ଗ ଆରମ୍ଭ ହୋଇଅଛି। ଆଜି ଜର, କାଲି ମୁଣ୍ଡବଥା, ପେଟଫୁଲା ଇତ୍ୟାଦି। ବୈଦ୍ୟ ଡାକ୍ତର ଅହରହ ଆସୁଅଛନ୍ତି। ରୋଗର ନିଦାନ ଆଜି ସୁଦ୍ଧା ସ୍ଥିର ହୋଇପାରି ନାହିଁ। ରାମହରିଙ୍କ ମନରେ ସୁଖ ନାହିଁ, ସ୍କୁଲ କାର୍ଯ୍ୟରେ ବ୍ୟାଘାତ ପଡ଼ିବାରୁ ଦୁଇ ମାସ ଅବସର ନେଇ ରହିଅଛନ୍ତି।

ପ୍ରତିଦିନ ରାତ୍ରରେ କେତେ ପ୍ରକାର ଭୟଙ୍କର ସ୍ୱପ୍ନ ଦେଖୁ ଅଛନ୍ତି, କିଛି ଠିକ୍ ନାହିଁ। ମନ ବଡ଼ ବିଚଳିତ ହେଉଅଛି। ଶେଷରେ ସ୍ତ୍ରୀଙ୍କର ମଧ୍ୟ ସେହିପରି ରୋଗ ଆରମ୍ଭ ହେଲା। ଘରେ ଅନବରତ ତିନୋଟି ରୋଗୀ; କାହାର ଦେହ କେତେବେଳେ କିପରି ରହୁଅଛି। ଛୁଟି ଶେଷ ହୋଇ ଆସିବାରୁ ଆଉ ଦୁଇ ମାସର ଛୁଟି ନେଲେ, ତା ପରେ ଦଶହରା ବନ୍ଦ ହେବ। ଏପରି ଅନ୍ୟମନସ୍କ ରହି ଦିନେ ତାଙ୍କର ପୂର୍ବ ଡାଏରୀଖଣ୍ଡି କାହିଁକି ଦେଖି ବସିଲେ। ଦେଖୁ ଦେଖୁ ତହିଁରେ କଲେଜ ବୋର୍ଡ଼ିଂ କଥା, ପ୍ରତ୍ୟହ କାଠଯୋଡ଼ି କୂଳେ ବୁଲାଚଲା କଥା, ସହାଧ୍ୟାୟିମାନଙ୍କ ସଙ୍ଗେ କେତେ ଯୁକ୍ତିତର୍କ, କେତେ ଆଲୋଚନା କଥା ଦୃଷ୍ଟିରେ ପଡ଼ିଲା। ଆଜିକାଲି ସେହି ବୋର୍ଡ଼ିଂ, ସେହି କାଠଯୋଡ଼ି କୂଳ, ସହାଧ୍ୟାୟିମାନଙ୍କ ମଧ୍ୟରୁ ମଧ୍ୟ କେତେକଙ୍କୁ ଦେଖନ୍ତି। କିନ୍ତୁ ମନର ସେ ଅବସ୍ଥା ଚାଲି ଯାଇଅଛି। ପୂର୍ବେ ତହିଁରେ ଯେଉଁପରି ଆନନ୍ଦ ଅନୁଭୂତ ହେଉଥିଲା, ଆଜି ତାହା ହେଉନାହିଁ। ଡାଏରୀରେ ଦେଖିଲେ, – ପିତାଙ୍କ ପୀଡ଼ା ଶୁଣି ଗ୍ରାମକୁ ପ୍ରତ୍ୟାଗମନ, ଶେଷରେ ପିତାଙ୍କ ମୃତ୍ୟୁ। ଆଖିରୁ ଦରଦର ଧାରାରେ ଲୋତକ ଗଡ଼ି ପଡୁଥାଏ। ସର୍ବଶେଷରେ ମୃତ୍ୟୁଶଯ୍ୟାରେ ପିତାଙ୍କ ଉପଦେଶ – ଗୌରକୁ ଦେଖିବୁ, ସୁବିଧା ହେଲେ ଗୟାଶ୍ରାଦ୍ଧ କରି ଆସିବୁ – ଦେଖିଲେ, ବହୁଦିନ ପରେ ଗୌର କଥା ଆଖି ଆଗରେ ନାଚିଗଲା। ପିତାଙ୍କ ମୂର୍ତ୍ତି ଆଗରେ ଉଭା ହେଲା। ସେ ବଡ଼ ଅସ୍ଥିର ହେଲେ। ଗୟାଶ୍ରାଦ୍ଧ କରି ଯିବାର ମନେ ମନେ ସ୍ଥିର କଲେ।

ରାମହରିଙ୍କ ପରିବାର କଟକ ଛାଡ଼ି ଗ୍ରାମକୁ ଆସିଅଛନ୍ତି। ରୋଗୀମାନଙ୍କ ଅବସ୍ଥା ପୂର୍ବାପେକ୍ଷା ଭଲ ଅଛି। ବୈଦ୍ୟ ଡାକ୍ତର ଚିକିତ୍ସା ବନ୍ଦ କରାଗଲା। କେବଳ ପଥ୍ୟଧାରା ଓ ଦୁଇ ଓଳି ଇଷ୍ଟଦେବଙ୍କ ଚରଣାମୃତ ପାନ ରୋଗୀମାନଙ୍କର ଔଷଧର କାର୍ଯ୍ୟ କରୁଅଛି। ଗୟାଶ୍ରାଦ୍ଧ କରି ଯିବାର ସ୍ଥିର ହେଲା। ପ୍ରତ୍ୟେକ ଶ୍ମଶାନ ଭୂମିରେ

ବାଦ୍ୟ ବାଜିଲା; ବ୍ରାହ୍ମଣ ଭୋଜନ ହେଲା। ଶେଷରେ ଦିଓଟି ଚାକର ଓ ଗୋଟିଏ ଦାସୀ ନେଇ ରାମହରି ସ୍ତ୍ରୀପୁତ୍ର କନ୍ୟା ସହ ଗୟା ଯାତ୍ରା କଲେ। ଗୟା ପଣ୍ଡାଙ୍କ ନିକଟକୁ ପତ୍ର ଲେଖାଗଲା।

ଗୟା ଷ୍ଟେସନରେ ପହଞ୍ଚିବା ଆଗରୁ ପଣ୍ଡା ଗାଡ଼ିର ବନ୍ଦୋବସ୍ତ କରି ରଖିଥଲେ, ରେଳରୁ ଓହ୍ଲାଇ ପଣ୍ଡା ସ୍ଥିର କରିଥିବା ବସାରେ ସମସ୍ତେ ବିଶ୍ରାମ କଲେ। ପରଦିନ ଶ୍ରାଦ୍ଧ ଦେବାକୁ ହେବ। ବଡ଼ ଆଶ୍ଚର୍ଯ୍ୟର କଥା, ଗୟାଠାରେ ପହଞ୍ଚିଲା ବେଳକୁ ରୋଗୀମାନେ ପ୍ରାୟ ବାରପଣ ଆରୋଗ୍ୟ ହୋଇଅଛନ୍ତି।

ପରଦିନ ଅତି ପ୍ରତ୍ୟୁଷରୁ ଉଠି ସ୍ନାନ ସାରି ରାମହରି ସପରିବାର ଶ୍ରାଦ୍ଧ ଦେବାକୁ ବାହାରିଛନ୍ତି। ପଣ୍ଡା ଶ୍ରାଦ୍ଧ ସରଞ୍ଜାମ ନେଇ ସଙ୍ଗରେ ଯାଉଅଛନ୍ତି। ଯାତ୍ରୀମାନଙ୍କ କୋଳାହଳରେ ଚତୁର୍ଦ୍ଦିଗ ନିନାଦିତ। କାଙ୍ଗାଳିମାନେ ଘେନିଯାଇ ବ୍ୟତିବ୍ୟସ୍ତ କରୁଅଛନ୍ତି। ଏପରି ସମୟରେ ଗୋଟିଏ ଜୀର୍ଣ୍ଣ ଶୀର୍ଣ୍ଣ ଓ ନିତାନ୍ତ ରୁଗ୍ଣ ମାଗନ୍ତା ହସି ହସି ଆସି ରାମହରିଙ୍କ ପଥ ଓଗାଳିଲା। ଶତଛିଦ୍ର ଶତଗ୍ରନ୍ଥିଯୁକ୍ତ କନ୍ଥାଦ୍ୱାରା ଶରୀର ଆବୃତ, ଦୁଇ ଚକ୍ଷୁରୁ ଲେଞ୍ଜରା ବହିଯାଉଛି। ଶରୀର ସ୍ଥାନେ ସ୍ଥାନେ କ୍ଷତବିକ୍ଷତ ହୋଇ ପୂଜ ରକ୍ତ ବାହାରି ପଡୁଅଛି; ନାକରୁ ଅନବରତ ସିଙ୍ଗାଣି ବହୁଅଛି; ମୁଣ୍ଡର ବାଳ ଧୂଳିଧୂସରିତ ହୋଇ ଫର ଫର ଉଡୁଅଛି। ଚତୁର୍ଦ୍ଦିଗରେ ମାଛି ଭଣ ଭଣ ଉଡୁଅଛନ୍ତି। ପଣ୍ଡାଙ୍କ ଭୟ ପ୍ରଦର୍ଶନକୁ ଅବଜ୍ଞା କରି ରାମହରି ଓ ତାଙ୍କ ପରିବାରଙ୍କ ପ୍ରତି ସ୍ଥିରନେତ୍ରରେ ଚାହିଁ ରହିଅଛି। କିଛି କହି ପାରୁ ନାହିଁ। ଯେପରି ମନେ ମନେ କେତେ କଥା ଉଠି କଣ୍ଠରେ ଲାଖି ଯାଉଅଛି! ପରିଶେଷରେ ଭାଇ ଭାଇ ବୋଲି ଡାକି ହାତ ବଢ଼ାଇ ରାମହରିଙ୍କ ଆଡ଼କୁ ଅଗ୍ରସର ହେବାକୁ ଲାଗିଲା। ସେ ଅକୁଣ୍ଠିତ ଚିତ୍ତରେ ନିଜ ହସ୍ତ ପ୍ରସାରିଦେଲେ। ଉଭୟେ ଗାଢ଼ ଆଲିଙ୍ଗନ ପାଶରେ ଆବଦ୍ଧ, ସମସ୍ତେ ଏ ଦୃଶ୍ୟ ଦେଖି ଅବାକ୍।

ଉତ୍କଳ ସାହିତ୍ୟ, ୨୧/୦୪, ଶ୍ରାବଣ ୧୩୨୪ (୧୯୧୭-୧୮)

ନିଶାବସାନ

ଶ୍ୟାମସୁନ୍ଦର ପରିବାରଟି ଗ୍ରାମ ମଧ୍ୟରେ ବଡ଼ ସୁଖୀ, ବଡ଼ ସୁନ୍ଦର। ସେ ଓ ତାଙ୍କ ସ୍ତ୍ରୀ ସୁଶୀଳାଙ୍କ ଛଡ଼ା ବନ ବୋଲି ଗୋଟିଏ ପୁଅ ଓ ସୁଲୋଚନା ବୋଲି ଗୋଟିଏ ଝିଅ। ବନ ଅତି ଅଳ୍ପଦିନ ହେବ ଗ୍ରାମ୍ୟ ସ୍କୁଲରେ ନାମ ଲେଖାଇଅଛି। ପୈତୃକ ଭୁସମ୍ପତ୍ତି ଯଥେଷ୍ଟ ଅଛି; କୌଣସି ପ୍ରକାର ଅଭାବ ଅନାଟନ କେବେ ଏହି ପରିବାରର ସମ୍ମୁଖୀନ ହୋଇପାରି ନାହିଁ। ବନ ପାଠଶାଳାରେ ପଢ଼ିଲାବେଳେ ସୁଲୋଚନା କଥା ଭାବୁଥାଏ; କିପରି ସେ ଖେଳୁଥିବ, ତାକୁ ନ ଦେଖି ବାପା ବୋଉଙ୍କୁ କେତେ ବିରକ୍ତ କରୁ ନଥିବ। ସୁଲୋଚନାର ଛବି ପ୍ରତି ମୁହୂର୍ତ୍ତରେ ବନର ଆଖି ଆଗଦେଇ ଯେପରି ଚାଲି ଯାଉଥାଏ। ଟିକିଏ ସୁବିଧା ସୁଯୋଗ ପାଇଲେ ତତ୍‌କ୍ଷଣାତ୍ ଦଉଡ଼ି ଆସି ତା'ର ସ୍ନେହର ଭଉଣୀକୁ ଦେଖିଯାଏ। ଏଣେ ବାସ୍ତବିକ ବନର ଅନୁପସ୍ଥିତିରେ ସୁଲୋଚନାକୁ ସମ୍ଭାଳିବା ଦୁଷ୍କର। ସେ କୌଣସିମତେ ବୁଝେ ନାହିଁ, ବାପା ମାଁ କେତେ ପ୍ରକାର ଖେଳନା ଆଣି ଦିଅନ୍ତି, ମନ ଭୁଲାଇବା ପାଇଁ କେତେ ଆଡ଼େ ବୁଲାଇ ଆଣନ୍ତି। ଇତି ମଧ୍ୟରେ ଭାଇ ଆସି ପହଞ୍ଚି ଗଲେ ଯାଇ ଥଣ୍ଡା ହୋଇଯାଏ।

ବନ କୌଣସିଠାରୁ କିଛି ଭଲ ଜିନିଷ ପାଇଲେ ସୁଲୋଚନା ପାଇଁ ଘରକୁ ନେଇ ଆସେ। ସୁନ୍ଦର ଫୁଲଟିଏ, ପାଚିଲା କଇଁଶିକାକୁଡ଼ିଟିଏ, ପାଚିଲା କୋଳିଗୁଡ଼ିଏ ସମୟ ସମୟରେ ଆଣି ଭଉଣୀକୁ ଦିଏ। ଭାଇଠାରୁ ଏସବୁ ଉପହାର ସୁଲୋଚନାକୁ ବଡ଼ ଭଲ ଲାଗେ। ସେହି ସବୁ ଜିନିଷ ଅନ୍ୟ କେହି ଆଣିଦେଲେ ସେ ଟିକିଏ ଦେଖେ, ନେଇ ରଖି ଦିଏ ବା ଫୋପାଡ଼ି ଦିଏ। କିନ୍ତୁ ଭାଇର ଉପହାର ପାଇଲାକ୍ଷଣି ଆନନ୍ଦରେ ଗଦ୍‌ଗଦ୍ ହୋଇ ସମସ୍ତଙ୍କ ପାଖକୁ ଦଉଡ଼ି ଯାଇ ଭାଇଠାରୁ ଏତେ ଅମୂଲ୍ୟ ପଦାର୍ଥ ପାଇଅଛି ବୋଲି ଦେଖାଇ ଆସେ, ପରେ ସେ ସମସ୍ତ ଯତ୍ନରେ ସାଇତି ରଖିଦିଏ। ମଝିରେ ମଝିରେ ସେହି ସବୁ ଅକର୍ମଣ୍ୟ ଶୁଷ୍କ ପଦାର୍ଥଗୁଡ଼ିକୁ କାଢ଼ି ଆଣି

ଦେଖେ। ଭାଇ କେବେ କେଉଁଠାକୁ ବାହାରିଲେ ବା ଯିବା କଥାଶୁଣି ପାରିଲେ ସୁଲୋଚନା ଜଗି ବସିଥାଏ, ପଛେ ପଛେ ଯିବ ବୋଲି। ପାଠଶାଳାକୁ ଯିବାବେଳେ ତା ଅନ୍ୟ ପିଲାମାନଙ୍କ ସଙ୍ଗରେ ଖେଳି ବୁଲି ବାହାରିବା ସମୟରେ ବନ ଲୁଚି ଲୁଚି ଅତି ସାବଧାନରେ ଚାଲିଯାଏ। ଦୈବାତ୍ ସୁଲୋଚନା ହାବୁଡ଼ରେ ପଡ଼ିଗଲେ ଆଉ ରକ୍ଷା ନାହିଁ; ସେ ହାତଗୋଡ଼ ଛିଞ୍ଚାଡ଼ି କାନ୍ଦି କାନ୍ଦି ଧୂଳିରେ ଗଡ଼ିଯାଏ, ଅଗତ୍ୟା ଭାଇକୁ ବାହାରକୁ ଯିବାର ସୁଖ ଛାଡ଼ିବାକୁ ହୁଏ।

ଶ୍ୟାମସୁନ୍ଦରଙ୍କ ଗ୍ରାମଟି କୁଶଭଦ୍ରା ନଈକୂଳରେ ଅତି ସୁନ୍ଦର ଗ୍ରାମଟିଏ। ସେ ନଈକୂଳଟି ସୁନ୍ଦର ଘନ ବୃକ୍ଷରାଜିରେ ପରିପୂର୍ଣ୍ଣ। ସ୍ଥାନେ ସ୍ଥାନେ କଦଳୀ, ନଡ଼ିଆ, ଆମ୍ବ ଓ ପଣସ ବଗିଚା ଅଛି। ସମୟ ଅନୁଯାୟୀ ନଈର ଦୁଇ ତୀରରେ ଧୂଆଁପତ୍ର, ଛଣପଟ, କପା, କଲରା ଇତ୍ୟାଦି ଫସଲ ହୁଏ। ଗ୍ରାମବାସୀଗୁଡ଼ିକ ବଡ଼ ପରିଶ୍ରମୀ, କଳିଗୋଳ ପ୍ରାୟ ସେଠାରେ ନାହିଁ। ଯାହା କେବେ କେବେ ହୁଏ, ଶ୍ୟାମସୁନ୍ଦରଙ୍କ ଯତ୍ନରେ ସବୁ ମେଣ୍ଟି ଯାଏ। ଗ୍ରାମରେ ଶ୍ୟାମସୁନ୍ଦରଙ୍କ ଖାତିର ଖୁବ୍ ବେଶି। ତାଙ୍କୁ ନ ପଚାରି କେହି କୌଣସି ଗୁରୁତର କାର୍ଯ୍ୟରେ ହାତ ଦିଏ ନାହିଁ।

ଶ୍ୟାମସୁନ୍ଦରଙ୍କର ଧାନ ଓ ଟଙ୍କା ମହାଜନୀ ଯଥେଷ୍ଟ। କାହାର କରଜ ବଳି ପଡ଼ିଲେ, ଆୟରୁ କିଛି କିଛି ବର୍ଷକୁ ବର୍ଷ ଅସୁଲ ନେଇ ଛାଡ଼ି ଦିଅନ୍ତି। କରଜପାଇଁ କାହାରି ଭୂସମ୍ପତ୍ତି ବିକ୍ରି ହୁଏ ନାହିଁ, ହଠାତ୍ କାହାର କିଛି ଆପଦ ବିପଦ ପଡ଼ିଲେ ଶ୍ୟାମସୁନ୍ଦର ସବୁ ବିଷୟରେ ପ୍ରଧାନ ସହାୟ ହୋଇ ଠିଆ ହୁଅନ୍ତି। ରୋଗିର ଔଷଧ ଓ ପଥ୍ୟର ବ୍ୟବସ୍ଥା କରି ଦିଅନ୍ତି, ଅଭାବଗ୍ରସ୍ତଙ୍କୁ ଅର୍ଥ ସାହାଯ୍ୟ କରନ୍ତି। ତାଙ୍କ କରଜ ଅନାଦାୟ ପଡ଼ିଲେ ପିଆଦା ପଠାଇବାକୁ ହୁଏ ନାହିଁ। କାହାରିକୁ କିଛି କହିବାକୁ ହୁଏ ନାହିଁ। ଗ୍ରାମବାସୀ ପାଞ୍ଚଜଣ ବସି କୌଣସି ମତେ ଆଦାୟ କରାଇ ଦିଅନ୍ତି।

ବନର ସୌମ୍ୟ ମୂର୍ତ୍ତି ଓ ସରଳ ଅକପଟ ବ୍ୟବହାରରେ ଗ୍ରାମବାସୀ ସମସ୍ତେ ମୁଗ୍ଧ। ସମସ୍ତେ ତାକୁ ଆନ୍ତରିକ ସ୍ନେହ କରନ୍ତି। ନିଜ ନିଜ ପୁତ୍ର କନ୍ୟାଠାରୁ ଅଧିକ ଭଲ ପାଆନ୍ତି। ଭଲ ନ ପାଇବେ ବା କିପରି ? ଯାହାର ପିତା ସମସ୍ତଙ୍କୁ ଏତେ ଅଧିକ ସୁଖ ପାନ୍ତି, ଯାହାଙ୍କ ଧନ ଗ୍ରାମର ଇତର ସାଧାରଣ ନିଜର ବୋଲି ମନେକରନ୍ତି, ତାକୁ ଭଲ ନ ପାଇବେ ବା କିପରି ?

ଏହିପରି ଅତି ସୁଖରେ ଆହ୍ଲାଦରେ ସେହି ଗ୍ରାମର ଦିନ ଅତିବାହିତ ହେଉଥାଏ। ବର୍ଷା ସମୟ; କୁଶଭଦ୍ରା ନଈ ଦୁଇ କୂଳକୁ ଭରାଦେଇ ମହୋଲ୍ଲାସରେ ସାଗର ଆଡ଼କୁ ଧାଇଁଅଛି। ବଡ଼ ବଡ଼ ବୃକ୍ଷଗୁଡ଼ିଏ ଉପୁଡ଼ିପଡ଼ି ଭାସି ଯାଉଅଛି। ସ୍ଥାନେ ସ୍ଥାନେ ଭଅଁରଗୁଡ଼ିକ ବଡ଼ ଭୟାନକ ହୋଇଅଛି। ଭାସମାନ ପଦାର୍ଥଗୁଡ଼ିକ ଏହିସବୁ

ଆବର୍ତ୍ତ କବଳରେ ପଡ଼ି ବୁଲି ବୁଲି ବୁଡ଼ି ଯାଉଅଛନ୍ତି, ଆଉ ପତ୍ତା ମିଳୁ ନାହିଁ। କାଳର ସ୍ରୋତକୁ ନଦୀ ସର୍ବାଂଶରେ ଅନୁକରଣ କରି ଚାଲିଅଛି। ପକ୍ଷୀଗୁଡ଼ିକ ଅବାଧରେ ଏ ପାରିରୁ ସେ ପାରିକୁ ଉଡ଼ି ଯାଉଅଛନ୍ତି। ଡଙ୍ଗା ଆଣିବା ପାଇଁ ଏ ପାରିରୁ ସେ ପାରିକୁ ଡାକ ପଡ଼ିଅଛି।

ଏଠାରେ ଘାଟ ନାହିଁ, ନାଉରୀ ନାହିଁ। ଗ୍ରାମବାସୀମାନେ ନିଜ ନିଜ ସୁବିଧାପାଇଁ ଖଣ୍ଡିଏ ଛୋଟ ଡଙ୍ଗା ତିଆରି କରି ପକାଇ ଅଛନ୍ତି। ଏ ପାରିରୁ କେତେ ଜଣ ବସି ଆଉଲା ବା କାତ ସାହାଯ୍ୟରେ ଆରପାରିକୁ ଯାଉଅଛନ୍ତି। ସେହିପରି ଆରପାରିରୁ ଲୋକେ ଆସୁଅଛନ୍ତି। ଦୁଇ ପାଖରେ ଡଙ୍ଗାଖଣ୍ଡି ବାନ୍ଧିବା ନିମିତ୍ତ ଦୁଇଖଣ୍ଡି ଖୁଣ୍ଟ ପୋତା ହୋଇଅଛି।

ନଈବଢ଼ି ଦେଖିବା ବଡ଼ କୌତୁକପ୍ରଦ; ଗ୍ରାମର ଇତରସାଧାରଣ ସ୍ତ୍ରୀ ପୁରୁଷ ସମସ୍ତେ ଦେଖି ଯାଉଅଛନ୍ତି। ଦିନେ ସନ୍ଧ୍ୟାସମୟରେ ପିଲାମାନେ ବଢ଼ି ଦେଖି ବାହାରିଲେ। ବାଟରେ ଯାଉଁ ଯାଉଁ କେତେ ଫୁଲ କେତେ ପ୍ରକାର କୋଳି ତୋଳି ଖାଇଲେ। ବନ ଅନେକଗୁଡ଼ିଏ ଫୁଲ ଓ କୋଳି ସୁଲୋଚନା ପାଇଁ ନେବ ବୋଲି ଚାଦରକାନିରେ ବାନ୍ଧି ରଖିଥାଏ। ଏହିପରି ପିଲାଗୁଡ଼ିକ ଅତି ଆନନ୍ଦରେ ଯାଇ ନଈକୂଳରେ। ରାତ୍ରି ଆସିଲାଣି। ନଈକୂଳ ଜନମାନବ ଶୂନ୍ୟ। ଦୂରରୁ କାହାରି କାହାରି କ୍ଷୀଣ ସ୍ୱର ଶୁଭୁଅଛି। ମେଘ ଅନ୍ତରାଳ ଓ ବୃକ୍ଷ ମଧ୍ୟ ଦେଇ ଚନ୍ଦ୍ର କିରଣର ଛଟା ଏଣେତେଣେ ବିଞ୍ଚିହୋଇ ପଡ଼ିଅଛି। ନଈକୂଳର ସୁମଧୁର ଶୀତଳ ପବନ ଅତି ସୁଖକରବୋଧ ହେଉଅଛି। ଦୁଇ କୂଳ ବୃକ୍ଷର ଛାୟା ନଦୀ ମଧ୍ୟରେ ପଡ଼ି ଅତି ମନୋହର ଦିଶୁଅଛି। କେଉଁଆଡୁ ମଧୁର ବଂଶୀଧ୍ୱନୀ ଭାସି ଆସୁଅଛି। ବନ ଏସବୁ ଦେଖି ଶୁଣି ମନ୍ତ୍ରମୁଗ୍ଧ ପରି ଠିଆ ହୋଇ ରହିଅଛି।

ପିଲାଗୁଡ଼ିକ ବୁଲି ବୁଲି ଶେଷରେ ଯେଉଁଠାରେ ଡଙ୍ଗାଟି ବନ୍ଧାଥିଲା, ଯାଇ ସେଠାରେ ପହଞ୍ଚିଲେ। ମଧୁ ଏ ପିଲାମାନଙ୍କ ମଧ୍ୟରେ ଟିକିଏ ବୟସ୍କ। କେବେ କେବେ ଡଙ୍ଗାରେ କାତ ମାରିଅଛି, କେତେଥର ଅନ୍ୟ କେତେଜଣଙ୍କ ସଙ୍ଗରେ ନଈ ପାର ହୋଇଅଛି। ସେ ପ୍ରଥମେ ଡଙ୍ଗାଟି ପାଖକୁ ଗଲା, ଯାଇ ତା ଉପରେ ବସିପଡ଼ିଲା। ବନ ଏହା ଦେଖି ଚାଦରଖଣ୍ଡି କୂଳରେ ଥୋଇଦେଇ ହଠାତ୍ ଡଙ୍ଗା ଉପରେ ବସିଗଲା। ସେହିପରି ଆଉ ଦୁଇଜଣ ମଧ୍ୟ ବସିଲେ। ସମସ୍ତେ ମଧୁକୁ ଧରି ବସିଲେ – ଡଙ୍ଗା ଚଳା। ମଧୁ ତ ବାଟଯାକ କହି ଆସିଅଛି, ସେ ନିଜେ ଡଙ୍ଗା ଚଳାଇ ଜାଣେ ବୋଲି – ଏବେ ଯାଏ କାହିଁ! କଥାର ବାହାଦୁରୀକୁ କାର୍ଯ୍ୟରେ ଦେଖାଇଲାବେଳେ ପ୍ରତ୍ୟେକଙ୍କର ଯେଉଁ ଦଶା ହୁଏ, ମଧୁର ଆଜି ସେହି ଦଶା। କ'ଣ କରିବ, ନଅ ଛଅ

ଏଣୁତେଣୁ ଟିକିଏ ଭାବି ଡଙ୍ଗାଟି ଫିଟାଇଦେଲା। ଡଙ୍ଗାଟି ଯେପରି ସ୍ୱଇଚ୍ଛାରେ ମଝି ନଈକୁ ସ୍ରୋତ ସଙ୍ଗରେ ଭାସି ଚାଲିଲା।

ମଧୁ ବ୍ୟସ୍ତ ହୋଇ କାତ ବଢ଼ାଇ ଦେଖିଲା, କାତ ପାଉ ନାହିଁ। ସେଇଟି ପୁଣି ସାପୁଆ ଡଙ୍ଗା, ଅତି ଆନନ୍ଦରେ ନଦୀ ବକ୍ଷରେ ନାଚିବାକୁ ଲାଗିଲା। ପିଲା ଚାରୋଟି ପାଟି କରି ଉଠିଲେ; ଅତି କରୁଣ ସେ ଆର୍ତ୍ତନାଦ। ଡଙ୍ଗା କିଛି ଶୁଣିଲା ନାହିଁ, ଚାଲିଲା। ବୁଲି ବୁଲି ଗୋଟିଏ ଡଅଁର ମଧ୍ୟରେ ପଡ଼ି ଅଦୃଶ୍ୟ ହୋଇଗଲା। ପିଲାମାନଙ୍କ କାତର କରୁଣ କ୍ରନ୍ଦନର କୋଳାହଳ କ୍ଷଣକେ ସ୍ତବ୍ଧ ହୋଇଗଲା।

ସେମାନଙ୍କ ମଧ୍ୟରୁ ଯେଉଁ ଯୋଡ଼ିକ ପିଲା ଡଙ୍ଗାକୁ ନଯାଇ କୂଳରେ ଠିଆ ହୋଇ ଚାହିଁଥିଲେ, ସେମାନେ କେତେକ ସମୟ ଡଙ୍ଗାର ଗତି ଦେଖିଲେ, ପରେ ପିଲାମାନଙ୍କ ଆର୍ତ୍ତନାଦ ଶୁଣିଲେ, କିଛି ବୁଝି ପାରିଲେ ନାହିଁ। ଅବାକ୍ ହୋଇ କେତେ କ୍ଷଣ ଠିଆ ହୋଇ ରହିଲେ। ପରେ ବନର ଫୁଲ ଓ କୋଳି ବନ୍ଧାଥିବା ଚାଦରଟିକୁ ନେଇ ଫେରିଲେ। ଶ୍ୟାମସୁନ୍ଦରଙ୍କ ଘର ବାଟରେ ପଡ଼ିଲା । ସୁଲୋଚନା ଭାଇକୁ ଚାହିଁ ଦାଣ୍ଡଦୁଆରେ ବସିଅଛି, ପିଲା ଦିଓଟି ଯାଇ ସେ ଚାଦରଟି ଦେଲେ, ବନ ଡଙ୍ଗାରେ ବସି ନଈ ଭିତରକୁ ଯାଇଅଛି ବୋଲି କହି ଚାଲିଗଲେ। ସୁଲୋଚନା ସବୁ ଶୁଣି ଯାଇ ବାପାଙ୍କୁ କହିଲା।

ଶ୍ୟାମସୁନ୍ଦର ଦଶଦିଗ ଅନ୍ଧାର ଦେଖିଲେ, କ'ଣ କରିବାକୁ ହେବ, ଠିକ୍ କରି ପାରିଲେ ନାହିଁ, ଥକ୍କା ହୋଇ ବସିପଡ଼ିଲେ। ସୁଶୀଳା ଅତି ଆର୍ତ୍ତସ୍ୱରରେ କାନ୍ଦିବାକୁ ଲାଗିଲେ। ଇତିମଧ୍ୟରେ ସୁଲୋଚନା ଶୋଇପଡ଼ିଲାଣି। ଗ୍ରାମର ଅଧିକାଂଶ ଲୋକଙ୍କ ଘରେ ସେ ରାତି ଚୁଲି ଜଳିଲା ନାହିଁ। ନଈର କେତେ ଆଡ଼ ଖୋଜାଗଲା, ପୁଲିସଥାନାକୁ ଖବର ଗଲା, କାହିଁରେ କିଛି ହେଲା ନାହିଁ।

ତହିଁ ଆର ଦିନ ସକାଳୁ ସୁଲୋଚନା ଭାଇକୁ ନଦେଖି, ବାପା ବୋଉଙ୍କୁ ଶୋକାର୍ତ୍ତ ଦେଖି ଅଥୟ ହେଲା। ଭାଇ ଦେଇଥିବା କୋଳି ଓ ଫୁଲକୁ ଚାଦର କାନରୁ ଫିଟାଇ ଆଣିଲା। ଆହା ! ଭାଇର ଭଉଣୀକୁ ଶେଷ ଉପହାର ଦେଖି ଶ୍ୟାମସୁନ୍ଦର ଓ ସୁଶୀଳା ଜଡ଼ବତ୍ ହୋଇଗଲେ।

ଦିନ ପରେ ଦିନ ବହିଯିବାକୁ ଲାଗିଲା। ଶ୍ୟାମସୁନ୍ଦରଙ୍କ ମନର ପ୍ରଫୁଲ୍ଲତା ନଷ୍ଟ ହୋଇଗଲା। ତେବେ ସେ ଟିକିଏ ଈଶ୍ୱର ନିର୍ଭରଶୀଳ ଲୋକ। ସବୁ ବିଷୟର ଶେଷ ନିଷ୍ପତ୍ତି ଭଗବାନଙ୍କ ଉପରେ ପକାଇ ପାରିବାର ଅଦ୍ଭୁତ ଶକ୍ତି ତାଙ୍କଠାରେ ଥିଲା। ମନରେ ଯେତେ ଦୁଃଖିତ ହେଲେ ମଧ୍ୟ ପଦାକୁ ବିଶେଷ କିଛି ପ୍ରକାଶ ପାଇଲା ନାହିଁ। ସ୍ୱାମୀଙ୍କ ପ୍ରବୋଧ ବାକ୍ୟରେ ସୁଶୀଳା ମଧ୍ୟ ଥୟ ଧରି ରହିଲେଣି। ମାତ୍ର ସେ ଗ୍ରାମର

ଶ୍ରୀ ସେହି ଦିନଠାରୁ କ୍ରମେ ହ୍ରାସ ପାଇବାକୁ ଲାଗିଲା। ଗ୍ରାମବାସୀମାନଙ୍କ ମଧ୍ୟରେ କଳିକଜିଆ, ବିବାଦ, ମନାନ୍ତର ଆରମ୍ଭ ହେଲାଣି। ଶ୍ୟାମସୁନ୍ଦର ଆଜିକାଲି ସବୁ ବିଷୟରେ ନିସ୍ପୃହ ଥିବାରୁ ଏପରି ଘଟୁଅଛି।

ସୁଲୋଚନା ଦିବାରାତ୍ର ଭାଇନାମକୁ ଜପାମାଳ କରି ବସିଅଛି। ଲୋକେ କିପରି ଏ ସଂସାରରୁ ଚିର ବିଦାୟ ନେଇ ଚାଲିଯାନ୍ତି, ଏହା ସେ ଭାବି ପାରୁ ନଥିଲା। ବାପା ମା କହିଅଛନ୍ତି, ଭାଇ ଡଙ୍ଗାରେ ବସି ଆର ପାରିକୁ ଯାଇଅଛି, ନିକଟରେ ଫେରି ଆସିବ ବୋଲି। ପ୍ରତିଦିନ, ଭାଇକୁ ଅପେକ୍ଷା କରି ଚାହିଁ ବସୁଅଛି। କେତେଥର ନଈକୂଳକୁ ଯାଇ ଫେରି ଆସିଲାଣି – କାହିଁ ତା ଭାଇ ତ ଆସିଲା ନାହିଁ! ନଈକୂଳକୁ ଯାଉଁ ଯାଉଁ ବାଟରେ ଯେତେ ଗଛପତ୍ର ଗୋରୁଗାଈ ଦେଖେ, ପଚାରେ, "ମୋ ଭାଇକୁ ଦେଖିଛ କି?" ସମସ୍ତେ ଯେପରି ମୁଣ୍ଡ ହଲାଇ ନଈ ଆଡ଼କୁ ଦେଖାଇଦିଅନ୍ତି।

ସୁଲୋଚନା ଅନେକ ସମୟରେ ବାପାଙ୍କୁ ପଚାରେ – "ନଈ କେଉଁଠାରେ ଶେଷ ହୋଇଅଛି?" ବାପା କହନ୍ତି – "ନଈ ଯାଇ ସମୁଦ୍ରରେ ପଡ଼ିଛି।" ସେ ତହିଁରେ ସନ୍ତୁଷ୍ଟ ନହୋଇ ସମୁଦ୍ର କେଉଁଠି ଶେଷ ହୋଇଅଛି ବୋଲି ପଚାରେ। ଶ୍ୟାମସୁନ୍ଦର ଘଡ଼ିଏ ନିରୁତ୍ତର ରହି କହନ୍ତି – "ସମୁଦ୍ରର ଶେଷ କେହି ଠିକଣା କରିପାରି ନାହିଁ। ଏହାର ଶେଷ ନାହିଁ।" ପୁଣି ବାପାଙ୍କୁ ପଚାରେ – "ଭାଇ ଯଦି ନଈ ଛାଡ଼ି ସମୁଦ୍ରରେ ପଡ଼ିଥିବ, ତେବେ ସମୁଦ୍ରର ତ ଶେଷ ନାହିଁ, ସେ ପୁଣି ଫେରିବ କିପରି? ସମୁଦ୍ରର ଶେଷଯାଏ ଗଲେ ତ ଫେରିବ? ନଇଲେ ଆସିବ କିପରି?" ଏ ସବୁର ଉତ୍ତର ଦେବା ଶ୍ୟାମସୁନ୍ଦରଙ୍କ ପକ୍ଷରେ କାହିଁକି, ଅନେକଙ୍କ ପକ୍ଷରେ ବଡ଼ କଠିନ। ତାଙ୍କୁ ନିରୁତ୍ତର ଦେଖିଲେ ସୁଲୋଚନା ବଡ଼ ଚିନ୍ତିତ ହୁଏ।

ବର୍ଷ ପରେ ବର୍ଷ ଅତୀତ ହେଲା। ବଢ଼ି ପରେ କେତେ ବଢ଼ି ଆସି ଛାଡ଼ିଗଲାଣି, ତଥାପି ସୁଲୋଚନାର ଭାଇ ଫେରିଲା ନାହିଁ। ସୁଲୋଚନା ଭାବିଲା – ବୋଧହୁଏ, ଭାଇ ସମୁଦ୍ରର ଶେଷ ନ ପାଇବାରୁ ଫେରି ଆସିପାରୁ ନାହିଁ; ବୋଧହୁଏ, ବାପା ସେଥିପାଇଁ କିଛି କହୁ ନାହାନ୍ତି। ଭାଇ ତା'ର ଅଦୃଶ୍ୟ ହେବାଦିନୁଁ ପ୍ରତିଦିନ ସେ ତା ଭାଇର ଉପହାର ଫୁଲ ଫଳଗୁଡ଼ିକ କାଢ଼ି ଥରକୁ ଥର ଦେଖୁଥାଏ। ବର୍ଷକର ପ୍ରବଳ ବଢ଼ି ହୋଇଅଛି, ସୁଲୋଚନା ମନେକଲା, ସେହି ଫୁଲ ଓ ଫଳଗୁଡ଼ିକ ପକାଇଦେଲେ ଭାଇ ସେଗୁଡ଼ିକ ଦେଖି ତା'ର ନିଜ ଫୁଲ ଫଳ ବୋଲି ଚିହ୍ନିପାରି ନିଶ୍ଚୟ ଆସିବ।

ଏହା ଭାବି ଦିନେ ରାତିରେ ସେହି ଶୁଖିଲା ଫୁଲ ଫଳଗୁଡ଼ିକ ଧରି ନଈକୂଳକୁ ବାହାରିଲା। କାହାରିକୁ ଏକଥା ଜଣାଇଲା ନାହିଁ, କାଳେ କିଏ ମନା କରିଦେବ। ଜହ୍ନରାତି, ଶରତର ସ୍ୱଚ୍ଛ ସ୍ନିଗ୍ଧ ଜ୍ୟୋସ୍ନାରେ ନଈକୂଳର ସତେଜ ବୃକ୍ଷଗୁଡ଼ିକ ଝଟକୁଅଛି;

ନଦୀଗର୍ଭ ସେ ସବୁ ଦୃଶ୍ୟ ନିଜ ବକ୍ଷରେ ଧାରଣ କରି ଅତି କମନୀୟ ଦିଶୁଅଛି। କେଉଁ ଅଜଣା ପ୍ରଦେଶରୁ ସୁଲୁସୁଲିଆ ବାଆ କେତେ କେତେ ମଧୁର ଫୁଲ-ଗନ୍ଧ ଓ ଅତି ସୁମଧୁର ମୁରଲୀ ଧ୍ୱନି ସଙ୍ଗରେ ସୁତାନ ଗୀତ ବାଦ୍ୟ ବହି ଆଣୁଅଛି।

ସୁଲୋଚନାର ହୃଦୟ ଆନନ୍ଦରେ ଅଧିର ହୋଇ ନାଚି ଉଠିଲା। ସେହି ଶୁଷ୍କ ଫଳ ଫୁଲଗୁଡ଼ିକ ନେଇ ନଈରେ ମେଲିଦେଲା – ସେଗୁଡ଼ିକ କିଛି ଦୂର ଭାସିଯାଇ ପୁଣି କୂଳରେ ଆସି ଲାଗିଲା। ଆଉ ଟିକିଏ ଦୂରକୁ ପକାଇ ଦେବା ପାଇଁ ସୁଲୋଚନା କୂଳରେ ବନ୍ଧାଥିବା ଡଙ୍ଗା ଉପରକୁ ଉଠି ପକାଇ ଦେଲା।

ଡଙ୍ଗାଟି ମଜବୁତ୍ ହୋଇ ବନ୍ଧା ନଥିଲା। ଟିକିଏ ହଲଚଲ ହେବାରୁ ଗଣ୍ଠିଟି ଆସ୍ତେ ଖସି ଯାଇ ଡଙ୍ଗାଟି ଭାସିଯିବାକୁ ଲାଗିଲା। ମୁରଲୀଧ୍ୱନୀ କ୍ରମେ ଖୁବ୍ ସ୍ପଷ୍ଟ ଶୁଣାଗଲା, ପୁଷ୍ପମାନଙ୍କ ସୁଗନ୍ଧରେ ତା'ର ମନପ୍ରାଣ ବିମୋହିତ ହୋଇଗଲା। ଡଙ୍ଗା ଭାସି ଭାସି ଯାଉଥାଏ – ସେ କାହାକୁ ଡାକିଲା ନାହିଁ। ଅନେକ ଦିନପରେ ମନରେ ତା'ର ଆଜି ବଡ଼ ଆନନ୍ଦ - ଅଳ୍ପକ୍ଷଣ ପରେ ତା'ର ଭାଇକୁ ସେ ଦେଖିବ। ରାତ୍ରି ଗଭୀର ହେବାକୁ ଲାଗିଲା – ସୁଲୋଚନା ବସି ରହିଥାଏ। ପୁଣି ସେହି ସୁମଧୁର ଗୀତ ଲହରୀ, ସେହି ମୁରଲୀସ୍ୱନ - ସେହି ସଦ୍ୟ ପ୍ରସ୍ଫୁଟିତ ପୁଷ୍ପର ଆମୋଦ, ତା'ର ଚକ୍ଷୁ ମୁଦ୍ରିତ ହୋଇଗଲା – ନୌକା ଭାସି ଯାଉଥାଏ।

ଚକ୍ଷୁ ବୁଜିବା ସଙ୍ଗେ ସଙ୍ଗେ ତା'ର ନିଦ୍ରା ହୋଇଗଲା। କୋଳାହଳ ଶୁଣି ତା'ର ଆଖି ଫିଟିଗଲା। ଦେଖିଲା ନୌକାଟି ଅତିଶୟ ଉଜ୍ଜ୍ୱଳ ହୋଇ ଯାଇଅଛି, ତା'ର ନିଜ ଶରୀରରୁ ଦିବ୍ୟ ତେଜ ବାହାରୁଅଛି। ନଦୀର ଦୁଇ ପାର୍ଶ୍ୱର ଶୋଭା ବର୍ଣ୍ଣନାତୀତ। ଦୁଇ କୂଳର ବୃକ୍ଷସମୂହ ଅତି ମନୋହର ଏବଂ ସବୁଗୁଡ଼ିକର ଅଗଣିତ ସୁମଧୁର ସୁନ୍ଦର ଫଳ ପାଚି ଝରିପଡୁ ଅଛି। ସୁଶ୍ୟାମଳ ପାହାଡ଼ଗୁଡ଼ିକ ଅତି କମନୀୟ ଦେଖା ଯାଉଅଛି। ଗୋରୁପଲ ସ୍ୱଇଚ୍ଛାରେ ଇତସ୍ତତଃ ଚରୁଅଛନ୍ତି। ସ୍ୱଚ୍ଛ ଝରଣାମାନଙ୍କରୁ ସୁମିଷ୍ଟ ପାନୀୟ ବହି ଆସୁଅଛି। ପକ୍ଷଗୁଡ଼ିକ କେଡ଼େ ସୁନ୍ଦର, କି ମଧୁର ସେମାନଙ୍କର କାକଳି। ଗୋରକ୍ଷକମାନେ ମନ ଖୁସିରେ ସୁମିଷ୍ଟ ଫଳ ଖାଇ ଝରଣାର ପାଣି ପିଇ ଗଛତଳେ ବସି ମୁରଲୀ ବଜାଉ ଅଛନ୍ତି। ନଦୀମଧ୍ୟକୁ ଚାହିଁ ଦେଖେ ଯେ, ନଦୀର ନିମ୍ନଭାଗ ପର୍ଯ୍ୟନ୍ତ ସ୍ପଷ୍ଟ ଦେଖା ଯାଉଅଛି। ନଈବାଲି ପରିବର୍ତ୍ତନରେ ହୀରାଗୁଣ୍ଡ ଉପରେ ସ୍ୱଚ୍ଛ ସଲିଳ ପ୍ରବାହ ବହି ଯାଉଅଛି।

ସୁଲୋଚନା ମୁଗ୍ଧ ହୋଇଗଲାଣି – ବାପା ମା, ଭାଇ, ବନ୍ଧୁ, କୁଟୁମ୍ବ ଭୁଲିଗଲାଣି। ତା'ର ନିଜ ନାମ ପର୍ଯ୍ୟନ୍ତ ସ୍ପଷ୍ଟ ଭୁଲି ଯାଇଅଛି। କେବଳ ସେହି ଭାଇକଥା ମନେପଡୁଅଛି। କେଉଁଠାରେ ତାକୁ ପାଇବ। ପିଲାମାନେ ଦୁଇ ପାଖରୁ ଦଉଡ଼ି ଆସି

କହୁଥାନ୍ତି – "ତୋର ଭାଇ ଆଗରେ ଅଛି, ଯାଞ୍ଚା" ନୌକାଟି ଭାସି ଯାଉଅଛି।

ଆଗରେ କିଏ ନଦୀତୀରରେ ଠିଆ ହୋଇଅଛି। ଦେଖିଲା ମାତ୍ରକେ ସୁଲୋଚନା ଚିହ୍ନିଲା – ସେ ତା'ର ଭାଇ ବନ। ସେ ଆନନ୍ଦରେ ନାଚି ଉଠିଲା। ନୌକାଟି ଯାଇ ଆସ୍ତେ ଆସ୍ତେ ବନ ନିକଟରେ ଲାଗିଲା। ଦିବ୍ୟ ଆଭରଣରେ ବନର ଦେହ ଅତି ସୁନ୍ଦର ଦିଶୁଅଛି। ସୁଲୋଚନା ନୌକାରୁ ଓହ୍ଲାଇପଡ଼ି ଭାଇ ନିକଟକୁ ଗଲା। ବନ ଆନନ୍ଦରେ ଗଦ୍‌ଗଦ୍ ହୋଇ ତାକୁ ପାଖକୁ ଟାଣି ନେଇ ସୁନ୍ଦର ସତେଜ ଫୁଲମାଳଟିଏ ତା ବେକରେ ଲମ୍ବାଇ ଦେଲା; ଅତି ସୁମଧୁର କେତେକ ଫଳ ଓ କୋଳି ତାକୁ ଖାଇବାକୁ ଦେଲା। ସୁଲୋଚନା ପଚାରିଲା, "ରାତି କିପରି ପାହିଗଲା, ମୁଁ ତ ଜାଣି ପାରିଲି ନାହିଁ!" ଉତ୍ତରରେ ଭାଇ କହିଲା – "ଜାଣିବା ଆବଶ୍ୟକ ନାହିଁ, ନିଶା ଶେଷ ହୋଇଅଛି।"

ଉତ୍କଳ ସାହିତ୍ୟ, ୨୧/୧୨, ଚୈତ୍ର ୧୩୨୫ (୧୯୧୭-୧୮)

ଦିବାବସାନ

ହରିବନ୍ଧୁ ଓ ଶ୍ୟାମବନ୍ଧୁ ବାଲ୍ୟ ସହଚର। ଘର ଏକା ଗ୍ରାମରେ। ଏକସଙ୍ଗେ ମାଇନର ସ୍କୁଲରେ ପଢ଼ା। ଶ୍ୟାମ ଟିକିଏ ବୟସରେ ବଡ଼, ହରି ସାନ। ହରି ବଡ଼ଘର ପୁଅ - ଗାଁର ବଡ଼ ମକଦ୍ଦମ, ବଡ଼ ମହାଜନ ଘର। ଶ୍ୟାମର ବାପା ଗରିବ ନୁହନ୍ତି, କି ବଡ଼ଲୋକ ନୁହନ୍ତି; କୌଣସି ପ୍ରକାରେ ଦିନ ଗୁଜରାନ୍ ହୋଇଯାଏ। ଦିଓଟି ଘର ପ୍ରାୟ ପାଖ ପଡ଼ିଶା – ମଝିରେ ଦୁଇ ଦିନ ଘର ଛଡ଼ା।

ହରି ପିତାମାତାଙ୍କର ଏକମାତ୍ର ସନ୍ତାନ, ବଡ଼ ଆଦରର ଧନ। ପିଲାଦିନରୁ ବିଳାସିତାରେ ଅଭ୍ୟସ୍ତ। ପିତା ଧନଗର୍ବରେ ଉନ୍ମତ୍ତ, ଅତ୍ୟାଚାରୀ, ପରଧନଲୋଲୁପ, ଭୟଙ୍କର ଅଭିମାନୀ। ଶ୍ୟାମ ଅନେକ ସମୟରେ ହରିଙ୍କ ଘରେ ଥାଏ। ଏକତ୍ର ଦୁହିଁଙ୍କ ପାଠପଢ଼ା, ଉଭୟେ ଏକତ୍ର ସ୍କୁଲକୁ ଯାନ୍ତି, ଛୁଟି ହେଲେ ଘରକୁ ଫେରି ଆସନ୍ତି। ଶ୍ୟାମକୁ ଦଣ୍ଡେ ନ ଦେଖିଲେ ହରିର ନ ଚଳେ। ଶ୍ୟାମ ମଧ୍ୟ ହରିକୁ ଛାଡ଼ି ଏକୁଟିଆ କୁଆଡ଼େ ଯିବାକୁ ଇଚ୍ଛା କରେ ନାହିଁ।

ହରିର ପିତା ଗୋଲୋକବିହାରୀ ଚଉଧୁରୀ ମନେକରନ୍ତି, ସଂସାରଟା ତାଙ୍କ ସୁଖସ୍ୱାଚ୍ଛନ୍ଦ୍ୟ ପାଇଁ। ଧର୍ମ କର୍ମକୁ ବିଚାର ନାହିଁ, ଯେ କୌଣସି ପ୍ରକାରେ ନିଜର ଧନବୃଦ୍ଧି ସୁଖବୃଦ୍ଧି କରି ପାରିଲେ ହେଲା। ସେଥିରେ ଯେଚ୍ଛା ସେ ଖାଲରେ ପଡ଼ୁ, ଢିପରେ ପଡ଼ୁ, ଉତ୍ସନ୍ନ ଯାଉ, ଚିନ୍ତା ନାହିଁ, ଭ୍ରୂକ୍ଷେପ ନାହିଁ।

ପ୍ରତିଦିନ ସକାଳୁ ସନ୍ଧ୍ୟା ପର୍ଯ୍ୟନ୍ତ ଦାଣ୍ଡଦୁଆରେ ତାଣ୍ଡବନୃତ୍ୟ। ପିଆଦା ବରକନ୍ଦାଜ ପ୍ରଜା ଓ ଖାତକମାନଙ୍କୁ ଉତ୍ପୀଡ଼ନ କରି ଖର୍ଚ୍ଚା ଆଦାୟ କରୁଅଛନ୍ତି, ଗାଳି ମାଡ଼ ଚାଲିଅଛି। କାହା ବାଡ଼ିରୁ ସାରୁ, ଆଳୁ, କଖାରୁ ଜବରଦସ୍ତି ଅଣା ଯାଉଅଛି। କାହାର ହଳ ବଳଦ ଧରି ଆଣି ବେଠି ଲଗା ଯାଉଅଛି। କରଜ ଓ ଖଜଣା ଅସୁଲ ଚାଲିଅଛି। ଏସବୁ କାର୍ଯ୍ୟରେ ଦ୍ୱିରୁକ୍ତି କରିବାର, ବାଧା ଦେବାର କାହାରି ଶକ୍ତି ନାହିଁ,

ମୁହଁ ଟେକି ଦୁଇ ପଦ କହିବାର ମଧ୍ୟ ଅଧିକାର ନାହିଁ। କେହି କୌଣସି ବିଷୟରେ ଟିକିଏ ଅବାଧ୍ୟ ହେଲେ, ବାର ଚକ୍ରାନ୍ତରେ ପକାଇ ତା'ର ସର୍ବନାଶ କରାଯାଏ।

ମନୁଷ୍ୟ ଅବସ୍ଥାର ଦାସ। ଈଶ୍ୱରଦତ୍ତ ପ୍ରତିଭା କଥା ଅବଶ୍ୟ ସବୁବେଳେ ସ୍ୱତନ୍ତ୍ର। ହରି ପିଲାଟି ଦିନୁ ପିତାଙ୍କ ଶିକ୍ଷା ଓ ଅନୁକରଣରେ ପ୍ରତିପାଳିତ; ତା'ର ମନରେ ସ୍ୱତଃ ଗର୍ବ ଅଭିମାନର ମାତ୍ରା ବଢ଼ି ଆସୁଅଛି; ଅନ୍ୟଠାରୁ ନିଜକୁ ସ୍ୱତନ୍ତ୍ର କରି ଦେଖିବା ତାହାର ଅସ୍ଥିମଜ୍ଜାଗତ ହେଉଅଛି। ତେବେ ଶ୍ୟାମକୁ ଦେଖିଲେ, କେଜାଣି କାହିଁକି, ତାହାର ହୃଦୟ ଭଣ୍ଡାରର ସମସ୍ତ ଚାବି ଖୋଲି ହୋଇଯାଏ। ଶ୍ୟାମ ଆସିବାର କିଞ୍ଚିତ୍ ବିଳମ୍ବ ଘଟିଲେ ନିଜେ ଯାଇ ଡାକି ଆଣେ।

ଶ୍ୟାମର ପିତା ଗୋପାଳକୃଷ୍ଣ ଉଦାର ଅମାୟିକ ଈଶ୍ୱର ନିର୍ଭରଶୀଳ ବ୍ୟକ୍ତି। ମନୁଷ୍ୟଙ୍କୁ ଭୟ କରିବା ତାଙ୍କ ପ୍ରକୃତି ବିରୁଦ୍ଧ। ଭୟ, ଭାବନା, ହର୍ଷ, ବିଷାଦ, ସୁଖ, ଦୁଃଖ ମନର ସମସ୍ତ ବୃତ୍ତିନିଚୟ ସେହି ପରମପୁରୁଷଙ୍କଠାରେ ନ୍ୟସ୍ତ କରି ଦେଇ ନିଶ୍ଚିନ୍ତ ଥାନ୍ତି। ଗୋଲୋକବିହାରୀ ତାଙ୍କୁ ବାହାରେ ଆଦର କରନ୍ତି, ଭିତରେ ଶତ୍ରୁ ଜ୍ଞାନ କରନ୍ତି। ଥରେ ମିଥ୍ୟା ସାକ୍ଷ୍ୟ ଦେବା ନିମିତ୍ତ ଅନୁରୋଧ କରି ବିଫଳ ମନୋରଥ ହୋଇଅଛନ୍ତି। ସେହି ଦିନୁଁ ତାଙ୍କ ବିରୁଦ୍ଧରେ କେତେ ଷଡ଼୍‌ଯନ୍ତ୍ର, କେତେ ପ୍ରକାରେ ତାଙ୍କୁ କ୍ଷତିଗ୍ରସ୍ତ କରାଇଅଛନ୍ତି। ଘରୁ ତାଙ୍କର କେତେ ଥର ଚୋରୀ ହୋଇ ଯାଇଅଛି, କେତେ ଥର ବିଲ ଗୋରୁ ଚରି ଯାଇଅଛନ୍ତି।

ଶ୍ୟାମ ସଙ୍ଗେ ହରିର ଘନିଷ୍ଠତା ଚୌଧୁରୀ ତଥା ଗୋପାଳକୃଷ୍ଣଙ୍କୁ ଆଦୌ ଭଲ ଲାଗୁ ନଥାଏ। ହେଲେ କ'ଣ ହେଲା, ପିଲାଟା ଶ୍ୟାମକୁ ଛାଡ଼ି ରହିପାରୁ ନାହିଁ। ହୃଦୟ ଯେତେ ନିଷ୍ଠୁର ହେଲେ ସୁଦ୍ଧା ସନ୍ତାନବାତ୍ସଲ୍ୟ ନିକଟରେ ତାକୁ ପରାଜୟ ସ୍ୱୀକାର କରିବାକୁ ପଡ଼େ। ଅନିଚ୍ଛା ସତ୍ତ୍ୱେ ଚୌଧୁରୀ କିଛି କହନ୍ତି ନାହିଁ। ଭାଇ ସଙ୍ଗେ ଶ୍ୟାମର 'ତୁ' 'ତା' ହୋଇ କଥାବାର୍ତ୍ତା, ସମାନସ୍କନ୍ଧ ପରି ବ୍ୟବହାରଟା ତାଙ୍କ ପକ୍ଷରେ ବଡ଼ ଅସହ୍ୟ। ଥରେ ଦୁଇ ଥର ଶ୍ୟାମକୁ କହି ସାରିଲେଣି। ପିତାଙ୍କ ଆଜ୍ଞାନୁସାରେ ଶ୍ୟାମ ହରି ନିକଟକୁ ଯିବା ବନ୍ଦ କରିଦେଲା। ହରି ଘରେ ରହିପାରେ ନାହିଁ। ପିତା ମାତା କାହାରି ବୋଲ ମାନେ ନାହିଁ। ଶ୍ୟାମ ସହିତ ତାର ବନ୍ଧନ ବଡ଼ ଶକ୍ତ।

ଏହିପରି ଦିନ ଚାଲି ଯାଉଥାଏ। ହରିର ବାଳକତ୍ୱ କ୍ରମେ ଅପସରି ଯେତେ ବେଶି ବିଷୟବୋଧ ହେବାକୁ ଲାଗିଲା, ସେ ଅଲକ୍ଷ୍ୟରେ ପିତାଙ୍କ ଗୁଣ ତେତେ ଅନୁକରଣ କରିଯିବାକୁ ଲାଗିଲା। ହରି ଶ୍ୟାମ ଉଭୟେ ମାଇନର ପାସ୍ କଲେ। ଶ୍ୟାମ ମାସିକ ୪ ଟଙ୍କା ବୃତ୍ତି ପାଇଲା – ହରି କେବଳ ପାସ୍ କଲା। ଏ ଘଟଣା ଚୌଧୁରୀଙ୍କର, ତଥା ହରିର ଅଭିମାନ ବୃତ୍ତି ଉପରେ ତୀବ୍ର ଆଘାତ ହେଲା। ଶ୍ୟାମ ନିଶ୍ଚୟ ଠକ

ସଇତାନ୍। ହରିକୁ ନକହି ଆପେ ପଢ଼ି ବୃତ୍ତି ପାଇଗଲା। ଛୋଟଲୋକଗୁଡ଼ାଙ୍କୁ ପାଖ ମଡ଼ାଇଲେ ଏହିପରି ଫଳ ଭୋଗିବାକୁ ହୁଏ।

ହରି ଚାକର ପାଚକ ସହ ସ୍ୱତନ୍ତ୍ର ବସାରେ ରହି କଟକ କଲେଜିଏଟ୍ ସ୍କୁଲରେ ନାମ ଲେଖାଇଲା। ଶ୍ୟାମ ଗୋଟିଏ ମେସ୍‌ରେ ରହି ପ୍ୟାରୀମୋହନ ଏକାଡ଼େମୀରେ ପଢ଼ିଲା। ଘରୁ ସାମାନ୍ୟ ଚାଉଳ ପତ୍ର ଆସିଲେ ଚଳିଯାଏ, ଏହି ଦିନଠାରୁ ଦୁଇ ବନ୍ଧୁ ମଧ୍ୟର ବ୍ୟବଧାନ କ୍ରମେ ଅସ୍ୱଚ୍ଛ ହେବାକୁ ଲାଗିଲା। ଆଠ ଦଶ ଦିନ ଅନ୍ତର କେବେ ଥରେ ଅଧେ ଦେଖାହୁଏ। କଥାବାର୍ତ୍ତା ଯାହା ସାଧାରଣ ରକମର – ପଢ଼ା ପଢ଼ି ବିଷୟ ନେଇ।

କଟକ ଆସି ହରି ବଡ଼ବାବୁମାନଙ୍କ ପିଲାଙ୍କ ସଙ୍ଗେ ଘନିଷ୍ଠତା କରି ନେଲା। ପୋଷାକ ପରିଛଦର ଆଡ଼ମ୍ବର, ପ୍ରତି ମାସରେ ଭୋଜି, ବନ୍ଦ ସମୟରେ କଟକ ଛାଡ଼ି ନରାଜ, ମହାବିନାୟକ, ପୁରୀ, ଭୁବନେଶ୍ୱର ଭ୍ରମଣ ଇତ୍ୟାଦିରେ ଶ୍ୟାମର ସୌହାର୍ଦ୍ଦ୍ୟକୁ କ୍ରମେ ଭୁଲି ଯିବାକୁ ଲାଗିଲା।

ଶ୍ୟାମ ଧୀର ସ୍ଥିର ଅବିଚଳିତ। ନିଜେ ଯାହା ଉଚିତ ବୁଝେ କରେ; କାହାରି କଥାରେ ଚାଳିତ ହୁଏ ନାହିଁ। ଲୁଗା ଚାଦର ଛାଡ଼ି କମିଜ ଖଣ୍ଡିଏ ପିନ୍ଧି ନାହିଁ। ଠେଲି ପେଲି ହୋଇ ପାଞ୍ଚ ଜଣଙ୍କ ଆଗରେ ନିଜକୁ ବଡ଼ କରି ଦେଖାଇ ହେବା ତାହାର ପ୍ରକୃତି ବିରୁଦ୍ଧ। ନିଜ ପଢ଼ା ସାରି ନଈକୂଳେ ସନ୍ଧ୍ୟାରେ ଟିକିଏ ବୁଲି ଆସେ। ସୁଖେ ଦୁଃଖେ ଗଣ୍ଡାଏ ଖାଇଦିଏ। ହରିକୁ ବାବୁମାନଙ୍କୁ ସଙ୍ଗରେ ବୁଲିବା ବାଟରେ ଦେଖିଲେ ପାଖେଇଯାଏ। ଆଜିକାଲି କଥାବାର୍ତ୍ତା କଲାବେଳେ ହରି ପ୍ରତି 'ତୁ' ପରିବର୍ତ୍ତନରେ 'ତୁମେ' ବ୍ୟବହାର କରେ।

ଗ୍ରୀଷ୍ମ ବା ପୂଜା ବନ୍ଦରେ ସ୍କୁଲ ଛୁଟି ହେଲେ ଦୁହେଁ ଗ୍ରାମକୁ ଆସନ୍ତି। ହରି ବାପା ବୋହୂଙ୍କ ପାଇଁ ଲୁଗାପଟା, ପାନବଟା, ଗୁଡ଼ାଖୁ, ବାସନା ତେଲ, ସୁଜି, ମଇଦା ଇତ୍ୟାଦି କିଣି ଆଣେ। ଶ୍ୟାମ ତାହାର ସରଳ ସୁନ୍ଦର ହାସ୍ୟପୂର୍ଣ୍ଣ ମୁଖମଣ୍ଡଳଟି ପିତାମାତାଙ୍କୁ ଭେଟି ଦିଏ। ସେମାନେ ଯେପରି ସ୍ୱର୍ଗର ଚାନ୍ଦ ହାତରେ ପାନ୍ତି।

ଶ୍ୟାମ ଏବେ ହରିଙ୍କ ଘରକୁ କ୍ୱଚିତ୍ ଯାଏ। ଚୌଧୁରୀ ଅନେକଙ୍କ ଆଗରେ କହିଲେଣି – ଶ୍ୟାମ ଟୋକାଟା କେଡ଼େ ଗର୍ବୀ! ତା'ର ଟିକିଏ ଖାତିର ନାହିଁ। ହରିର ମଧ୍ୟ ଶ୍ୟାମ ପ୍ରତି ସେହି ଧାରଣା। ଚୌଧୁରୀଙ୍କ ଘରେ ଦୁର୍ଗାପୂଜା ହୁଏ। ଶ୍ୟାମ ଆଗ ପରି ମନକୁ ଆସି ପୂଜାରେ ଯୋଗ ଦିଏ ନାହିଁ; ଡାକିଲେ ଆସେ।

ବନ୍ଦ ସମୟରେ ଶ୍ୟାମ ପିତାଙ୍କ ଅନିଚ୍ଛା ସତ୍ତ୍ୱେ ଘରର ସମସ୍ତ ଖବର ବୁଝେ। ଗୋରୁ ଗାଈ ମୁହାଁଠାରୁ ଆରମ୍ଭ କରି ବିଲବାଡ଼ି କାମ କରେ। ଧାନ ଅମଳ କରାଏ।

ବାକି ସମୟତକ ଘରେ ବସି ପଢ଼େ। ପିତା ମାତା କେବେ ଅସୁସ୍ଥ ହେଲେ ପ୍ରାଣପଣେ ଉନ୍ନିଦ୍ର ଉପବାସୀ ରହି ସେବା ଶୁଶ୍ରୂଷା କରେ ।

ମାଇନର ପାସ୍‌ର ଚାରି ବର୍ଷ ପରେ ଏଣ୍ଟ୍ରାନ୍ସ ପରୀକ୍ଷା। ହରି ଓ ଶ୍ୟାମ ପରୀକ୍ଷା ଦେଲେ। ହରି ଫେଲ୍ ହେଲା, ଶ୍ୟାମ ପ୍ରଥମ ଶ୍ରେଣୀରେ ପାସ୍ କରି ମାସିକ ୧୫ ଟଙ୍କା ବୃତ୍ତି ପାଇଲା। ଶ୍ୟାମର ପିତା ମାତାଙ୍କର ଆନନ୍ଦର ଅବଧି ନାହିଁ। ଚୌଧୁରୀ ପୁଅ ପରୀକ୍ଷାରେ ଫେଲ୍ ହେବାର ଶୁଣି ଯେତେ ଦୁଃଖିତ ନୁହନ୍ତି, ଶ୍ୟାମ ଖବର ଶୁଣି ତତୋଽଧିକ ମର୍ମାହତ। ପରୀକ୍ଷା ଖବର ବାହାରିବା ପରେ ଶ୍ୟାମ ଚୌଧୁରୀଙ୍କ ନିକଟକୁ ଯାଇ ସାଷ୍ଟାଙ୍ଗ ପ୍ରଣିପାତ କଲା। ହରିକୁ କେତେ ବୁଝାଇ ସାନ୍ତ୍ୱନା ଦେଲା। ଚୌଧୁରୀ ମନେକଲେ – ଏ ସବୁ ପ୍ରକାଶ୍ୟ ଅପମାନ ଛଡ଼ା ଆଉ କିଛି ନୁହେଁ। ତାଙ୍କର ଅନ୍ତର୍ଦାହ ଆରମ୍ଭ ହେଲା। ନିଜକୃତ ଆତ୍ମଗ୍ଲାନି ଦ୍ୱାରା ନିଜେ ଜଳିପୋଡ଼ି ଯିବାକୁ ଲାଗିଲେ। ଶ୍ୟାମ କଲେଜ ବୋର୍ଡ଼ିଂରେ ରହି ଏଫ୍.ଏ. ପଢ଼ିଲା।

ହରିର ବିବାହ ପ୍ରସ୍ତାବ ପଡ଼ିଲା। ଅଯାଚିତ ଭାବରେ କେତେ ଭଦ୍ରଲୋକ ଲାଗି ପଡ଼ିଲେ। ହରି ମନାକରେ। ଅନ୍ତତଃ ଏଣ୍ଟ୍ରାନ୍ସଟା ପାସ୍ କରିବା ପୂର୍ବରୁ ବିବାହ କଲେ ଅସୁନ୍ଦର ହେବ ବୋଲି ଯା ତା ଆଗରେ କହିଲା। କ୍ରମେ ଏହି କଥା ଚୌଧୁରୀଙ୍କ କାନକୁ ଗଲା - ପୁଅକୁ କଟକ ପଠାଇ ଦେଲେ। ହରି ସ୍କୁଲରେ ଭର୍ତ୍ତି ହୋଇ ପଢ଼ିଲା। ଏଣେ କନ୍ୟା ଦେଖା, ଦେବା ନେବାର ଜବାବ ସ୍ଥିର କରି ଜଗତ୍‌ସିଂହପୁରରେ କନ୍ୟାଘର ଠିକ୍ ହୋଇ ନିର୍ବନ୍ଧ ହୋଇଗଲା। ଗୋଟିଏ ବୋଲି ପୁଅ, ପାଠପଢ଼ା, ଅଚଳାଚଳ ସମ୍ପତ୍ତି, ଏ ସବୁ ଦୃଷ୍ଟିରେ ଯୌତୁକର ପରିମାଣ ବଢ଼ିଗଲା; ଶୁଣାଗଲା, ନିର୍ବନ୍ଧ ସମୟକୁ ନଗଦ ତିନି ହଜାର ଟଙ୍କା ପାଇଲେ। ପରୀକ୍ଷା ପରେ ବୈଶାଖ ମାସରେ ବିବାହ ହେବାର ସ୍ଥିର ହେଲା।

ଶ୍ୟାମ ମନ ହେଲେ କେବେ ହରି ବସାକୁ ଯାଏ – କିପରି ଅଛି, ପଢ଼ାପଢ଼ି କିପରି ହେଉଛି ବୁଝିବ ବୋଲି। ବଦଖିଆଲ ଛାଡ଼ି ଦେଇ ଟିକିଏ ବେଶି ସମୟ ପଢ଼ାରେ ଲଗାଇଲେ ଭଲ ହେବ ବୋଲି କହି ଆସେ। ଶ୍ୟାମକୁ ଆଗରେ ଦେଖିଲେ ହରିର ହୃଦୟ କେଜାଣି କାହିଁକି ବଡ଼ ଦବିଯାଏ, ନିଜକୁ ଅପରାଧୀ ବୋଲି ମନେକରେ, କିଛି କହିପାରେ ନାହିଁ। ମାତ୍ର ସେ ଚାଲିଗଲେ ମନେହୁଏ – "ବାହାଦୂରୀ ଦେଖାଇ ମୁରବିପଣିଆ ଚଳାଇବାକୁ ଆସିଅଛି !"

ହରି ନିକଟକୁ ଗଲେ ଶ୍ୟାମର ବଡ଼ ଦୁଃଖ ହୁଏ। ପାସ୍ କରି ପାରିଥିଲେ ତା ମନ ଭିନ୍ନ ପ୍ରକାର ହୋଇଥାନ୍ତା। ତାକୁ ସେ ପିଲାଦିନୁ ସାନ ଭାଇଠାରୁ ବଳି ସ୍ନେହ ଆଦର କରି ଆସିଅଛି। ପିତା ମାତାଙ୍କ ନିଷେଧ ସତ୍ତ୍ୱେ ତା'ର ପାଖଛଡ଼ା ହୋଇ ନାହିଁ।

ସନ୍ଧ୍ୟା ସମୟରେ ଉପାସନା କଲାବେଳେ ହରି ପାଇଁ ଭଗବାନଙ୍କୁ ଡାକେ। ପ୍ରବଳ ଇଚ୍ଛା ସତ୍ତ୍ୱେ ଘନ ଘନ ହରି ନିକଟକୁ ଆସିପାରେ ନାହିଁ। ହରିର ସଙ୍କୋଚବୋଧ ଓ ପିତାଙ୍କର ପତ୍ରଦ୍ୱାରା ବାରମ୍ବାର ନିଷେଧ ତହିଁର ପ୍ରଧାନ କାରଣ।

ଶ୍ୟାମ ଛୁଟିରେ ଗାଁକୁ ଗଲେ ଚୌଧୁରୀ ତାକୁ ଦେଖି ହାଡ଼େ ହାଡ଼େ ଜଳିଯାନ୍ତି। ତା'ର ସମସ୍ତ ଭକ୍ତିର ନିଦର୍ଶନ ଓ ବିନୟ ତାଙ୍କ ନିକଟରେ ସମ୍ପୂର୍ଣ୍ଣ ଛଳନା ପରି ପ୍ରତୀତ ହୁଏ। ଶ୍ୟାମ କଲେଜ ପଢୁଆ ପିଲା। ଚୌଧୁରୀଙ୍କର ଲୋକମାନଙ୍କ ପ୍ରତି ପ୍ରତ୍ୟହ ଏତେ ଅତ୍ୟାଚାର ଦେଖି ଶୁଣି ତାକୁ ଅସହ୍ୟ ବୋଧହୁଏ। ଆଗରେ ଏପର୍ଯ୍ୟନ୍ତ କିଛି କହି ନାହିଁ। କିନ୍ତୁ ଗ୍ରାମରେ କାହାକୁ ଦେଖିଲେ କହେ – "ଦେଖୁଛ, ପ୍ରତିଦିନ ଏଠାରେ କିପରି ତାଣ୍ଡବ ନୃତ୍ୟ ଲାଗିଛି। ଆଜିକାଲି ଇଂରାଜୀ ଅମଳ, ଆଇନ କାନୁନର ସମୟ, କେତେ ନିରୀହ ଦରିଦ୍ର ବ୍ୟକ୍ତିଙ୍କୁ ପ୍ରତ୍ୟହ ମାଡ଼ ଗାଳି, ଜବରଦସ୍ତି ତାଙ୍କ ଜିନିଷପତ୍ର ଆତ୍ମସାତ୍। ଏଗୁଡ଼ାକ ଆଉ କେତେ ଦିନ ଲୋକେ ସହିବେ ଭଲା।"

ଏ କଥାତକ ଅଳସୁଆ କାନକୁହାମାନଙ୍କ କଳ୍ପନା ଭିତର ଅତିକ୍ରମ କରି ଚୌଧୁରୀଙ୍କ କାନକୁ ଗଲା। ସେ ଶୁଣିଲେ, ଶ୍ୟାମ ତାଙ୍କର ସମସ୍ତ ଅତ୍ୟାଚାର କଲେକ୍ଟର ସାହେବଙ୍କୁ ଜଣାଇ ତାଙ୍କର ସର୍ବନାଶର ଚେଷ୍ଟା କରିବ। ଶ୍ୟାମ ପ୍ରତି ତାଙ୍କର ପୂର୍ବଭାବ ଏ କଥାଗୁଡ଼ାକ ବିଶ୍ୱାସ କରିବା ପ୍ରତି ଯଥେଷ୍ଟ ସାହାଯ୍ୟ କଲା। ଶ୍ୟାମକୁ ଡକାଇ ଆଣି ଯାବଚ୍ଛ ଗାଳି ଦେଲେ। ମାଡ଼ ମରାଇ ଗ୍ରାମରୁ ତଡ଼ି ଦେବେ ବୋଲି ଧମକ ଦେଲେ। ହରି ଘର ଭିତରେ ଥାଇ ଏସବୁ ଶୁଣୁଥାଏ। ଶ୍ୟାମ ବିଷର୍ଣ୍ଣ ମନରେ ଘରକୁ ଆସିଲା। ଗୋପାଳକୃଷ୍ଣ ତହିଁ ଆର ଦିନ ପୁଅକୁ କଟକ ବିଦା କରିଦେଲେ।

ସେହିଦିନଠାରୁ ହରି ସଙ୍ଗେ ଶ୍ୟାମର ଦେଖା ପ୍ରାୟ ବନ୍ଦ ହୋଇଗଲା। ହରି ଏଣ୍ଟ୍ରାନ୍ସ ପରୀକ୍ଷା ଦେଇ ଘରକୁ ଆସିଲା। ବୈଶାଖ ମାସରେ ଯଥା – ସମାରୋହରେ ତାହାର ବିବାହ ହୋଇଗଲା। ଶ୍ୟାମ ଓ ତାହାର ପିତା ନିମନ୍ତ୍ରଣ ପାଇ ସୁଦ୍ଧା ବିବାହରେ ଯୋଗ ଦେଲେ ନାହିଁ। ଚୌଧୁରୀ ମନେକଲେ, ସହି ନପାରି ଆସିଲେ ନାହିଁ। ନିଜର ମନୋବୃତ୍ତି ଦ୍ୱାରା ଅନ୍ୟର କ୍ରିୟାକଳାପ ସମାଲୋଚନା କରିବା ଗୁରୁତର ଦୋଷ, ଏହା ଚୌଧୁରୀଙ୍କୁ ଆଦୌ ଜଣା ନଥିଲା।

ପିତା ମାତା ଓ ଗ୍ରାମର କେତେକ ତଥାକଥିତ ବନ୍ଧୁମାନଙ୍କ ପରାମର୍ଶ ଅନୁସାରେ ହରିର ଭବିଷ୍ୟତ ପାଠପଢ଼ାରେ ଜଳାଞ୍ଜଳି ଦେବାକୁ ହେଲା। ଆଉ ପଢ଼ି ବସିଲେ ଏତେ ସମ୍ପତ୍ତିବାଡ଼ି ସମ୍ଭାଳିବ କିଏ? ବାପ ମା' କ'ଣ ଚିରକାଳ ବସି ରହିଥିବେ? ଆଗରୁ ନ ଶିଖିଲେ ହଠାତ୍ ବିଷୟ ରକ୍ଷା କରିପାରିବ ନାହିଁ। ପାଠପଢ଼ି ଟଙ୍କା ଉପାର୍ଜନ କରିବା ତ ଚୌଧୁରୀଙ୍କ ଉଦ୍ଦେଶ୍ୟ ନୁହେଁ। ଗୋଟିଏ ବୋଲି ପୁଅ,

କୁଆଡ଼େ ଦେଶ ଦେଶାନ୍ତରରେ ଚାକିରୀ କରି ବୁଲିବ ? ଦରକାର ବା କ'ଣ ?

ଭାଗ୍ୟ କ୍ରମେ ହରି ସେ ବର୍ଷ ଏଣ୍ଟ୍ରାନ୍ସ ପାସ କଲା । ଫଳ ବାହାରିବା ପରେ ଶ୍ୟାମ କଟକରୁ ପତ୍ର ଲେଖିଲା । କଲେଜରେ ପଢ଼ିବାପାଇଁ ବହୁତ ଅନୁରୋଧ କରି ଲେଖିଥିଲା । ସେ ଚିଠି ଦେଖି ଚୌଧୁରୀ ଚିରି ପକାଇଲେ । ପାଠପଢ଼ା ମୋହରେ ହେଉ, ବା ବଡ଼ ସହରରେ ରହି ବଡ଼ବାବୁମାନଙ୍କ ସଙ୍ଗେ ଘନିଷ୍ଠତା କରିବା ସୁଖରୁ ହେଉ ହରିର ମନ କଲେଜରେ ପଢ଼ିବା ନିମିତ୍ତ ନିତାନ୍ତ ବିମୁଖ ନଥିଲା । କିନ୍ତୁ ନବବଧୂର ସହାସ୍ୟ ମୁଖ, ପ୍ରିୟ ସମ୍ଭାଷଣ ଓ ଉଦ୍ଦାମ ପ୍ରେମ ହରିର ଉକ୍ତ ଅଭିଳାଷ ଆଗରେ ପ୍ରଧାନ ଅନ୍ତରାୟ ହୋଇ ଦଣ୍ଡାୟମାନ ହେଲା । ତହିଁ ସଙ୍ଗେ ମୁରବିମାନଙ୍କ ବାରଣ ଘୃତାହୁତି ପ୍ରଦାନ କଲା । ପଢ଼ା ଛାଡ଼ି ଘର କାର୍ଯ୍ୟ ବୁଝାସୁଝା କରିବାରେ ହରି ମନ ଲଗାଇ ଦେଲା ।

କି ଉପାୟରେ ଘରେ ବସି ଟଙ୍କାକ ଦେଢ଼ ଟଙ୍କା କରିବାକୁ ହେବ, ପାଖ ପଡ଼ୋଶୀ ପ୍ରଜା ଓ ଖାଦକମାନଙ୍କୁ କରାୟତ୍ତ କରି ରଖିବାକୁ ହେବ, ନିଜ କାର୍ଯ୍ୟରେ ବାଧା ଦେବା ଲୋକମାନଙ୍କୁ କେଉଁ ଉପାୟଦ୍ୱାରା ବଶୀଭୂତ କରିବାକୁ ହେବ, କିପରି ମିଥ୍ୟା ମକଦ୍ଦମା ସୃଷ୍ଟି କରି ସରକାରୀ କର୍ମଚାରୀମାନଙ୍କୁ ଯେ କୌଣସି ପ୍ରକାରେ ବଶ କରି ନିଜ କାର୍ଯ୍ୟ ସାଧନ କରିବାକୁ ହେବ, ଏ ସମସ୍ତ ବିଷୟରେ ଚୌଧୁରୀ ହରିକୁ କ୍ରମେ ଦୀକ୍ଷିତ କରାଇବାକୁ ଲାଗିଲେ । ପାପପଥ ବଡ଼ ପିଚ୍ଛିଳ; ମନ ବଳାଇଲା ମାତ୍ରକେ ମନୁଷ୍ୟ ସେହି ଆଡ଼କୁ ଆକୃଷ୍ଟ ହୋଇଯାଏ । ହରି ଅଳ୍ପ ଦିନ ମଧ୍ୟରେ ପିତାଙ୍କ ଧର୍ମରେ ସମ୍ପୂର୍ଣ୍ଣ ଦୀକ୍ଷିତ ହୋଇଗଲା ।

ଚୌଧୁରୀଙ୍କୁ ବଳି ଆଜିକାଲି ସାନ ଚୌଧୁରୀଙ୍କ ହୁକୁମ ଜାରି । ଗର୍ଭିଣୀ ଗାଈ ବାଟ ଛାଡୁଅଛି । ନାମ ଶୁଣି ଲୋକେ ଥରହର କମ୍ପୁଅଛନ୍ତି । ଶ୍ୟାମ ଏସବୁ ଶୁଣି ବଡ଼ ବ୍ୟଥା ପାଇଲା । ହରିଠାରୁ ଅଲଗା ରହି ତା ପ୍ରତି କିଛି କରି ପାରିଲା ନାହିଁ ବୋଲି ମନରେ କ୍ଷୋଭ ଜାତ ହେଲା । ମାତ୍ର ଉପାୟ ନାହିଁ ।

ଶ୍ୟାମବନ୍ଧୁ ଯଥାସମୟରେ ଏଫ୍.ଏ. ପରୀକ୍ଷା ଦେଇ ଘରକୁ ଆସିଲା । ତାହାର କିଛିଦିନ ପରେ ଏକ ବିଷମ ଘଟଣା ଉପସ୍ଥିତ ହେଲା । ରାମ ପଧାନ ଘରୁ କେତେ ଜିନିଷ ଚୋରି ଯାଇଅଛି ବୋଲି ସେ ପୁଲିସରେ ଏତେଲା ଦେଲା । ଜଣା ନାହିଁ, ଶୁଣା ନାହିଁ, ପୁଲିସ୍ ଆସି ହଠାତ୍ ଶ୍ୟାମ ଘର ତଦାରଖ କଲା, ତାଙ୍କ ଘରୁ ବାହାରିଥିବା ଜିନିଷ ସବୁ ମୁଦେଇ ନିଜର ବୋଲି ସନାକ୍ତ କଲା । ଅନ୍ୟ କେତେଜଣ ମଧ୍ୟ ସାକ୍ଷ୍ୟ ଦେଲେ, ଦାରୋଗା ବାବୁ ଗୋପାଳକୃଷ୍ଣଙ୍କୁ ଧରି ଚାଲାଣ ଦେଲେ; ଶ୍ୟାମ କେତେ କଥା ବୁଝାଇଶୁଝାଇ କହିଲା; କାହିଁରେ କିଛି ହେଲା ନାହିଁ । ଶ୍ୟାମ କଟକ ଯାଇ

ଓକିଲ ଦେଇ ମକଦ୍ଦମା ତତ୍‌ପିର କଲା, ଫଳରେ ଗୋପାଳକୃଷ୍ଣ ନିର୍ଦ୍ଦୋଷ ସାବ୍ୟସ୍ତ ହୋଇ ଖଲାସ୍ ହେଲେ ।

କେତେ ଦିନପରେ ଶ୍ୟାମବନ୍ଧୁଙ୍କ ଏଫ୍.ଏ. ପରୀକ୍ଷା ଫଳ ବାହାରିଲା । ଗୋପାଳକୃଷ୍ଣ ବଡ଼ ଏକଜିଦିଆ ଲୋକ, ଧରି ବସିଲେ ଗ୍ରାମରୁ ଜମିବାଡ଼ି ବିକ୍ରି କରିଦେଇ କଟକରେ ପୁଅ ନିକଟରେ ରହିବେ । ଶ୍ୟାମବନ୍ଧୁ ଆଜି ସୁଦ୍ଧା ପିତାଙ୍କ ମନରେ କୌଣସି ପ୍ରକାର କଷ୍ଟ ଦେଇନାହିଁ, ପିତାମାତାଙ୍କୁ ସେମାନଙ୍କ ଅନିଚ୍ଛା ସତ୍ତ୍ୱେ ଗ୍ରାମରେ ପକାଇ ଦେଇ କଟକ ଚାଲିଯିବା ସେ ଉଚିତ ମନେକଲା ନାହିଁ । କଟକରେ ପିତାମାତାଙ୍କୁ ନେଇ କିପରି କେଉଁଠି ରହିବ, କିଛି ସ୍ଥିର କରି ପାରିଲା ନାହିଁ । ଅଥଚ ଅକୂଳରେ ଟିକିଏ କୂଳ ଦେଖାଗଲା ପ୍ରାୟ ବୋଧ ହେଲା । ଖବରକାଗଜ ପଢୁପଢୁ ଦିନେ ଗୋଟିଏ ବିଜ୍ଞାପନ ଦେଖିଲା – ଡିଷ୍ଟ୍ରିକ୍ଟ ବୋର୍ଡ଼ ଇଲାକାରେ ଚାକିରୀ ଖୋଲା ଅଛି – ମାସିକ ବେତନ ୮୦ ଟଙ୍କା । ସେହିଦିନ ଖଣ୍ଡେ ଦରଖାସ୍ତ ପଠାଇଦେଲା । କିଛିଦିନ ପରେ ବୁଝିଲା ଯେ, ସେ ଚାକିରୀ ମନୋନୀତ ହୋଇଅଛି । ଖଣ୍ଡେ ଘରଭଡ଼ା ନେଇ ପିତାମାତାଙ୍କୁ ନେଇ ରହିଲା । ବି.ଏ. ପଢ଼ିବା ସୁଖରୁ ବଞ୍ଚିତ ହେବାରୁ ଯାହା ଦୁଃଖମନରେ ରହିଗଲା । ଗାଁର ଜମିବାଡ଼ି ଭାଗ ବଖରା ଲଗାଇ ଦିଆଗଲା ।

ଗ୍ରାମରୁ କାହାକୁ କେବେ ଦେଖିଲେ ଶ୍ୟାମ ହରି କଥା ପଚାରେ । ସବୁ ବିଷୟରେ ହରି ପିତାଙ୍କୁ ବଳି ପଡ଼ିଥିବାର ଶୁଣି ବଡ଼ ଦୁଃଖିତ ହୁଏ । ଧାନ ଅମଳ ସମୟରେ ଥରେ ଗ୍ରାମକୁ ଯାଇ ଯାହା କିଛି ଧାନ ପାଏ, ନେଇ ଆସେ; ସେ ପୁଣି ଅତି ସାମାନ୍ୟ । ନିଜର ପୈତୃକ ଘର ଭାଙ୍ଗି ପଡ଼ିଲାଣି; ବାଡ଼ି ତରଫରେ ଯେଉଁଠି ଗୋପାଳକୃଷ୍ଣ ଅତି ଯତ୍ନରେ ବଗିଚା କରାଇଥିଲେ, ତାହା ଗୋରୁଗାଈ ଖାଇ ନଷ୍ଟ କରି ଦେଲେଣି । ଅବଧି କେତୋଟି ଫୁଲଗଛ ଶୁଖିପଡ଼ି ମରି ଯାଇଅଛି । ପିଲାଦିନେ ଯେଉଁ ଅଗଣାରେ ଶ୍ୟାମ ଖେଳୁଥିଲା, ତାହା କାନ୍ଥ ମାଟିରେ ପୋତି ହୋଇ ଅନାବନା ଗଛ ମାଡ଼ି ଯାଇଅଛି, ଏସବୁ ଦେଖି ତାହାର ହୃଦୟ ଘାଣ୍ଟି ହୋଇଗଲା ।

ଚୌଧୁରୀ ଆଜିକାଲି ହରି ଉପରେ ସବୁ କାର୍ଯ୍ୟର ଭାର ଦେଇ ବସି ରହିଅଛନ୍ତି । ପୁଅର ପାଖେ ପାଖେ ରହି ସବୁ ବିଷୟରେ ତାକୁ ଉପଦେଶ ଦିଅନ୍ତି । ଧନତୃଷ୍ଣା ହୃଦୟକୁ କ୍ରମେ ବଡ଼ କଠିନ କରି ପକାଏ । ଧନଲୋଭ ପ୍ରବଳ ଥିବାରୁ ହରି ହୃଦୟର ସ୍ନେହ ମମତା ଆଦି କୋମଳ ବୃତ୍ତିଗୁଡ଼ିକ ଶୁଷ୍କ ନିସ୍ତେଜ ହୋଇଗଲେଣି । ଶ୍ୟାମକୁ ଦେଖି ସେ ଟିକିଏ ହସିଦେଲା । କେବେ ଆସିଅଛ ବୋଲି ପଚାରି ଘର ଭିତରକୁ ଚାଲିଗଲା । ଶ୍ୟାମର ସନ୍ଦେହ ହେଲା – ଏ କ'ଣ ସେହି ହରି ! ଭଗ୍ନମନରେ କଟକ ଫେରି ଆସିଲା ।

ଚାକିରୀ ହେବାର କେତେକ ମାସ ପରେ ଶ୍ୟାମର ବିବାହ ହୋଇଅଛି। କନ୍ୟାଟି ସୁନ୍ଦରୀ – ଗୁଣ ମଧ୍ୟ ସେହିପରି। କିଛି ଅର୍ଥ ସଞ୍ଚୟ କରି କଟକରେ ଗୋଟିଏ ସ୍ଥାୟୀ ଘର ତୋଳାଇଅଛି। ଦିନେ ଶ୍ୟାମ ଖବର ପାଇଲା, ଗ୍ରାମରେ ଭୟଙ୍କର ବିସୂଚିକା। ବୃଦ୍ଧ ଚୌଧୁରୀ ଓ ତାଙ୍କ ସ୍ତ୍ରୀ ଏକା ରାତି ଭିତରେ ସଂସାରଯାତ୍ରା ଶେଷ କରିଅଛନ୍ତି। ଶୁଣି ଥୟ ହୋଇ ରହିପାରିଲା ନାହିଁ। ନିଃସହାୟ ହରି କିପରି ରହିଥିବ, ଟିକିଏ ଦେଖି ନ ଆସିଲେ ନୁହେଁ। ପିତା ଜାଣି ପାରିଲେ ନିଷେଧ କରି ପାରନ୍ତି ଭାବି ତାଙ୍କୁ କିଛି ନକହି ଦିଓଟି ଦିନ ଛୁଟି ନେଇ ଗ୍ରାମକୁ ଗଲା। ହରିର ଯେଉଁ କାତର ନିଃସହାୟ ଚିତ୍ର ସେ ପୂର୍ବରୁ ମନ ମଧ୍ୟରେ ଆଙ୍କିଥିଲା, ନିକଟକୁ ଆସି ତହିଁର ବିନ୍ଦୁବିସର୍ଗ ଅନୁଭବ କରିପାରିଲା ନାହିଁ। ଦେଖିଲା – ହରିର ଚିନ୍ତା ଦକ କିଛି ନାହିଁ, ନିଶ୍ଚିନ୍ତ ମନରେ ବସି ଶୁଦ୍ଧଘରର ଜିନିଷ ବରାଦ କରୁଅଛି। ଶ୍ୟାମକୁ ଦେଖି ହଠାତ୍ ଉଠି ଠିଆ ହେଲା; ଗ୍ରାମକୁ ଏପରି ଆସିବାର କାରଣ ପଚାରିଲା, ଶ୍ୟାମ ଲଜ୍ଜିତ ହୋଇ ଉତ୍ତର ଦେଲା – "ତୁମକୁ ଟିକିଏ ଦେଖି ଯିବି ବୋଲି ଆସିଥିଲି।" ଦିନେ ଖଣ୍ଡେ ଗ୍ରାମରେ ରହି କଟକ ଫେରି ଆସିଲା।

ନିରଳସ ଓ ସତ୍ ଥିବାରୁ ଶ୍ୟାମବନ୍ଧୁ ବାବୁ ଅଳ୍ପ ଦିନ ମଧ୍ୟରେ କର୍ତ୍ତୃପକ୍ଷଙ୍କ ମନ ଆକର୍ଷଣ କରି ପାରିଅଛନ୍ତି। ଚେୟାରମ୍ୟାନ ସାହେବ ବଡ଼ ସୁଖି ପାନ୍ତି, ଅନ୍ୟମାନେ ମଧ୍ୟ ସେହିପରି। ହାଇକୋର୍ଟ ଅଧୀନରେ ଗୋଟିଏ ଚାକିରୀ ଖୋଲିଲା। ଶ୍ୟାମବାବୁ ଦରଖାସ୍ତ କଲେ। ଚେୟାରମ୍ୟାନ ସାହେବ ଶ୍ୟାମବାବୁଙ୍କୁ ନିଜ ଅଧୀନରୁ ଛାଡ଼ିବାକୁ ଦୁଃଖିତ ହେଲେ ସତ, ତଥାପି ଖୁବ୍ ଉଚ୍ଚ ଧରଣର ପ୍ରଶଂସାପତ୍ର ଲେଖି ଦେଲେ। ମାସିକ ୧୫୦ ଟଙ୍କା ବେତନରେ ଶ୍ୟାମବାବୁ କଲିକତା ବଦଳି ହେଲେ; ପିତାମାତା ଓ ସ୍ତ୍ରୀ ସହ କଲିକତାରେ ରହିଲେ।

ଏଡ଼େ କାର୍ଯ୍ୟର ଗୁରୁ ଭାର ବହନ କରି ମଧ୍ୟ ଶ୍ୟାମବାବୁ ହରିକୁ ଦିନକପାଇଁ ଭୁଲି ପାରି ନାହାନ୍ତି। କଲିକତା ଆସିଲା ଦିନୁଁ ତାକୁ ପ୍ରାୟ ଦୁଇ ଚାରି ଦିନ ଅନ୍ତରରେ ପତ୍ର ଲେଖନ୍ତି। ଦୂର ପ୍ରବାସରେ ରହିଲେ ମନୁଷ୍ୟ ସ୍ୱତଃ ଜନ୍ମଭୂମୀ ଆଡ଼କୁ ଟିକିଏ ବେଶି ଆକୃଷ୍ଟ ହୋଇଥାଏ। କାହାରି ପ୍ରତି ଆଉ ଅତ୍ୟାଚାର ଉତ୍ପୀଡ଼ନ ନକରି ସମସ୍ତଙ୍କ ସଙ୍ଗେ ଆତ୍ମୀୟ ପରି ବ୍ୟବହାର କରିବାକୁ ଅନୁରୋଧ ଉପଦେଶ ପତ୍ରରେ ଲେଖନ୍ତି। ପାଞ୍ଚ ସାତ ଖଣ୍ଡ ଲେଖିବା ପରେ କେବେ ଖଣ୍ଡେ ଅଧେ ଉତ୍ତର ପାନ୍ତି; ତଥାପି ବାରମ୍ବାର ଲେଖନ୍ତି। ସମସ୍ତ ମନୁଷ୍ୟ ଭଗବାନଙ୍କ ସନ୍ତାନ। ପିତାମାତା ତାଙ୍କର କୌଣସି ସନ୍ତାନଦ୍ୱାରା ଅନ୍ୟ ସନ୍ତାନର ପୀଡ଼ା ସହିପାରନ୍ତି ନାହିଁ। ପର ମନରେ କଷ୍ଟ ଦେଇ ନିଜର ଅର୍ଥବୃଦ୍ଧି କରିବାରେ କ୍ଷତି ଛଡ଼ା ଲାଭ ନାହିଁ। ନିଜର ସ୍ଥାନ ପରଠାରୁ ସବୁ ବିଷୟରେ ସବୁବେଳେ

ସ୍ୱତନ୍ତ୍ର ଦେଖିଲେ ମନରେ ଅଯଥା ଗର୍ବ ଅଭିମାନ ଆଶ୍ରୟ କରିଥାଏ। ଏ ସବୁଥିରୁ ଦୂରରେ ରହିବାକୁ ଚେଷ୍ଟା କରିବା ମନୁଷ୍ୟତା। ମନୁଷ୍ୟ ପ୍ରତି ମନୁଷ୍ୟୋଚିତ ବ୍ୟବହାର କରିବା ଉଚିତ୍ ଇତ୍ୟାଦି।

ହରି ତାହାର ବିଷୟ ବୁଝିବାରେ ସର୍ବଦା ବ୍ୟସ୍ତ। କେତେବେଳେ ଆଖି ଆଗରେ ପଡ଼ିଲେ ଖଣ୍ଡେ ଚିଠି ପଢ଼ିଦିଏ। କେବେ ଅବା କ୍ଷଣକ ନିମିତ୍ତ ମନକୁ ନିଏ; କେବେ ନିଏ ନାହିଁ। ଯାହା ମନକୁ ଆସେ, ଖଣ୍ଡେ ଉତ୍ତର ଲେଖି ଡାକଘରକୁ ପଠାଇ ଦିଏ।

ଶ୍ୟାମବାବୁ କୌଣସି ପତ୍ରରେ ହରିଠାରୁ ଆଶାନୁରୂପ ଉତ୍ତର ପାନ୍ତି ନାହିଁ। ବଡ଼ ଦୁଃଖ ହୁଏ, ତାଙ୍କ ପ୍ରିୟ ହରି ଏତେ ପରିବର୍ତ୍ତିତ ହୋଇଗଲା। ମାନ ଅଭିମାନ ପରିତ୍ୟାଗ କରି ହରି ନିକଟରେ ଥିଲେ ବୋଧହୁଏ ତାହାର ଏ ଶୋଚନୀୟ ଅବସ୍ଥା ଘଟି ନଥାନ୍ତା। ଏକଥା ମନେପଡ଼ିଲା କ୍ଷଣି ହୃଦୟ ଅନେକ ସମୟରେ ବଡ଼ ବ୍ୟାକୁଳ, ବଡ଼ ଚଞ୍ଚଳ ହୁଏ।

ହରି ପିତାଙ୍କ ପଦାଙ୍କ ଅନୁସରଣ କରି ଅଳ୍ପ ଦିନ ମଧ୍ୟରେ ପ୍ରଚୁର ଅର୍ଥ ସଂଗ୍ରହ କରି ପାରିଅଛି। ଗ୍ରାମ ନିକଟରେ ଗୋଟିଏ ବଡ଼ ଜମିଦାରୀ ନିଲାମରେ ଖରିଦ କରିଅଛି। ଶ୍ୱଶୁରଙ୍କ ମୃତ୍ୟୁ ପରେ ତାଙ୍କର ଯାବତୀୟ ସମ୍ପତ୍ତି ପାଇଅଛି। ସେ ଅଞ୍ଚଳରେ ଆଜିକାଲି ହରି ବଡ଼ ଧନୀ। ଘରର ଭିତର ବାହାର ସର୍ବଦା କୋଳାହଳରେ କମ୍ପୁଅଛି।

କେତେଦିନ ହେଲା ହରିର ଅର୍ଶ ରୋଗ ଦେଖା ଦେଇଅଛି। ସୁଚିକିତ୍ସା ପ୍ରଭାବରୁ ରୋଗ ସମ୍ପୂର୍ଣ୍ଣ ଆରୋଗ୍ୟ ନହେଲେ ସୁଦ୍ଧା ବନ୍ଦ ଅଛି। ସମୟ ସମୟରେ ଅପଥ୍ୟ ଆଦି ହେଲେ ବାହାରି ପଡ଼େ। ଅର୍ଶ ସଙ୍ଗେ ସଙ୍ଗେ ବହୁମୂତ୍ର ଆରମ୍ଭ ହୋଇଅଛି। ପ୍ରାୟ ବର୍ଷବ୍ୟାପୀ ଚେଷ୍ଟାରେ କିଛି ହେଲା ନାହିଁ, ବାର ଉପସର୍ଗ ଆରମ୍ଭ ହୋଇ ରୋଗ କ୍ରମେ ବଢ଼ିବାକୁ ଲାଗିଲା। ଶ୍ୟାମବନ୍ଧୁଙ୍କ ନିକଟକୁ ପତ୍ର ଲେଖିଲା ବେଳେ ହରି ଆଜି ସୁଦ୍ଧା ନିଜ ଦେହ ବିଷୟରେ କିଛି ଉଲ୍ଲେଖ କରିନାହିଁ। କେବଳ ନିଜର କିପରି ବିଷୟବୃଦ୍ଧି ହୋଇଅଛି, କେତେ ଅଳ୍ପ ଦିନ ମଧ୍ୟରେ କେତେ ଧାନ ଟଙ୍କା ଜମିବାଡ଼ି ସେ ପୈତୃକ ସମ୍ପତ୍ତିରେ ଯୋଗକରି ପାରିଅଛି, ଏହି ବିଷୟ ନେଇ ପତ୍ର ଲେଖୁଥାଏ। ଶ୍ୟାମବାବୁ ହରିଠାରୁ ଏପରି ପତ୍ର ପାଇ ମର୍ମାହତ ହେଉଥାନ୍ତି।

ରୋଗ ଓ ଦୁଃଖ ପ୍ରାଣୀମାନଙ୍କ ପ୍ରତି ଭଗବାନଙ୍କ କରୁଣା। ନିତାନ୍ତ ପାଷଣ୍ଡ ହୃଦୟ ମଧ୍ୟ ରୋଗ ସମୟରେ ସେହି ମଙ୍ଗଳମୟ କରୁଣାସାଗରଙ୍କ ଆଡ଼କୁ ସ୍ୱତଃ ଆକୃଷ୍ଟ ହୋଇ ନିଜକୃତ ଦୁଷ୍କୃତି ମନେପକାଏ। ସମସ୍ତ ମାନୁଷିକ ଚେଷ୍ଟା ଓ ଯତ୍ନ ବିଫଳ ହେବାର ଦେଖି ହରି ନିଃସହାୟର ସହାୟଙ୍କୁ ମନେ ପକାଇଲେ। ହୃଦୟର

ସମସ୍ତ ବେଦନା ଓଲଟପାଲଟ ହୋଇଗଲା। କେତେ ଭାବନା ମଧ୍ୟରେ ଶ୍ୟାମବନ୍ଧୁ କଥା ମନେପଡ଼ିଲା। ଜୀବନରେ ଶ୍ୟାମ ପରି ଅକୃତ୍ରିମ ବନ୍ଧୁ ପାଇ କର୍ମଦୋଷରୁ ହରାଇ ବସିଅଛନ୍ତି। ଚିଠିର ଫାଇଲ ଅଣାଇ ଶ୍ୟାମବାବୁଙ୍କ ସମସ୍ତ ପତ୍ର ବାରମ୍ବାର ପଢ଼ିଲେ, ମନରେ ବଡ଼ ଲାଗିଲା। ଶ୍ୟାମ ପ୍ରତି, ତାଙ୍କ ପିତାମାତାଙ୍କ ପ୍ରତି ଯେତେ ଅତ୍ୟାଚାର ହୋଇଅଛି, ସବୁ ମନେ ପଡ଼ିଲା। ତାଙ୍କର ଅଯାଚିତ ଅମୂଲ୍ୟ ଅନୁରୋଧ ଓ ଉପଦେଶ ପ୍ରତି ବାରମ୍ବାର ଉପେକ୍ଷା ମନେପଡ଼ିଲା। ପିଲା ସମୟର ସରଳତା କମନୀୟତା ହରାଇ ହୃଦୟ ବର୍ତ୍ତମାନ କିମ୍ଭୁତକିମାକାର ହୋଇଅଛି, ବୁଝି ପାରିଲେ। କେତେ ନିରୀହ ଦୁଃଖୀ ପରିବାର ପ୍ରତି କେତେ ଜଘନ୍ୟ ଅତ୍ୟାଚାର କରାଯାଇଅଛି, ସବୁ ମନେପଡ଼ିଲା। ରୋଗଶଯ୍ୟାରେ ଚକ୍ଷୁରୁ ଅବିରଳ ଲୋତକଧାରା ବହି ଯିବାକୁ ଲାଗିଲା। ତତ୍‌କ୍ଷଣାତ୍ କାଗଜ କଲମ ଅଣାଇ ହୃଦୟର ସମସ୍ତ ଆବେଗ ଜଣାଇ ଶ୍ୟାମବନ୍ଧୁଙ୍କୁ ପତ୍ର ଲେଖିଲେ।

ପତ୍ର ପାଇବା ମାତ୍ରକେ ଶ୍ୟାମବାବୁ ବିଚଳିତ ହୋଇଗଲେ, ମନରେ ଗଭୀର ଯାତନା ଆସିଲା। ପିତାମାତାଙ୍କୁ ଏସବୁ କିଛି ନକହି ଆଠ ଦିନର ଛୁଟି ନେଇ ଘରକୁ ଆସିଲେ। ଆସି ଯାହା ଦେଖିଲେ, ହୃଦୟ ବିଗଳିତ ହୋଇଗଲା। ତାଙ୍କର ପ୍ରିୟବନ୍ଧୁ ହରିର ଏ ଦଶା ! ଦୂରରୁ ଦେଖି ଚିହ୍ନି ପାରିଲେ ନାହିଁ। ଶଯ୍ୟା ପାର୍ଶ୍ୱରେ ବସି ମୁଣ୍ଡରେ ହାତ ବୁଲାଉଥାନ୍ତି। ହରି ଚକ୍ଷୁ ଫିଟାଇ ଚାହିଁଲେ – ଶ୍ୟାମବନ୍ଧୁ ! ପାଟିରୁ କଥା ବାହାରିଲା ନାହିଁ – ହୃଦୟର ଉଚ୍ଛ୍ୱସିତ ଆବେଗ ଲୋତକଧାରା ରୂପେ ବହିଯିବାକୁ ଲାଗିଲା। ଆଲିଙ୍ଗନ କରିବା ପାଇଁ ଦୁଇ ହସ୍ତ ବିସ୍ତାରି ଦେଲେ। ଉଭୟେ ନୀରବ, ନିସ୍ତବ୍ଧ। ଭାରାକ୍ରାନ୍ତ ହୃଦୟର ବାହ୍ୟ ପ୍ରକାଶ ଅସମ୍ଭବ।

ଦୁଇ ଦିନ ଦୁଇ ରାତି ଶ୍ୟାମବାବୁ ରୋଗିର ଶଯ୍ୟା ନିକଟରେ ବସି ରହିଅଛନ୍ତି। ଦାନ୍ତଘଷା ପର୍ଯ୍ୟନ୍ତ ହୋଇନାହିଁ। ପାଖରେ ବସି କେବଳ ମୁଣ୍ଡରେ ହାତ ବୁଲାଉଥାନ୍ତି। ଦ୍ୱିତୀୟ ରାତ୍ରିର ଶେଷଭାଗରେ ଅନିଦ୍ରା-ଅନାହାର ଜନିତ କ୍ଳାନ୍ତି ଯୋଗୁଁ ଭୟଙ୍କର ତନ୍ଦ୍ରା ଆସିଲା, ଟିକିଏ ଢୋଳାଇ ପଡ଼ିଲେ।

ସ୍ୱପ୍ନ ଦେଖିଲେ – ଯେପରି ଦୁଇ ବନ୍ଧୁ କଟକରେ ଏକତ୍ର ପଢୁଅଛନ୍ତି। ବର୍ଷା ସମୟ, କାଠଯୋଡ଼ି ନଦୀ ଏକୂଳ ସେକୂଳ ଖାଉଅଛି। ପ୍ରବଳ ସ୍ରୋତ ଭୟଙ୍କର ଶବ୍ଦ କରି ଧାବିତ। ବେଳ ରତ ରତ; ଦୁଇ ବନ୍ଧୁ ନଦୀ କୂଳରେ ବୁଲୁଅଛନ୍ତି। ନଦୀଜଳ ପଥର ବନ୍ଧ ଶେଷ ପର୍ଯ୍ୟନ୍ତ ଲାଗି ବନ୍ଧ ସଙ୍ଗେ ସମତଳ ଦେଖା ଯାଉଅଛି। ଦିବାଲୋକ କ୍ରମେ ଅସ୍ପଷ୍ଟ ହୋଇ ଆସୁଅଛି। ହରିର ଗୋଡ଼ ବନ୍ଧର ପାଣିରେ ପଡ଼ିଗଲା – ସେ ସୁଅ ସଙ୍ଗେ ଭାସିଯିବାକୁ ଲାଗିଲା। ଶ୍ୟାମ ଅଥୟ ହୋଇ ପାଣିକୁ ଡେଇଁ ପଡ଼ିଲେ। ବନ୍ଧୁର ରକ୍ଷା ହେବ କି ନାହିଁ, ସେ ବିଷୟ ଭାବିବାକୁ ସମୟ ପାଇପାରି ନାହାନ୍ତି। ସେ ଯେ

କେଉଁ ଅତଳ ଜଳରେ ବୁଡ଼ିଗଲା ଜାଣି ପାରିଲେ ନାହିଁ। କେବଳ ଦେଖିଲେ ଯେ, ଚତୁର୍ଦ୍ଦିଗ ଘନ ଅନ୍ଧାକାରରେ ପୂର୍ଣ୍ଣ ହୋଇଅଛି ଏବଂ ସେ ସେହି ଅନ୍ଧାକାର ଆଡ଼କୁ ଗତି କରୁଅଛନ୍ତି। କିଛିକ୍ଷଣ ପରେ ବୋଧ ହେଲା, ଯେପରି ସେ କୂଳରେ ଲାଗିଅଛନ୍ତି - ଦିଗ ଭାଗ ଦେଖା ଯାଉନାହିଁ, କେବଳ ଅନ୍ଧକାର। କୁଆଡ଼େ ଯିବେ ସ୍ଥିର କରି ନପାରି ଶ୍ୟାମବାବୁ ଉଠି ଠିଆ ହେଲେ। ଏ କ'ଣ ! ଅଦୂରରେ ହରିର କାତର କ୍ରନ୍ଦନ। ସେହି ଶବ୍ଦ ଅନୁସରି ଚାଲିବାକୁ ଲାଗିଲେ – ଏକ ଲୌହ ଅର୍ଗଳି ନିକଟରେ ପହଞ୍ଚିଲେ। ହରି କହିବାର ଶୁଣିଲେ – "ଭାଇ, ମୋର ଦିନ ଶେଷ ହେଲା – ଏ ରାତି କେତେ ଦିନେ ପାହିବ, କିଏ ଜାଣେ। କେଡ଼େ ମୂର୍ଖ, କେଡ଼େ ନିର୍ବୋଧ ମୁଁ, ଏହି ଲୌହ ଅର୍ଗଳି ଦିନଯାକ ଲାଗି କେତେ ଯତ୍ନରେ କେଡ଼େ ଦୃଢ଼ କରି ନିର୍ମାଣ କଲି ! ରାତିକୁ ସେହି ଅର୍ଗଳିରେ ପଡ଼ିଲି।"

ଶ୍ୟାମବାବୁଙ୍କ ଦେହ ଥରହର କମ୍ପିଗଲା, ଅଷ୍ଟାଙ୍ଗ ଶରୀର ଝାଳରେ ବୁଡ଼ିଗଲା, ଚମକି ଉଠି ପଡ଼ିଲେ। ହରି ଦେହରେ ହାତ ଦେଇ ଦେଖିଲେ, ବରଫ ପରି ଶୀତଳ, ପିଣ୍ଡରେ ପ୍ରାଣ ନାହିଁ। ବିଷର୍ଣ୍ଣ ମନରେ କଲିକତା ଫେରିଗଲେ।

ଉତ୍କଳ ସାହିତ୍ୟ, ୨୩/୦୬, ଆଶ୍ୱିନ ୧୩୨୭ (୧୯୧୯-୨୦)

ସାବିତ୍ରୀ ଉପବାସ

ହରିଶଙ୍କର ମିଶ୍ରେ ଜଣେ ସତ୍‌ଚରିତ୍ର କୁଳୀନ ବ୍ରାହ୍ମଣ; ଘର ରାମଚନ୍ଦ୍ରପୁର ଶାସନରେ। ମିଶ୍ରେ ବଡ଼ ଅମାୟିକ। ତାଙ୍କ ପିତା ମଧ୍ୟ ଅମାୟିକ ଥିଲେ। ଗ୍ରାମରେ ଓ ଗ୍ରାମ ନିକଟରେ ଭୂସମ୍ପତ୍ତି ଖୁବ୍ ଥିଲା; ମୟୂରଭଞ୍ଜରେ ମଧ୍ୟ ରାଜଦତ୍ତ ଲାଖରାଜି ବୃତ୍ତି କେତେକ ଥିଲା। ହରିଶଙ୍କରଙ୍କ ପିତା ଭାଇମାନଙ୍କଠାରୁ ପୃଥକ୍ ହେବା ବେଳେ ଜମି ବଣ୍ଟାରାରେ କିଛି ମାତ୍ର ଆପତ୍ତି କରି ନଥିଲେ। ଭାଇମାନଙ୍କ ଉପରେ ସମ୍ପୂର୍ଣ୍ଣ ନିର୍ଭର କରି ବସି ରହିଲେ। ଫଳରେ ଏହି ହେଲା ଯେ, ଗ୍ରାମରେ ଘରଡ଼ିହ ଖଣ୍ଡି ଛାଡ଼ି ଅନ୍ୟ କୌଣସି ଭୂସମ୍ପତ୍ତି ହରିଶଙ୍କରଙ୍କ ପିତାଙ୍କ ଭାଗ୍ୟରେ ପଡ଼ି ନଥିଲା। ତାଙ୍କ ଅଂଶରେ ମୟୂରଭଞ୍ଜ ଜମିତକ ପଡ଼ିଥିଲା। ଏହିପରି ବଣ୍ଟାରାପତ୍ର ରେଜିଷ୍ଟରୀ ହୋଇଗଲା। ବର୍ତ୍ତମାନ ହରିଶଙ୍କରଙ୍କ ଭାଗ୍ୟରେ ଜମି ମଧ୍ୟରେ କେବଳ ମୟୂରଭଞ୍ଜ ଜମିତକ। ମନୁଷ୍ୟ ଅନ୍ୟର ଅନିଷ୍ଟ କରିବାକୁ ଯାଇ ଯାହା କରେ, ଅନେକ ସମୟରେ ତାହା ମଙ୍ଗଳକର ହୋଇଥାଏ। ହରିଶଙ୍କରଙ୍କ ପ୍ରକୃତିକୁ ଚାହିଁ ଗ୍ରାମରେ ବା ଗ୍ରାମ ନିକଟରେ ଜମି ନ ଥିବା ସୁଖକର ହୋଇଅଛି। ବର୍ଷକେ ଥରେ ମାତ୍ର ଜ୍ୟେଷ୍ଠ ମାସରେ ମୟୂରଭଞ୍ଜ ଯାଇ ରୟତମାନଙ୍କଠାରୁ ଫସଲ ଆଦାୟ ଓ ତାହା ବିକ୍ରୟ କରି ଟଙ୍କା ନେଇ ଆସନ୍ତି। ତହିଁରେ ଯଥାତଥା ବର୍ଷକ ଏକପ୍ରକାର ସୁଖରେ ଚାଲିଯାଏ।

ହରିଶଙ୍କରଙ୍କୁ କଳିଷଠା ଷାଠିଏ ପାଖ ଛୁଇଁଲାଣି। ଏ ମଧ୍ୟରେ ତିନିଗୋଟି ପୁତ୍ର ସନ୍ତାନ ହୋଇ ନଷ୍ଟ ହୋଇଅଛନ୍ତି। ସ୍ୱାମୀ ସ୍ତ୍ରୀଙ୍କ ମଧ୍ୟରେ ଅଭେଦ୍ୟ ପ୍ରୀତି; ପ୍ରାୟ ସର୍ବଦା ଘର ମଧ୍ୟରେ ବସି ରହିଥାନ୍ତି। ପୁତ୍ରଶୋକର ଅସହ୍ୟ ବେଦନା ସେମାନଙ୍କୁ ବ୍ୟତିବ୍ୟସ୍ତ କରିପାରେ ନାହିଁ। ଭବିଷ୍ୟତ ସନ୍ତାନ ଆଶା ପରିତ୍ୟାଗ କରି ଦିଓଟି ପ୍ରାଣୀ ସୁଖ ଦୁଃଖ ବାଣ୍ଟକୁଣ୍ଟ କରିନେଇ ବସି ରହିଥାନ୍ତି। ମିଶ୍ରେ ମୟୂରଭଞ୍ଜ ଯିବା ଛଡ଼ା ଅନ୍ୟ ସମୟରେ ଘର ଛାଡ଼ି କୁଣ୍ଡଆ ଘର ପର୍ଯ୍ୟନ୍ତ ଯାନ୍ତି ନାହିଁ।

କେଉଁ ଭାଗ୍ୟରୁ ଏତେ ବୟସରେ ତାଙ୍କର ଗୋଟିଏ ଅପୂର୍ବ ସୁନ୍ଦର କନ୍ୟା ଜନ୍ମ ହୋଇଅଛି। ବାଛି ବାଛି ନାମ ଦେଲେ ନଳିନୀ। କନ୍ୟାଟିକୁ ୨ ବର୍ଷ ବୟସରେ ମିଶ୍ରଙ୍କ ସହଧର୍ମିଣୀ ଇହସଂସାର ଛାଡ଼ି ଚାଲିଗଲେ। ହରିଶଙ୍କରଙ୍କୁ ଦଶଦିଗ ଅନ୍ଧକାର ଦେଖାଗଲା। ସଂସାରର ସମସ୍ତ ଦୁଶ୍ଚିନ୍ତା, ଅତୀତ ପୁତ୍ରଶୋକ ଯାତନା ଘନୀଭୂତ ହୋଇ ହୃଦୟ ମନ ଦଗ୍ଧ କଲା। ଝିଅଟିକୁ ଦେଖିଲେ ନିଜ ସ୍ତ୍ରୀଙ୍କ ମୂର୍ତ୍ତି ଯେପରି ଆଗରେ ଠିଆ ହୋଇ ଯାଉଅଛି।

ସ୍ତ୍ରୀ ଥିବାବେଳେ ନଳିନୀକୁ ମିଶ୍ରେ ମୋଟେ ଲକ୍ଷ୍ୟ କରି ନଥିଲେ। ବିଶେଷତଃ ପୂର୍ବରୁ ଏତେଗୁଡ଼ିଏ ସନ୍ତାନ ମୃତ ହୋଇଥିବାରୁ, ଏ କନ୍ୟାଟି ଯେ ବଞ୍ଚିବ, ତାହା ସେ ମନରେ ସ୍ଥାନ ଦେଇ ନଥିଲେ। ସ୍ତ୍ରୀ ମରିଯିବାରୁ, କନ୍ୟାଠାରେ ସ୍ତ୍ରୀଙ୍କ ମୂର୍ତ୍ତିର ବିଶେଷ ସାମଞ୍ଜସ୍ୟ ଦେଖି, ତାଙ୍କ ସ୍ମୃତିରକ୍ଷାର ଏକମାତ୍ର ଉପଯୁକ୍ତ ଉପାଦାନ ଦେଖାଗଲା ସେହି କନ୍ୟାଟି। ମିଶ୍ରଙ୍କ ହୃଦୟର ସମସ୍ତ ସ୍ନେହ ଏହି ବାଳିକାଟି ଉପରେ ଯେପରି ଢାଳି ହୋଇଗଲା। ଶୋକ ପରିତ୍ୟାଗ କରି କନ୍ୟାଟିର ଲାଳନ ପାଳନ ବିଷୟରେ ମନ ଲଗାଇଲେ। ପିଲାଟିର ସମସ୍ତ କାର୍ଯ୍ୟ ନିଜ ହସ୍ତରେ ଅତି ଆନନ୍ଦରେ ନିର୍ବାହ କରିବାକୁ ଲାଗିଲେ। ମୟୂରଭଞ୍ଜ ଯିବା ସମୟରେ ମଧ୍ୟ କନ୍ୟାଟିକୁ ସଙ୍ଗରେ ନେଇଯାନ୍ତି, କେତେବେଳେ ପାଖଛଡ଼ା କରନ୍ତି ନାହିଁ।

ଏହିପରି କନ୍ୟାଟି ଅତି ଆଦରରେ ବଢ଼ିବାକୁ ଲାଗିଲା। ହରିଶଙ୍କର ଆଜିକାଲି ସମସ୍ତ ଦୁଃଖ ଭୁଲିଅଛନ୍ତି। ସ୍ତ୍ରୀ ବିଦ୍ୟମାନ ଥିଲେ ଏତେବେଳେ କନ୍ୟାଟିକୁ ଦେଖି କେଡ଼େ ଖୁସି ହେଉ ନଥାନ୍ତେ, ଏହି କଥା ମନେ ପଡ଼ିଲା ବେଳେ ମନଟା ଟିକିଏ ଘାଣ୍ଟି ହୁଏ। ଏହିପରି ଦିନ ଯିବାକୁ ଲାଗିଲା। ନଳିନୀର ବିବାହ ବୟସ ଆସି ହେଲା। ହରିଶଙ୍କର ଇଚ୍ଛାନୁସାରେ ଜ୍ୱାଇଁଟିଏ କିପରି ପାଇବେ, ଏହି ଅଭିପ୍ରାୟରେ ଦୁଇ ତିନି ଜଣ ମଧ୍ୟସ୍ଥଙ୍କୁ ନିଯୁକ୍ତ କଲେ। ଅନେକ ଜାଗାରୁ ସମ୍ବନ୍ଧ ଆସିଲା। ମିଶ୍ରଙ୍କ ମନକୁ ନ ପାଇବାରୁ ଓ କୋଷ୍ଠି ନ ଶୁଝିବାରୁ କେତେ ଜାଗା ଭାଙ୍ଗିଗଲା।

ଗୋଟିଏ ଜାଗାରେ ମିଶ୍ରଙ୍କ ମନ ମାନିଅଛି। ମେଳକ ବୁଝାଗଲା – କିଛି ଦୋଷ ନାହିଁ। ମିଶ୍ରଙ୍କ ଗ୍ରାମଠାରୁ ପ୍ରାୟ ପାଞ୍ଚ କ୍ରୋଶ ଦୂର ଗୋବିନ୍ଦପୁରରେ ସମ୍ବନ୍ଧ ସ୍ଥିର ହୋଇଅଛି। ଜ୍ୱାଇଁଟି ଶିକ୍ଷିତ। ଏଣ୍ଟ୍ରାନ୍ସ ପାସ କରି ଏଫ.ଏ. ପଢୁଥିଲା, ଦେହ ଅସୁସ୍ଥ ହେବାରୁ ପଢ଼ା ଛାଡ଼ି ଘରେ ଅଛି। ସମ୍ପତ୍ତି ବାଡ଼ି ଯଥେଷ୍ଟ; ଦୁଇ ଚାରି ଖଣ୍ଡ ଗ୍ରାମରେ ଜମିଦାରୀ ଅଛି; ଧାନ ଓ ଟଙ୍କା ମହାଜନୀ କାରବାର ମଧ୍ୟ ଢେର। ତାଙ୍କ ପିତା ମାତାଙ୍କ ଇଚ୍ଛା, ଗୋଟିଏ ବୋଲି ପୁଅ, ଦୂର ଦେଶାନ୍ତରରେ ରହି ଆଉ କ'ଣ ପଢ଼ିବ? ଘରେ ସାତପୁରୁଷ ବସି ଖାଇଲେ ତ ସରିବ ନାହିଁ। ସେହି ହେତୁରୁ ଗଙ୍ଗାଗୋବିନ୍ଦକୁ ଅନିଚ୍ଛା

ସତ୍ତ୍ୱେ ପାଠପଢ଼ା ଛାଡ଼ି ଘରେ ରହିବାକୁ ହୋଇଅଛି। ପିଲାଟି ଯେପରି ରୂପବାନ୍, ଗୁଣବାନ୍ ମଧ୍ୟ ସେହିପରି। ହରିଶଙ୍କର ଏପରି ପାତ୍ର ସଙ୍ଗରେ ନଳିନୀର ବିବାହ ଦେବେ, ଏହାଠାରୁ ବଳି ଆଉ ସୁଖର କଥା କ'ଣ ଅଛି ?

ରାମେଶ୍ୱର ରଥ ହରିଶଙ୍କରଙ୍କ ଭାବୀ ସମ୍ବନ୍ଧୀ। ହେଲେ କ'ଣ ହେବ, ଅର୍ଥ ତାଙ୍କର ଜୀବନର ଏକମାତ୍ର ଲକ୍ଷ୍ୟ। ମାନ, ମହତ୍ତ୍ୱ, ମେହନତ ସବୁ ଜଳାଞ୍ଜଳି ଦେଇ ଯଦି ଅର୍ଥ ମିଳି ପାରିଲା, କିଛି ଚିନ୍ତା ନାହିଁ। ମିଶ୍ରଙ୍କ ଆଗ୍ରହ ଦେଖି ରାମେଶ୍ୱର ଧରି ବସିଲେଣି, ପୁଅ ବୋହୁଙ୍କ ପାଇଁ ଅଳଙ୍କାର କରିବାକୁ ହେବ, ସବୁ ସୁନା ହେବା ନିତାନ୍ତ ଆବଶ୍ୟକ। ଏହା ପରେ ଦି ପିଠି ଲଗାଇ ବିବାହ ଦେବାକୁ ହେବ, ତାଙ୍କୁ ଯେପରି କିଛି ଖର୍ଚ୍ଚ କରିବାକୁ ନ ପଡ଼େ। ସର୍ବଶେଷରେ ହଜାରେଟି ଟଙ୍କା ନଗଦ ଜ୍ୱାଇଁ ଦକ୍ଷିଣା; ତା ନ ହେଲେ ବି ନୁହେଁ। ମିଶ୍ରେ ବଡ଼ ବେପରବାଏ ଲୋକ, ସବୁଥିରେ ହଁ ଲଦି ଦେଇଅଛନ୍ତି - ନଳିନୀ ଯେ ତାଙ୍କର ସୁଖରେ ରହିବ, ଏହାହିଁ ତାଙ୍କ ପକ୍ଷରେ ଯଥେଷ୍ଟ।

ନିର୍ବନ୍ଧ ହୋଇଗଲା; ବୋଝ ଭାର ଚଳାଚଳ ହୋଇଗଲା। ବିଭାଘର ଆଉ ଗୋଟିଏ ମାତ୍ର ମାସ ବାକି। ହରିଶଙ୍କର ଅଚଳ ଅଟଳ ଭାବରେ ବସି ରହିଥାନ୍ତି। ବିଭାଘରର ଏଡ଼େ ଆଡ଼ମ୍ବର ଆୟୋଜନ ଶୁଣି ତାଙ୍କର କେତେକ ସହୃଦୟ ବନ୍ଧୁ ଅବାକ୍ ହୋଇଗଲେଣି। ସେମାନେ ବାରମ୍ବାର ମିଶ୍ରଙ୍କୁ ବିବାହ ନିମିତ୍ତ ଟଙ୍କାର ଯୋଗାଡ଼ କରିବାକୁ କହିଲେଣି। ମାତ୍ର ତାଙ୍କର ତହିଁ ପ୍ରତି ଭ୍ରୁକ୍ଷେପ ନାହିଁ। ବିବାହ କ୍ରମେ ନିକଟ ହେବାକୁ ଲାଗିଲା। ଗତ କେତେକ ବର୍ଷର ଆୟରୁ ମିଶ୍ରେ କିଛି ସଞ୍ଚୟ କରି ପାରିଥିଲେ; ଆଉ ପ୍ରାୟ ଦୁଇ ହଜାର ଟଙ୍କା ନଅ। କେତେ ଉପାୟ କରି ନ ମିଳିବାରୁ ଅଗତ୍ୟା ବିବାହ ୬ ଦିନ ଥାଉଁ ତାଙ୍କୁ ମୟୂରଭଞ୍ଜର ସମସ୍ତ ଜମିବାଡ଼ି ବନ୍ଧ ଦେଇ ଦୁଇ ହଜାର ଟଙ୍କା କରଜ କରିବାକୁ ପଡ଼ିଲା। ଯଥା ସମାରୋହରେ ବିବାହ ଶେଷ ହୋଇଗଲା। ଜ୍ୱାଇଁ ଦକ୍ଷିଣାରୁ ତିନି ଶତ ଟଙ୍କା ନଅଣ୍ଟ ହେବାରୁ ରାମେଶ୍ୱର ତତ୍‌କ୍ଷଣାତ୍ ମିଶ୍ରଙ୍କଠାରୁ ଦିଖଣ୍ଡ ହ୍ୟାଣ୍ଡନୋଟ୍ ଲେଖାଇ ନେଇ ବରକୁ ବେଦୀ ଉପରକୁ ପଠାଇଲେ।

ବିଭାଘର ଶେଷ ହୋଇଗଲା। ସମସ୍ତେ ଖୁସି ବାସିରେ ବିଦାୟ ଦେଲେ। ଏ ବିଭାଘରରେ ଏତକ ବିଶେଷତ୍ୱ ଥିଲା ଯେ, ବାଜାବାଲାଙ୍କଠାରୁ ଆରମ୍ଭ କରି ବ୍ରାହ୍ମଣଙ୍କ ପର୍ଯ୍ୟନ୍ତ ସମସ୍ତେ ଏକ ଜିନିଷ ଖାଇବାକୁ ପାଇଥିଲେ। ଜାତିଭେଦରେ ବା ବଡ଼ଲୋକ ଛୋଟଲୋକ ଭେଦରେ ଖାଦ୍ୟ ପଦାର୍ଥ ପରିବେଷଣ କରାହୋଇ ନଥିଲା। ବିବାହ ପରେ ମିଶ୍ରେ ସେ ବର୍ଷ ବାର ପୂର୍ଣ୍ଣିମାକୁ ଜ୍ୱାଇଁ ନିମିତ୍ତ ଲୁଗା ଓ ଅନ୍ୟାନ୍ୟ ଉପହାର ପଠାଇଲେ। ରାମେଶ୍ୱରଙ୍କ ମୁହଁରେ ହରିଶଙ୍କରଙ୍କ ପ୍ରଶଂସା ଉଛୁଳି ପଡୁଛି। ଯେତେ ବନ୍ଧୁ ହୋଇଛନ୍ତି, ତାଙ୍କ ନୂଆ ସମୁଧି ପରି କେହି ନୁହନ୍ତି। ଏତେ ଶ୍ରଦ୍ଧା କାହାରିଠାରେ ନାହିଁ।

ସମୟ ଅତିବାହିତ ହେବାକୁ ଲାଗିଲା। ନଳିନୀକୁ ଶାଶୁଘରକୁ ଯିବାକୁ ହେବ। ହକରା ସଙ୍ଖୁଳା ବୋଝ ଚଳିଗଲାଣି; ଯିବାର ଦିନ ମଧ୍ୟ ସ୍ଥିର ହୋଇଗଲାଣି। ମିଶ୍ରେ ଝିଅ ପଠାଇବା ଯୋଗାଡ଼ରେ ବ୍ୟସ୍ତ ଅଛନ୍ତି; ରାତ୍ର ଦିବା ତର ନାହିଁ। ଟଙ୍କା ପଇସା ଯୋଗାଡ଼କରିବାକୁ ହେବ; ତା ପରେ ପ୍ରୟୋଜନ ଅନୁସାରେ ଜିନିଷପତ୍ର ଯୋଗାଡ଼ କରି ରଖିବାକୁ ହେବ। ବହୁକଷ୍ଟରେ ସମସ୍ତ ଯୋଗାଡ଼ ଠିକ୍ ହୋଇଗଲା। ସାଇପଡ଼ିଶା ପାଖଆଖ ଝିଅ ବୋହୂମାନେ ଆସି ନଳିନୀକୁ ନିଜ ନିଜ ଘରକୁ ନିମନ୍ତ୍ରଣ କରି ନେଇଗଲେ। କେତେ ଦିନ ଉପୁରି ନିମନ୍ତ୍ରଣରେ ଚଳିଗଲା। ଲେଖା ସୋଖା ଭାଇ ଭଉଣୀ ଖୂଡ଼ୀ ଖୁଡ଼ୁତାଙ୍କୁ ଧରି ନଳିନୀ କାନ୍ଦିବାକୁ ଲାଗିଲା। କାନ୍ଦ ଶୁଣିଲେ ବିଶେଷତଃ କାନ୍ଦ ଭିତରେ ନିଜ ସ୍ତ୍ରୀଙ୍କ ନାମ ଶୁଣି ହରିଶଙ୍କର ଘର ଛାଡ଼ି ଦାଣ୍ଡକୁ ପଳାଇ ଆସନ୍ତି। ଛାତ ଘନ ଘନ ଫୁଲି ଉଠିପଡ଼ି ଯାଉଥାଏ। ଦୁଇ ଆଖିରୁ ଲୋତକଧାର ଗଡ଼ି ପଡୁଥାଏ। ନଳିନୀ ଶାଶୁଘରକୁ ଗଲା। ମିଶ୍ରେ ଝିଅ ସଙ୍ଗରେ ଗୋବିନ୍ଦପୁର ଯାଇ ସେଠାରେ ଦୁଇ ଚାରି ଦିନ ରହି, ନଳିନୀକୁ ବହୁତ ପ୍ରବୋଧ ଦେଇ କାନ୍ଦି କାନ୍ଦି ଘରକୁ ଆସିଲେ। ବାଟରେ ଆସୁ ଆସୁ ଯେପର୍ଯ୍ୟନ୍ତ ଗୋବିନ୍ଦରପୁରର କୌଣସି ଚିହ୍ନ ଦେଖାଯାଉଥାଏ, ସେପର୍ଯ୍ୟନ୍ତ ଘନ ଘନ ଫେରି ପଡ଼ି ପଛକୁ ଚାହୁଁଥାନ୍ତି, ଯେପରି କି ତାଙ୍କ ଜୀବନର ସର୍ବଶ୍ରେଷ୍ଠ ଆକର୍ଷଣ ଗୋବିନ୍ଦପୁରରେ ରହିଗଲା। ତାଙ୍କୁ ଶୂନ୍ୟ ହୃଦୟରେ ଘରକୁ ଫେରିବାକୁ ହେଲା। ଘର ଭିତରକୁ ଆସି ଯେଉଁ ଘରକୁ ଚାହିଁଲେ ନଳିନୀ ମନେ ପଡୁଅଛି। ଏହିବାଟେ ସେ କେତେ ଚାଲି ଯାଉଥିଲା; କେଡ଼େ ସ୍ନେହାର୍ଦ୍ର ସ୍ୱରରେ କଥାବାର୍ତ୍ତା କରୁଥିଲା। ହରିଶଙ୍କରଙ୍କର ଘର ମଧ୍ୟରେ ରହିବାର ପ୍ରବୃତ୍ତି ହେଲା ନାହିଁ । ବାହାରକୁ ବାହାରି ଆସିଲେ। ଦୁଇ ତିନ ଦିନ ପର୍ଯ୍ୟନ୍ତ ରନ୍ଧାବଢ଼ା ଖିଆପିଆ ହେଲା ନାହିଁ।

ନଳିନୀ ଗୋବିନ୍ଦପୁର ଯିବାର ଠିକ୍ ପାଞ୍ଚ ଦିନ ପରେ ମିଶ୍ରେ ପୁନର୍ବାର କିଛି ଜିନିଷ ସଜଳ କରି ଗୋଟିଏ ଲୋକ ସଙ୍ଗରେ ନେଇ ଝିଅ ଘରକୁ ବାହାରିଲେ। ଏତେ ଚଞ୍ଚଳ ପୁଣି ଆସିବାର ଦେଖି ଗ୍ରାମଲୋକେ ଆଶ୍ଚର୍ଯ୍ୟ ହେଲେ। ରାମେଶ୍ୱରଙ୍କ ଘରର ଅନ୍ୟାନ୍ୟ ସ୍ତ୍ରୀମାନେ ମନେ ମନେ ଭୟ କଲେ। କିନ୍ତୁ ଖୁସି ହେଲେ ଦୁଇ ଜଣ – ଜଣେ ରାମେଶ୍ୱର ନିଜେ ଓ ଆଉ ଜଣେ ନଳିନୀ। ରାମେଶ୍ୱରଙ୍କର ଆନନ୍ଦିତ ହେବାର କାରଣ - ପୁଣି କିଛି ରୋଜଗାର ହୋଇଗଲା। ଗତ ପାଞ୍ଚ ଦିନ ପିତାଙ୍କୁ ନଦେଖି ନଳିନୀ ବ୍ୟଥିତ ଥିଲା; ତାଙ୍କୁ ଦେଖି ଆଜି ତାକୁ ଯେପରି କୋଟିନିଧି ମିଳିଗଲା।

ହରିଶଙ୍କର ଘରକୁ ଫେରି ଆସିଲେ। ଦୁଇ ଚାରି ଦିନ ଗଲେ ପୁଣି ମନ ବ୍ୟସ୍ତ ହୁଏ। ଝିଅ ଘରକୁ ନ ଯାଇ ରହି ପାରନ୍ତି ନାହିଁ। ଘରେ ଚାରି ଦିନ ରହିଲେ, ଝିଅଘରେ

ଦୁଇ ଦିନ ରହିବାକୁ ପଡୁଥିଲା। ଘନ ଘନ ଗୋବିନ୍ଦପୁର ଯିବାରେ ସେ ଗ୍ରାମର ପ୍ରାୟ ପ୍ରତ୍ୟେକଙ୍କ ସଙ୍ଗେ ମିଶ୍ରଙ୍କର ବେଶ ଆଳାପ ପରିଚୟ ହେବାର ସୁଯୋଗ ଜୁଟିଗଲା। ମିଶ୍ରଙ୍କ ସ୍ନେହଶୀଳତା, ସରଳତା ଓ ମଧୁର ଆଳାପରେ ମୁଗ୍ଧ ହୋଇ ଗୋବିନ୍ଦପୁରର ଅନେକେ ତାଙ୍କର ଭକ୍ତ ହୋଇ ଯାଇଥିଲେ। ମିଶ୍ରେ ଆସିବାର ଶୁଣିଲେ ସେମାନେ ଆସି ତାଙ୍କୁ ଜଗି ବସନ୍ତି; କେତେ ଖୁସିବାସି ଗପସପ ହୋଇଯାଏ।

ଜ୍ୟେଷ୍ଠ ମାସ ଆସିଲା। ମିଶ୍ରଙ୍କୁ ମୟୂରଭଞ୍ଜ ଯିବାକୁ ହେବ। ଏ ମଧ୍ୟରେ ତାଙ୍କର ଅନେକ କରଜ ହୋଇ ଯାଇଅଛି। ସମସ୍ତ ଶୁଝିବାକୁ ବସିଲେ ସମୁଦାୟ ସମ୍ପତ୍ତିରୁ ପ୍ରାୟ ବାର ପଣ ବିକ୍ରି ହୋଇଯିବ। ମାତ୍ର ତାଙ୍କୁ କେହି କୌଣସି ସମୟରେ ଚିନ୍ତିତ ହେବାର ଦେଖି ନାହାଁନ୍ତି। ମୟୂରଭଞ୍ଜ ଯିବାର ଦୁଇ ଦିନ ପୂର୍ବରୁ ଗୋବିନ୍ଦପୁର ଯାଇ ନଳିନୀକୁ ଦେଖି ଆସିଲେ। ମୟୂରଭଞ୍ଜ ଯିବା କଥା ଶୁଣି ଆସନ୍ତା ସାବିତ୍ରୀ ଅମାବାସ୍ୟ ଉପବାସକୁ ତାପାଇଁ ଖଣ୍ଡିଏ ମୟୂରଭଞ୍ଜୀ ସୁନ୍ଦର ମଠାଶାଢ଼ୀ ଆଣିବାକୁ ନଳିନୀ କହିଲା।

ଗୋବିନ୍ଦପୁରରୁ ଆସି ମିଶ୍ରେ ତରତର ହୋଇ ମୟୂରଭଞ୍ଜ ବାହାରି ଅଛନ୍ତି। ଶୀଘ୍ର ସମସ୍ତ କାର୍ଯ୍ୟ ଶେଷକରି ସାବିତ୍ରୀ ଉପବାସ ପୂର୍ବରୁ ତାଙ୍କୁ ଯେପରି ଫେରି ଆସିବାକୁ ହେବ। ନ ଆସିଲେ ନହୁଏ, ଝିଅର ଯେ ଉପବାସ; ଭାର ବୋଝ ଦେବାକୁ ହେବ; ଶାଢ଼ୀ ମଧ୍ୟ ଆଣିବାକୁ ହେବ।

ହରିଶଙ୍କର ମୟୂରଭଞ୍ଜରେ ପହଞ୍ଚି ତାଙ୍କ ଭାଗ ଓ ସଞ୍ଜାଫସଲ ସଂଗ୍ରହ କରିବାକୁ ଲାଗିଲେ। ସମସ୍ତ ଫସଲ ସଂଗ୍ରହ ହେବା ସମୟକୁ ଅମାବାସ୍ୟା ଆଉ ପାଞ୍ଚ ଦିନ ମାତ୍ର ବାକି। ହଠାତ୍ ଗ୍ରାହକ ନ ମିଳିବାରୁ ଯଥେଷ୍ଟ ଲୋକସାନ ସହ୍ୟ କରି ସମସ୍ତ ଫସଲ ବିକ୍ରି କରି ଦେଲେ – ବିଳମ୍ବ ହେଲେ ଯେ ନଳିନୀ ପାଇଁ ଶାଢ଼ୀ ଓ ଅଳଙ୍କାର କିଣା ହୋଇ ପାରିବ ନାହିଁ। ସାବିତ୍ରୀ ଉପବାସକୁ ପହଞ୍ଚି ନ ପାରିଲେ ଝିଅ କ'ଣ ଭାବିବ, ଗ୍ରାମବାଲା ଓ ରାମେଶ୍ୱର ମଧ୍ୟ କ'ଣ ଭାବିବେ।

ସମସ୍ତ ଫସଲ ବିକ୍ରି ହୋଇ ଟଙ୍କା ସଂଗ୍ରହ ହେଲା। ମୟୂରଭଞ୍ଜୀ ମଠା ଶାଢ଼ୀ ଦେଖି ମନ ମାନିଲା ନାହିଁ। କଟକ ଯାଇ ନଳିନୀ ପାଇଁ ସୁନାର ଅଳଙ୍କାର ଓ ପାଟ ଶାଢ଼ୀ ଏବଂ ଗଙ୍ଗାଗୋବିନ୍ଦଙ୍କ ପାଇଁ ପାଟ ଯଥା କିଣି ନେବାର ସ୍ଥିର ହେଲା। ଯଥାସମୟରେ ସମସ୍ତ ଜିନିଷ କ୍ରୟ କରି ସାବିତ୍ରୀ ଉପବାସ ଦିନେ ଥାଉଁ ସେ ଆସି ଗ୍ରାମରେ ପହଞ୍ଚିଲେ। ଗ୍ରାମର ଅନେକ ସାଇପଡ଼ିଶା ସ୍ତ୍ରୀ ପୁରୁଷ ଝିଅ ଜ୍ୱାଇଁଙ୍କ ପାଟ ଲୁଗା ଓ ନଳିନୀର ସୁନା ଅଳଙ୍କାର ଦେଖି ବିସ୍ମିତ ହୋଇଗଲେ। ଅନ୍ୟାନ୍ୟ ସମସ୍ତ ଜିନିଷ ଗ୍ରାମଠାରୁ ସେହି ଦିନ ଠିକ୍ଠାକ୍ ହୋଇଗଲା।

ମିଶ୍ରେ ଉପବାସ ଦିନ ବଡ଼ ସକାଳୁଁ ଗାଧୋଇପାଧୋଇ ଭାରୁଆ ଓ ଭଣ୍ଡାରୀଙ୍କୁ ଠିକ୍ କରି ଗୋବିନ୍ଦପୁର ଅଭିମୁଖରେ ବାହାରି ଅଛନ୍ତି। ସୁନା ଅଳଙ୍କାରତକ ଗୋଟିଏ କାଗଜରେ ମୋଡ଼ି ନିଜ ହାତରେ ଧରିଲେ। ମନ ଆଜି ଭାରି ଉତ୍‌ଫୁଲ୍ଲ – କିପରି ଯାଇ ଗୋବିନ୍ଦପୁରରେ ପହଞ୍ଚିବେ। ତାଙ୍କ ଦେହରେ ଆଜି ଯୁବକର ବଳ ଆସିଅଛି। ଭାରୁଆ ଓ ଭଣ୍ଡାରୀ ଆଜି ତାଙ୍କ ସଙ୍ଗରେ ଚାଲି ପାରୁ ନାହାନ୍ତି, ପଛକୁ ପଡ଼ି ଯାଉଅଛନ୍ତି। ବାଟ ଦେଖା ଯାଉନାହିଁ; ଏକମାତ୍ର ଲକ୍ଷ୍ୟ ରଖି ବୃଦ୍ଧ ଆଜି ଅତି ଆନନ୍ଦରେ ଧାଇଁ ଅଛନ୍ତି। ମୁଣ୍ଡଠାରୁ ଗୋଡ଼ ପର୍ଯ୍ୟନ୍ତ ଅନବରତ ଝାଳ ବହି ଯାଉଅଛି। ତଥାପି ବାଟରେ କେଉଁଠାରେ ବସିବାର, ବିଶ୍ରାମ ନେବାର ଇଚ୍ଛା ନାହିଁ। ବସିଗଲେ ବେଳ ଉଛୁର ହୋଇଯିବ। ଚାଲୁ ଚାଲୁ ବାଟରେ ବସିଗଲେ ପୁଣି ଉଠି ଚାଲିବା କଷ୍ଟକର ହେବ। ଏକାଦମରେ ଚାଲିବା ଭଲ। ଏ ବିଷୟରେ ଭାରୁଆମାନଙ୍କର ଅନୁରୋଧ ଏକାଧିକ ଥର ବ୍ୟର୍ଥ ହୋଇଅଛି। ବୃଦ୍ଧଙ୍କୁ ଏପରି ଚାଲିବାର ଦେଖି କି ସେମାନେ ଆଉ ବସି ପାରନ୍ତି।

ଆସି ଗୋବିନ୍ଦପୁର ଗାଁମୁଣ୍ଡ ହେଲାଣି। ବୃଦ୍ଧ ଭାରି ଆହ୍ଲାଦିତ – ଏହିକ୍ଷଣି ସେ ତାଙ୍କ ପ୍ରାଣର ନଳିନୀକୁ ଦେଖିବେ। ଅନେକ ଦିନୁ ଦେଖି ନାହାନ୍ତି – ଯେପରି ଗୋଟିଏ ଯୁଗ ଏଥି ମଧ୍ୟରେ ବହିଗଲାଣି ! ଗାଁ ବାହାରେ ବିଲୁଆ କୁକୁରଗୁଡ଼ାକ ବଡ଼ ସ୍ୱାଧୀନ ଭାବରେ ଯିବା ଆସିବା କରୁଅଛନ୍ତି, ଘନ ଘନ ଭୟଙ୍କର ଚିତ୍କାର କରୁଅଛନ୍ତି। ଗାଁ ମୁଣ୍ଡରେ ଅନେକଗୁଡ଼ାଏ ହାଣ୍ଡି ଏଣେତେଣେ ଗଡୁଅଛି; ଗୁଡ଼ାଏ ଖଣ୍ଡିଆ ଅଗିଚାଞ୍ଚଞ୍ଚମଧ୍ୟ ପଡ଼ି ରହିଅଛି, କେତେଟା ପାଣିହାଣ୍ଡି ଓ ଭଙ୍ଗାପଇଡ଼ ଖୋଳ ପଡ଼ି ଗଡୁଅଛି। ଏସବୁ ଦେଖି ଭାରୁଆଗୁଡ଼ାକ ତ୍ରସ୍ତ ହୋଇ ପରସ୍ପର ପରସ୍ପରକୁ ଚାହୁଁଅଛନ୍ତି। ହରିଶଙ୍କରଙ୍କୁ ଏସବୁ କିଛି ଜଣା ପଡୁନାହିଁ, ସେ ଏକମୁହାଁ ଚାଲିଅଛନ୍ତି। ସେ ଗ୍ରାମର ଅନେକେ ଏତେ ଭାର ସହିତ ତାଙ୍କୁ ଆସୁଥିବାର ଦେଖି କାବା ହୋଇ ଠିଆ ହୋଇ ରହୁଥାନ୍ତି। ହରିଶଙ୍କରଙ୍କର ବିଶେଷ ପରିଚିତମାନେ ମଧ୍ୟ ତାଙ୍କୁ ଏପରି ଭାବରେ ଆସିବାର ଦେଖି କିପରି ବଡ଼ ମନଦୁଃଖରେ ମୁହଁ ଶୁଖାଇ କେବଳ ନମସ୍କାର କରି ଠିଆ ହୋଇ ରହୁଅଛନ୍ତି। ସମସ୍ତେ ଯେପରି ନିର୍ବାକ୍, ନିଷ୍ପନ୍ଦ। ମିଶ୍ରଙ୍କ ମନକୁ ଏସବୁ ଲେଶମାତ୍ର ସ୍ପର୍ଶ କରିପାରୁ ନାହିଁ। ଶରୀର ଘର୍ମାକ୍ତ, କାନ ଭାଁ ଭାଁ ହେଉଅଛି, ତାଳୁ ଶୁଷ୍କ ହୋଇଗଲାଣି; ତଥାପି ସେ ଚାଲିଅଛନ୍ତି। କିପରି ନଳିନୀକୁ ଦେଖିବେ – ଦେଖିଲାକ୍ଷଣି ହଠାତ୍ ଅଳଙ୍କାର ପୁଡ଼ାଟି ତା ହାତକୁ କେଡ଼େ ଆନନ୍ଦରେ ବଢ଼ାଇ ଦେବେ ? ସେ କେଡ଼େ ଖୁସି ହୋଇ ଗ୍ରହଣ କରିବ। ଭାରଥୋର ଓ ଲୁଗାପଟା ଦେଖି ରାମେଶ୍ୱର ଓ ତାଙ୍କ ଘରର ସମସ୍ତେ କିପରି ଆନନ୍ଦ ପ୍ରକାଶ କରିବେ। ଜ୍ୱାଇଁ ପାଟ ଯୋଡ଼ ଓ ଝିଅ ପାଟଶାଢ଼ୀ ଓ ସୁନା

ଅଳଙ୍କାରତକ ପିନ୍ଧିଲେ କିପରି ମାନିବ। ସାବିତ୍ରୀ ଉପବାସ କରି ଝିଅଟି ତାଙ୍କର ଶୁଖି ଯିବଣି; ପୂଜା ବେଳ ଆସି ହୋଇଗଲାଣି। ଏପରି ଭାବି ଭାବି ସେ କେବଳ ଦଉଡ଼ି ଅଛନ୍ତି – କିପରି ପହଞ୍ଚିବେ - ଦାଣ୍ଡଦୁଆରେ ଭଣ୍ଡାରୀ ଗୋଡ଼ ଧୋଇବାକୁ ବଜାଉଥିବ, ତା କଥା ନ ଶୁଣି ଏକାତାଳେ ଘର ଭିତରକୁ ଚାଲିଯିବେ। ଏସବୁ ଭାବନା ତାଙ୍କ ମନକୁ ଗୋଟିଏ ଅପୂର୍ବ ଆନନ୍ଦ ରସରେ ବୁଡ଼ାଇ ରଖିଅଛି; ବାହାରର କୌଣସି କଥା ପ୍ରତି ତାଙ୍କର ଦୃଷ୍ଟି ଯାଉନାହିଁ।

ରାମେଶ୍ୱରଙ୍କ ଘର ଆସି ହେଲାଣି। ଘର ମଧ୍ୟରେ କିଏ ଏଡ଼େ କରୁଣସ୍ୱରରେ କାନ୍ଦୁଅଛି। ଏକସ୍ୱରରୁ ବହୁ ସ୍ୱର ମଧ୍ୟ ଶୁଣାଗଲା। ହରିଶଙ୍କର ମିଶ୍ରେ ଏକାଗ୍ରମନରେ ଚାଲିଅଛନ୍ତି, କିଛି ଶୁଣି ପାରୁ ନାହାନ୍ତି। ଦାଣ୍ଡଦୁଆର ଶୂନ୍ୟ। ଭଣ୍ଡାରୀଟିଏ ମଧ୍ୟ ଗୋଡ଼ଧୋଇ ଦେବାକୁ ନାହିଁ। ଭଣ୍ଡାରୀର ଅନୁରୋଧ ନ ମାନିବା ଆବଶ୍ୟକ ହେଲା ନାହିଁ। ସିଧା ସିଧା ଘର ଭିତରକୁ ଗଲେ। ଦାଣ୍ଡଅଗଣାରେ କେହି ନାହିଁ – ଶୂନ୍ୟ। ମଝି ଅଗଣା ମଧ୍ୟ ସେହିପରି ପାର ହେବାକୁ ପଡ଼ିଲା ! କେହି ନାହିଁ। ଭାରୁଆଗୁଡ଼ାକ ଓ ଭଣ୍ଡାରୀ ଦାଣ୍ଡ ଅଗଣାରେ ନିଜ ନିଜ ଭାର ବୋଝ ଓହ୍ଲାଇ ଦେଇ ପିଣ୍ଡାରେ କାନ୍ଥକୁ ଆଉଜି ବସି ଦୁଇ ଆଣ୍ଠୁ ଉପରେ ଦୁଇହାତ ଥୋଇଦେଇ ବିଶ୍ରାମ କରି ବସିଲେ।

ହରିଶଙ୍କର ଯାଡ଼କୁ ସିଆଡ଼କୁ ଚାହିଁ ଚାହିଁ ତଳ ଅଗଣାରେ ପହଞ୍ଚିଲେ। ନ ଖାଇ ନ ପିଇ ସହସ୍ର ବାଧାବିଘ୍ନ ଅତିକ୍ରମ କରି ଏକାଗ୍ର ମନରେ ବୃଦ୍ଧ ଦଉଡ଼ି ଆସିଅଛନ୍ତି ଶରୀର ପ୍ରତି ଆଦୌ ଲକ୍ଷ୍ୟ କରି ନାହାନ୍ତି। ଲକ୍ଷ୍ୟ କରିଥିଲେ ଜାଣି ପାରିଥାନ୍ତେ, ତାଙ୍କର କେତେ ବଳ କ୍ଷୟ ହୋଇ ଆସିଅଛି। ବର୍ତ୍ତମାନ ପର୍ଯ୍ୟନ୍ତ ସେ ଏକ ଲକ୍ଷ୍ୟରେ ଏକ ଅଦ୍ୟମ ସାହସରେ ଦଉଡ଼ି ଥିଲେ। ଲକ୍ଷ୍ୟ ସ୍ଥାନରେ ପହଞ୍ଚି ଗଲାରୁ ତାଙ୍କର ଶରୀର ମନ ବଡ଼ ଅବସନ୍ନ ଜଣା ଗଲାଣି।

ସେ ଏହିପରି ଅବଶ ଅବସନ୍ନ ଅବସ୍ଥାରେ ଠିଆ ହୋଇ ରହିଅଛନ୍ତି। ସେହି ଅଗଣାରେ କ୍ରନ୍ଦନ ରୋଳ ଶୁଣି ଅବାକ୍ ହୋଇଗଲେଣି। ଏପରି ସମୟରେ ଜଣେ କିଏ କାନ୍ଦି କାନ୍ଦି ଆସି କହିଲା – "ଭାରଥୋଉ ଆଉ କାହାପାଇଁ। ଝିଅ ଜ୍ୱାଇଁ କାଲି ରାତିରୁ ଆଉ ନାହାନ୍ତି, ଆହା -" ସେ ଆଉ କିଛି ଶୁଣି ପାରିଲେ ନାହିଁ; କର୍ଣ୍ଣଦ୍ୱୟ ସମ୍ପୂର୍ଣ୍ଣ ନିସ୍ତବ୍ଧ ହୋଇଗଲା; ଚକ୍ଷୁ ଆଉ ଦେଖି ପାରିଲା ନାହିଁ; ଦେଖି ନପାରି ଉର୍ଦ୍ଧ୍ୱଗାମୀ ହେବାକୁ ଲାଗିଲା। ଅଙ୍ଗ ପ୍ରତ୍ୟଙ୍ଗ ସମ୍ପୂର୍ଣ୍ଣ ଶିଥିଳ ଓ ଅବଶ ହୋଇ ଆସିଲା। ଅଳଙ୍କାର ପୁଡ଼ାଟି ଝଣ କରି ହାତରୁ ଆସ୍ତେ ଆସ୍ତେ ଖସିପଡ଼ି ବିଞ୍ଚି ହୋଇଗଲା।

ଉତ୍କଳ ସାହିତ୍ୟ, ୨୧/୦୭, କାର୍ତ୍ତିକ ୧୩୨୫ (୧୯୧୭-୧୮)

ପରିବର୍ତ୍ତନ

"ଚକ୍ରବତ୍ ପରିବର୍ତ୍ତନ୍ତେ ଦୁଃଖାନି ଚ ସୁଖାନି ଚ।"

ହଇଲୋ ପୋଡ଼ାମୁହିଁ ସତ୍ୟାନାଶି, ଏତେ ବେଳଯାଏ କଅଣ କରୁଚୁ? ଘର ଦୁଆର ଓଳିଆ ହେବାକୁ ନାହିଁ, ବାସନ ମଜା ହେବ କେତେବେଳେ? ଜ୍ୱାଇଁ ପୁଣି କଚେରୀ ଯିବେଟିକି। ଦିଓଳି ଦିକଂସାରୁ ଊଣା ହେଲେ ଖୁଁ ଖୁଁ ସୁଁ ସୁଁ ହୋଇ ମରିବୁ, କାମ କଲାବେଳକୁ ହାଡ଼ ଭାଙ୍ଗି ଯାଉଛି। ମଲା ମୋର –

କନକ - ନାହିଁ ମା ଯାଉଚି, ବାପାଙ୍କ ପିକଦାନୀଟା ମାଜି ଦେଉଥିଲି ପରା। ଏଇଲାଗେ ସବୁ କରିଦେବି ଯେ।

ତୋ ମୁହଁରେ ନିଆଁ, କଥା ପଦେ ବାହାରୁ ନ ବାହାରୁଣୁ ପୁଣି ଜବାବ। ତୋର ଏଡ଼େ ବଡ଼େଇ। ଯା ଯା, ତୁ ମୋର ଘରୁ ବାହାର।

ସୀତାନାଥ ବାବୁଙ୍କ ସ୍ତ୍ରୀ ସରର ମାଉସୀ ରାଗରେ ଗରଗର ହୋଇ ଛାଞ୍ଚୁଣିମୁଠା ଖୋଜି ନପାଇ ଖଣ୍ଡେ ବାଉଁଶ କଣିରେ କନକକୁ ଦୁଇ ବାଡ଼ି ପକାଇଲା। ବାଳିକାଟି କାନ୍ଦି କାନ୍ଦି ଲେନ୍ତାଏ ବାସନ ନେଇ ବାଡ଼ିଆଡ଼ ପୋଖରୀକୁ ମାଜିବାକୁ ବାହାରିଲା।

ସୀତାନାଥ ବାବୁ କଟକ ଜଜ୍ କୋଟର ସିରସ୍ତାଦାର। ସମସ୍ତ ଓଡ଼ିଶାର ଅମଲାମାନଙ୍କ ଉପରେ ତାଙ୍କର ପ୍ରଭାବ ଖୁବ୍ ବେଶି। ତାଙ୍କ ପ୍ରସାଦରୁ ଯେ ଯେଉଁଠାରୁ ଇଚ୍ଛା ବଦଳି ହୋଇ ପାରନ୍ତି। ଲୋକେ କହନ୍ତି – ସୀତାନାଥ ଜଜ୍ ସାହେବଙ୍କ ଡାହାଣ ହାତ। ବୟସ ତାଙ୍କର ବର୍ତ୍ତମାନ ୪୫ ଉପରେ। ପ୍ରାୟ ଚାରି ବର୍ଷ ହେବ, ଅତି ଅସମୟରେ ତାଙ୍କ ସ୍ନେହମୟୀ ପତ୍ନୀ କନ୍ୟା କନକଟିକୁ ଛାଡ଼ି ଚାଲି ଯାଇଅଛନ୍ତି। ରୋଗଶଯ୍ୟାରେ ସ୍ୱାମୀଙ୍କ ପାଦ ଧରି କହିଗଲେ – "ମୋର ଏତିକି, ମୋ ସମୟ ପୂରିଲା, ମୁଁ ଚାଲିଲି, ମୋ କନକ ତୁମକୁ ଲାଗିଲା, ତୁମେ ତ କଚେରୀ କାମଦାମ ବୁଝୁ ବୁଝୁ ଦିନ ନିଅଣ୍ଟ, ମୋ କନକକୁ ପଚାରିବ କିଏ?"

ସୀତାନାଥ ଏକଥା ଶୁଣି କାନ୍ଦିପକାଇ କହିଲେ, "ଏତେ ଦୁଃଖ କରୁଚ, ତୁମ୍ଭ କଥା ଶୁଣି ମୋ ଛାତି ଫାଟି ଯାଉଚି, ତୁମ୍ଭ ଦେହ ଭଲ ହୋଇଯିବ ଯେ। କନକ କ'ଣ ଏକା ତୁମ୍ଭର, ସେ କ'ଣ ମୋର ନୁହେଁ? ତୁମେ ସବୁବେଳେ ଏପରି ଗୁଡ଼ାଏ କହିଲେ ମୁଁ ଏ ରାଜ୍ୟ ଛାଡ଼ି କୁଆଡ଼େ ପଳାଇବି।" କନକ ଏସବୁ କଥା କିଛି ବୁଝି ପାରୁ ନଥାଏ; ସେ କେତେବେଳେ ବାପା ପାଖରୁ ବୋଉ ପାଖକୁ ଦଉଡ଼ି ଆସୁଥାଏ; ବୋଉର ଦେହମୁଣ୍ଡ ଆଉଁସି ଦେଇ କହୁଥାଏ, "ବୋଉ, ତୁ ଉଠୁ ନାହୁଁ କାହିଁକି?"

(୨)

ଦିନ ବସି ରହେ ନାହିଁ, ଘୋଡ଼ାଦୌଡ଼ଠାରୁ କାଳର ଦୌଡ଼ ଆହୁରି ବେଶୀ। କେବଳ ଦୁଃଖୀ ପକ୍ଷରେ ସେ ବଡ଼ ଝିମାଇ ଝିମାଇ ଚାଲେ। ସୀତାନାଥଙ୍କ ସ୍ତ୍ରୀର ଅନ୍ତିମ ସମୟ ଉପସ୍ଥିତ। ବୈଦ୍ୟ ଡାକ୍ତର ଛାଡ଼ି ଚାଲିଗଲେଣି। ସୀତାନାଥ ଘରକଣରେ ପଡ଼ି ପାଗଳ ପରି କ'ଣ ଏଣୁତେଣୁ ଗୁଡ଼ାଏ ବକୁଅଛନ୍ତି। ବାସ୍ତବିକ କଚେରୀ କାର୍ଯ୍ୟରେ ଯେତେ ଧୂରନ୍ଧର ହେଲେ ମଧ୍ୟ ସେ ଘରକାର୍ଯ୍ୟ କିଛି ଜାଣି ନାହାନ୍ତି। ମାସ ଶେଷରେ ଦରମା ଆଣି ସ୍ତ୍ରୀଙ୍କ ଜିମା କରିଦିଅନ୍ତି। ଘରର ସମସ୍ତ ଶୃଙ୍ଖଳା, ଖର୍ଚ୍ଚପତ୍ର ଓ ହିସାବର ନିୟମ ସ୍ତ୍ରୀଙ୍କ ଦ୍ୱାରା ହେଉଥିଲା। ଏପରି ସ୍ତ୍ରୀଙ୍କ ବିୟୋଗରେ ସେ କିପରି ଚଳିବେ, କ'ଣ କରିବେ, କିଛି ଠିକ୍ କରିପାରୁ ନାହାନ୍ତି। ଏହି କେତେ ଦିନ ସ୍ତ୍ରୀ ବେମାର ପଡ଼ିଥିବା ଅବସ୍ଥାରେ ଘରର ସମସ୍ତ ଶୃଙ୍ଖଳା ନଷ୍ଟ ହୋଇଅଛି। ଧୋବା କେତେ ଲୁଗା ନେଇ କେତେ ଦେଇଗଲା; ତେଲବାଲା ଦୁଧବାଲାର କେତେ ପଇସା ବାକି ପଡ଼ିଅଛି, କେହି ବୁଝିବାକୁ ନାହିଁ। ରୀତିମତ ପଇସା ନ ପାଇ ସେମାନେ ଆଉ ପୂର୍ବ ପରି କିଛି ଦେଉ ନାହାନ୍ତି। ଘରର ସମସ୍ତ ଆସବାବ ଏଣେତେଣେ ପଡ଼ିଅଛି; କେହି ସଜାଡ଼ି ରଖିବାକୁ ନାହିଁ। ଘରର ଏପରି ଅବସ୍ଥା, ଏଣେ କନକକୁ ସମ୍ଭାଳିବା ମଧ୍ୟ ବଡ଼ ଦୁସ୍ତର ହେଲାଣି। ସେ କୌଣସି କ୍ରମେ ମୃତ ମା'ର ପାଖ ଛାଡୁ ନାହିଁ, ଯେ ଯେତେ ବୁଝାଇଲେ କିଛି ମାନୁନାହିଁ, ବୋଉ, ବୋଉ ବୋଲି ଡକାପକାଇ ଶବ ଉପରେ ପଡ଼ି ରହିଅଛି।

ଗୁଡ଼ ଘରେ ଜନ୍ଦା ପିମ୍ପୁଡ଼ି ପରି, ଦୁର୍ଗନ୍ଧ ସ୍ଥାନରେ ମାଛିମାନଙ୍କ ପରି, ଶ୍ମଶାନରେ ଶବ ନିକଟରେ ଶକୁନିମାନଙ୍କ ପରି, ଧନୀ ଲୋକର ସମୟ ଅସମୟରେ ବହୁତ 'ବନ୍ଧୁ' ଆସି ସ୍ୱଇଚ୍ଛାରେ ଜୁଟିଯାନ୍ତି। ସୀତାକାନ୍ତଙ୍କ ଘରେ ଆଜି ଅନେକ ଲୋକ ଉପସ୍ଥିତ। କିଏ କେତେ ପ୍ରକାର ପ୍ରବୋଧ ଦେଉଅଛି, କିଛି ସୀମା ନାହିଁ। ଦର୍ଶନଶାସ୍ତ୍ରର ଶଙ୍କର-ଭାଷ୍ୟରେ ଜଗତର ନଶ୍ୱରତା ସମ୍ବନ୍ଧରେ କାହିଁକି ଏତେ ବେଶି କଥା ଲେଖା ଥିବ! ମାତ୍ର କନକ ନିକଟରେ ସବୁ ବୃଥା। ସେ କାହାରି କଥା ଶୁଣୁ ନାହିଁ। କେତେଜଣ ଆସି ବହୁ କଷ୍ଟରେ ଶବକୁ ନେଇ ଦାହ କରିଦେଲେ।

(୩)

ସୀତାନାଥ ବାବୁ ଦ୍ୱିତୀୟ ବିବାହ କରିବାକୁ ଅନିଚ୍ଛୁକ ଥିଲେ। ବହୁତ କଷ୍ଟରେ ଅନେକ ବନ୍ଧୁବାନ୍ଧବଙ୍କ ପ୍ରବର୍ତ୍ତନାରେ ଘରକାର୍ଯ୍ୟ ଚଳାଇବା ଅତି ଦୁଷ୍କରବୋଧ ହେବାରୁ ସେ ଶେଷରେ ସମ୍ମତି ଦେଇଅଛନ୍ତି। ସ୍ତ୍ରୀ ବିୟୋଗରେ ପ୍ରାୟ ଛ ମାସ ପରେ ତାଙ୍କର ବିବାହ କ୍ରିୟା ସମ୍ପନ୍ନ ହୋଇଅଛି।

କେତେଦିନ ଗଲା। କନକ ତା'ର ନୂଆବୋଉକୁ ଦେଖି ଭାରି ଖୁସି। ତା ବୋଉ କଥା ମନେପଡ଼ିଲେ ସମୟ ସମୟରେ ଟିକିଏ କାନ୍ଦି ପକାଏ ସତ, ମାତ୍ର ସବୁବେଳେ ନୂଆବୋଉ ପାଖରେ ଥାଏ, ନୂଆବୋଉ ମଧ୍ୟ କନକକୁ କେତେବେଳେ ପାଖଛଡ଼ା କରେ ନାହିଁ। ପାଖରେ ବସାଇ କେତେ ଗେଲ କରେ, ଖୁଆଏ ପିଆଏ, ପାଠ ପଢ଼ାଏ। ଏହିପରି କେତେଦିନ ଚାଲିଗଲା, ସୀତାନାଥଙ୍କର ନିଜର ଆତ୍ମୀୟ କେହି ନାହିଁ। ସ୍ତ୍ରୀର ପ୍ରସବ ସମୟ ଉପସ୍ଥିତ ଦେଖି ବଡ଼ ଭାବନା ପହଞ୍ଚିଲା। ଶେଷରେ ସ୍ଥିର ହେଲା ଯେ, ତାଙ୍କ ସ୍ତ୍ରୀର ବିଧବା ମାଉସୀକୁ ଅଣାଇବାକୁ ହେବ। ଯଥାସମୟରେ ବିନା ଓଜର ଆପତ୍ତି ରେ ମାଉସୀ ଆସି ପହଞ୍ଚିଗଲେ। ଝିଆରୀକୁ ଦେଖି ବହୁତ ସାକୁଲେଇ କାନ୍ଦି କାନ୍ଦି କହିଲେ, "କେଡ଼େ ନାରଖାର ହୋଇ ଗଲାଣି ମୋ ମା! ଏଠି ତ କେହି ଭେଟିବାର ନାହିଁ, ପଚାରିବାକୁ ନାହିଁ, ଆହା! ମୋ ସର କେଡ଼େ ଗେଲବସରରେ ବଢ଼ିଥିଲା ଲୋ, ମୋ ମା କପାଳରେ ପୁଣି ଏତେ କଷ୍ଟ ଦୁଃଖ ଥିଲା।" ସର ମାଉସୀକୁ ଦେଖି ତେତେ ଖୁସି ହେଲା ପରି ବୋଧ ହେଲା ନାହିଁ। ମାଉସୀ ସର ବୋଉର ଲେଖା ଯୋଖା ଭଉଣୀ। ପିଲାଦିନେ ମାମୁଁ ଘରକୁ ଯିବା ସମୟରେ କେବେ ଥରେ ଅଧେ ଦେଖିଛି କି ନାହିଁ, ଭଲକରି ମଧ୍ୟ ଚିହ୍ନି ପାରିଲା ନାହିଁ। ସେ ତା'ର ସ୍ନେହର କନକଟିକୁ ନେଇ ବସିଥାଏ, ମାଉସୀ ଏହା ଦେଖି ମୁହଁ ନିଷିଡ଼ି ପକାଇ କହିଲା – "ହଇଲୋ ମା, ଏ କିଏ ମ?" କନକ ଏହା ଶୁଣି ହଠାତ୍ କହି ପକାଇଲା – "ତୁ କ'ଣ ଚିହ୍ନି ପାରୁ ନାହୁଁ କି? ସେ ପରା ମୋ ବୋଉ?" ମାଉସୀ ବିରକ୍ତ ହୋଇ କହିଲା – "ମଲା ମୋର, ସରର ତ ମୋର ଆସିଲା ଦିନୁ କିଛି ନାହିଁ; ତୁ ଏଡୁଟାଏ କେଉଁଦିନ କିମିତି ତା ଝିଅ ମ!" ସର ଏକଥା ମଧ୍ୟରେ ନିଷ୍ପତ୍ତି କହିଦେବା ନିମିତ୍ତ କହିଲା – "ନାହିଁ ମାଉସୀ, ମାଛେଉଣ୍ଡ ପିଲାଟିଏ ପରା ସେ, ତାକୁ କିଛି କହ ନାହିଁ।" କନକ କହିଲା – "ମୁଁ କାହିଁକି ମାଛେଉଣ୍ଡ ହୁଅନ୍ତି ମ, ନାହିଁଲୋ ବୁଢ଼ୀ, ମୋ ବୋଉ ମାଛେଉଣ୍ଡ, ମୁଁ ନୁହେଁ।" ଏସବୁ ସ୍ନେହ ଆଦର ଦେଖି ମାଉସୀର ହାଡ଼ ଜଳେ ନ ଜଳେ। କିନ୍ତୁ ସେଥର ପଦାକୁ କିଛି ପ୍ରକାଶ ପାଇଲା ନାହିଁ। ମାଉସୀର ମନକଥା ମନରେ ଥାଏ।"

(୪)

ସୀତାନାଥ ବାବୁଙ୍କର ଗୋଟିଏ ପୁତ୍ରସନ୍ତାନ ହୋଇଅଛି। ମାଉସୀର ପ୍ରଭାବ ଦିନକୁ ଦିନ ବଢ଼ିବାକୁ ଲାଗିଲା, ସର ଆଉ କିଛି ଘର କାମଦାମ ବୁଝେ ନାହିଁ, ସବୁ ମାଉସୀ ହାତରେ; ଭଣ୍ଡାର ଘରଠାରୁ ଆରମ୍ଭ କରି ଟଙ୍କା ପଇସା ମଧ୍ୟ ସବୁ ମାଉସୀ କାରବାର କରେ। କନକ ବିଚାରୀର ଦୁର୍ଦ୍ଦଶା କହିଲେ ନ ସରେ। ସେ ପୂର୍ବପରି ଆଉ ସର ନିକଟରେ ବସି କଥାବାର୍ତ୍ତା ହୋଇପାରେ ନାହିଁ, କେତେବେଳେ ଲୁଚିକରି ଗଲେ ମଧ୍ୟ ମାଉସୀ ଜାଣି ପାରିଲେ ରକ୍ଷା ନାହିଁ, ବେଢ଼ି ଉପରେ କୋରଡ଼ା ବସିଯାଏ। କନକକୁ ସବୁବେଳେ କାର୍ଯ୍ୟରେ ଲଗାଇବା ମାଉସୀର ଇଚ୍ଛା। ଦାସୀ ଚାକର ମାଉସୀ ପ୍ରସାଦରୁ ପ୍ରତି ମାସରେ ନୂତନ ରହୁଅଛନ୍ତି। ମାଉସୀର ବାକ୍‌ଚାତୁରୀ ଓ ମତାଣିରେ ସର ବର୍ତ୍ତମାନ ତା ହାତ ପିତୁଳି। ସୀତାନାଥ ବାବୁଙ୍କର ମଧ୍ୟ ମାଉସୀ ଉପରେ ସବୁ ନିର୍ଭର। ସର ପ୍ରଥମେ ଆସିବାବେଳେ କୌଣସି ବିଷୟରେ ସ୍ୱାମୀଙ୍କୁ କିଛି କହୁ ନଥିଲା, ସ୍ୱାମୀ ଯାହା କହିଲେ ତହିଁରେ ହଁ ମାରିବା ତାହାର ସ୍ୱାଭାବିକ ଧର୍ମ ଥିଲା। ଆଜିକାଲି ସରର କଥା ତଳେ ପଡ଼ିବାର ନୁହେଁ; ଯାହା ଧରି ବସିବ, ସୀତାନାଥ ତାହା କରି ଦେବାକୁ ବାଧ୍ୟ। କନକର କାହା ନିକଟରେ କିଛି ଅଳି ନଥାଏ; ତାପାଇଁ କେହି କିଛି କହିବାକୁ ନାହିଁ। ସୀତାନାଥ ସବୁ ବିଷୟରେ ନିର୍ମ୍ମମ, ଘର କଥା, କନକ କଥା ସେ ମାଉସୀ ଉପରେ ସମର୍ପି ଦେଇଅଛନ୍ତି। ଏହିପରି ଅତି ଅଳ୍ପଦିନ ମଧ୍ୟରେ ସୀତାନାଥଙ୍କ ଗୃହସଂସାର ସମ୍ପୂର୍ଣ୍ଣ ପୃଥକ୍ ଆକାର ଧାରଣ କରିଅଛି। ଏସବୁ ପରିବର୍ତ୍ତନ ଆବର୍ତ୍ତର ଯେତେ ଅତ୍ୟାଚାର ବିଚାରୀ କନକ ଉପରେ, କନକ ଆଉ ପୂର୍ବପରି ବୋଉ ପାଖରେ ବସି ମନଖୁସିରେ କିଛି କହି ପାରେ ନାହିଁ; ଦିଅଁଙ୍କ ପାଇଁ ଫୁଲମାଳ ଗୁନ୍ଥି ପାରେ ନାହିଁ। ଘରର ଅନେକ କାମଦାମର ଭାର ତା ଉପରେ। ବାସନମଜା, ଦୁଆର ପହଁରା, ରନ୍ଧାବଢ଼ା ସବୁ ସେ କରେ, କୌଣସି କାର୍ଯ୍ୟରେ କିଛି ତ୍ରୁଟି ଥାଉ ବା ନଥାଉ, ମାଉସୀଠାରୁ ତାକୁ ଲାଞ୍ଛନା ସହିବାକୁ ହୁଏ। ତା ନିଜ ଖାଇବା ପିଇବା କଥା କେହି ବୁଝନ୍ତି ନାହିଁ। ସର ଆଉ ତାକୁ ପୂର୍ବ ଚକ୍ଷୁରେ ଦେଖେ ନାହିଁ। କିଛି କାର୍ଯ୍ୟ ନଥିଲା ବେଳେ ସେ ଘରକଣରେ ବସି କେତେ ଅତୀତ କଥା, ନିଜ ବୋଉ କଥା ଭାବି ଭାବି କାନ୍ଦୁଥାଏ। ଏପରି ସମୟରେ ମାଉସୀ ପହଞ୍ଚିଗଲେ ଆଉ ରକ୍ଷା ନାହିଁ, ପିଠିରେ ଦୁଇ ଚାରି ବାଡ଼ି ବସିଯାଏ।

(୫)

କନକକୁ ଯେତେ ଯାତନା ସହିବାକୁ ହୁଏ, ଲେଖି ବସିଲେ ଖଣ୍ଡେ ଖଣ୍ଡେ ପୋଥି ହେବ। ପିଲାଟି ଶୁଖିଶାଖି ଗଲାଣି, ଆଖି ଦିଓଟି ବସିଗଲାଣି। ଦେଖିଲେ ପ୍ରାୟ ଚିହ୍ନି ହେବ ନାହିଁ। ସୀତାନାଥ ବାବୁ ନିଜେ ତା କଥା କିଛି ବୁଝନ୍ତି ନାହିଁ; ସେ ମଧ୍ୟ

କିଛି କହେ ନାହିଁ। କେବେ ଅତି କଷ୍ଟ ହେଲେ ସେ କାନ୍ଦି କାନ୍ଦି କିଛି କହିଲେ ତାକୁ ମାଉସୀ ନିକଟକୁ ପଠାଇ ଦିଅନ୍ତି। ମାଉସୀଏ ସୁଯୋଗରେ ତାଟିକିଲା କରି ବେଶ୍ ଉତ୍ତମ ମଧ୍ୟମ ଦିଏ। ଭଗବାନ୍ ଘୋର ଦୁଃଖ ଅନ୍ଧକାର ମଧ୍ୟରେ କ୍ଷୀଣ ସୁଖରଶ୍ମି ଖଞ୍ଜି ଦେଇଥାନ୍ତି। କନକର ମନ ସବୁବେଳେ ବିଷାଦପୂର୍ଣ୍ଣ; କେବଳ ସେହି ପୁଅଟିକୁ ଧରିବାବେଳେ, କେଜାଣି କାହିଁକି ତା ମନରେ ପ୍ରସନ୍ନତା ଆସେ। ସେ ପିଲାଟି ମଧ୍ୟ ଯାହା ପାଖରେ ଥାଉ ପଛକେ କନକ ନିକଟକୁ ଆସିବାକୁ ବଡ଼ ଆଗ୍ରହ ପ୍ରକାଶ କରେ।

ଦିନେ କନକ ପୁଅକୁ ଧରିଥିବା ଅବସ୍ଥାରେ ସେ ମିଠାଇ ଖାଇବ ବୋଲି ବଡ଼ ଗୋଳମାଳ ଲଗାଇଲା। କନକ ସରକୁ କହିବାରୁ ସେ ମିଠାଇ ଆଣିବାପାଇଁ ଚାରୋଟି ପଇସା ଦେଲା। ମାଉସୀ ସେତେବେଳକୁ କୁଆଡ଼େ ଯାଇଥାଏ। କନକ ପୁଅକୁ ଛାଡ଼ିଦେଇ ମିଠାଇ ଆଣିବାକୁ ଯାଉଥିଲା; ମାତ୍ର ପିଲାଟି କନକ ସଙ୍ଗେ ଯିବାପାଇଁ କାନ୍ଦିବାରୁ ସେ ତାକୁ କାଖେଇ ବଜାରକୁ ବାହାରିଲା। ବାଲୁବଜାରରେ ମିଠାଇ ଦୋକାନ, ଅନେକ ବାଟ। କନକ କାମଦାମ କରି ନଖାଇ ନପିଇ ବଡ଼ ଜୀର୍ଣ୍ଣ ଶୀର୍ଣ୍ଣ ହୋଇଅଛି। ପୁଅକୁ ଟେକି ନେବାର ତାକତ୍ ତା ଦେହରେ ନାହିଁ। ଯାଉଁ ଯାଉଁ ପିଲାଟି ଦୁଇ ତିନି ଥର କାଖରୁ ଖସି ପଡ଼ିଲାଣି, ତଥାପି ତା'ର କାନ୍ଦ ନାହିଁ, ସେ କନକକୁ ଦେଖି ଆନନ୍ଦରେ ବୁଡ଼ିଯାଇଅଛି। କନକର କଷ୍ଟ ଦେଖି ଜଣେ ଲୋକ କହିଲା – "ହଇଲୋ ମା, ଏତେ କଷ୍ଟରେ କୁଆଡ଼େ ଯାଉଚୁ?" ପିଲାଟି କହି ପକାଇଲା, - "ମିଥାଇ ଆନିବୁ।" ସେ କହିଲା – "ମିଠାଇ ଦୋକାନ ତ କେତେଗୁଡ଼ାଏ ବାଟ, ଆଣ ମୋ ମା, ମୋ ପାଖରେ ଏଠି ପିଲାଟିକୁ ରଖିଦେଇ ଯା କି, ମିଠାଇ ଆଣି ପୁଣି ପୁଅକୁ ନେଇ ଘରକୁ ଯିବୁ।" କନକକୁ ଏ ପ୍ରସ୍ତାବ ବଡ଼ ଭଲ ଲାଗିଲା। ସେ କେବଳ ସାହସରେ ଯାଉଥାଏ, ସେତେବେଳକୁ ତା ଦେହ ଅବଶ ହୋଇ ଗଲାଣି। ସେ ପିଲାଟିକୁ ସେଠାରେ ରଖିଦେଇ ମିଠାଇ କିଣିବାକୁ ଗଲା। ମିଠାଇ ଆଣି ଦେଖେ ଯେ, ପିଲାଟି ଉଚ୍ଚସ୍ୱରରେ କାନ୍ଦୁଅଛି, ତା ହାତରେ ଥିବା ସୁନାଖଡୁ ଓ ବେକରେ ହାର ନାହିଁ। ଏହା ଦେଖି କନକର ଜ୍ଞାନ ବୁଦ୍ଧି ହଜିଗଲା। ମିଠାଇ ପୁଡ଼ାଟି ଖସିପଡ଼ିଲା। ବହୁ କଷ୍ଟରେ ପୁଅକୁ ଧରି ଆସି ଘରେ ପହଞ୍ଚିଗଲା। ମାଉସୀ ସେତେବେଳକୁ ଗୋଟାଏ ପନିକିରେ ଶାଗ କାଟୁଅଛି। କନକର ହଂସା ଉଡ଼ିଗଲା, ତାକୁ ଚତୁର୍ଦ୍ଦିଗ ଅନ୍ଧକାରମୟ ଦେଖାଗଲା। ପୁଅକୁ ଥୋଇଦେଇ କଇଁ କଇଁ ହୋଇ କାନ୍ଦିବାକୁ ଲାଗିଲା। ମାଉସୀ ଚାହିଁ ଦେଖିଲା ଯେ ପୁଅ ହାତରେ ଖଡୁ ଓ ବେକରେ ହାର ନାହିଁ। – "ହଇ ଲୋ ରାଣ୍ଡି ପିଶାଚୁଣି, ମୋ ପୁଅ ଅଳଙ୍କାର କ'ଣ କଲୁଁ? କନକର ରକ୍ତ ପାଣି ହୋଇଗଲାଣି,

ସେ କିଛି କହିପାରୁ ନାହିଁ। ତା'ର ପାଟି ଶୁଖି ଗଲାଣି, ଉପରେ ପାଟିରେ ଜିଭ ଲାଖି ଯାଇଅଛି। ମାଉସୀ ରାଗରେ ହତଜ୍ଞାନ ହୋଇ ପନିକି ଧରି କନକକୁ ଦୁଇ କାଠ ପକାଇଲା। କାନ୍ଧ ଓ କଙ୍କାଳରୁ ଝରଝର ହୋଇ ରକ୍ତ ବହିବାକୁ ଲାଗିଲା। ପିଲାଟି କନକର ଏ ଅବସ୍ଥା ଦେଖି କାନ୍ଦି କାନ୍ଦି ମାଉସୀକୁ ଗାଳି ଦେଉଥାଏ – ସେ ଗାଳି ବଡ଼ ଅସ୍ପଷ୍ଟ ବଡ଼ ମର୍ମସ୍ପର୍ଶୀ। ସର ଦଉଡ଼ି ଆସି ଏ ହାଲ ଦେଖି ଅବାକ୍ ହୋଇଗଲାଣି। ଭୟରେ ତା'ର ଉଭୟ ସଙ୍କଟ ଉପସ୍ଥିତ। ଏଣେ ମାଉସୀକୁ କିଛି କହିପାରୁ ନାହିଁ, କି କନକକୁ ମଧ୍ୟ ଉଠାଇ ପାରୁନାହିଁ।" ମାଉସୀ ପୁଅକୁ କାଖେଇ ସର ହାତ ଧରି ଓଟାରି ନେଇଗଲା। କନକ ପଡ଼ି ରହିଥାଏ।

(୬)

ସନ୍ଧ୍ୟା ପ୍ରାୟ ଆଗତ। ରକ୍ତାକ୍ତ ହୋଇ କନକ ଆଖି ଫିଟାଇ ଦେଖିଲା – ରକ୍ତିମାଭ ସୂର୍ଯ୍ୟ ମା କୋଡ଼କୁ ଯାଉଅଛନ୍ତି, ପକ୍ଷୀମାନେ ଦଳ ଦଳ ହୋଇ ବସାକୁ ଫେରି ଯାଉଅଛନ୍ତି, ସଉଦାପତ୍ର ଖର୍ଦ୍ଦିକରି ଗ୍ରାମକୁ ଫେରି ଯାଉଥିବା ମନୁଷ୍ୟମାନଙ୍କର କ୍ଷୀଣ ସ୍ୱର ଶୁଭୁଅଛି। ତା ଆଖି ଆଗରେ ଜୁଳୁଜୁଳିଆ ପୋକ ଉଡ଼ି ଯାଉଅଛି, କାନ ଭିତରେ ଝିଙ୍କାରୀ ଶବ୍ଦ ପରି କଣ ଶୁଭୁଅଛି। ସେ ହଠାତ୍ ଉଠି ଠିଆ ହେଲା, କଣ ମନେ ପାଞ୍ଚିଲା; ଆସ୍ତେ ଆସ୍ତେ ଚାଲିବାକୁ ଲାଗିଲା। ପ୍ରଥମେ ଘରୁ ଦାଣ୍ଡକୁ, ତାପରେ ବାଟେ ବାଟେ ଚାଲିଅଛି। କେହି ତାକୁ କିଛି ପଚାରିବାକୁ ନାହିଁ। ସେ ମଧ୍ୟ କାହାକୁ ଚାହୁଁ ନାହିଁ, କିଛି କହୁ ନାହିଁ। ମହାନଦୀ କୂଳ ହେଲାଣି। ଚନ୍ଦ୍ରକିରଣରେ ବୃକ୍ଷ ପତ୍ରଗୁଡ଼ିକ ଝଟକୁଅଛି। କୋକିଳର କୁହୁତାନ ଓ ସୁଲୁସୁଲିଆ ବାଆ ଲାଗି ପଥିକର ମନପ୍ରାଣ ମୋହିତ ହେବାର କଥା। ବିସ୍ତୃତ ନଦୀଗର୍ଭ ଯେପରି ଗୋଟିଏ ପ୍ରଶସ୍ତ ଦୁଗ୍ଧଫେନନିଭ ଶଯ୍ୟା। ଆନିକଟ ଉପରେ ତରଳ ରଜତ ଝଡ଼ି ପଡୁଅଛି। କନକର ମନକୁ ଏସବୁ କିଛି ସ୍ପର୍ଶ କରୁନାହିଁ, ସେ ବାଲି ଉପରେ ଚାଲିଅଛି। ଦେହ ଅବଶ ହେଲାଣି; ଖଣ୍ଡେଦୂର ଯାଇ ବସି ପଡୁଅଛି, ପୁଣି ଚାଲୁଅଛି। ନଈ ପ୍ରାୟ ଅଧେ ପାର ହେଲାଣି, ଅଧେ ବାକି। ଆଉ ଚାଲି ପାରିଲା ନାହିଁ ଲଥକିନି ପଡ଼ିଗଲା। ମୂର୍ଚ୍ଛାଦେବୀ ତାକୁ କିଛିକ୍ଷଣ ନିମିତ୍ତ ନିଜ କ୍ରୋଡ଼ରେ ଆଶ୍ରୟ ଦେଲେ। ଯେତେବେଳେ ଆଖି ଫିଟିଗଲା, ସେ ଦେଖିଲା ଯେ, ପାଖରେ ଜଣେ ବୃଦ୍ଧ ବ୍ରାହ୍ମଣ ଗାମୁଛାରେ ପାଣି ଆଣି ତା ମୁହଁରେ ଦେଉଅଛନ୍ତି। ସେ କହିଲା, "ତୁମେ କିଏସେ?" ବୃଦ୍ଧ ଉତ୍ତର ଦେଲେ – "ମା, ମୁଁ ବାଟୋଇ, କଟକରୁ ଘର ଅନେକ ବାଟ, ଘରକୁ ଯାଉଛି। ତୁ କିଏ ମା, ଏଠି ଏପରି ପଡ଼ିଛୁ? ଆହା କେଡ଼େ ସୁନ୍ଦର ଝିଅଟି, ତୋର କଣ ହୋଇଛି ମା?" କନକ କିଛି କହିପାରୁ ନାହିଁ, ଦରଦର ଧାରାରେ ଆଖିରୁ ଲୁହ ଗଡ଼ି ପଡୁଅଛି। ଅନେକ ଦିନୁଁ, କେବେ

କେଜାଣି, ମନେନାହିଁ, ଏପରି ସ୍ନେହପୂର୍ଣ୍ଣ କଥା ପଦେ ତା କାନରେ ପଡ଼ି ନାହିଁ। ଦୁଃଖିର ସାମାନ୍ୟ ସୁଖ ଅନୁଭବରେ ଶୋକାବେଗ ଉଛୁଳି ପଡେ; ଆଜି ସେଥିପାଇଁ କନକ କାନ୍ଦିଲା; ସେଥିପାଇଁ ପ୍ରତ୍ୟେକ ପିଲା ଅନ୍ୟ କାହାଠାରୁ ଲାଞ୍ଛନା ପାଇ ମା'ଠାରୁ ଦିପଦ କୋମଳ ସ୍ନେହମିଶା କଥା ଶୁଣି କାନ୍ଦି ପକାନ୍ତି।

ବୃଦ୍ଧ ଅନେକ ପଚାରିଲେ, କନକ କୌଣସି କ୍ରମେ ନିଜ ପରିଚୟ ଦେଲା ନାହିଁ, କେବଳ କହିଲା, "ମୁଁ ଯେ ହୁଏଁ, ମତେ ବିଶ୍ୱାସ କର, ମୁଁ ବ୍ରାହ୍ମଣଘର ଝିଅ, ତୁମେ ତ ବ୍ରାହ୍ମଣ; ମତେ ସଙ୍ଗରେ ନିଅ, ମୁଁ ତୁମର ଝିଅ ହୋଇ ରହିବି, ଯାହା କହିବ, କରିବି; ମତେ ଆଉ କିଛି ପଚାର ନାହିଁ। ନ ନେବ, ନ ନିଅ, ଏଠି ପଡ଼ିଥିବି, ଦିଅଁଙ୍କୁ ଡାକୁଥିବି, ସେ ଯାହା କରିବେ।" କଥା ଆଉ ବାହାରି ପାରିଲା ନାହିଁ, ଲୋତକ ସଙ୍ଗେ ବାଷ୍ପରାଶି କଣ୍ଠରୋଧ କରିଦେଲା। ବୃଦ୍ଧ କନକକୁ ଉଠାଇ ଝାଡ଼ିଝୁଡ଼ି ଦେଇ ସଙ୍ଗରେ ନେଇ ଚାଲିଲେ। ନଈ ପାର ହୋଇ ଗୋଟିଏ ଗ୍ରାମରେ ପହଞ୍ଚିଲେ। କନକ ଚାଲି ନ ପାରିବାରୁ ସେ ରାତି ସେହି ଗ୍ରାମରେ ରହିଲେ; ସକାଳୁ ଯାଇ ଦିନ ଦ୍ୱିପ୍ରହର ସରିକି ନିଜ ଗ୍ରାମ୍ୟରେ ପହଞ୍ଚିଲେ।

(୭)

ମୋହନପୁର ଗ୍ରାମରେ ବୃଦ୍ଧ ସୋମନାଥ ଶତପଥୀଙ୍କ ଘର। ତାଙ୍କ ସଂସାରରେ କେବଳ ସେ ଏବଂ ଗୃହିଣୀ। ବିଲବାଡ଼ି ଯାହା ଅଛି, ତହିଁରେ ଦୁଃଖେ ସୁଖେ ବର୍ଷକ ଶାଗ ଭାତ ଚଳିଯାଏ। କେବେ ନଅଣ୍ଟ ହେଲେ ଧାର କରଜ ମଧ୍ୟ ହୁଏ। ତାଙ୍କର ଏକମାତ୍ର ଚିନ୍ତା କେବଳ ସନ୍ତାନ ଚିନ୍ତା। ପରେ ପରେ ଦୁଇ ତିନି ଗୋଟି ସନ୍ତାନ ହୋଇ ନଷ୍ଟ ହୋଇଅଛନ୍ତି। ସୋମନାଥ ଓ ତାଙ୍କ ସ୍ତ୍ରୀ କଳିଗୋଳର ପାଖ ମାଡ଼ନ୍ତି ନାହିଁ। ପରର ନିନ୍ଦା କୁତ୍ସା କରିବାର କେବେହେଲେ ଦେଖାଯାଇ ନାହିଁ। କେହି କେବେ ଗାଳିଦେଲେ ସହିଯାନ୍ତି। ବିଲବାଡ଼ି କାମଦାମ ଆବଶ୍ୟକ ମତେ ଶେଷ କରି ଦିଓଟି ପ୍ରାଣୀ ଏକତ୍ର ଘର ଭିତରେ ବସିଥାନ୍ତି। ସ୍ୱାମୀଙ୍କ ସହିତ କନକକୁ ଦେଖି ଗୃହିଣୀ ଆଜି ଭାରି ଆନନ୍ଦିତ, ପୁଣି ଯେତେବେଳେ ଶୁଣିଲେ, ଯେ କନକ ତାଙ୍କର ଝିଅ ହୋଇ ରହିବ; ଆଉ ଆନନ୍ଦର ସୀମା ରହିଲା ନାହିଁ। କନକକୁ ଦେଖି ତାଙ୍କର ନିଜ କନ୍ୟା କଥା ମନେପଡ଼ିବାରୁ ଆଖିରୁ ଅଲକ୍ଷ୍ୟରେ ଦୁଇ ଚାରି ଟୋପା ଲୁହ ଗଡ଼ିପଡ଼ିଲା। ସ୍ୱାମୀଙ୍କ ଆଦେଶ ମତେ ଗୃହିଣୀ ତାକୁ ତା'ର ପରିଚୟ ପଚାରି ନାହାନ୍ତି। ସେମାନଙ୍କ ଗୃହ ସଂସାର ହସି ଉଠିଲା – ଯେଉଁ ଗୃହରେ ଅନେକ ଦିନ ହେଲା କୌଣସି ବାଳକ ବାଳିକାର ଅବସ୍ଥିତି ନାହିଁ, ଆଜି କନକ ଯୋଗୁ ବାସ୍ତବିକ ତାହା ବଡ଼ ଆନନ୍ଦମୟ ବୋଧ ହେଲା। ଗୃହିଣୀଙ୍କୁ କନକ କୌଣସି ଗୃହକାର୍ଯ୍ୟ କରାଇ ଦିଏ ନାହିଁ। ବାସନ

ମଜାଠାରୁ ଆରମ୍ଭ କରି ରନ୍ଧାବଢ଼ା ପର୍ଯ୍ୟନ୍ତ ସବୁ ସେ ଆନନ୍ଦ ସହିତ କରେ। ସେ ସୋମନାଥଙ୍କୁ ବାପା ଓ ଗୃହିଣୀଙ୍କୁ ବୋଉ ବୋଲି ଡାକେ। ସେମାନେ ତାକୁ ଦୁହିତାଠାରୁ ବଳି ସ୍ନେହ କରନ୍ତି। କନକ ସବୁବେଳେ ହର୍ଷମୁଖ, ବିଷାଦରେଖା କେବେ ତା ମୁଖକୁ ଆସୁ ନାହିଁ। କେବଳ ସମୟ ସମୟରେ ତା'ର ଆଦରର ଧନ ସ୍ନେହର ପିତୁଳି ପିଲାଟି କଥା ମନେପଡ଼ିଲେ ଥରେ ଅଧେ କାନ୍ଦିପକାଏ।

(୮)

ରାତ୍ର ପ୍ରାୟ ଆଠଟା ବେଳକୁ ସୀତାନାଥ କଚେରୀରୁ ଆସି ସମସ୍ତ କଥା ଶୁଣିଲେ। ମାଉସୀ କବାଟକଣରେ ଥାଇ କନକର ଦୋଷ ବଖାଣିବାକୁ ଲାଗିଲା – ସେଇଟା ଚୋରଣୀ, ସୁବିଧା ପାଇଥିଲେ ପୁଅଟିକୁ ମାରି ପକାଇ ଅଳଙ୍କାରତକ ନେଇ ଯାଇଥାନ୍ତା; ଦିନ ଥିବାରୁ ତାହା କରି ପାରିଲା ନାହିଁ। ଅଳଙ୍କାର ନେଇ ସେ ହାଡ଼ି କି ପଠାଣ ଘରେ ପଶିଲାଣି, ଆଉ ଆସିବ ନାହିଁ। ତା ପରି ଅଲକ୍ଷଣୀ ପିଲାଟାଏ ଦେଖାନାହିଁ। ଇତ୍ୟାଦି।

ପୁଅଟି ନାନୀ ନାନୀ ବୋଲି ଡକା ପକାଇଅଛି, ଯେ ଯେତେ କହିଲେ ବୁଝୁ ନାହିଁ। ସର ଘରକଣରେ ପଡ଼ି ରହିଅଛି। ଏସବୁ ଦେଖି ଶୁଣି ସୀତାନାଥଙ୍କର ବଡ଼ରାଗ ହେଲା। ସେ କାହାକୁ କିଛି କହି ପାରିଲେ ନାହିଁ। ପ୍ରଥମା ସ୍ତ୍ରୀଙ୍କ ରୂପ ଆଖି ଆଗରେ ନାଚିଗଲା; ତାଙ୍କର ରୋଗଶଯ୍ୟା କଥା ମନରେ ପଡ଼ିଲା। କନକର ମଳିନ ରୂପ, ତା ପ୍ରତି ଯେତେ ନିଷ୍ଠୁର ବ୍ୟବହାର, ଅବଜ୍ଞା ପ୍ରଦର୍ଶନ ସବୁ ମନେପଡ଼ିଲା। ପୁଣି ମନେପଡ଼ିଲା, ତା'ର କଷ୍ଟସହିଷ୍ଣୁତା, ମଧୁର ବ୍ୟବହାର। କ୍ଷଣକେ ଅତୀତର ସମସ୍ତ ସ୍ମୃତି ଜୀବନ୍ତ ହେଲା। ମନେମନେ ନିଜର ନିର୍ମମ ବ୍ୟବହାର ପ୍ରତି ଶତ ଧିକ୍କାର ଆସିଲା; ହୃଦୟ ଅନୁତାପାନଳରେ ଦଗ୍ଧ ହେବାକୁ ଲାଗିଲା। ପୁଅଟିର ଦରୋଟି କଥାରୁ ମାଉସୀ କନକକୁ ହାଣି ପକାଇବା କଥା ଶୁଣି ସେ ଆଉ ସମ୍ଭାଳି ହୋଇ ପାରିଲେ ନାହିଁ। ବାଳକ ପରି ବଡ଼ ପାଟି କରି କାନ୍ଦିବାକୁ ଲାଗିଲେ। କନକକୁ ଖୋଜିବା ନିମିତ୍ତ ଚାରିଆଡ଼େ ଲୋକ ପଠାଇଲେ। ମାତ୍ର କେଉଁଠାରେ ଆଉ ତାକୁ ପାଇ ପାରିଲେ ନାହିଁ।

ଅଭାବ ମନୁଷ୍ୟକୁ ଜିନଷର ପ୍ରକୃତ ମୂଲ୍ୟ ଚିହ୍ନାଇ ଦିଏ। କନକ ଅଭାବରେ ଆଜି ସୀତାନାଥଙ୍କ ଗୃହ ବଡ଼ ନିରାନନ୍ଦ, ବଡ଼ ନୀରସ। ସବୁ କଷ୍ଟ ସବୁ ମନସ୍ତାପ ସହି ଆଉ ସେହି ଜୀର୍ଣ୍ଣଶୀର୍ଣ୍ଣ ବାଳିକାଟି ଅତି ଆନନ୍ଦରେ ଏଣେ ତେଣେ ଯାଉ ନାହିଁ। ଆଉ ବାପାଙ୍କ ଘର ପରିଷ୍କାର କରି ପିକଦାନୀ ମାଜି ଦେଇ ଶେଯ ଝାଡ଼ି ଦେବାକୁ ଆସୁନାହିଁ। ଭାତ ବାଢ଼ି ଆଣି ଆଉ ପୂର୍ବ ପରି ସୀତାନାଥଙ୍କ ଆଗରେ ଥୋଇ ଦ୍ୱାରକୁ ଆଉଜି

ଠିଆହୋଇ ରହୁନାହିଁ। ପୁଅଟିକୁ ନେଇ କେତେ ଗେଲ କେତେ ଆହ୍ଲାଦ କରୁଥିଲା ଆଉ ସେପରି କରୁନାହିଁ। ପ୍ରତିଦିନ ଶେଯ ତକିଆ ଖରାରେ ଦେଇ ଝାଡ଼ିଝୁଡ଼ି ଆଉ ରଖୁ ନାହିଁ। ସୀତାନାଥ ଆସି ଘରେ ପଶି ଗଲାକ୍ଷଣି ଅଲକ୍ଷ୍ୟରେ ତୁଣ୍ଡରୁ 'କନୁ' ବୋଲି ବାହାରିପଡ଼ିବା ସଙ୍ଗେ ସଙ୍ଗେ ଆଖିରୁ ଲୁହ ବହି ଯାଉଅଛି।

ମାଉସୀର ମନ ମଧ୍ୟ ଗୋଳେଇଘାଣ୍ଟି ହେଲାଣି; କନକ ତା'ର ଯେତେ ସହିଅଛି ଆଉ କେହି ତେତେ ସହିବାର ମନେ ପଡୁନାହିଁ। ଚାକର ଚାକରିଆଣୀଗୁଡ଼ାକ ମଧ୍ୟ ମାସକରୁ ଦିମାସ ପୁରୁଣା ହୋଇ ପାରୁନାହାନ୍ତି; ଦରମାପତ୍ର ଛାଡ଼ି ନିଜ ନିଜ ରାସ୍ତା ଦେଖୁଅଛନ୍ତି। କନକ ଅଦୃଶ୍ୟ ହେବା ଦିନୁ ମାଉସୀର ତୁଣ୍ଡ ହାତ ଗଲୁ କରି ବଡ଼ କଷ୍ଟ ଦେଉଅଛି। ସେ ମନେମନେ କାନ୍ଦିଲା, ମନକୁ ମନ କନକର କେତେ ପ୍ରଶଂସା କଲା, ମାତ୍ର କାହାକୁ କିଛି କହି ପାରିଲା ନାହିଁ।

ଚିରକାଳ ସମାନ ରହେ ନାହିଁ। କିଛି ଦିନ ଚାଲିଗଲା। ଆଉ କନକକୁ କେହି ସେତେ ମନେପକାନ୍ତି ନାହିଁ; କେବଳ ପିଲାଟା ବେଳେ ବେଳେ ନାନୀ ନାନୀ ବୋଲି କାନ୍ଦି ଉଠେ।

(୯)

ସରର ଉତ୍କଟ ଉଦରପୀଡ଼ା ଆରମ୍ଭ ହୋଇଅଛି। ପ୍ରଥମ ଚାରିମାସ ଡାକ୍ତରୀ ଚିକିତ୍ସା କରାଗଲା । ରୋଗ ଉପଶମ ହେବା ତେଣିକି ଥାଉ, ବରଂ ଦିନକୁ ଦିନ ବଢ଼ିବାକୁ ଲାଗିଲା। ଶେଷରେ ଆୟୁର୍ବେଦ ଚିକିତ୍ସା ମଧ୍ୟ ହେଲା। କନକ ଚାଲିଯିବାର ପ୍ରାୟ ଏକ ବର୍ଷ ମଧ୍ୟରେ ସର ସ୍ନେହର ପିତୁଳି ନବଘନକୁ ଓ ବୃଦ୍ଧ ନିଃସହାୟ ସ୍ୱାମୀଙ୍କୁ ବଡ଼ ନିର୍ଦ୍ଦୟ ଭାବରେ ପରିତ୍ୟାଗ କରି ଇହ ସଂସାରରୁ ଚାଲିଗଲା। ସୀତାନାଥ ସଂସାରରେ ପରିବର୍ତ୍ତନ ଉପରେ ପରିବର୍ତ୍ତନ। ନବଘନର ଦୁର୍ଦ୍ଦଶା କହିଲେ ନସରେ; ସୀତାନାଥ ମଧ୍ୟ ବାକ୍‌ଶକ୍ତି ରହିତ ହୋଇ ଶୂନ୍ୟକୁ ଚାହିଁ ରହୁଅଛନ୍ତି। ସବୁଠାରୁ ବେଶି ବାଡ଼େଇ କଚାଡ଼ି ହୋଇ ବାହୁନି କାନ୍ଦିଲା ମାଉସୀ। ସରର ମୃତ୍ୟୁ ଦିବସଠାରୁ ମାଉସୀ ଉପରେ ସବୁ କର୍ତ୍ତୃତ୍ୱର ଭାର ସମ୍ପୂର୍ଣ୍ଣ ରୂପେ ପଡ଼ିଲା। ଦାସୀ ଓ ପାଚକ ବ୍ରାହ୍ମଣ ରହିଲେ। ଏପରି ଅବସ୍ଥାରେ ସୀତାନାଥ ପେନ୍‌ସନ୍ କାର୍ଯ୍ୟରୁ ଅବ୍ୟାହତି ପାଇ ପାରିଥାନ୍ତେ, ମାତ୍ର ମାଉସୀ ନାହିଁ କରେ। ଆଜିକାଲି ଖର୍ଚ୍ଚପତ୍ର ଏତେ ବେଶି ହେଲାଣି ଯେ, ଦରମା ମଧ୍ୟ ମାସକ ଖର୍ଚ୍ଚକୁ ନଅଣ୍ଟ। ମାତ୍ର କାହାରି କିଛି କହିବାର ଉପାୟ ନାହିଁ। ସୀତାନାଥ କେବେ ଖର୍ଚ୍ଚପତ୍ରର ହିସାବ ବୁଝିପାରନ୍ତି ନାହିଁ, ସେ ସବୁ ତାଙ୍କୁ ବଡ଼ ଅଡୁଆ ଲାଗେ; ମାଉସୀ ମଧ୍ୟ ଖର୍ଚ୍ଚର ହିସାବ ଲେଖି ଜାଣେ ନାହିଁ। ପହିଲାରେ ମାସକର ଦରମାଟି ଆଣି ମାଉସୀ ଜମା କରିଦିଅନ୍ତି। ଖଣ୍ଡିଏ କୋଠା ଘର କରିବାରେ ଅନେକ ଖର୍ଚ୍ଚ

ପଡ଼ିଥିଲା; ଜମିବାଡ଼ି ମଧ୍ୟ ବିଶେଷ କିଛି କରିପାରୁ ନାହାନ୍ତି। ଘରଖର୍ଚ୍ଚ ନ ଚଳିବା ଭୟରେ ପେନ୍‌ସନ୍ ନେଇ ପାରିଲେ ନାହିଁ। ଅତି ଅନିଚ୍ଛା ସତ୍ତ୍ୱେ ଘୋର ମନଦୁଃଖରେ ତାଙ୍କୁ କାର୍ଯ୍ୟ କରିବାକୁ ପଡୁଅଛି, ନ କଲେ ନ ଚଳେ। ଜଜ୍ ସାହେବ ମଧ୍ୟ ତାଙ୍କୁ ଛାଡ଼ି ଦେଉ ନାହାନ୍ତି। ପେନ୍‌ସନ୍‌ର ସମୟ ହୋଇଥିଲେ ସୁଦ୍ଧା ତାଙ୍କୁ ଆଉ ତିନି ବର୍ଷ ନିମିତ୍ତ ରଖା ଯାଇଅଛି, ତାଙ୍କ ଚାକରି ସମୟ ବଢ଼ାଇ ଦିଆ ଯାଇଅଛି।

(୧୦)

କନକକୁ ଏଗାର ବର୍ଷ ହୋଇଅଛି। ବିବାହ ସମୟ ଉପସ୍ଥିତ। ସୋମନାଥଙ୍କୁ ବଡ଼ ଚିନ୍ତା ମାଡ଼ି ପଡ଼ିଲାଣି – କିପରି କନକର ବିବାହ ଦେବେ। ଅନେକ ଆଡ଼େ ଖୋଜିଲେଣି, କନକର ପରିଚୟ ନପାଇ ସମସ୍ତେ ନାରାଜ ହେଉଅଛନ୍ତି। ତା'ର ମଧ୍ୟ ଜାତକ ନାହିଁ; କେହି ଟିପଣା ଖୋଜିଲେ ଦିଆଯାଇ ପାରୁନାହିଁ। ଯେ କେତେଜଣ ରାଜି ହୋଇ କନ୍ୟା ଦେଖିବାକୁ ଆସୁଅଛନ୍ତି, ଗ୍ରାମର ଦୁର୍ବୃତ୍ତମାନେ ଏଣୁତେଣୁ ପାଞ୍ଚ କଥା କହି ସମ୍ବନ୍ଧ ଭଙ୍ଗାଇ ଦେଉଅଛନ୍ତି। କନକ ଆସିବାର କିଛିଦିନ ପରଠାରୁ ଶତପଥୀ ଗ୍ରାମରେ ଏକଘରକିଆ ହୋଇ ରହିଅଛନ୍ତି। କନକ କି ଘର ପିଲା, ତାକୁ ଘରେ ରଖି ତା ହାତରେ ଖାଇବାରୁ ତାଙ୍କର ଏପରି ଦଶା। ବୃଦ୍ଧ ସବୁ ମନସ୍ତାପ, ସବୁ ଲାଞ୍ଛନା ସହି ରହିଅଛନ୍ତି . ତାଙ୍କର ଇଚ୍ଛା, କନକକୁ ବିବାହ ଦେଇ ଜ୍ୱାଇଁ ନାମରେ ସମସ୍ତ ଜମିବାଡ଼ି କରିଦେଇ ନିଶ୍ଚିନ୍ତ ହେବେ।

ଶେଷରେ ବଡ଼ ଅନିଚ୍ଛା ସତ୍ତ୍ୱେ ସୋମନାଥ ଏକ ଜାଗାରେ ଅଗତ୍ୟା ସମ୍ମତି ଦେଇଅଛନ୍ତି। ବରଘର ତାଙ୍କ ଘରଠାକୁ ୭ କୋଶ ବାଟ, ଜଗଦଲପୁର ଗ୍ରାମରେ। ତୃତୀୟ ପକ୍ଷ ବର, ବୟସ ପ୍ରାୟ ୪୦ ପାଖଆଖ, ବିଷୟ ସମ୍ପତ୍ତି ସାମାନ୍ୟ। ବରପକ୍ଷ ଟିପଣା ଖୋଜି ନାହାନ୍ତି, 'ସର୍ବମଙ୍ଗଳ ଜଗନ୍ନାଥ' କରିବା ତାଙ୍କର ଇଚ୍ଛା। ଦ୍ୱାରବିଭା ଦେବା ସୋମନାଥଙ୍କ କ୍ଷମତାର ଅତୀତ, ତଥାପି ସେ ପ୍ରସ୍ତୁତ ଥିଲେ, ବରପକ୍ଷ ନାହିଁ କରିବାରୁ ସୋମନାଥଙ୍କୁ କେବଳ ତୁଳସୀପତ୍ର ପାତ୍ର ଦେଇ ବିବାହ ଦେବାକୁ ହେବ। ଆସନ୍ତା ଫାଲ୍‌ଗୁନ ମାସ ୧୫ ଦିନ ବିବାହ ସ୍ଥିର ହୋଇଅଛି। ବିବାହ ତିନି ଦିନ ଥାଉଁ ଶତପଥୀଙ୍କୁ ଜ୍ୱର ହେଲା। ବଡ଼ ବିପଦ କଥା, କନ୍ୟାକର୍ତ୍ତା ହେବ କିଏ? ଶେଷରେ ଗ୍ରାମ ନିକଟସ୍ଥ ତାଙ୍କର ଭଣଜା ଗୋପୀନାଥ ମିଶ୍ରଙ୍କୁ ବହୁତ କହିବାରେ ସେ ସମ୍ମତି ହେଇଅଛନ୍ତି। ବିବାହ ଦିନେ ଥାଉଁ କନକକୁ ଖଣ୍ଡେ ସୁଆରୀରେ ବସାଇ ଗୋପୀନାଥ ଜଗଦଲପୁର ଯାତ୍ରା କଲେ।

(୧୧)

ସନ୍ଧ୍ୟା ହେଲାଣି, ଜଗଦଲପୁର ଆଉ ତିନି କୋଶ ବାଟ ବାକି। ଗୋଟିଏ

ବରଗଛ ମୂଳରେ ସବାରୀ ଭିଡ଼ି ଦେଇ ବେହେରାମାନେ ବିଶ୍ରାମ କରିବାକୁ ଲାଗିଲେ। ଏପରି ସମୟରେ ଅଦୂରରେ ଆଉ ଖଣ୍ଡେ ସବାରୀ ଡାକ ଶୁଭିଲା। କ୍ରମେ କ୍ରମେ ସବାରୀ ଆସି ସେହି ବରଗଛ ମୂଳରେ ଭିଡ଼ିଲା । ସେ ଖଣ୍ଡି ମଧ୍ୟ କନ୍ୟାସବାରୀ, ପାଟପୁରକୁ ଯିବ। କନ୍ୟା ଦୁହିଁଙ୍କର କଥାବାର୍ତ୍ତା ହେବାର ସୁବିଧା ନିମିତ୍ତ ସବାରୀ ଦିଓଟି ରଖାଗଲା। ଉଭୟ ସବାରୀ ବେହେରାଙ୍କ ମଧ୍ୟରେ ଗଞ୍ଜାଇ ଧୂଆଁପତ୍ର ଆଦାନପ୍ରଦାନ ଚଳିଲା। ଉଭୟ କନ୍ୟାକର୍ତ୍ତାଙ୍କ ମଧ୍ୟରେ ପାନ ଗୁଣ୍ଡି ଦିଆନିଆ ହୋଇଗଲା; କେତେ ଦୁଃଖ ସୁଖ ହେଲା। ପ୍ରତ୍ୟେକ ପକ୍ଷଙ୍କୁ ବିପରୀତ ଦିଗରେ ତିନି ତିନି କୋଶ ଯିବାକୁ ହେବ। ଚତୁର୍ଦ୍ଦିଗ ଅନ୍ଧକାରରେ ପରିପୂର୍ଣ୍ଣ ହୋଇଗଲାଣି। କ୍ଷଣକାଳ ମଧ୍ୟରେ ବନ୍ଧୁତା ସ୍ଥାପନ କରି ପୁଣି ମେଲାଣି ନେବାକୁ ହେଲା। ପ୍ରତ୍ୟେକେ ବିପରୀତ ଦିଗରେ ବାହାରିଲେ। ବେହେରାମାନେ ସବାରୀ ଧରି ହୁମରାଭାଇ ହାଙ୍କିଲେ। କନ୍ୟାକର୍ତ୍ତାମାନେ ପରସ୍ପରଠାରୁ ମେଲାଣି ନେଇ ବାହାରିଲେ। ପ୍ରାୟ ରାତ୍ର ଛ ଘଡ଼ି ସରିକି ଉଭୟ ସବାରୀ ଛ କୋଶ ଦୂରବର୍ତ୍ତୀ ଉଭୟ ସ୍ଥାନରେ ପହଞ୍ଚିଲା। କନ୍ୟାକୁ ବନ୍ଦାଇ ଘର ଭିତରକୁ ନେଇଗଲେ। କୁଣିଆଙ୍କ ଚର୍ଚ୍ଚା ହେଲା। ବେହେରାମାନେ ଖାଇପିଇ ବାରଣ୍ଡା ଦେଖି ପଡ଼ିଗଲେ। ସଙ୍ଗେ ସଙ୍ଗେ ଗାଢ଼ନିଦ୍ରା।

ଆଜି ବିବାହ; ବେଳ ଘଡ଼ିକରୁ ବଳିବ ନାହିଁ। ତେଣିକି ବାରବେଳା ପଡୁଅଛି, ଲଗ୍ନ ନାହିଁ। ବରକର୍ତ୍ତା କନ୍ୟାକର୍ତ୍ତାମାନେ ଗାଧୋଇପାଧୋଇ ନୂଆ ଲୁଗା ପିନ୍ଧି ବେଦୀ ଉପରେ ହାଜର। ପୁରୋହିତ ମନ୍ତ୍ରୋଚ୍ଚାରଣ ଆରମ୍ଭ କରିଦେଲେ; ହୋମ ହେଲା; ଯଥାସମୟରେ ଉଭୟ ସ୍ଥାନରେ ବିବାହ ଶେଷ ହୋଇଗଲା।

(୧୨)

ପରଦିନ ସକାଳୁ ଗୋପୀନାଥ ଗ୍ରାମକୁ ବାହାରିଲେ। କନ୍ୟାକୁ ସପ୍ତମଙ୍ଗଳ ପର୍ଯ୍ୟନ୍ତ ବରଘରେ ରହିବାକୁ ହେବ। ଯିବା ପୂର୍ବରୁ କନକକୁ ଟିକିଏ ପ୍ରବୋଧ ଦେଇ ଯିବା ଆବଶ୍ୟକ। ଗୋପୀନାଥ ଘର ଭିତରକୁ ଗଲେ। ଅନ୍ୟାନ୍ୟ ସ୍ତ୍ରୀମାନେ କନ୍ୟାକୁ ଗୋଟିଏ ଘରେ ରଖିଦେଇ ବାହାରିଗଲେ। ଗୋପୀନାଥ ଘର ମଧ୍ୟକୁ ଯାଇ କନ୍ୟାର ରୂପ ଦେଖି ଚମକି ପଡ଼ିଲେ, ନିଜ ଚକ୍ଷୁକୁ ବିଶ୍ୱାସ କରିପାରିଲେ ନାହିଁ। ସେ ଯେ କନକ ନୁହେଁ। କନ୍ୟା ମଧ୍ୟ ତାଙ୍କୁ ଦେଖି ଇତସ୍ତତଃ ହେଲାଣି, ଚିହ୍ନିପାରୁ ନାହିଁ। ଶେଷରେ ଗୋପୀନାଥଙ୍କୁ ଗୋଟିଏ ବୁଦ୍ଧି ଦିଶିଗଲା – ସେ ଭାବିଲେ, ବୋଧହୁଏ ପରିହାସ କରିବା ନିମିତ୍ତ ସ୍ତ୍ରୀମାନେ ଗୋଟିଏ ନକଲ କନ୍ୟା ଦାଖିଲ କରିଅଛନ୍ତି। ମନେମନେ ସେମାନଙ୍କ ବୁଦ୍ଧିକୁ ଶତ ଧିକ୍କାର ଦେଇ ସେ କହି ପକାଇଲେ – "ହଉ, ଜଣାଗଲା ଯେ, ସେତିକି ହୋଇଥାଉ ବୁଦ୍ଧି। ଏବେ କନକକୁ କେଉଁଠି ରଖିଛ ଆଣ,

ମୁଁ ସବୁ ବୁଝି ପାରିଛି।" ଏ କଥାଗୁଡ଼ାକର ମର୍ମ କେହି ବୁଝି ପାରିଲେ ନାହିଁ। ସ୍ତ୍ରୀମାନେ ଗୋପୀନାଥଙ୍କୁ ପାଗଳ ମନେକରି ବକ୍ ବକ୍ ହୋଇ ଏ ତା ମୁହଁକୁ, ସେ ତାହା ମୁହଁକୁ ଚାହୁଁଥାନ୍ତି। ଅନନ୍ୟୋପାୟ ହୋଇ ଗୋପୀନାଥ ସେ କନ୍ୟାଟିକୁ ପଚାରିଲେ – "ତୁ କିଏ ମା, ତୁମ ଘର ଏ ଗାଁରେଟିକି ?" କନ୍ୟାଟି ବଡ଼ କ୍ଷୀଣ ସ୍ୱରରେ ଉତ୍ତର ଦେଲା – "ନା, ଆମ ଘର ବାରିପଦା, ମୋ କକେଇ ଆମ ସବାରୀ ସଙ୍ଗେ ଆସୁଥିଲେ, କାହିଁ ନାହାନ୍ତି।"

ଗୋପୀନାଥଙ୍କର ବରଗଛ ମୂଳ କଥା ମନେପଡ଼ିଲା, ଅପର କନ୍ୟାକର୍ତ୍ତାଙ୍କ ସଙ୍ଗେ ଯେଉଁ କଥାବାର୍ତ୍ତା ହୋଇଥିଲା, ସବୁ ମନେପଡ଼ିଲା। ସେ ଏଥର ସବୁ ବୁଝି ପାରିଲେ – କନ୍ୟା ସହିତ ସବାରୀ ଦିଓଟି ବଦଳ ହୋଇଅଛି। ତାହାହେଲେ ଏହା ତ ତାଙ୍କ ବନ୍ଧୁଘର ନୁହେଁ; କନକ ଯାଇ ପାଟପୁରରେ ବିଭା ହୋଇଥିବ। ବଡ଼ ଅସୁବିଧା କଥା। ତେବେ ଏତିକି ସାନ୍ତ୍ୱନା ଯେ, ଦିଓଟିଯାକ ବ୍ରାହ୍ମଣ କନ୍ୟା ବ୍ରାହ୍ମଣ ଘରେ ବିବାହ ହୋଇଅଛନ୍ତି। ସେ ଆଉ ଭାବିବାକୁ ଅବସର ପାଇଲେ ନାହିଁ। ସବାରୀ ବେହେରାମାନେ ପୂର୍ବରୁ ବିଦାୟ ହୋଇ ଗଲେଣି। ଗୋପୀନାଥ ଭଣ୍ଡାରିକୁ ଡାକି ଏକମୁହାଁ ଚାଲିଗଲେ। ଯାଇ ଉପରବେଳା ସରିକି ମୋହନପୁରରେ ପହଞ୍ଚିଲେ।

(୧୩)

ସୋମନାଥ କିଞ୍ଚିତ୍ ସୁସ୍ଥ ହୋଇଅଛନ୍ତି। ତାଙ୍କ ଘରେ କୋଳାହଳ ଲାଗିଅଛି। ବିନୋଦ ପାତ୍ରଙ୍କଠାରୁ ଯେଉଁ ସବାରୀ ଆଣି ସେ କନ୍ୟା ପଠାଇଥିଲେ, ବେହେରାମାନେ ସବାରୀ ଆଣି ଫେରସ୍ତ ଦେବାରୁ ସେ ତାଙ୍କ ସବାରୀ ନୁହେଁ ବୋଲି କହି ନେଉ ନାହାନ୍ତି। ସୋମନାଥ ବଡ଼ ଚିନ୍ତିତ, କେତେକ ଗ୍ରାମବାସୀମାନଙ୍କ ମତାଣିରେ ବିନୋଦ ପାତ୍ରେ ସୋମନାଥଙ୍କ ଉପରେ ଖଡ୍ଗହସ୍ତ। ସୋମନାଥ ଓ ତାଙ୍କ ଗୃହିଣୀ ବଡ଼ ଚିନ୍ତାରେ ପଡ଼ିଅଛନ୍ତି। ତାଙ୍କ ଉପରେ ଗ୍ରାମରେ ମହାସମାଲୋଚନା ଚାଲିଅଛି, ଏପରି ସମୟରେ ଗୋପୀନାଥ ଆସି ସବାରୀ ଦିଓଟି ବଦଳ ହେବା କଥା କହିଲେ। କନକ କିପରି କେଉଁଠାରେ ବିଭା ହେଲା, ସେ ଖବର ଏପର୍ଯ୍ୟନ୍ତ ଅଜଣା।

ମୋହନପୁରଠାକୁ ପାଟପୁର ପ୍ରାୟ ଚାରି କୋଶ ବାଟ। ବିବାହର ଦୁଇଦିନ ପରେ ବୃଦ୍ଧ ସୋମନାଥ ବାଡ଼ି ଖଣ୍ଡିଏ ଧରି ଯାଇ ପାଟପୁରରେ ଉପସ୍ଥିତ। ନିକଟରେ କାହାର ବିବାହ ହୋଇଅଛି, ପଚାରି ପଚାରି ଗ୍ରାମମଝି ଚନ୍ଦ୍ରଶେଖର ପାଟଯୋଶୀଙ୍କ ପିଣ୍ଡାକୁ ଉଠିଲେ। ଚନ୍ଦ୍ରଶେଖର ଯୁବକ, ବୟସ ପ୍ରାୟ ପଚିଶ ହେବ; ଦେଖିବାକୁ ସୁଶ୍ରୀ। ତାଙ୍କର ବାଲ୍ୟାବସ୍ଥାରୁ ପିତୃବିୟୋଗ ହୋଇଅଛି। ଘରେ କେବଳ ସେ ଏବଂ ତାଙ୍କ ମାତା। ଚନ୍ଦ୍ରଶେଖର ବଡ଼ ଉଦ୍ୟୋଗୀ। ଦଶ ବର୍ଷ ବୟସରୁ ସେ କଟକରେ

ଗୋଟିଏ ମାଡ଼ବାରୀ ଲୁଗାଦୋକାନରେ ଚାକିରି କରିଥିଲେ। କ୍ରମେ ହାତରେ କିଛି ପାଣ୍ଠି ହେବାରୁ ନିଜେ ପ୍ରାୟ ଚାରି ବର୍ଷ ହେବ ଗୋଟିଏ ସ୍ୱତନ୍ତ୍ର ଲୁଗାଦୋକାନ ଖୋଲିଅଛନ୍ତି। ମଫସଲରୁ ଘିଅ ଚାଉଳ ଡାଲି ପ୍ରଭୃତି ଅଣାଇ ଆଉ ଗୋଟିଏ ଦୋକାନ କଲେଣି, ଲାଭ ଯଥେଷ୍ଟ ହେଉଅଛି। ଏ ମଧ୍ୟରେ ତାଙ୍କ ଘରର ଅବସ୍ଥାର ଢେର ପରିବର୍ତ୍ତନ ହୋଇଅଛି। ଏହି ବିବାହ ଉପଲକ୍ଷରେ ସମସ୍ତ ଘର ନୂତନ ତିଆରି ହୋଇଅଛି, ଜମିବାଡ଼ି କିଛି ଖର୍ଦ୍ଦି ହୋଇଅଛି ଓ ହେଉଅଛି। ଚନ୍ଦ୍ରଶେଖର ବଡ଼ ନମ୍ର, ବଡ଼ ଧୀର। ପାଠ ପଢ଼ାପଢ଼ି ବେଶି କିଛି ନାହିଁ, ତେବେ ହିସାବପତ୍ର ରଖିବା ଓ ଅନ୍ୟାନ୍ୟ ସାଧାରଣ ଲେଖାପଢ଼ିରେ ମଜବୁତ୍। ବାରିପଦାରେ ତାଙ୍କର ବିବାହ ସ୍ଥିର ହୋଇଥିଲା। ଯାନ ପରିବର୍ତ୍ତନ ହେବା ସଙ୍ଗେ କନକର ଭାଗ ପରିବର୍ତ୍ତନ ଘଟିଲା। ପରିଚୟ ପାଇ ଚନ୍ଦ୍ରଶେଖର ସୋମନାଥଙ୍କୁ ଯଥାବିହିତ ଆଦର ଅଭ୍ୟର୍ଥନା କଲେ। ଶତପଥୀଙ୍କର ଆଜି ବଡ଼ ଆନନ୍ଦ, କନକ ମଧ୍ୟ ସୁଖୀ।

(୧୪)

ଏ ମଧ୍ୟରେ ବରପଦା ସବାରୀ ବରପଦାକୁ ପଠା ଯାଇଅଛି। ବିନୋଦ ପାତ୍ରଙ୍କ ସବାରୀରେ କନକ ମୋହନପୁରକୁ ସପ୍ତମଙ୍ଗଳା ପରେ ଆସିଅଛି। ତା'ର ନୂତନ ଲୁଗାପଟା ଓ ଅଳଙ୍କାର ପତ୍ର ଦେଖି ଶତପଥୀ ଗୃହିଣୀ ସୁଖୀ ହୋଇଅଛନ୍ତି। ବିନୋଦ ପାତ୍ରେ ନିଜ ସବାରୀ ପୁନଃପ୍ରାପ୍ତ ହୋଇ ଥଣ୍ଡା ହୋଇଅଛନ୍ତି। ବିବାହର ସମସ୍ତ ଗୋଳମାଳ ଶେଷ ହୋଇଥଛି।

(୧୫)

ସୀତାନାଥ ବାବୁ ପେନ୍‌ସନ୍ ନେଇଅଛନ୍ତି। ବଡ଼ ଆଶ୍ଚର୍ଯ୍ୟର କଥା, ତାଙ୍କ ବୃଦ୍ଧ ସମୟକୁ ଘରେ କିଛି ମାତ୍ର ଟଙ୍କା ପଇସା ନାହିଁ। ନବଘନ ସ୍କୁଲରେ ପଢୁଅଛି। ଆଜିକାଲି କେବଳ ପେନ୍‌ସନ୍ ଟଙ୍କାତକ ସୀତାନାଥଙ୍କର ସମ୍ବଳ, ଘରୁ ଅଧିକା ଚାକର ଓ ଦାସୀଙ୍କୁ ବିଦାୟ ଦିଆଗଲା। ସୀତାନାଥ ବୃଦ୍ଧ ସମୟକୁ ଖର୍ଚ୍ଚ ପତ୍ର ନିଜେ ବୁଝୁଅଛନ୍ତି। ପେନ୍‌ସନ୍ ଟଙ୍କାରୁ କୌଣସି କ୍ରମେ ତାଙ୍କ ଗୃହ ସଂସାର ଏକପ୍ରକାର ଚଳି ଯାଉଅଛି। ମାଉସୀ କେତେ ଦିନ ହେବ ଭାଇ ଘରକୁ ଯାଇ ଆଉ ଆସି ନାହିଁ। ତା'ର ଭାଇଘରର ଅବସ୍ଥାର ବେଶ ପରିବର୍ତ୍ତନ ହୋଇଅଛି। ଜମି କେତେ ବାଟି ଘରଦୁଆର ସବୁ ଉତ୍ତମ ହୋଇଅଛି।

ଚନ୍ଦ୍ରଶେଖର ପାଟଯୋଷୀ କଟକର ଜଣେ ବଡ଼ ମହାଜନ। କେହି ଚନ୍ଦ୍ରଶେଖର ବାବୁ, କେହି କେହି ମଧ୍ୟ ପାଟଯୋଷୀ ବାବୁ ବୋଲି ଡାକିବାକୁ ଲାଗିଲେଣି। ଚଉଧୁରୀ ବଜାରରେ ଗୋଟିଏ କୋଠା ଦଲାଣ, ଏକ ପାଖରେ ଲୁଗାପଟାର କାରବାର

ଓ ଅପର ପାଖରେ ଚାଉଳ ଡାଲି ଘିଅ ଇତ୍ୟାଦିର କାରବାର ଚାଲିଅଛି, ୭/୮ ଜଣ ଚାକର ରହିଅଛନ୍ତି, କଟକର ପ୍ରାୟ ପ୍ରତ୍ୟେକ ଭଦ୍ରଲୋକ ଏହି ଦୋକାନରୁ ସମସ୍ତ ପ୍ରୟୋଜନୀ ଜିନିଷ କିଣନ୍ତି। ଏକଦରରେ ବିକ୍ରି, ଦାମ ସମ୍ବନ୍ଧରେ ନଅ ଛଅ କି କଳି କଜିଆ ନାହିଁ।

ଚନ୍ଦ୍ରଶେଖରଙ୍କ ପରିବାର, ବୃଦ୍ଧ ସୋମନାଥ ଓ ତାଙ୍କ ଗୃହିଣୀ ସମସ୍ତେ କଟକଠାରେ ଚନ୍ଦ୍ରଶେଖରଙ୍କ ଘରେ ରହିଅଛନ୍ତି। ଏ ପରିବାରଟି ବଡ଼ ସୁଖ ବଡ଼ ଆନନ୍ଦରେ ଚଳୁଅଛି। ବିଭିନ୍ନ ପରିବାରର ଏତେଗୁଡ଼ିଏ ଲୋକ ଠିକ୍ ଯେପରି ନିଜର ପରି ରହିଅଛନ୍ତି। କନକର ଗୋଟିଏ ଅପୂର୍ବ ସୁନ୍ଦର ପୁତ୍ରସନ୍ତାନ ହୋଇଅଛି।

କଟକ ଆସିବାର ଅଳ୍ପଦିନ ପରେ ସୀତାନାଥଙ୍କ ଖବର ନେବା ନିମିତ୍ତ କନକ ସ୍ୱାମୀଙ୍କୁ ବହୁତ କରି କହିଥିଲା। ଚନ୍ଦ୍ରଶେଖର ଅନୁସନ୍ଧାନରେ ସମସ୍ତ ବୁଝି ପାରିଅଛନ୍ତି। ଦିନେ ନବଘନ ସ୍କୁଲରୁ ଛୁଟି ନେଇ ଆସିବା ସମୟରେ ପାଟଯୋଷୀଙ୍କ ହାବୁଡ଼ରେ ପଡ଼ିଲା। ସେ ତାକୁ ଅତି ଆଦରରେ ଘରକୁ ଡାକିନେଲେ। କନକର ଆଜି ବଡ଼ ସୁଖର ଦିନ। ସେ ତା'ର ସେହି ସ୍ନେହର ପିତୁଳି ନବଘନକୁ ଦେଖିଲା - ପ୍ରାଣଭରି ହୃଦୟ ପୂର୍ଣ୍ଣ କରି ଦେଖିଲା। କେତେ ଅତୀତ ସ୍ମୃତି ତା ମନ ମଧ୍ୟରେ ମୁହୂର୍ତ୍ତ ମଧ୍ୟରେ ଖେଳିଗଲା ! କନକ ନବଘନଠାରୁ ଘରର କଥା, ବାପା ବୋଉ ଓ ମାଉସୀଙ୍କ ଖବର ପଚାରି ସବୁ ବୁଝିଲା। ପିଲାଟି କିଛି ଜାଣି ପାରୁ ନଥାଏ; ଏତେଗୁଡ଼ିଏ ଅଚିହ୍ନା ମନୁଷ୍ୟଙ୍କୁ ଦେଖି ସେ ଅବାକ୍ ହୋଇଗଲାଣି। ଶେଷରେ ନବଘନକୁ ଖୁଆଇ ପିଆଇ ନୂଆ ଜୋତା, କୁର୍ତ୍ତା ଓ ଲୁଗା ପିନ୍ଧାଇଦେଇ ଘରକୁ ପଠାଇଦେଲେ। ପାଟଯୋଶୀଙ୍କ ଘରର ସମସ୍ତେ କନକର ପୂର୍ବ ପରିଚୟ ପାଇ ସୁଖୀ ହୋଇଅଛନ୍ତି। ସବୁଠାରୁ ବେଶୀ ସୁଖୀ ହୋଇଅଛନ୍ତି ଶତପଥୀ ଦମ୍ପତି।

ନବଘନକୁ ଏପରି ଅବସ୍ଥାରେ ଆସିବାର ଦେଖି ସୀତାନାଥ ବିସ୍ମିତ ହୋଇଅଛନ୍ତି। ଯେ ଚାକର ତାକୁ ଛାଡ଼ିବାକୁ ଆସିଥିଲା, ସେ କିଛି ନକହି ଚାଲି ଯାଇଅଛି। ସୀତାନାଥ ଏ ରହସ୍ୟ ଭେଦ କରି ନପାରି ନବଘନକୁ ସଙ୍ଗରେ ନେଇ ପାଟଯୋଶୀଙ୍କ ଘରକୁ ଗଲେ। ପିତା ପୁତ୍ରୀଙ୍କ ମିଳନ ହେଲା। ସମସ୍ତେ ଆଜି ଆନନ୍ଦରେ ବିହ୍ୱଳ।

ଉତ୍କଳ ସାହିତ୍ୟ, ୨୦/୧୨, ଚୈତ୍ର ୧୩୨୪ (୧୯୧୬-୧୭)

ପାନବାଲୀ

"ଏ କ'ଣ ? ମୁଁ କେଉଁଠାରେ ? ଏ ଅନ୍ଧକାରମୟ ଗୃହ କାହାର ? ଓଃ ! କି ଭୀଷଣ ଯନ୍ତ୍ରଣା ! ମୁଣ୍ଡ ଘୁରୁଛି, ଦେହ ଥରୁଛି । ମୋର ସଙ୍ଗିମାନେ କାହାନ୍ତି ? ମୋ ହାର କାହିଁ ? ମୋ ଘୋଡ଼ା କେଉଁଆଡ଼େ ଗଲା ? ଏ କ'ଣ ସ୍ୱପ୍ନ ? ନାହିଁ ତ, ମୁଁ ଜାଗ୍ରତ ଅଛି । ଯେ ମୋତେ ପ୍ରହାର କଲା, ସେ କାହିଁ ? ମୁଁ କ'ଣ ପାଗଳ ହେଲି ? ମୋ ଶରୀରରେ ବଳ କାହିଁ, ମନରେ ଉତ୍ସାହ କାହିଁ, ହୃଦୟରେ ଧୈର୍ଯ୍ୟ କାହିଁ, ଭାବନାର ଏକାଗ୍ରତା କାହିଁ, ଉତ୍‌ଥାନ ଶକ୍ତି କାହିଁ ? କ'ଣ କରିବି, କୁଆଡ଼େ ଯିବି, କାହାକୁ ପଚାରିବି – କିଏ ଉଦ୍ଧାର କରିବ ? ଓଃ ! କି ଜ୍ୱାଳା, କି ଯନ୍ତ୍ରଣା ! ବୃଥାରେ ପ୍ରାଣ ଗଲା ସିନା ! ମୋର ପିତା ମାତା କେଉଁଠି କ'ଣ କରୁଥିବେ, ନ କହି କାହିଁକି ଆସିଲି ? ମୋର ବନ୍ଧୁବାନ୍ଧବମାନେ କ'ଣ କରୁଥିବେ ? ଭଗବାନ୍, ଦୟାସାଗର, ତୁମ୍ଭେ ସହାୟ, ତୁମ୍ଭେ ଭରସା ।"

ରାଜ୍ୟର ଜଣେ ରାଜବଂଶୀୟ ଯୁବକ କେତେକ ଅନୁଚର ସଙ୍ଗେ ଘେନି ମୃଗୟା ଉଦ୍ଦେଶ୍ୟରେ ବାହାରିଥିଲେ । ନିବିଡ଼ ଅରଣ୍ୟାନୀ ମଧ୍ୟସ୍ଥ ଗୋଟିଏ ପାହାଡ଼ ଉପରେ ଦସ୍ୟୁମାନଙ୍କ କର୍ତ୍ତୃକ ଆକ୍ରାନ୍ତ ହୋଇ ଘୋର କଳହ ପରେ ବିଷମ ଆଘାତ ପ୍ରାପ୍ତ ହୋଇ ପାହାଡ଼ ଉପରୁ ଗଡ଼ିପଡ଼ି ମୂର୍ଚ୍ଛା ଯାଇଥିଲେ । ପାହାଡ଼ ତଳର ଅନତି ଦୂରରେ ଗୋଟିଏ ଗହ୍ୱର । ବାହାରକୁ କିଛି ଜଣା ପଡ଼େ ନାହିଁ । ଗୋଟିଏ ଅପ୍ରଶସ୍ତ ଅନ୍ଧକାରାଚ୍ଛାନ୍ନ ଗହ୍ୱର ଦେଇ ପ୍ରବେଶ କଲେ ମଧ୍ୟରେ ଘର ! ଘରଗୁଡ଼ିକ ସୁନା ରୂପାରେ ଭରା । ସେଥି ମଧ୍ୟରୁ ଗୋଟିଏ ଅପ୍ରଶସ୍ତ କୋଠରୀରେ ଆମ୍ଭମାନଙ୍କ ଯୁବକ କିଶୋରଚନ୍ଦ୍ର ରହିଅଛନ୍ତି । ଶରୀର କ୍ଷତ ବିକ୍ଷତ ହୋଇଅଛି । ଚେତନା ଆସିଲାରୁ ସେ ଉପରୋକ୍ତ ଭାବରେ ଭାବିବାକୁ ଲାଗିଥିଲେ । କିଛିକ୍ଷଣ ପରେ ଗୋଟିଏ ନବମ ବର୍ଷୀୟା ବାଳିକା ଆଲୋକ ଘେନି ସେ ଘରେ ଆସି ଉପସ୍ଥିତ ହେଲା ।

କିଶୋର – "ତୁମେ କିଏ ? ଏ କାହା ଘର, କେଉଁ ସ୍ଥାନ ? ମୁଁ ଏଠାକୁ କିପରି ଆସିଲି ?"

ବାଳିକା – "ଟିକିଏ ଥିର ହୁଅ, ମୁଁ ସବୁ କହୁଛି। ଏଠି ଡରିବାର କିଛି ନାହିଁ। ଯାହା ଦରକାର ମୁଁ ସବୁ କରିବି।" ଏହା କହି ବାଳିକାଟି ପାଣି ଆଣି କ୍ଷତସ୍ଥାନଗୁଡ଼ିକ ଉତ୍ତମ ରୂପେ ଧୋଇ ଦେଇ ତେଲପଟି ପକାଇ ଦେଲା। ତା ପରେ ଫଳ ମୂଳ ଓ କିଛି ଭୁଜା ଆଣି ଖାଇବାକୁ ଯାଚିଲା। କିଶୋର ପ୍ରଥମେ ମନା କରିଥିଲେ; ପରେ ବାଳିକାର –"ନାହିଁ, ଖାଅ ନା, ମୁଁ ଆଣିଲି, ଖାଇବ ନାହିଁ ? ହଉ, ନ ଖାଅ", ଇତ୍ୟାଦି ବାକ୍ୟରେ ମୁଗ୍ଧ ହୋଇ କିଛି ଖାଇ, ଝରଣାର ଶୀତଳ ଜଳ ପାନ କରି ଶାନ୍ତ ହେଲେ। ବାଳିକାଟି ମୁଣ୍ଡ ପିଠି ଆଉଁସି ଦେଉଥାଏ। ତା ସଙ୍ଗରେ କିଶୋରଙ୍କର ଅନେକ କଥାବାର୍ତ୍ତା ହେଲା – ସେଥିରୁ ସେ ବୁଝିଲେ ଯେ, ତାହା ଡକାଏତ ଦଳପତିର ଘର। ଓଡ଼ିଶାର ସର୍ବତ୍ର ସେମାନଙ୍କ ଦଳ ଥିଲା। ସେମାନଙ୍କ ମଧ୍ୟରୁ ଅନେକେ ଧରାପଡ଼ି ଜେଲ୍ ଯାଇଅଛନ୍ତି। ଆଜିକାଲି ସେମାନଙ୍କ ଦଳ ପ୍ରାୟ ଆଠ ଦଶ ଜଣରୁ ବେଶି ହେବ ନାହିଁ। ସେମାନଙ୍କ ଦ୍ୱାରା ଯୁବକ ଆଘାତ ପ୍ରାପ୍ତ ହୋଇ ଗହଣା ଏବଂ ଘୋଡ଼ାଟି ହରାଇଅଛନ୍ତି। ତାଙ୍କର ସେଠାରେ ଖୁବ୍ ସାବଧାନରେ ରହିବା ଉଚିତ, ଦଳପତି ଜାଣି ପାରିଲେ ଉଭୟଙ୍କ ପ୍ରାଣହାନିର ସମ୍ଭାବନା। ବାଳିକାଟି ସେହି ଦଳପତିର ପାଳିତା କନ୍ୟା। ପ୍ରାୟ ତିନି ଚାରି ବର୍ଷ ହେବ – ରାଜା ପାରିଧିକୁ ତାଙ୍କ କନ୍ୟାଟିକୁ ସଙ୍ଗରେ ଆଣିଥିଲେ; ଜଙ୍ଗଲରେ କେଉଁଠି ହରାଇଲେ; ଖୋଜି ପାଇ ପାରିଲେ ନାହିଁ। ସେ ସେହି କନ୍ୟା।

ଦିନ ପରେ ଦିନ ଚାଲିବାକୁ ଲାଗିଲା। କ୍ରମେ କିଶୋରଚନ୍ଦ୍ରଙ୍କ କ୍ଷତ ଶୁଷ୍କ ହେଲାଣି; ଶରୀରରେ ବଳ ସଞ୍ଚାର ହେଲାଣି। ଏତେ ଦିନ ଚାଲିଗଲା, ତଥାପି ସୂର୍ଯ୍ୟ, ଚନ୍ଦ୍ର, ତାରକା ଗୁମ୍ଫିତ ଆକାଶ ସଙ୍ଗେ ସାକ୍ଷାତ ନାହିଁ। ଘରକଥା ମନେ ପଡ଼ିଲେ ଅନେକ ସମୟରେ ମନ ବଡ଼ ଘାଣ୍ଟି ହୁଏ। କିନ୍ତୁ ଯେତେବେଳେ ସେ ସେହି ବାଳିକାଟିର ମଧୁ ମିଶା ସସ୍ନେହ କଥା ଶୁଣନ୍ତି, ସୁସ୍ନିଗ୍ଧ ଆନନଶ୍ରୀ ଦେଖନ୍ତି, ତାଙ୍କର ଦୁଃଖ ଦୈନ୍ୟ, କୁଜ୍‌ଝଟିକା ସୂର୍ଯ୍ୟତାପରେ ଅପସାରିତ ହେଲା ପରି କୁଆଡ଼େ ଚାଲିଯାଏ। ବାଳିକାଟି ସେ ସ୍ଥାନ ପରିତ୍ୟାଗ କରି ଚାଲିଯିବାକୁ ତାଙ୍କୁ ଅନେକ ଥର କହିଲାଣି; କିନ୍ତୁ ସେ ତାକୁ ଛାଡ଼ି ଯିବାକୁ ନାରାଜ। ତାଙ୍କର ଇଚ୍ଛା, ତାକୁ ସଙ୍ଗରେ ନେଇଯିବେ। ସେ ନାହିଁ କରେ। ଦଳପତିକୁ ସେ ପିତା ବୋଲି ଜାଣେ, ତା ସହିତ କନ୍ୟା ପରି ବ୍ୟବହାର କରେ – ତାକୁ ଛାଡ଼ି କିପରି ଯିବ ? ତାକୁ କହିକରି ମଧ୍ୟ ଯାଇ ନ ପାରେ। ଏହିପରି ଦୁହେଁ ରହିଥାନ୍ତି, ଉଭୟ ଉଭୟଙ୍କ କଥାରେ ମୁଗ୍ଧ, ବ୍ୟବହାରରେ ସନ୍ତୁଷ୍ଟ। ଏହିପରି ଚଉଦଟି ଦିନ କଟିଗଲା।

ଦଳପତିକୁ ଏ ସବୁ ଅଜଣା। ସେ ସନ୍ଧ୍ୟା ପୂର୍ବରୁ ଆସେ, ଝିଅଟିକୁ କୋଳରେ ବସାଇ କେତେ ଗେଲ କରେ। ଝିଅ ସାମାନ୍ୟ ଯାହା ରାନ୍ଧିବାଢ଼ି ଆଣିଦିଏ, ଖାଏ, ଶୁଏ, ପୁଣି ସକାଳୁଁ ଉଠି ଚାଲିଯାଏ। ଦିନକର ବେଳ ପହରେ ଅଛି, ଦଳପତି ଆଘାତ ପ୍ରାପ୍ତ ହୋଇ ଆସି ଡାକିଲା – "ମା, ଶାରଦା, ମା, କ'ଣ କରୁଛୁ? ମୋ ମୁଣ୍ଡ ଆଜି ଗୋଟାଏ ଖୁଣ୍ଟରେ ପିଟି ହୋଇଗଲା, କନା ପୋଡ଼ା ଦେବି। ମା, ତୁ ଖାଉଛୁ? ଖାଉଥା, ମୁଁ ଆଣି ଦଉଛି।" ଏହା କହି, ହଠାତ୍ ଯାଇ, ଯେଉଁ ଘରେ କିଶୋର ଶାୟିତ ଥିଲେ, ସେ ଘରେ ପହଞ୍ଚିଲା। ବାଳିକାଟି କହୁଥାଏ, - "ନା, ବାପା, ଥାଉ, ତୁମେ ବସ, ମୁଁ ଆଣୁଛି।" ଏ କଥା ନ ଶୁଣି ଦଳପତି ସେ ଘରେ ପ୍ରବେଶ କରି ମନୁଷ୍ୟ ଘୁଙ୍ଗୁଡ଼ି ଶବ୍ଦ ଶୁଣି ପାରି ଚିତ୍କାର କଲା – "କିଲୋ ଶାରଦା, ଏ ଘରେ କିଏ?" ଶାରଦା ସେତେବେଳକୁ ଗଳଦ୍‌ଘର୍ମ ହୋଇ ସାରିଲାଣି, କିଶୋରଙ୍କ ନିଦ୍ରା ଭାଙ୍ଗିଗଲାଣି – ବିଷମ ସଙ୍କଟ ଉପସ୍ଥିତ। ଆଲୋକ ଅଣାଗଲା; ଦଳପତି ଓ କିଶୋର ମୁହାଁମୁହିଁ ହେଲେ। ଦଳପତି କହିଲା – "ଏ ତ ସେଇ ରେ; କିଏ ରେ ତୁ ଚୋର, ବଦମାସ୍, ଡକାଏତ୍, କିଏ ତୁ ମୋ ଘରେ?" କିଶୋର – "ମୁଁ ଚୋର ନୁହେଁ କି ଡକାଏତ୍ ନୁହେଁ; ଚୋର ଡକାଏତ୍ ଘରେ ରହିଅଛି ମାତ୍ର।"

ଦଳପତି – "ଦେଖାଯାଉ, ଆଜି ତତେ କିଏ ରଖିବ! ଏହିକ୍ଷଣି ମାରିବି, ନିଶ୍ଚୟ ମାରିବି।"

ଏପରି ସମୟରେ ଶାରଦା ଆସି ଦଳପତିର ଦୁଇ ପାଦ ଧରି ପଡ଼ି କହିବାକୁ ଲାଗିଲା – "ବାପା ସବୁ ଦୋଷ ମୋର; ମୁଁ ଆଣି ନଥିଲେ ସେ ମରି ଯାଇଥାନ୍ତେ, ମତେ ମାର ବାପା, ତାଙ୍କୁ ଛାଡ଼ି ଦିଅ; ତାଙ୍କର କିଛି ଦୋଷ ନାହିଁ; ବାପା, ତାଙ୍କୁ କିଛି କହ ନାହିଁ, ମାର ନାହିଁ।"

ଦଳପତି – "ତୁ କ'ଣ ନ କଲୁ! ସେ ସବୁ ସାରିବ, ମୁଁ ଧରାପଡ଼ି ମରିବି, ତୁ କୁଆଡେ ଯିବୁ? ତୁ କ'ଣ କଲୁ? ମତେ ଆଗରୁ ନ କହିଲୁ କାହିଁକି?"

ଶାରଦା – "ନାହିଁ ବାପା, ନାହିଁ, ସେ କିଛି କହିବେ ନାହିଁ। ତାଙ୍କୁ ଛାଡ଼ିଦିଅ, ମୋ ରାଣଟି, ଛାଡ଼ିଦିଅ। ସେ ଭଲ ଲୋକଟିଏ, ତାଙ୍କୁ କିଛି କହ ନାହିଁ, ମତେ ପଛକେ ମାର।"

ବାଳିକାଟି ଏହିପରି କେତେ ଅନୁନୟ କଲା। ଦଳପତିର ମନ ଟିକିଏ କିପରି ବିଗଳିତ ହେଲା ପରି ଦେଖାଗଲା। ଶେଷରେ କିଶୋରଚନ୍ଦ୍ର ସମସ୍ତ ବିଷୟ ଗୁପ୍ତ ରଖିବେ, ବିନ୍ଦୁ ବିସର୍ଗ କାହାକୁ ଜାଣିବାକୁ ଦେବେ ନାହିଁ ବୋଲି ଶପଥ କଲେ। ତାଙ୍କ ଆଖିରେ ଅନ୍ଧପୁଟୁଳି ବନ୍ଧାଗଲା, ରାତ୍ର ଦ୍ୱିପ୍ରହର ସରିକି ଅନେକ ବାଟ ବୁଲାଇ ବୁଲାଇ ତାଙ୍କୁ ଅରଣ୍ୟର ଏକ ପ୍ରାନ୍ତରେ ଛାଡ଼ି ଦିଆଗଲା।

(୨)

- ରାଜପରିବାରରେ ତୁମୂଳ ଆନ୍ଦୋଳନ ଲାଗିଅଛି। ପାରିଧି କରିବାକୁ ଯାଇ କିଶୋରଚନ୍ଦ୍ର ନିରୁଦ୍ଦେଶ ହୋଇଅଛନ୍ତି। ଜଙ୍ଗଲ, ଗ୍ରାମ, ସହର ଏକାଧିକ ଥର ଖୋଜା ଗଲାଣି। ଯେଉଁ ସାଙ୍ଗମାନେ ତାଙ୍କ ସଙ୍ଗେ ଯାଇଥିଲେ, ସେମାନେ କିଛି କହି ପାରୁ ନାହାଁନ୍ତି; ସେମାନଙ୍କ ଉପରେ ବଡ଼ ଅତ୍ୟାଚାର ହେଉଅଛି। କିଶୋରଙ୍କ ପିତା ମାତା ଅନାହାରରେ କଙ୍କାଳବିଶିଷ୍ଟ ହେଲେଣି। ଏହିପରି ଗୋଟିଏ ପକ୍ଷ ଅତୀତ ହେବାକୁ ବସିଲା। ଦିନେ ସକାଳେ ବେଳ ପ୍ରହରକ ସରିକି କିଶୋରଚନ୍ଦ୍ର ଆସି ପହଞ୍ଚିଗଲେ। ଶୁଷ୍କ ତରୁ କଅଁଳି ଗଲା। ତାଙ୍କର ବୃଦ୍ଧ ପିତା ମାତା ଆନନ୍ଦରେ ଅଧୀର ହେଉଅଛନ୍ତି। କେତେଲୋକ ଜମା ହୋଇ ପଡ଼ିଲେଣି। କିନ୍ତୁ ଯାହାଙ୍କ ନିମିତ୍ତ ଆଜି ଏତେ ଆନନ୍ଦର ଢେଉ ଖେଳୁଅଛି, ତାଙ୍କ ମୁଖରେ ପ୍ରସନ୍ନତା, ମନରେ ପ୍ରଫୁଲ୍ଲତା ନାହିଁ। ପଚାରିଲେ କହନ୍ତି – "ଚୋର ଡକାଏତଙ୍କ ହାବୁଡ଼ରେ ପଡ଼ିଥିଲି, ଅନେକ ବୁଲି ବୁଲି ଆସିଛି।" କେହି ତାଙ୍କୁ ଏ ବିଷୟରେ ବିଶେଷ ଅନୁରୋଧ କଲେ ନାହିଁ। ଏପରି କେତେ ଦିନ ଗଲା।

କିଶୋରଚନ୍ଦ୍ରଙ୍କ ବିବାହ ପ୍ରସ୍ତାବ ପଡ଼ିଲା। ଅନେକ ଜାଗାରୁ ଟିପଣା ଆସିଲା; ଶେଷରେ – ରେ ସମ୍ବନ୍ଧ ସ୍ଥିର ହେଲା। କିଶୋର କଟକରେ ରହି ଇଂରାଜୀ ଶିକ୍ଷା କରିଥିଲେ। ପାତ୍ରୀ ମଧ୍ୟ ଯୋଗ୍ୟା; ଅପୂର୍ବ ରୂପଲାବଣ୍ୟ ସମ୍ପନ୍ନା। କିନ୍ତୁ ତାଙ୍କର ବିବାହରେ ମନ ନାହିଁ। ସଙ୍ଗିମାନେ ପଚାରିଲେ କହନ୍ତି – "ମୁଁ ବିଭା ହେବି ନାହିଁ।" କେହି କାରଣ ପଚାରିଲେ, ସେ କିଛି ନ କହି ବିରକ୍ତ ହୁଅନ୍ତି। ତାଙ୍କର ପିତା ମାତା ତାଙ୍କର ଏପରି ଭାବ ଦେଖି ବଡ଼ ଦୁଃଖିତ ହେଲେ, ତାଙ୍କୁ ଅନେକ ବୁଝାଇ କହିଲେ। ସେ ଅନନ୍ୟୋପାୟ ହୋଇ ସମ୍ମତି ଦେଇଅଛନ୍ତି, କିନ୍ତୁ ମନରେ ସୁଖ ନାହିଁ। ଯେଉଁଠାରେ ବସିଲେ ଉପରକୁ ଚାହିଁ କ'ଣ ଭାବୁଥାନ୍ତି, ଏକାଧିକ ଥର କହନ୍ତି – "ଆହା ମନୁଷ୍ୟ ମନ କେଡ଼େ ଦୁର୍ବଳ ! ଭଗବାନ୍ ମାନବ ହୃଦୟକୁ ଆଉ ଟିକିଏ ସବଳ କରିଥାନ୍ତେ ଯଦି, ବଡ଼ ଭଲ ହୋଇଥାନ୍ତା।" କିନ୍ତୁ ତାଙ୍କ ମନର ଭାବ ମନରେ ରହେ। ମନେପଡ଼େ, ସେହି କୋମଳ ସ୍ନିଗ୍ଧ ମୁହଁଟି - ଦୁଃଖ ସମୟର, ଯାତନା ସମୟରେ ଆନନ୍ଦଦାୟୀ ସେହି ମୁହଁଟି – ଜଗତରେ ଅତୁଳନୀୟ ସେହି ମୁହଁଟି। ମନେପଡ଼େ – "ମୁଁ ଆଣିଲି, ଖାଇବ ନାହିଁ ? ହଉ ନ ଖାଅ" – କଥାଗୁଡ଼ିକ। ଆହା, କେଡ଼େ ମଧୁର, କେଡ଼େ କୋମଳ, କେଡ଼େ ସରଳ। ଜ୍ୟୋସ୍ନାବିମଣ୍ଡିତ ନାନା ପୁଷ୍ପପରିଶୋଭିତ ପ୍ରମୋଦୋଦ୍ୟାନର ବିରହ ସଙ୍ଗୀତ ତ ଏପରି ମଧୁର ହେବ ନାହିଁ। ମନେପଡ଼େ ସେହି – "ତାଙ୍କୁ ଛାଡ଼ିଦିଅ, ସେ ଭଲ, ସବୁ ଦୋଷ ମୋର, ତାଙ୍କୁ କିଛି କହ ନାହିଁ" –

କଥାଗୁଡ଼ିକ । ଆହା, କି ମଧୁର ସ୍ୱଭାବ, କିପରି ପ୍ରଗାଢ଼ ଅନୁରାଗ ! ଜଗତରେ, ଏହି ଆବର୍ଜନାପୂର୍ଣ୍ଣ ଜଗତରେ ଏହାର ତୁଳନା କାହିଁ ? ପୁଣି ମନେପଡ଼େ, ସେହି ସରଳ, ସୁଢ଼ଳ କମନୀୟ ଶରୀରଟି, ନିସର୍ଗ ଲାବଣ୍ୟମୟ ସେହି ଶରୀରଟି – ଯେପରି କି ଦୟା, ପ୍ରେମ, କୋମଳତା ଓ ଲାବଣ୍ୟର ଆକର । ଆଉ କି କେବେ ସେହି ଦୁଃଖ ସମୟର ସୁଖ ମିଳିବ ? ସତେ ଆଉ ଥରେ ସେ ସ୍ୱଭାବ, ସେ ବ୍ୟବହାରର ନିଦର୍ଶନ ମିଳିବ ? ନାହିଁ, ନାହିଁ, ଇହ ଜୀବନରେ ବୋଧହୁଏ ନୁହେଁ ।

ଶୁଭବିବାହ ଶୁଭଲଗ୍ନରେ ସମ୍ପନ୍ନ ହୋଇଅଛି । ମନୁଷ୍ୟ ମନର ଗତି ବଡ଼ ଚଞ୍ଚଳ, ବଡ଼ ଅସ୍ଥିର । କିଶୋରଙ୍କ ଭାବପରିବର୍ତ୍ତନ ମଧ୍ୟ ଘଟିଅଛି । ଉପଯୁକ୍ତ ସ୍ତ୍ରୀରତ୍ନ ଲାଭ କରି କିଏ ସୁଖୀ ନ ହେବ, କାହାର ଜୀବନର ମାର୍ଗ ଉଜ୍ଜ୍ୱଳ, ମଧୁମୟ ନ ହେବ ? ବିଷାଦର ପଟ ତାଙ୍କ ହୃଦୟରୁ ପ୍ରାୟ ଅନ୍ତର୍ହିତ ହୋଇଅଛି । ସମୟ ସମୟରେ ତାହାର ଛାୟା ମାତ୍ର ପଡ଼ିଥାଏ; ମନ ଟିକିଏ କିପରି ଗୋଳେଇ ଘାଣ୍ଟି ହୁଏ; କିନ୍ତୁ ତାହା କେବଳ କିଛିକ୍ଷଣ ନିମିତ୍ତ ।

(୩)

ସେ ପାନବାଲୀ । ତାହାର ଜନ୍ମସ୍ଥାନ କେହି ଜାଣି ନାହାନ୍ତି । ସେ କିଏ, କେଉଁଠାରୁ ଆସିଲା, ତାହା ମଧ୍ୟ ଲୋକଙ୍କୁ ଅଜଣା । ସେ କଟକ ବକ୍ସିବଜାର ଛକରେ ପାନ ବିକେ । ବକ୍ସିବଜାରରେ ନିଜର କୋଠାଘରଟିଏ କରିଅଛି । ସେ କାଶୀ, ପ୍ରୟାଗ, ଲକ୍ଷ୍ନୌ, କଲିକତା ବୁଲି ଆସିଅଛି; ଓଡ଼ିଆ, ଇଂରାଜୀ, ବଙ୍ଗଳା, ହିନ୍ଦୀ ବେଶ୍ ଜାଣେ; ଶାଲଧଡ଼ି, କମ୍ଫଟ୍ର, ମୋଜା ବୁଣିବାରେ ତା ସମାନ ଦେଖାଯାଇ ନାହିଁ । ସେ ସବୁ କାଶୀରେ ଶିଖିଅଛି ବୋଲି କହେ । ଫୁଲମାଳ ଗୁନ୍ଥିବାରେ ସେ ବଡ଼ ପ୍ରବୀଣ; ପାନ ଭାଙ୍ଗିବା, ଗୁଣ୍ଡି ତିଆରି କରିବା କଥା ଛାଡ଼ନ୍ତୁ ।

ରୂପ ତାହାର ଅନିନ୍ଦ୍ୟ, ସୌନ୍ଦର୍ଯ୍ୟ ତାହାର ଅନୁପମ, ବାକ୍ୟାଳାପ ତାହାର ଅତି ମଧୁମୟ, ଅତି ସରସ । ବିଧାତା ଯେପରି ଚନ୍ଦ୍ରକିରଣ ଜମାଟ କରି ପଦ୍ମର ଗନ୍ଧ ଓ ବର୍ଣ୍ଣ ଦେଇ ତାହାର ଶରୀରଟି ଗଠନ କରିଅଛନ୍ତି । ଚକ୍ଷୁ ଦିଓଟି ପଦ୍ମପତ୍ରରେ ଜଳବିନ୍ଦୁ ପରି ଢଳ ଢଳ - ଦନ୍ତପଂକ୍ତି ଯେପରି ଡାଳିମ୍ବ ମଞ୍ଜିଗୁଡ଼ିଏ ! ମୁହଁରେ ତାହାର ହସ, କଥାକଥାକେ ପରିହାସ, ଚାଲିଚଳନ ଓ ଚକ୍ଷୁପାତରେ ବିଟମାନଙ୍କର ସର୍ବନାଶ । କେହି ପଚାରିଲେ, ସେ କହେ – "ଚନ୍ଦ୍ର ହସେ, ସୂର୍ଯ୍ୟ ହସେ, ଫୁଲ ହସେ, ପତ୍ର ହସେ, ମୃତ୍ୟୁ, ଦୁଃଖ, ଦାରିଦ୍ର୍ୟ ମଧ୍ୟ ହସେ । ତେବେ ଆମେ ତୁମେ ନ ହସିବା କାହିଁକି ? ହସରେ ଜୀବନ ଅଛି, ସୁଖ ଅଛି, ମାଧୁରୀ ଅଛି । ଯେ ଯେତେ ଦେଖିପାରେ, ସେ ତେତିକି ହସେ । ନ ହସିବା ମୂଢ଼ତା, କପଟତା" ଇତ୍ୟାଦି । ବ୍ୟକ୍ତିବିଶେଷରେ ତା'ର

ଭାବ ମଧ୍ୟ ପରିବର୍ତ୍ତିତ ହୋଇଥାଏ। ସେ କାହା ନିକଟରେ ପିଲା ପରି, କାହା ନିକଟରେ ବୃଦ୍ଧା ପରି, କାହାରି କାହାରି ନିକଟରେ ମଧ୍ୟ ଯୁବତୀ ପରି ବ୍ୟବହାର କରେ। କିନ୍ତୁ ସମସ୍ତଙ୍କ ଆଗରେ ସେହି ହସ, ସେହି ପରିହାସମିଶା କଥା।

ଖୁବ୍ ସମ୍ଭ୍ରାନ୍ତ ବଡ଼ଲୋକମାନଙ୍କଠାରୁ ଆରମ୍ଭ କରି ସାମାନ୍ୟ ବଜାରୀ ପର୍ଯ୍ୟନ୍ତ ମଧ୍ୟ ତା ଦ୍ୱାରେ ଅତିଥି। କେହି ପାନ ପ୍ରଭୃତି କିଣିବା ନିମିତ୍ତ, କେହି ତା'ର କଥା ଶୁଣିବା ନିମିତ୍ତ, କେହି କେହି ମଧ୍ୟ ଅନ୍ୟ କେତେ ଆଶାରେ ଯାଇଥାନ୍ତି। ତାଠାରେ କିନ୍ତୁ ବଡ଼ଲୋକ ବୋଲି ଆଦର ନାହିଁ, ଛୋଟଲୋକ ବୋଲି ଉପେକ୍ଷା ନାହିଁ; ସମସ୍ତଙ୍କ ପ୍ରତି ଏକ ବ୍ୟବହାର। କେହି ତାକୁ ତାର ଜନ୍ମବୃତ୍ତାନ୍ତ ବା ବାସସ୍ଥାନ ବିଷୟ ପଚାରିଲେ, ସେ ଟିକିଏ ବିଷର୍ଣ୍ଣ ହୋଇ ବାହାନା କରି ଅନ୍ୟ କଥା ପକାଇ ବସେ। କେବଳ ଏଥିରେ ସେ ଟିକିଏ ଦୁଃଖିତ ହେଲା ପରି ଜଣାପଡ଼େ। କେହି ତାକୁ ତାର ବିବାହ ସମ୍ବନ୍ଧରେ କିଛି କହିଲେ, ସେ ରାଗି ଉଠେ। କେବଳ ଏତିକି ତାହାର ରାଗିବାର କାରଣ। ନଚେତ୍ ଅନ୍ୟ କୌଣସି ବିଷୟରେ ତା'ର ଦୁଃଖ ନାହିଁ, କ୍ରୋଧ ନାହିଁ, ସେହି ହସ।

ବୟସ ହେବ ତାହାର ଚବିଶ ପଚିଶ। ଦିନକେ ଦଶ ରକମର ବେଶ – ଚାକର ଚାକରିଆଣୀ ଖୁବ୍ ବେଶୀ। ଜିନିଷର ଦାମ୍ ତାଠାରେ ବଡ଼ ଚଢ଼ା – ପାନ ଖଣ୍ଡିକର ଦାମ୍ ଚାରି ପଇସା, ସେହିପରି ଅନ୍ୟ ସବୁ ଜିନିଷର। ତଥାପି ବିକ୍ରିର ଅଭାବ ନାହିଁ, ଖରିଦାରର ମଧ୍ୟ ଅଭାବ ନାହିଁ। ସବୁ ଜିନିଷ ସେ ଆପେ ବିକେ। ହୃଦୟ ତାହାର ଦୟାର ଆକାର; ମନ ତାହାର ବଡ଼ ପ୍ରଶାନ୍ତ, ବଡ଼ ଉଦାର। ଦୁଃଖୀ ରଙ୍କୀ ଯେତେ ଆସନ୍ତୁ, ପଇସା ଚାଉଳ ପାଇବେ। ନିଃସହାୟ ରୋଗୀମାନଙ୍କର ବୈଦ୍ୟ ଡାକ୍ତର ଖବର ସେ ଅନେକ ସମୟରେ ବହନ କରିଥିବାର ଶୁଣାଯାଏ।

ତା'ର ଆଚାର ବ୍ୟବହାର ଦେଖି ସମସ୍ତେ ମୁଗ୍ଧ, ସ୍ତମ୍ଭିତ, ବିସ୍ମିତ। ତା'ର ଉଦ୍ଦେଶ୍ୟ, ମନଭିତରର କଥା ସମସ୍ତଙ୍କୁ ଅଜଣା। ବର୍ଷ ପରେ ବର୍ଷ ଚାଲିଗଲା, କେହି କିଛି ଜାଣିପାରି ନାହାନ୍ତି। ସେ କେବଳ ଏତିକି କହେ ଯେ, ସେ ଓଡ଼ିଆଣୀ – ପିତାମାତା ତାର ଓଡ଼ିଆ – ବାସସ୍ଥାନ ତା'ର ଓଡ଼ିଶା। ଭାବନା ତା'ର ଅତି ଉଚ୍ଚ, ଅତି ମହତ୍, ଅତି ଅପୂର୍ବ। ସେ କହେ, – "ସମସ୍ତଙ୍କ ଜୀବନ ପରପାଇଁ ହେବା ଉଚିତ। ପର ନିମିତ୍ତ ବୃକ୍ଷରାଶି ଫଳପୁଷ୍ପଭରା, ନଦୀ ବହମାନା, ମଧୁମକ୍ଷିକାର ମଧୁ ଆହରଣ ଓ ଗୁଞ୍ଜନ, ପକ୍ଷୀମାନଙ୍କର ଗାନ। ଗୋଲାପରେ କୀଟ ଅଛି, ଚନ୍ଦ୍ରରେ କଳଙ୍କ ଅଛି, ବିରୁଡ଼ିଠାରେ ଦଂଶନ ଶକ୍ତି ଅଛି, ଜଗତରେ ଦୁଃଖ ଅଛି, ମନୁଷ୍ୟ ହୃଦୟରେ କପଟତା ପରଶ୍ରୀକାତରତା ଅଛି। ଆଖୁର ଫଳ ନାହିଁ, କିଂଶୁକର ଗନ୍ଧ ନାହିଁ, ଜଗତରେ ସର୍ବତ୍ର

ସୁଖ ନାହିଁ, ମାନବ ହୃଦୟରେ ସରଳତା, କୋମଳତା ଓ ଶୌର୍ଯ୍ୟର ସମାବେଶ ନାହିଁ – ସଂସାରରେ ସବୁ ଅପୂର୍ଣ୍ଣ। କିନ୍ତୁ ମନୁଷ୍ୟ ଚେଷ୍ଟା ଦ୍ୱାରା ମନ୍ଦଭାବ ଦୂର କରିପାରେ।"

ଓଡ଼ିଶାରେ ସର୍ବତ୍ର ସେ ପରିଚିତା – ଗ୍ରାମେ ଗ୍ରାମେ ତାହା କଥା ଆଲୋଚନା ହୋଇଅଛି। ତାର ଗୁଣଗ୍ରାମ ଶୁଣି ପାରି ଓଡ଼ିଶାର ନରପତିମାନେ ମଧ୍ୟ ତାହା ଦ୍ୱାରରେ ଅତିଥି ହୋଇଅଛନ୍ତି। ତା'ର ସେହି ଅଟଳ ଅଚଳ ବ୍ୟବହାରରେ କେହି ମୁଗ୍ଧ, କେହି ବିଷର୍ଣ୍ଣ ହୋଇ ଫେରି ଯାଇଅଛନ୍ତି। ଦିନକର ପାନବାଲୀ 'ଉତ୍କଳ-ଦୀପିକା' ରେ ତଳଲିଖିତ ବିଜ୍ଞାପନଟି ଦେଖିଲା –

ଗୋଟିଏ ସପ୍ତମବର୍ଷୀୟା ବାଳିକା ଓ ଗୋଟିଏ ପଞ୍ଚମବର୍ଷୀୟ ବାଳକ ନିମିତ୍ତ ଶିକ୍ଷୟତ୍ରୀ ଆବଶ୍ୟକ। ସେ ଓଡ଼ିଆ ଭଲ ଜାଣିଥିବେ, ଇଂରାଜୀ ଜ୍ଞାନ ସାମାନ୍ୟ ହେଲେ ମଧ୍ୟ ଚଳି ପାରେ। ସେ ଯେପରି ସିଲାଇ ଓ ସଙ୍ଗୀତ ଶିକ୍ଷା ଦେଇ ପାରନ୍ତି। ମାସିକ ବେତନ ଟ. ୫୦/- ଓ ସ୍ୱତନ୍ତ୍ର ଗୃହ ପାଇବେ। ଆଗାମୀ ଜୁଲାଇ ମାସ ୧୫ ତାରିଖ ମଧ୍ୟରେ ଦରଖାସ୍ତ ହସ୍ତଗତ ହେବା ଆବଶ୍ୟକ। ଇତି।

ଶ୍ରୀ କିଶୋରଚନ୍ଦ୍ର ଦେଓ

। କି।

୨୫/୦୬/୧୮୭୯

ଏହି ବିଜ୍ଞାପନଟି ପଢ଼ିଲା ଦିନୁ ପାନବାଲୀର ମନ ବଦଳି ଯାଇଅଛି। ପାନଭଙ୍ଗା ଓ ଫୁଲଗୁନ୍ଥାରେ ଆଉ ତେତେ ଆଦର ନାହିଁ। ଯାହା ତାହା ସଙ୍ଗରେ ଆଉ ସେ ଗଳ୍ପର ଲହରୀ ନାହିଁ। ଆଜିକାଲି ସେ ବଡ଼ ଗମ୍ଭୀର, ବଡ଼ ଧୀର। ମନରେ ତା'ର ଯେପରି କୌଣସି ଗୁରୁତର ଭାବର ଉଦୟ ହୋଇଅଛି।

(୪)

ପାନବାଲୀ ଆଉ କଟକ ଉଜ୍ଜ୍ୱଳ କରୁନାହିଁ – ସେ ବର୍ତ୍ତମାନ - ଗଡ଼ରେ। ତା ଦ୍ୱାରରେ ଆଉ ସେପରି ଜନସମାଗମ ନାହିଁ। ଦୁଃଖିମାନଙ୍କ କୋଳାହଳ ଆଉ ସେପରି ଚତୁର୍ଦ୍ଦିଗ ନିନାଦିତ କରୁନାହିଁ। ସେ ଘରେ କେବଳ କେତେ ଜଣ ଚାକର ରହିଅଛନ୍ତି। କଟକରେ ବଡ଼ ଗୋଟିଏ ଅଭାବବୋଧ ହେଉଅଛି। ଏକ ସମୟରେ ଥିଲା, ବର୍ତ୍ତମାନ ନାହିଁ – ସେହି ପାନବାଲୀ।

ଚନ୍ଦ୍ରକିରଣ ଯେଉଁଠାରେ ପଡ଼ିବ, ସେ ସ୍ଥାନ ଉଜ୍ଜ୍ୱଳ, ସୁନ୍ଦର; ଫୁଲ ଯେଉଁ ସ୍ଥାନରେ ଫୁଟିବ, ତାହା ମଧୁମୟ, ସୌରଭମୟ, କୋକିଳ ଯେଉଁ ସ୍ଥାନରେ ଗାଇବ, ସେ ସ୍ଥାନ ମର୍ମସ୍ପର୍ଶୀ, ହୃଦୟଗ୍ରାହୀ; ବସନ୍ତ ପବନ ଯେଉଁଠାରେ ବହିବ, ତାହା ଆନନ୍ଦମୟୀ। ପାନବାଲୀ ଯେଉଁ ସ୍ଥାନକୁ ଯିବ, ସେ ସ୍ଥାନ ଉଜ୍ଜ୍ୱଳ କରିବ, ମଧୁମୟ,

ସୌରଭମୟ କରିବ – ଗଡ଼ ଆଜି ତାହା ହୋଇଅଛି । କିନ୍ତୁ ତାହାର ସେ ପାନ ବ୍ୟବସାୟ ଆଉ ନାହିଁ । ଖୁସିବାସି ଗନ୍ଧ ଆଉ ସେତେ ନାହିଁ; ସେ ଅଧିକାଂଶ ସମୟ କିଶୋରଚନ୍ଦ୍ରଙ୍କ ଘରେ ବ୍ୟାପୃତ । କୁମୁଦ ଓ ଶଶୀ (ତାହାର ଛାତ୍ର ଓ ଛାତ୍ରୀଙ୍କ ନାମ) ବର୍ତ୍ତମାନ ତାହାର ସର୍ବସ୍ୱ । ସେ ସେମାନଙ୍କୁ ପଢ଼ାଏ, ଖେଳାଏ, ବୁଲାଏ । ଶାରଦାଙ୍କୁ (କିଶୋର ଏହି ନାମରେ ତାଙ୍କ ସ୍ତ୍ରୀଙ୍କୁ ଡାକନ୍ତି) ସିଲାଇ ଓ ସଙ୍ଗୀତ ଶିକ୍ଷା ଦିଏ । କୁମୁଦ ଓ ଶଶୀ ତାକୁ ଜନନୀ ଅପେକ୍ଷା ଅଧିକ ଭଲ ପାଆନ୍ତି । ଶାରଦା ତାଙ୍କୁ ବଡ଼ଭଉଣୀ ପରି ଜ୍ଞାନ କରନ୍ତି । କିଶୋର ମଧ୍ୟ ତାକୁ ଭକ୍ତି କରନ୍ତି, କେତେକ ଗୁରୁତର ବିଷୟର ମୀମାଂସା ତାହାଠାରୁ କରି ନିଅନ୍ତି । କିନ୍ତୁ ତାକୁ ଦେଖିଲା କ୍ଷଣି ସ୍ୱତଃ କାହିଁକି ତାଙ୍କ ମନେପଡ଼େ ସେହି ବାଳିକାଟି – ତାଙ୍କ ଦୁଃଖ ଶୋକ ସମୟର ସାନ୍ତ୍ୱନାରୂପିଣୀ ସେହି ବାଳିକାଟି ।

କିଶୋରଚନ୍ଦ୍ର ରାଜାଙ୍କର ଖୁଡ଼ୁତାପୁଅ ଭାଇ । ରାଜାଙ୍କର ସେ ବଡ଼ ବିଶ୍ୱସ୍ତ । ପାନବାଲୀ କିଶୋରଙ୍କ ଘରକୁ ଆସିବାର କିଛିଦିନ ପରେ ରାଜା ତାଙ୍କ ଉପରେ ବିରକ୍ତ ହୋଇଅଛନ୍ତି । କେତେ ବିଶ୍ୱସ୍ତ ଅନୁଚର ଦ୍ୱାରା ପାନବାଲୀକୁ ରାଜନଅରକୁ ଅଣାଇବା ନିମିତ୍ତ କିଶୋରଙ୍କୁ କହି ପଠାଇଲେଣି; ସେ କିନ୍ତୁ ନିତାନ୍ତ ନାରାଜ । ରାଜପୁରୁଷମାନଙ୍କ କଥା ତଳେ ପଡ଼ିବାର ନୁହେଁ; ପଡ଼ିଲେ ସେମାନେ ବଡ଼ ବିରକ୍ତ ହୋଇ ଦୋଷୀର ସର୍ବନାଶର ଚେଷ୍ଟା କରିଥାନ୍ତି । କିଶୋରଙ୍କୁ ଆଉ ରାଜପୁରରୁ ଡକରା ଆସେ ନାହିଁ । ଜନରବରୁ ଶୁଣାଗଲା – କିଶୋରଙ୍କ ଉପରେ ରାଜା ବଡ଼ ବିରକ୍ତ । ଏମନ୍ତ ବି, ତାଙ୍କର ପ୍ରାଣହାନୀର ମଧ୍ୟ ସମ୍ଭାବନା । ପାନବାଲୀ ସଂସାରରେ ନିଜର ବୋଲି କାହାକୁ ଜାଣି ନଥିଲା । ଗଡ଼କୁ ଆସି ଏହି ପରିବାର ସଙ୍ଗରେ ତାହାର କିପରି ଘନିଷ୍ଠ ସମ୍ବନ୍ଧ, କିପରି ଅଚ୍ଛେଦ୍ୟ ବନ୍ଧନ ଜାତ ହୋଇଅଛି । ଆଜି ପର୍ଯ୍ୟନ୍ତ ତାହାର ପ୍ରାଣ ଜଗତର ଚାରିଆଡ଼େ ବାୟୁବତ୍ ଅବାଧରେ ବିଚରଣ କରୁଥିଲା । ଆଜି ତାହା ଅନେକାଂଶରେ ଆବଦ୍ଧ । ଆଜି ପର୍ଯ୍ୟନ୍ତ ସଂସାରର ସୁଖ ଦୁଃଖକୁ ସେ ନିଜର ପରି ମନେ କରୁଥିଲା । ଆଜି ତାହାର ହୃଦୟ ଗୋଟିଏ ପରିବାର ପ୍ରତି ବିଶେଷ ଭାବରେ ସଂଶ୍ଳିଷ୍ଟ । ପାନବାଲୀ ଏହି ଜନରବ ଶୁଣି ପାରିଲା । ଯାଇ କିଶୋରଙ୍କୁ କହିଲା, - "ଏଠାରେ ଆଉ ରହିବାର ନୁହେଁ; ରହିଲେ ଏକ ସମୟରେ ସର୍ବନାଶ ହେବ । ଆପଣଙ୍କ ଜିନିଷପତ୍ର ନେଇ ଚାଲନ୍ତୁ, କଟକରେ ମୋ କୋଠାରେ ରହିବେ ।" କିଶୋର ପ୍ରଥମେ ଅସମ୍ମତ ପ୍ରକାଶ କରିଥିଲେ । କିନ୍ତୁ ଯେତେବେଳେ ଆସନ୍ନ ବିପଦ ପ୍ରକୃତ ଭାବରେ ଦେଖି ପାରିଲେ ଏବଂ ପାନବାଲୀର ମନ୍ତ୍ରଣା ଶ୍ରେୟସ୍କର ବୋଲି ଜାଣି ପାରିଲେ, ସେହି ପ୍ରସ୍ତାବରେ ସମ୍ମତି ଦେଲେ ।

(୫)

କିଶୋରଙ୍କ ପରିବାର କଟକ ଆସି ପାନବାଲୀ ଘରେ ରହିଅଛନ୍ତି। ପାନବାଲୀର କଟକରେ ମଧ୍ୟ ସେ ପୂର୍ବାବସ୍ଥା ନାହିଁ। ଆଉ ସେ ପାନର ବ୍ୟବସାୟ ନାହିଁ। ଗରିବ କାଙ୍ଗାଳମାନେ ଆସିଲେ କେବଳ ପଇସା ଚାଉଳ ପାଆନ୍ତି। କୁମୁଦ ଓ ଶଶୀ ପାନବାଲୀଠାରେ ବଡ଼ ଅନୁରକ୍ତ। ଶାରଦା ପାଲବାଲୀଠାରୁ କାଶୀର କଥା, କଲିକତାର କଥା ଶୁଣନ୍ତି, ସଙ୍ଗୀତ ଶିଖନ୍ତି। କିଶୋରଙ୍କ ବିଷୟ ସମ୍ପତ୍ତି ବୁଝିବା ନିମିତ୍ତ ଗଡ଼ରେ ଜଣେ ଗୁମାସ୍ତା ରଖାଗଲା। ପାନବାଲୀର ଅସୁମାର ସମ୍ପତ୍ତି। କିଏ ସେହି ସମ୍ପତ୍ତିର ଅଧିକାରୀ ହେବ, କେହି କିଛି ଜାଣେ ନାହିଁ। କିଶୋରଙ୍କ ମନରେ ବଡ଼ ସନ୍ଦେହ ଉପସ୍ଥିତ ହେଲା। ଯାହାକୁ ସେ ମାସିକ ଟ୫୦ଙ୍କା ବେତନରେ ଶିକ୍ଷୟିତ୍ରୀ ନିଯୁକ୍ତ କରିଥିଲେ, ତାହାର ପରିବାର ଉପରେ ଏତେ ଅନୁରାଗର କାରଣ କ'ଣ? ଯାହାର ଏତେ ସମ୍ପତ୍ତି, ସେ ବା କାହିଁକି ସେପରି ଅକିଞ୍ଚିତ୍କର କାର୍ଯ୍ୟ ଗ୍ରହଣ କରିଥିଲା? ଏ କ'ଣ ସେହି ଶାରଦା – ତାଙ୍କ ହୃଦୟର ସେହି ଲୁପ୍ତ ରତ୍ନ? ଏହା ପୂର୍ବରୁ ସେ କେତେ ଥର ତାକୁ ତା'ର ବୃତ୍ତାନ୍ତ ପଚାରିଲେଣି। ସେ ଏସବୁ ଶୁଣି ନ ଶୁଣିଲା ପରି ଚାଲିଯାଏ, ଅନ୍ୟ କଥା ପକାଏ। ଏହିପରି କ୍ରମେ କ୍ରମେ ପାଞ୍ଚୋଟି ବର୍ଷକାଳ କାଳଗର୍ଭରେ ପତିତ ହେଲାଣି।

ଦିନ ଯେତେ ଯିବାକୁ ଲାଗିଲା, କିଶୋରଙ୍କ ମନର ଧାରଣା ତେତେ ବଦ୍ଧମୂଳ ହେବାକୁ ବସିଲା। ପାନବାଲୀ ଯେ ତାଙ୍କର ସେହି ଶାରଦା, ସେ ବିଷୟରେ ଆଉ ସନ୍ଦେହର କାରଣ ନାହିଁ। ଚାବି ଖୋଲିଗଲେ, ଘରଭିତରର ସମସ୍ତ ପଦାର୍ଥ ସହଜରେ ଦେଖାପଡ଼େ। କିଶୋର ଯେତେବେଳେ ଜାଣି ପାରିଲେ ଯେ ପାନବାଲୀ ତାଙ୍କର ସେହି ଶାରଦା, ସେ କାହିଁକି ତାଙ୍କ ଘରେ ଶିକ୍ଷୟିତ୍ରୀ କାର୍ଯ୍ୟ ଗ୍ରହଣ କରିଥିଲା, କିପରି ସେ ଏତେ ଧନ ସମ୍ପତ୍ତିର ଅଧିକାରିଣୀ, କାହିଁକି ତାହା ବିଷୟ ଗୋପନ ରଖିଅଛି ଏବଂ ତାହାର ପିତୃଗୃହକୁ ଯାଇ କାହିଁକି ତାହାର ପରିଚୟ ନ ଦେଇଅଛି, ଏ ସମସ୍ତ ବୁଝିବାକୁ ତାଙ୍କର ଆଉ ବାକି ରହିଲା ନାହିଁ। ଚତୁରୀ ପାନବାଲୀ ମଧ୍ୟ କିଶୋରୀଙ୍କ ମନୋଭାବ ବୁଝି ପାରିଅଛି। ସେହିଦିନଠାରୁ କିଶୋରଙ୍କ ପ୍ରତି ତାହାର ବ୍ୟବହାର ବଡ଼ ଗମ୍ଭୀର। କିଶୋର ସାହସ କରି ଏସବୁ ବିଷୟ ତାକୁ ପଚାରି ପାରୁ ନାହାନ୍ତି।

ପରର ଦୁଃଖ କିମ୍ବା କଷ୍ଟ ଦେଖିଲେ ପାନବାଲୀର ମନ ବଡ଼ ଅଥୟ ହୁଏ। ଯେକୌଣସି ପ୍ରକାରେ ସେ ଦୁଃଖ ଅପନୋଦନ ନ କଲେ ତା'ର ଶାନ୍ତି ନାହିଁ। ବର୍ଷେ କଟକରେ ବିସୂଚିକା ରୋଗ ବଡ଼ ପ୍ରବଳ ହେଲା। ଦୈନିକ ମୃତ୍ୟୁ ସଂଖ୍ୟା ପ୍ରାୟ ଚାଳିଶ ପଚାଶରୁ ଊଣା ହେବ ନାହିଁ। ପାନବାଲୀ ସେ ସମୟରେ ଗୋଟିଏ ପରିଚାରିକା

ସଙ୍ଗରେ ଘେନି ବୁଲୁଥାଏ - ଅତି ଅଳ୍ପ ସମୟ ଘରେ ଥାଏ। କାହା ନିମିତ୍ତ ବୈଦ୍ୟ ଡାକ୍ତର ଡକାଇ ପଠାଏ, କାହାକୁ ଜଳ ଦିଏ, ଉତ୍ତମ ବିଛଣା କରାଇ ଘର ପରିଷ୍କାର କରାଇଦିଏ। ଏପରି କେତେଦିନ ଗଲା, ବିସୂଚିକା କଟକରୁ ପ୍ରାୟ ଛାଡ଼ିଗଲାଣି - ଯାହା ଅଛି ସାମାନ୍ୟ। ହଠାତ୍ ଦିନେ ପାନବାଲୀର ବିସୂଚିକା ହେଲା। କେତେ ଡାକ୍ତର ବୈଦ୍ୟ ଲାଗିଲେ, କିଛି ହେଲା ନାହିଁ। ଦୁଇ ଘଣ୍ଟା ପରେ ମୃତ୍ୟୁ! ଜଗଦୀଶ୍ୱରଙ୍କ ନିୟମ ଅଜ୍ଞେୟ। ଯେଉଁ ଜୀବନ ଶତ ଶତ ସହସ୍ର ସହସ୍ର ଜୀବନର ସମ୍ବଳ ଥିଲା, ତାହା ଚାଲିଗଲା। କୁମୁଦ ଓ ଶଶୀଙ୍କର ଦୁଃଖର ସୀମା ନାହିଁ, ଶାରଦା ହତଚେତନା, କିଶୋରଙ୍କ ମନର ଭାବ ବିକୃତ। ସହସ୍ର ସହସ୍ର କାଙ୍ଗାଳି ରୋଦନ କରୁଅଛନ୍ତି। କଟକରେ ସର୍ବତ୍ର ହାହାକାର! କ'ଣ ହେଲା! ଗଛପତ୍ର କାନ୍ଦୁଅଛି।

ପାନବାଲୀ ଇହଧାମ ପରିତ୍ୟାଗ କଲା; ତା'ର ବିଷୟ ସମ୍ପତ୍ତି କ'ଣ ହେବ? ନାଉଆରସୀ ସମ୍ପତ୍ତି ସରକାରଙ୍କ ହସ୍ତକୁ ଯିବ ସିନା! ସରକାରଙ୍କ ତରଫ ଲୋକ ପାନବାଲୀର ଘର ଜଗିଲେ। ଟଙ୍କା ପଇସା ସୁନା ରୂପା ଗହଣାର ହିସାବ ନିଆଗଲା। ଶେଷରେ ପାନବାଲୀର ହାତବାକ୍ସ ଖୋଲି ଦେଖାଗଲା – ତହିଁରେ ଇଂରାଜୀରେ ଲେଖା ଖଣ୍ଡେ କାଗଜ - ପାନବାଲୀର ନିଜ ହାତଲେଖା। ସେଥିରେ ଲେଖାଥିଲା - ପାନବାଲୀର ସମସ୍ତ ସମ୍ପତ୍ତିର ଅର୍ଦ୍ଧେକ କିଶୋରଚନ୍ଦ୍ର ଦେଓଙ୍କ ପୁତ୍ର କୁମୁଦବନ୍ଧୁ ପାଇବେ, ଏକ ଚତୁର୍ଥାଂଶ ତାଙ୍କ କନ୍ୟା ଶଶୀତାରା ଦେବୀ ପାଇବେ ଏବଂ ଅବଶିଷ୍ଟ ଚତୁର୍ଥାଂଶ ଦାତବ୍ୟ ଚିକିତ୍ସାଳୟକୁ ଦିଆଯିବ। ଫଳରେ ସେହିପରି କରାଗଲା।

ଉତ୍କଳ ସାହିତ୍ୟ, ୧୭/୧୨, ଚୈତ୍ର, ୧୩୨୧ (୧୯୧୩-୧୪)

ଜାତୀୟତା

ମୁଁ କଲିକତା ବର୍ନ କମ୍ପାନୀର ଅଫିସର ଜଣେ କିରାନି। ବାବୁଆନୀଟା ଦେଖାଇବାକୁ ଖୁବ୍ ଇଚ୍ଛା କିନ୍ତୁ ପାରେ ନାହିଁ। ପ୍ରତିଦିନ ୧୦ଟା ଠାରୁ ରାତ୍ର ୮ଟା କି ୯ଟା ପର୍ଯ୍ୟନ୍ତ ଅଫିସଘରେ ବସି ରହିଥାଏଁ, ବାହାରକୁ ବାହାରିବାର ଅବସର ନାହିଁ। ରାତ୍ରରେ ବସାକୁ ଫେରି ଖାଇପିଇ ଶୋଇପଡ଼େ। ରବିବାରରେ ମଧ୍ୟ ସମ୍ପୂର୍ଣ୍ଣ ଅବସର ମିଳିପାରେ ନାହିଁ। ମନେ ମନେ ମୋର ଶିକ୍ଷାକୁ କେତେ ଧିକ୍କାର ଦିଏ, ବାପା ମା ଅଭିଭାବକମାନଙ୍କୁ କେତେ ଗାଳି ଦିଏଁ। ଏତେ ଶୀଘ୍ର ପଢ଼ାପଢ଼ି ଛାଡ଼ିଦେଇ ନଥିଲେ, ମୋର କାହିଁକି ଏପରି ଅବସ୍ଥା ହୁଅନ୍ତା !

ଦରମା ଯାହା ପାଏଁ, ବସାଖର୍ଚ୍ଚ ଘରଭଡ଼ା ଇତ୍ୟାଦି ଦେଇ କିଛି ହାତରେ ରଖି ମାସକୁ ମାସ ବାକିତକ ଘରକୁ ପଠାଇଦିଏଁ। ଘରେ ଚାରି ପାଞ୍ଚ ପ୍ରାଣୀ ମୋ ବେକରେ ବନ୍ଧା। ଏପରି ଭାବରେ ମୋ ଜୀବନ ଅତିବାହିତ ହେଉଥାଏ। କଲିକତାର ସୁଖସ୍ୱାଚ୍ଛନ୍ଦ୍ୟ ମୋ ନିକଟରେ ଆକାଶକୁସୁମ। କଲିକତାର ବାବୁଆନୀ ଦେଖାଣି ମୋ ନିକଟରେ ଘର ପେଡ଼ିଲୁଗା। ପେଡ଼ିଲୁଗା ସମୟ ସମୟରେ ପଦାକୁ ବାହାରେ, ମୋର ତାହା ମଧ୍ୟ ନଥିଲା। ବର୍ଷକେ ଥରେ ଆମ୍ଭମାନଙ୍କର ଛୁଟି ହୁଏ – ସେ ସେହି ବଡ଼ଦିନ ବନ୍ଦକୁ, ତାହା ପୁଣି ଦଶବାର ଦିନରୁ ବେଶି ନୁହେଁ। ସେହି ସମୟକୁ ସାହେବ – ସୁବାଙ୍କୁ ଖୋଷାମଦ କରି ଆଉ କେତୋଟି ଦିନ ବନ୍ଦ ସଙ୍ଗେ ଯୋଗ କରି ନେଇ ଘରକୁ ଆସେଁ।

ଘରକୁ ଫେରିବା ସମୟରେ ବାବୁଆନୀ ଦେଖାଇବାର ପିପାସା ବହୁପରିମାଣରେ ମେଣ୍ଟିଯାଏ। ସେ ଦିନ ମୋଜା, ଜୋତା, କୋଟ୍, କମିଜ୍, ଘଡ଼ି, ଚେନ୍, ବାଡ଼ିର ଅଭାବ ରହେ ନାହିଁ। ଦର୍ପଣରେ ମୁହଁଟି ଭଲକରି ଦେଖିନେଇ କଙ୍କତିକା ସାହାଯ୍ୟରେ ମସ୍ତକର ତୈଳଚର୍ଚିତ ଉନ୍ନତାନତ ସୁଦୃଶ୍ୟ କେଶପଂକ୍ତି ଶ୍ରେଣୀବଦ୍ଧ କରିନିଏଁ। ପ୍ରତି

ମାସର ସଞ୍ଚିତ ଅର୍ଥ ସାହାଯ୍ୟରେ କେତେକ ବିଳାସ ସାମଗ୍ରୀ, ମିଷ୍ଟାନ୍ନ ଓ ଫଳ ହଗ୍ ମାର୍କେଟରୁ କିଣି ପେଡ଼ି ପେଟରା ଠିକ୍ କରି ଦିନକ ପୂର୍ବରୁ ସଜାଡ଼ି ରଖି ଦେଇଥାଏଁ।

ଗତ ବଡ଼ଦିନୁ ବନ୍ଦକୁ ସବୁ ଠିକ୍‌ଠାକ୍ କରି ସକାଳ ଦଶଟା ଗାଡ଼ିରେ ଗୃହାଭିମୁଖରେ ବାହାରିଲି। ଗାଡ଼ି ଛାଡ଼ିବାର ପ୍ରାୟ ଦୁଇ ଘଣ୍ଟା ପୂର୍ବରୁ ମୁଁ ଟିକିଟି କରି ବସି ରହିଥାଏଁ। ଗାଡ଼ି ପ୍ଲାଟଫର୍ମ ନ ଛାଡୁଣୁ ସର୍ବାଗ୍ରେ ଯାଇ ଗାଡ଼ି ଭିତରେ ହାଜର। କ୍ରମେ କ୍ରମେ କେତେ ଲୋକ ଆସିଲେ, ଗାଡ଼ି ଜନକୋଳାହଳପୂର୍ଣ୍ଣ ହୋଇଗଲା। ଗାଡ଼ିଚାଳକ ଉପରେ ମୋର ବଡ଼ରାଗ ହେଉଥାଏ, ଶୀଘ୍ର ଗାଡ଼ି ଛାଡୁ ନାହିଁ କାହିଁକି ?

ମୁଁ ଏତେବେଳଯାଏ ଗାଡ଼ି ଭିତରେ ଏକାକୀ ବସି ରହି ପରଦିନ ଘରର ସୁନ୍ଦର ମଧୁମୟ ଚିତ୍ରଟି ମନ ମଧ୍ୟରେ ଆଙ୍କୁଥିଲି। ସେ ଭାବନାରେ ଯେ କିପରି ସୁଖ ଅନୁଭବ କରୁଥିଲି ବର୍ତ୍ତମାନ ସୁଦୂର ପ୍ରବାସରେ ରହି ଯଦି କେବଳ ସେହି ଭାବନା ଟିକକ ଆଣି ପାରୁଥାନ୍ତି, ତାହାହେଲେ ମୋ ଜୀବନ ଅନ୍ୟ ପ୍ରକାର ହୁଅନ୍ତା, ବର୍ତ୍ତମାନ ଘରର ଭାବନାରେ ଦୁଃଖ ଛଡ଼ା ସୁଖ ଆସୁନାହଁ। ଦିନ ଗଣି ପୁଣି ବଡ଼ଦିନ ଆଡ଼କୁ ଚାହିଁବାକୁ ମଧ୍ୟ ସାହସ ଧୈର୍ଯ୍ୟ ଅଣ୍ଟୁ ନାହିଁ। ଥାଉ ସେ ସବୁ।

କାଲି ଏତେବେଳକୁ କେତେ ହାସ୍ୟମୟ ମୁଖ ଦେଖି ସୁଖୀ ହେଉଥିବି; କେତେ ବାଲ୍ୟବନ୍ଧୁ ଆସି ମୋ ସଙ୍ଗେ ଦେଖା ସାକ୍ଷାତ୍ କରୁଥିବେ ମୁଁ କାହାକୁ ମଧୁର ଆଳାପରେ, କାହାକୁ ମିଷ୍ଟାନ୍ନ ଓ ଏସେନ୍‌ସ ଦାନଦ୍ୱାରା, କାହା କାହା ଆଗରେ ମଧ୍ୟ କଲିକତାର ସୁନ୍ଦର ସୁଦୃଶ୍ୟ ଚିତ୍ର ବର୍ଣ୍ଣନା କରି ସନ୍ତୁଷ୍ଟ କରୁଥିବି। ମୁଁ ଏପରି କେତେ ସୁଖସ୍ୱପ୍ନ ଦେଖି ମନପ୍ରାଣକୁ ତନ୍ମୟ ଓ ମୁଗ୍ଧ କରୁଅଛି, ଏପରି ସମୟରେ ହଠାତ୍ ଅନେକ ଲୋକ ମୋ କୋଠରୀ ମଧ୍ୟରେ ପ୍ରବେଶ କଲେ। ଯାତ୍ରୀମାନଙ୍କର କୋଳାହଳ, ପେଟରା ବୋକଚା ନେଇ କୁଲିମାନଙ୍କର ଇତସ୍ତତଃ ଗମନାଗମନ ମୋର ସୁଖସ୍ୱପ୍ନ ଭାଙ୍ଗି ଦେଇଥିଲା। କିଛି ସମୟ ପରେ ସମସ୍ତେ ଧୀର ସୁସ୍ଥିର ହୋଇ ବସିଲେ। କ୍ରମେ କ୍ରମେ ଆସିଗାଡ଼ି ଛାଡ଼ିବାର ସମୟ ହେଲା। ଷ୍ଟେସନର କୋଳାହଳ କ୍ରମେ ବନ୍ଦ ହୋଇ ଆସିଲା।

ମୁଁ ଏତେବେଳଯାଏ ଧୀର ସୁସ୍ଥିର ଅଥଚ ଗମ୍ଭୀର ଭାବରେ ବସିଥିଲି ଗାଡ଼ି ଛାଡ଼ିବା ପରେ ଚାହିଁ ଦେଖିଲି ଯେ ମୋର ଦୁଇପାର୍ଶ୍ୱରେ ଦୁଇ ଜଣ ଭଦ୍ରଲୋକ ବସିଗଲେଣି; ଆକାର ପ୍ରକାର ଦେଖିଲେ ବଙ୍ଗଦେଶୀୟ ବୋଲି ମନେହେବ। ମୁଁ ସେ ସମୟରେ ମୋର ଅଙ୍ଗପ୍ରତ୍ୟଙ୍ଗକୁ ଟିକିଏ ଭଲ ଭାବରେ ଦେଖିନେଲି। ନିଜର ପୋଷାକ ପରିଚ୍ଛଦ ଦେଖି ମନରେ ବେଶ ଏକପ୍ରକାର ଦମ୍ଭ ଆସିଲା। ମୁଁ ପ୍ରଥମେ ବଙ୍ଗ ଭାଷାରେ ସେମାନଙ୍କୁ ସାଦର ସମ୍ଭାଷଣ କଲି।

ଆମ୍ଭମାନଙ୍କ ପାଖ ବେଞ୍ଚମାନଙ୍କରେ ଅନେକ ଉତ୍କଳୀୟ ଚାକର ଓ କୁଲି ବସିଥିଲେ। ସେମାନେ ପାନ ଖାଇ ଗାଡ଼ିର ବେଞ୍ଚ ଓ କାନ୍ଥର ସ୍ଥାନେ ସ୍ଥାନେ ଚୂନ ବୋଳି ଦେଉଥାନ୍ତି। ଡ଼, ଳ ଓ ଣ ବର୍ଣ୍ଣ ମିଶ୍ରିତ ସେମାନଙ୍କ ଭାଷା ମୋତେ ବଡ଼ ଅପ୍ରୀତିକର ବୋଧ ହେଉଥାଏ। ଗାଡ଼ି ଛାଡ଼ିଦେଲା – ସଙ୍ଗେ ସଙ୍ଗେ ସେମାନେ ଖଞ୍ଜଣୀବାଦ୍ୟ ସହିତ ଗୀତ ଆରମ୍ଭ କରିଦେଲେ। ମନେମନେ ମୋର ବଡ଼ ରାଗ ହେଉଥାଏ – ଏଭଳି ଅପଦାର୍ଥଗୁଡ଼ାଙ୍କର ସଂସାରରେ ଜନ୍ମ ହୁଏ କାହିଁକି ? ଏମାନେ ପୁଣି ମୋ ଜାତି, ଭଦ୍ରସମାଜରେ ଏଗୁଡ଼ାକଙ୍କ ସଙ୍ଗେ ମୋର କୌଣସି ପ୍ରକାର ସମ୍ପର୍କ ଚିହ୍ନାଇବା ମୋ ପକ୍ଷରେ କେତେଦୂର ନିନ୍ଦାଜନକ ନ ହେବ! ମୁଁ ଏହିପରି ଭାବୁଅଛି, ଏପରି ସମୟରେ ମୋର ନବପରିଚିତ ବନ୍ଧୁ ଦିଓଟି ମଧ୍ୟରୁ ଜଣେ କହି ବସିଲେ – "ମହାଶୟ, ଉଡ଼େଗୁନା ବଡ଼ ଅପଦାର୍ଥ ଜାତି, ଓରା ଯେଖାନେ ବସବେ, ସେଖାନେ ଚୂନେର ଦାଗ ନା ଦିଏ ଛାଡ଼ବେ ନା – ଓଦେର ଭାଷା ଅବାର କି ରକମ – କହେ କି – 'ଗୁଣ୍ଡୁଚି ମୂଷା' ଏର ଅର୍ଥଟା ଯେ କି ଆମି ଏପର୍ଯ୍ୟନ୍ତ ବୁଝ୍‌ଲାମନା।" ଏକଥା ଶୁଣି ମୋର ପୂର୍ବ ରାଗ ଶତେଗୁଣ ବଢ଼ିଗଲା। ମୁଁ କହି ପକାଇଲି – "ବାସ୍ତବିକ, ବାସ୍ତବିକ, ଓରା ଓଇ ରକମ। ଓଦେର ଆବାର ଭାଷା, ଆଜକାଲ୍ ସଭ୍ୟତାର ଓରା ଏକେବାରେ ଧାରଇ ଧାରେ ନା।" ଅପର ଭଦ୍ରଲୋକଟି ଏତେବେଳଯାଏ ଆମ୍ଭ ଦୁଇଜଣଙ୍କ କଥା ଶୁଣୁଥିଲେ। ମୋ କଥା ଶୁଣି ଟିକିଏ କାହିଁକି ହସିଦେଲେ। ସେ ହସଟିକକ ଯେପରି ମୋ ହୃଦୟ ଭିତରେ ଏପର୍ଯ୍ୟନ୍ତ ଲାଗି ରହିଅଛି।

ମୋର ଅପର ବନ୍ଧୁଟି ତାଙ୍କର ଓଡ଼ିଆ-କୁତ୍ସାରଟନା କରିବାକୁ ଲାଗିଥାନ୍ତି। କଥା ପ୍ରସଙ୍ଗରେ ମୁଁ ତାଙ୍କୁ ପଚାରିଲି, "ଆପ୍‌ନାର ବାଡ଼ି କୋଥା !" ବନ୍ଧୁ ଏ ପ୍ରଶ୍ନ ଶୁଣି ବଡ଼ ବ୍ୟସ୍ତ ହେବାର ଜଣାଗଲା, ହଠାତ୍ ଯେପରି ତାଙ୍କୁ ଉତ୍ତର ଆସିଲା ନାହିଁ। ଅବଶେଷରେ ସେ କହିଲେ – "ଆମାଦେର ବାଡ଼ୀ, ବାଂଲାୟ ଛିଲ, ଆମରା ଏଖନ୍ ଉଡ଼ିଶ୍ୟାତେ ଆଛି।"

ମୋର ଆଉ ବୁଝିବାର ବାକି ରହିଲା ନାହିଁ, ବନ୍ଧୁଙ୍କୁ ବେଶି ଅପଦସ୍ଥ କରାଇବା ମଧ୍ୟ ମୋର ଉଦ୍ଦେଶ୍ୟ ନଥିଲା। ଅତଏବ ମୁଁ ଆଉ କିଛି ସେ ବିଷୟରେ ତାଙ୍କୁ ପଚାରିଲି ନାହିଁ। ଅପର ଭଦ୍ରଲୋକଙ୍କୁ ଦେଖିଲେ ଠିକ୍ ଖାଣ୍ଟି ବଙ୍ଗାଳୀ ବୋଲି ଅନୁମିତ ହେବ। କିନ୍ତୁ ତାଙ୍କ ମୁଖଭଙ୍ଗୀ ଦେଖି କେଜାଣି କାହିଁକି ମୋର ଭୟର ସଞ୍ଚାର ହେଉଥିଲା। ଏତେବେଳଯାଏ ଆମ୍ଭମାନଙ୍କର ସେହି ବଙ୍ଗୀୟ ବନ୍ଧୁଟି କାହାକୁ କିଛି କହି ନାହାନ୍ତି। କିନ୍ତୁ ତାଙ୍କୁ ଆମ୍ଭମାନଙ୍କ ଦୁଇଜଣଙ୍କ କଥୋପକଥନ ଶୁଣି ଈଷତ୍ ହସିବାର ଦେଖା ଯାଉଥିଲା। ସେ ବର୍ତ୍ତମାନ ଅପର ଭଦ୍ରଲୋକଟିକୁ ପଚାରିଲେ – "ଆଚ୍ଛା ମୋଶାୟ,

ଶୁନୁନ୍, ଆପନାରା ଦୁଜନେ ମିଲେ, ଉଡ଼େଦେର ଯଥେଷ୍ଟ ନିନ୍ଦେ କଲ୍ଲେନ୍, ଏଟା କିନ୍ତୁ ଉଚିତ ହଲୋ କି ?" ଅପର ବନ୍ଧୁଟି କହିଲେ, - "ହାଁ ହାଁ ତା ତ ଠିକ୍ କିନ୍ତୁ ଓରା ଯା କଏ - ନିମୁନା ଶୁନୁନ୍ ଗୁଣ୍ଡୁଚି ମୂଷା, କୋଡ଼ଥ ଇତ୍ୟାଦି। ଏଗୁନୋ ଶୁନଲେଇ ରାଗ ଆସେ।" ବଙ୍ଗୀୟ ବନ୍ଧୁଟି ପଚାରିଲେ – "ଆଚ୍ଛା ଆପନାରା ଓଇ ଗୁଣ୍ଡଚିମୂଷା ନା ବଲେ ଆର କି ବଲେନ୍ ବଲୁନ୍ ଦେଖି।" ବନ୍ଧୁଟି ବଡ଼ ବିରକ୍ତିର ସହିତ କହିଲେ – "ଆପନାରା ଯେ ରକମ ବଲେନ, ଆମରା ଠିକ୍ ସେଇ ରକମର ବଲି।" କିନ୍ତୁ ଅପର ବନ୍ଧୁଟି କୌଣସି ପ୍ରକାରେ ଛାଡ଼ିବେ ନାହିଁ – ଯେ କୌଣସି ପ୍ରକାରେ ତାଙ୍କଠାରୁ ଗୁଣ୍ଡୁଚିମୂଷାର ବଙ୍ଗଳା ପ୍ରତିଶବ୍ଦ ବାହାର କରିବାକୁ ହେବ। ଆମ୍ଭର ଦେଶୀୟ ବନ୍ଧୁଟି ବଡ଼ ବିପଦରେ ପଡ଼ିଲେ। ସେ ଯେତେ ପ୍ରକାର ଭୁଲାଇ ଅନ୍ୟ ବାହାନା କରି ଏ ବିପଦରୁ ଖସିବାକୁ ଉପାୟ କରୁଥାନ୍ତି, ଅପର ଭଦ୍ରବ୍ୟକ୍ତିଙ୍କ ମୁଖରେ କେବଳ ସେହି ଏକ କଥା – "ଆପନାରା କି ବଲେନ୍ ?" ଏସବୁ ଦେଖି ମୋର ନିଜର ହୃତ୍‌କମ୍ପ ଉପସ୍ଥିତ ହୋଇ ସାରିଥିଲା। ମୁଁ ତ ଏର୍ଯ୍ୟନ୍ତ ନିଜକୁ ବଙ୍ଗାଳୀ ବୋଲି ପରିଚୟ ଦେଇ ଆସିଅଛି ମୋ ଉପରେ ଯଦି ସେହି ପ୍ରଶ୍ନଟି ପଡ଼େ, ତେବେ ମୁଁ ନାଚାର ! ଆମ ଦେଶୀୟ ବନ୍ଧୁଟି ଅଗତ୍ୟା କହିଲେ – "ଆମରା ଆର ବି ବଲିବ, ଆମରା ବଲି 'ଗୁଣ୍ଡୁଚି ଇନ୍ଦୁର'।" ଏ ଉତ୍ତର ଶୁଣି ଯାହା ଘଟିବା ସ୍ୱାଭାବିକ, ତାହା ଘଟିଥିଲା। ଜଣେ ହସି ହସି ଅସ୍ଥିର, ଅନ୍ୟ ଦୁଇଜଣଙ୍କ (ମୋ ସହିତ) ମୁଖ ମଳିନ ଓ ବିବର୍ଣ୍ଣ !

ଆଉ ସେ ବିଷୟରେ କିଛି ଉଚ୍ଚବାଚ ହେଲା ନାହିଁ। ଏହି ଘଟଣାଟିଠାରୁ ତିନିଜଣଯାକ ସ୍ଥିର ନିଶ୍ଚଳ ଭାବରେ ବସି ରହିଲୁଁ, କାହାରି ତୁଣ୍ଡରେ ଆଉ କଥା ନାହିଁ, ଗାଡ଼ି ଚାଲିଅଛି, ଆମ୍ଭେମାନେ ବସି ରହିଅଛୁଁ। ମୁଁ ମନେ ମନେ ନିଜକୁ ଶତ ଧିକ୍କାର ଦେଉଥାଏଁ। ଗାଡ଼ି ଯଥାସମୟରେ ଆସି କଟକ ଷ୍ଟେସନରେ ପହଞ୍ଚିଲା। ଆମ୍ଭେ ତିନିଜଣଯାକ କଟକରେ ଓହ୍ଲାଇପଡ଼ି ଯେ ଯାହା ଜିନିଷପତ୍ର ପେଡ଼ି ପେଟେରା ଉତାରି ନେଲୁଁ। ଆମ୍ଭ ଦେଶୀୟ ବଙ୍ଗାଳୀ ବନ୍ଧୁଟି କୁଆଡ଼େ ଅନ୍ତର୍ଦ୍ଧାନ ହୋଇଗଲେ, ଆଉ ଭେଟ ମିଳିଲା ନାହିଁ। ଅପର ବନ୍ଧୁଙ୍କର ପୂର୍ବବନ୍ଦୋବସ୍ତ ମତେ ଚାକରମାନେ ଷ୍ଟେସନରୁ ବାବୁଙ୍କୁ ନେବାକୁ ଆସିଥିଲେ। ବାବୁ ଚାକରମାନଙ୍କ ସଙ୍ଗେ ପରିଷ୍କାର ଓଡ଼ିଆ ଭାଷାରେ କଥାବାର୍ତ୍ତା ହେବାର ଶୁଣି ମୁଁ କୁଆଡ଼େ ଯିବି ସ୍ଥିର କରି ପାରିଲି ନାହିଁ। ଚାକରମାନଙ୍କୁ ପଚାରି ବୁଝିଲି ଯେ, ବାବୁଙ୍କ ଜମିଦାରୀରେ ଆମ୍ଭମାନଙ୍କ ଘର, ବାବୁଟି ଖାଣ୍ଟି ଓଡ଼ିଆ। କାହାକୁ ମୁହଁ ନ ଦେଖାଇ ଗୃହାଭିମୁଖରେ ପ୍ରସ୍ଥାନ କଲି। ଇତି।

ଉତ୍କଳ ସାହିତ୍ୟ, ୨୦/୦୩, ଆଷାଢ଼, ୧୩୨୩ (୧୯୧୬-୧୭)

■

ଶେଷ ଉପହାର

ମୋହିନୀମୋହନ ପ୍ରାୟ ଜନ୍ମ ଦିନୁ ମାଛେଉଣ୍ଡ। ପିଲାଟି ଜନ୍ମ ହେବାର ଛ ଦିନ ଶେଷ ନ ହେଉଣୁ ସୂତିକା ରୋଗରେ ମା'ଙ୍କର କାଳ ହୋଇଗଲା। ଘରେ ଏପରି କେହି ନାହିଁ, ଯେ ପିଲାଟିକୁ ପାଳି ମନୁଷ୍ୟ କରିବ। ସ୍ଥିର ହେଲା, ତା'ର ମାମୁଁଘର ଦାସପାଟଣା ଗ୍ରାମକୁ ତାକୁ ପଠାଇ ଦେବାକୁ ହେବ। ଏ ପ୍ରସ୍ତାବ କାର୍ଯ୍ୟରେ ପରିଣତ ହେବା ଆଗରୁ ଆଈ ନିଜେ ଆସି ପିଲାଟିକୁ ସଙ୍ଗରେ ନେଇଗଲେ। ମୋହିନୀ ସେହିଦିନୁ ଆଈଙ୍କ କୋମଳ ସ୍ନେହ ମଧ୍ୟରେ ପ୍ରତିପାଳିତ ହେବାକୁ ଲାଗିଲା।

ମୋହିନୀର ପିତା ଯଦୁମଣି ନିତାନ୍ତ ଯୁବକ। ତାଙ୍କ ଛଡ଼ା ଗୃହର କର୍ତ୍ତା ଆଉ କେହି ନଥିଲେ। ସମ୍ପତ୍ତିବାଡ଼ି ଯଥେଷ୍ଟ। ସ୍ନେହମୟୀ ପତ୍ନୀଙ୍କ ବିୟୋଗରେ ସେ ଅତି କାତର ହୋଇପଡ଼ିଲେ। ପ୍ରାୟ ଏକ ବର୍ଷ ପର୍ଯ୍ୟନ୍ତ ଘରର କୌଣସି କାର୍ଯ୍ୟ ବୁଝାସୁଝା କରି ପାରିଲେ ନାହିଁ। ସବୁ ବିଷୟରେ ଏକପ୍ରକାର ଅନାସ୍ଥା କେତେକ ସହୃଦୟ ବନ୍ଧୁଙ୍କ ପ୍ରତି ମଧ୍ୟ ବିରକ୍ତି ପ୍ରକାଶ କରୁଥିଲେ। କାଳକ୍ରମେ ସମସ୍ତ ପରିବର୍ତ୍ତିତ ହୋଇଗଲା। ଯେ କି ଦ୍ୱିତୀୟ ବିବାହର ନାମ ପର୍ଯ୍ୟନ୍ତ ଶୁଣିଲେ ଚମକି ପଡୁଥିଲେ, ଆଜିକାଲି ତାଙ୍କ ମୁଖରୁ ବିବାହର ଉପକାରିତା, ତାଙ୍କ ପରି ଏକାଟିଆ ହତଭାଗ୍ୟ ବ୍ୟକ୍ତିଙ୍କ ପକ୍ଷରେ ସ୍ତ୍ରୀ ଅଭାବରେ ଗୃହସଂସାର ଚଳାଇବା ଅସମ୍ଭବ ବୋଲି ମଧ୍ୟ ଶୁଣାଗଲାଣି।

ଯଥାସମୟରେ ଯଦୁମଣି କନ୍ୟାର ସମସ୍ତ ଗୁଣଗ୍ରାମ ବୁଝି ନୂତନ ବିବାହ କରିଅଛନ୍ତି। ତାଙ୍କ ଗୃହସଂସାର ହସି ଉଠିଅଛି। ଅନାସ୍ଥା ସ୍ଥାନରେ ବହୁଗୁଣ ଆସ୍ଥା ଓ ବିରକ୍ତି ଅଭାବରେ ପ୍ରଗାଢ଼ ଅନୁରାଗ ସେମାନଙ୍କର ସ୍ୱଭାବ ସୁଲଭ ସ୍ଥାନ ଅଧିକାର କରି ବସିଲେଣି। ଘରର ସମସ୍ତ କାର୍ଯ୍ୟ ଅତି ସୂଚାରୁ ଓ ପରିପାଟୀ ସହକାରେ ନିର୍ବାହ ହେଉଅଛି।

ମୋହିନୀ ଆଈ ଘରେ ବଢ଼ିବାକୁ ଲାଗିଲା। ଆଈର ନିଜର ବୋଲି କେହି ନାହିଁ। ଦିଓଟି ପୁତ୍ର ଓ ଏକମାତ୍ର କନ୍ୟା ଜଗତରେ ଅଧିକାଂଶ ବ୍ୟକ୍ତିଙ୍କର ଶୁଭାଦୃଷ୍ଟ ର ପରିଚାୟକ ବୋଲି ବିବେଚିତ ହୋଇଥାନ୍ତି। ମୋହିନୀର ଆଈ ପକ୍ଷରେ ତାହା ଘୋର ବିଡ଼ମ୍ବନାରେ ପରିଣତ ହେଲା। ଏହିପରି ତିନିଗୋଟି ସନ୍ତାନ ଜନ୍ମ ପରେ ସେମାନଙ୍କ ପିତା ଅସମୟରେ ଇହଧାମ ପରିତ୍ୟାଗ କରି ଚାଲିଗଲେ। ପିତାଙ୍କ ମୃତ୍ୟୁର ଅଳ୍ପଦିନ ପରେ ଦୁଇଗୋଟି ପୁତ୍ରସନ୍ତାନ ପିତାଙ୍କ ଅନୁସରଣ କଲେ। ରହିଗଲେ କେବଳ ଗୋଟିଏ ବୋଲି କନ୍ୟା ଓ ନିଜେ ମାତା – ମୋହିନୀର ବୋଉ ଓ ଆଈ। କନ୍ୟାଟି ମାତାଙ୍କ ବହୁଯତ୍ନରେ ଯଦୁମଣିଙ୍କ ସହିତ ବିବାହ ହୋଇ ପାରିଥିଲା।

ଗ୍ରାମର ଭାଇଆମାନେ ବଡ଼ ସୁଯୋଗ ପାଇଗଲେ। ଏତେଗୁଡ଼ିଏ ସମ୍ପତ୍ତି ନାଉଆରସୀ । ମକଦ୍ଦମା ଚଳିଲା। ମଦଦ୍ଦମା ଖର୍ଚ୍ଚରେ ସମ୍ପତ୍ତିର ଅନେକ ଖର୍ଚ୍ଚ ହୋଇଗଲା। ସମ୍ପତ୍ତିତକ ସେହି ଭାଇଆମାନଙ୍କ ହସ୍ତଗତ ହେଲା। ମୋହିନୀର ଆଈ କେବଳ ତାଙ୍କ ଭରଣପୋଷଣ ନିମିତ୍ତ ମାସିକ ୨୫ ଟଙ୍କା ପାଇବାର ଅଦାଲତଙ୍କ ଦ୍ୱାରା ସ୍ଥିରୀକୃତ ହେଲା। ଏ ଘଟଣାର ଅତି ଅଳ୍ପ ଦିନ ମଧ୍ୟରେ ଝିଅ ମାଳତୀର ମୃତ୍ୟୁ। ମୁଣ୍ଡରେ ଏକାବେଳକେ ଶତବଜ୍ର ଭାଙ୍ଗିପଡ଼ିଲା। ହୃଦୟତନ୍ତ୍ରୀର ସମସ୍ତ ଗ୍ରନ୍ଥି ଛିନ୍ନ ଭିନ୍ନ ହୋଇଗଲା ।

ନିତାନ୍ତ ବିପଦ ସମୟରେ ବିପଦଭଞ୍ଜନ ଉପଯୁକ୍ତ ପନ୍ଥା ନିର୍ଦ୍ଦେଶ କରିଦିଅନ୍ତି। ସଂସାରର ବିପଦ ପ୍ରକୃତ ବିପଦ ନୁହେଁ ତାହା ଭାବି ମଙ୍ଗଳର ନିଦାନ ମାତ୍ର। ଏସବୁ ସତ୍ତ୍ୱେ ମୋହିନୀର ଆଈ ନାତିକୁ ଆଣିବାକୁ ଅଣ୍ଟା ଭିଡ଼ି ବାହାରିଲେ। ଦୁଇ ଗଣ୍ଡ ଦେଇ ଅଶ୍ରୁଧାରା ବହି ଯାଉଥାଏ, ଉଷ୍ମ ନିଃଶ୍ୱାସ ବହୁଥାଏ।

ନାତିଟିକୁ ଘରକୁ ଆଣି ଗଣ୍ଠିଧନ କରିଅଛନ୍ତି। ମାସ ପରେ ମାସ, ବର୍ଷ ପରେ ବର୍ଷ ତାର ସ୍ୱାଭାବିକ ଗତି ଧରି ଚାଲି ଯାଉଥାଏ। ମୋହିନୀର ଦରଫୁଟା ହସ ଓ ଦରୋଟି କଥା ମିଶ୍ରିତ କମନୀୟ ଭଙ୍ଗିଗୁଡ଼ିକ ତା'ର ଆଈକୁ ଏହି ଦୁଃଖ ଶୋକପୂର୍ଣ୍ଣ ଆବିଳ ଭୂପୃଷ୍ଠରୁ ଏକ ଅଭିନବ ସୁନ୍ଦର ମନୋମୁଗ୍ଧକର ରାଜ୍ୟକୁ ଉଠାଇ ନେଉଥାଏ।

କ୍ରମେ ମୋହିନୀ ପଞ୍ଚମ ବର୍ଷରେ ପଡ଼ିଲା। ଯଦୁମଣି ଆସି ଥରେ ଦୁଇଥର ବର୍ଷ ମଧ୍ୟରେ ପୁଅଟିକୁ ଦେଖିଯାନ୍ତି। ପୁଅପାଇଁ ସମୟ ସମୟରେ ମଧ୍ୟ କେତେକ ଜିନିଷପତ୍ର ଲୁଗାପଟା ପଠାଇ ଦିଅନ୍ତି। ତଥାପି ଥରେ ହେଲେ ସୁଦ୍ଧା ତାକୁ ନିଜ ଘରକୁ ନେବାକୁ ସାହସ କରିପାରନ୍ତି ନାହିଁ। ଆଈ ତାକୁ ଛାଡ଼ି କ୍ଷଣେ ରହିବାକୁ ନାରାଜ। ସେ ତା'ର ଆଈକୁ ପିତା ମାତା ଓ ଆଈର ନିରାଡ଼ମ୍ବର କ୍ଷୁଦ୍ର ନିର୍ଜନ କୁଟୀରକୁ ପରମ ଦୁର୍ଲ୍ଲଭ ଆବାସସ୍ଥଳ ବୋଲି ମନେ କରିଥାଏ।

ଦାସପାଟଣାରେ ଗୋଟିଏ ପାଠଶାଳା ଓ ଗୋଟିଏ ମାଇନର ସ୍କୁଲ ମଧ୍ୟ ଅଛି। ଗ୍ରାମର ଇତର ଭଦ୍ରପିଲାମାନେ ତହିଁରେ ପଢ଼ନ୍ତି। ଯଥାସମୟରେ ମୋହିନୀ ପାଠଶାଳାରେ ନାମ ଲେଖାଇ ପଢ଼ିଲା। ପ୍ରଥମ କେତେଦିନ ଆଈ ତାକୁ ଖୁଆଇ ପିଆଇ ପାଠଶାଳାକୁ ନେଇ ନିଜେ ଜଗି ବସି ରହିଥାଏ। ପଢ଼ା ଶେଷହେଲେ ପୁଣି ଘରକୁ ନେଇ ଆସେ। ପଢ଼ା ବା ସ୍ୱଭାବ ଚରିତ୍ର ସମ୍ବନ୍ଧରେ କାହାଠାରୁ ମୋହିନୀର ଟିକିଏ ପ୍ରଶଂସା ଶୁଣି ଆଈର ଛାତି କୁଣ୍ଢେମୋଟ ହୋଇଯାଏ। କେହି ତା'ର ନିନ୍ଦା କଲେ, ଆଈ ମନେକରେ – ହିଂସାରେ ମୋ ନାତିକୁ ସହି ପାରୁ ନାହାନ୍ତି।

ମୋନିହୀ ବଡ଼ ବୁଦ୍ଧିମାନ୍ - ଅଳ୍ପଦିନ ମଧ୍ୟରେ ପାଠ ଆୟତ୍ତ କରିବାକୁ ଲାଗିଲା। ପାଠଶାଳାର ପାଠ ଶେଷ କରି ସେ ସେହି ଗ୍ରାମର ମାଇନର ସ୍କୁଲରେ ନାମ ଲେଖାଇ ପଢ଼ିଲା। ଆଈ ଘର ପଡ଼ିଶା ଓ ଅନୁଗତ ସେହିପରି ଆଉ ଗୋଟିଏ ପରିବାର – ମା'ଟିଏ, ଝିଅଟିଏ ଆଉ କେହି ନାହିଁ ଯତ୍‌କିଞ୍ଚିତ୍ ଜମିବାଡ଼ି ଅଛି – ତହିଁରୁ ବର୍ଷକ ଏକରକମ ଚଳିଯାଏ। ଆପଦ ବିପଦ, ଅଭାବ ଅନାଟନ ସମୟରେ ମୋହିନୀ ଆଈ ଭରସା। ନିଜେ ଅଭାବରେ ପଡ଼ି ଏହି ଦୁଃସ୍ଥ ପରିବାରର ଅଭାବ ମୋଚନ କରେ। ଝିଅଟି ନା – ବିମଳା ଅତି ସୁନ୍ଦର ଝିଅଟି ସେ। ରୂପ ଗୁଣ ଖୁଣିବାକୁ ନାହିଁ, ଅବାଛ କଣ୍ଟାଟିଏ। ବୟସ ଛ, ସାତ - ପାଠଶାଳାରେ ପଢ଼ିବାକୁ ଆରମ୍ଭ କରିଅଛି।

ବିମଳା ପିଲାଦିନୁ ମୋହିନୀର ସଙ୍ଗିନୀ। ଉଭୟେ ଉଭୟଙ୍କ ଗୁଣରେ, ରୂପରେ ମୁଗ୍ଧ। ଦୁହେଁ ଡକାଡକି ହୋଇ ବାଲିଘର ଖେଳନ୍ତି। ମୋହିନୀ କେବେ ଅବୁଝ ଅଜଟ ହେଲେ, ଆଈ ତା'ର ବିମଳାକୁ ଆଣି ପାଖରେ ଛାଡ଼ିଦିଏ। ତାକୁ ଦେଖି ସେ ସବୁ ଭୁଲିଯାଇ ହସି ପକାଏ, ଖେଳି ବସେ। ଖାଇଲାବେଳେ ବିମଳାକୁ ନ ଦେଖିଲେ ସେ ଖାଏ ନାହିଁ, କାନ୍ଦି କାନ୍ଦି ଗଡ଼ିଯାଏ।

ବିମଳା ମଧ୍ୟ ସେହିପରି। ସବୁବେଳେ ଘରେ ଥାଏ। ଦୁହେଁ ମିଶି ଘରେ ପାଠ ପଢ଼ନ୍ତି, ଗୀତ ଗାନ୍ତି। ମୋହିନୀ ମାଇନର ଦ୍ୱିତୀୟ ଶ୍ରେଣୀରେ ପଢ଼ିଲାବେଳକୁ ବିମଳା ଚାଟଶାଳୀ ପାଠ ଶେଷ କଲା। ତା'ର ସମ୍ପୂର୍ଣ୍ଣ ଇଚ୍ଛା, ମୋହିନୀ ସଙ୍ଗରେ ବଡ଼ ସ୍କୁଲରେ ପଢ଼ନ୍ତା। ମା ମନା କରେ, ଗ୍ରାମର ଅନ୍ୟ କେତେ ଜଣ ମଧ୍ୟ ମନାକଲେ। ବଡ଼ ଅନିଚ୍ଛା ସତ୍ତ୍ୱେ ତାକୁ ସେହିଠାରେ ପଢ଼ା ଶେଷ କରିବାକୁ ହେଲା।

ଖରାଦିନେ ବେତକୋଳି, ବଇଞ୍ଚ, କ୍ଷୀରକୋଳି ପାଚେ, ଆମ୍ବ ପାଚି ଝଡ଼େ। ଆମ୍ବତୋଟାରେ ଛାୟା ତଳେ ମୋହିନୀ ଓ ବିମଳା ଧାଇଁ ଧାଇଁ ଆମ୍ବ ଗୋଟାନ୍ତି। ମୋହିନୀ ଖରାବେଳେ ଆଈ ନିକଟରେ ଶୋଇଥାଏ। ଆଈ ନିଦ୍ରିତ ହେବା ଜାଣି ପାରିଲେ, ଆସ୍ତେ ଆସ୍ତେ ଲୁଚି ପଳାଇଯାଏ। ବିମଳା ମଧ୍ୟ ସେହିପରି ଚାଲିଯାଏ।

ଦୁହେଁ ମିଶି କୋଳି ତୋଳି ଆଣି ଖାନ୍ତି, କେତେକ ଘରକୁ ଘେନି ଆସନ୍ତି ।

ଜାମୁକୋଳି ସମୟରେ ଗାଁ ପିଲାଯାକ କୋଳି ଖାଇ ବାହାରନ୍ତି । ମୋହିନୀକୁ ଦେଖିଲେ ବିମଳା ପଛେ ପଛେ ଗୋଡ଼ାଏ । ସେ ଗଛରେ ଚଢ଼ି କୋଳି ତୋଳି ତଳକୁ ପକାଏ, ବିମଳା ତଳେ ଥାଇ ସେ ସବୁ ସଜାଡ଼ି ରଖେ । ଆଉ କାହାରିକୁ ତା କୋଳି ଗୋଟାଇବାର ଦେଖିଲେ ବଡ଼ ବିରକ୍ତ ହୋଇ ଗାଳିଦିଏ – ପରେ କାନ୍ଦେ ।

ଭାଦ୍ର ମାସରେ ଜହ୍ନିଫୁଲ ଫୁଟେ । ପିଲା ଦୁହେଁ ପିଢ଼ାଟିରେ ଫୁଲଧରି ଦୁଆର ଦୁଆର ବୁଲି – 'ଜହ୍ନିଫୁଲ ଠୋଠା' କରି – ଚାଉଳ ପରିବା ମାଗି ଆଣନ୍ତି । ଗ୍ରାମପିଲାଏ ମିଶି ଚାଉଳ ପରିବା ନେଇ ଭୋଜି କରନ୍ତି । ପିଲା ଦୁହେଁ ଅତି ଆନନ୍ଦରେ ଭୋଜିରେ ଯୋଗ ଦିଅନ୍ତି । ଖୁଦରଙ୍କୁଣୀ ଓ ଗଣେଶ ଚତୁର୍ଥୀ ଦିନ ଦୁହେଁ ବୁଲି ବୁଲି କେତେ ରଙ୍ଗର ସୁନ୍ଦର ଫୁଲ ତୋଳି ଆଣନ୍ତି । ଦୁହେଁ ମିଶି ମନମାଫିକେ ମାଳା ତିଆରି କରି ଦିଅଁଙ୍କୁ ଲାଗି କରାଇ ଦିଅନ୍ତି, ମୁଣ୍ଡିଆ ମାରନ୍ତି ।

କୁମାର ପୂର୍ଣ୍ଣିମାକୁ ଦୁହେଁ ନୂଆ ଲୁଗା ପିନ୍ଧନ୍ତି । ବିମଳା ଉପବାସ କରେ । ସନ୍ଧ୍ୟା ସମୟକୁ ଚାନ୍ଦ ବୁଢ଼ା ହୋଇ ଯିବ ବୋଲି ବିମଳା ଅତି ତରତର ହୋଇ କବାଟକୋଣରେ ଚାନ୍ଦଟି ଖାଇବା ସମୟରେ ମୋହିନୀ ଲୁଚି ଲୁଚିଯାଇ ତା'ଠାରୁ ଛଡ଼ାଇ ଆଣି ଖାଇଦିଏ । ରାତ୍ର ହେଲେ ନିର୍ମଳ ଶରଚ୍ଚନ୍ଦ୍ର ଯେତେବେଳେ ଚତୁର୍ଦ୍ଦିଗକୁ ଶୁଭ୍ର ତରଳ ରଜତ କିରଣରେ ଛାଇ ଦିଅନ୍ତି, ପିଲା ଦିଓଟିଙ୍କ ହୃଦୟ ଅପୂର୍ବ ସ୍ନେହର ପ୍ରେରଣାରେ ନାଚିଯାଏ । ଅତି ଆନନ୍ଦରେ ଦୁହେଁ ପୁଚି ଖେଳରେ ଯୋଗ ଦିଅନ୍ତି ।

କାର୍ତ୍ତିକ ପୂର୍ଣ୍ଣିମା ରାତ୍ର ନ ପାହୁଣୁ ଗାଁ ମାଇପେଯାକ ସ୍ନାନ ସାରି ମହାଦେବ ଦର୍ଶନକୁ ଯାନ୍ତି । ପିଲା ଦୁହେଁ ଡକାଡକି ହୋଇ ଉଠି ନିଜ ନିଜ କଦଳୀଖୋଳପା ଡଙ୍ଗାଟିମାନ ନେଇ ସ୍ନାନ କରିବାକୁ ବାହାରି ପଡ଼ନ୍ତି । ଦୁହେଁ ମିଶି ସ୍ନାନ କରନ୍ତି, 'ଅକାମାବୈ' ବୋଲି ନିଜ ନିଜର କ୍ଷୁଦ୍ର ଡଙ୍ଗାଟିମାନ ଜାଳି ପୋଖରୀରେ ମେଲି ଦିଅନ୍ତି ।

ପୁଷମାସରେ ଧାନ ପାଚେ । ଧାନ କିଆରୀର ଶୋଭା ଅତୁଳନୀୟ । ନାନାରଙ୍ଗର ଧାନ କେତେ ପ୍ରକାର ମଧୁର ଆମୋଦ ବିତରଣକରି ଚତୁର୍ଦ୍ଦିଗ ବାୟୁମଣ୍ଡଳକୁ ଭାରାକ୍ରାନ୍ତ କରି ରଖିଥାଏ । ପିଲା ଦୁହେଁ ଧାନ କିଆରୀରୁ ଧାନ ଆଣି ମେଣ୍ଟା ବୁଣି ବସନ୍ତି । ବିଲରୁ କାଇଁଶ ଆଣି ବଗୁଲୀ ତିଆରି କରି ରଖନ୍ତି ।

ଏହିପରି ବର୍ଷଚକ୍ରର ଆବର୍ତ୍ତନ ସଙ୍ଗେ ସଙ୍ଗେ ଦିଓଟି କୋମଳ ପ୍ରାଣ ମଧ୍ୟର ବ୍ୟବଧାନ କ୍ରମେ ନିକଟରୁ ନିକଟତର ହେବାକୁ ଲାଗିଲା ।

ବିମଳାର ମା ବଡ଼ ଦୁଃଖିନୀ, ଘରେ କେହି ନାହିଁ । ଝିଅଟିକୁ ଦୁଇ ବର୍ଷ

ସମୟରେ ବିଧବାକୁ ଅତଳ ଦୁଃଖସାଗରରେ ଭସାଇ ଦେଇ ତା'ର ପିତା ଅମରଧାମକୁ ଚାଲି ଯାଇଅଛନ୍ତି। ଝିଅଟିକୁ ଦେଖି କୌଣସିମତେ ସମୟ କଟି ଯାଉଅଛି। ମୋହିନୀକୁ ଦେଖି ସେ ବଡ଼ ଖୁସି। ମୋହିନୀ ଯେ ଖୁବ୍ ବଡ଼ଘରର ପିଲା, ଏକଥା ତାଙ୍କୁ ଅଛପା ନଥିଲା। ପିଲା ଦିଓଟିଙ୍କର ପରସ୍ପର ପ୍ରତି ପ୍ରଗାଢ଼ ଅନୁରାଗ ଦେଖି ତାଙ୍କର ଇଚ୍ଛା – କିପରି ବିମଳାକୁ ମୋହିନୀ ସଙ୍ଗେ ବିବାହ ଦିଅନ୍ତେ। ନିଜ ଅବସ୍ଥା ଦୃଷ୍ଟିରେ ସେ ପ୍ରସ୍ତାବ ବାମନର ଚାନ୍ଦକୁ ହାତ ବଢ଼ାଇବା ପରି ମନେହୁଏ। କାହାରି ନିକଟରେ ସେ ବିଷୟରେ କିଛି କହିବାକୁ ସାହସ ଅଣ୍ଟେ ନାହିଁ।

ମୋହିନୀ ପିଲାଦିନୁ ବଡ଼ ସାହିତ୍ୟପ୍ରିୟ। ରାଧାନାଥ, ମଧୁସୁଦନଙ୍କ କବିତା ପଢିପଢ଼ି ମୁଖସ୍ଥ କରି ଦେଇଅଛି। କୌଣସିଠାରେ ଗୋଟିଏ ଭଲ କବିତା ଦେଖିଲେ ମନ ତା'ର ଆନନ୍ଦରେ ନାଚି ଯାଏ। ମନେହୁଏ, ମୁଁ ହେଲେ ଏପରି ଗୋଟିଏ ଲେଖନ୍ତି। କୌଣସି କବି ବା ଲେଖକଙ୍କ ପ୍ରଶଂସା କଥା ପଢ଼ିଲେ ସେ ଗଦ୍‌ଗଦ୍ ହୋଇ ଶୁଣେ। ଗଦ୍ୟ ବା ପଦ୍ୟର କୌଣସିଠାରେ କିଛି ବିଶେଷତ୍ୱ ଦେଖିଲେ ସଙ୍ଗେ ସଙ୍ଗେ ମନେକରେ – ମୁଁ ଏହି ଛାଞ୍ଚରେ; ଏହି ଧରଣରେ ଗୋଟିଏ ଲେଖନ୍ତି। ସେହି ବିଷୟ ନେଇ ଅନେକ ସମୟ ଭାବେ। କେବେ କେବେ ଲେଖିବାକୁ ଚେଷ୍ଟା କରେ - ମନକୁ ନ ଆସିବାରୁ ସେ ଚେଷ୍ଟା ପରିତ୍ୟାଗ କରେ।

ଦଶହରା ସମୟ। ସ୍କୁଲ ବନ୍ଦ ଅଛି। ସତେଜ ଶ୍ୟାମଳ ବୃକ୍ଷରାଜି ଓ ତୃଣ ବିମଣ୍ଡିତ ପଡ଼ିଆ, କୁମୁଦପଦ୍ମପରିଶୋଭିତ ସ୍ୱଚ୍ଛ ଜଳରାଶି, ତା ଉପରେ ଶରତ କାଳର ସୁନ୍ଦର ନିର୍ମଳ ଆକାଶରେ ପ୍ରଭାତ ସୂର୍ଯ୍ୟ ହେମକିରଣ ବିଞ୍ଚୁଅଛନ୍ତି। ପବନ ରହି ରହି ବହି ଯାଉଅଛି। ଏପରି ସମୟରେ ମୋହିନୀ ବୁଲିବାହାରିଅଛି। ଦ୍ୱାରରେ ବିମଳାକୁ ଦେଖିଲା। ବିମଳା ହସି ହସି କ'ଣ ଦିପଦ କହି ଦେଇ ଚାଲିଗଲା। ମୋହିନୀର ପ୍ରବଳ ବାସନା – କିପରି ବୁଲି ଆସିବ। ହୃଦୟ ଆଜି କେଜାଣି କାହିଁକି ବିମଳ ଆନନ୍ଦ ରସରେ ପରିପୂରିତ ହୋଇ ଯାଉଅଛି। କିଛି ସମୟ ବୁଲି ଆସିଲା। ହଠାତ୍ କ'ଣ ପାଞ୍ଚି ଲେଖି ବସିଲା। ଆଜି କିଛି ଭାବିବାକୁ ପଡୁନାହିଁ। ଧାଡ଼ି ଲେଖି ଆଉ ଧାଡ଼ିକପାଇଁ ଆଙ୍ଗୁଠି ଗଣିବାକୁ ହେଉନାହିଁ। ଏକତାଳରେ ଗୋଟିଏ କବିତା ଲେଖି ହୋଇଗଲା। ଲେଖା ଶେଷପରେ ମୂଳରୁ ଥରେ ପଢ଼ିଲା – କୌଣସି ସ୍ଥାନ ବଦଳାଇବା ଆବଶ୍ୟକ ମନେହେଲା ନାହିଁ। ପୁଣି ଥରେ ପଢ଼ିଲା – ସେହି କଥା। ଏହିପରି କେତେଥର ପଢ଼ିବା ପରେ ଖଣ୍ଡେ ଭଲ କାଗଜ ଆଣି ସୁନ୍ଦର କରି କବିତାଟି ଲେଖି ପକାଇ ପ୍ରଥମ କାଗଜଖଣ୍ଡି ଟିକ ଟିକ କରି ଚିରି ପକାଇଦେଲା। କବିତାଟି ମନଖୁସିରେ ଆଉ ଥରେ ପଢ଼ିନେଇ କାଗଜ ଖଣ୍ଡି ଭାଙ୍ଗିଭୁଙ୍ଗି ଖଣ୍ଡିଏଁ ବହି ଭିତରେ ରଖିଦେଲା।

ଖାଇବାବେଳ ଉଛୁର ହୋଇଥିବାରୁ ଆଈ ଆସି ବିରକ୍ତ ହୋଇ ଡାକିଲା। ମୋହିନୀ ଉଠି ଚାଲିଗଲା। ମନ ଆଜି ଏକ ଲୋକାତୀତ ରାଜ୍ୟରେ ବିଚରଣ କରୁଅଛି। ଏପରି ଆନନ୍ଦ ଅନୁଭବ କରିବାର ସର୍ବପ୍ରଥମ ସୁଯୋଗ ସେ ଆଜି ପାଇଲା।

ମୋହିନୀର ପଢ଼ାଘର ବିମଳାର ଅବାରିତଦ୍ୱାର ଥିଲା। ସେ ପଢ଼ିବାକୁ ସ୍କୁଲକୁ ଗଲେ ବିମଳା ଆସି ତା'ର ବହିପତ୍ର ଘାଣ୍ଟିଦେଖେ। ରାତିବେଳେ କିମ୍ବା ସକାଳ ଓଳି ମୋହିନୀଠାରୁ ସେ ସାମାନ୍ୟ ଇଂରାଜୀ ପଢ଼େ, ଅଙ୍କ କଷେ। କେବେ କେବେ ମଧ୍ୟ ରାଧାନାଥ ଗ୍ରନ୍ଥାବଳୀ ପଢ଼େ।

କେତେ ଦିନ ଚାଲିଗଲା। ମୋହିନୀ ଯଥାସମୟରେ ମାଇନର ପାସ୍ କରି ବୃତ୍ତି ପାଇଲା। ଯଦୁମଣି ଆସି ତାକୁ କଟକ ନେବାକୁ ବସିଲେ। ମାତ୍ର ଆଈ ତାକୁ କ୍ଷଣେ ଛାଡ଼ିବାକୁ ନାରାଜ। ପରେ ସ୍ଥିର ହେଲା, ସେ ଆଈ ସହିତ କଟକରେ ରହି ପଢ଼ିବ। କଟକରେ ଗୋଟିଏ ସ୍ୱତନ୍ତ୍ର ଘରଭଡ଼ା ନେଇ ସ୍ୱତନ୍ତ୍ର ଚାକର ପାଚକ ରଖି ରହିବାକୁ ହେବ। ମୋହିନୀର ମନ ପ୍ରଫୁଲ୍ଲ ହେବାର କଥା – ଗାଁ ସ୍କୁଲରୁ ଯାଇ କଟକ ନଗରୀରେ ପଢ଼ିବ – ବଡ଼ ସହର, କେତେ ଗାଡ଼ି ଘୋଡ଼ା, କୋଠାବାଡ଼ି, ବଡ଼ ସ୍କୁଲ, ଯୋଗ୍ୟତାର ଶିକ୍ଷକମାନଙ୍କ ନିକଟରେ ପଢ଼ିବାକୁ ହେବ। ସେ ଆନନ୍ଦ, ସେ ପ୍ରଫୁଲ୍ଲତାର ଅନ୍ତରାୟ ହେଲା କେବଳ ବିମଳା। ତାକୁ ଛାଡ଼ି କଟକ ଯିବାକୁ ହେବ, କେତେ ଦିନ ମଧ୍ୟରେ ଆଉ ତାକୁ ଦେଖିବାକୁ ପାଇବ ନାହିଁ। ଏ ଚିନ୍ତା ତା'ର ସୁଖରେ ବଡ଼ ବ୍ୟାଘାତ ଆଣି ଦେଲା, କିନ୍ତୁ ଯିବାକୁ ହେବ।

କଟକ ଯାତ୍ରା ଦୁଇଦିନ ଥାଉଁ ବିମଳା ଓ ତା'ର ମା ଦିନ ରାତି ଅଷ୍ଟପ୍ରହର ମୋହିନୀର ଆଈ ଘରେ। ସେ ଦୁଇ ଦିନ ବଡ଼ କଷ୍ଟରେ କଟିଲା। ମୋହିନୀ କାନ୍ଦିଲା, ବିମଳା କାନ୍ଦିଲା – ବୁଢ଼ୀ ଦିଓଟି କାନ୍ଦିଲେ, ଗ୍ରାମର ଅନ୍ୟ ଜଣେ କି ଦୁଇ ଜଣ ମଧ୍ୟ କାନ୍ଦିଲେ। ଏସବୁ କାନ୍ଦ ଓ ଦୁଃଖ ମଧ୍ୟରେ ମୋହିନୀ ଓ ତା'ର ଆଈ କଟକ ଯାତ୍ରାକରି ଗଲେ।

କଟକ ଯାଇ ସେ କଲେଜିଏଟ୍ ସ୍କୁଲରେ ଭର୍ତ୍ତି ହେଲା। ଗ୍ରାମରୁ ଆସି କଟକ ସହରରେ, ଗ୍ରାମ ସ୍କୁଲରୁ ଆସି କଟକର ବଡ଼ ସ୍କୁଲରେ ସେ ପ୍ରଥମେ ଆତ୍ମବିସ୍ମୃତ ହୋଇଗଲା। ଦିନକୁ ଦିନ କେତେ ନୂଆ ସମ୍ବନ୍ଧ ସ୍ଥାପନ କରିବାକୁ ହେଲା, କେତେ ନୂଆ ଅନୁଷ୍ଠାନରେ ଯୋଗ ଦେବାକୁ ହେଲା। ବିମଳାର ବିଚ୍ଛେଦ-ଯନ୍ତ୍ରଣା ଗ୍ରାମର ସାୟଂତନ ଚିତ୍ରପଟ, ବାଲ୍ୟସଙ୍ଗୀମାନଙ୍କ ସହ ମିଳନ ବେଳେ ବେଳେ ତା'ର ମନକୁ ଆଲୋଡ଼ିତ କରୁଥାଏ। କିନ୍ତୁ କ୍ରମେ ଏସବୁ ବିସ୍ମୃତିଗର୍ଭରେ ଆଶ୍ରୟ ନେବାକୁ ବସିଲା।

ସ୍କୁଲର ଶିକ୍ଷକମାନଙ୍କଠାରୁ ଆରମ୍ଭ କରି ଛାତ୍ରମାନେ ମୋହିନୀର ଗୁଣରେ

ମୁଗ୍ଧ। ସେ ବର୍ତ୍ତମାନ ସ୍କୁଲର, ତଥା କ୍ଲାସର ଗୋଟିଏ ଆଦର୍ଶ ଛାତ୍ର। ସମସ୍ତେ ତାକୁ ଆନ୍ତରିକ ସ୍ନେହ କରନ୍ତି। ମାସିକ ପତ୍ରିକା ପ୍ରଭୃତିରେ ନୂତନ ପଦ୍ୟ ଓ ଗଦ୍ୟ ପ୍ରବନ୍ଧ ପଢ଼ି ଗଦ୍ୟ ଓ ପଦ୍ୟ ଲେଖିବା ପ୍ରତି ତା'ର ବଡ଼ ଆଗ୍ରହ ହେଲା। କେତେକ ଲେଖି ମନକୁ ନଆସିଲେ ଚିରିପକାଏ। କେତେକ ଲେଖା ପତ୍ରିକାରେ ସ୍ଥାନ ପାଇଲା। ଯେଉଁଦିନ ତା'ର ସର୍ବପ୍ରଥମ ପଦ୍ୟଟି 'ମୁକୁର' ରେ ବାହାରିଲା, ସେଦିନର ଆନନ୍ଦ କହିବ କିଏ ? କ୍ରମେ ଉତ୍ସାହିତ ହୋଇ ସେ କେତେକ ଗଦ୍ୟ ଓ ପଦ୍ୟ ଲେଖି ପତ୍ରିକାସ୍ଥ କଲା।

କଟକ ଆସିବାର ପ୍ରାୟ ଏକ ବର୍ଷ ମଧ୍ୟରେ ଆଈ ସାଂଘାତିକ ଅତିସାର ରୋଗରେ ଆକ୍ରାନ୍ତ ହେଲେ। କେତେ ପ୍ରକାର ଚିକିତ୍ସା କରାଗଲା। ଯଦୁମଣି ଶୁଣିପାରି ନିଜେ ଆସି କେତେ ବଡ଼ ବଡ଼ ଡାକ୍ତର କବିରାଜ ଲଗାଇ ଚିକିତ୍ସା କରାଇଲେ – କାହିଁରେ କିଛି ସୁଫଳ ହେଲା ନାହିଁ। ବୃଦ୍ଧା ସଂସାରର ସମସ୍ତ ମାୟା ମମତା ଛିଣ୍ଡାଇ ଦେଇ ଚାଲିଗଲେ।

ଆଈଙ୍କ ମୃତ୍ୟୁ ପରେ ମୋହିନୀ ହୃଦୟରେ ତୀବ୍ର ଆଘାତ ଅନୁଭବ କଲା। ପଢ଼ାପଢ଼ି, ଲେଖାଲେଖି, ସଙ୍ଗୀମାନଙ୍କ ସଙ୍ଗେ ବୁଲାଚଲା ବନ୍ଦକରି ଦେଲା। କିଛି ଦିନ ପରେ ଆଈଙ୍କ ମୃତ୍ୟୁ ଉପଲକ୍ଷରେ ଯୋଡ଼ିଏ କବିତା ଲେଖି ପତ୍ରିକାରେ ଦେଲା। କବିତା ଦିଓଟିର ପ୍ରଶଂସା ଖବରକାଗଜ ମାନଙ୍କରେ ବିଘୋଷିତ ହୋଇଗଲା।

ଆଈ ସଙ୍ଗରେ କଟକ ଆସିବା ଦିନୁ ସେ ଆଉ ଆଈଘର ଗ୍ରାମକୁ ଯାଇ ନାହିଁ, ବନ୍ଦ ସମୟରେ ଯଦୁମଣୀ ଆସି ତାକୁ ଘରକୁ ନେଇଯାନ୍ତି। ଆଈଙ୍କ ମୃତ୍ୟୁପରେ ସେଠାର ସମସ୍ତ ସମ୍ବନ୍ଧ ଛିନ୍ନ ହୋଇଗଲା। ମୋହିନୀ କ୍ରମେ ଆଈଘରର ଓ ସେ ଗ୍ରାମର ସମସ୍ତ ସମ୍ବନ୍ଧ ଭୁଲି ଯିବାକୁ ଲାଗିଲା। କଦାଚିତ୍ କେବେ ଥରେଅଧେ ମନେପକାଇ ଗୋଟିଏ ଦିଓଟି ମାତ୍ର ଦୀର୍ଘନିଃଶ୍ୱାସ ନିକ୍ଷେପ କରେ। ଆଈ ଘର ଗ୍ରାମର କୌଣସି ଲୋକଙ୍କୁ ଦେଖିଲେ ମୋହିନୀ ବରାବର ବିମଳା କଥା ପଚାରେ; କିନ୍ତୁ ଯେଉଁଦିନଠାରୁ ସେ ଶୁଣିଲା ଯେ ବିମଳା ସେହି ଗ୍ରାମ ନିକଟରେ ବିବାହ ହୋଇଅଛି ସେହିଦିନଠାରୁ ତା ବିଷୟ ବୁଝିବାକୁ ଅନୁଚିତ ମନେକଲା।

ଏହିପରି ଦିନ ପରେ ଦିନ ଚାଲିଗଲା। ଯଥାସମୟରେ ଏଣ୍ଟ୍ରାନ୍ସ ପାସ୍ କରି ସେ ବୃତ୍ତି ପାଇଲା। ପରେ କଲେଜରେ ପଢ଼ି ଏଫ୍.ଏ. ଓ ବି.ଏ. ପରୀକ୍ଷାରେ ଦକ୍ଷତା ସହିତ ଉତ୍ତୀର୍ଣ୍ଣ ହୋଇ ମୋହିନୀ ଡେପୁଟୀ ପଦରେ ନିଯୁକ୍ତ ହେଲା। ଯଦୁମଣିଙ୍କର ଅଚଳାଚଳ ସମ୍ପତ୍ତି, ଦ୍ୱିତୀୟ ବିବାହ କରି ମଧ୍ୟ ଏତେ ଦିନେ କୌଣସି ସନ୍ତାନ ହୋଇ ନାହିଁ। କୌଣସି ବେତନଭୋଗୀ ଚାକିରୀ ଗ୍ରହଣ କରିବା ମୋହିନୀ ପକ୍ଷରେ ଉଚିତ ହେବ ନାହିଁ ବୋଲି ସେ ଏକାଧିକ ଥର ତାକୁ ପତ୍ର ଲେଖିଥିଲେ। ଏସବୁ ସତ୍ତ୍ୱେ

ମୋହିନୀ ନିଜ ଇଚ୍ଛାରେ ଚାକିରୀ କରିବାକୁ ରାଜି ହେଲେ।

ମୋହିନୀ ବାବୁ ଡେପୁଟୀ ମାଜିଷ୍ଟ୍ରେଟ୍ ମୁକରରର ହୋଇ ଗୟା ବଦଳି ହେଲେ। ବିବାହ ପ୍ରସ୍ତାବ ଅନେକ ଆଡ଼େ ପଡ଼ିଲା, ଅନେକ ବଡ଼ ବଡ଼ ଜମିଦାର ଅଯାଚିତ ଭାବରେ କନ୍ୟାଦାନ କରିବାକୁ ଇଚ୍ଛୁକ ହୋଇ ଟିପଣା ସହ ଭଲଲୋକ ପଠାଇ ବୁଝିଲେ, ଶେଷରେ ସିଂହଭୂମି ଜିଲ୍ଲାର ଜଣେ ବିଖ୍ୟାତ ଜମିଦାରଙ୍କ କନ୍ୟା ସଙ୍ଗେ ମୋହିନୀ ବାବୁଙ୍କ ଶୁଭ ପରିଣୟକ୍ରିୟା ଯଥାସମାରୋହରେ ସମ୍ପାଦିତ ହୋଇଗଲା।

ମୋହିନୀ ବାବୁ ବଡ଼ କୋମଳ ପ୍ରକୃତିର ଲୋକ। ସଂସାର ବିଷୟରେ ସମ୍ପୂର୍ଣ୍ଣ ଅନଭିଜ୍ଞ। ପାଠପଢ଼ା ବ୍ୟତୀତ ଅନ୍ୟ କିଛି ସେ ଆଜି ସୁଦ୍ଧା ଜାଣି ନାହାନ୍ତି। କାହାର କିଛି କଷ୍ଟ ଦେଖିଲେ ସହି ପାରନ୍ତି ନାହିଁ। ମନରେ ସାମାନ୍ୟ ଶଙ୍କା ବା ଭୟର କାରଣ ଉଦିତ ହେଲେ ତାଙ୍କର ଭୟଙ୍କର କଷ୍ଟ ହୁଏ। କୌଣସି ବିଷୟରେ କାହାରିଠାରୁ ଟିକିଏ କଡ଼ା କଥା ଶୁଣିଲେ ମନରେ ବଡ଼ ବ୍ୟଥା ପାନ୍ତି। ସମ୍ମୁଖରେ କାହାରିକୁ ପଦେ ହେଲେ ଅପ୍ରିୟ କଥା କହିପାରନ୍ତି ନାହିଁ – କାଳେ କାହା ମନରେ କଷ୍ଟ ହେବ। କାହାରିଠାରୁ କୌଣସି ପ୍ରକାର ଅପମାନସୂଚକ କଥା ଶୁଣିଥିଲେ ସମ୍ମୁଖରେ କିଛି କହି ପାରନ୍ତି ନାହିଁ; ଘରକୁ ଆସି ମନଦୁଃଖରେ କୌଣସ କାର୍ଯ୍ୟ କରି ପାରନ୍ତି ନାହିଁ। ସମୟ ସମୟରେ ମଧ୍ୟ ସର୍ବସନ୍ତାପହର କ୍ରନ୍ଦନର ଆଶ୍ରୟ ନେଇ ଦୁଇ ଚାରି ଟୋପା ଲୋତକ ପକାଇ ମନସ୍ତାପ ଅପନୋଦନ କରି ନିଅନ୍ତି।

ଡେପୁଟିଗିରି କାର୍ଯ୍ୟ କରି ମଧ୍ୟ ମୋହିନୀ ବାବୁ ସର୍ବଦା ଲେଖାପଢ଼ାରେ ରତ। ଉତ୍କଳ ସାହିତ୍ୟର କିଛି ହେଲେ ଉନ୍ନତି ସାଧନ କରିପାରିଲେ ସେ ଜୀବନ ସାର୍ଥକ ମଣିବେ ବୋଲି ଅନେକ ଥର ପ୍ରକାଶ କରିଥାନ୍ତି। ମନର ଆବେଗରେ କେତେବେଳେ ହେଲେ କବିତାଟିଏ, ପ୍ରବନ୍ଧଟିଏ ଲେଖି କୌଣସି ମାସିକ ପତ୍ରିକାକୁ ପଠାଇ ଦିଅନ୍ତି। ତାଙ୍କ ଲେଖାରେ ବଡ଼ ଆଦର। ପାଠକମାନେ ପତ୍ରିକା ପାଇବା ମାତ୍ରେ ସର୍ବପ୍ରଥମେ ତାଙ୍କ ଲେଖାଟି ବଡ଼ ଆଗ୍ରହ ସହକାରେ ପଢ଼ନ୍ତି।

ବିବାହର କେତେଦିନ ପରେ ମୋହିନୀ ବାବୁ ସ୍ତ୍ରୀ ସହ ଗୟାରେ ରହିଅଛନ୍ତି। ସ୍ତ୍ରୀଙ୍କ ନାମ ହୀରାମଣି – ଜମିଦାରଘର ଝିଅ, ଚିରଦିନ ହୁକୁମ ଜାରି କରି ଆସିଅଛନ୍ତି। ଏଣେ ପୁଣି ହାମିକଙ୍କ ସ୍ତ୍ରୀ – ମୋହିନୀ ମୋହନଙ୍କ ପରି ସ୍ୱାମୀ ପାଇଅଛନ୍ତି। ହୁକୁମର ମାତ୍ରା ଯେପରି ବଢ଼ିବାର କଥା, ସେପରି ବଢ଼ିଲା। ଏଣେ ତ ମୋହିନୀ ବାବୁ ବଡ଼ ସିଧା ଲୋକ, କାହାକୁ କିଛି କହିବେ ନାହିଁ – ଦୋଷ ଦେଖିଲେ ମଧ୍ୟ ନୁହେଁ। ଖାଦ୍ୟଦ୍ରବ୍ୟ ଟିକିଏ କୌଣସି ପ୍ରକାର ଖରାପ ହେଲେ ବା ଖରାପ ହେବାର ଭାବିଲେ, ଚାକରବାକରମାନଙ୍କର ରକ୍ଷା ନାହିଁ, ନିସ୍ତାର ନାହିଁ, ତୀବ୍ର ଗାଳିବର୍ଷଣ। ଜରିମାନା

ପର୍ଯ୍ୟନ୍ତ ହୋଇ ସେମାନଙ୍କୁ ବାହାର କରି ଦିଆଯାଏ – ସାଆନ୍ତାଣୀଙ୍କର ବଡ଼ ହୁକୁମ ଜାରି। ଏସବୁ ଦେଖି ଶୁଣି ମୋହିନୀ ବଡ଼ ସନ୍ତପ୍ତ। ଘର ଭିତରକୁ ପଶିଲା କ୍ଷଣି ଦାସୀ ଓ ଚାକରମାନଙ୍କର ନାଲିଶ୍, କାନ୍ଦ ଶୁଣିବାକୁ ହୁଏ। ବେଳେବେଳେ ଆସି ଦେଖନ୍ତି, ଦାସୀ ଚାକରମାନେ ବସି କାନ୍ଦୁଅଛନ୍ତି, ସାଆନ୍ତାଣୀଙ୍କର ରାଗର ଲହରୀ ବାକ୍ୟରେ ପ୍ରକଟିତ ହେଉଅଛି। ମୋହିନୀ ବାବୁ ସ୍ତ୍ରୀଙ୍କ ଭୟରେ କିଛି ନକହି ମୌନାବଲମ୍ବନ କରନ୍ତି, ତହିଁରେ ମଧ୍ୟ ରକ୍ଷା ନାହିଁ। ରାଗ ଓ ଜଳ ନୁଆଁଣିଆ ସ୍ଥାନ ଦେଖି ମାଡ଼ିଯାଏ । ହୀରାମଣି ଉଗ୍ରମୂର୍ତ୍ତି ହୋଇ ଅନେକ ସମୟରେ ସ୍ୱାମୀଙ୍କ ପ୍ରତି ଅଯଥା କୁବାକ୍ୟ ବ୍ୟବହାର କରିବାକୁ ଛାଡ଼ନ୍ତି ନାହିଁ। ତାଙ୍କ ପକ୍ଷରେ ଏସବୁ ଅସହ୍ୟ। ତଥାପି ନିତ୍ୟ ସେସବୁ ସହ୍ୟ କରିବାକୁ ହୁଏ। ଚିନ୍ତାରେ, ଦୁଃଖରେ ତାଙ୍କର ଶରୀର କ୍ରମେ ଶୀର୍ଣ୍ଣ ହେବାକୁ ଲାଗିଲା; ଦେହର କ୍ଳାନ୍ତି ବିନିଷ୍ଟ ହେଲା। ଏପରି କେହି ନାହିଁ; ଯାହା ନିକଟରେ ମନୋଦୁଃଖ ଜଣାଇ ଆଶ୍ୱସ୍ତ ହେବେ।

ଦୁଃଖରେ ପଡ଼ି, ଅଭାବରେ ପଡ଼ି ମନୁଷ୍ୟ ତା'ର ଅତୀତର ସୁଖମୟ ଜୀବନ ଆଡ଼କୁ ସ୍ୱତଃ ଆକୃଷ୍ଟ ହୁଏ। ଅତୀତର ସମସ୍ତ ଘଟଣାର ଚିନ୍ତା ବଡ଼ ସୁଖକର ବୋଧହୁଏ। ଅତୀତ ସୁଖ ମନେପକାଇ ସେ କ୍ଷଣକ ନିମିତ୍ତ ବର୍ତ୍ତମାନର ଦୁଃଖ ଭୁଲିବାକୁ ଚେଷ୍ଟା କରେ। ମୋହିନୀ ବଡ଼ ମନୋଦୁଃଖରେ ବାଲ୍ୟାବସ୍ଥାର ସରଳ ମଧୁମୟ ଜୀବନ ପ୍ରତି ଦୃଷ୍ଟି ପକାଇଲେ – ସମ୍ମୁଖରେ ହଠାତ୍ ସମସ୍ତ ଚିତ୍ର ପ୍ରତିଭାତ ହେଲା। ଆଈର କୋମଳ ଅକପଟ ସ୍ନେହ, ଗ୍ରାମ୍ୟସ୍କୁଲରେ ଶିକ୍ଷା, ସରଳମତି ସହାଧ୍ୟାୟୀମାନଙ୍କ ଅନୁରାଗ, ସବୁ ମନେପଡ଼ିଲା। ପୁଣି ମନେପଡ଼ିଲା ବିମଳା – ସମସ୍ତ ସ୍ନେହ, ଭକ୍ତି, ଦୟା, କ୍ଷମା, ଜଗତରେ ଯାହା କିଛି ଉତ୍ତମ, ସୁନ୍ଦର, ସେ ସମସ୍ତ ଆଧାର ସେହି ବିମଳା – ସେହି ଅକପଟ ହୃଦୟା କମନୀୟକାନ୍ତି ଦୁଃଖିନୀ ବିମଳା। ପୁଣି ମନେହେଲା, ଚିରଦୁଃଖିନୀ, ଶୀର୍ଣ୍ଣା ବିମଳାର ସେହି ମାତା। ଆଈ ସହିତ ଗ୍ରାମ ଛାଡ଼ି କଟକ ଆସିବା ସମୟର ବିଚ୍ଛେଦ ଦୃଶ୍ୟ ଅତି ପରିସ୍ଫୁଟ ଭାବରେ ମନୋମଧ୍ୟରେ ଚିତ୍ରିତ ଓ ପ୍ରତିବିମ୍ବିତ ହୋଇଗଲା। ମୋହିନୀ ଅନ୍ତତଃ କେତେକ୍ଷଣ ପାଇଁ ବଡ଼ ସୁଖକର ଭାବରାଜ୍ୟକୁ ଉଠିଯାଇ ସଂସାରର ଚାପ ଭୁଲିଗଲେ। ଚକ୍ଷୁରୁ ଦୁଇ ଚାରି ବିନ୍ଦୁ ଲୁହ ଗଡ଼ି ଆସିଲା।

ମୋହିନୀଙ୍କର ଭାବାବେଶ ହେଲା। ବୃକ୍ଷଲତା ଯେପରି ଶୁଷ୍କ ଶୀତଋତୁ ପରେ ମଳୟ ପବନ ପାଇ ମୃତ୍ତିକାର ରସ ଗ୍ରହଣ କରି ପଲ୍ଲବିତ ପୁଷ୍ପିତ ହୁଅନ୍ତି, ଆଜି ମୋହିନୀଙ୍କ ହୃଦୟ ଭାବରସର ଆମୋଦରେ ପରିପୂରିତ ଓ ଆମୋଦିତ ହୋଇଗଲା। କାଗଜ ପେନ୍‌ସିଲ୍ ଧରି କବିତାଟିଏ ଲେଖି ବସିଲେ। ଲେଖନୀ ଚଳିଲା ନାହିଁ। ଭାବରାଶି ଏକମୁଖ ନହୋଇ ବହୁଧା ଇତସ୍ତତଃ ହୋଇଗଲା। କିଛି ଲେଖି ପାରିଲେ

ନାହିଁ। ମନେ ପଡ଼ିଗଲା – ତାଙ୍କ କ୍ଷୁଦ୍ର ଜୀବନରେ ଏହିପରି ଆଉଥରେ ମାତ୍ର ଭାବାବେଶ ହୋଇଥିଲା। ତାହା ସେହି ଆଈ ଘର ଗ୍ରାମରେ - ଦଶହରା ଛୁଟି ସମୟ ମଧ୍ୟରେ। ସେ ସମୟରେ କବିତାଟିଏ ଲେଖି ରଖିଥିଲେ, ମନେପଡ଼ିଲା।

ଆଉ କୌଣସି କାର୍ଯ୍ୟରେ ତାଙ୍କ ମନ ଲାଗିଲା ନାହିଁ। ଘରଦ୍ୱାର, ବହିପତ୍ର କେତେ ତନ୍ନତନ୍ନ କରି ଖୋଜିଲେ। କେଉଁଠାରେ ସେ କବିତାଟି ମିଳିଲା ନାହିଁ। ଘରଠାରୁ ବାପାଙ୍କ ନିକଟକୁ ପତ୍ର ଲେଖିଲେ - ଆଈ ଘରର କେତେକ ପରିଚିତ ବ୍ୟକ୍ତିଙ୍କ ନିକଟକୁ ମଧ୍ୟ ପତ୍ର ଲେଖିଲେ। କେଉଁଠାରୁ ସଦୁତ୍ତର ପାଇ ପାରିଲେ ନାହିଁ। ବସି ବସି କେତେ ଭାବିଲେ, କବିତାଟିର ବିନ୍ଦୁ ବିସର୍ଗ ଆସିଲା ନାହିଁ। ମନୁଷ୍ୟ ଯେଉଁ ବିଷୟ ଯେତେ ଆଗ୍ରହ ଓ ଉତ୍କଣ୍ଠା ସହିତ ମନେକରେ, ତାହା ତେତିକି ବେଶି ଦୂରକୁ ଚାଲିଯାଏ, ଧରାଦିଏ ନାହିଁ। ମୋହିନୀଙ୍କର ଆଜି ସେହି ଦଶା। ସମୟ ସମୟରେ ମନେହୁଏ, ଯେପରି ଅଗଜିଭରେ ଅଛି, ପରକ୍ଷଣରେ ତାହାର ପତ୍ତା ମିଳେ ନାହିଁ। ଏହିପରି ଘୋର କଷ୍ଟରେ, ଘୋର ଅଶାନ୍ତିରେ ସମୟ ଅତିବାହିତ ହେବାକୁ ଲାଗିଲା।

ସେ ପ୍ରାୟ ସମସ୍ତ ପଢ଼ାଶୁଣା ପରିତ୍ୟାଗ କରିଥିଲେ – ଲେଖିବା ତ ବହୁ ଦୂରର କଥା। ଖବରକାଗଜ ମାସିକପତ୍ର ସବୁ ଡାକବାଲା ଯେପରି ଦେଇ ଯାଇଥାଏ, ଠିକ୍ ସେହିପରି ଅପିଟା ଘରର ଏଣେତେଣେ ପଡ଼ି ରହିଥାଏ। ସାହିତ୍ୟ ପତ୍ରିକାରେ ସେ ନିୟମିତ ରୂପେ ଲେଖୁଥିଲେ। ଗତ ଏକବର୍ଷ ମଧ୍ୟରେ କିଛି ଲେଖିପାରି ନାହାନ୍ତି। ସମ୍ପାଦକଙ୍କର କେତେ ତଲବ ତାଗଦ ପତ୍ର ମଧ୍ୟ ଥରେ ପଢ଼ିପାରି ନାହାନ୍ତି।

ଦିନେ ରବିବାର ଦିନ ଦୁଇପ୍ରହର ସମୟରେ ବୈଠକଖାନାରେ ବସିଅଛନ୍ତି, ଡାକବାଲା ଖଣ୍ଡେ ଚିଠି ଦେଇଗଲା, ଏଖଣ୍ଡ ସମ୍ପାଦକ ମହାଶୟଙ୍କ ପତ୍ର – ବଡ଼ ଦୁଃଖ, ବଡ଼ ଆକ୍ଷେପର ସହିତ ଲେଖା ହୋଇଅଛି। ପତ୍ର ପଢ଼ି ବଡ଼ ଅନୁତପ୍ତ ହେଲେ। ନିଜ ପ୍ରତି ଶତ ଧିକ୍କାର ଆସିଲା। କ'ଣ ମନେକରି ପୂର୍ବର ଅପଠିତ ସମସ୍ତ ମାସିକପତ୍ର ଖୋଲି ପଢ଼ିଲେ। ପତ୍ର ପଢ଼ୁପଢ଼ୁ ଦେଖିଲେ, ଗୋଟିଏ କବିତା – "ଶେଷ ଉପହାର", ମନ୍ତ୍ର-ମୁଗ୍ଧ ପରି ସ୍ତମ୍ଭୀଭୂତ ହୋଇ ରହିଗଲେ ! ତଳେ ଦେଖିଲେ, ଲେଖିକା 'ବିମଳା'। କବିତାଟି ଆମୂଳଚୂଳ ପଢ଼ିଲେ। କବିତା ଶେଷରେ କାତର ପ୍ରାର୍ଥନା, ହୃଦୟର ବେଦନା ଯାହା ଲେଖା ଅଛି, ପଢ଼ିଲେ। କବିତାଟି ନିଜ ଲେଖା - ଯାହା ଏତେଦିନ ଖୋଜୁଥିଲେ। ଶେଷ ଲେଖାଟି ବିମଳାର ନିଜର – ରୋଗଶଯ୍ୟାରେ, ମୃତ୍ୟୁଶଯ୍ୟାରେ ପଡ଼ି ଲେଖିଅଛି। ପଢ଼ିପଢ଼ି ପଢ଼ା ଶେଷ ହେଲା ନାହିଁ।

ପରଦିନ ମୋହିନୀ ଛୁଟି ନେଇ ସପରିବାର ଘରକୁ ବାହାରିଗଲେ। ଦାସପାଟଣା ଗଲେ - ଆଈ ଘର, ବିମଳାଘର, ବିଦ୍ୟାଳୟ, ପୁଷ୍କରଣୀ; ପଢ଼ିଆ,

ଧାନକିଆରୀ ସବୁ ଦେଖିଲେ। ମନେହେଉଥାଏ – ସର୍ବସ୍ୱ ବିନିମୟରେ ଯଦି ପୁଣି ସେହି ବାଲ୍ୟାବସ୍ଥା ଫେରି ଯାନ୍ତେ, ଜୀବନ ସାର୍ଥକ ହୁଅନ୍ତା। କାଳ ବଡ଼ ନିର୍ଦ୍ଦୟ - ଯାହା ନେଇଯାଏ, ଆଉ ଫେରି ଦିଏ ନାହିଁ।

ଦାସପାଟଣାରୁ ମୋହିନୀ ବୁଝିଲେ ଯେ, ବିମଳା ଦ୍ୱିତୀୟ ପକ୍ଷ ଗୋଟିଏ ବୃଦ୍ଧକୁ ବିବାହ ହୋଇଥିଲା। ବିବାହର ଦୁଇମାସ ପରେ ବିଧବା ହେଲା। ସେହି ଚିନ୍ତାରେ ତା'ର ମା ଅତି ଅଳ୍ପ ଦିନରେ ଅନାହାରରେ ପ୍ରାଣତ୍ୟାଗ କଲେ । କେତେକ ଦିନ ଅତି କଷ୍ଟରେ ଜୀବନ ଯାପନ କରି ବିମଳା ଇହସଂସାର ଛାଡ଼ି ଚାଲି ଯାଇଅଛି।

ବିମଳାର ସ୍ୱାମୀଘର ଦାସପାଟଣା ନିକଟ। ସେଠାକୁ ମୋହିନୀ ବାବୁ ଗଲେ। ଯେଉଁ ଘରେ ବିମଳାର ଅନ୍ତିମ ଶଯ୍ୟା ରଚନା ହୋଇଥିଲା, ସେ ଘର ଦେଖିଲେ। ଚାଳବାଡ଼ି; ଘରର ସମସ୍ତ ଆସବାବପତ୍ର ଦେଖିଲେ। ଶ୍ମଶାନକୁ ଯାଇ ବିମଳା ଶରୀରର ଭସ୍ମାଂଶ ଦେଖିଲେ। ଅଦ୍ୟାପି କେତେକ ଅର୍ଦ୍ଧଦଗ୍ଧ କାଷ୍ଠ ପଡ଼ି ରହିଅଛି। ଏତେଦିନ ପରେ ନିଜ ହୃଦୟର ତୁଳନାର ପଦାର୍ଥ ଦେଖିଲେ ବୋଲି ମନେହେଲା। ପର କ୍ଷଣରେ ଭାବିଲେ, - "ତାହା ନୁହେଁ, ଏ କାଷ୍ଠ କେତେ ଖଣ୍ଡି ସେହି କମନୀୟ ବପୁ ସହିତ ଅର୍ଦ୍ଧଦଗ୍ଧ ହୋଇ ବର୍ତ୍ତମାନ ଶୀତଳତା ପ୍ରାପ୍ତ ହୋଇଅଛି। ମୋ ହୃଦୟ ବିମଳା ସହ ଦଗ୍ଧ ନହୋଇ ଚିନ୍ତା ଜର୍ଜରିତ। ତିଳ ତିଳ ହୋଇ ପୋଡ଼ି ଯାଉଅଛି।"

ମୋହିନି ବାବୁଙ୍କୁ ଆଉ ଡେପୁଟି ଚାକିରୀରେ ଯୋଗ ଦେବାର କେହି ଦେଖିଲେ ନାହିଁ।

ଉତ୍କଳ ସାହିତ୍ୟ, ୨୨/୦୭, କାର୍ତ୍ତିକ ୧୩୨୬ (୧୯୧୮-୧୯)

ଆଦ୍ୟ-ପରିଣାମ

ରାମଶରଣ ବାବୁ ବାଲେଶ୍ୱର ଜିଲ୍ଲା ସ୍କୁଲର ଜଣେ ଶିକ୍ଷକ, ମାସିକ ବେତନ ୪୦ ଟଙ୍କା। ପିଲାଦିନୁଁ ପିତାମାତା ପରଲୋକ ଗମନ କରିଅଛନ୍ତି। ସମ୍ପତ୍ତିବାଡ଼ି କିଛି ନାହିଁ କହିଲେ ହୁଏ। ବହୁକଷ୍ଟରେ କେତେକ ବଦାନ୍ୟ ଭଦ୍ରବ୍ୟକ୍ତିଙ୍କ ସାହାଯ୍ୟ ସହାନୁଭୂତି ଯୋଗୁଁ ଏଫ୍.ଏ. ପାସ୍ କରି ଚାକିରି ପାଇଅଛନ୍ତି।

ଛାତ୍ରାବସ୍ଥାରୁ ବର୍ତ୍ତମାନ ପର୍ଯ୍ୟନ୍ତ ସେ ବଡ଼ ଅମାୟିକ, ବିନୟୀ ଓ ମେଳାପୀ। ଇହଜଗତରେ ଶତ୍ରୁ ନଥାଇ ମନୁଷ୍ୟ ନାହିଁ – ଏ ନିୟମର ବ୍ୟତିକ୍ରମ ବର୍ତ୍ତମାନ କେବଳ ରାମଶରଣଙ୍କଠାରେ ଦେଖାଯାଏ। ରାମବାବୁ ବଡ଼ ସଚ୍ଚରିତ୍ର, ଶୁଦ୍ଧାଚାରୀ ବାଲ୍ୟବସ୍ଥାରୁ ମାତାଙ୍କ କଠୋର ସୁଶାସନ ମଧ୍ୟରେ ପଡ଼ି ତାଙ୍କ ଚରିତ୍ର ପରିଶୁଦ୍ଧ ଓ ମାର୍ଜିତ ହୋଇ ଯାଇଥିଲା।

ଦିନେ ସ୍କୁଲରୁ ଫେରି ଆସି ରାମବାବୁ ହାତମୁହଁ ଧୋଇ ଫଳାହାର କଲେ। ଚାନ୍ଦନୀ ରାତି ପାତଳା ଧଳା ମେଘମାଳ ଚାନ୍ଦ ଉପର ଦେଇ ଫରଫର ଉଡ଼ି ଯାଉଅଛି। କେତେକ ଖଣ୍ଡ ଗାଢ଼ ମେଘ ଯେପରି ଆକାଶ ଦେହରେ ଲାଖିଯାଇ ନୀଳ ରଙ୍ଗ ସହିତ ବିଚିତ୍ର ବର୍ଣ୍ଣ-ବିଭବ ସୃଷ୍ଟି କରିଅଛି। ଆଉ କେତେକ ମେଘ ଆସ୍ତେ ଚାଲି ଯିବାଦ୍ୱାରା ଚନ୍ଦ୍ର ବିପରୀତ ଦିଗରେ ଗତି କରୁଥିବାର ଚକ୍ଷୁର ଭ୍ରମ ଉତ୍ପାଦନ କରୁଅଛି। ରାମଶରଣ ଅନେକ ଆଡ଼ ବୁଲିଲେ – ଚନ୍ଦ୍ରକିରଣସ୍ନାତ ନବ ଦୁର୍ବାଦଳ, ଈଷତ୍-ପବନ-ଆନ୍ଦୋଳିତ ବୃକ୍ଷଲତା-ଗୁଳ୍ମ, ପ୍ରସ୍ଫୁଟିତ କୁମୁଦ-ପରିଶୋଭିତ ସରୋବର, ସବୁ ଦେଖିଲେ। ମନ ଆନନ୍ଦିତ ହୋଇଗଲା – କିନ୍ତୁ ହୃଦୟ ଯେପରି ଆଉ କିଛି ଲୋଡୁଥାଏ।

ରାମବାବୁଙ୍କ ମନରେ କେତେ କଥା ଉଠିଲା, ଉଠି ଉଭେଇଗଲା। ଭାବିଲେ – ଧନ୍ୟ ସଂସାର, ଧନ୍ୟ ମନୁଷ୍ୟ ଜନ୍ମ! ସଂସାର କେଡ଼େ ସୁନ୍ଦର! ମନୁଷ୍ୟ ହୃଦୟ କେଡ଼େ ଉତ୍କୃଷ୍ଟ! ସୌନ୍ଦର୍ଯ୍ୟ ଅନୁଭବ କରିବାର ଆଉ ଉତ୍କୃଷ୍ଟତର କ୍ଷେତ୍ର କାହିଁ? ଏ

ସମସ୍ତର କର୍ତ୍ତା କେଡ଼େ ସୁନ୍ଦର ନ ହେବେ? ଅଗାଧ ସୌନ୍ଦର୍ଯ୍ୟ ସମୁଦ୍ରରେ ମନପ୍ରାଣ ଗୋଳି ହୋଇଗଲା।

ଭାବପୂର୍ଣ୍ଣ ହୃଦୟରେ ରାମବାବୁ ରାତିରେ ଘରକୁ ଫେରି ଆସିଲେ। ଖାଇପିଇ ଶୋଇ ପଡ଼ିଲେ, ନିଦ ଆସିଲା ନାହିଁ; ଟିକିଏ ତନ୍ଦ୍ରା ଆସିଲା। ହଠାତ୍ ଯେପରି ଚକ୍ଷୁ ଫିଟି ଗଲା। ଦେଖିଲେ – ଶରୀର ଯେପରି ଶୂନ୍ୟରେ ଭାସୁଅଛି, ଚକ୍ଷୁ ସ୍ଥିର ହୋଇ ଆକାଶ ଆଡ଼କୁ ନିବିଷ୍ଟ ରହିଅଛି। ହଠାତ୍ ଦୁଇଟା ଅତି ଉଜ୍ଜ୍ୱଳ ଉଲ୍କା ପତିତ ହେଲା। ତାରକାମଣ୍ଡଳବ୍ୟାପୀ ସମସ୍ତ ଜଗତ ତେଜରେ ଉଦ୍ଭାସିତ ହୋଇଗଲା। ସେହି ଦିଓଟି ଉଲ୍କା ଖସି ଆସୁ ଆସୁ ଦିଓଟି ଅତି ସୌମ୍ୟମୂର୍ତ୍ତିରେ ପରିଣତ ହୋଇଗଲେ। ଜଣେ ଯେପରି ସୌନ୍ଦର୍ଯ୍ୟର ଅବତାର – ବର୍ଣ୍ଣନାର ସମସ୍ତ ଶକ୍ତି ଯୋଗ କଲେ ମଧ୍ୟ ଏ ମୂର୍ତ୍ତିର ରୂପବର୍ଣ୍ଣନା ଅନେକାଂଶରେ ଅପୂର୍ଣ୍ଣ ରହିଯିବ – ସମସ୍ତ ସୌନ୍ଦର୍ଯ୍ୟର ଏକୀଭୂତ ତନୁ! ଥରେ ଦେଖିଲେ ଚକ୍ଷୁ ଫେରିବାକୁ ବଡ଼ କଷ୍ଟ, ବଡ଼ ଅନୁଶୋଚନା ଭୋଗ କରିବ। ଅନ୍ୟ ମୂର୍ତ୍ତିଟି ପ୍ରେମମୂର୍ତ୍ତି। ସେ ମୂର୍ତ୍ତି ଦେଖିଲେ, ସେ ମଧୁମୟ ବଚନ ଶୁଣିଲେ ହୃଦୟ ମନ ଅବସନ୍ନ ହୋଇଯିବ। ଅନୁଭବ ବ୍ୟତୀତ ସେ ବହୁଦର୍ଶିତା ଲାଭର ଉପାୟାନ୍ତର ଅବର୍ତ୍ତମାନ।

ଦୁହେଁ ଆସି ରାମଶରଣଙ୍କ ଆଗରେ ଉଭା ହେଲେ। ଉଭୟଙ୍କ ମଧ୍ୟରେ କଳି ତକରାର ହେଲା। ସେମାନଙ୍କ ଭାବଭଙ୍ଗିରୁ ଜଣାଗଲା, ଯେପରି ପ୍ରତ୍ୟେକେ ରାମଶରଣଙ୍କୁ ସଙ୍ଗରେ ନିଜ ଆବାସ ସ୍ଥଳକୁ ନେବାକୁ ବ୍ୟଗ୍ର। ରାମଶରଣ ହାତ ଯୋଡ଼ି ଉଭୟଙ୍କ କୃପା ଭିକ୍ଷା କଲେ। ମୂର୍ତ୍ତି ଦୁହିଁଙ୍କ ମଧ୍ୟରେ କେତେକ ସମୟ ପର୍ଯ୍ୟନ୍ତ ବିବାଦ ଚାଲିଲା। ଶେଷରେ ଦୁହେଁ ଦୁଇଆଡୁ ଧରି ତାଙ୍କୁ ଘେନି ଉପରକୁ ବାହାରିଲେ। ଅନେକ ସମୟ ପରେ ଦୁହେଁ ନିଜ ସ୍ଥାନରେ ପହଞ୍ଚିଲେ। ଉଭୟଙ୍କ ଇଚ୍ଛାନୁସାରେ ଉଭୟଙ୍କର ବାସସ୍ଥାନ ଏକତ୍ର କରାଗଲା ଏବଂ ରାମଶରଣଙ୍କୁ ସର୍ବସୁଖରେ ସେଠାରେ ରଖାଇ ଦିଆଗଲା।

କୁଆ କା ଡାକିବାକୁ ରାମବାବୁ ଆଖି ମଳି ମଳି ନିଦରୁ ଉଠିଲେ। ପାଖ ପଡ଼ୋଶୀ ପରିଚିତ ବ୍ୟକ୍ତିମାନଙ୍କୁ ଏହି ଅଦ୍ଭୁତ ସ୍ୱପ୍ନବୃତ୍ତାନ୍ତ କହି କାରଣ ପଚାରିଲେ। ଅନେକେ କହିଲେ, ଶରୀରରେ ବାୟୁବିକାର ଏଭଳି ସ୍ୱପ୍ନର କାରଣ। ବୁଢ଼ାମାନେ କହିଲେ, ଏ ସ୍ୱପ୍ନ ବଡ଼ ଶୁଭ, ବଡ଼ ମଙ୍ଗଳପ୍ରଦକ।

ଚାକିରୀ ହେବାର ବର୍ଷକ ମଧ୍ୟରେ ରାମବାବୁଙ୍କର ବିବାହ ହେଲା। ସ୍ତ୍ରୀ ନାମ ନିର୍ମଳକୁମାରୀ। ରୂପଲାବଣ୍ୟ ଅସାମାନ୍ୟ, ଅନିନ୍ଦ୍ୟ। ଟିକିଏ ଦୂରରୁ ହଠାତ୍ ଦେଖିଲେ ମନେହେବ – କୌଣସି ପ୍ରସିଦ୍ଧ ଚିତ୍ରକର ଯେପରି ତୁଳୀଧରି ଗୋଟିଏ ଅପରୂପ

ଦେବୀ ପ୍ରତିମା ଆଙ୍କିଅଛନ୍ତି। ବଚନ ଅତି ମୃଦୁ ମଧୁର। ନିର୍ମଳ ପିଲା ଦିନୁଁ ମାଛେଉଣ୍ଡ। ବୃଦ୍ଧ ପିତା ଅତି ଆଦରରେ ଝିଅଟିକୁ ପାଳିଅଛନ୍ତି।

ନିର୍ମଳ ଅନେକ ଦିନ ପର୍ଯ୍ୟନ୍ତ ଅବିବାହିତା ରହିଅଛି। ଏ ଦେଶରେ କେବଳ ରୂପ ଦେଖି ବିବାହ ହୁଅନ୍ତି କେତେ ଜଣ? ପଇସାଟିଏ ଯୌତୁକ ପାଇବାର ଆଶା ନାହିଁ; ଶଶୁର ଘରର ନାମ କରିବାକୁ କେହି ନାହିଁ। ଏପରି ଅବସ୍ଥାରେ କୌଣସି ନବ୍ୟ ସଭ୍ୟ ତାକୁ ବିବାହ ହେବାକୁ ସମ୍ମତ ହେଲେ ନାହିଁ। ଏଣେ ବାପାଙ୍କ ଇଚ୍ଛା, ଶିକ୍ଷିତ ରୋଜଗାରିଆ ଜ୍ୱାଇଁ ନହେଲେ ନୁହେଁ, ଯେଡ଼େ ବଡ଼ଘର ହେଉ ପଛକେ ଶିକ୍ଷିତ ନହେଲେ ଘରେ ମାଇପଙ୍କ ଅବସ୍ଥା ପୋଇଲି ଦାସୀମାନଙ୍କ ଅପେକ୍ଷା କୌଣସି ଗୁଣରେ ଶ୍ରେଷ୍ଠ ନୁହେଁ।

ରାମଶରଣ ବାଲେଶ୍ୱରରେ ଶିକ୍ଷକତା କଲାଦିନୁଁ ନିର୍ମଳକୁ ଅନେକ ଥର ଦେଖିଅଛନ୍ତି। ସେ ମୂର୍ତ୍ତି ଥରେ ଦେଖା ହେଲେ ଯେ ପାସୋରା ଯିବାର ନୁହେଁ। ସେ ତା'ର ପ୍ରତ୍ୟେକ ବିଷୟ ଅନୁସନ୍ଧାନ କରି ବୁଝିଅଛନ୍ତି। ଏଥିପୂର୍ବରୁ ଅନେକ ସହୃଦୟ ବନ୍ଧୁ ତାଙ୍କୁ ବିବାହ କରିବା ନିମିତ୍ତ ଅନୁରୋଧ କରିଥିଲେ ଏବଂ ଉପଦେଶ ଦେଇଥିଲେ। ଘରେ କେହି ନାହିଁ; ଗୋଟିଏ ଚାକର ରଖି କୌଣସି ପ୍ରକାରେ ଦିନପାତ ହେଉଅଛି। ସେ ଟିକିଏ ସୁଖାନ୍ୱେଷଣକାରୀ। ଯେ କୌଣସି ପ୍ରକାର ଚିନ୍ତା ପହଞ୍ଚିଲେ କ'ଣ କରିବାକୁ ହେବ ସ୍ଥିର କରିପାରନ୍ତି ନାହିଁ। ବିବାହ ହୋଇ ସ୍ତ୍ରୀ ଆସିଲେ ଘର ଆଲୁଅ ହେବ ସତ୍ୟ, ମାତ୍ର କେତେଗୁଡ଼ିଏ ଅଯଥା ଉପସର୍ଗ ବଢ଼ିବ। ଏହି ଭାବନା ତାଙ୍କୁ ଅନେକ ଦିନଯାଏ ବିବାହ ପ୍ରସଙ୍ଗ କଥା, ବନ୍ଧୁମାନଙ୍କ ଉପଦେଶ ଅନୁରୋଧ ପ୍ରତି ଉଦାସୀନ ରଖିଥିଲା। କିନ୍ତୁ ରୂପର ମୋହ ସଂସାରରେ ଅତି ବଡ଼ ମୋହ।

ଏକ କପର୍ଦ୍ଦକ ଯୌତୁକର ଆଶା ନ ରଖି, ଆଧୁନିକ ଶିକ୍ଷିତ ଯୁବକମାନଙ୍କର ଉଦାର ଆଦର୍ଶ ସ୍ଥାନ ଅଧିକାର କରି ରାମବାବୁ ନିର୍ମଳକୁ ବିବାହ କରିଅଛନ୍ତି। ସମସ୍ତେ ଧନ୍ୟ ଧନ୍ୟ କରୁଅଛନ୍ତି। ବାସ୍ତବିକ କଥା, ସେ ବିବାହ କରି ନଥିଲେ ନିର୍ମଳର ଦଶା ଶୋଚନୀୟ ହୋଇଥାନ୍ତା। ଏକେ ତା'ର ବୟସ ବିବାହ ବୟସ ଅତିକ୍ରମ କରିଥିଲା। ଏପରି ଅବସ୍ଥାରେ ରାମଶରଣଙ୍କ ପରି ଶିକ୍ଷିତ ବର ଜୁଟିବା ଅସମ୍ଭବ ଥିଲା। ନୀଚ କୁଳରେ କୌଣସି ଅଶିକ୍ଷିତ ହସ୍ତରେ ପଡ଼ିବାକୁ ହୋଇଥାନ୍ତା ସିନା!

ସୁଖ ଅନେକଙ୍କ ଭାଗ୍ୟରେ ବେଶି ଦିନ ସହେ ନାହିଁ। ବିବାହର ଚାରି ମାସ ନ ପୁରୁଣୁ ନିର୍ମଳର ପିତା ଇହଲୋକ ଛାଡ଼ି ଚାଲିଗଲେ। ବୃଦ୍ଧ ଅତି କଷ୍ଟରେ, ଅଥଚ ଅତି ଯତ୍ନରେ କନ୍ୟାଟିକୁ ପାଳିଥିଲେ। ନିର୍ମଳକୁ ଦେଖି ସଂସାରର ତାବତୀୟ ଦୁଃଖ ଅନେକ ପରିମାଣରେ ଲାଘବ କରି ପାରିଥିଲେ। କନ୍ୟାର ବିବାହ ବୟସ ଉପସ୍ଥିତ

ହେବାରୁ ତାଙ୍କୁ ଘୋର ଚିନ୍ତା ମାଡ଼ି ବସିଥିଲା – କିପରି ସତ୍‌ପାତ୍ରରେ କନ୍ୟାଦାନ କରିବେ। ଭାଗ୍ୟକ୍ରମେ ଆଶାତିରିକ୍ତ ଜାମାତା ଲାଭ କରି କୃତାର୍ଥ ହୋଇଥିଲେ। ଇହସଂସାରର ସମସ୍ତ କାର୍ଯ୍ୟ ଶେଷ ହୋଇଥିବାରୁ ପୁଣ୍ୟାତ୍ମା ବୃଦ୍ଧଙ୍କର ପବିତ୍ର ସ୍ୱର୍ଗଧାମକୁ ଡାକ ପଡ଼ିଲା।

ମାଛେଉଣ୍ଡ ଝିଅ ଓ ଅଶିକ୍ଷିତ ଧନୀ ଯୁବକ ଅନେକ ସମୟରେ ସମାଜର, ତଥା ନିଜ ବଂଶର କଳଙ୍କ ହୋଇଥାନ୍ତି। ପିଲାଦିନୁ ମାତାର ଶିକ୍ଷାରୁ ବଞ୍ଚିତ ଥିବାରୁ ନିର୍ମଳଠାରେ ସ୍ତ୍ରୀଚରିତ୍ରର ସ୍ୱଭାବ ସୁଲଭ ଲଜ୍ଜା, ସହିଷ୍ଣୁତା ଓ ଧୈର୍ଯ୍ୟ ଆଦି ବିକଶିତ ହୋଇପାରି ନଥିଲା।

ନବଦମ୍ପତିଙ୍କ ନବୀନ ପ୍ରେମ ଉଚ୍ଛୁଳି ଆସିଲା। ନିର୍ମଳର ଯେତେବେଳେ ଯାହା ଇଚ୍ଛା, ରାମବାବୁ ସାଧ୍ୟମତ ଯୋଗାଇବାକୁ ଚେଷ୍ଟା କରିଥାନ୍ତି। ପତି ପତ୍ନୀର ରୂପରେ କଥାବାର୍ତ୍ତାରେ ମୋହିତ; ପତ୍ନୀ ନିତାନ୍ତ ସରଳମତି ଉଦାରପ୍ରକୃତି ଓ ଅନୁଗତ ସ୍ୱାମୀ ପାଇ ସୁଖୀ। ବିବାହ ହେବା ଦିନଠାରୁ ନିର୍ମଳର ପିତା ପରଲୋକ ଗମନ କରିବା ପର୍ଯ୍ୟନ୍ତ ପତି ପତ୍ନୀ ମଧ୍ୟରେ ଗୋଟାଏ ଅତି କ୍ଷୀଣ ପରଦା ବିଦ୍ୟମାନ ରହି ଯାଇଥିଲା; ବୃଦ୍ଧ ମରିଯିବା ସଙ୍ଗେ ତାହା ସମ୍ପୂର୍ଣ୍ଣ ଦୂର ହୋଇଅଛି। କେବଳ ଗୋଟିଏ ଦାସୀ ଘରର ସମସ୍ତ କାର୍ଯ୍ୟ କରିଦିଏ। ରାମଶରଣ ସ୍କୁଲ କାର୍ଯ୍ୟ ଶେଷ କରି ଅଧିକାଂଶ ସମୟ ଘରେ ନିର୍ମଳ ନିକଟରେ ବସିଥାନ୍ତି। ଦୁହେଁ ବସି ରନ୍ଧାବଢ଼ା କରନ୍ତି, ପାନ ଭାଙ୍ଗି ରଖନ୍ତି। ରାତ୍ରରେ ଖାଇପିଇ କିଛି ସମୟ ମଧ୍ୟ ପାଠପଢ଼ାରେ ଯାଏ।

ସକାଳ ହେଲେ ରାମବାବୁ ନିତ୍ୟକର୍ମ ଶେଷକରି ବନ୍ଧୁମାନଙ୍କ ଘରକୁ ଯାନ୍ତି। ପିଲାମାନଙ୍କଠାରେ ତାଙ୍କର ଭାରି ସ୍ନେହ, ବାତ୍ସଲ୍ୟ। କେଉଁ ପିଲା ଘରେ କିପରି ପଢୁଅଛି, ଦେଖି ଆସନ୍ତି। ଅନେକ ସମୟରେ ବଜାରରୁ ପାଚିଲା ଫଳ ଓ ଜଳଖିଆ କିଣି ପିଲାମାନଙ୍କୁ ବାଣ୍ଟି ଦିଅନ୍ତି। ତାଙ୍କୁ ଅନେକ ଦୂରରୁ ଆସୁଥିବାର ଦେଖି ପିଲାମାନେ ହସି ହସି ଅତି ଆହ୍ଲାଦରେ ପାଖକୁ ଧାଇଁଥାନ୍ତି। ସେ କାହାକୁ କାଖରେ, କାହାକୁ କାନ୍ଧରେ ଧରି ଚାଲନ୍ତି।

ଏହିପରି ସ୍କୁଲରୁ ଘର ପର୍ଯ୍ୟନ୍ତ ଉପରିସ୍ଥ କର୍ମଚାରିଠାରୁ ଅଭିଭାବକମାନଙ୍କ ପର୍ଯ୍ୟନ୍ତ ସମସ୍ତେ ରାମବାବୁଙ୍କ ଉପରେ ଖୁସି। ତାଙ୍କୁ ଦିନେ ନ ଦେଖିଲେ ଅନେକେ ଗୋଟାଏ କିଛି ଅଭାବ ସ୍ପଷ୍ଟ ଅନୁଭବ କରନ୍ତି। ତାଙ୍କର କେବେ କିଛି ଦେହ ଅସୁସ୍ଥ ହେଲେ ଯେ ଶୁଣେ, ସେ ହଜାରେ କାର୍ଯ୍ୟ ଛାଡ଼ି ଧାଇଁ ଆସେ। ବୈଦ୍ୟ ଡାକ୍ତର ଶୁଣିବା ମାତ୍ରେ ବିନା ଡାକରାରେ, ବିନା ଫିସରେ ଚିକିତ୍ସା କରି ଦେଇଯାନ୍ତି। ଅନେକ

ଥର ତାଙ୍କର ବାଲେଶ୍ୱରରୁ ଅନ୍ୟତ୍ର ବଦଳି ହେବାର କଥା ଉଠିଥିଲା। କିନ୍ତୁ ସ୍ଥାନୀୟ ଭଦ୍ରମଣ୍ଡଳୀ ବହୁ ଯତ୍ନ କରି ତାହା ରହିତ କରାଇ ଅଛନ୍ତି।

ଏ ସଂସାରରେ ସୁଖୀ କେବଳ ସେହି, ଯେ ପ୍ରତିବେଶୀମାନଙ୍କର ସନ୍ତୋଷ-ସମ୍ପଦର ଅଧିକାରୀ ହୋଇପାରେ। ଧନମାନ ଆଦି ବାହ୍ୟ ବସ୍ତୁ କୌଣସି ଯୁଗରେ ମନୁଷ୍ୟଙ୍କୁ ସୁଖ ଦେଇ ନାହିଁ; ଇନ୍ଦ୍ରିୟର ତୃପ୍ତି ସାଧନ ସୁଖ ନୁହେଁ। ପରିଣାମରେ ଏ ସବୁର ଫଳ ବିଷମୟ। ରାମବାବୁ ସଦା ପ୍ରଫୁଲ୍ଲ। ଦିନଗୁଡ଼ିକ ଯେ କେଡ଼େ ଚଞ୍ଚଳ ଚାଲି ଯାଉଥାଏ, କହି ହେବନାହିଁ। ନିଜର କୋଠାବାଡ଼ି ଜମିଜମା ହେବ, ଆଡ଼ମ୍ବର ଦେଖାଇ ହେବେ, ଆଧୁନିକ ଯୁଗର ଏ ରୋଗ ତାଙ୍କୁ ସ୍ପର୍ଶ ପର୍ଯ୍ୟନ୍ତ କରିପାରି ନାହିଁ। ଯେ କୌଣସି ପ୍ରକାରେ ପଚିଶ ଜଣଙ୍କ ସଙ୍ଗେ ସୁଖରେ ସୁଖରେ ଦିନ କଟିଗଲେ ହେଲା।

ସବୁଦିନ ସମାନ ଯାଏ ନାହିଁ। ଆଲୁଅ ପଛେ ପଛେ ଅନ୍ଧାର ରହିଥାଏ। ଏସବୁ ସତ୍ତ୍ୱେ ରାମବାବୁ ଟିକିଏ ସ୍ୱୈଣ। କେବଳ ତେତିକି ନୁହେଁ, ଏପରି ହୋଇଅଛନ୍ତି ବୋଲି ସେ ଅନେକ ସମୟରେ ଗର୍ବ ମଧ୍ୟ ଅନୁଭବ କରିଥାନ୍ତି।

ରାମବାବୁଙ୍କ ଠିକ୍ ପଡ଼ୋଶୀ ଆଗଦୁଆରୀ ହରପ୍ରସାଦ ବାବୁ ଜମିଦାରଙ୍କ ଘର। ହରବାବୁ ବଡ଼ଲୋକ, ବାର୍ଷିକ ଆୟ ପ୍ରାୟ ଦଶ ହଜାର ଟଙ୍କା। ଘରେ କେବଳ ସ୍ତ୍ରୀ ଓ ଗୋଟିଏ ମାତ୍ର ପୁତ୍ର ସନ୍ତାନ; ପୁତ୍ରଟି ଜିଲ୍ଲାସ୍କୁଲ ଷଷ୍ଠ ଶ୍ରେଣୀରେ ପଢ଼େ। ହରବାବୁ ଅଶିକ୍ଷିତ – କ'ଣ ସାମାନ୍ୟ ବର୍ଣ୍ଣ ପରିଚୟ ଅଛି। ହେଲେ କ'ଣ ହେଲା, ଆଚାର ବ୍ୟବହାରରେ, କଥାବାର୍ତ୍ତାରେ ଭାରି ଭଦ୍ର, ଭାରି ବିନୟୀ। ମାସିକ ତିରିଶ ଟଙ୍କା ବେତନରେ କେବଳ ସନ୍ଧ୍ୟାବେଳା ଦୁଇ ଘଣ୍ଟା ପିଲାଟିକୁ ଘରେ ପଢ଼ାଇବା ନିମିତ୍ତ ହରପ୍ରସାଦ ରାମବାବୁଙ୍କୁ ଅନେକ ଉପରୋଧ ଅନୁରୋଧ କଲେଣି। ରାତ୍ରରେ ଘରଛାଡ଼ି ପରାଧୀନ ବୃତ୍ତି ଅବଲମ୍ବନ କରିବାକୁ ସେ ବରାବର ନାରାଜ।

ପ୍ରଗାଢ଼ ଅନୁରାଗ ଓ ପବିତ୍ର ପ୍ରେମ ମଧ୍ୟ ଦେଇ ଛିଦ୍ର ପାଇଲେ ନୀଚତା ଅଲକ୍ଷରେ ପ୍ରବେଶ କରିଯାଏ। ପୂର୍ବରୁ ଅତି ସାବଧାନତା ଅବଲମ୍ବନ ନକଲେ ମନୁଷ୍ୟ ହିତାହିତ ଜ୍ଞାନଶୂନ୍ୟ ହୋଇ ଅନ୍ଧ ହୋଇଯାଏ। ରାମବାବୁ କ୍ରମେ ସ୍ତ୍ରୀଙ୍କର ହାତବାରିସୀ ହେବାକୁ ବସିଲେଣି। ଆଜିସୁଦ୍ଧା ଅପ୍ରୀତିକର ଅସାଧ କୌଣସି କାର୍ଯ୍ୟ କରିଦେବାପାଇଁ ନିର୍ମଳା କେବେ ସ୍ୱାମୀଙ୍କୁ ଅନୁରୋଧ କରି ନାହାନ୍ତି – କାଳେ ସ୍ୱାମୀଙ୍କ ମନରେ କଷ୍ଟ ହେବ।

ହରପ୍ରସାଦଙ୍କ ସ୍ତ୍ରୀ ଲୀଳାବତୀ ଅତି ପ୍ରେମମୟୀ ସାଧ୍ୱୀ ରମଣୀ। ସ୍ତ୍ରୀସୁଲଭ ଦୟା କ୍ଷମା ତାଙ୍କଠାରେ ପୂର୍ଣ୍ଣ ବିରାଜମାନ। ସ୍ୱାମୀଙ୍କର କେତେ ଅତ୍ୟାଚାର ଅନାଚାର ଅମ୍ଳାନ

ବଦନରେ ସହ୍ୟ କରି ଆସିଅଛନ୍ତି; ତଥାପି ଦେବତାଜ୍ଞାନରେ ସ୍ୱାମୀଙ୍କୁ କୌଣସି ପ୍ରକାର ତାଡ଼ନା କରି ନାହାନ୍ତି। ବାର ମାସରେ ତେର ପୁଣ୍ୟ ପର୍ବ ଓଷା ବାର ସବୁ କରନ୍ତି। ଭକ୍ତିଗଦ୍‌ଗଦ୍ ଚିତ୍ତରେ ସ୍ୱାମୀଙ୍କ ମତିଗତି ଫେରାଇବା ନିମିତ୍ତ ବିଶ୍ୱବିଧାତାଙ୍କ ନିକଟରେ କେତେ କାତର ପ୍ରାର୍ଥନା କରନ୍ତି। ଲୀଳାବତୀ ନିର୍ମଳକୁ ସାନଭଉଣୀରୁ ବଳି ସ୍ନେହ ଆଦର କରନ୍ତି। ପ୍ରତ୍ୟେକ ପୁଣ୍ୟ ପର୍ବରେ ଡକାଇ ନେଇ ବହୁ ଅଭ୍ୟର୍ଥନା ସହକାରେ ଭୋଜନ କରାଇ ପଠାଇ ଦିଅନ୍ତି।

ନିର୍ମଳର ଇଚ୍ଛା, ଟଙ୍କା ପଇସା ରଖି ଭଲ ଭଲ ସୁନାଗହଣା ଲଗାଇ କିପରି ସୁଖରେ ରହିବ। ଅଳଙ୍କାର ପିନ୍ଧି ଦାଣ୍ଡକୁ ଆଡ଼ମ୍ବର ଦେଖାଇହେବା ସ୍ତ୍ରୀଚରିତ୍ରର ଯେପରି ଗୋଟିଏ ଅସ୍ଥିମଜ୍ଜାଗତ ରୋଗ। ଯେ କେତେଜଣ ଏ ନିୟମର ବହିର୍ଭୁତ, ସେମାନେ ପ୍ରକୃତ ପୂଜ୍ୟା। ଅଳଙ୍କାର ବାସନା ନିର୍ମଳର ପିଲାଦିନୁଁ ବଡ଼ ପ୍ରବଳ। ଆଜିଯାଏ ମନଖୋଲି ସ୍ୱାମୀଙ୍କୁ କିଛି କହିପାରି ନାହିଁ। ହରବାବୁଙ୍କ ଘରକୁ ନିମନ୍ତ୍ରଣ ଖାଇବାକୁ ଯାଇ, ତାଙ୍କର କୋଠାବାଡ଼ି, ଘରର ଆସବାବପତ୍ର, ଲୀଳାବତୀଙ୍କ ଅଙ୍ଗର ବହୁମୂଲ୍ୟ ଭୂଷଣ ଦେଖି ନିଜ ଅବସ୍ଥା ଓ ସ୍ୱାମୀଙ୍କ ସ୍ୱଳ୍ପ ଆୟ ପ୍ରତି ମନେମନେ ଶତ ଧିକ୍କାର ଦେଇଅଛି।

ଏବେ ନିର୍ମଳ କଥାପ୍ରସଙ୍ଗରେ ସ୍ୱାମୀଙ୍କୁ ଲୀଳାବତୀଙ୍କ ଅଳଙ୍କାରର ବର୍ଣ୍ଣନା, କିପରି କେଉଁ ଅଳଙ୍କାର ଯୋଗେ କେଉଁ ଅଙ୍ଗର ଶୋଭା ବଢ଼ିଅଛି, ଏସବୁ ବଡ଼ ବୁଲାଇଚଲାଇ ପ୍ରକାଶ କଲାଣି। ସବୁଥିରେ ରାମବାବୁ କହନ୍ତି – "ସେ ବଡ଼ଲୋକ, ଜମିଦାର ଘର, ସେପରି ଅଳଙ୍କାର ପିନ୍ଧିବା ତାଙ୍କୁ ଏକା ସାଜେ। ଆମ ପରି ଗରିବ ଲୋକର ସେ କଥା ମନକୁ ଆଣିବା ଉଚିତ ନୁହେଁ। ଯେଉଁଠାରେ ପ୍ରକୃତ ସୌନ୍ଦର୍ଯ୍ୟ, ଅଳଙ୍କାର ସେଠାରେ କ'ଣ କରିବ? ଶାରଦ ପୂର୍ଣ୍ଣିମାର ଜ୍ୟୋତ୍ସ୍ନାଲୋକରେ ଗ୍ୟାସ୍ ବା ବୈଦ୍ୟୁତିକ ଆଲୋକ ଜାଳିଲେ କ'ଣ ହେବ? କୋକିଳ ହଳଦୀବସନ୍ତ ସ୍ୱରଲହରୀ ସଙ୍ଗେ ତାନପୂରା ବଜାଇଲେ ଫଳ କ'ଣ ହେବ? ମୟୂର କଣ୍ଠ କୌଣସି ଭୂଷଣର ଅପେକ୍ଷା ରଖେ କି? ମନର ସନ୍ତୋଷରେ ପାଞ୍ଚୋଟିଙ୍କୁ ନିଜର କରି ଦେଖି ଅଢ଼େଇ ଦିନ ଚଳିଗଲେ ହେଲା।"

ଯହିଁରେ ମନୁଷ୍ୟର ପ୍ରବଳ ବାସନା କୌଣସି କାରଣରୁ ଉଦ୍ରେକ ହୋଇଥାଏ, ତାହାର ବିରୁଦ୍ଧ ଯୁକ୍ତି ଯେତେ ଠିକ୍ ହେଲେ ସୁଦ୍ଧା ପିତା ଲାଗେ। ନିର୍ମଳର ମନ ମାନେ ନାହିଁ। ସେ ମନେ କରେ – ଏସବୁ କେବଳ ମନଭୁଲାଣିଆ କଥା। ସ୍ରୋତ ଯେପରି ବାଧା ପାଇଲେ ବଳ ପ୍ରୟୋଗପୂର୍ବକ ନିଜ ରାସ୍ତା ନିଜେ ଠିକ୍ କରି ନେଇଥାଏଁ, ନିର୍ମଳର ଉଦ୍ଦାମ ବାସନା ଘାତପ୍ରତିଘାତରେ ଅତି ପ୍ରବଳ ହୋଇ ଉଠିଲା। ଆଜି ଏଖଣ୍ଡେ,

କାଲି ସେଖଣ୍ଡ କରି କେତେ ଅଳଙ୍କାରର ବରାଦ ହେଲାଣି। ପାଞ୍ଚ ଖଣ୍ଡ ଜାଗାରେ ତିନି ଖଣ୍ଡ କରାଇ ଦେଇ ରାମବାବୁ ଟିକିଏ ଆଶ୍ୱସ୍ତ ନ ହେଉଣୁ, ପୁଣି ସେହିପରି ବା ତତୋଽଧିକ ଫରମାସ। ଆଜିକାଲି ବେତନ ଟଙ୍କା ଅଣ୍ଟୁ ନାହିଁ। କେତେ ଧାର କରଜ ମଧ୍ୟ ହେଲାଣି। ତାଙ୍କ ମନର ପ୍ରଫୁଲ୍ଲତା କ୍ରମେ ମଳିନରୁ ମଳିନତର ହେଉଅଛି। ସ୍ୱାମୀ ସ୍ତ୍ରୀ ମଧ୍ୟରେ ବନ୍ଧନ କ୍ରମେ ଶିଥିଳ ହୋଇ ଆସୁଅଛି। ଯେଉଁ ସମୟ ଅବାଧରେ ଚାଲି ଯାଉଥିଲା, ତାହା ରାମଶରଣଙ୍କ ଜୀବନରେ ଗୋଟିଏ ଲେଖାଏଁ ଦାଗ ରଖିବାରେ ବ୍ୟସ୍ତ ଥାଇ ବଡ଼ ଆସ୍ତେ ଆସ୍ତେ ଗତି କରୁଅଛି।

ନିର୍ମଳର ପ୍ରବର୍ତ୍ତନାରେ ସେ ହରବାବୁଙ୍କ ଘରେ ମାସିକ ତିରିଶ ଟଙ୍କା ବେତନରେ ପିଲାଟିକୁ ପଢ଼ାଇବାର ସ୍ଥିର ହୋଇ ଯାଇଅଛି। ସେ ଟଙ୍କାତକ ସ୍ତ୍ରୀଙ୍କ ଅଙ୍ଗଭୂଷଣ ଓ ପ୍ରସାଧନ କାର୍ଯ୍ୟରେ ବ୍ୟୟିତ ହେବାର ବଜେଟ୍ ମଧ୍ୟ ହୋଇଅଛି। ଏ ପ୍ରସ୍ତାବରେ ଅନୁମତି ଦେବା ଦିନଠାରୁ ରାମଶରଣ ମନରେ ତୀବ୍ର ବେଦନା ଅନୁଭବ କରିଅଛନ୍ତି। କିନ୍ତୁ ଯେତେବେଳେ ସେ ନିର୍ମଳର ସହାସ୍ୟ ବଦନମଣ୍ଡଳ ନିରୀକ୍ଷଣ କରନ୍ତି, ପ୍ରଗାଢ଼ ଅନୁରାଗ ସହିତ ତା ସହିତ ଆଳାପ କରନ୍ତି, ଅନ୍ତତଃ ସେହି ସମୟପାଇଁ ଏ ସବୁ ଦୁଃଖ ଦୈନ୍ୟ କୁଆଡ଼େ ଉଭେଇଯାଏ।

ହରବାବୁଙ୍କର ଆଜିକାଲି ରାମଶରଣଙ୍କ ଉପରେ ଭାରି ଅନୁଗ୍ରହ। ସକାଳ ସନ୍ଧ୍ୟାରେ ସଙ୍ଖୋଳିବାକୁ ଆସନ୍ତି। ପ୍ରାୟ ପ୍ରତିଦିନ ଅନାୟାସଲଭ୍ୟ ପରିବାପତ୍ର ଘିଅ ମାଛ ତାଙ୍କ ଘରକୁ ପଠାଇ ଦିଅନ୍ତି। ପୁଅର ପଢ଼ିବାବେଳ ଉଛୁର ହେଲେ, ନିଜେ ଯାଇ ତାଙ୍କୁ ଡାକି ଆଣନ୍ତି। ରାମବାବୁଙ୍କ ଦାସୀକୁ ଆଜିକାଲି ହରବାବୁଙ୍କର ଘନ ଘନ ଡାକରା ପଡ଼େ। ନିର୍ମଳର ମଧ୍ୟ ଭାରି ଆଦର। ପ୍ରତ୍ୟେକ ପୁଣ୍ୟ ପର୍ବ ଛଡ଼ା, ପିଲାଙ୍କ ବର୍ଣ୍ଣବୋଧ ବା ଅନ୍ୟ କୌଣସି ବିଶେଷ ନିମିତ୍ତ ପର୍ବରେ ନିର୍ମଳ ପାଇଁ ପାଟଶାଢ଼ୀ ଓ ରାମବାବୁଙ୍କ ପାଇଁ ପାଟ ଯଥା ନହେଲେ ନୁହେଁ। ଏତେଗୁଡ଼ାଏ ଅନୁଗ୍ରହ ରାମଶରଣଙ୍କୁ କିପରି ବଡ଼ ଅଡୁଆ ଲାଗେ, ଅନ୍ୟ ଆଗରେ କହିବାକୁ ଟିକିଏ କିପରି ସଙ୍କୋଚ ବୋଧହୁଏ। ଅନେକ ପ୍ରକାର ଭାବନା ମନରେ ଉଠେ।

ଲୀଳାବତୀଙ୍କର ଅନେକ ପ୍ରକାର ଅଳଙ୍କାର ଓ ଶାଢ଼ୀ। ନିର୍ମଳ ଆସିଲେ ସର୍ବପ୍ରଥମେ ସେ ସବୁ ଦେଖେ। ଦେଖି ସେହିପରି ଜିନିଷର ବରାଦ ସ୍ୱାମୀଙ୍କୁ ଦିଏ।

ଏହିପରି ଦିନ ପରେ ଦିନ ମାସ ପରେ ମାସ ଚାଲି ଯାଉଅଛି। ଦିନେ ହଠାତ୍ ହରପ୍ରସାଦଙ୍କ ଘରେ କୋଳାହଳ ଉଠିଲା। ଗତକାଲି ପିତୃଶ୍ରାଦ୍ଧ ହୋଇଥିଲା; ସକାଳୁଁ ସ୍ନାନ ସାରି ଲୀଳାବତୀ ଦେଖନ୍ତି ଯେ, ତାଙ୍କ ହାତବାକ୍ସ ଖୋଲା। ବହୁ ମୂଲ୍ୟବାନ ଦୁଇଟା ହାର କାହିଁ ନାହିଁ। ଚାକର ଦାସୀମାନଙ୍କ ଉପରେ ସନ୍ଦେହ କରି ପ୍ରତ୍ୟେକଙ୍କୁ

ପଚାରି ସାରିଲେଣି; ହରବାବୁ ଏ ଖବର ଶୁଣିଲା କ୍ଷଣି କିଛି ନବୁଝି ନଶୁଝି ହଠାତ୍ ପୁଲିସରେ ଏତଲା ଦେଇଦେଲେ। ଦାରୋଗା ବାବୁ ଦଳ ବଳ ଘେନି ନିଶ ଫୁଲାଇ ଆସି ଦୁଆରେ ହାଜର। ପକେଟ୍ ବହି କାଢ଼ି ପକାଇ – ଗତ ରାତ୍ରରେ କିଏ ସେ ଘରମଧ୍ୟକୁ ଯାଇଥିଲେ, ବାକ୍ସ କିପରି କେଉଁଠାରେ ଥିଲା, ଇତ୍ୟାଦି ବିଷୟ ନୋଟ୍ କରିନେଇ, ଘରଟି ତନ୍ନ ତନ୍ନ କରି ଦେଖି, ଦୁଇଜଣ କନେଷ୍ଟବଳ ପହରା ରଖାଇ ଥାନାକୁ ଢଳି ଢଳି ବିରାଜମାନ ହେଲେ। ଯେପରି କି ଭାଗ୍ୟବିଧାତା ହୋଇ ବରପାଇ ମର୍ତ୍ତ୍ୟକୁ ଅବଧାନ କରିଅଛନ୍ତି। ପଡ଼ୋଶୀମାନେ ଏ ଖବର ଶୁଣି କିଏ କେତେ ପ୍ରକାର କଳ୍ପନା ଜଳ୍ପନା କରୁଅଛନ୍ତି। ଗାଧୁଆ ତୁଠରେ ମାଇପି ମହଲରେ ଏହାର ବିସ୍ତୃତ ସମାଲୋଚନା ଚାଲିଅଛି।

ବେଳ ପ୍ରାୟ ଦୁଇଟା; ରାମବାବୁ ପାଠପଢ଼ାରେ ବ୍ୟସ୍ତ। ହଠାତ୍ ଖବର ଆସିଲା - ପୁଲିସ ଆସି ତାଙ୍କ ଘର ତଦାରଖ କରୁଅଛି। ଘରେ କେହି ନାହିଁ। କେବଳ ଦାସୀ ଓ ନିର୍ମଳ। ପ୍ରଧାନ ଶିକ୍ଷକଙ୍କଠାରୁ ଅନୁମତି ନେଇ ରାମବାବୁ ଏକମୁହାଁ ଘରକୁ ଆସିଲେ। ଆସି ଯାହା ଦେଖିଲେ – ଜ୍ଞାନ ଲୋପ ହେବାର ଉପକ୍ରମ ହେଲା। ଘର ମଧ୍ୟରେ ଦାରୋଗା ବାବୁ ଦୁଇଜଣ ସହଚର ସହିତ ଠିଆ ହୋଇଅଛନ୍ତି। ନିର୍ମଳ କୁମାରୀ ରୋଷାଇ ଘରେ। ତାଙ୍କ ବାକ୍ସ ଖୋଲାଯାଇ ଚୋରା ହାର ଦୁଇଟା ବାହାର କରାଯାଇଅଛି। ଏହା ଦେଖି କ'ଣ କହିବେ, ସ୍ଥିର କରି ପାରିଲେ ନାହିଁ।

ଦାରୋଗା ବାବୁ ନିଜର ସତ୍‌ଶିକ୍ଷା ପ୍ରଭାବରୁ ସୁଶୀଳତା ଓ ଭଦ୍ରତାକୁ ଜଳାଞ୍ଜଳି ଦେଇ, ଲାଲ ଆଖି ବାହାର କରି, ନିଶ ଦୁଇଟା ବେଶ ତାଜା କରିନେଲେ। ପରେ ରାମଶରଣଙ୍କ ଉପରକୁ ତେଜି ଉଠିଲେ। ସେ ବିଚାରା ସେତେବେଳକୁ ଚେତାଶୂନ୍ୟ, ହତବୁଦ୍ଧି। ଦାରୋଗା କହିଲେ – "ପଦାରେ ଏଡ଼େ ଭଦ୍ର, ଭିତରେ ପୁଣି ଚୋରି ! ଛିଃ ଛିଃ ! ଭଦ୍ରଲୋକ ଚୋରି କରିବ, ଯେତେ ସନ୍ଦେହ ସବୁ ଗରିବମାନଙ୍କ ଉପରେ।" ରାମବାବୁ କହିଲେ – "ମୁଁ କିଛି ଜାଣି ନାହିଁ। ଏ ହାର ଏଠାକୁ କିପରି ଆସିଲା ?" ଦାରୋଗାଙ୍କ ଲାଲ ଆଖି ଆହୁରି ଲାଲ ହୋଇଗଲା। କହିବାକୁ ଲାଗିଲେ – "ହଉ ହଉ, ସବୁ ଚଲାଖୀ ଦେଖୁଛି। ଆମମାନଙ୍କ ଆଗରେ ସେସବୁ ମୁଖଭଦ୍ରତା ଗୁପ୍ତଚୋରି ପାର ହେବାର ନୁହେଁ। ରାମ ସିଂହ, ଯାଇ ମାଇପକୁ ଏଠାକୁ ନେଇଆ – ସେ କହିବ, ପ୍ରକୃତ ଘଟଣା କ'ଣ ?" ରାମଶରଣ ଦଶ ଦିଗ ଅନ୍ଧକାର ଦେଖିଲେ। ନିର୍ମଳକୁ ସମସ୍ତଙ୍କ ଆଗକୁ ଆସି ଜବାବ ଦେବାକୁ ହେବ ! ଯଦି ସେ ଆଣିଛି ବୋଲି କହେ, ତାହାହେଲେ ପୁଲିସ୍ ତାକୁ ଚାଲାଣ ଦେଇପାରେ। ଏପରି କିଛିକ୍ଷଣ ଚିନ୍ତା କରି ପରେ କହିଲେ – "ହଉ ବାବୁ ଥାଉ, ଯାହା କରିବାର ମୋତେ କରନ୍ତୁ।" ଦାରୋଗା

କହିଲେ,- "ନା, ସେପରି ନୁହେଁ। ଦୋଷ ସ୍ୱୀକାର କରି ଯା, ତାହାହେଲେ ହେବ।" ରାମଶରଣ କିଛି ନକହି ତଳକୁ ମୁହଁ ପୋତିଲେ। ମନରେ ସେତେବେଳେ ଯେ କି ଭାବନା ଉଦୟ ହେଉଥିଲା, କହି ହେବାର ନୁହେଁ।

ଦାରୋଗା ରାମବାବୁଙ୍କୁ ଧରି ବରାମଦ୍ ମାଲ୍ ସହିତ ଥାନାକୁ ଚାଲିଲେ। ଏତେବେଳ ସରିକି ଯାଇ ହରପ୍ରସାଦଙ୍କ ଦେଖା ! ଅନେକ ଲୋକ ଗଦା ହୋଇ ପଡ଼ିଲେଣି। ଦେବଚରିତ୍ର ରାମଶରଣ ବାବୁ ଚୋର ! ସ୍କୁଲ ଛୁଟି ପରେ ଅନେକ ପିଲା କାନ୍ଦି ବୋବାଇ ଧାଉଁଅଛନ୍ତି, ଦିଅଁଙ୍କୁ ଡାକୁଅଛନ୍ତି – ସେମାନଙ୍କ ପ୍ରାଣର ରାମବାବୁ କିପରି ଛୁଟି ପାଇ ଆସନ୍ତୁ। ଇତର ଭଦ୍ର ଅନେକେ ଦାରୋଗା ବାବୁଙ୍କୁ, ହରପ୍ରସାଦଙ୍କୁ ଧରି ବସିଲେଣି – କିପରି ମକଦ୍ଦମା ଅପୋସରେ ମେଣ୍ଟିଯାଉ।

ହରବାବୁ କହନ୍ତି, "ରାମବାବୁ ମୋର ନିତାନ୍ତ ନିଜର ଲୋକ। ମୋର ଇଚ୍ଛା ନୁହେଁ ଯେ, ସେ ଜେଲ ଖଟନ୍ତୁ। କ'ଣ କରିବି, ବର୍ତ୍ତମାନ ପୁଲିସ୍ ହାତରେ ମକଦ୍ଦମା – ସରକାର ବାହାଦୂର ମୁଦେଇ। ଦାରୋଗା ବାବୁଙ୍କ ହାତରେ ବର୍ତ୍ତମାନ ସବୁ କଥା।" କୌଣସି ରକମ ନିଷ୍ପତ୍ତି କରି ଦେବାକୁ ଦାରୋଗା ବାବୁ ନିତାନ୍ତ ନାରାଜ। ତାଙ୍କପରି ପୁଲିସ୍ କର୍ମଚାରିକୁ ଏପରି ଅନୁରୋଧ କରିବାଟା ବିଡ଼ମ୍ବନା ! ଅନ୍ୟ ଦାରୋଗାମାନେ କେତେ ପ୍ରକାର ଲୋଭରେ, ମୋହବତରେ କେତେ କ'ଣ କରିପକାନ୍ତି – ସେଇଟା ହେଲା ଅନ୍ୟାୟ, ବେଆଇନ। ଏ ଦାରୋଗା ଯେ ନ୍ୟାୟର ପ୍ରତିମୂର୍ତ୍ତି। ଚାକିରି ସମୟ ମଧ୍ୟରେ ଗୋଟିଏ ପାହୁଲା ଲାଞ୍ଚ ନେଇ ନାହାନ୍ତି, ନିଜ ଶଳାକୁ ପର୍ଯ୍ୟନ୍ତ ଜେଲ ଖଟାଇ ଛାଡ଼ିଅଛନ୍ତି। ଦାରୋଗା ବାବୁ ଏପରି କେତେକ ମତବ୍ୟକ୍ତି କରି ଶେଷରେ କହିଲେ – "ଏତେ ବଡ଼ ଗୋଟାଏ ଚୋରି; ସମସ୍ତେ ଜାଣିଗଲେଣି, ମୋ ଚାକିରି ଯିବା କଥା; କୌଣସିମତେ ଏଠାରେ ମୁଁ ନିଷ୍ପତ୍ତି କରିପାରିବି ନାହିଁ।" ହରବାବୁ ଦାରୋଗା ବାବୁ ଟିକିଏ ଅନ୍ତରାଳକୁ ଯାଇ କ'ଣ ବିଚାର କଲେ। ପରେ ପ୍ରକାଶ ହେଲା ଯେ - ମକଦ୍ଦମାଟା ଚଳିବ, ଚଳୁ; ସାକ୍ଷୀ ବିଗଡ଼ାଇ ଦେଇ, ଚୋରି ଅପ୍ରମାଣ କରି ରାମବାବୁଙ୍କୁ କୌଣସିମତେ ଖଲାସ କରି ଆଣିବାକୁ ହେବ। ହରବାବୁ ମଧ୍ୟ ଜଣେ ଉପଯୁକ୍ତ ଓକିଲ ଦେଇ ମୁଦାଲା ତରଫରେ ବିହିତ ତତ୍ପିର କରିବାକୁ ପ୍ରତିଶ୍ରୁତ ହେଲେ।

ରାମଶରଣ, ସେହି ସରଳମତି, ଉଦାର ଚରିତ୍ର ରାମଶରଣ ଭଗବାନଙ୍କୁ ଡାକି ମିଥ୍ୟା ଚୋରୀ ଅପରାଧରେ ଆସାମୀରୂପେ ବସି ରହିଲେ। ନିଃସହାୟର ଅସମୟରେ ଡାକିବାକୁ ଆଉ ଏତେ ବଡ଼ ସହାୟ କିଏ ଅଛି ?

ରାମଶରଣ ଚାଲାଣ ହୋଇ ବୃଦ୍ଧ ସବ୍‌ଡ଼ିଭିଜନ୍ ଅଫିସରଙ୍କ ଇଜଲାସ ରେ ହାଜର ହେଲେ। ଇଜଲାସ ଆଜି ଲୋକାରଣ୍ୟ। କେତେ ଛୋଟବଡ଼ ସ୍କୁଲ ପିଲା,

ଦୁଇ ହାତ ମୁଣ୍ଡକୁ ଟେକି, କିଏ ଅବା କଚେରୀ କାନ୍ଥରେ ମୁଣ୍ଡ ଲଗାଇ, ଲୁହ ଧାର ଓ ନାକ ପୋଛିଦେଇ ଦୟାମୟଙ୍କ କୃପାଭିକ୍ଷା କରୁଅଛନ୍ତି। ହାକିମ ମୁଣ୍ଡଟେକି ଆସାମୀଙ୍କୁ ଆପାଦମସ୍ତକ ଦେଖିଗଲେ। ଦେଖିଲେ - ପ୍ରଶାନ୍ତ ମୂର୍ତ୍ତି, ସ୍ଥିର ଚକ୍ଷୁ, ଉନ୍ନତ ନାସିକା, ସୁଦୀର୍ଘ ଲଲାଟ – ଯେପରି କି ସରଳତା ଓ ପବିତ୍ରତାର ମଧୁର ମୋହନ ସମାବେଶ। ଏ ତ ଦୋଷୀର ଆକୃତି ନୁହେଁ। ହାକିମ ପଚାରିଲେ – "ବାବୁ, ଆପଣଙ୍କ ନାମରେ ପୁଲିସ ଚୋରୀର ଦୋଷାରୋପ କରି ପଠାଇଅଛି; ଆପଣ କୌଣସି ପ୍ରକାର ଭୟ ନକରି ଆମ୍ଭ ନିକଟରେ ପ୍ରକୃତ କଥା ପ୍ରକାଶ କରନ୍ତୁ।"

ରାମଶରଣଙ୍କୁ ପୁନର୍ବାର ଚତୁର୍ଦ୍ଦିଗ ଅନ୍ଧାକାର ଦେଖାଗଲା। ମସ୍ତକ ବିଘୂର୍ଣ୍ଣିତ ହୋଇଗଲା। ପାଖରେ ଠିଆ ହୋଇଥିବା ଚପରାସି ଧରି ପକାଇ ନଥିଲେ ପଡ଼ି ଯାଇଥାନ୍ତେ। ବହୁ କଷ୍ଟରେ କହିଲେ, "ହଜୁର, ଏ ସମ୍ବନ୍ଧରେ ପ୍ରକୃତ ସତ୍ୟ କ'ଣ, ମୁଁ ଜାଣେ ନାହିଁ – ମୁଁ ଆଉ କିଛି କହି ପାରିବି ନାହିଁ, କେବଳ ଏତିକି ଯେ, ମୁଁ ଦୋଷୀ, ଆପଣ ଯାହା ଇଚ୍ଛା ବିଧାନ କରନ୍ତୁ।" ହାକିମ ମହୋଦୟ କଲମ ଫିଙ୍ଗି ଦେଇ ସ୍ତମ୍ଭୀଭୂତ ହୋଇ ରହିଗଲେ। ପୁନର୍ବାର ପଚାରିଲେ – ସେହି ଉତ୍ତର – ମୁଁ ଦୋଷୀ। ଅଗତ୍ୟା ସେହି କଥା ଲେଖି ନେବାକୁ ହେଲା। ଆଇନରେ ସମସ୍ତଙ୍କ ହାତଗୋଡ଼ ବନ୍ଧା ! ସଙ୍ଗେ ସଙ୍ଗେ ରାମଶରଣଙ୍କର ଦଣ୍ଡାଜ୍ଞା ପ୍ରକାଶ ପାଇଲା - ଦୁଇମାସ କାରାଦଣ୍ଡ, ଏକ ଶତ ଟଙ୍କା ଜରିମାନା।

ସମସ୍ତେ ମନୋଦୁଃଖରେ ଘରକୁ ଫେରିଲେ। ପିଲାଗୁଡ଼ିକ କାନ୍ଦି କାନ୍ଦି ଯାଉଥାନ୍ତି। ବାଟରେ ଘାଟରେ ଏ ଦୃଶ୍ୟ ଯେ ଦେଖିଲା; ଶୁଣିଲା, ସେ କାନ୍ଦିଲା। ଅନ୍ୟ ମୁଖରୁ ରାମଶରଣଙ୍କ ଘଟଣା ଶୁଣି ଗାଁ ବୁଢ଼ୀ ମାଇପି ମହଲରେ ତାଙ୍କ ବିରୁଦ୍ଧରେ ବହୁତ ସମାଲୋଚନା ହୋଇଗଲା। କିଏ କହିଲା – "ହଁ ହଁ, ପଦାକୁ ମଉନମୁହାଁ ସିନା, ହେଲେ କ'ଣ ହେଲା, ଭାରି ଚୁପ୍ ସଇତାନ୍।" ଏ ଘଟଣା ଶୁଣି ଖୁସି ହେଲେ ତିନି ଜଣ – ହରପ୍ରସାଦ, ନିର୍ମଳ କୁମାରୀ ଓ ଦାରୋଗା ବାବୁ। ସବୁଠାରୁ ବେଶି ଦୁଃଖିତ, ସନ୍ତପ୍ତ ଓ ଅନୁତପ୍ତ ହେଲେ ଲୀଳାବତୀ।

ହାତରେ ହାତକଡ଼ି ଦେଇ ରାମଶରଣଙ୍କୁ ଜେଲଖାନାକୁ ନେଇଗଲେ। ପ୍ରଥମେ ସେଠାରେ ଲୁଗା ବଦଳାଇ ଜଙ୍ଘିଆ ଖଣ୍ଡେ ପିନ୍ଧିବାକୁ ହେଲା। ଜେଲର ଦୃଶ୍ୟ ଅତି ଭୀଷଣ। ବହୁକାଳର ଅପରାଧିମାନେ ଅଦମ୍ୟ ଭାବରେ ଏଣେତେଣେ କାର୍ଯ୍ୟରେ ଲାଗିଅଛନ୍ତି। ସାମାନ୍ୟ ତ୍ରୁଟି ଦେଖିଲେ ସର୍ଦ୍ଦାର ଆସି ପିଠିରେ ବିଧା ଚାପୁଡ଼ା ବସାଇ ଦେଉଅଛି। ଦାନ୍ତଘଷା ଗାଧୁଆ ପ୍ରାୟ ନଦାରଦ। ଖାଇବା ବେଳ ହେବାରୁ କଏଦୀମାନେ ଖଣ୍ଡେ ଲେଖାଏଁ ଏନାମେଲ ବାସନ ନେଇ ବସି ଯାଉଅଛନ୍ତି। ରୋଷେଇଆ ଭାତ

ତରକାରୀ ଦେଇ ଯାଉଅଛି। କିଏ କତା ବାଡ଼ଉଅଛି, କିଏ ଅବା ତେଲ ଘଣା ପେଡ୍ରୁଅଛି। ସମୟ ହେବାରୁ ଅପରାଧୀମାନେ ଓଜନ ହେବାକୁ ବାହାରି ଅଛନ୍ତି। ରାମଶରଣଙ୍କୁ ନୂତନ ଦେଖି ସର୍ଦ୍ଦାର ଆସି କେତେ ଦିନ ସଜା ହୋଇଅଛି ବୋଲି ପଚାରି ବୁଝିଲା। କେବଳ ଦୁଇ ମାସର ସଜା ହୋଇଅଛି ଶୁଣି, ଗୋଟାଏ ଜହ୍ନିଫୁଲର ପରମାୟୁ ଆଣିଅଛି ବୋଲି କହି ବେକରେ ସଜୋରେ ଗୋଟିଏ ଧକ୍କା ବସାଇ ଦେଲା।

ଏସବୁ ଦେଖି ଶୁଣି ଅନୁଭବ କରି ରାମଶରଣଙ୍କ ହଲକ ଶୁଖିଗଲାଣି। କେଉଁ ଅପରାଧରୁ ଭଗବାନ୍ ଏଡ଼େ ଦଣ୍ଡ ଦେଲେ, ବୁଝି ପାରିଲେ ନାହିଁ। ଦୁଇ ଚକ୍ଷୁ ଦେଇ ଅବିରତ ଭାବରେ ଲୋତକଧାରା ଗଡ଼ିବାକୁ ଲାଗିଲା। କିଛି ଖାଇ ପାରିଲେ ନାହିଁ। ଅନାହାରରେ ଦୁଇ ଦିନ କଟିଗଲା। ରାତ୍ରରେ ମଧ୍ୟ ନିଦ୍ରା ହେଉ ନଥାଏ - ନିର୍ମଳ କେଉଁଠି କିପରି ଥିବ, ମନେ ପଡୁଥାଏ।

ଜେଲ୍ ଦାରୋଗା ଖବର ପାଇଲେ ଯେ, ନୂତନ ଅପରାଧୀ କିଛି ନଖାଇ ନପିଇ ବସି ବସି ଅନବରତ କାନ୍ଦୁଅଛି। ଭାତ ନ ଖାଇବାରୁ ଅଧସେରେ ଲେଖାଏଁ ଦୁଧର ବନ୍ଦୋବସ୍ତ କରିଦେଇ ଗଲେ। ରାମଶରଣଙ୍କୁ ଭୟଙ୍କର ଜ୍ୱର ହେଲା। ଖିଆ ନାହିଁ, ପିଆ ନାହିଁ, ପଡ଼ି ରହିଥାନ୍ତି। ଡାକ୍ତର ଆସି ଔଷଧ ଓ ପଥ୍ୟର ବ୍ୟବସ୍ଥା କରିଦେଲେ। ଜ୍ୱର ସମ୍ପୂର୍ଣ୍ଣ ଛାଡୁ ନାହିଁ। କେତେବେଳେ ହଠାତ୍ ଆସି ଶରୀରରେ ଉତ୍ତାପ ବଢ଼ି ଯାଉଅଛି।

ଜେଲରୁ ମୁକ୍ତି ପାଇବାର ପ୍ରାୟ ଦୁଇ ଚାରି ଦିନ ପୂର୍ବରୁ ଜ୍ୱର ସମ୍ପୂର୍ଣ୍ଣ ଆରୋଗ୍ୟ ହୋଇଗଲା। ଶରୀର ନିତାନ୍ତ ଦୁର୍ବଳ, ଚାଲିବାର ଶକ୍ତି ନାହିଁ; ବସିଗଲେ ମୁଣ୍ଡ ବୁଲି ଯାଉଅଛି। ଯେଉଁଦିନ ମୁକ୍ତି ପାଇବାର କଥା, ଜେଲ୍ ଦାରୋଗା ଆସି ତାଙ୍କ ଲୁଗାପଟା ଦେଇ ମୁକ୍ତିର ଆଦେଶ ଦେଲେ। ରାତ୍ର ସାତଟା ବେଳକୁ ରାମବାବୁ ଜେଲରୁ ବାହାରିଲେ।

ଚାନ୍ଦନୀ ରାତି। ପ୍ରକୃତି ଆଜି ଅତି ଶୋଭାମୟୀ। ଚତୁର୍ଦ୍ଦିଗ ଯେପରି ଆନନ୍ଦରେ ହସି ନାଚି ଯାଉଅଛି। ବାହାରକୁ ଆସି ଦଣ୍ଡେ ବସିପଡ଼ିଲେ। ଘର ସେଠାକୁ ଏକ ମାଇଲ ବାଟ। ଦଶ କୋଡ଼ିଏ ପାହୁଣ୍ଡ ଗଲେ ଶରୀର ଅବସନ୍ନ ହୋଇଯାଏ, ପୁଣି ବସିପଡ଼ନ୍ତି।

ସବୁବେଳେ ମନେ ପଡୁଅଛି, ନିର୍ମଳ ଆଜିଯାଏ କିପରି ଏକାଟିଆ କେଉଁଠି ରହିଅଛି। କିପରି ଗଲେ ତାକୁ ଦେଖିବେ – ଏତେ ଦିନ ପରେ ମିଳନଟି କିପରି ମଧୁମୟ ନହେବ। ସ୍କୁଲ ଶିକ୍ଷକମାନଙ୍କଠାରୁ ଆରମ୍ଭ କରି ତାଙ୍କର ପ୍ରିୟ ଛାତ୍ରଗୁଡ଼ିକ ତାଙ୍କ ବିଷୟରେ କ'ଣ ଭାବୁଥିବେ। କିପରି ମୁହଁ ଦେଖାଇ ପରିଚିତ ଭଦ୍ର ବନ୍ଧୁମାନଙ୍କ ସଙ୍ଗେ ଆଳାପ କରିବେ।

ଘର ଆସି ନିକଟ ହେଲାଣି – ହେଇଟି ଦେଖା ଯାଉଅଛି। ବାଟରେ କାହାକୁ ଦେଖିଲେ ପାଖେଇ ଯାଉଅଛନ୍ତି। ଇଚ୍ଛା – କାହାରିକୁ ପରିଚୟ ନଦେଇ ଘର ଭିତରକୁ ଯିବେ। ଦାଣ୍ଡଦୁଆରେ ପହଞ୍ଚିଲେ – ଭିତରୁ ଦୁଆର କିଳା ଯାଇଅଛି। ଘର ମଧ୍ୟରେ କାହାର ଉଚ୍ଚ ହାସ୍ୟ ଶୁଭୁଅଛି ! ଏ ତ ନିର୍ମଳର ସ୍ୱର !

ଦୁଆରେ ହାତ ମାରିଲେ, ଉତ୍ତର ନାହିଁ। ଶରୀର ମନ ଅବସନ୍ନ ହୋଇ ଗଲାଣି, କବାଟକୁ ଭରାଦେଇ ଠିଆହୋଇ ରହିଥାନ୍ତି। ହଠାତ୍ ଦ୍ୱାର ଖୋଲିଗଲା – ଦେଖିଲେ ହରପ୍ରସାଦ ! ହରବାବୁ ଦୌଡ଼ି ଅନ୍ତର୍ଦ୍ଧାନ ହୋଇଗଲେ। ରାମଶରଣ ମୁହଁମାଡ଼ି ହୋଇପଡ଼ି, ଲେଉଟି ପଡ଼ିଲେ - ଆଖି ଫିଟିଗଲା ପରି ବୋଧହେଲା। ଦେଖିଲେ, ସେ ଯେପରି ଶୂନ୍ୟରେ ଭାସୁଅଛନ୍ତି।

ଉତ୍କଳ ସାହିତ୍ୟ, ୨୨/୧୦, ମାଘ ୧୩୨୬ (୧୯୧୮-୧୯)

ହିସାବ ନିକାଶ

ମାଗୁଣି ଗୁରୁ ଜଣେ ନାମଜାଦା ଲୋକ। ଜମି ବାର ଢେର ବାଟିରୁ କମ୍ ନୁହେଁ। ବଳଦ ଦଶ ହଳ ନିଜ ଚାଷ କରନ୍ତି, ଏ ବାଦ ଭାଗ ବଖରା ଜମି ମଧ୍ୟ ଅଛି। ଘର ପରି ଘରଟାଏ ! ବନ୍ଦନାପୁର ନା' ଶୁଣିଲେ ଗୁରୁ ଘର କଥା ସମସ୍ତେ ପଚାରନ୍ତି। ସକାଳଠାରୁ ବେଳ ପହରେ ପର୍ଯ୍ୟନ୍ତ ମୂଲିଆ ଖମାରିଆମାନଙ୍କ ତର୍ଜନ ଗର୍ଜନ - ଏଠିକି ହଳ ଯାଉ, ସେଠା ବିଲ ବିଦା ଦିଆଯିବ – ରାବଣା ଚକକୁ କୋଡ଼ମାଟିଆ ଦେବାକୁ ଦୁଇଟା ଯାଉନ୍ତୁ – ଗୋରଡ଼ା ଜମି କତି ହେବ, ତିନିଟା ସେଠାକୁ ଯିବେ – ମଇ ଦେବାକୁ କଇଁଫୁଲିଆ ବଡ଼ ବଳଦ ହଳକ ନେଇ ଯା – ଇତ୍ୟାଦି ଲାଗିଥାଏ।

ଏ ଚାଷ ବରାଦ ଅଧ୍ୟାୟକ ଶେଷ ହେଲେ ଗୁରୁ ଆଖି ମଳି ମଳି ଦାଣ୍ଡ ପାଭାଗକୁ ଉଠି ଚାନ୍ଦନୀ ଉପରେ ବସନ୍ତି। ଗଉଡ଼ ଦାନ୍ତକାଠି ପାଣି ଦିଏ। ଦୁଇ ଘଡ଼ି ଲାଗି ଦାନ୍ତଘଷା। ଗ୍ରାମର ରାମା, ଶାମା, ମାଧିଆ, ଅନନ୍ତା, ଗୁରୁବାରିଆ ଆସି ଜୁଟନ୍ତି। ଗାଁ ରାଜନୀତି ସବୁ ପଡ଼େ – ରାମ ପଧାନ ଗୋଟିଏ କଳିଙ୍ଗା ବାଛୁରୀ ଆଣିଛି, ନାହିଁ ନ ଥିଲା ବଳଦଟାଏ ହେବ, ଥୋଇ ଦେଉ ଦେଉ କୁଣ୍ଡ ଖାଲି କରି ଦେଉଛି। ହୁରୁଦାର ବଡ଼ ମା ଢୋକେଇଲାଣି; ହେଲେ କ'ଣ ହେବ, ଏକା ଧର୍ମବନ୍ତ ବୁଢ଼ୀଟିଏ। ବନ୍ଧରେ ମାଛମରା ଆରମ୍ଭ ହେଲାଣି – ଖାଲି ବାଲିଆ କନ୍ଦାଗୁଡ଼ାଏ ପଡୁଛନ୍ତି। କାଲି ସାତଭାଇଆ ମାଙ୍କଡ଼ଗୁଡ଼ାଏ ଆସି ହରି ବେହେରା ବିଚାରାର ଗଛପତ୍ରଗୁଡ଼ିକ ଛାରଖାର କରି ଖାଇଗଲେ। ନିତା ବିଶ୍ୱାଳଟା ଏଡ଼େ ମୂର୍ଖ, ମା'କୁ ଗୋଇଠା ମାଇଲା ! ଇତ୍ୟାଦି। ଇତିମଧ୍ୟରେ ପାନଡାଲା, ଗୁଣ୍ଡିକୁମ୍ପା, ଝରିଲଗା ପିପିଲି ତିଆରି ବୁଟଦାର ବଡ଼ ବଟୁଆ ପହଞ୍ଚିଯାଏ। ଶାଗୁଣା ମଡ଼କୁ ବେଢ଼ିଲା ପରି ଚତୁର୍ଦ୍ଦିଗ ଘେରି ବସିଯାନ୍ତି – କିଏ ଚୂନ ସହିତ ପତ୍ର ମଳି ବସେ; କିଏ ପାନ ଶିରା ଚିରି ଭାଙ୍ଗି ଶୁଙ୍ଘି ଫିଙ୍ଗିଦିଏ; କିଏ ଚୂନ ଲଗାଏ – କିଏ ଗୁଆ ଭାଙ୍ଗି ଦେଉଥାଏ।

ଗୁରୁଙ୍କ ଦାନ୍ତଘଷା ଶେଷ ବେଳକୁ ପାନ ତିଆର। ବସିବା ଲୋକେ ଖଣ୍ଡେ ଦିଖଣ୍ଡ ଲେଖାଏଁ ପକାନ୍ତି। ମାଗୁଣି ସାଷ୍ଟମ ହୋଇ ବସି, ମୁହଁ ପୋଛିଦେଇ ତାମ୍ବୁଳର ସ୍ୱର୍ଗୀୟ ରସ ଆସ୍ୱାଦନରେ ଲାଗିଯାନ୍ତି। ଏତେବେଳକୁ ଯାଇ ଗୁରୁଙ୍କ ପ୍ରଶଂସା ଉଛୁଳି ଉଠେ। ତାଙ୍କ ପୁଅ ଅଇଁଠା ପରି ଗୁଣବାନ୍ ରୂପବାନ୍ ପୁଅ କାହାର ଅଛି! ତାଙ୍କ ଯୋଗୁଁ ତ ଚାଷ, ତାଙ୍କ ଯୋଗୁଁ ତ ଘର। ବୋହୂଟି ବି ସେହିପରି। ରୂପ ଦେଖିବାକୁ ଲକ୍ଷ୍ମୀଟିଏ। ଏଡ଼େ ଗୁଣର ଯେ ମାଛିକୁ ମ ବୋଲି ନାହିଁ। ଶାଶୁ ଶଶୁରଙ୍କ ଗୋଡ଼ ଧୋଇ ପାଣି ନ ପାଇଲେ ଜଳ ଛୁଇଁବ ନାହିଁ। ବଳଦଙ୍କ ଗୁଣ ବି ସେହିପରି। ଲାଙ୍ଗୁଡ଼ରେ ହାତ ଛୁଆଇଁ ଦେବେ ନାହିଁ – ଯିମିତି ଧର୍ମକୁ ସିମିତି କର୍ମ ମିଳିଛି। ଏ କ'ଣ ସହଜ ଭାଗ୍ୟର କଥା! ଗୁରୁ ହସି ହସି ସବୁ କଥା ଉପଭୋଗ କରୁଥାନ୍ତି। ପାନ ସରିଗଲେ ଡାକ ପକାନ୍ତି – "ଆରେ ହରିଆ, ଗୁଣ୍ଡି ଆଣ, ପାନ ଆଣ, ଗୁଆ ସରିଗଲା, ଯା, ଦୋକାନରୁ ନେଇ ଆ।"

ବେଳ ସାତ ଘଡ଼ି ଦିପହର ବେଳକୁ ମର୍ଦ୍ଦନଟା ହୋଇ ଗୁରୁ ଗାଧୋଇ ଯାନ୍ତି। ସ୍ନାନ ସାରି ଖାଇ ପିଇ ଆସନ। ବେଳ ଦୁଇ ଘଡ଼ି ଥାଉଁ ନିଦ ଭାଙ୍ଗେ। ମୁହଁ ଧୋଇ, ଗାମୁଛା ପାଳଟି ପୁଲାଏ ବନ୍ଦରି ଚୂନପତ୍ର ମଳି, ପେଟ ବାଡ଼େଇ ପୋଖରୀପାଣି ବାହାରନ୍ତି। ଆସୁ ଆସୁ ସନ୍ଧ୍ୟା। ଟିକିଏ ଅଫିମ କରାଟରୁ କାଢ଼ି ସେବନ କରି, ତା' ପରେ ଗୋଟାଏ ଦୁଇଟା ଛାଚି କୋରା, ଦିଶୁ ଦୁଧ, ପାଚିଲା କଦଳୀ ଦୁଇଟା କି ପୁଞ୍ଜାଏ, ଛେନା ଖଣ୍ଡେ, ଖଇ ପୋଷେ ଚକଟି ବାଟୁଳା ବଳି ପକାଇ ଦିଅନ୍ତି। ତା'ପରେ ଚକାମାଳିଟିଏ ପକାଇ ଦାଣ୍ଡ ଚାନ୍ଦନୀ ଉପରେ ବୈଠକ। ଏତେବେଳର ଗହଣାଟା ବଡ଼ ଜମି ଉଠେ। ବିଲବାଡ଼ି କାମଦାମ ସାରି ଗାଁଟାରେ ବାରପଣ ଲୋକ ଗୁରୁଙ୍କ ଦୁଆରେ ଜମା। ହୋହା ଗୋଳମାଳରେ ଅନେକ ରାତି ହୋଇଯାଏ। ପୁଣି ସେହିପରି ଗ୍ରାମର ଗପ, ବିଲବାଡ଼ି ଚର୍ଚ୍ଚା, ଗ୍ରାମବାସୀଙ୍କ ଉପରେ ସମାଲୋଚନା ଓ ଗୁରୁ ଘରର ପ୍ରଶଂସା ପଡ଼େ। ରାତି ଅଧସରିକି ମାଗୁଣି ଗଣ୍ଡାଏ ଖାଇଦେଇ ପଡ଼ିଯାନ୍ତି। ସହଜରେ ନିଦ ଆସେ ନାହିଁ। ଅଫିମ ନିଶାରେ ରାତି ତମାମ୍ କେତେ ସୁଖସ୍ୱପ୍ନ ଦେଖନ୍ତି। ପାହାନ୍ତିଆକୁ ମାଇ କାକର ପଡ଼ିଲେ ଯାଇ ଢୋଳେଇ ପଡ଼ନ୍ତି।

ମାଗୁଣି ଗୁରୁ ବନ୍ଦନାପୁରର ବଡ଼ ଚାଷୀ, ବଡ଼ ଘର। ସନ୍ତାନ ମଧ୍ୟରେ ଅଇଁଠା ବୋଲି ପୁଅ; ମାଳତୀ, ସେବତୀ, ଚମ୍ପା ବୋଲି ତିନୋଟି ଝିଅ। ପୁଅଟି ଅପରତିଆଣୀ, ଉପରୁ ଦିଓଟି ପୁଅ ହୋଇ ଚାଲି ଯାଇଅଛନ୍ତି। ଯମ ଅଇଁଠା କରି ଛାଡ଼ି ଯାଇଥିବାରୁ ନାମ ଅଇଁଠା। ପୁଅଟି ଭେଣ୍ଡା; ବୟସ ୨୦/୨୨ ହେବ – ଦୁଇ ବର୍ଷ ହେଲା ବିବାହ ହୋଇଅଛି।

ଗୁରୁ ବଡ଼ ଅମାୟିକ, ବେପରବାଏ ଲୋକ – ଭାରି ଦାନଶୀଳ – ଯେ ଯାହା ମାଗିଲେ ଫଳେ ପୁଷ୍ପେ ପାଇଥାନ୍ତି। ଦୁଇ ପଦ ତୋଷାମୋଦ କଥା ଶୁଣିଲେ ପଇସାକ ଜାଗାରେ ପାଞ୍ଚ ପଇସା ଖର୍ଚ୍ଚ କରି ପକାନ୍ତି। ଛନ୍ଦ କପଟ ମାଲିମକଦ୍ଦମା ନା' ଶୁଣିଲେ ନିଦ ହୁଏ ନାହିଁ – ଭାରି ଭୟ। ଆୟ ଅନୁସାରେ ଖର୍ଚ୍ଚ ନାହିଁ – ହେଉ ହେଉ ଯେତେ ହୋଇଯାଏ। ଏପରି ଭାବରେ ବର୍ତ୍ତମାନ ବର୍ଷକ ଆୟ ଅଣ୍ଟେ ନାହିଁ – ଜମା ଧାନରୁ ବିକ୍ରି ହୋଇ ଖର୍ଚ୍ଚ ହୁଏ।

ଅଇଁଠାର ପ୍ରଭୃତି ଅଲଗା। ଗ୍ରାମର ଭଲ ମନ୍ଦ ମାଲିମକଦ୍ଦମାରେ ତା'ର ହାତ। ପୁଲିସକୁ ଯିବା ଆସିବା କରି ମାମଲତକାର ହୋଇ ଉଠିଲାଣି। ଗ୍ରାମ ମଧ୍ୟରେ ତା'ର ଖାତିର ଖୁବ୍ ବେଶୀ। କାହା ମଧ୍ୟରେ ମାଲିମକଦ୍ଦମା ଉଠିଲେ ସେ ମାମଲତକାର ହୋଇ ନିଷ୍ପତ୍ତି କରାଇଦିଏ। ନିଜେ କାହାରିଠାରୁ ଭୁଲକ୍ରମେ ପଇସାଟିଏ ଠକି ନିଏ ନାହିଁ। ଖର୍ଚ୍ଚ ସମ୍ବନ୍ଧରେ ବାପଠାରୁ ଚତୁର୍ଗୁଣ, ତା'ର ଭରତଲୀଳା ଓ ସଙ୍ଗୀତ ଅଖଡ଼ା ମେଳ, ପିଲାଙ୍କ ବେଶଭୂଷା ଓ ଅଳଙ୍କାରପତ୍ରରେ ଅନେକ ପଇସା ଲାଗେ। ପାନଗୁଆ ଖର୍ଚ୍ଚ ମଧ୍ୟ ଅସୁମାର। ଗାଁକୁ କୌଣସି ଭଲ ଜିନିଷ ବିକି ଆସିଲେ ଅଧିକା ଦୁଇ ପଇସା ଦେଇ ଖର୍ଦି କରେ। କୌଣସି ମେଲଣ ଯାତ ତୀର୍ଥ ତା'ର ବାଦ୍ ପଡ଼େ ନାହିଁ।

ମାଗୁଣିଙ୍କ ଘର ପଡ଼ିଶା ଖଣ୍ଡେ ଦୂର ଛଡ଼ା ଗୋବର୍ଦ୍ଧନ ସାହୁ ମହାଜନ ଘର। ଭାରି ମହାଜନ - ପଚିଶି ହଜାର ଟଙ୍କା ମହାଜନୀ ଲାଗିଛି; ଲୋକେ କହନ୍ତି – ଏ ବାଦେ ଗରା ଗରା ହୋଇ ସୁନା ରୂପା ଘରେ ପୋତା। ହେଲେ କ'ଣ ହେଲା, ଚାଷବାସ ଅତି ଅଳ୍ପ – ଚାକର ଯୋଡ଼ିକରୁ ବେଶି ନାହାନ୍ତି, ବଳଦ ଦୁଇ ହଳ, ମହାଜନର ଦୁଇ ପୁଅ ବିଲବାଡ଼ିରେ ରାତ୍ର ଦିବା ଲାଗି କାମ କରନ୍ତି। ବିଲରୁ ଆସି ଗାଈ ବଳଦ ମୁହାଁନ୍ତି। ବୁଢ଼ାଟା ଟଙ୍କା ପଇସା କାରବାର ବୁଝେ। ପୁଅମାନେ କାମଦାମରେ ହେଳା କଲେ, ଅଭିଧାନଛଡ଼ା ଭାଷାରେ ଗାଳି ଦିଏ; ଭେଣ୍ଡା ପୁଅଗୁଡ଼ାଙ୍କୁ ହାତ ପୂରାଇ ମାରେ। ବୋହୂମାନଙ୍କ ଦଶା ମଧ୍ୟ ତତୋଽଧିକ। ବାସି ପାଇଟିଠାରୁ ଆରମ୍ଭ କରି ଘରଲିପା ଧାନକୁଟା ପର୍ଯ୍ୟନ୍ତ ସବୁ ସେମାନଙ୍କୁ କରିବାକୁ ପଡ଼େ।

ସାହୁଙ୍କଠାରେ ସୁଧର ହାର ଭାରି ଚଢ଼ା, ଆଜିସୁଦ୍ଧା କରଜ ନେଇ କେହି ସମ୍ପୂର୍ଣ୍ଣ ଶୁଝି ପାରିନାହିଁ। ସୁଧ ଉପରେ ସୁଧ, ଅସଲ ଦେଲେ ବାକି, ମିଆଦ ପୂରିଗଲେ ସାନି ତମସୁକ ତଲବ – ଭୟଙ୍କର କଥା। ବୁଢ଼ା ନିର୍ମାଲ୍ୟ କୋଥଳୀ ଆଗରେ ରଖି, ଝୁଲିମୁଣିରେ ହାତ ପୂରାଇ ଆଖି ବୁଜି ସବୁବେଳେ ପାକୁଆ ପାଟି ପାକୁ ପାକୁ କରୁଥାଏ। ଖାତକ ଅସୁଲ ଦେଲେ ତମସୁକରେ ଅସୁଲ ଲେଖା ହୁଏ ନାହିଁ - ପରେ ମଜୁରୀ କରିବାକୁ ଆସିଲେ ସାଫ ନିର୍ମାଲ୍ୟ କୋଥଳୀ ଝୁଲି ମୁଣି ଧରି ଗୋଟିଏ କାଶିକଉଡ଼ି

ଅସୁଲ ପାଇନାହିଁ ବୋଲି ନିୟମ କରିପକାଏ। ଭଲଲୋକମାନେ ଓଲଟି ଖାତକକୁ କାଇଲି କରିପକାନ୍ତି। ଏଡ଼େ ବଡ଼ ବୁଢ଼ା, ଧର୍ମବନ୍ତ, ସର୍ବାଙ୍ଗ ତିଳକକଟା; ବୁଢ଼ାଟା କ'ଣ ନିର୍ମାଲ୍ୟ ଧରି ମିଛ କହନ୍ତି !

କୁଣିଆ ଘରକୁ ବାହାରିଲେ ମାଗୁଣିଙ୍କ ସଙ୍ଗେ ଦୁଇଟା ଚାକର, ପ୍ରତିଦିନ ବ୍ୟବହାର୍ଯ୍ୟ ଯାବନ୍ତ ଲୁଗା ଗାମୁଛା ପୂଜାପେଡ଼ୀ ତାଳ ପିତ୍ତଳ ସଙ୍ଗରେ ଯାଏ। ଦିଶୁ ସରୁ ଚୁଡ଼ା ଖଇ ନବାତ ପାଚିଲା କଦଳୀ ମଧ୍ୟ ଯାଇଥାଏ।

ମାଗୁଣି ଥରେ ବୋହୂ ଆଣିବାକୁ ବାହାରିଲେ। ସଙ୍ଗରେ ଦୁଇ ଜଣ ଚାକର। ଯାଇ ଯାଇ ସେ ଗାଁମୁଣ୍ଡ ନଈକୂଳ ପୋଲାଙ୍ଗ ତୋଟାରେ ବସି ପଡ଼ିଲେ। ଭଣ୍ଡାରୀ ଶତରଞ୍ଜି ପାରିଦେଲା; ବଟୁଆ ଫିଟାଇ ପାନ ଭାଙ୍ଗି ବସିଲା। ବେଳ ରତ ରତ; ରକ୍ତ କିରଣ ଚଞ୍ଚଳ ନଦୀଗର୍ଭରୁ ପଡ଼ିଆକୁ ଏବଂ ଗଛ ଉପରକୁ ଉଠି ଯାଉଅଛି। ବାଲିଶଯ୍ୟା ଉପରେ ସ୍ୱଚ୍ଛ ନୀରବେଣୀ ବଙ୍କା ବଙ୍କା ଗତିରେ କଳକଳ ଶବ୍ଦ କରି ଚାଲି ଯାଉଥାଏ। ସ୍ଥାନ ଦେଖି ମାଗୁଣି ମୁଗ୍ଧ – ଭଣ୍ଡାରୀକୁ କହିଲେ, "ପାନଭଙ୍ଗା ଆଉ; ଅଳ୍ପ ସରୁଚୁଡ଼ା ପିତ୍ତଳରେ ଧୋଇ ଆଣ, କଦଳୀ ନବାତ ଖଇ ଦେଇ ଖାଇବା; ସମୁଧିଘର ଖାଇବାକୁ ଦେବାରେ ଉଛୁର କରିପାରେ, ଭୋକ ସମ୍ଭାଳିବ କିଏ ?"

ଭଣ୍ଡାରୀ ହୁକୁମ ତାମିଲ କଲା। ଦରଖିଆ ହୋଇ, ପାଟିଏ ଚୂଡ଼ାଚକଟା ପାକୁଆ ପାଟିରେ ପାକୁଳି ଧରିଅଛନ୍ତି - ଦାନ୍ତ ଅଭାବରୁ ଚୂଡ଼ାଗୁଡ଼ାକ ସହଜରେ କଣ୍ଠନାଳୀ ଦେଇ ପ୍ରବେଶ କରିବାର ଉପଯୁକ୍ତ ହୋଇ ପାରୁନାହିଁ; ହଠାତ୍ ଆଗରେ ଦେଖନ୍ତି, ସାନ ସମୁଧି ନିତ୍ୟାନନ୍ଦ ! ଯାଆନ୍ତି କାହିଁ ? ହଠାତ୍ ଢୋକିଲା ବେଳକୁ ଚୂଡ଼ାଗୁଡ଼ାକ ତୋଟିରେ ଲାଗି ଯାଉଅଛି – କାଢ଼ି ପକାଇବାର ମଧ୍ୟ ଉପାୟ ନାହିଁ। ଫୁଲକା ଗାଲ ଦୁଇଟା ଅଯଥା ଫୁଲି ଯାଇ ମୁଖମଣ୍ଡଳକୁ ନିତାନ୍ତ ବିକୃତ, ତଥା ବାକ୍‌ଶକ୍ତିକୁ ବଡ଼ ନିର୍ଦ୍ଦୟ ଭାବରେ ବନ୍ଦ କରି ଦେଇଅଛି। ଏ ସଙ୍କଟରୁ ପରିତ୍ରାଣର ଉପାୟ ଦେଖିଲେ ନାହିଁ।

ସମୁଧି ଆଗକୁ ଆସି ଓଳିଗି ହେଲେ। ମାଗୁଣି ଓଠ ଦୁଇଟା ଟିକିଏ ମେଲା କରି ଅତି ଅସ୍ପଷ୍ଟ ଭାବରେ ଏଣୁତେଣୁ କ'ଣ ପଦେ କହି ପକାଇ ହାତ ଦିଓଟି ଟେକି ଦେଲେ। ନାଳ ସହିତ ମେଞ୍ଚାଏ ଚୂଡ଼ା ପାଟିରୁ ଗଡ଼ି ପଡ଼ିଲା। ନିତ୍ୟାନନ୍ଦ ଓ ଚାକର ଦୁଇଟା ହସି ଉଠିଲେ। ଗୁରୁଙ୍କ କଣ୍ଠରେ ପାଟିରେ ଚୁଡ଼ାଗୁଡ଼ାକ ଲାଗି ବଡ଼ କଷ୍ଟ ହେଉଥାଏ। କେତେଥର କାଶ ଆସିଲାଣି, ବଡ଼ କଷ୍ଟରେ ବନ୍ଦ କରିଅଛନ୍ତି। ହସ ଦେଖି କାଶ ଉଠି ଆସିଲା। ଏକାବେଳକେ ପାଟିରୁ ଚୁଡ଼ାଗୁଡ଼ାକ ଶତରଞ୍ଜିମୟ ହୋଇଗଲା !

ମୁହଁ ହାତ ଧୋଇ ସାଷ୍ଟମ ହେଲେ। ପୁଣି ଥରେ ଭାରି ହସର ରୋଳ ଉଠିଲା। ମାଗୁଣି ମଧ୍ୟ ଏଥର ହସରେ ଯୋଗ ଦେଇ କହିଲେ – "କ'ଣ କରିବି ସମୁଧି, ଦୋଷ ଧରିବ ନାହିଁ। ଭୋକବିକଳିଆ ଲୋକ, କାଳେ ତୁମ ଘରେ ଖାଇବା ଉଚ୍ଛୁର ହେବ, ସେଥିପାଇଁ ଗଣ୍ଡାଏ ଖାଇ ଦେଉଥିଲି।"

ଦୁଇ ସମୁଧି କେତେ ଖୁସିବାସି ଗପସପ ହୋଇ ହାତ ଧରାଧରି ହୋଇଯାଇ ଘରେ। ସମୁଧି ଆସିଛନ୍ତି ବୋଲି ଭାରି ଗୋଟାଏ ଚହଳ ପଡ଼ିଗଲା। କେଉଟ ମାଛ ମାରି ବୁଲିଲେ – ମାଛକୁଳ ଆତଙ୍କ ମଣିଲେ। ଗଉଡ଼ ବାପୁଡ଼ା ଗାଲୁ ମାରିବାରୁ ଆଜି ବାପ ଶ୍ରାଦ୍ଧ ମନେ ପଡ଼ିଗଲା। ଗୁଡ଼ିଆଘରୁ ଯଥାବିଧି ଜଳଖିଆ ଅଣାଯାଇ ଦୁଶ, ଛେନା, ସର, ପାଚିଲା କଦଳୀ ସହିତ ସମୁଧିଙ୍କ ଚର୍ଚ୍ଚା ହେଲା। କାନିକା, ଭଜା, ସନ୍ତୁଳା, ମାଛ ତରକାରୀ, ଆମ୍ବିଲ, ବେସର, ପାଚଲ ଆଦି ଅନେକ ପ୍ରକାର ଜିନିଷରେ ରାତି ଠା' ପୀଢ଼ା ହେଲା।

ଏତେ ଆଦର ଅଭ୍ୟର୍ଥନା ମଧ୍ୟରେ ଅସଲ କଥା କହିବାକୁ ଗୁରୁ ସମୟ ପାଇପାରି ନାହାନ୍ତି। ଖାଇସାରି ହାତ ମୁହଁ ଧୋଇବା ବେଳେ ହଠାତ୍ କହି ପକାଇଲେ – "କ'ଣ ହେବ କି, କାଲି ସକାଳୁ ବୋହୂ ପଠାଇବାକୁ ହେବ। ନହେଲେ ନୁହେଁ। ଅଇଁଠା ବୋଉ ଦୁଇ ଦିନ ହେଲା ବେମାର। ବୋହୂ ଆସିବା ଦିନୁ ଘର ଘରପରି ଦିଶୁନାହିଁ – ଖାଇବା ପିଇବାରେ ନିତାନ୍ତ ଅସୁବିଧା।"

ସମୁଧିମାନେ ଏ କଥା ଶୁଣି ରାଗିଗଲେ – ଏ କ'ଣ ଏ, ଝିଅ ଆସିବାର ଜମା ପନ୍ଦରଟା ଦିନ ହୋଇନାହିଁ – ଫେର ଏପରି କଥା, ନା ନା, ତାହା ହେବନାହିଁ। ଅଗିରା ପୂର୍ଣ୍ଣମୀ ଦ୍ୱିତୀୟାକୁ ଯାଇ ସୁଆରୀ ଗଉଡ଼ ଦେଇ ପଠାଇଦେବୁଁ।

ମାଗୁଣି ଧରି ବସିଲେଣି - ନାହିଁ, ନାହିଁ ତା ହୋଇଥିଲେ ତ ମୁଁ ଏଠି ଜଳ ଗ୍ରହଣ କରି ନଥାନ୍ତି। ଯିମିତି ହେଉ ମୁଁ କାଲି ବୋହୂ ନେଇ ଯିବି।

କବାଟକଣ ଆଢୁଆଳରୁ ବୁଢ଼ୀ ସମୁଧୁଣୀ କହି ପକାଇଲେ – "ମଲା ମୋର ସମୁଧି ଘୋଡ଼ାମୁଣ୍ଡରେ ଜିନ ଦେଇ ଆସିଛନ୍ତି ପରା! ଏତେ ତଡ଼ା ଘୋଡ଼ା କାହିଁକି ମ! ଦୁଇ ବର୍ଷ ପରେ ଝିଅ ଆସିଛି, ମାସ ଦୁଇଟା ନ ରଖି ଛାଡ଼ି ଦେବି?"

ଏକଥା ଶୁଣି ଗୁରୁଙ୍କ ମୁଣ୍ଡ ଗରମ ହୋଇଗଲା। କଚେରୀଘରେ ଅନେକ ସମୟ ପଡ଼ି ରହିଲେ। ନିଦ ଆସିଲା ନାହିଁ। ରାତ୍ର ଦୁଇ ଘଡ଼ି ଆଉ କାହାରିକୁ କିଛି ନ କହି ଚାକରମାନଙ୍କୁ ସଙ୍ଗରେ ନେଇ ବାହାରିଗଲେ। ବେଳ ପହରେ ସରିକି ଯାଇ ଗ୍ରାମରେ ହାଜର। ଘରକୁ ନ ଯାଇ ଆଗେ ଗୋବର୍ଦ୍ଧନ ସାହୁ ମହାଜନ ଦୁଆରେ

ପହଞ୍ଚିଲେ। ମହାଜନ ପଚାରିଲା – "କଥା କ'ଣ, ଆପଣ ଏପରି କାହିଁକି ଆସି ଆଜ୍ଞା ହେଲେ ?"

ମାଗୁଣି କହିଲେ – "ସେ କଥା କ'ଣ କହିବି, ମହାଜନ! ବର୍ତ୍ତମାନ ମୋ ଇଜ୍ଜତ୍ ତମ ହାତରେ। ମୁଁ ଅଳ୍ପଦିନ ଭିତରେ ସବୁ ହିସାବ ନିକାଶ କରିଦେବି ଯେ। ମତେ ବର୍ତ୍ତମାନ ଟଙ୍କା ତିନିଶହ କରଜ ଦେବାକୁ ହେବ।"

ଗୋବର୍ଦ୍ଧନ - "ହଉ, ହଉ ଟଙ୍କା ତ ଆପଣଙ୍କର। ମତେ ପୁଣି ଏତେ ପଚରା କାହିଁକି ? ତେବେ ପୂର୍ବ ହିସାବଟା ମିଶାଇ ଖଣ୍ଡେ ତମସୁକ ଲେଖାପଢ଼ି କରାଇ ଦିଅନ୍ତୁ। ବୁଝିବା ହେଲେ ଆଜ୍ଞା, ଚରାମରା ସଂସାର, କେତେବେଳେ କାହା କପାଳରେ କ'ଣ ଅଛି, କିଏ ଜାଣେ। ଗୋଟାଏ ଲେଖାପଢ଼ି କରି ରଖିବା ଭଲ।"

ସେହିଦିନ ସିଠାମ କିଣା ହୋଇ ଆସି ଯଥାବିଧି ଲେଖାପଢ଼ି ହୋଇଗଲା। ସୁଧ ପଡ଼ିଲା ଟଙ୍କାକେ 'ବର୍ଷକୁ ଛଅ ଅଣା'! ଗୋବର୍ଦ୍ଧନ କହିଲା – "ହଉ, ହଉ, ଯାହା ଇଚ୍ଛା ଲେଖା ହୋଇଥାଉ। ଦେବାନେବା ବେଳେ କ'ଣ ସେସବୁ ରହିଯିବ ?"

ଗୁରୁ କହିଲେ – "ସେ ବିଷୟରେ ମୋର କିଛି କଳ୍ପଣା ନାହିଁ, ମହାଜନ। ମୁଁ ତ ହିସାବ ନିକାଶ କରିଦେବି - ଯାହା ଇଚ୍ଛା ସୁଧ ଲେଖିଥାଅ।"

ଟଙ୍କା ଧରି ସେହିପରି ଦୁଇ ଜଣ ଚାକର ସଙ୍ଗରେ ଘେନି ମାଗୁଣି ଆର ଦିନ ସକାଳୁଁ ମୁହଁ ଅଧୁଆ କଟକ ଯାତ୍ରା କରିଗଲେ। ସମସ୍ତେ କାବା ହୋଇ ଭାବିଲେ – କଥା କ'ଣ, ବୋହୂ ଆଣିବାକୁ ଯାଇ ଏ କି କାଣ୍ଡ!

କଟକରେ ବଡ଼ ସୌଦାଗରମାନେ ପ୍ରକାରେ ପ୍ରକାରେ ଘୋଡ଼ା ବିକ୍ରି କରିବାକୁ ଆଣି ରଜା ବଗିଚାରେ ପଡ଼ିଥାନ୍ତି। କେହି ଘୋଡ଼ା ଦେଖିବାକୁ ଗଲେ ପଚାରନ୍ତି - ନିଜେ ରୋଜଗାର କରି ଘର କରିଅଛନ୍ତି, ନା ମୌରସି ସମ୍ପତ୍ତିରୁ ଧନୀ। ଆପେ ରୋଜଗାର କରି ଧନୀ ହୋଇଥିବା କଥା ଶୁଣିଲେ ସେମାନେ ପ୍ରଥମେ ଦଲଖାଇ ଅତି କମ ଦାମ ଘୋଡ଼ା ଦେଖାନ୍ତି। ସେପରି ଲୋକ ଘୋଡ଼ା କିଣି ପାରିବେ ନାହିଁ ବୋଲି ସେମାନଙ୍କର ଧାରଣା।

ସ୍ନାନ ପ୍ରକାର ସାରି, ଦ୍ୱାଦଶକିଳକ କାଟି, ପାଟିଲା ଗାମୁଛା ଖଣ୍ଡେ କାନ୍ଧରେ ପକାଇ ମୁକ୍ତାବାଦୀ ମଠା ପିନ୍ଧି, ଗୁରୁ ଚାକରମାନଙ୍କୁ ନେଇ ଘୋଡ଼ା ପସନ୍ଦ କରିବାକୁ ବାହାରି ଅଛନ୍ତି। ତାଙ୍କ ହାଲଚାଲ ଦେଖି ସୌଦାଗରମାନଙ୍କ ମଧ୍ୟ ବିବାଦ ଚାଲିଲା। ପ୍ରତ୍ୟେକେ ତାଙ୍କୁ ନିଜ ଘୋଡ଼ା ଦେଖାଇବାକୁ ବ୍ୟଗ୍ର। ଶେଷରେ ଗୋଟିଏ ବାଦାମୀ ଉଚ୍ଚ ଘୋଡ଼ା ପସନ୍ଦ କରି ୨୫୦ ଟଙ୍କା ମୂଲ୍ୟରେ କିଣିଲେ। ଜିନ ପ୍ରଭୃତି କିଣିବାରେ ପ୍ରାୟ ଆହୁରି ୬୦/୭୦ ଟଙ୍କା ଲାଗିଗଲା।

ଘଣ୍ଟି ଘାଗୁଡ଼ି ଜିନ ପ୍ରଭୃତି ଲଗାଇ ଘୋଡ଼ାକୁ ସଜ କରି ଗୁରୁ ଯଥାସମୟରେ ଗ୍ରାମରେ ହାଜର ହେଲେ। ଗାଁଟାଯାକ ଲୋକ ଜମା ହୋଇ ପଡ଼ିଲେଣି। ଏପରି ଘୋଡ଼ା ଆଣିବାର ମତଲବଟା କ'ଣ? କେତେ ଲୋକ କେତେ ପ୍ରକାର କଥାବାର୍ତ୍ତା ହେଲେ।

ପରଦିନୁଁ ସକାଳୁଁ ମାଗୁଣି ଗୁରୁ ଗାଧୋଇ ପାଧୋଇ ଦିଅଁ ଦର୍ଶନ କରି ଘୋଡ଼ା ସଜ କରିବାକୁ ଆଦେଶ ଦେଲେ। ଘୋଡ଼ା ସଜ ହେଲା - ଆଗରେ ପଛରେ ଦୁଇ ଜଣ ମନୁଷ୍ୟ ରହିଲେ। ଗୁରୁ ଯାଇ ଘୋଡ଼ା ଉପରେ। ମୋଟା ସବାର ପାଇ ଘୋଡ଼ା ଚାରି ଗୋଡ଼ ଉଠାଇ ବିଚିତ୍ର ନୃତ୍ୟ ଆରମ୍ଭ କଲା। ଆଗପଟ ଲଗାମ ଧରି ଦୁଇ ଜଣ ଟାଣିବାକୁ ଲାଗିଲେ, ପଛଆଡୁ ମଧ୍ୟ ଦୁଇ ଜଣ ଘୋଡ଼ାକୁ ଠେଲୁଥାନ୍ତି। ବହୁ କଷ୍ଟରେ ଘୋଡ଼ା ରୁଣଝୁଣ ଶବ୍ଦ କରି ଅଗ୍ରସର ହେଲା। ଗୁରୁଙ୍କ ଅଷ୍ଟାଙ୍ଗ ଶରୀରରୁ ଝାଳ ବହି ଯାଉଥାଏ। ଗୋଟାଏ କିଆ ଗୋହିରୀ ପଡ଼ିଲା, ଘୋଡ଼ା କାହାରି କଥା ନ ମାନି ସଲାମ କଲା ପ୍ରାୟ ଆଗ ଦୁଇ ଗୋଡ଼ ଉପରକୁ ଉଠାଇ ଗୁରୁଙ୍କୁ ଆସ୍ତେ ପିଠି ଉପରୁ ଖସାଇ ପକାଇଲା। କଣ୍ଟା ଫୁଟିଯାଇ ମାଗୁଣିଙ୍କ କୋମଳ ଅଙ୍ଗ ଅନେକ ସ୍ଥାନ କ୍ଷତବିକ୍ଷତ ହୋଇଗଲା।

ଆଉ ଘୋଡ଼ା ଉପରେ ବସିବା ଆବଶ୍ୟକ ବା ସୁଖକର ହେଲା ନାହିଁ। ଆସ୍ତେ ଆସ୍ତେ ଗୁରୁ ଚାଲିବାକୁ ଲାଗିଲେ - ଯାଇ ଦୁଇଘଡ଼ି ବେଳ ଥାଉଁ ଘୋଡ଼ା ସହିତ ସମୁଧି ଘରେ ହାଜର। ସମସ୍ତେ ଏ ଦୃଶ୍ୟ ଦେଖି ସ୍ତମ୍ଭୀଭୂତ। କେହି କିଛି ମର୍ମ ବୁଝି ପାରିଲେ ନାହିଁ। ମାଇପେଯାକ ଘର ଭିତରୁ ଆସି ଦାଣ୍ଡଦୁଆରେ ଘୋଡ଼ା ଦେଖିବାକୁ ଲାଗିଲେ। ଅତି ସୁନ୍ଦର ଘୋଡ଼ା - ନୂଆ ଚକଚକ ମଖମଲି ସାଜ। ବେକରେ ଘଣ୍ଟି ଘାଗୁଡ଼ିମାଳ। ମୁଣ୍ଡଠାରୁ ବେକ ପର୍ଯ୍ୟନ୍ତ ଅତି ସୁନ୍ଦର ସାଜ ଦିଆ ଯାଇଅଛି। ନୂଆ ଲଗାମ, ନୂଆ ଜନ ବେଶ ମାନୁଅଛି। ଘୋଡ଼ାର ଦାମ ସମ୍ବନ୍ଧରେ ତତ୍‌କ୍ଷଣାତ୍ ବିଚିତ୍ର ରକମର ଗଳ୍ପ ସୃଷ୍ଟି ହେବାକୁ ଲାଗିଲା। କିଏ କହିଲା - ପାଞ୍ଚ ଶହ; କେହି କେହି ମଧ୍ୟ ପାଞ୍ଚ ହଜାର ଟଙ୍କା ପର୍ଯ୍ୟନ୍ତ ଉଠିଲେ। କେହି କେହି ଘୋଡ଼ାର ଜନ୍ମ ପାରସ୍ୟ ଦେଶ ବୋଲି ସ୍ଥିର କରିନେଲେ ଏବଂ ଲାଟ ସାହେବ ଏ ଘୋଡ଼ା କିଣି ଆଣି ଗୁରୁଙ୍କୁ କଟକ ଡକାଇ ଉପହାର ଦେଇଥିବା କଥା ମଧ୍ୟ ଅନତି ବିଳମ୍ବରେ ସେ ଜନସଙ୍ଘ ମଧ୍ୟରୁ ବାହାରି ପଡ଼ିଲା। ଅସଲ କଥା, ଏପରି ଗୋଟିଏ ସାଜ ଲଗାଇଥିବା ଘୋଡ଼ା ସେ ଗ୍ରାମର କେହି ଦେଖିବା ତ ଦୂରର କଥା, କଳ୍ପନାଚକ୍ଷୁରେ ମଧ୍ୟ ଦେଖି ପାରି ନଥିଲେ। ଏସବୁ ସତ୍ତ୍ୱେ ଘୋଡ଼ାର ଗୁଣ ଅପୂର୍ବ। ଏକା ଦୋଷକେ ସବୁ ଗୁଣର ମୁଣ୍ଡ ଖାଇବା କଥା। ନିତାନ୍ତ ସରଳମତି ବ୍ୟକ୍ତି ବଞ୍ଚକର କୂଟକାପଟ୍ୟ ନବୁଝି ତାକୁ ସ୍ୱର୍ଗର ଜୀବ ମନେକରିବା ଏ ସଂସାରର ନିତ୍ୟନୈମିତ୍ତିକ ଘଟଣା।

ଗୁରୁ ଚାନ୍ଦନୀ ଉପରକୁ ଯାଇ ବସି ପଡ଼ିଲେ। ଅଷ୍ଟାଙ୍ଗ ଶରୀରରୁ ଝାଳ ବହୁଥାଏ। ଝାଳ ଲାଗି କଣ୍ଟାକ୍ଷତ ସ୍ଥାନମାନ ଶୂଳେଇ ହେଉଥାଏ ଓ ପୋଡୁଥାଏ। ବାରିକ ବାପୁଡ଼ା ଗାମୁଁଛା ଖଣ୍ଡେ ଧରି ବିଞ୍ଚିବାରେ ବ୍ୟସ୍ତ।

ସମୁଧି ଘର ଭିତରେ ଦାଣ୍ଡରେ ଚାରିଆଡ଼େ କୋଳାହଳ – କଥା କ'ଣ! ଯିବାର ଚାରିଟା ଦିନ ହୋଇନାହିଁ, ଘୋଡ଼ା ନେଇ ଏପରି ଭାବରେ ଆସିବାର ମତଲବ କ'ଣ? ସମୁଧି କୁଆଡ଼େ ଥିଲେ, ହଠାତ୍ ଆସି ଗୁରୁଙ୍କ ଗୋଡ଼ଧୁଆ ପାନଖିଆର ବ୍ୟବସ୍ଥା ବୁଝିଲେ। ମାଗୁଣିଙ୍କ ମୁହଁରେ ଆଜି ହସ ନାହିଁ, କଥା ନାହିଁ, ମୁହଁଟା କଖାରୁ ପରି କରି ତଳକୁ ଚାହିଁ କ'ଣ ଭାବୁଥାନ୍ତି। ସମୁଧି କହି ପକାଇଲେ – "ଗୋଡ଼ ଧୁଅ, ପାନ ଖାଅ, ଆଉ ସେପରି ବସି ରହିଲେ କ'ଣ ହେବ। ଘର ଭିତରକୁ ଚାଲ, ଠା ପୀଢ଼ାର ବନ୍ଦୋବସ୍ତ ହେଲାଣି।"

ଗୁରୁ ତ ଅଗ୍ନିଶର୍ମା, ଦେହ ହାତ ଥରୁଥାଏ। ତୁଣ୍ଡରୁ କଥା ବାହାରୁ ନଥାଏ। ବହୁ କଷ୍ଟରେ କହିଲେ – "ନା ନା, ସେପରି ହେବ ନାହିଁ। ଥରକୁ ଥର ଏପରି ଅପମାନ ପାଇବାକୁ ମୁଁ ତୁମ ଘରକୁ ଆସି ଯାଇ ପାରିବି ନାହିଁ। ଆଗେ ବୋହୂ ବିଦାକର; ପରେ ଆଉ ସବୁ। ସେଥର ହରବର କରି ମତେ ତିନିଶ ଟଙ୍କା ତଳେ ଆଣିଲ। ପୁଣି ତୁମ ଘରେ ଖାଇବି।"

ସମୁଧି ଏକଥା ଶୁଣି କାବା! ଘର ଭିତରକୁ ଯାଇ ସବୁ କହିଲେ। ଘରେ କୋଳାହଳ ଆରମ୍ଭ ହେଲା। ମାଇପେଯାକ ଗୁରୁଙ୍କ ସପ୍ତପୁରୁଷ ଉଦ୍ଧାର କରିବାକୁ ଲାଗିଲେ। ମାତ୍ର ଘୋଡ଼ା ଘେନି ଏପରି ଆସିବାର ମର୍ମ କେହି ବୁଝି ପାରିଲେ ନାହିଁ। ଶେଷରେ ବୁଢ଼ୀ ସମୁଧୁଣୀ ସମସ୍ତଙ୍କ ସନ୍ଦେହ ଭଞ୍ଜନ କଲେ।

ଝିଅ ଆଜି ବିଦା କରିବାକୁ ହେବ। ସେତେବେଳ ପର୍ଯ୍ୟନ୍ତ କିଛି ଠିକ୍ ନାହିଁ। ଲୁଗା କିଣିବାକୁ ହାଟକୁ ମନୁଷ୍ୟ ପଠାଗଲେ; ଭାରଥୋର ଯୋଗାଡ଼ ହେଲା। ଗୁଡ଼ିଆ ଡକା ଯାଇ ମୁଆଁ ଉଖୁଡ଼ା, ମନୋହର ମିଠାଇ ତିଆରି ହେଲା। ସୁଆରୀ ଗଉଡ଼ ବନ୍ଦୋବସ୍ତ ମଧ୍ୟ ଠିକ୍ କରାଗଲା। ଝିଅ କାନ୍ଦିବାକୁ ଲାଗିଲା।

ମାଗୁଣି ଏସବୁ ଦେଖି ଶୁଣି ମନେ ମନେ ଟିକିଏ କ୍ଷୁବ୍ଧ ହେଲେ। ଏଥର ଆସି ଡାକିବାରୁ ଗୋଡ଼ ହାତ ମୁହଁ ଧୋଇ ଖାଇବାକୁ ବାହାରି ପଡ଼ିଲେ। ଘୋଡ଼ା ଦାନା ଖାଇଲା, ଚାକରବାକର ଖାଇ ପିଇ ସୁସ୍ଥ ହେଲେ। ତହିଁ ଆର ଦିନ ପାହାନ୍ତାରୁ ଗୁରୁ ବୋହୂ ଘେନି ବାହାରିଗଲେ। ଯଥାସମୟରେ ଯାଇ ଘରେ ପହଞ୍ଚିଲେ। ଯେପରି ଗୋଟାଏ ଗଡ଼ କିଣି ଆସିଅଛନ୍ତି। ଯାହାକୁ ଦେଖିଲେ ମୁହଁ ଫୁଲାଇ ଲମ୍ବା ଲମ୍ବା କଥା

କହନ୍ତି। ବଦନାପୁରରେ ଯେ ଏକଥା ଶୁଣିଲା, ଟିକିଏ ମୁରୁକେଇ ହସିଲା। ମାତ୍ର ବୈଠକ ବେଳେ ତାଙ୍କ ଆଗରେ ପ୍ରଶଂସାର ସୀମା ନାହିଁ।

ଏହିପରି କେତେ ଦିନ ବିତିଗଲା। ଦିନେ ପଞ୍ଚାଏ ଦକ୍ଷିଣୀ ବଣିଆ ସୁନା ଅଳଙ୍କାର ଘେନି ବଦନାପୁର ଆସିଲେ। ମଫସଲ ଗାଁରେ ସେ ସବୁ କିଣିବ କିଏ? ଉଚ୍ଚ ପିଣ୍ଡା ଦେଖି ଆସି ଗୁରୁଙ୍କ ଦୁଆରେ ପହଞ୍ଚିଲେ। ଅଳଙ୍କାରଗୁଡ଼ିକ ଦେଖିବାକୁ ଖୁବ୍ ସୁନ୍ଦର - ଆଖି ଝଲସି ଯାଉଥାଏ। ଯେତେ ଥିଲେ କ'ଣ ହେବ, ଏପରି ଖଣ୍ଡେ ସୁଦ୍ଧା ବୋହୂଠାରେ ନାହିଁ। ଝିଅଙ୍କ କଥା ପଚାରୁଛି କିଏ? ଯେ କୌଣସି ପ୍ରକାରେ କିଣିବାକୁ ହେବ। ଘରେ ଟଙ୍କା ନଦାରଦ - କ'ଣ କରିବାକୁ ହେବ। ମାଗୁଣି ଝୁଲି ଝୁଲି ଯାଇ ମହାଜନ ଦୁଆରେ ପହଞ୍ଚିଲେ। ବୁଢ଼ା ଗୁରୁଙ୍କୁ ଦେଖି ଅଖା ଖଣ୍ଡେ ପକାଇ ଦେଇ ହାତ ଯୋଡ଼ି ପାଖକୁ ବସିଲା। ବଟୁଆ ଆଣି ମିଳା ରାଶି ପାନ, ଚୂଆମିଶା କଷାଗୁଆ, ବାଲିଆ ଖଇର ଦେଇ ଖଣ୍ଡେ ପାନ ଭାଙ୍ଗି ଦେଲା। ଗୁରୁ ଟିକିଏ ଚୋବାଇ କାଢ଼ି ପକାଇଲେ।

ମଜାହନ ବଡ଼ ହୁସିଆର ଲୋକ। ଗୁରୁଙ୍କ ମୁହଁକୁ ଚାହିଁ ଆସିବାର ମର୍ମ ଠଉରାଇ ପାରିଲାଣି ଯେ କରଜ ଦେଇ ଗାଁ ଗୋଟାକ ଲୋକଙ୍କୁ ହାତ କରି ସାରିଲାଣି, ଗୁରୁ ତା ପାଖରୁ ବଳିଯିବା ବଡ଼ ସହଜ କଥା ନୁହେଁ। ମହାଜନ ବୁଢ଼ା ମୁହଁ ଏଡ଼େ କରି ମାଲି ଠକ୍

ଠକ୍ କରିବାକୁ ଲାଗିଲା।

ଗୁରୁ କହିଲେ – "ମହାଜନେ, କଥା କ'ଣ କି, ବଣିଆ କେତେ ଅଳଙ୍କାର ବିକି ଆଣିଛନ୍ତି, ପିଲାଙ୍କର ଭାରି ଇଚ୍ଛା। କ'ଣ କରିବି, ପଇସାଟିଏ ବୋଲି ହାତରେ ନାହିଁ। ଟଙ୍କା ଦୁଇଶ ନ ହେଲେ ନୁହେଁ। ତୁମେ ଥାଉଁ ଥାଉଁ ମୋର ଏ ବେଭାର ମାରା ଯିବ।"

ମହାଜନ - "ଆଜ୍ଞା, ମୋର ମଧ୍ୟ ପଇସା ଅଭାବ ପଡ଼ିଲାଣି, ପିଲାଗୁଡ଼ାକ ଉଜୁଡ଼ା ବୃତ୍ତି ଧରିଲେଣି ପାନ ଗୁଆ ଗୁଣ୍ଡିରେ ଚାରି ପଇସା ଖରଚ। ଆପଣ ଯାହା ନେଲେ ଆଜିଯାଏ ଗୋଟାଏ ପଇସା ଅସୁଲ ପଡ଼ିଲା ନାହିଁ। ସୁଧ ମୂଳ ମିଶି କେତେ ହେଲାଣି।"

ଗୁରୁ କହିଲେ – "ମୁଁ ସବୁ ହିସାବ ନିକାଶ କରିଦେବି। ମୋର ଏତେ ଜମିବାଡ଼ି, ମନରେ କିଛି ଭାବ ନାହିଁ। ବୁଝିଲ, ତୁମ ବାଡ଼ି ତରଫକୁ ଲାଗି ଯେଉଁ ବାରମାଣ ଅଛି, ଶେଷକୁ ତୁମକୁ ଦେବି। ମୋର ମଧ୍ୟ ହିସାବ ନିକାଶ ହୋଇଯିବ।"

ପୁଣି ଖଣ୍ଡେ ତମସୁକ ଲେଖାପଢ଼ି ହେଲା – ଗୁରୁ ଦୁଇଶ ଟଙ୍କା ନେଇ ଅଳଙ୍କାର

କିଣିଲେ। ଏ ଘଟଣାର ପ୍ରାୟ ବର୍ଷକ ମଧ୍ୟରେ ଗୁରୁଙ୍କ କୋଳପୋଛା ଝିଅ ଚମ୍ପାର ବିବାହ ପଡ଼ିଲା। ବରଘର ଠିକ୍ ହେଲା। କ'ଣ କରିବାକୁ ହେବ – ହାତରେ ଯେ ପଇସାଟିଏ ବୋଲି ନାହିଁ। ଆଜିକାଲି ତ ବଡ଼ଘରର ବଡ଼ କଥା। ବରଘରର ଅବସ୍ଥା ଖୁବ୍ ଭଲ, ଏ ବାଦ ଜ୍ୱାଇଁଟି ବି ଦି ଅକ୍ଷର ପଢ଼ା। ବରଘର ଯାହା ଦାବି କଲେ, ଗୁରୁ ସବୁଥିରେ ମତ ଦେଇ ମହାପ୍ରସାଦ ନିର୍ବନ୍ଧ କରି ଦେଇଅଛନ୍ତି। ଅତି କମରେ ଟଙ୍କା ଚାରି ହଜାରରୁ ଊଣା ହେଲେ ଚଳିବ ନାହିଁ। ଅଇଁଠା ବୋଉ ବୁଢ଼ୀ ବଡ଼ ଚିନ୍ତିତ। ଏତେଗୁଡ଼ାଏ ଟଙ୍କା ପୁଣି କେଉଁଠୁ ଆସିବ ? ଖର୍ଚ୍ଚ କରି କରି କରଜରେ ବୁଡ଼ିଗଲେଣି। ନବୁଝି ନଶୁଝି ଏପରି ଜବାବଟାଏ ଦେଲେ କାହିଁକି ?

ଗୁରୁ ପୂର୍ବପରି ବେପରବାଏ, ପ୍ରଫୁଲ୍ଲ। କେହି ପଚାରିଲେ କହନ୍ତି – "ସେ ସବୁ ହୋଇଯିବ ଯେ - ମୁଁ କ'ଣ ନ ବୁଝି ଏ ସବୁ କଥାରେ ହାତ ଦେଇଛି ?"

ବିବାହ ଆଠ ଦଶ ଦିନ ଥାଉଁ ବରଘର ଧରି ବସିଲେ – ଜବାବ ମୁତାବକ ନଗଦ ଦୁଇ ହଜାର ଟଙ୍କା ନଦେଲେ ବିଭାଘର ଭାଙ୍ଗିଯିବ ପଛକେ ନିର୍ବନ୍ଧ ବୋଝ ଚଳିବ ନାହିଁ। ଏତେବେଳ ସରିକି ଗୁରୁଙ୍କ ନିଦ ଭାଜିଲା । ଅଧମତାରଣ ବିପଦଭଞ୍ଜନ ଗୋବର୍ଦ୍ଧନ ଦୁଆରେ ବାଡ଼ି ଠକ୍ ଠକ୍ କରି ଯାଇ ହାଜର ହେଲେ। ଅନେକ ସମୟ ସବୁ ବୁଝାଇ କହିଲେ।

ସାହୁ ଏଥର ସ୍ୱର ବଦଳାଇ ଦେଲା। କୌଣସିମତେ ଟଙ୍କା ହୋଇ ପାରିବ ନାହିଁ। ଆଜି ସୁଦ୍ଧା ପୋଲା ଦସ୍ତାବିଜରେ ଗୁରୁଙ୍କ ଉପରେ ହିସାବ ହେଲା ତିନି ହଜାର ସାତଶ ନ ଟଙ୍କା ତେର ଅଣା। ଆଉ ଟଙ୍କା ହୋଇପାରିବ ନାହିଁ। ଗୁରୁଙ୍କ ମସ୍ତକ ଭାରକେନ୍ଦ୍ର ରଖି ପାରିଲା ନାହିଁ। କ'ଣ କରିବେ – ମହାପ୍ରସାଦ ନିର୍ବନ୍ଧ। ଦେଶରେ ଗ୍ରାମରେ କେତେ ଅପନିନ୍ଦା ସହିବାକୁ ହେବ। ମହାଜନକୁ କହିଲେ – "ହାଲ ସାବକ ଏକାଠି କରି ରେଜେଷ୍ଟରୀ ରହଣବନ୍ଧକ କରିଦେବି। ଟଙ୍କା ଚାରି ହଜାର ଦିଅ, ନ ଦେଲେ ମୋ ମୁଣ୍ଡ ତଳକୁ ପଡ଼ିଯିବ। ମହାଜନ, କିଛି ଚିନ୍ତା କରିବ ନାହିଁ। ମୁଁ ସବୁ ହିସାବ ନିକାଶ କରିଦେବି ଯେ।"

ମୂଳ ଆଠ ହଜାର ଟଙ୍କାରେ ଦଲିଲ ଲେଖାପଢ଼ି ରେଜିଷ୍ଟରୀ ହୋଇଗଲା। ଶତକଡ଼ା ପଚିଶ ହାରରେ ସୁଧ ବସିଲା। ଗୁରୁଙ୍କ ସମ୍ପତ୍ତିର ପ୍ରାୟ ବାରପଣ ବନ୍ଧକ ପଡ଼ିଲା। ଗୁରୁ ଚାରି ହଜାର ଟଙ୍କା ନଗଦ ନେଇ ବିବାହକାର୍ଯ୍ୟ ଶେଷ କଲେ – ମୁଣ୍ଡ ତଳକୁ ପଡ଼ିଲା ନାହିଁ। ଯଥା – ସମାରୋହରେ ଗୁରୁଙ୍କ କନ୍ୟାର ବିବାହ ଶେଷ ହୋଇଗଲା।

ଏ ଘଟଣା ଯିବାର ବର୍ଷେ ଦୁଇଟା ହୋଇ ନାହିଁ ପଡ଼ିଲା ପନ୍ଦର ସାଲ ଦୁର୍ଭିକ୍ଷ।

କ୍ଷେତବାଡ଼ି ଧୋଇରେ ବାରପଣ ନଷ୍ଟ ହୋଇଗଲା; ଯାହା କିଛି ବାକି ଥିଲା, ମରୁଡ଼ିରେ ସବୁ ଶେଷ। ଲୋକେ ହାହାକାର କରି ଗୁରୁଙ୍କ ଦୁଆରେ ଜମା ହୁଅନ୍ତି। ସାହୁ ଦୁଆରକୁ ଯିବାର ଉପାୟ ନାହିଁ। ଦେଖିଲେ ଦେବା କଥା ତେଣିକି ଥାଉ ଠେଙ୍ଗାରେ ମୁଣ୍ଡ ଫଟାଇ କୁକୁର ଲଗାଇଦିଏ। ଧାନ ମୁଗ ଗୋଟିକଠୁଁ ବିକି, କୋଳଥ ମାଣ୍ଡିଆ ଚିନାରେ କାଳ କାଟୁଥାଏ।

ଗୁରୁଙ୍କୁ ପ୍ରଧାନ ଚିନ୍ତା ମାଡ଼ି ବସିଲାଣି। ଘରେ ଯାହା ଧାନ ଧର୍ମ ଥିଲା, ଅଧିକାଂଶ ବାଣ୍ଟି ସାରିଲେଣି। ଘର ଖର୍ଚ୍ଚ ବର୍ଷକ ଚଳିବା ଦୁଷ୍କର। ଅଇଁଠା ବୋଉ ବୁଢ଼ି ବଡ଼ ବିରକ୍ତ ହୋଇ ବୁଢ଼ାକୁ ଗାଳି ଦିଅନ୍ତି। ବୁଢ଼ାଙ୍କର ସବୁ କଥାରେ ସେହି ଉତ୍ତର – ମତେ ରାଗୁଛ କାହିଁକି, ମୁଁ ସମସ୍ତଙ୍କ ହିସାବ ନିକାଶ କରିଦେବି।

ଗୋବର୍ଦ୍ଧନର ବର୍ତ୍ତମାନ ପଞ୍ଚମ ବୃହସ୍ପତି, ଗାଁ ଗୋଟାକ ତା'ର ଖାତକ ହୋଇ ସାରିଲେଣି। ଧାନ ଡୋଲିଏ କୋଡ଼ିଏ ଦେଇ ଜମିଜମା ଘରବାଡ଼ି ବନ୍ଧକ ଲେଖାଇ ନେଉଅଛି। ମନରେ ଭାରି ଆନନ୍ଦ - ଅଳ୍ପଦିନ ପରେ ଗ୍ରାମର ଚକ୍ରବର୍ତ୍ତୀ ହୋଇ ବସିବ।

ପ୍ରତିଦିନ ଗୁରୁଙ୍କ ଦୁଆରେ ପଣ ପଣ କାଙ୍ଗାଳି ଜମା। ଘରେ କିଛି ନାହିଁ, ଉପାୟ କ'ଣ ? ଅଗତ୍ୟା ଗୋବର୍ଦ୍ଧନର ଆଶ୍ରୟ ନେବାକୁ ହେଲା। ବାକି ସମ୍ପତ୍ତିତକ ବନ୍ଧକ ଦେଇ ୨୫ ଭରଣ ଧାନ, ଭରଣ କୋଳଥ କରଜ ଆଣିଲେ। ଦାଣ୍ଡଦୁଆରେ ନାଲିଘର ତିଆରି ହେଲା। ଦୁଇ ଜଣ ପୂଜାହାରୀ ରାନ୍ଧିବାରେ ଲାଗିଅଛନ୍ତି। କାଙ୍ଗାଳିମାନଙ୍କୁ ଭାତ, କୋଳଥ ଯାଉ, ତୋରାଣି ବଣ୍ଟା ଲାଗିଛି।

ତାଙ୍କ ଘରେ କାହାରି ମନରେ କିଛି ନାହିଁ। ବୁଢ଼ା ଯାହା କଲେ, କେହି ପାଟି ଫିଟାଉ ନଥିଲେ। କେବଳ ବୁଢ଼ୀଟା ବେଳେବେଳେ ଗୁଇଁପୁଇଁ ହୁଏ। ସବୁବେଳେ ଗୁରୁଙ୍କ ତୁଣ୍ଡରୁ ସେହି ଏକ କଥା – "ମୁଁ ସମସ୍ତଙ୍କ ହିସାବ ନିକାଶ କରିବି। ତା ନ ହେଲେ ଶେଷରେ ମୋର ଏତେ ଜବାବଦାୟୀ ହେବ କିଏ ?"

ଦିନ ପରେ ଦିନ ଚାଲିଗଲା। ମହର୍ଗ କଟି ଗଲାଣି। ଆଇନ୍ଦା ସନକୁ ଫସଲ ଷୋଳ ପଣ ହୋଇଅଛି। ଦାଣ୍ଡ ଚଳି ଗଲାଣି। ସମସ୍ତେ ଯେ ଯାହା କାର୍ଯ୍ୟରେ ଲାଗିଅଛନ୍ତି।

ଗୁରୁ ସବୁ କଥାରେ ସବୁବେଳେ ପ୍ରସନ୍ନ। ମୁଣ୍ଡ ଉପରେ ଏତେ କରଜ ରଖି ସେ ଦିନକ ପାଇଁ ଚିନ୍ତିତ ନୁହନ୍ତି।

ଗୋବର୍ଦ୍ଧନ ସାହୁ ତା'ର ବାଡ଼ିତରଫ ଗୁରୁଙ୍କ ବିଲ ଦେଖି ମନେ ମନେ ଭାରି ଖୁସି। ଅଳ୍ପ ଦିନ ପରେ ଏହିସବୁ ଜମି ହାତରେ ପଡ଼ିବ। ବାଡ଼ି ଦୁଆର ମୁହଁରେ

ଚାହିଁଲେ ସବୁ ଦେଖାଯିବ। ଏତେ ଦିନ ଘର ପରି ଘରଟାଏ ହୋଇଯିବ। ପୁଅ ଦୁଇଟା ରାତ୍ର ଦିନ ବିଲବାଡ଼ି କାମ କରି ଶିରି ଦଉଡ଼ି ହୋଇଗଲେଣି। ବୋହୂ ଦୁଇଟା କଂସା ପିତ୍ତଳ ଖଡୁ ରୂପାର ମୁହଁ ଦେଖି ନାହାନ୍ତି - ଘର କାମଦାମ କରି ରାତି ଦିନ ତର ନାହିଁ।

ଗୁରୁଙ୍କର ହଠାତ୍ ସାନ୍ନିପାତିକ ଜ୍ୱର ଆରମ୍ଭ ହେଲା। କେହି ଚିକିତ୍ସା କରିବାକୁ ଆସିଲେ ମନାକରି ଦିଅନ୍ତି। ଗାଁଟାଯାକ ଲୋକ ପ୍ରତିଦିନ ଦୁଇବେଳା ଗୁରୁଙ୍କ ଦୁଆରେ ହାଜର। ଗ୍ରାମ ତମାମ ଗୋଟାଏ ଆଶଙ୍କା ଓ ଦୁଃଖର ଚିହ୍ନ ସ୍ପଷ୍ଟ ଜଣା ପଡୁଅଛି। ଗ୍ରାମର ଇତର ସାଧାରଣ ବାଳକ ବୃଦ୍ଧ ସମସ୍ତେ ଆସି ଗୁରୁଙ୍କ ଦେହରେ ମୁଣ୍ଡରେ ହାତ ବୁଲାଇ ଦେଇ ଯାଉଅଛନ୍ତି। ଜ୍ୱରର ପ୍ରକୋପ କ୍ରମେ ବଢ଼ିବାକୁ ଲାଗିଲା। ଚାରିଟା ଦିନ ମଧ୍ୟରେ ଆଷାଢ଼ ଶୁକ୍ଳ ଏକାଦଶୀ ବୁଧବାର ଦିନ ଠିକ୍ ସନ୍ଧ୍ୟା ସମୟରେ ଗୁରୁଙ୍କ ଆତ୍ମା ଅସୀମ ପୂର୍ଣ୍ଣ ପରମାତ୍ମା ସହ ଯୁକ୍ତ ହୋଇଗଲା।

ଗାଁ ଗୋଟାକଯାକ ଚହଳ ପଡ଼ିଗଲା। ମାଲ ଭାଇ ଡକରା ହୋଇ ଆସିଲେ। ସଙ୍ଗେ ସଙ୍ଗେ ଗୁରୁଙ୍କ ନଶ୍ୱର ଦେହ ଶ୍ମଶାନକୁ ନୀତ ହେଲା।

ଅଇଁଠା ମୁଖାଗ୍ନି ଦେଇ ଗ୍ରାମ ଆଡ଼କୁ ଦୃଷ୍ଟି ପକାଇ ଦେଖିଲା, ଭୟଙ୍କର ଅଗ୍ନ୍ୟୁତ୍ପାତ। ଦାଉ ଦାଉ ହୋଇ ଗାଁ ଗୋଟାକ ପୋଡ଼ିଗଲା ପ୍ରାୟ ଦେଖା ଯାଉଅଛି। ବଡ଼ କୋଳାହଳ ଶୁଭୁଅଛି। "ଧାଇଁପଡ଼ ହୋ" ଶବ୍ଦ ସ୍ପଷ୍ଟ ଶୁଣା ଯାଉଅଛି। ବାଉଁଶଗୁଡ଼ାକ ଠୋ ଠା ହୋଇ ଫୁଟୁଅଛି। ହଠାତ୍ ସମସ୍ତେ କାର୍ଯ୍ୟ ଶେଷ କରି ଗାଁ ଆଡ଼କୁ ଧାଇଁଲେ। ଏଣେ ଚିତା ଧୂ ଧୂ ହୋଇ ଜଳିବାକୁ ଲାଗିଲା।

ମହାଜନ ଘରେ ନିଆଁ ଲାଗି ସବୁ ପୋଡ଼ି ଯାଇଅଛି। ପେଡ଼ୀ ପେଟରା ସିନ୍ଦୁକ କଂସା ବାସନ ସବୁ ଦାଣ୍ଡଦୁଆରେ ଜମା। ଅଗ୍ନି ଲୋଳଜିହ୍ୱା ବଢ଼ାଇ ସବୁ ଚାଟି ଯାଉଅଛି। ଏ ଭୟଙ୍କର ଅଗ୍ନି ଛଡ଼ାଇବାକୁ କେହି ସାହସ କରିପାରିଲେ ନାହିଁ। ଗୋବର୍ଦ୍ଧନ କହିବା ଅନୁସାରେ ସବୁ ଜିନିଷପତ୍ର ଗୁରୁଙ୍କ ଘର ଭିତରକୁ ବୁହା ହୋଇଗଲା। ଖଣ୍ଡେ ପାଳଦଉଡ଼ି ବେକରେ ପକାଇ ମହାଜନ ସାଷ୍ଟାଙ୍ଗ ପ୍ରଣିପାତପୂର୍ବକ ପଡ଼ି ରହିଥାଏ। ଅଗ୍ନି ଶାନ୍ତି ଉଦ୍ଦେଶ୍ୟରେ ଘିଅ ଗୁଡ଼ ନୂଆ ଲୁଗା ନିଆଁକୁ ପକାଇ ଦିଆଗଲା।

ଏଣେ ମହାଜନ ଘର ଅଗ୍ନି, ତେଣେ ଶ୍ମଶାନରେ ଗୁରୁଙ୍କ ଚିତା ପ୍ରବଳ ବେଗରେ ଜଳୁଥାଏ। ଦୁଇ ଅଗ୍ନିର ଭେଟ ହେବା ପରେ ଦପ୍‌କରି ନିଆଁ ତଳେ ପଡ଼ିଗଲା। ଲେଖିବା ଅନାବଶ୍ୟକ, ମହାଜନର ତମସୁକ ପେଟରାଟି ଅଗ୍ନିରେ ନିକ୍ଷିପ୍ତ ହେଲା। ଗୁରୁଙ୍କ ହିସାବ ନିକାଶ କଥା ଏତେବେଳସରିକି ସମସ୍ତେ ହୃଦୟଙ୍ଗମ କରି ପାରିଲେ।

୰ମାଗୁଣିଙ୍କ ଶୁଦ୍ଧ ଶ୍ରାଦ୍ଧ ମହାସମାରୋହରେ ସମ୍ପନ୍ନ ହେଲା । ମହାଜନର ଭବିଷ୍ୟତ ସୁଖ ସମୃଦ୍ଧି ଆଶା ସମୂଳେ ଲୁପ୍ତ ହେଲା । ଏପରି ଭାବରେ ହିସାବ ନିକାଶ ହେବ ବୋଲି ବିଚାରା ସ୍ୱପ୍ନରେ ଭାବି ନଥିଲା ।

ସାହୁର ଅବସ୍ଥା ଦେଖି ଦିନେ ବାଇକୋଳି ମିଶ୍ରେ ବୋଲିଦେଲେ –

"ଦୁଃଖେ ଅର୍ଜିତ ଯେତେ ଧନ,
ସୁଖେ ସେ ନୁହେ ପ୍ରୟୋଜନ ।

ଉତ୍କଳ ସାହିତ୍ୟ, ୨୩/୦୧, ବୈଶାଖ ୧୩୨୬ (୧୯୧୯-୨୦)

■

ନୂଆବୋହୂ

ହଇ ଗୋ ରାଣି, "ବେଳ କେତେ ହେଲାଣି, ଉଠିବ ନାହିଁ, ଦାନ୍ତ ଘଷିବ ନାହିଁ ?" ଅନାଦି ସାହୁ ସୌଦାଗରଙ୍କ ସବା ସାନବୋହୂ ଏହି କଥା କହି ନଣନ୍ଦକୁ ଡାକି ଉଠାଇ ଦେଲା।

"ଆଜି କେଡ଼େ ଶୀତ ହେଉଚି ପରା! ମୁଁ କ'ଣ ଉଠିଲେ ବାସି ପାଇଟି କରିବି ? ତୋର ନୂଆବୋଉ, ମୋ ସଙ୍ଗେ ସବୁବେଳେ ଏଡ଼େ ବାଦ କାହିଁକି ମ ? "

"ବାଦ ନୁହେଁ ଯେ - ଇମିତି ବେଶି ବେଳ ଯାଏ ଶୋଇବା ଅଭ୍ୟାସ କଲେ, ଶାଶୁଘରେ କେତେ ଗଞ୍ଜଣା ସହିବ।"

"ଯା, ମୁଁ ତୋ ସଙ୍ଗେ କଥାବାର୍ତ୍ତା ହେବି ନାହିଁ" ବୋଲି କହି ରତନମାଳୀ ଉଠି ଦାନ୍ତ ଘଷିବାକୁ ଚାଲିଗଲା।

ଅନାଦି ସାହୁ ସୌଦାଗରଙ୍କର ଭାରି ନାମଡାକ। ଦେଶ ବିଦେଶରେ ତାଙ୍କର କାରବାର - ଅସୁମାର ଟଙ୍କା ପଇସା। ପୁଅ ତାଙ୍କର ତିନୋଟି – ସମସ୍ତେ ବ୍ୟବସାୟରେ ଧୁରନ୍ଧର; ରତନମାଳୀ ତାଙ୍କର କୋଳପୋଛା ଝିଅଟି। ଭାରି ଗେହ୍ଲା ସେ। ବୟସ ତା'ର ଦଶ ବର୍ଷ, ଦେଖିବାକୁ ଅପ୍ସରା ପରି। ଅକଳଙ୍କ ଗୌର ଦେହ ତା'ର। ମୁଖମଣ୍ଡଳ ଅନିନ୍ଦ୍ୟ ସୁନ୍ଦର। କଥା ତା'ର ବଡ଼ ଅମିୟ। ବୁଦ୍ଧିବୃତ୍ତି ତା'ର ବଡ଼ ସତେଜ, ବଡ଼ ପ୍ରଖର। ଯେକୌଣସି ବିଷୟର ଆଲୋଚନା ଘରେ ପଡ଼ିଲେ ସେ ଯଥାଯଥ ଉତ୍ତର ଦିଏ।

ରତନ ତିନି ପୁଅରେ ଝିଅ ବୋଲି ହେଉ, ବା ତା'ର ରୂପଗୁଣ ହେତୁରୁ ହେଉ, ସମସ୍ତଙ୍କର ଭାରି ଆଦରର ଧନ। ବୁଢ଼ା ସୌଦାଗର ଆଜିକାଲି କିଛି ବୁଝନ୍ତି ନାହିଁ; ସବୁ ଭାର ପୁଅମାନଙ୍କ ଉପରେ। ସେମାନେ ଦେଶ ବିଦେଶକୁ ଯାଇ କାରବାର କରନ୍ତି। ରତନ ଯାହା ଫରମାସ କରେ ସବୁ ଆଣି ଦିଅନ୍ତି। ବାପଙ୍କ ଠାରୁ ବଳି

ଭାଇମାନେ ରତନକୁ ଦେଖି ପାରନ୍ତି। ଭାଉଜମାନେ ବି ସେହିପରି। ରତନମାଲୀ ଭାରି ଏକଜିଦିଆ - ଯାହା ଧରି ବସିବ ତାହା ନ ହେଲେ ଖାଇବ ନାହିଁ କି ପିଇବ ନାହିଁ।

ସବା ସାନ ଭାଉଜକୁ କେଜାଣି କାହିଁକି ଭାରି ଭଲପାଏ ସେ। ସାନବୋହୂ ଘରକୁ ଆସିବା ଦିନଠାରୁ, ଯେତେବେଳୁଁ ରତନ ତା'ର ହସ ହସ ମୁହଁ ଓ ଢଳଢଳ ଆଖି ଦେଖିଛି ସେତିକି ବେଳୁଁ ତାରି ଆଡ଼କୁ ଢଳି ପଡ଼ିଛି। ବଡ଼ଭାଉଜମାନେ ତା'ର ଖାଇବା ପିଇବା ସବୁ ଖବର ବୁଝନ୍ତି। ପ୍ରତିଦିନ ତାକୁ ଗାଧୋଇ ଆଣି ପୋଛିପାଛି ଦିଅନ୍ତି; ଲୁଗା ପିନ୍ଧାଇ ଦିଅନ୍ତି। ସାନବୋହୂ କିଛି କରେ ନାହିଁ; ତଥାପି ସେ ତାକୁ 'ସାନବୋଉ' ବୋଲି ଡାକେ, ତାରି ସାଙ୍ଗେ ସବୁ ଦୁଃଖ ସୁଖ କଥାଭାଷା ହୁଏ, ହସେ।

ବଡ଼ଭାଉଜମାନଙ୍କ ଦେହରେ ଏକଥା ଯାଏ କେତେକେ ! ସେ ଘରେ ରତନ ସବୁଠୁଁ ବେଶି ଆଦରର ପାତ୍ର। ରତନ ଯାହାକୁ ଭଲପାଏ ତାକୁ ଅନ୍ୟମାନେ ଭଲ କହିବାର କଥା। ଏଥିପାଇଁ ଆଜି ସାନବୋହୂ ଶାଶୁ ଶଶୁରଙ୍କର, ସ୍ୱାମୀ ଦେଢ଼ଶୁରଙ୍କର ବଡ଼ ଆଦରିଣୀ ହେଲାଣି। ରତନ ବାପା ମା'ଙ୍କ ଆଗରେ, ଭାଇମାନଙ୍କ ଆଗରେ ତା 'ସାନବୋଉ' ର ଭାରି ପ୍ରଶଂସା କରେ; ନିଜ ମା'କୁ 'ବଡ଼ବୋଉ' ଓ ତାକୁ 'ସାନବୋଉ' ବୋଲି ଡାକେ; ସବା ବଡ଼ଭାଉଜକୁ ଭାରି ଅସହଣୀ ବୋଲି ଗାଳିଦିଏ।

ସାନବୋହୂ ରତନକୁ ସମୟେ ସମୟେ ଭାରି ବିରକ୍ତ କରେ; ଯାହା କହିଲେ ସେ ଚିଡ଼ିବ, ସେହି କଥା କହେ; ନିଦରେ ଶୋଇଥିବା ବେଳେ ତାକୁ ଉଠାଇ ଦିଏ। ରତନ ରାଗିଗଲେ ତାକୁ ରାମ୍ପୁଡ଼ି, ଝିଙ୍କି ତା'ର ଲୁଗାପଟା ଚିରି ପକାଏ; ନଖରେ ରାମ୍ପୁଡ଼ି ରକ୍ତ ସ୍ନାନ କରିଦିଏ। ରକ୍ଷାରକ୍ଷିରେ ଦିନେ ଦୁଇଦିନ କିଏ କାହା ପାଖ ମାଡ଼ନ୍ତି ନାହିଁ; ମାତ୍ର ଉଢୁଆଳରୁ ଥରେ 'ସାନବୋଉ' ର ଈଷତ୍ ହାସ୍ୟ ଦେଖିଲେ, ରତନ ଦଉଡ଼ି ଯାଇ ତାକୁ କୁଣ୍ଢାଇ ଧରେ, ଆଉ ଛାଡ଼େ ନାହିଁ।

ଆଜି ଶେଯରୁ ଉଠାଇ ଦେବାରୁ ରତନ ରାଗରେ ବାଡ଼ିଆଡ଼କୁ ବାହାରି ଆସିଲା। ସାନବୋହୂ ମଧ୍ୟ ତା ପଛେ ପଛେ ଗଲା। ଦୁହେଁ ଏକାଠି ବସି ଦାନ୍ତ ଘସିଲେ, କେତେ କଥାବାର୍ତ୍ତା ହେଲେ।

ରତନ କହିଲା – "ସାନବୋଉ, ତୁ ମତେ ଏତେ ଦେଖିପାରୁ କାହିଁକି ?"

"ମୁଁ ତ ତମୁକୁ ଗାଳି ଦିଏ, ଚିଡ଼ାଏ, ତମେ ମତେ ଭଲ ପାଅ ବୋଲି ସିନା।"

"ହଇଲୋ, ସାନବୋଉ, ସତ କହିଲୁ; ମୁଁ ମରିଗଲେ, ତୁ କାନ୍ଦିବୁ ନାହିଁ ?"

ସାନବୋହୂ କିଛି ନ କହି ତାକୁ କୁଣ୍ଢାଇ ପକାଇଲା, ତା'ର ଆଖିକୋଣରେ ଲୋତକ ବିନ୍ଦୁ ଦେଖାଗଲା।

ଏହି ସମୟରେ ବଡ଼ବୋହୂ ପହଞ୍ଚିଯାଇ ସାନବୋହୂକୁ ଶାସନ କରିବାକୁ ଲାଗିଲେ, "ସବୁବେଳେ ପିଲାଟା ସାଙ୍ଗରେ ଲାଗିଛି, କାମ ନାହିଁ, ଦାମ ନାହିଁ।"

ରତନ କହି ପକାଇଲା – "ନାହିଁ ମ, ବଡ଼ଭାଉଜ, ସେ କ'ଣ ମୋ ସାଙ୍ଗେ ଲାଗିଛି କି, ମୁଁ ତା ସାଙ୍ଗେ ଲାଗିଥିଲି ନା।"

ବଡ଼ବୋହୂ – "ତମର ଓ ସବୁବେଳେ ସେହି କଥା। ଆମେ ସବୁ ହେଲୁ ପର, ନୂଆବୋହୂ ତ ତମର ସବୁ।"

ରତନ – "ଆଚ୍ଛା, କହିଲୁ ବଡ଼ଭାଉଜ, ତୁ ଯେବେ ମୋର ପର ନୋହୁ, କହିଲୁ ମୁଁ ମରିଗଲେ ତୁ କାନ୍ଦିବୁ କି ନାହିଁ?"

ସାନବୋହୂ ଏହା ଶୁଣି ରତନକୁ ଯାହା ଛାଡ଼ି ଦେଇଥିଲା, ପୁଣି ତା ମୁହଁ ଚିପି ଧରିଲା। ବଡ଼ବୋହୂ ଏହା ଦେଖି ନାକ ଛିଞ୍ଚାଡ଼ି ମୁହଁ ବୁଲାଇ ଘରକୁ ଚାଲିଗଲା। ବଡ଼ବୋହୂର ସାନବୋହୂ ଉପରେ ଯେତେ ରାଗ ହିଂସା ହେଲେ ମଧ୍ୟ ପଦାକୁ ପ୍ରକାଶକରି କିଛି କହିବାର ଉପାୟ ନଥିଲା। କୂଟ ବୁଦ୍ଧି ପ୍ରୟୋଗ କରି ରତନକୁ ବଶରେ ଆଣିବାର ମଧ୍ୟ ଉପାୟ ନଥିଲା। କାରଣ ସେପରି କେତେଥର ଚେଷ୍ଟା କରି, ବଡ଼ବୋହୂ ରତନର ତୀକ୍ଷ୍ଣ ବୁଦ୍ଧି ପ୍ରଭାବରୁ ଏଡ଼େ ଅପଦସ୍ଥ ହୋଇଥିଲା ଯେ, ସେ ଚେଷ୍ଟା ଚିରଦିନ ପାଇଁ ତାକୁ ପରିତ୍ୟାଗ କରିବାକୁ ହୋଇଥିଲା। ବେଳେବେଳେ ଦୁଇ ଯାଆଙ୍କ ମଧ୍ୟରେ ଏ ବିଷୟ ନେଇ ଆଲୋଚନା ପଡ଼େ। ମାତ୍ର ରତନ ପହଞ୍ଚିଗଲେ ଆଉ ରକ୍ଷା ନାହିଁ। ସେ ମଝିଆଁ ଭାଉଜଠାରୁ ଆଲୋଚନାର ସମସ୍ତ ବିଷୟ ବାହାର କରି ନେଇ ବଡ଼ବୋହୂକୁ ଅପଦସ୍ଥ କରୁଥିଲା। ମଝିଆଁ ବୋହୂ ବଡ଼ବୋହୂ କଥାରେ ଏକମତ ଥିଲେ ମଧ୍ୟ ନିଜର ବୁଦ୍ଧିର ଅଳ୍ପତା ଯୋଗୁଁ କିଛି ଲୁଚାଇ ରଖିପାରୁ ନଥିଲା।

ବଡ଼ବୋହୂ ଓ ମଝିଆଁ ବୋହୂମାନେ ଯେତେବେଳେ ରତନକୁ ବଶରେ ଆଣି ନ ପାରିଲେ, ସେମାନେ ବିଚାର କରି ଏକ ନୂତନ ଫନ୍ଦି ବାହାର କଲେ। ରତନର ଲୁଗାପଟା ଶେଯ ତକିଆ ସଫା କରି ରଖିବାଠାରୁ ଆରମ୍ଭ କରି ତା'ର ମନ ଯୋଗାଇ ନାନାପ୍ରକାର ନୂଆ ଜିନିଷ ଅଣାଇ ପ୍ରତିଦିନ ତାକୁ ଉପହାର ଦେବାକୁ ଲାଗିଲେ। କଟକକୁ ମନୁଷ୍ୟ ପଠାଇ ସୁନ୍ଦର ସୁନ୍ଦର କୁଣ୍ଢେଇ, ଖେଳନା ଓ ଅଳଙ୍କାର ଅଣାଇ ପ୍ରତିଦିନ ଗୋଟିଏ ଲେଖାଏଁ କାଢ଼ି ରତନକୁ ଦିଅନ୍ତି। ସେ ଆନନ୍ଦରେ ନେଇ ତା ସାନବୋଉକୁ ଦେଇଦିଏ।

ସୌଦାଗର ଘର ତ, କେତେ ଚାକର ବାକର ରହି ସବୁ କାମ କରି ଦିଅନ୍ତି।

ମାଇପିମାନଙ୍କର ନିଜ ବସନ ଭୂଷଣ ଓ ପ୍ରସାଧନ ବ୍ୟତୀତ ଅନ୍ୟ କିଛି କାର୍ଯ୍ୟ ନଥାଏ। ଖାଇସାରି ଚାସ୍ ଖେଳିବା ବେଳେ, ବଡ଼ଭାଉଜମାନେ ରତନ ସାଙ୍ଗେ ଲଗାନ୍ତି – ସେମାନେ ତା'ର ଏତେ ସେବା କରୁଛନ୍ତି, ସେ ଟିକିଏ ହେଲେ ତାଙ୍କୁ ଭଲ ପାଉନାହିଁ! ରତନ ଏସବୁ ଶୁଣି ନ ଶୁଣିଲା ପରି ରହେ, ବେଳ ପଡ଼ିଲେ କହିବ ବୋଲି।

ଥରେ ରତନକୁ ଜ୍ୱର ହେଲା। କେତେ ବୈଦ୍ୟ ଡାକ୍ତର ଆସିଲେ, ଘରେ କୋଳାହଳ ପଡ଼ିଗଲା। ବାପା ମାଆ ନଖାଇ ନପିଇ ବସି ରହିଲେ। ଭାଇମାନେ ବ୍ୟସ୍ତ ହୋଇ ଏଣେ ତେଣେ ଔଷଧ ଓ ପଥ୍ୟର ବନ୍ଦୋବସ୍ତ କରି ବୁଲିଲେ। ବଡ଼ ସୁକୁମାର, ବଡ଼ ଗେହ୍ଲା ଝିଅ ସେ - ଦୁଇ ତିନି ଦିନ ଜରରେ ଶେଯରୁ ଉଠିପାରିଲା ନାହିଁ। ଘରେ ଅଧିକାଂଶ ସମୟରେ ଶଶୁର ଓ ଦେଢ଼ଶୁରମାନେ ଥିବାରୁ ସାନବୋହୂ ରତନ ପାଖକୁ ଆସି ନପାରି ବଡ଼ ମନଦୁଃଖରେ ଅଥୟ ହେଉଥାଏ। ଟିକିଏ ସମୟ ସୁବିଧା ପାଇଲେ ଘର ଭିତରେ ପଶି ରତନର ମୁହଁକୁ ଖାଲି ଚାହିଁ ରହେ।

ବଡ଼ଭାଉଜ ଦୁହେଁ ତା'ର ଗୋଡ଼ ହାତ ମୁଣ୍ଡ ଆଉଁସି ଦେଉଥାନ୍ତି। ଶେଯରେ ହଗି ପକାଇଲେ ମୁତିଲେ ସେମାନେ ନାକରେ ଲୁଗା ଦେଇ ଉଠି ଆସନ୍ତି। ସାନବୋହୂ ଆସି ସେ ଲୁଗା ନେଇ ଧୋଇ ପରିଷ୍କାର କରିଦିଏ।

ଭଲ ଚିକିତ୍ସା ଓ ଶୁଶ୍ରୂଷା ପ୍ରଭାବରୁ ରତନ ଆରୋଗ୍ୟ ହୋଇଗଲା। ଏଣେ ବଡ଼ଭାଉଜମାନେ ତାକୁ ପୁଣି ସେହି ଭଲ ନ ପାଇବା କଥା ଓ ସାନବୋହୂ ସଙ୍ଗେ ସେମାନଙ୍କର ତୁଳନା କଲାବେଳେ, ଜ୍ୱର ସମୟର ସେବାର ବର୍ଣ୍ଣନା କରିଦେଇ ସେ ସେମାନଙ୍କୁ ଚୁପ୍ କରିଦିଏ। ତା ସାନବୋହୂ ପରି କିଏ ହେବ – ସେମାନେ ଖାଲି ବାହାର ଦେଖାଣି ପାଇଁ ସିନା ତା'ର ସେବା କରନ୍ତି – ସାନବୋଉ ପରି ଗୁହ ମୂତ ପୋଛିବ କିଏ ?

କ୍ରମେ ରତନର ବିବାହ ବୟସ ଆସିଗଲା। ଭାଉଜମାନେ ତାକୁ ଥଟ୍ଟା କରିବାକୁ ଲାଗିଲେ। ଏଡ଼େ ଗେହ୍ଲା ଝିଅ, ସେ ପୁଣି ପରଘରେ ଚଳିବ କିପରି ? ରତନ କିଛି ଜବାବ ନଦେଇ ପଳାଇଯାଏ। ଭାଇମାନେ ତା'ର ବଡ଼ ମୁସ୍କିଲରେ ପଡ଼ିଲେ – ଏଭଳି କନ୍ୟାକୁ ପୁଣି ବର ମିଳିବ କେଉଁଠି ? ବର ଯଦି ବା ମିଳିବ, ରତନ ଆଉ କାହାଘରେ ଚଳିବ କିପରି ?

ବରଘର ଖୋଜା ପଡ଼ିଲା। କେତେଠି ଜାତକ ଶୁଝିଲା; ଆଉ କେତେଠି ଶୁଝିଲା ନାହିଁ। ରତନ ଏସବୁ ଶୁଣିସାରି ଭାଇମାନଙ୍କୁ ଡାକି କହିଲା – ସେ ବିଭା ହେବ ନାହିଁ। ଭାଇମାନେ ହସିଲେ – ମାତ୍ର ପରକ୍ଷଣରେ ତା'ର ଏକଜିଦିଆ ସ୍ୱଭାବ ମନେକରି ଭୀତ ହେଲେ। ଯେଉଁ କଥା ପାଇଁ ସେ ଅଡ଼ି ବସିବ, ସବୁବେଳେ

ତା'ର ସେହି କଥା – ଯେଉଁ ଜିନିଷ ସେ ଫରମାସ କରିବ ନ ଆଣିବା ଯାଏ ଖାଇବ ନାହିଁ ପିଇବ ନାହିଁ। ଭାଇମାନେ ଯାଇ ବାପ ମାଆଙ୍କୁ ଏ କଥା କହିଲେ। ସମସ୍ତେ ମିଶି ରତନକୁ ଡକାଇ ଅନେକ ବୁଝାଇଲେ। ସେ ସବୁ ଶୁଣିଲା, ମୂକ ହୋଇ କିଛି କ୍ଷଣ ବସିଲା; ତାପରେ କହିଲା – "ବର ଦେଖି, ସାନବୋଉ ଯେବେ କହିବ, ତେବେ ମୁଁ ବିଭା ହେବି, ନଇଲେ ନୁହେ।" ଏହା କହି ଏକମୁହାଁ ନିଜ ଘର ଆଡ଼କୁ ଚାଲିଗଲା।

ଦିନେ ଗଲା, ଦୁଇ ଦିନ ଗଲା, ମାସକୁ ମାସ ଚାଲିଗଲା। ଯେତେ ବୁଝାଇଲେ, ନାହିଁ; ଅସୁବିଧା ଦେଖାଇ କହିଲେ, ନାହିଁ; ତା'ର ସେହି ଏକ କଥା "ସାନବୋଉ ବର ଦେଖି ଯେବେ କହିବ, ତେବେ ମୁଁ ବିଭା ହେବି।"

ସୌଦାଗର ବଂଶ ବଡ଼ ହଟହଟାରେ ପଡ଼ିଲେ, ବର ପୁଣି ସାନବୋହୂ ଦେଖିବ କିପରି ? ସାନବୋହୂକୁ ପଚାରିଲେ ସେ କହେ – "ତାଙ୍କ ସମାନ ବର କେଉଁଠି ମିଳିବ ଯେ ସେ ବିଭା ହେବେ ?"

ଯେଉଁଠି ଅବା ବରଘର ଠିକଣା ହେଲା, ସେମାନେ ତାଙ୍କ ପୁଅମାନଙ୍କୁ ସୌଦାଗରଙ୍କ ଘରଠାକୁ ଛାଡ଼ିବାକୁ ରାଜି ହେଲେ ନାହିଁ। ଅଗତ୍ୟା ସାନବୋହୂ ସବାରୀରେ ବସି ବର ଦେଖି ବୁଲି ବାହାରିବାକୁ ବାଧ ହେଲା। ଯେତେ ଡାକିଲେ, ରତନ ତା ସାଙ୍ଗରେ ଗଲାନାହିଁ – ମୁହଁ ଶୁଖାଇ କହିଲା – "ଯା ସାନବୋଉ, ତୁ ତ ବରଘର ଠିକଣା କଲେ, ମୁଁ ଏ ଘରୁ ଯିବି, ତତେ ଅଡୁଆ ହୋଇଛି ମୁଁ।"

ଯେତୋଟି ବର ଠିକଣା କରିଥିଲେ, କେହି ସାନବୋହୂ ମନକୁ ପାଇଲେ ନାହିଁ। ବଡ଼ଯାଆମାନେ ଏଥର ଚତୁର୍ମୁଖ ହୋଇ ସାନବୋହୂର ନିନ୍ଦା ଗାଇ ବୁଲିଲେ – ଦେଖିଲ, ଏତେ ଦିନେ ଧରା ପଡ଼ିଲା। ଏଇ ହେଉଛି ଦେଖିପରା - ନଣନ୍ଦୁଟା କିମିତି ବିଭା ନହେଉ, ତାରି ପାଖେ ପାଖେ ପଡ଼ିଥାଉ, ତା'ର ଏହି ଇଚ୍ଛା। ସାନବୋହୂ ତ କେବେ ସେମାନଙ୍କୁ କିଛି କହେ ନାହିଁ, ଏବେ ବି କିଛି କହିଲା ନାହିଁ।

ରତନ କ୍ରମେ ବଡ଼ ହେଲା; ବିବାହ ନ ହେଲେ ଆଉ ରକ୍ଷା ନାହିଁ। ଏହି ବର୍ଷେ ଦୁଇ ବର୍ଷ ମଧ୍ୟରେ ବିବାହ ନ ଦେଲେ ସୌଦାଗରଙ୍କ ମୁଣ୍ଡ ତଳକୁ ପଡ଼ିଯିବ। ଘରଜ୍ୱାଇଁ କରି ଆଣିବାକୁ ହେବ, ତାହାହେଲେ ରତନ ତା ସାନବୋଉକୁ ଛାଡ଼ି ଯିବ ନାହିଁ, ମନେକରି ଏ ପ୍ରସ୍ତାବ ମଧ୍ୟ ଦିନାକେତେ ଉଠିଲା। ରତନ ଗୋଟିଏ କ୍ରୀତଦାସକୁ ସ୍ୱାମୀରୂପେ ବରଣ କରିପାରିବ ନାହିଁ ବୋଲି ସେ କଥାରେ ଆଦୌ ସମ୍ମତ ହେଲା ନାହିଁ। ଶେଷରେ ଭାଇମାନେ ସ୍ଥିର କଲେ, ଗୋଟିଏ ସୁନ୍ଦର ଶିକ୍ଷିତ ବର ଠିକଣା କରି ଆଣି, ନିଜ ଘର ନିକଟରେ ଘରଦ୍ୱାର ତୋଳି ଦେଇ ଯଥେଷ୍ଟ ଧନରତ୍ନ ଦେଇ

ରଖାଇବାକୁ ହେବ। ଏ ପ୍ରସ୍ତାବ ଗୋପନ ରଖିବାକୁ ହେବ। ରତନ ହୁଏତ ଶୁଣି ପାରିଲେ, ରାଜିହେବ ନାହିଁ।

ଏପରି ବର ଖୋଜା ହେଲା। ସମୟ କ୍ରମେ ରତନ ମଧ୍ୟ ଏ ପ୍ରସ୍ତାବ ଶୁଣି ପାରିଲା। ତା'ର ସେହି ଏକ କଥା – ସାନବୋଉର ବର ପସନ୍ଦ ହେଲେ, ସେ ରାଜିହେବ। କଟକ କଲେଜରେ ବି.ଏ. ପଢୁଥିବା ଗୋଟିଏ ଛାତ୍ର ଠିକଣା ହେଲା। ଘରେ ସମ୍ପତ୍ତି ବାଡ଼ି କିଛିନାହିଁ; ନିଜର ବୋଲି ଲୋକ ମଧ୍ୟ କେହି ନାହାନ୍ତି। ପିଲାଟି ଭାରି ବୁଦ୍ଧିମାନ୍, ଏ ପର୍ଯ୍ୟନ୍ତ ସବୁ ପରୀକ୍ଷାରେ ପାଶ କରି ବୃତ୍ତି ପାଇ, ଟିଉସନ୍ କରି ପଢ଼ି ଆସୁଅଛି। ସ୍ୱଭାବ ମଧ୍ୟ ବଡ଼ ଭଲ; ସହାଧ୍ୟାୟିମାନଙ୍କଠାରୁ ପ୍ରଫେସର ପର୍ଯ୍ୟନ୍ତ ସମସ୍ତେ ଭଲ ପାଆନ୍ତି। ଦେଖିବାକୁ ବେଶ୍ ଉଜଳ ଚେହେରା; କିଛି ଖୁଣିବାକୁ ନାହିଁ। ସୌଦାଗର ଘରର ପ୍ରସ୍ତାବ ଶୁଣି ବରର କିଛି ଆପତ୍ତି ରହିଲା ନାହିଁ। ବାକି କେବଳ ସାନବୋହୂ କହିଲେ ହେଲା। ବରକୁ ସୌଦାଗରଙ୍କ ଘରକୁ ଅଣାହେଲା; ଝରକା ବାଟେ ବୋହୂମାନେ ଆସି ଦେଖିଗଲେ। ବରକୁ ଦେଖି ତା'ର ଗୁଣର ବର୍ଣ୍ଣନା ଶୁଣି ସାନବୋହୂ ଭାରି ଖୁସି – ଏ ରତନର ଉପଯୁକ୍ତ ବର।

ବରକୁ ଦେଖିବା ପାଇଁ ସାନବୋହୂ ରତନକୁ ବହୁତ ଟଣା ଓଟରା କଲା। ସେ ଆସିଲା ନାହିଁ; କହିଲା – "ମୋର ଦେଖିବା ଦରକାର କଅଣ ? ତୋର ଯେତେବେଳେ ପସନ୍ଦ ହେଲାଣି, ମତେ ବିଭା ହେବାକୁ ହେବ; ଆଜିଠାରୁ ତୁ ମତେ ଅଲଗା କରିଦେଲୁ।" ବଡ଼ ମନଦୁଃଖରେ ରତନ ଏ କଥା କେତୋଟି କହିଲା। ସାନବୋହୂ କାନ୍ଦ କାନ୍ଦ ହୋଇ ତାକୁ କୁଣ୍ଢାଇ ପକାଇ କହିଲା – "ରାଣି, ତମେ କ'ଣ ଆଉ ବିଭା ହୁଅନ୍ତ ନାହିଁ ? ଏହିଠି ତ ଘରତୋଳା ହେବ, ମୁଁ ଯାଇ ସବୁବେଳେ ତମ ପାଖରେ ରହିବି। ମୋ ମା' ପରା, ଏପରି ଦୁଃଖ କଲେ ଲୋକହସା ହେବାକୁ ପଡ଼ିବ!" ରତନ ବୁଝିଗଲା। ମାତ୍ର ସେହି ଦିନଠାରୁ ସବୁ କଥାରେ ଟିକିଏ ଗମ୍ଭୀର ହୋଇଗଲା।

ସୌଦାଗର ଘରର ସମସ୍ତେ ଭାରି ଖୁସି – ଏତେ ଦିନେ ବର ଠିକଣା ହେଲା; ରତନ ବିଭା ହେବ। ବିଭାତିଥି ବୁଝାଗଲା। ଆସନ୍ତା ଆଷାଢ଼ ୨୨ଦିନ - ଆଉ ଆଠମାସ ବାକି। ବିଭାଘରର ସବୁ ଯୋଗାଡ଼ କରାଗଲା। ସୌଦାଗର ଘର ଝିଅବିଭା – ଭାରି ଯାକଯମକରେ ହେବ। ଏତେ ଖୁସି ଏତେ ଆନନ୍ଦ ମଧ୍ୟରେ ସାନବୋହୂ ଗୋଟିଏ ପୁତ୍ର ସନ୍ତାନ ପ୍ରସବ କଲା। ବଡ଼ ଦୁଇ ବୋହୂଙ୍କର କିଛି ସନ୍ତାନ ନାହିଁ। ସୌଦାଗର ବୁଢ଼ା ଭାରି ବ୍ୟସ୍ତ ଥିଲେ। ଏବେ ନୂଆବୋହୂର ନୂଆ ପୁଅ ଜନ୍ମ ତାଙ୍କ ମନରେ ଅପାର ଆନନ୍ଦ ଆଣି ଦେଲା। ପୁଅର ପଞ୍ଚୁଆତି, ଉଠିଆରୀ ଓ ଏକୋଇଶା ମହାସମାରୋହରେ ସମ୍ପନ୍ନ ହେଲା।

ପୁଅକୁ ଦେଖି ରତନ ଭାରି ଖୁସି। ଏବେ ସାନବୋଉକୁ ତା'ର ସେତେ ପଚାରେ ନାହିଁ। ତା'ର ନିଜର ସବୁ ଖେଳନାତକ ଆଣି ପୁଅ ପାଖରେ ଜମା କରିଥାଏ। ପୁଅକୁ ଛାଡ଼ି କ୍ଷଣେ କୁଆଡ଼େ ଯାଏ ନାହିଁ। ପୁଅ ଜନ୍ମ କରିବାରୁ ସାନବୋହୁର ଆଜିକାଲି ସୌଦାଗର ଘରେ ଭାରି ପ୍ରତିପତ୍ତ; ଏକୋଇଶା ବେଳକୁ ତା ପାଇଁ ବନାରସୀ, ମାନ୍ଦ୍ରାଜୀ ଓ ପାର୍ଶୀଶାଢ଼ୀ କିଣାହୋଇ ଆସିଲା। ପୁଅ ପାଇଁ ଓ ସାନବୋହୁ ପାଇଁ କେତେ ରକମର ବହୁମୂଲ୍ୟ ଅଳଙ୍କାର ଆସିଲା। ବଡ଼ବୋହୁ ବାହାରେ ପୁଅ ପ୍ରତି ଓ ସାନବୋହୁ ପ୍ରତି ଯେତେ ସ୍ନେହ ଦେଖାଇଲେ ସୁଦ୍ଧା ଭିତରେ ଭିତରେ କୁହୁଳି ଜଳି ଯିବାକୁ ଲାଗିଲା। ମଝିଆଁ ବୋହୁ ବିଚାରୀ ବଡ଼ ଯାଆଙ୍କର ଭାରି ଅନୁରକ୍ତା - ନିଜେ କିଛି ବୁଝିପାରେ ନାହିଁ; ମାତ୍ର ବଡ଼ଯାଆ ଯାହା କହନ୍ତି ତାହା ବେଦର ଗାର କରି ମାନେ।

ପୁଅଟି କ୍ରମେ ହସିଲା, ହାତ ଗୋଡ଼ ଛିଞ୍ଚାଡ଼ି କୁରୁଡ଼ିଲା। ରତନ ସରଗର ଚାନ୍ଦ ହାତରେ ପାଇଲା। ପୁଅଟି ତା'ର ନୟନର ମଣି। ବିଭାଘର କଥା ସେ ବରାବର ଭୁଲିସାରିଲାଣି। ବିଭାଘର ନିକଟ ହେବାରୁ ଜିନିଷପତ୍ରର ଆୟୋଜନ ନେଇ ଭାରି ଧୂମ୍‌ଧାମ୍ ଚାଲିଅଛି। ଘରଦ୍ୱାର ସବୁ ମରାମତ ହୋଇ ଧଉଳା ଯାଉଅଛି। ନୂଆ ବେଦୀ ତିଆର ହୋଇ ଚାରିଆଡ଼ ସଜା ହେଉଅଛି। ମାତ୍ର ଏ ସବୁରେ ଯେପରି ରତନର କିଛି ସମ୍ପର୍କ ନାହିଁ – ଯେପରି ଏସବୁ ଆଉ କାହା ପାଇଁ କେଜାଣି କାହିଁକି ହେଉଛି। କେହି ତା ସଙ୍ଗରେ ବିଭାଘର କଥା ପକାଇଲେ, ସେ ଶୂନ୍ୟ ମନରେ ଚାହିଁ ରହେ, କିଛି କହିପାରେ ନାହିଁ।

ବିଭାଘର ଆସି ଖୁବ୍ ନିକଟ ହେଲାଣି। ଆଉ ପନ୍ଦର ଦିନ ମାତ୍ର ବାକି। ନୂଆ ଜ୍ୱାଇଁଙ୍କ ପାଇଁ ବହୁତ ଟଙ୍କା ଖର୍ଚ୍ଚ ହୋଇ ସୌଦାଗରଙ୍କ ଘରକୁ ଲାଗି ନୂଆ ଦୋତାଲା କୋଠାଘର ତିଆରି ହୋଇ ପ୍ରତିଘର ସାଜସଜ୍ଜା ହୋଇ ଚକ୍‌ଚକ୍ ଦେଖାଯାଉଛି। ଯୌତୁକ ଦେବାର ସମସ୍ତ ଜିନିଷ ଆୟୋଜନ ହୋଇ ସାରିଲାଣି।

ଉଦୁ'ଉଦିଆ ଦିପହର, ପ୍ରଚଣ୍ଡ ଖରା। ବାହାରେ ଜନମାନବର ଚଳାଚଳ ବନ୍ଦ। ଯେ ଯାହାର ଖାଇପିଇ ଘରେ ପଡ଼ି ଅଛନ୍ତି। ସୌଦାଗର ଘର କୋଳାହଳ ମଧ୍ୟ ବନ୍ଦ। ଚାକର ଚାକରାଣିମାନେ ଯେ ଯେଉଁଠି ପାରିଛି ଶୋଇପଡ଼ିଛି। ସାନବୋହୁ ପୁଅକୁ ତା'ର ଛୋଟ ଖଟ ଉପରେ ଶୁଆଇ ଦେଇ, ତଳେ ଶୋଇପଡ଼ିଅଛି। ରତନ ତା' ଘରେ ବସି ବହି ପଢୁଥିଲା। ହଠାତ୍ କାହିଁକି ଉଠିପଡ଼ି ପୁଅକୁ ଦେଖିବାକୁ ଆସିଲା। ଦେଖିଲା ମଝିଆଁ ଭାଉଜ ଗୋଟିଏ ପାତ୍ରରେ କଅଣ ଧରି ଠିଆହୋଇ ଥରୁଅଛି। ନିଦ୍ରିତ ଶିଶୁ ଆଡ଼କୁ ହାତ ବଢ଼ାଇବାକୁ ଯାଉଅଛି, ପୁଣି ଫେରିପଡ଼ି ଯାଡ଼କୁ ସିଆଡ଼କୁ

ଚାହୁଁଅଛି। ରତନକୁ ଦେଖି ସେ ପାତ୍ରଟି ଘେନି ପଳାଇ ଯାଉଥିଲା। ରତନ ଯାଇ ତାର ହାତ ଧରି ପକାଇ କହିଲା –

"ଦେଖି ସେଥିରେ କଅଣ? ତୁ କାହିଁକି ଏତେବେଳେ ଏଠାକୁ ଆସିଥିଲୁ।" ଏହା କହି ତା ହାତରୁ ପାତ୍ରଟି ଛଡ଼ାଇ ଆଣି ଦେଖିଲା ଯେ ପାତ୍ରରେ ଦୁଗ୍ଧ! ମଝିଆଁ ବୋହୂ କିଛି ନକହି ଦଉଡ଼ି ପଳାଇଗଲା।

ଗୋଳମାଳ ଶୁଣିପାରି ସାନବୋହୂ ଉଠି ପଡ଼ିଲା। ରତନ କହିଲା – "ଦେଖିଲୁଣି ସାନବୋଉ, ମଝିଆଁ ଭାଉଜ ପୁଅକୁ କଅଣ ପିଆଇବାକୁ ଆଣିଥିଲା। ସେ ତ କେବେ ପୁଅକୁ କିଛି ଖୁଆଏ ନାହିଁ। ଆଜି ଏ କଅଣ?"

"ସେ କ'ଣ ଦେଖି" ବୋଲି କହି ସାନବୋହୂ ପାତ୍ରଟି ରତନ ହାତରୁ ଓଟାରିବାକୁ ଲାଗିଲା। ରତନ ଛାଡ଼ିଲା ନାହିଁ। ଏହି ସମୟରେ ଘରର ଆଉ ସମସ୍ତେ ଆସି ହାବୁଡ଼ିଗଲେ। ମହାଗୋଳମାଳ ପଡ଼ିଗଲା। ଅନେକେ କିଛି ବୁଝି ନପାରି କଅଣ ହୋଇଛି ବୋଲି ପଚାରିବାକୁ ଲାଗିଲେ।

ବଡ଼ବୋହୂ କହିଲା, "କିଛି ନାହିଁ – ଏ ରତନ ଯେଉଁଠି ଥିବେ ତୁଚ୍ଛାଟାରେ ଦିପହର ବେଳେ, ଗୋଟାଏ ଗୋଳମାଳ ଲଗାଇଛନ୍ତି। ମଝିଆଁ ବୋହୂ କଅଣ ଟିକିଏ ପୁଅ ଖାଇବା ପାଇଁ ଆଣିଥିଲା, ଏଥିପାଇଁ ଏତେ କଥା ଲାଗିଛି।"

ରତନ ଦୁଗ୍ଧପାତ୍ର ହାତରେ ଧରି କହିଲା – "ହଁ ତତେ ଏତେ ସତ କହି ଆସେ? ଏସବୁ ତୋରି କାଣ୍ଡ। ବର୍ତ୍ତମାନ ଦେଖ୍, ପୁଅ ଖାଇବା ପାଇଁ କଅଣ ପଠାଇଦେଇ ଥିଲୁ।" ଏହା କହି ପାତ୍ରରୁ ଦୁଗ୍ଧତକ ପିଇ ଦେଲା।

କିଛି ସମୟପରେ ରତନର ବାନ୍ତି ଓକାର ହୋଇ ସେ ବେହୋସ ହୋଇ ପଡ଼ିଲା। ଅନେକ ଚିକିତ୍ସା କରାଗଲା, କାହିଁରେ କିଛି ହେଲା ନାହିଁ; ପ୍ରାଣବାୟୁ ବାହାରିଗଲା। ବିଭାଘରର ସମସ୍ତ ଆୟୋଜନ, ବରର ସବୁ ସୁଖସ୍ୱପ୍ନ ଓ ବଡ଼ବୋହୂର ସବୁ ହିଂସା ଦ୍ୱେଷ କୁଆଡ଼େ ଉଭେଇ ଗଲା।

■

ପିତୃଶ୍ରାଦ୍ଧ

ଏକ ରାଇଜରେ ମାଧିଆ ବୋଲି ଗୋଟିଏ ବ୍ରାହ୍ମଣ ପିଲା ଥାଏ। ମା'ଟିଏ, ପୁଅଟିଏ ସେ; ଆଉ ତାଙ୍କର ଆପଣାର ବୋଲି କେହି ନ ଥିଲେ, ସମସ୍ତେ ମରି ହଜି ଯାଇଥିଲେ। ଘର ବୋଲି ବଖରାଏ, ଜମିବାଡ଼ି ବାଡ଼ିଗୋବରରେ ଗୋବେ ନାହିଁ। ମାଧିଆ ଜନ୍ମ ବେଳୁଁ ବାପ ଛେଉଣ୍ଡ; ମା' ତା'ର ଯା ଘରେ ତା' ଘରେ ବାସିପାଇଟି କରି, ଧାନ କୁଟି, ଆପେ ଓପାସ ଭୋକରେ ରହି ପୁଅଟିକୁ ଖୁଆଇ ପିଆଇ ବଡ଼ କଲା। ସମସ୍ତେ କହିଲେ, ବ୍ରାହ୍ମଣ ପିଲା ତ, ଭିକ ମାଗିଲେ କ'ଣ ମାନହାନି ହୋଇଯିବ – ମା'ଟା ବୁଢ଼ୀ ହେଲାଣି, ଚଳି ପାରୁନାହିଁ, ଆଉ କେତେ ଦିନ ମିହନ୍ତ କରି ପୁଅକୁ ପୋଷୁଥିବ!

ମାଧିଆ ଏସବୁ କଥା ଥରେ ଶୁଣିଲା, ଦି'ଥର, ତିନିଥର ଶୁଣିଲା, ଆଉ ସମ୍ଭାଳି ହୋଇ ରହିପାରିଲା ନାହିଁ; ଯାଇ ବୋଉକୁ ତା'ର ସବୁ କହିଲା – ଆଜିଠୁ ମାଧିଆ ଭିକମାଗି ବୁଲିବ, ଯାହା ପାଇବ, ମା ପୁଅ ଦି'ଜଣ ଖାଇକରି ଚଳିବେ। ମା' ଆଖିରୁ ଦି'ଟୋପା ଲୁହ ଗଡ଼ି ଆସିଲା। ସେ ଯେତେ ମନାକଲେ ମନା ଘେନିଲା ନାହିଁ; ହାତଗୋଡ଼ ଧରି କାନ୍ଦି ଗଡ଼ିଲା। ସକାଳୁ ଗାଧୋଇ ପାଧୋଇ ଭିକ ମାଗି ବୁଲିଲା। ପ୍ରଥମେ ଗାଁ ପାଖ ଆଖରେ, ତା' ପରେ କୋଶେ ଦିକୋଶ, ପାଞ୍ଚକୋଶ ଯାଏ ମାଧିଆ ଭିକମାଗି ବୁଲିଲା। ରୋଜ ସକାଳୁ ଉଠି ଗାଧୋଇ ପାଧୋଇ ହାଣ୍ଡିରେ ପଖାଳ, ତୋରାଣି ଯାହା ଥାଏ ପିଇଦେଇ ସଞ୍ଜଯାଏ, ଭିକ ମାଗି ବୁଲେ, ଚାଉଳ ପରିବା ଯାହା ପାଏ, ଆଣି ମା'କୁ ଦିଏ। ମା' ସେତକ ରାନ୍ଧେ ବାଢ଼େ, ପୁଅକୁ ଖାଇବାକୁ ଦିଏ, ଆପେ ଖାଏ।

ଇମିତି ଇମିତି କେତେ ଦିନ ବିତିଗଲା। ମାଧିଆ ବଡ଼ ହେଲା। ବଡ଼ ହେବା ବୟସ ବଳି ଯିବାରୁ, ଗାଁର କେତେ ଜଣ ବାହାରି ମାଧିଆକୁ କହିଲେ – "ହଇରେ

ମାଧିଆ, ଏତ୍ତୁଟାଏ ହେଲୁଣି, ତୁ ତ ବଡୁ ହେବାର ନାଁ କାହିଁ ଧରୁ ନାହୁଁ। ବ୍ରାହ୍ମଣ ପିଲା ବଡୁ ନ ହେଲେ ଶୂଦ୍ର ସଙ୍ଗେ ସମାନ।"

ମାଧିଆକୁ ମହାଘୋର ଚିନ୍ତା ମାଡ଼ିପଡ଼ିଲା। କାନ୍ଦି କାନ୍ଦି ଯାଇଁ ବୋଉ ଆଗରେ କହିଲା – କିପରି ବଡୁ ହେବ। ଘରେ ତା'ର ଖଣ୍ଡେ ପୁରୁଣା ଭଙ୍ଗା ପିତଳ ରେକାବୀ ଥିଲା। ମା ତା'ର ତାକୁ ମାଜିମୁଜି ଚକ୍ ଚକ୍ କରିଦେଲା; ପଇତା ସଙ୍ଗାଡ଼ିଏ, ନଡ଼ିଆଟିଏ ସାଇରୁ ନେଉରା ନମସ୍ତ ହୋଇ ମାଗି ଆଣି, ରେକାବୀରେ ଥୋଇ ଦେଇ ମାଧିଆକୁ କହିଲା – "ଯାରେ ବାପ, ୟାକୁ ଦେଖାଇ ବଡୁ ହେବା ପାଇଁ ମାଗିବୁ।"

ମାଧିଆ ସେହିପରି ମଗା ଯଚା କରି ବଡୁ ହୋଇପଡ଼ିଲା। ଗାଁର ଲକ୍ଷଭୋଜୀ କୁଟୁମ୍ବବାଟୁମ୍ବ ପାଞ୍ଚ ଜଣଙ୍କୁ ଆଣି ଖୁଆଇଲା । ଭଲ ଖିରି ପିଠା କରି ପାରିଲା ନାହିଁ ବୋଲି କେତେ ତାକୁ ଗାଳି ଦେଲେ। ଆଉ କେତେ ଭଲ ଲୋକ ଦୟା କରିବାରୁ ମାଧିଆ ଏକ ଘରିକିଆ ହେବାରୁ ରକ୍ଷା ପାଇଗଲା। ବଡୁ ହେବା ପରେ ପୁଣି ସେହି ଭିକମଗା। ବ୍ରାହ୍ମଣ ପିଲାର ଆଉ ଉପାୟ କଅଣ ? ରୋଜ ରୋଜ ବୁଲି ବୁଲି କେଉଁ ଦିନ ଅବା କିଛି ପାଇଲେ ମା ପୁଏ ଖାଆନ୍ତି, ନଇଲେ ଓପାସ ଭୋକରେ ରହନ୍ତି। ଇମିତି ବି କେତେ ଦିନ ବିତିଗଲା।

ଦିନକର ସେ ଗାଁର ଖାଡ଼ଙ୍ଗା ବୁଢ଼ା ମାଧିଆ ଭିକ ମାଗି ଯାଇଥିବା ବେଳେ ତାକୁ ଡାକି କରି କହିଲେ – "ହଇରେ ମାଧି, ତୁ ବଡ଼ ହେଲୁ, ପାରିଲୁ, ରୋଜଗାର କରି ତ ମା ପୁଏ ଚଳୁଚ। ଦିନେ ହେଲେ ତୋ ବାପ ବଡ଼ବାପ ନାଁରେ ମୁଠାଏ ପିଣ୍ଡ ବାଢ଼ିଲୁ ନାହିଁ। ପିତୃ ଅଭିଶାପରୁ ତୋର ଉନ୍ନତି ହବ ନାହିଁରେ ମାଧି, ଉଜୁଡି ହେବ ନାହିଁ। ଏବେ ଭଲ ବୁଦ୍ଧି କର ମୋ ବାପ, ଯାହା କରିବୁ, ଯାହା ତୋ ସକ୍ଷ ହେବ, ଦିନ ବୁଝି ମୁଠାଏ ପିଣ୍ଡ ପକାଇ ଦେ।" ୟା' ଶୁଣି ମାଧିଆ ମନକୁ ଟିକିଏ ବାଧିଲା ପରି ଲାଗିଲା। ଯାହା ଭିକ ମାଗି ଯାଉଥିଲା, ବାହାରେ ବାହାରେ ପୁଣି ଘରକୁ ଫେରିଲା, ବୋଉ ଆଗେ ଖାଡ଼ଙ୍ଗା ଯାହା କହିଥିଲେ, ସବୁ କହି ଭୋ' ଭୋ' କାନ୍ଦିଲା। ମା' ବି ସକେଇ ସକେଇ କାନ୍ଦି ପଣନ୍ତକାନିରେ ଲୁହ ପୋଛି ପକାଇଲା।

କାନ୍ଦି କାନ୍ଦି କିଛି ସମୟ ଗଲା; ତା ପରେ ମା ପୁଅ ବସି ବିଚାର କଲେ – ଶ୍ରାଦ୍ଧ ଦିନ କେବେ ପଡ଼ିବ। ମା'ର ମନେଥିଲା ଶ୍ରାବଣ ଅମାବାସ୍ୟା ଗଲାରେ ଦି' ଦିନରେ ତା ସ୍ୱାମୀଙ୍କ କାଳ ହୋଇଛି। ଆଉ ପନ୍ଦର ଷୋଳ ଦିନ ବାକି। ଏ ମଧ୍ୟରେ ସବୁ ଯୋଗାଡ଼ କରିବାକୁ ହେବ। ମାଧିଆ ତହିଁ ଆରଦିନଠାରୁ ବେଶି ମିହନ୍ତ କଲା - ଯାହା ଦି କୋଶ ତିନି କୋଶ ବୁଲୁଥିଲା, ସେହି ଦିନଠାରୁ ପାଞ୍ଚ ଛ' କୋଶ ବୁଲିଲା। ବୁଲି ବୁଲି ଟୋକାଟା ଶିରିଦଉଡ଼ି ହୋଇଗଲା। ଏତେ କରି ସୁଦ୍ଧା ଶ୍ରାଦ୍ଧ ପାଇଁ କିଛି

ବଳାଇ ରଖି ପାରିଲା ନାହିଁ। ରୋଜ ରୋଜ ଯାହା ଆଣେ, ସବୁ ଖର୍ଚ୍ଚକରି ପକାଏ। ତହିଁରେ ପୁଣି କେଉଁଦିନ ମା' ପୁଅ ପେଟ ପୁରାଇ ଖାଇବାକୁ ପାଆନ୍ତି, କେଉଁ ଦିନ ବି ଓପାସ ଭୋକରେ ଶୋଇ ପଡ଼ନ୍ତି।

ବଡ଼ ହରବର କଥା। ଶ୍ରାଦ୍ଧ ଆଉ ତିନିଚାରିଦିନ ବାକି, କଅଣ କରିବାକୁ ହେବ। ଭିକ ମାଗି ବୁଲୁ ବୁଲୁ ଜଣେ ମାଧିଆକୁ ଦେଖି କହିଲା – "ହଇରେ ପିଲା, ତୁ ରୋଜ ରୋଜ ଏପରି ମନଦୁଃଖରେ ମୁହଁ ଶୁଖାଇ କାହିଁକି ବୁଲୁଚୁ? ମାଧିଆ ତାକୁ ବାପ ଶ୍ରାଦ୍ଧ କଥା କହିଲା – ବୁଲି ବୁଲି କିଛି ପାଉନାହିଁ ବୋଲି କହୁ କହୁ କାନ୍ଦି ପକାଇଲା। ସେ ଲୋକ କହିଲା – "ତୁ ଏପରି ଆମ ଭଳିଆ ଗରିବ ଗୁରୁବାଙ୍କ ଘରେ ଭିକ ମାଗି କଅଣ ପାଇବୁ? କିଏ ମୁଠାଏ ଚାଉଳ, କିଏ ଅବା ଗୋଟାଏ ପରିବା ଦେବ; ଟଙ୍କା ପଇସା ତତେ ଏମାନେ କାହୁଁ ଦେବେ? ଏବେ ଯା ବଡ଼ ବଡ଼ ମହାଜନ ସାଉକାରମାନଙ୍କ ପାଖକୁ ଯା କି, ତୋତେ ଦେଖିଲେ, ତୋ କଥା ଶୁଣିଲେ, ଟଙ୍କା, ପଇସା, ବେଶି ବେଶି ଚାଉଳ, ମୁଗ ଦେଇଦେବେ।"

ସେମାନେ ସବୁ କିଏ, ତାଙ୍କର ଘର କେଉଁ ଗାଁରେ ବୋଲି ମାଧିଆ ପଚାରିଲା। ସେ ଲୋକ କହିଲା – "ତୁଟା ଏଡ଼େ ଅପାଣ୍ଡୁକ, ଏତେ ଗାଁ ଗଣ୍ଡା ବୁଲୁଚୁ, ସେମାନଙ୍କୁ ଜାଣୁ ନାହିଁ? ତିରିମଲ ଅର୍ଜ୍ଜୁନ ସାହୁଘର, ଗଙ୍ଗାପଡ଼ା ଦିନ ସେନାପତି, ବିରିବାଟିଆରେ ଶଉରୀ ପଧାନ ଘର, ଇମିତି ଆଉ କେତେ ଅଛନ୍ତି, ବୁଝିବୁ, ଯା।"

ମାଧିଆ ଏକଥା ଶୁଣି ଭାରି ଖୁସି ହେଲା। ହସ ହସ ମୁହଁରେ ଚାଲିଲା କିରିମଲ ଗାଁ ଆଡ଼କୁ। ମଝିରେ ଯେଉଁ ସବୁ ଗାଁ ପଡ଼ିଲା ଗରିବ ଘର ବୋଲି ଆଉ କେଉଁଠି ଭିକ ମାଗିଲା ନାହିଁ। ବେଳ ରତରତ ବେଳକୁ ଯାଇ ତିରିମଲ ଗାଁରେ ପହଞ୍ଚିଗଲା। କଅଣ କରିବ, ସାଉଘର ଯେବେ ବେଶି ଚାଉଳ ପରିବା ଦେବ, ସେ ନେବ କିପରି? ସେ ତ ସୁକୁମାର ପିଲାଟିଏ, ଏତେ ବୋଝ ବୋହିବ କିପରି? ଏପରି ଭାବି ଭାବି ଯାଇ ସାଉଘର ଦୁଆରେ ପହଞ୍ଚିଲା।

ଆଡ଼େ ଦୀର୍ଘେ ଆଠକୋଶ ଭିତରେ ଅର୍ଜ୍ଜୁନ ସାହୁର ଭାରି ନାମ ଡାକ; ଭାରି ବଢ଼ିଆ ମହାଜନ - ଅସୁମାର ଟଙ୍କା ଧାନର କାରବାର । ରୋଜ ରୋଜ ଶହ ଶହ ଖାତକ ଆସି କିଏ କରଜ ଶୁଝିଦେଇ ତମସୁକ ଫେରି ପାଇବାକୁ, କିଏ ତମସୁକରେ ଅସୁଲ ପକାଇବାକୁ ଆଠ ଦଶ ଦିନ ଲେଖାଏଁ ବସି ରହିଛନ୍ତି। ସମୟ ଅଭାବରୁ କିଛି ହୋଇପାରୁ ନାହିଁ। ଏସିବାଏ ତେଜରାତ୍ କାରବାର, ତେଲ ଲୁଣ ଘିଅ ଗୁଡ଼ର ଗୋଦାମମାନ ଖୋଲା ଯାଇଅଛି – ବେପାରୀମାନେ ସଉଦା ନେଉଛନ୍ତି। ଘରଟା ଘୁଘୁ କମ୍ପୁଛି।

ଅର୍ଜୁନ ସାହୁ ବୁଢ଼ାକୁ ଦେଖି କଥାବାର୍ତ୍ତା ହେବା ବଡ଼ ଦୁଷ୍କର। ବୁଢ଼ା ବେକରେ ଗୋଛାଏ ତୁଳସୀ ମାଳି; ରୂପା ଆଙ୍କୁଡ଼ା ଲାଗି ମାଳି ଦେହରୁ ମଖମଲ କନାର ମସିହା ଝୁଲିମୁଣିଟା ଅନ୍ତଲ ପେଟ ଉପରକୁ ଝୁଲି ପଡ଼ିଛି। ବୁଢ଼ା ଝୁଲିମୁଣି ଭିତରେ ହାତ ପୂରାଇ ଅହରହ ପାଟି ପାକୁଆକୁ କରୁଥାଏ, ଯେପରି ହଡ଼ା ବଳଦ ପାକୁଳି ଧରିଛି ! ବୁଢ଼ାର ପାଞ୍ଚ ପୁଅ, ସମସ୍ତେ ଆସି ଭେଣ୍ଡା ହେଲେଣି – କିଏ ଧାନ ମହାଜନୀ ବୁଝେ, କାହା ଉପରେ ଟଙ୍କା କାରବାର ବୁଝିବାର ଭାର; କିଏ ଘରର ଜମାଖର୍ଚ୍ଚ ବୁଝେ, ଆଉ କିଏ ଗୋଦାମ ବେପାର ବୁଝି ହିସାବ ଲେଖି ରଖେ; ଆଉ କିଏ ଘରଖବର, ଗୁମାସ୍ତା ଚାକର ବାକରମାନଙ୍କ ଖବର ବୁଝେ। ମାତ୍ର ହିସାବ ନିକାଶ ବେଳେ, ତମସୁକ ଖାତାରେ ଅସୁଲ ଦେବା ବେଳେ, କାହାକୁ କିଛି ଛାଡ଼ ଦେବା ବେଳେ ବୁଢ଼ା ନ ଜାଣିଲେ କାହାରି କିଛି କରିବାର କ୍ଷମତା ନାହିଁ। ଅଧଲାକଠାରୁ ପାହୁଲାକ ପର୍ଯ୍ୟନ୍ତ କିଛି ଖର୍ଚ୍ଚ ପଡ଼ିଲେ, ବୁଢ଼ା ଦିଏ; ବୁଢ଼ା ହାତରେ ଖର୍ଚ୍ଚ ତହବିଲ - ଆଉ କେଉଁ ତହବିଲରୁ କଡ଼ାଏ କେହି ଖର୍ଚ୍ଚ କରି ପାରିବେ ନାହିଁ। ପୁଅମାନେ କିଏ ଅବଧାନ ଚାହାଳୀରୁ, କିଏ ଅବା ପ୍ରାଇମେରୀ ଇସ୍କୁଲରୁ, ଜଣେ ଅଧେ, ମାଇନର ଫେଲ ହେବା ପର୍ଯ୍ୟନ୍ତ ପଢ଼ିଛନ୍ତି। ଏମାନେ ବେଳେବେଳେ ଲୁଚାଇ ଚୋରାଇ ନିଜ ଖର୍ଚ୍ଚରେ କିଛି ଖର୍ଚ୍ଚ କରିପକାନ୍ତି। ଜାଣି ପାରିଲେ ବୁଢ଼ା ଗାଳିଠାରୁ ମାଡ଼ ନ ଦେଇ ଛାଡ଼େ ନାହିଁ।

ଏସବୁ ଦେଖି ମାଧିଆ ବିଚାରା ଥକ୍କାମରା ହେଲାଣି। କେଉଁଠିକି ଯିବ, କାହାକୁ କଅଣ କହିବ, କିଛି ଠିକ୍ କରିପାରୁ ନାହିଁ। ଥଙ୍ଗେଇ ଥଙ୍ଗେଇ ଦୁଆର ମୁହଁ ପାହାଚ ପାଖେ ଠିଆହେଲା; କେତେ ଲୋକ ସେହି ବାଟେ ଯିବା ଆସିବା କରୁଛନ୍ତି। ତାକୁ କେହି କିଛି ପଚାରୁ ନାହିଁ। ଆସ୍ତେ ଆସ୍ତେ ପାହାଚ ଉପରକୁ ଉଠି ଯାଇ ପିଣ୍ଡା ଉପରେ ଗୋଟିଏ ଖୁଣ୍ଟକୁ ଆଉଜି ଠିଆହୋଇ ରହିଲା।

ମାଧିଆକୁ ସେପରି ବେଶି ବେଳ ଠିଆ ହେବାର ଦେଖି ଜଣେ ଗୁମାସ୍ତା ତା ପାଖକୁ ଆସି ପଚାରିଲା – "ତୋ ଘର କେଉଁଠି ? ଟଙ୍କା କରଜ ନେବାକୁ ଆସିଛୁ ? ଜମିବାଡ଼ି ତୋର କେତେ ? ପଟ୍ଟା କି କବଲା ଆଣିଛୁ ? କେତେ ଟଙ୍କା ନେବୁ ?"

ଏତେ ଗୁଡ଼ାଏ ପ୍ରଶ୍ନ ଏକାବେଳକେ ଶୁଣି, କେଉଁ ପ୍ରଶ୍ନର କି ଉତ୍ତର ଦେବ ମାଧିଆ ବୁଝି ପାରିଲା ନାହିଁ। କେବଳ ଏତିକି କହିଲା ଯେ ତା ବାପ ଶ୍ରାଦ୍ଧ ଆଉ ତିନି ଦିନ ବାକି ଅଛି; ଆଉ କିଛି କହି ପାରିଲା ନାହିଁ। ସେତେବେଳକୁ ବେଳବୁଡ଼ି ଆସି ରାତି ଘଡ଼ିଏ ହେଲାଣି। ପ୍ରତିଦୁଆରେ ସଞ୍ଜବତୀ ଲାଗି ଗଲାଣି। ଗୁମାସ୍ତା ଠିକ୍ ଉତ୍ତର ନ ପାଇ ଭାରି ଖପ୍ପା ହୋଇ ବଡ଼ପାଟିରେ ଗାଳି ଦେବାକୁ ଲାଗିଲେ – "ଚୋର, ବଦମାସ୍, ଚୁପ୍, ସଇତାନ୍, ତୋ ବାପ ଶ୍ରାଦ୍ଧ କଅଣ, ଆଜି ତୋ ଶ୍ରାଦ୍ଧ କରି ଦେଉଛି।" ପାଟି

ଶୁଣି ସାହୁଙ୍କ ପୁଅମାନେ, ଶେଷକୁ ବୁଢ଼ା ମହାଜନ ଆସି ହାଜର ହୋଇଗଲେ। କଅଣ ଖବର କିଛି ନ ବୁଝି ଯେ ପାରିଲା, ସେ ମାଧିଆକୁ 'ଚୋର ବଦ୍‌ମାସ' ବୋଲି ଗାଳି ଆରମ୍ଭ କରିଦେଲା। ମାଧିଆ ବକ୍ ବକ୍ ଚାହିଁଥାଏ। ଶେଷକୁ ସାହୁଙ୍କ ପାଠପଢୁଆ ପୁଅ ଆସି ଗୋଟିଏ ଧକ୍କାରେ ମାଧିଆକୁ ତଳକୁ ପକାଇବାକୁ ଯାଉଥିଲା; ମାଧିଆ ଟିକିଏ ପେଲି ଦେବାରୁ ନିଜେ ତଳେ ଲଥ କିନି କଚାଡ଼ି ହୋଇ ପଡ଼ିଲା।

ମାଧିଆ ଆଉ ଯାଏ କାହିଁ? ସାଙ୍ଗେ ସାଙ୍ଗେ ପଣ ପଣ ବିଧା ଗୋଇଠା ତା ଉପରେ ଧୁଲ୍‌ଦାଲ୍ ଭୁଷ୍‌ଭାଷ୍ ପଡ଼ିଲା। ଟୋକାଟା ମୁହଁ ମାଡ଼ି ତଳେ ପଡ଼ିଥାଏ। ସମସ୍ତେ ଯେ ଯାହା କାମକୁ ଚାଲିଗଲେ। ଘଡ଼ିକ ପରେ ଚେତା ହେବାରୁ ସେଠାରୁ ଉଠି ସେ ଛୋଟେଇ ଛୋଟେଇ ଚାଲିଗଲା। ଯାଇ ସେ ଗାଁମୁଣ୍ଡ ଗୁରୁବାରି ମେକାପ ଦାଣ୍ଡ ପିଣ୍ଡାରେ ଥକ୍କା ମାରି ବସି, ଆଣ୍ଠୁ ଉପରେ ମୁହଁ ରଖି କାନ୍ଦିବାକୁ ଲାଗିଲା। ମେକାପ ବିଚରା ବଡ଼ ଗରିବ; ଜମି କ'ଣ ମାଣେ କାଣେ ଅଛି, ଭାଗ ବଖରା କରି ଦୁଇ ଚାରିମାଣ ଧରିଛି। ବେଳେ ବେଳେ ମଧ ମୂଲ ଲାଗେ। ତେବେ ଓପାସ ଭୋକରେ ବଂଶଯାକ ପଡ଼ି ରହନ୍ତି ପଛକେ, ମହାଜନ ଦୁଆରେ କେବେ ହାତ ପତାନ୍ତି ନାହିଁ।

ଗୋରୁଗାଁ ମୁହାଁଇ ସାରି ଦାଣ୍ଡ ପୋଖରୀକୁ ହାତଗୋଡ଼ ଧୋଇବାକୁ ଯିବାବେଳେ ମେକାପ ବୁଢ଼ା ମାଧିଆକୁ ପିଣ୍ଡାରେ ବସିବାର ଦେଖି ତାକୁ ସବୁ ପଚାରିଲେ। ସବୁ କଥା ତାଠାରୁ ଶୁଣି ବୁଢ଼ା ବିଚାରା ଟିକିଏ କାନ୍ଦି ପକାଇଲା। ଯାଇ ଘରେ ପିଲା ମାଇପଙ୍କ ଆଗରେ ମାଧିଆ କଥା ସବୁ କହିଲାରୁ ସମସ୍ତେ କାନ୍ଦି ପକାଇଲେ। ମେକାପ ଯାଇ ଗୁଡ଼ିଆଘରୁ ମୁଢ଼ି ଉଖୁଡ଼ା କିଣି ଆଣିଲା। ଘରେ ଗୋଟିଏ ନଡ଼ିଆ ଥିଲା ଯେ ତାକୁ ଭାଙ୍ଗି କୋରି ମୁଢ଼ି ଉଖୁଡ଼ା ଓ ନଡ଼ିଆ ଗୋଟିଏ ପିତଳରେ ଆଣି ମାଧିଆକୁ ଦେଲା। ଢାଳରେ ମୁନ୍ଦିଏ ପାଣି, ଲୁଣ, ଲଙ୍କାମରିଚ ଆଣି ଦେଲା। ମାଧିଆ ଖାଇପିଇ ସାଷ୍ଟାମ ହେଲା। ଦାଣ୍ଡଘରେ ଶୋଇବା ପାଇଁ ମେକାପ ବୁଢ଼ା ଖଣ୍ଡେ ନଡ଼ିଆ ଚାଞ୍ଚ ତକିଆ ବଦଳରେ ଖଣ୍ଡେ କାଠ ପିଢ଼ା ଦେଲା। ମାଧିଆ ଶୋଇଲାରୁ ବୁଢ଼ା ମେକାପ ତାକୁ କହିଲା – "ହେ ଗୋସାଇଁ, ଆଜିଠାରୁ ଏ ମହାଜନମାନଙ୍କ ଦୁଆର ମାଡ଼ିବ ନାହିଁ। ଏ ଗୁଡ଼ାକ ଯାହା ପାଇବେ ଘେନି ପଳାଇବେ; କିଛି ଦେବାବେଳକୁ ୟାଙ୍କର ସବୁ ପ୍ରାଣ ଛାଡ଼ିଯାଏ। ତମେ ଗୋଟିଏ କାମ କର, ଏଠାରୁ ଦୁଇ କୋଷ ବାଟ ଅମନ ରାଇଜରେ ଜଣେ ରାଜା ରାଜୁତି କରନ୍ତି। ସେ ବଡ଼ ଧରମବନ୍ତ। ଗଲା ଅଇଲା ଅତିଥି ଅଭ୍ୟାଗତ ଚର୍ଚ୍ଚା ଭଲ ବୁଝନ୍ତି। ତାଙ୍କର ଲକ୍ଷେ ଛେଳି ମେଣ୍ଢା ଅଛନ୍ତି ଯେ ରୋଜ ସକାଳୁ ତାଙ୍କୁ ଘିଅରେ ଭଜା ହୋଇଥିବା ବୁଟଭଜା ଖାଇବାକୁ ଦିଆଯାଏ।

ଅର୍ଜୁନ ସାହୁ ଘର କଥା ମନେପକାଇ ମାଧିଆର ମନ ଆଉ କୁଆଡ଼େ ଯିବାକୁ

ଦର୍ପୁ ନଥାଏ । ତେବେ ମେକାପର କଅଁଳ କଥାରେ ମାଧିଆର ମନ ଟିକିଏ ତରଳିଗଲା । ସକାଳୁଁ ଉଠି, ସେ ଅମନ ରାଇଜକୁ ଯିବାର ଠିକ୍ କଲା । ଭାବିଲା ଯାହା ଥିବ କପାଳେ । ସତକୁ ସତ ରାତି ନ ପାହୁଁଣୁ ମାଧିଆ ମୁହଁ ଅଧୁଆ ଉଠି ଅମନ ରାଇଜ ଆଡ଼େ ଚାଲିଗଲା । ବେଳ ଦୁଇଘଡ଼ି ସରିକି ଯାଇ ସେ ରଜା ରାଇଜରେ ପହଞ୍ଚିଗଲା । ଦେଖିଲା ବେଳକୁ ପଲ ପଲ ଛେଳି ମେଣ୍ଢା ଘିଅଭଜା ବୁଟ ଖାଉଛନ୍ତି ।

ସେଠାରୁ ଯାଇ ମାଧିଆ ରାଜ ଦରବାରରେ ପହଞ୍ଚିଲା । କିଛିକାଳ ପରେ ପାଗ ପଟୁକା ବାନ୍ଧି ରଜା ବିଜେକଲେ । ପାତ୍ରମନ୍ତ୍ରୀମାନେ କାଗଜପତ୍ର ଧରି ଠିଆ ହୋଇଥାନ୍ତି । ଗୋଟିଏ ମକଦ୍ଦମା ବିଚାର ପଡ଼ିଲା । ଆଗରୁ ହୁକୁମ ପାଇ କମାର ଗୋଟାଏ ସଙ୍ଗିନ ମୋଟା ଶୂଳୀକାଠି ତିଆରକରି ରଖିଅଛି । ନ୍ୟାୟ ବିଚାରରେ ଯାହାର ଦୋଷ ହେବ ତାକୁ ଏହି ଶୂଳୀକାଠିରେ ଚଢ଼ାଇ ଦେବାକୁ ହେବ ।

ମୁଦେଇକ ଡକରା ଦେବାରୁ ସେ ଆସି ହାତ ଯୋଡ଼ି ଜଣାଇଲା । "ଧର୍ମାବତାର, ଧର୍ମ ବୁଝାମଣା ହେଉ । ମୁଁ ବାଟୋଇ ଲୋକ, ଗାଁ ଦାଣ୍ଡ ବାଟେ ସିଧା ସିଧା ଚାଲି ଆସୁଥିଲି; କାହାକୁ ପାଟି ଫିଟାଇ ନାହିଁ । ଗାଁ ମଝିରେ ହେଲା ବେଳକୁ ଜଣେ କାହାର କାନ୍ଥ ଦିଆ ଯାଉଥିଲା । ଜଣେ ଲୋକ କାନ୍ଥ ଉପରେ ବସି, ଆଟିକାଏ ପାଣି କାନ୍ଥ ଉପରେ ଥୋଇ କାନ୍ଥ ଦେଉଥିଲା, ଆଉ ଲୋକମାନେ ମାଟି ଚକଟି ପିଣ୍ଡୁଳା ତୋଳି ତାକୁ ବଢ଼ାଇ ଦେଉଥିଲେ ।" ମୁଁ ସେଠି ପହଞ୍ଚିଛି କି ନାହିଁ, ଖଣ୍ଡେ ଓଦା କାନ୍ଥ ଓ ଆଟିକାକ ପାଣି ମୋ ଉପରେ ଭୁଷୁଡ଼ି ପଡ଼ିଲା । ମୁଁ ଲଥକିନି ତଳେ କଚାଡ଼ି ହୋଇ ପଡ଼ିଲି; ମୋ ଲୁଗାପଟା ଦିହମୁଣ୍ଡ ପାଣିକାଦୁଅ ସର ସର ହୋଇଗଲା । ଦେଖିବା ହେଉ ମୋ ଲୁଗା । ଏପରି ଏ ରାଇଜରେ ହେଲେ ଆଉ ବାଟୋଇମାନେ ଯିବା ଆସିବା କରିବେ କିପରି ? ମୋର ଏ ମକଦ୍ଦମାର ଉଚିତ ନ୍ୟାୟ ବୁଝାମଣା ହେଉ ।"

ଏହା କହି ମୁଦେଇ ହାତ ଯୋଡ଼ି ଏକପାଖିଆ ହୋଇ ଠିଆହେଲା । ତାକୁ ମନ୍ତ୍ରୀମାନେ ରାଜାଙ୍କ ମୁହଁ ପାଖେ ମୁହଁ ଯୋଡ଼ି ଫୁସ୍‌ଫାସ୍ ବିଚାର ଆରମ୍ଭ କଲେ । ବିଚାର ସରିଲାରୁ ମନ୍ତ୍ରୀ କହିଲେ – ଏଥିରେ ଘରବାଲାର ଦୋଷ ଫାବିଲା – ସେ କାହିଁକି ଦାଣ୍ଡ ପଟେ କାନ୍ଥ ଦିଆଇଲା । ଯେବେ ଦିଆଇଲା, ଦାଣ୍ଡ ବାଟ ବନ୍ଦ ନକଲା କାହିଁକି ? ଯୋଡ଼ା ବରକନ୍ଦାଜ ଯାଇ ଘରବାଲାକୁ ଧରି ନେଇ ଆସିଲେ । ତାକୁ ପଚରା ହେବାରୁ ସେ କହିଲା – "ଆଚ୍ଛା ବୁଝାମଣା ହେଉଛି ତ ? ମୁଁ କ'ଣ ଆଉ କାନ୍ଥ ଦିଅନ୍ତି ନାହିଁ; ଘର ମେଲା କରି ପକାଇ ଥାଆନ୍ତି ? ମୂଲିଆମାନଙ୍କୁ ତ ତାକିଦ୍ କରି କହିଥିଲି, ସେମାନେ ଏପରି କଲେ, ମୁଁ କ'ଣ କରିବି ?"

ପୁଣି ବିଚାର ବସିଲା, ପାତ୍ରମନ୍ତ୍ରୀମାନେ ପୁଣି ରଜାଙ୍କ ମୁହଁ ପାଖେ ମୁହଁ ଲଗାଇ

ଫୁସ୍‌ଫାସ୍ ହେଲେ ମୂଳିଆମାନଙ୍କ ଦୋଷ ସାବ୍ୟସ୍ତ ହେଲା। ସେମାନେ ଧରାହୋଇ ଆସି କହିଲେ – "ମଣିମା, ଧର୍ମ ଦୁଆରେ ଅଧର୍ମ ବୁଝାମଣା। ଆମର କିମିତ ଦୋଷ ହେଲା ? ଯେ କାନ୍ଥ ଉପରେ ବସି, ପାଣି ଆଟିକା ରଖି କାନ୍ଥ ଦେଉଥିଲା, ସେ ଯେବେ ଠିକ୍ କରି ପାଣି ହାଣ୍ଡି ରଖି ଥାଆନ୍ତା, ଜଗି ରଖି କାନ୍ଥ ଦେଇଥାଆନ୍ତା, ତାହାହେଲେ ଏପରି କାହିଁକି ହୁଅନ୍ତା ? ବିଚାରରେ ସେହି ଲୋକର ଦୋଷ ଠିକ୍ ସାବ୍ୟସ୍ତ ହୋଇଗଲା। ସେ ଲୋକଟି ଆସି ନାହିଁ। ବରକନ୍ଦାଜ ଯାଇ ତାକୁ ଶୂନ୍ୟେ ଶୂନ୍ୟେ ଟେକି ଆଣି ଦରବାରରେ ହାଜର କରିଦେଲେ। ନ୍ୟାୟ ବିଚାରରେ ତାହାର ଦୋଷ ହେଲା; ଏଇଲାଗେ ଶୂଳୀ ପାଇବ। ଶୂଳୀ ଦେବାର ସବୁ ଠିକ୍ ହେଲା। ଶୂଳୀକାଠିକୁ ଶୂଳୀଖୁଣ୍ଟ ଉପରେ ବସାଇ ଦିଆଗଲା, ଶୂଳୀଖୁଣ୍ଟ ପଡ଼ିଆରେ ପୋତାଗଲା, ଶହ ଶହ ଲୋକ ଶୂଳୀ ଦେଖିବାକୁ ଜମା ହୋଇପଡ଼ିଲେ।"

ଶେଷରେ ମନ୍ତ୍ରୀ ବାହାରିପଡ଼ି କହିଲେ – "ମଣିମା, ନ୍ୟାୟବିଚାରରେ ଦୋଷ ପଡ଼ିଗଲା। ଏ କଅଣ ହେବ ? ଶୂଳୀକାଠିଟା ବଡ଼ ମୋଟା ହୋଇଗଲା - ଯାହାକୁ ଶୂଳୀ ଦିଆଯିବ ସେ ଯେଡ଼ିକି ମୋଟ, ଶୂଳୀକାଠିଟା ସେଡ଼ିକି ମୋଟ ହୋଇଛି।" ପୁଣି କଚେରୀ ଦରବାର ବସିଲା। ଅନେକ ବେଳଯାଏ ବିଚାର ହେଲା। ଶେଷରେ ମନ୍ତ୍ରୀ ସମସ୍ତଙ୍କୁ ଶୁଣାଇ ଦେଲେ – "ଏ ଲୋକ ଭାରି ଧଡ଼ିଆ ହୋଇଥିବାରୁ ଓ ଦୈବ ଯୋଗରୁ ଶୂଳୀକାଠିଟା ମୋଟା ହୋଇଥିବାରୁ, ଏ ଲୋକକୁ ଖଲାସ ଦିଆଗଲା। ରାଜ ଆଜ୍ଞା ତ ତଳେ ପଡ଼ିବାର ନୁହେଁ, ଏ ଶୂଳୀକାଠିରେ ଆଜି ଭିତରେ ଜଣେ ମୋଟା ମଣିଷ ଖୋଜି ଆଣି ଶୂଳୀ ଦିଆଯିବ।"

ମୋଟା ମଣିଷ ଖୋଜିବାକୁ ଚାରିଆଡ଼େ ଚାର ପଠାଗଲେ। ଅନେକେ ଫେରିଆସି କହିଲେ ଯେ ପାଖ ଆଖରେ ବଡ଼ ମୋଟା ମଣିଷ ମିଳିଲେ ନାହିଁ। ଶେଷରେ ଜଣେ ଚାର ଆସି ହାତଯୋଡ଼ି ଜଣାଇଲା – "ମଣିମା, କହିବାକୁ ଡର ଲାଗୁଛି – ମୁଁ ଜଣେ ମୋଟା ମଣିଷ ଦେଖି ଆସିଛି ଯେ -" ମନ୍ତ୍ରୀ କହିଲେ, "କହ, କିଛି ଡର ନାହିଁ – ରାଜଦରବାରରେ ପୁଣି ଡର ଭୟ କଅଣ ? ଏଠି ତ କିଛି ଅନ୍ୟାୟ ବିଚାର ନାହିଁ !" ରଜା ଏହା ଶୁଣି ହସି ହସି ମୁଣ୍ଡ ହଲାଉଥାଆନ୍ତି।

ତା'ପରେ ସେ ଚାର କହିବାକୁ ଲାଗିଲା – "ମଣିମାଙ୍କ ଉଆସରେ ଜଣେ ମଣିଷ ଅଛନ୍ତି। ସେ ହେଲେ ଏ ଶୂଳୀକୁ ଠିକ୍ ହେବେ।" ରଜାଦୁଆର; ସେଠି ତ ପକ୍ଷପାତର ବିଚାର ନାହିଁ। ସେହିକ୍ଷଣି ହୁମୁକ ହେଲା, ସେ ମୋଟା ମଣିଷକୁ ଆଣିବାକୁ।

ରଜାଙ୍କର ଗୋଟିଏ ବିଧବା ଖୁଡ଼ୀ ଥିଲେ ଯେ, ସେ ଘିଅ ଦୁଧ ଖାଇ ବେଶ୍ ମୋଟି ହୋଇଥିଲେ। ତାଙ୍କୁ ଦରବାରକୁ ଅଣାଗଲା। ସେ ଯେତେବେଳେ ଶୁଣିଲେ

ଯେ ତାଙ୍କୁ ଶୂଳୀ ଦିଆଯିବ, ଭାରି ରଡ଼ି ଛାଡ଼ିଲେ; ରଜାଙ୍କୁ ଓ ଆଉ ସମସ୍ତଙ୍କୁ ବକିଲେ; ସେ ବକା ଶୁଣୁଛି କିଏ? ଚାରିଜଣ ମଣିଷ ଆସି ତାଙ୍କୁ ଟେକିନେଇ, ଶୂଳୀଖୁଣ୍ଟ ଉପରକୁ ନେଇଗଲେ। ସେ ଡକା ପକାଉଥାନ୍ତି – "ଆରେ ବାଡ଼ିଖିଆଏ ରେ, ମୋର କୋଉଁ ଦୋଷରୁ ମତେ ଏତେ ଦଶା କରୁଚରେ; ତମ ବାଉଁଶ ପଦା ହଉରେ; ତମ ଡ଼ିହରେ ବିଲୁଆ ଡେଉଁ ରେ।" ଆଉ ବେଶି ଗାଳି ଦେଇ ପାରିଲେ ନାହିଁ; ପାଟି ବନ୍ଦ ହୋଇଗଲା, ଦିହରେ ଶୂଳୀକାଠି ଫୋଡ଼ିହୋଇ ପ୍ରାଣ ବାହାରିଗଲା।

ମାଧିଆ ଏସବୁ ଦେଖି ଶୁଣି, କଳାକାଠ ପଡ଼ିଗଲାଣି। ଜଣକୁ ଦେଖି ସେ ପଚାରିଲା – "ହଇହେ, ଦୋଷ କଲା କିଏ, ଅକାରଣରେ ବୁଢ଼ୀଟାକୁ ଶୂଳୀ ଦେଇ ମାରି ପକାଇଲେ!" ସେ ଲୋକଟି କହିଲା – "ଆରେ ପାଟି ଫିଟାନା ରେ, ତୁ ପିଲାଲୋକ; ରଜାଘର ବିଚାରକୁ କାହୁଁ ଜାଣିବୁ?" ମାଧିଆ କହିଲା – "ଛେଳି ମେଣ୍ଢାଙ୍କୁ ଘିଅଭଜା ବୁଟ ଖାଇବାକୁ ଦେଉଥିବାର ଶୁଣି, ମୁଁ କିଛି ମାଗିବାକୁ ଆସିଥିଲି ଯେ, ଦେଖିଲି ତ ଖୁବ୍ ବୁଝାମଣା! ମୋର ଆଉ ମାଗିବା ଦରକାର ନାହିଁ। ଆରେ ତତେ କ'ଣ ଶୂଳୀ ଯୋଗ ଅଛିକିରେ? ଛେଳି ମେଣ୍ଢା ଘିଅଭଜା ବୁଟ ଖାଇ ମୋଟ ହେଲେ, ରଜାଙ୍କ ଖାଇବା ପାଇଁ ହଣା ହୁଅନ୍ତି। ବେଗେ ପଳା; କେହି ଶୁଣିଲେ, ଏଇକ୍ଷଣ ପ୍ରାଣ ଯିବ।" ମାଧିଆ ଅଣନିଃଶ୍ୱାସ ହୋଇ ଏକମୁହାଁ ପଳାଇଲା। ଧାଇଁ ଧାଇଁ ଅଖିଆ ଅପିଆ ରାତି ପହରକ ସରିକି ଘରେ ମା' ପାଖେ ପହଞ୍ଚିଲା। ମା'କୁ ସବୁ ହାଲ ହଇକତ କହିଲା। ମାଁ ଗଲା, ସାଇପଡ଼ିସାରୁ ଦିସେରେ ଚାଉଳ ଉଧାର ଆଣି ରାନ୍ଧିବାଢ଼ି ପୁଅକୁ ଖାଇବାକୁ ଦେଲା, ଆପେ ଖାଇଲା।

ଆସି ଶ୍ରାଦ୍ଧ ଦିନ ପହଞ୍ଚିଲା। କଅଣ ହେବ, କିଛି ତ ନାହିଁ, କିପରି ଶ୍ରାଦ୍ଧ ଦିଆଯିବ? ଖାଡ଼ଙ୍ଗା ତ କହିଲେ - ଯାହା ପାଇବ ତହିଁରେ ଶ୍ରାଦ୍ଧ ଦେବ ବୋଲି। ମାଧିଆ ମା' ସାଇପଡ଼ିସାରୁ ଉଧାର ପାଇଁ ଗଲା ଯେ କିଛି ପାଇଲା ନାହିଁ। ଘରଦ୍ୱାରା ଖୋଜି ଖୋଜି ଚାଳରୁ ପୁଡ଼ାଏ ନଳିତା ମଞ୍ଜି ପାଇଲା। ମା' ପୁଅ ଦୁହେଁ ବିଚାରକରି ନଳିତାମଞ୍ଜି ରାନ୍ଧି ପିଣ୍ଡ ବାଢ଼ିବାର ଠିକ୍ କଲେ। ମାଧିଆ ଯାଇ ପୁରୋହିତଙ୍କୁ ଡାକି ଆଣିଲା। ନଳିତା ମଞ୍ଜି ରନ୍ଧା ଯାଇ ପିଣ୍ଡ ପଡ଼ିଲା। ମାଧିଆ ମା' କରାଟରେ ଯୋଡ଼ିଏ ପଇସା କେଉଁଦିନୁ ପଡ଼ିଥିଲା ଯେ, ସେ ପଇସା ଦିଓଟି ପୁରୋହିତକୁ ଦକ୍ଷିଣା ଦିଆଗଲା। ବ୍ରାହ୍ମଣ ଦକ୍ଷିଣା ପାଇ ବାଟେ ବାଟେ ଘରକୁ ଗଲା।

ପାଞ୍ଚ ମିଶିପିରେ ପାଞ୍ଚକଥା; ପାଞ୍ଚ ମାଇପିରେ ପାଞ୍ଚକଥା; ପାଞ୍ଚ ପିତୃଲୋକରେ ବି ପାଞ୍ଚକଥା ପଡ଼େ। ସରଗରେ ପିତୃଲୋକେ ବସି ବିଚାର ପକାଇଲେ। ସମସ୍ତେ ପଚରା ପଚରି ହେଲେ – "କିଓ, ତମର କି ଭୋଜନ?" କିଏ କହିଲା – "ମୋର

ଅମୃତ ଭୋଜନ”, କିଏ କହିଲା – “ମୋର ଖିରପୁରୀ, ଘିଅ, ସାକରା, ପିଠାପଣା”। ଇମିତି ଇମିତି କେତେ କଥାବାର୍ତ୍ତା ହେଲେ। ଯେତେବେଳେ ମାଧିଆ ପିତୃଲୋକଙ୍କୁ ପଚରା ହେଲା, ସେ କହିଲେ – “ଆମେ ତ ଆଜିଯାଏ ଓପାସ ଭୋକରେ ଥିଲୁଁ; ଭଲ ହୋଇଥିଲା; ଆଜି ପାଟି ପିତା ଉଠିଯାଉଛି। ଓଃ, ଭାରି ପିତା, କଅଣ କରିବା ଭାରି ପିତା।”

ସବୁ ପିତୃଲୋକେ ଧ୍ୟାନରେ ବସି ବିଚାରଣା କଲେ। ପରେ ବୁଝିଲେ ଯେ ମାଧିଆ ପ୍ରକୃତରେ ବହୁ ଚେଷ୍ଟା କରି କିଛି ନ ପାଇବାରୁ ନଳିତା ମଞ୍ଜି ଗଣ୍ଡାଏ ରାନ୍ଧି ପିଣ୍ଡ ପକାଇଅଛି। ସମସ୍ତେ କହିଲେ – “ଆଚ୍ଛା ହେଉ, ସେ ଏବର୍ଷ ନିୟତ ଜଗିଛି - ଆସ ଆମ୍ଭେମାନେ ସମସ୍ତେ ତାକୁ କଲିଆଣ କରିବା, ତାର ଅଧିକରୁ ଅଧିକ ହେଉ; ଧନସମ୍ପତ୍ତି ତା'ର ମାଡ଼ିଯାଉ – ସେ ଆରଥରକୁ ଭଲକରି ପିଣ୍ଡ ଦେବ।” ସମସ୍ତେ ସେହିପରି କଲିଆଣ କରିବାରୁ ସତକୁ ସତ ମାଧିଆର ସେହି ଦିନଠୁଁ ଭାରି ଉନ୍ନତି ହେଲା। ମାଧିଆ କେତେ ଗୋରୁ ଗାଈ କିଣିଲା; ଭଲ କରି ଘର ଦୁଆର କଲା। କେତେ ଘୋଡ଼ ହାତୀ କିଣିଆଣି ରଖିଲା। ସମସ୍ତେ କହିଲେ – ମାଧିଆ ସୁନାଗରା ପାଇଛି। ଜଣେ ଜମିଦାର ଝିଅକୁ ମାଧିଆ ବାହା ହେବାର କଥା ପଡ଼ିଲା। ମାଧିଆର କେତେ ଚାକର ଚାକରିଆଣୀ ରହିଲେ। ମାଧିଆକୁ ସମସ୍ତେ ମାଧବ ବାବୁ ବୋଲି ଡାକିବାକୁ ଲାଗିଲେ।

ଦିନ ପରେ ଦିନ ଚାଲିଗଲା। ପୁଣି ଶ୍ରାଦ୍ଧ ଦିନ ଆସି ପହଞ୍ଚିଲା। ମାଧିଆ ଆର ବରଷ କଥା ମନେପକାଇଲା। ସେ ମନେ ମନେ ଭାବିଲା - ଆର ବରଷରୁ ଏତେ ଦିଓଟି ନଳିତାମଞ୍ଜି ରନ୍ଧାଇ ପିଣ୍ଡ ଦେଲି ଯେ ଏ ବର୍ଷ ମୋର ଏତେ ଉନ୍ନତି ହେଲା, ଏତେ ଧନସମ୍ପଦ ମାଡ଼ିଗଲା, ଏ ବର୍ଷ ଖୁବ୍ ବେଶି ନଳିତାମଞ୍ଜି ଆଣି ରନ୍ଧାଇ ପିଣ୍ଡ ପକାଇବି ଯେ, ପୁଣି ଆର ବରଷକୁ ମୋର ଅଚଳାଚଳ ସମ୍ପତ୍ତି ମାଡ଼ିଯିବ, ଧନରତ୍ନରେ ମୋ ଘର ପୂରି ଉଠିବ। ଏକଥା ମନେ ମନେ ପାଞ୍ଚି ଯା'ଇ ତା'ର ବୋଉକୁ କହିଲା। ମା' ତା'ର ଏକଥା ଶୁଣି ପୁଅ କଥାରେ ହଁ ଭରିଲା। ମାଧିଆ ତା'ର କେତେ ବୁଦ୍ଧିମନ୍ତ ଭାବି ବୁଢ଼ୀ ପୁଲକିତ ହୋଇଗଲା।

ଅନେକ ଆଡ଼େ ଲୋକ ପଠାଇ ମାଧବ ବାବୁ ଦଶ ଗୌଣି ସରିକି ନଳିତାମଞ୍ଜି ଯୋଗାଡ଼ କଲେ। ପୁରୋହିତ ଡକାଇ ଭାରି ଯାକଜମକରେ ଦଶ ଦୌଣି ନଳିତାମଞ୍ଜି ରନ୍ଧାଇ ପିଣ୍ଡ ପଡ଼ିଗଲା। ପୁରୋହିତ ଏଥର ଦଶ ଟଙ୍କା ଦକ୍ଷିଣା ଓ କେତେ ଚାଉଳ ପରିବା ଲୁଗାପଟା ପାଇଲେ।

ପୁଣି ସିମିତି ଆର ବରଷ ପରି ପିତୃଲୋକରେ କଥା ପଡ଼ିଲା। ସମସ୍ତେ ଆନନ୍ଦରେ

ଯେ ଯାହା ଭୋଜନ ପାଇଥିଲେ କହିଗଲେ। ମାଧିଆ ପିତୃଲୋକେ ପାଟିରୁ ଲାଳ ଗଡ଼ାଇ ମୁହଁ ଶୁଖାଇ କଣରେ ବସିଥିଲେ। ତାଙ୍କର କି ଭୋଜନ ବୋଲି ପଚରା ଯିବାରୁ କହିଲେ – "ଓହୋ, ଗୋଡ଼ଠୁ ମୁଣ୍ଡ ଯାଏ ପିତା ଉଠିଯାଉଛି – ଖାଲି ପିତା, ଖାଲି ପିତା। ଓହୋ, ଆଉ ଏତେ ପିତା ସହି ପାରିବା ନାହିଁ।"

ଯା ଶୁଣି ସବୁ ପିତୃଲୋକେ ଭାରି ରାଗିଗଲେ। ସମସ୍ତେ ଅଭିଶାପ ଦେଇ କହିଲେ – "ମାଧିଆ, ତୁ ଆମ ସଙ୍ଗେ ଥଟ୍ଟା ଖେଳିଲୁ! ତୁ ତଳିତଳାନ୍ତ ହୋଇ ଯା।"

ସତକୁ ସତ ସେହି ଦିନଠାରୁ ଗାଈଆଳ ଗାଈ ନେଇଗଲା, ଆଉ ଫେରିଲା ନାହିଁ। ମାହୁନ୍ତ ହାତୀ ନେଇ କୁଆଡ଼େ ଚାଲିଗଲା। ସଇସମାନେ ଘୋଡ଼ା ନେଇ କୁଆଡ଼େ ଚାଲିଗଲେ। ଧନସମ୍ପଦ ଯାହା ଯେଉଁଠି ଥିଲା, ଚୋର ଖଣ୍ଟ ବୁହାଇ ନେଇଗଲେ। ଜମିଦାର ଘର ମାଧିଆକୁ ଝିଅ ବାହା ଦେବା ତେଣିକି ଥାଉ, ଆଉ ପାଖ ମଡ଼େଇଲା ନାହିଁ। ଘର ଦୁଆର ସବୁ ଛପର ନ ହୋଇ ଭାଙ୍ଗିପଡ଼ିଲା। କ୍ରମେ ମାଧବ ବାବୁ ନାମ ଲୋପ ପାଇ ଯେଉଁ ମାଧିଆକୁ ସେହି ମାଧିଆ ପୁଣି ଦି'କୋଶ ପାଞ୍ଚ କୋଶରେ ଭିକ ମାଗି ବୁଲିଲା। ମୁଁ ଗଲାକୁ କଥା କହିଲା ନାହିଁ।

■

ଡିପାର୍ଟମେଣ୍ଟ

ନରହରି ଦୁଇବର୍ଷ ଫେଲ୍ ହୋଇ ତୃତୀୟ ବର୍ଷକୁ ବି.ଏ. ପାଶ୍ କଲେ। ସେତେବେଳେ ଓଡ଼ିଶାରୁ ବର୍ଷକୁ ଦୁଇ ଚାରିଟା ବି.ଏ. ପାଶ୍ କରୁଥିଲେ କି ନା ସନ୍ଦେହ। ପଢ଼ିବାବେଳୁଁ ନରହରିଙ୍କ ପ୍ରକୃତି ଟିକିଏ ଅଲଗା। ଲୁଗା କୁରୁତା ଟିକିଏ ମଇଳା ହେଲେ ସେ ପିନ୍ଧିବେ ନାହିଁ। କେତେବେଳେ କେଉଁ ଲୁଗା ପିନ୍ଧିବାକୁ ହେବ, ଲୁଗା ଛାଡ଼ିଲେ କେଉଁ ଲୁଗା କେଉଁଠାରେ ରଖିବାକୁ ହେବ, ଏ ବିଷୟରେ ଗୋଟିଏ ବନ୍ଧା ନିୟମ ଥିଲା। ଘଣ୍ଟାଟିଏ ବାଁ ହାତରେ ବାନ୍ଧି, କେଉଁ ସମୟରେ କଅଣ କରିବାକୁ ହେବ, କେଉଁ ଘଣ୍ଟାରେ କେଉଁ ବହି ପଢ଼ିବାକୁ ହେବ ଇତ୍ୟାଦି ବିଷୟରେ ତାଙ୍କର ବନ୍ଧା ନିୟମ ଥିଲା। ନିୟମର ବ୍ୟତିକ୍ରମ ଘଟିଲେ ସେ ବଡ଼ ବ୍ୟସ୍ତହୋଇ ନିଜକୁ ସଂଶୋଧନ କରି ଦେଉଥିଲେ। ସହାଧ୍ୟାୟୀମାନେ ତାଙ୍କୁ ଯେତେ ଥଟ୍ଟା ବା ଉତ୍ପୀଡ଼ନ କଲେ ମଧ୍ୟ ସେ ନିୟମର ବ୍ୟତିକ୍ରମ କରୁ ନଥିଲେ।

ପଢ଼ିବାବେଳୁଁ ଡେପୁଟି ହେବାର ଆକାଂକ୍ଷା ସେ ବରାବର ମନରେ ପୋଷଣ କରି ଆସିଥିଲେ। ମାତ୍ର ଯେତେବେଳେ ବାରଦୁଆର ଶୁଣ୍ଢିପିଣ୍ଡା ହୋଇ ଅନେକ ଦଉଡ଼ଧାପଡ଼ କରି ତାଙ୍କର ଅଭିଳଷିତ ପିପାସା ମେଣ୍ଟିବାର କୌଣସି ଆଶା ଦେଖିଲେ ନାହିଁ, ସେତେବେଳେ ସରକାରଙ୍କ ଉପରେ ତାଙ୍କ ମନ ସ୍ୱତଃ ବଡ଼ ବିଗିଡ଼ିଗଲା ଏବଂ ଏହି ଶାସନ ପ୍ରଣାଳୀର ସବୁ ଗଲତି ତାଙ୍କ ଆଖି ଆଗରେ ନାଚିଗଲା। ମନେକଲେ ବି.ଏଲ୍. ପାଶ୍ କରି ଓକିଲ ହୋଇ ଦେଶସେବାରେ ଜୀବନ ଦାନ କରିବେ ଏବଂ ଖବରକାଗଜ ବାହାରକରି ସରକାରୀ କର୍ମଚାରୀମାନଙ୍କ ଦୋଷ ସର୍ବସାଧାରଣରେ ପ୍ରକାଶ କରିବେ।

ସେତେବେଳେ ବି.ଏ. ପଢ଼ିବା ସଙ୍ଗେ ସଙ୍ଗେ ବି.ଏଲ୍. ପଢ଼ିବାର ସୁଯୋଗ ମିଳୁଥିଲା ଏବଂ ଇଚ୍ଛା ଅନୁସାରେ କେବଳ ପରୀକ୍ଷାଟା ଦେଇଦେଲେ ପାଶ୍ ପକ୍ଷରେ ମଧ୍ୟ ବିଶେଷ ଅସୁବିଧା ନଥିଲା। ନରହରିବାବୁ ପରୀକ୍ଷା ଦେଇ ବି.ଏଲ୍. ଉପାଧି

ପାଇଲେ। ସବୁ ତ ହେଲା। ବର୍ତ୍ତମାନ ଘର ସାଜସଜ୍ଜା କରି ଓକାଲାତି ପସରା ମେଲାଇବାର ସରଞ୍ଜାମ ଯୋଗାଡ଼ କରିବାକୁ ହେବ।

ନରହରି ପିତାମାତାଙ୍କର ଏକମାତ୍ର ସନ୍ତାନ। ଅନେକ ସନ୍ତାନ ନଷ୍ଟ ହେବାପରେ ପିତାଙ୍କ ବୃଦ୍ଧ ବୟସରେ ତାଙ୍କର ଜନ୍ମ ହୋଇଥିଲା। ତାଙ୍କୁ ତିନି ଚାରି ବର୍ଷ ସମୟରେ ମାତୃ ବିୟୋଗ ହେଲା। ଅତି ଶୈଶବରୁ ମାତାର ସ୍ନେହମିଶା କୋମଳ ଶାସନରୁ ବଞ୍ଚିତ ହୋଇ ତାଙ୍କର ହୃଦୟ କଠିନ ହୋଇ ଯାଇଥିଲା। ତାଙ୍କ ପିତା ନରସିଂହ ଚୌଧୁରୀ ବେଶ ମଫସଲିଆ 'ବଡ଼ଲୋକ' ଥିଲେ। ଜମି ପ୍ରାୟ ଶହେ ଦେଢ଼ଶ ଏକର, ଧାନ ଟଙ୍କା ମହାଜନୀ ମଧ୍ୟ କମ୍ ନଥିଲା। ତେବେ ସନ୍ତାନ ସନ୍ତତି ନଷ୍ଟ ହେବାରୁ ଚୌଧୁରୀ ଟିକିଏ କିପରି ସବୁ ବିଷୟରେ ବିତସ୍ପୃହ ହୋଇଥିଲେ ଏବଂ ତାଙ୍କ ସ୍ତ୍ରୀ ଯେତେବେଳେ ବାର ପୂଣ୍ୟ ପର୍ବ ଏବଂ ଓସା ବା'ଆ ଦାନ ଧ୍ୟାନରେ ଲୋଭୀ ବ୍ରାହ୍ମଣମାନଙ୍କ ତାଲିକା ଅନୁସାରେ ପ୍ରଭୂତ ଅର୍ଥ ବ୍ୟୟ କରିବାକୁ ଲାଗିଲେ, ଚୌଧୁରୀ ତହିଁରେ ଲେଶ୍ ଆପତ୍ତି କରି ନଥିଲେ।

ଏହିପରି ନରହରିଙ୍କ ଜନ୍ମ ସମୟକୁ ଘରର ସଞ୍ଚିତ ଧନ ପ୍ରାୟ ନିଃଶେଷ ହୋଇ ଆସିଥିଲା; ଏବଂ ଯାହା ବାକି ଥିଲା, ତାହା ନରହରିଙ୍କ ଏକୋଇଶା, ଅନ୍ନପ୍ରାସନ ଓ କାନଫୋଡ଼ା ଇତ୍ୟାଦିରେ ଅକାତରେ ଖର୍ଚ୍ଚ ହୋଇଥିଲା। ବୃଦ୍ଧ ବୟସରେ ନରହରି ପିତାଙ୍କର ନୟନର ମଣି ଥିଲେ। ଗ୍ରାମସ୍କୁଲରୁ ଉତ୍ତୀର୍ଣ୍ଣ ହୋଇ କଟକରେ ଯେତେବେଳେ ପଢ଼ିବାର ସ୍ଥିର ହେଲା, ଚୌଧୁରୀ ପୁତ୍ରକୁ ଛାଡ଼ି ଗ୍ରାମରେ ରହିବା ଅସମ୍ଭବ ମନେକଲେ । ଟଙ୍କା କଉଡ଼ି ଠିକଣା କରି କଟକ ବାଲୁବଜାରରେ ଖଣ୍ଡେ କୋଠାଘର ଖର୍ଦି ହେଲା ଏବଂ ପିତା ପୁତ୍ର ଏକତ୍ର ରହିଲେ। ଜମିବାଡ଼ିର ଭାର ଜଣେ ବିଶ୍ୱସ୍ତ କର୍ମଚାରୀ ଉପରେ ନ୍ୟସ୍ତ ରହିଲା।

ନରହରି ଏଣ୍ଟ୍ରାନ୍ସ ପରୀକ୍ଷା ଦେଇ ପିତା ପୁତ୍ର ଗ୍ରାମକୁ ଆସିଅଛନ୍ତି। ପରୀକ୍ଷାଫଳ ବାହାରି ନାହିଁ; ବୃଦ୍ଧ ଚୌଧୁରୀ ନରହରିଙ୍କୁ ଏକୁଟିଆ ଛାଡ଼ି ସଂସାରର ଆରପାଖକୁ ଚାଲିଗଲେ। କିଛିଦିନ ପାଇଁ ପିତୃ ବିୟୋଗ ତାଙ୍କ ମନକୁ ବଡ଼ ପୀଡ଼ା ଦେଲା; ମାତ୍ର ପରୀକ୍ଷାଫଳ ଓ ତହିଁ ସଙ୍ଗେ ନିଜର କୃତିତ୍ୱ ତାଙ୍କ ମନକୁ ପୁଣି ଲେଉଟାଇ ଦେଲା। ସାହସ ବାନ୍ଧି ଜମିବାଡ଼ି ଓ ଆୟର ହିସାବ ପତ୍ର ବୁଝିବାକୁ ଲାଗିଲେ। ରୀତିମତ ହିସାବ ପତ୍ର ରଖିବାର ବ୍ୟବସ୍ଥା ହେଲା। ନରହରି କଲେଜରେ ପଢ଼ି ଯଥାକ୍ରମେ ଏଫ୍.ଏ. ଓ ବି.ଏ. ପାଶ୍ କଲେ।

ବି.ଏଲ୍. ପାଶ୍ ପରେ କଟକ ଘର ମରାମତ କରାଯାଇ ନୂଆ ରଙ୍ଗ ଦିଆଯାଇ ଚକ୍ ଚକ୍ ଦେଖାଗଲା। ଅଫିସ୍ ଘର ଠିକ୍ ଠାକ୍ ହୋଇ ନୂଆ ବେଞ୍ଚ ଚୌକି

ଆଲମାରୀ ପାପୋସ୍ ଓ ସୁନ୍ଦର ସୁନ୍ଦର ଛବିରେ ବିଭୂଷିତ ହୋଇଗଲା। ଆଇନ ବହି ଅଣାଯାଇ କାଚ ଆଲମାରୀ ଭର୍ତ୍ତି ହୋଇଗଲା। ମଲମଲ ପ୍ରସ୍ତର ଫଳକରେ ଇଂରେଜି ଓ ଓଡ଼ିଆରେ ନାମ ଲେଖାହୋଇ ଆସି ଫାଟକ ପାଖ ଇଟାଖମ୍ବରେ ଲଗାଇ ଦିଆଗଲା। ନୂଆ ଝାଡୁ ଅଣାଇ ଅଫିସ ଘରେ ଝୁଲାଇ ଦିଆଗଲା। ଦୁଇ ଜଣ ଚାକର, ଜଣେ ପୂଜାରୀ ନିଯୁକ୍ତ ହେଲେ। ମୋଟ ଉପରେ ନବ୍ୟ ସଭ୍ୟତାର କୌଣସି ଅଙ୍ଗ ବିକଳାଙ୍ଗ ରହିଲା ନାହିଁ।

ପୋଷାକ ପିନ୍ଧି ଗାଡ଼ି ଖଣ୍ଡିଏ ଭଡ଼ା କରି ନରହରି ବାବୁ କଚେରୀ ଯିବା ଆରମ୍ଭ କରିଦେଲେ। ଯାଇ ବା'ର ଲାଇବ୍ରେରୀରେ ବସି ରହନ୍ତି। ସୃଷ୍ଟି ଯାକର ଗପ ଶୁଣନ୍ତି - ଅମୁକଟା ବଡ଼ କୃପଣ, ଏତେ ଧନ ସମ୍ପତ୍ତି, ଭଲ କରି ପେଟକୁ ମୁଠାଏ ଖାଏ ନାହିଁ; ଅମୁକର ଆଦୌ ବୁଦ୍ଧି ଶୁଦ୍ଧି ନାହିଁ, ଅଥଚ ଭାରି ପଣ୍ଡିତ ବୋଲି ସମସ୍ତଙ୍କ ଆଗରେ ଦେଖାଇ ହୁଏ। କଚେରୀରେ ଯାଇ କୌଣସି ମକଦ୍ଦମା ପଡ଼ିଥିଲେ, ବସି ଶୁଣନ୍ତି। ଜେରା ଜବାନବନ୍ଦିରେ ମୂର୍ଖ ମଫସଲିଆମାନଙ୍କୁ ପଦେ ପଦେ ଭୁଲାଇବାର ଚେଷ୍ଟା ଦେଖନ୍ତି। ଘରକୁ ଫେରିବା ବେଳ ହେଲେ ଫେରି ଆସନ୍ତି। ଦୂରରୁ ପର୍ବତ ସୁନ୍ଦର ଦେଖାଗଲା ପରି, ତାଙ୍କ କଳ୍ପନା-ପ୍ରସୂତ ଓକାଲତି ସଙ୍ଗେ ବାସ୍ତବ ଓକାଲତିର ଏତେ ଅମେଳ ଦେଖି ମନରେ ବଡ଼ କ୍ଷୋଭ ହୁଏ। ତାଙ୍କୁ ଏହି ବୃତ୍ତ ତ କରିବାକୁ ପଡ଼ିବ! ମାସେ ଖଣ୍ଡେ ଏହିପରି ଯିବା ଆସିବା କଲାପରେ ତାଙ୍କ ନିକଟରେ ଦୁଇ ତିନି ଜଣ ମୋହରିର ଆସି ଜୁଟିଲେ। ଏଥି ପୂର୍ବରୁ ଯେଉଁମାନେ ତାଙ୍କୁ ମୋକଦ୍ଦମା ଜୁଟାଇବାର ଆଶା ଦେଖାଇଥିଲେ, ତାଙ୍କର ସର୍ତ୍ତ ଶୁଣି ନରହରି ବାବୁ ସେମାନଙ୍କୁ ବିଦାୟ ଦେବାକୁ ବାଧ୍ୟ ହୋଇଥିଲେ। ଓକିଲ ମକଦ୍ଦମା ଚଳାଇବେ, ଅର୍ଜି ଜବାବ, ଜେରା ଜବାନବନ୍ଦୀ ଓ ବକ୍ତୃତା କରିବେ ପୁଣି ଏହି ଅଶିକ୍ଷିତ ଟର୍ନିମାନଙ୍କ ଉପରେ ନିର୍ଭର କରି ଏମାନଙ୍କୁ ପ୍ରତି ଟଙ୍କା ଉପରେ ଭାଗୀଦାର କରିବେ! ଏକଥା ନରହରି ବାବୁଙ୍କର ଅସହ୍ୟ ହୋଇଥିଲା।

ଯାହା ହେଉ, ମୋହରିରମାନଙ୍କ ଯୋଗାଡ଼ରେ କେଉଁ ଦିନ ଗୋଟିଏ, କେଉଁ ଦିନ ଯୋଡ଼ିଏ, ତିନୋଟି, କେଉଁଦିନ ଅବା କିଛି ନାହିଁ ମୋକଦ୍ଦମା ନରହରି ବାବୁଙ୍କୁ ସିରସ୍ତାକୁ ଆସିବାକୁ ଲାଗିଲା। ପଢ଼ିବା ସମୟରେ ସଭା ସମିତିରେ, କଲେଜରେ, ଡିବେଟିଂ କ୍ଲବରେ ନରହରି ବାବୁ ଥରେ ଅଧେ ବକ୍ତୃତା କରିଥିଲେ। ମନେ କରିଥିଲେ ମୋକଦ୍ଦମା ବେଶ୍ ଜବାବ୍ ସବାଲ୍ କରି ପାରିବେ। ମାତ୍ର କାର୍ଯ୍ୟରେ ଦେଖିଲେ ବିପରୀତ। ବିପକ୍ଷ ପକ୍ଷ ଓକିଲଙ୍କ ବିଦ୍ରୂପ ସହି ନ ପାରି, ନରହରି ବାବୁ ଜେରା ଜବାନ୍ ବନ୍ଦି ଓ ଜବାବ୍ ସବାଲ୍ ଭଲ କରି କରିପାରିଲେ ନାହିଁ। ମକଦ୍ଦମା ହାରିବାକୁ ଲାଗିଲେ;

ମୋହରିରମାନେ ବାବୁଙ୍କ ଅକର୍ମଣ୍ୟତା ଦେଖି ବଡ଼ ବ୍ୟସ୍ତ ହେଲେ। ମହକିଲ ଯାକ କ୍ରମେ ଭାଙ୍ଗିଯିବାକୁ ଲାଗିଲେ।

ଓକାଲତିରୁ ଯାହା ଆୟ ହେଉଥାଏ, ଘରଠାରୁ ଚାଉଳ ତେଲ କାଠ ପରିବା ଆସି କୌଣସି ମତେ ଖର୍ଚ୍ଚଟା ଚଳି ଯାଉଥାଏ। ପିତାଙ୍କ ଅମଳରୁ ଯେଉଁ ବୁଢ଼ା ଗୁମାସ୍ତା ସବୁ କାର୍ଯ୍ୟ ଚଳାଉଥିଲେ, ସେ ବାସ୍ତବିକ ନରହରିଙ୍କୁ ପୁତ୍ରବତ୍ ସ୍ନେହ କରନ୍ତି। ଏଥି ପୂର୍ବରୁ ବିବାହ ହେବା ପାଇଁ ତାଙ୍କୁ ଅନେକ ଥର ଅନୁରୋଧ କରିଥିଲେ। ମାତ୍ର ଉପଯୁକ୍ତ ପାତ୍ରୀ ନ ପାଇଲେ ବିବାହ କରିବେ ନାହିଁ ବୋଲି ନରହରି ବାବୁ ତାଙ୍କ ପ୍ରସ୍ତାବରେ ସମ୍ମତ ହୋଇ ନାହାନ୍ତି। ଅନେକ ବଡ଼ ବଡ଼ ଘରୁ ଏ ମଧ୍ୟରେ ବିବାହ ପ୍ରସ୍ତାବ ଆସିଅଛି; ମାତ୍ର ବାବୁଙ୍କର ଫଟୋଗ୍ରାଫ୍ ଦେଖିବା କଥା ଦେହରେ ଚିତାକୁଟା ହୋଇଛି କି ନା, ନାକ କାନ କେତେ ଜାଗା ଫୋଡ଼ା ହୋଇଛି, ମୁଣ୍ଡରେ ଘିଅ ନା ତେଲ ଲଗାନ୍ତି, କେତେଦୂର ପଢ଼ିଛନ୍ତି ଇତ୍ୟାଦି ପ୍ରଶ୍ନ ଶୁଣି ସମସ୍ତେ ମୁହଁ ଶୁଖାଇ ବିଦାୟ ନେଇଅଛନ୍ତି - ନରହରିଙ୍କୁ ବେହିଆ, ଅଲାଜୁକ ବୋଲି ପରୋକ୍ଷରେ ଗାଳି ଦେବାକୁ ମଧ୍ୟ ଛାଡ଼ି ନାହାନ୍ତି।

ଗୁମାସ୍ତା ବୁଢ଼ା ଗ୍ରାମ ଛାଡ଼ି ଆଠ ଦିନ ହେଲା ଆସିବସିଛନ୍ତି – ବାବୁଙ୍କୁ ବିଭା ହେବାକୁ ମଙ୍ଗାଇବେ ବୋଲି। ସେ ନିଜେ କନ୍ୟା ଦେଖି ଆସିଛନ୍ତି – କିଛି ଶୁଣିବାକୁ ନାହିଁ; ଗୋଟିଏ ଚାଉଳରେ ଗଢ଼ା। ତେବେ ଫଟୋଗ୍ରାଫ୍ ଦେବାକୁ ସେମାନେ ରାଜି ନୁହନ୍ତି - ଅଭିଆଡ଼ି ଭୁଆଶୁଣୀକୁ କୌଣସି ଫଟୋଗ୍ରାଫ୍‌ର ଆଗରେ ଠିଆ କରାଇଲେ ତାଙ୍କର ମର୍ଯ୍ୟାଦା ହାନିହେବ। ପାଠ ପଢ଼ିଛନ୍ତି; କୋଇଲି ଗୋପୀଭାଷା ଭାଗବତ ବୋଲି ପାରନ୍ତି। ବହୁତ ଲଗାଇ ଉଢୁଆଳରୁ ଗୁମାସ୍ତା ନିଜେ ଗୀତ ବୋଲିବା ଶୁଣି ଆସି ଅଛନ୍ତି। ସ୍ୱର କୋଇଲି ସ୍ୱରଠାରୁ ଆହୁରି ମଧୁର। ମୁଣ୍ଡରେ ତେଲ ଲଗାନ୍ତି; ସଫା ଲୁଗା ପିନ୍ଧନ୍ତି। ନାକରେ ଖାଲି ଗୋଟିଏ ଦଣ୍ଡୀ ଓ ଯୋଡ଼ିଏ ନାକମାଛି; କାନରେ ଯୋଡ଼ିଏ କାନଫୁଲ ପିନ୍ଧିଛନ୍ତି।

ଗୁମାସ୍ତାଙ୍କ ଉପରେ ନରହରି ବାବୁଙ୍କର ଅଗାଧ ବିଶ୍ୱାସ – ବହୁ କଷ୍ଟରେ ରାଜିହେଲେ - ଆଉ କେତେ ଦିନ ବା ବିବାହ ନ ହୋଇ ରହିବେ ! ବଡ଼ ଜାକଜମକରେ ବିଭାଘର ହୋଇଗଲା। କନ୍ୟା ଘରକୁ ଆସିଲା। ସାଇପଡ଼ିସା ମାଇପେ ଆସି ବୋହୁର ଭାରି ପ୍ରଶଂସା କଲେ; ମାତ୍ର ନରହରି ବାବୁଙ୍କ ମନ ଭାରି ପିତା ପଡ଼ିଗଲା - ଦୁଇ ବାହା, ଦୁଇ ଗୋଡ଼ ଆଣ୍ଠୁଯାଏ ଲତା ଗୁଳ୍ମ, ଶୁଆ ସାରି ବସି ଚିତାକୁଟା ଯାଇଛି। ବୋହୁଟା ଭାରି ଲାଜକୁଳୀ, ତାଙ୍କ ସଙ୍ଗେ କଥାବାର୍ତ୍ତା କଲା ନାହିଁ। ପାଠ ଶାଠ ପଢ଼ା କଥା ସବୁ ମିଛ; ଖାଲି ଅକ୍ଷର ଚିହ୍ନିଛି। ଆଦୌ ଭାଷା-ଜ୍ଞାନ ନାହିଁ। ଦେହରେ ହଳଦୀ, ମୁଣ୍ଡରେ ମେଥି ଗୁଡ଼ାଏ ଲଗାଇଛି।

ଗୁମାସ୍ତାଙ୍କୁ ଡକାଇ ଖୁବ୍ ପ୍ରସ୍ତେ ଗାଳିଦେଲେ; ବିରକ୍ତ ହୋଇ ଏତେ ଦିନର ଚାକରକୁ ବରଖାସ୍ତ କରିଦେଲେ। ବୁଢ଼ା ବିଚାରା କାନ୍ଦି କାନ୍ଦି କହିଲା – "ମତେ ତଡ଼ିଦିଅ ପଛକେ ବାବୁ, ମୁଁ ତମୁକି ଛାଡ଼ିଯିବି ନାହିଁ। ବଡ଼ ବାବୁ କହିଯାଇଛନ୍ତି ଯାହା, ମତେ ତ ତାହା ପାଳିବାକୁ ହେବ ?"

ବାବୁ ବିସ୍ତର ରାଗିଲେ, ବୁଢ଼ାକୁ ବିଧା ଜାବଡ଼ା ଧକ୍କା ମାରି, ଲୋକ ଲଗାଇ ଗାଁ ବାହାର କରିଦେଲେ। ସେ ତାଙ୍କ ଜୀବନର ସବୁ ସୁଖ ମାଟି କରିଦେଲା, ସେପରି ଲୋକର ମୁହଁ ଚାହିଁଅଛି ! ଅଗତ୍ୟା ବୁଢ଼ା ବିଚାରା ବାଟେ ବାଟେ ବଡ଼ ମନଦୁଃଖରେ ଘରକୁ ଚାଲିଗଲା। ବାବୁ ପୁଣି ମନକୁ ମନ ବୁଝାଇଲେ, ହିନ୍ଦୁ ଘର ଆଉ ତ ଉପାୟ ନାହିଁ। ସ୍ତ୍ରୀର ବା ଦୋଷ କଅଣ ? ସେ ତ କିଛି ଜାଣି ଶୁଣି ଆସୁ ନଥିଲା। ତା ପ୍ରତି ଅନ୍ୟାୟ ଅବିଚାର କରିବା ଉଚିତ ହେବ ନାହିଁ। ଏହା ଭାବି କିଛିଦିନ ପରେ ନରହରି ବାବୁ ସସ୍ତ୍ରୀକ କଟକ ଯାତ୍ରା କରିଗଲେ।

କଟକ ଘରେ ଧୂମ୍‌ଧାମ୍ ପଡ଼ିଗଲା; କନାର ପରଦା ଓ ଚିକ୍ ଅଣାଯାଇ ଯଥାସ୍ଥାନରେ ଟଙ୍ଗାଗଲା। ରାତ୍ରରେ ଦୁଇଘଣ୍ଟା ସ୍ତ୍ରୀଙ୍କୁ ପଢ଼ାଇବା ପାଇଁ ଜଣେ ଶିକ୍ଷିତା ଖ୍ରୀଷ୍ଟାନ୍ ମହିଳା ନିଯୁକ୍ତ ହେଲେ।

ବିବାହ ପରେ ମନୁଷ୍ୟର ମତି ଗତି ବଦଳିଯାଏ। ନରହରି ବାବୁଙ୍କଠାରେ ଏ ନିୟମର ବ୍ୟତିକ୍ରମ ହେଲା ନାହିଁ। କିପରି ନିଜର ଆୟ ବୃଦ୍ଧି କରିବେ, ଏ ଭାବନା ତାଙ୍କୁ ପ୍ରତି ମୁହୂର୍ତ୍ତରେ ପୀଡ଼ା ଦେବାକୁ ଲାଗିଲା। ଆଜିଯାଏ ସେ ସ୍ୱଚ୍ଛନ୍ଦରେ ମନଇଚ୍ଛାରେ ସବୁ କରି ଯାଉଥିଲେ; ଏବେ ଆଉ ସେ କଥା ନାହିଁ। ଓକାଲତିରୁ କିଛି କିଛି ଆୟ ଯେ ହେଉ ନଥିଲା ନୁହେଁ। ନରହରି ବାବୁଙ୍କ ସାଧୁ ସ୍ୱଭାବରେ ମୁଗ୍ଧ ହୋଇ କଟକର କେତୋଟି ବଡ଼ ମହାଜନ ତାଙ୍କର ବନ୍ଧା ମହକିଲ ହୋଇ ଯାଇଥିଲେ। ବଡ଼ ବଡ଼ ଦୋତରଫା ମକଦ୍ଦମା ପଡ଼ିଲାବେଳେ ସେମାନେ ଅନ୍ୟ ପୁରୁଣା ଓକିଲଙ୍କୁ ନରହରି ବାବୁଙ୍କୁ ସଙ୍ଗେ ଯୋଚି ଦିଅନ୍ତି; ନଚେତ୍ ଅନ୍ୟ ସବୁ କାମ ନରହରିଙ୍କୁ କରିବାକୁ ହୁଏ। ସଲାମି ନେବାର ପୀଡ଼ାପିଡ଼ି ବ୍ୟବସ୍ଥା ନ ଥିବାରୁ ଅନେକ ମହକିଲ ଆସି ବାବୁଙ୍କ କୁଶନ ଚଉକିରେ ବସି ବୃଥା ପରାମର୍ଶ କରି ତାଙ୍କର ଅନେକ ସମୟ ନଷ୍ଟ କରି ଗୋଟିଏ ବୋଲି ପଇସା ନଦେଇ ଚାଲିଯାଆନ୍ତି।

ନରହରିବାବୁ ପଢ଼ିଥିଲେ ଏବଂ ତାଙ୍କ ବୈଠକଖାନାରେ ମଧ୍ୟ ସୁନେଲି ଅକ୍ଷରରେ ଲେଖା ହୋଇ ଟଙ୍ଗା ହୋଇଥିଲା "ଈସଙ୍କର ସଶ୍ୱ ଈକ୍ଟଭରଛ" ଅର୍ଥାତ୍ ସମୟର ଅନ୍ୟ ନାମ ଟଙ୍କା। ସମୟର ମୂଲ୍ୟ ନ ବୁଝି ଆମ ଜାତିଟା ଅଧଃପାତରେ ଯିବାକୁ ବସିଛି। ସେ ପ୍ରତିଜ୍ଞା କଲେ, ଆଉ ବୃଥା ସମୟ ନଷ୍ଟ କରିବେ ନାହିଁ। ବିଚାର

ସଙ୍ଗେ ସଙ୍ଗେ କାର୍ଯ୍ୟରେ ପରିଣତ ହେଲା। ରୁଟିନ ତିଆରି ହୋଇଗଲା – ସକାଳ ୬ଟା ପୂର୍ବରୁ ସବୁ ନିତ୍ୟକର୍ମ ଶେଷ ହେବ, ୬ଟାଠାରୁ ୮ଟା ପର୍ଯ୍ୟନ୍ତ ଘରର ସବୁକାର୍ଯ୍ୟ ବୁଝିବେ। ଆଠଟା ଠାରୁ ଦଶଟା ମଧ୍ୟରେ ମହକିଲ ଓ ମୋହରିରମାନଙ୍କ ଖବର ଓ କଚେରୀର ସମସ୍ତ ହାଲଚାଲ ବୁଝିବେ। ଦଶଟାଠାରୁ ଏଗାରଟା ପର୍ଯ୍ୟନ୍ତ ଆଇନ ବହି ପଢ଼ି ତାପରେ ଖାଇ ପିଇ କଚେରୀ ଯିବେ। କଚେରୀରୁ ଆସି ଜଳଖିଆ କରି ଦୁଇ ଘଣ୍ଟା ବୁଲିବେ, ତାପରେ ସନ୍ଧ୍ୟା ୭ଟା ଠାରୁ ୮ଟା ପର୍ଯ୍ୟନ୍ତ ଓଡ଼ିଆ ସାହିତ୍ୟ ଚର୍ଚ୍ଚା, ଖବରକାଗଜ ପାଠ କରିବେ, ୮ଟା ଠାରୁ ୯ଟା ପର୍ଯ୍ୟନ୍ତ ମହକିଲମାନଙ୍କ କାମ ବୁଝି, ଖାଇ ପିଇ ସ୍ତ୍ରୀଙ୍କୁ ପାଠ ପରୀକ୍ଷା କରିବେ, ସବୁ ବିଷୟରେ ଉପଯୁକ୍ତା ହେବା ପାଇଁ ତାଙ୍କୁ ବୁଝାଇବେ।

ଏପରି ରୁଟିନ୍ ବା କାର୍ଯ୍ୟନିର୍ଘଣ୍ଟକୁ ରୀତିମତ କାର୍ଯ୍ୟରେ ପରିଣତ କରିବାଦ୍ୱାରା, ବାବୁଙ୍କର ଯେ କେତୋଟି ମହକିଲ ଥିଲେ, ତହିଁ ମଧ୍ୟରୁ ଅଧିକାଂଶ ଅନ୍ତର୍ଦ୍ଧାନ ହେଲେ। ବାବୁ କହିଥିବେ, ଆଠଟା ବେଳକୁ ଆସିବାକୁ, ତାଙ୍କର ତ ଘଣ୍ଟା ନାହିଁ, ଆସୁ ଆସୁ ସାଢ଼େ ଆଠଟା ବା ଆଠଟା ଦଶ ମିନିଟ୍ ହୋଇଗଲେ ଆଉ ରକ୍ଷା ନାହିଁ। ସେମାନଙ୍କ କାର୍ଯ୍ୟ ତ ବୁଝାଯିବ ନାହିଁ – କାହିଁକି ସେମାନେ ସମୟର ମୂଲ୍ୟ ବୁଝୁନାହାନ୍ତି, ଉପରନ୍ତୁ ବଡ଼ ପାଟିରେ ଗାଳି। ଏଥିରେ କି ମହକିଲ ରହନ୍ତି – ଆଜିକାଲି ଯୁଗରେ ବା କେଉଁ ଓକିଲ ଅଭାବ ଅଛନ୍ତି। ଅନେକେ ତ ଲୋକ ପଠାଇ ଷ୍ଟେସନଠାରୁ, ସେମାନଙ୍କ ବସାରୁ ସାଦର ସମ୍ଭାଷଣ କରି ନେଇଯିବାକୁ ଉତ୍କଣ୍ଠିତ ଅଛନ୍ତି।

ଓକାଲତି ଆୟ କମୁ ପଛକେ, ଯାହା ଉଚିତ ମନେ କରିଛନ୍ତି, ତାହା କରିବାକୁ ହେବ – ଏପରି ହେଲେ ଦିନେ ଏ ଦେଶ ଲୋକେ ସମୟର ମର୍ଯ୍ୟାଦା ବୁଝିବେ। ତ୍ୟାଗ ନ କଲେ, ଜଗତରେ କୌଣସି ବଡ଼ କାର୍ଯ୍ୟ କେବେ ସାଧିତ ହୋଇ ନାହିଁ। ଦେଶର, ଜାତିର ଏବଂ ତାଙ୍କ ନିଜର ମଙ୍ଗଳ ପାଇଁ ତାଙ୍କୁ ଏହା କରିବାକୁ ହେବ। ତା'ତ ହେଲା – ଘରଖର୍ଚ୍ଚ ଯେ ଚଳିବା ଦୁସ୍ତର ହୋଇ ପଡ଼ିଲାଣି। ବିବାହ କରିବା ପୂର୍ବରୁ ଯେତେ ଖର୍ଚ୍ଚ ହେଉଥିଲା, ବର୍ତ୍ତମାନ ତାହାର ଦୁଇ ଗୁଣରୁ ବେଶି; ଆୟ ପ୍ରାୟ ଅର୍ଦ୍ଧେକ କମି ଆସିଲାଣି ବୁଢ଼ା ଗୁମାସ୍ତା ଗଲାଦିନୁଁ ଗ୍ରାମରୁ ମଧ୍ୟ ବିଶେଷ କିଛି ଆୟ ସେ ପାଉ ନାହାନ୍ତି। ଜମିବାଡ଼ିର ଆମଦାନୀ ବୁଝିବାକୁ ଯାଇ ଦେଖିଲେ ଯେ ଦାନଧର୍ମ କିଛି ନାହିଁ। ବୁଢ଼ା ଗୁମାସ୍ତାଙ୍କୁ ଆଣିବାକୁ ଲୋକ ପଠାଇ ଶୁଣିଲେ – ଛ'ମାସ ହେଲା ବୁଢ଼ା ପରଲୋକ ହେଲେଣି। ବର୍ତ୍ତମାନ ଗୁମାସ୍ତାଙ୍କ କାଗଜ ଦେଖିଲେ – କାଗଜ ଦୋରସ୍ତ; କଡ଼ା ଗଣ୍ଡା ହିସାବ ଲେଖାଯାଇଅଛି। ମାତ୍ର ବ୍ୟୟଠୁଁ ଆୟ କମ୍।

କରାଯିବ କଅଣ ? ନରହରିବାବୁ ବଡ଼ ମନଦୁଃଖରେ କଟକ ଫେରି ଆସିଲେ।

ଏପରି ଅବସ୍ଥାରେ ରହିଲେ ଶେଷରେ ତାଙ୍କୁ ଦେଉଳିଆ ହେବାକୁ ହେବ। କାହାକୁ ବା ପଚାରିବେ; କିଏ ତାଙ୍କୁ ଏ ଦୁଃସମୟରେ ସୁପରାମର୍ଶ ଦେବ। ତାଙ୍କ ପ୍ରକୃତି ତ ଅନେକଙ୍କଠୁଁ ଅଲଗା। ସମସ୍ତେ ସେ ଯାହା ସ୍ୱାର୍ଥସିଦ୍ଧି କରିବାରେ ବ୍ୟସ୍ତ। କାହା ସଙ୍ଗେ ଏ ବିଷୟ ପରାମର୍ଶ କରିବେ? ସ୍ତ୍ରୀ ତ କୌଣସି ବିଷୟ ବୁଝନ୍ତି ନାହିଁ କି ବୁଝିବାର କ୍ଷମତା ତାଙ୍କର ନାହିଁ। ସ୍ୱାମୀ ଯାହା କହନ୍ତି ବା କରନ୍ତି ସେ ସବୁ ଠିକ୍ ବୋଲି ତାଙ୍କର ବିଶ୍ୱାସ। ନରହରିବାବୁ କୌଣସି ସମୟରେ ତାଙ୍କ ସଙ୍ଗେ ବିଧବା ବିବାହ, ସ୍ତ୍ରୀଶିକ୍ଷା ଓ ସ୍ତ୍ରୀ ସ୍ୱାଧୀନତା ପ୍ରଭୃତି ସାମାଜିକ ବିଷୟର ଆଲୋଚନା କଲାବେଳେ, ସେ ବାଲୁ ବାଲୁକରି ଚାହିଁ ରହନ୍ତି, କିଛି କହି ପାରନ୍ତି ନାହିଁ। ସେତେବେଳେ ତାଙ୍କୁ ଚାହିଁଲେ ମନେହେବ ଯେପରି ସେ ସ୍ୱାମୀଙ୍କ ବିଦ୍ୟା ଓ ଜ୍ଞାନ ଗରିମାରେ ଗର୍ବ ଅନୁଭବ କରି ଭକ୍ତିପୂର୍ଣ୍ଣ ନୟନରେ ଚାହିଁ ରହିଅଛନ୍ତି।

ଏପରି ସ୍ତ୍ରୀ ସଙ୍ଗେ ବା ନରହରି ବାବୁ ନିଜର ଆର୍ଥିକ ଉନ୍ନତି ବିଷୟରେ କି ଚର୍ଚ୍ଚା କରିବେ? ଅପ୍ରକାଶ୍ୟ ମନୋବେଦନା ବଡ଼ ତୀବ୍ର, ବଡ଼ କଷ୍ଟକର। ନରହରି ବାବୁଙ୍କୁ ଅର୍ଥଚିନ୍ତା ବଡ଼ ଅଥୟ କରିବାକୁ ଲାଗିଲା। କିଛି ଦିନ ପାଇଁ ତାଙ୍କ ଆନନଶ୍ରୀରେ ଛାୟାପାତ ହେଲା ପରି ଦେଖାଗଲା। ଅହରହ ସେ ବିଷୟ ଭାବି ଭାବି ସେ ଶୀର୍ଣ୍ଣ ହେବାକୁ ଲାଗିଲେ। ଭଗବାନଙ୍କ ଦୟା ମଧ୍ୟରେ ମନୁଷ୍ୟର ମନର ଗତି ଅନ୍ୟତମ। କୌଣସି ବିଷୟ ନେଇ ମନୁଷ୍ୟ ତୀବ୍ର କଷ୍ଟ ଅନୁଭବ କଲେ, ସମୟକ୍ରମେ ମନ ତା'ର ନିଜ ଧର୍ମଗୁଣରେ ଠିକ୍ ବାଟକୁ ଆସିଯାଏ। କୌଣସି ଗୋଟିଏ ବିଷୟ ନେଇ ମନୁଷ୍ୟର ମନ ବେଶି କ୍ଷଣ ବ୍ୟାପୃତ ରହି ନ ପାରେ। କିଛିଦିନ ଭାବନା ଚିନ୍ତା ପରେ ନରହରି ବାବୁ ଆଶ୍ୱସ୍ତ ହେବାକୁ ଲାଗିଲେ। ବର୍ତ୍ତମାନ ଅବସ୍ଥାରେ କଅଣ କରିବାକୁ ହେବ ମନେ ମନେ ସ୍ଥିର କରିନେଲେ।

ଓକାଲତି ବ୍ୟବସାୟ ଯେପରି ଚାଲୁଛି, ସେହିପରି ଚଳାଇବାକୁ ହେବ। ହିସାବପତ୍ର ଠିକ୍‌ରୂପେ ରହୁ ନ ଥିବାରୁ ଓ ଅଶିକ୍ଷିତ ଗୁମାସ୍ତା ରଖିଥିବାରୁ ଗ୍ରାମର ସମସ୍ତ ଆୟ ବିଧିମତ ଆଦାୟ ହୋଇପାରୁ ନାହିଁ। ସରକାର ଏଡ଼େ ବଡ଼ ଭାରତବର୍ଷର ବିଭିନ୍ନ ପ୍ରକାର ଆୟ ବ୍ୟୟର ହିସାବ ଠିକ ରଖି ଏଡ଼େ ଦେଶଟାକୁ ଚଳାଉଛନ୍ତି - ଆୟର କୌଣସିଠାରେ କ୍ଷତି ହେବାର ସମ୍ଭାବନା ନାହିଁ, କି ପାହୁଲାଏ ଅଧିକ ବ୍ୟୟ ହେବାର ଉପାୟ ନାହିଁ। ଅତଏବ ସ୍ଥିରକଲେ, ହିସାବ ପତ୍ରରେ ଧୁରନ୍ଧର ସରକାରୀ ଖଜଣାଖାନାର ହିସାବ ପରୀକ୍ଷକଙ୍କୁ ଅନୁରୋଧ କରି ବା ସେଥିପାଇଁ ଯଦି କିଛି ଅର୍ଥ ବ୍ୟୟ ଆବଶ୍ୟକ ହୁଏ, ତାହା କରି ତାଙ୍କଠାରୁ ହିସାବ ରଖିବାର ଉପାୟ ଆୟତ୍ତ କରିବାକୁ ହେବ। ବେଶି ଦରମା ଲାଗୁ ପଛକେ, ଜଣେ ଶିକ୍ଷିତ ଗୁମାସ୍ତା ରଖିବାକୁ ହେବ। ତାହାହେଲେ

ମଫସଲରୁ ପ୍ରଭୂତ ଆୟ ହେବ। ମହକିଲ ଅଭାବରୁ ସକାଳବେଳା ଓପରବେଳା ତାଙ୍କୁ ଅନେକ ସମୟ ବୃଥା ଅପବ୍ୟୟ କରିବାକୁ ପଡୁଅଛି। ବୈଠକଖାନାରେ ଆଉ ଦୁଇ ଚାରି ଖଣ୍ଡ ଆଲମାରୀରେ କାଗଜ, କଲମ, ପେନ୍‌ସିଲ୍, ଯୋତା, ମୋଜା, ବୋତାମ, ଲଣ୍ଠନ, ଛତା ଆଦି ମନୋହାରୀ ଜିନିଷ ପାଇକେରା ଦରରେ କଲିକତାରୁ ଖର୍ଦ୍ଦିକରି ଆଣି ରଖିବେ ଓ ନିଜେ ଦୁଇ ବେଳ ନିର୍ଦ୍ଦିଷ୍ଟ ସମୟରେ ବିକ୍ରୀ କରିବେ। ଏପରି ଦୋକାନ ନିମିତ୍ତ ତାଙ୍କୁ ଅଧିକା କିଛି ଖର୍ଚ୍ଚ କରିବାକୁ ହେବ ନାହିଁ; ଅଥଚ ମାସକୁ ମାସ ଗୋଟାଏ ଆୟ ହେବ।

ଓଡ଼ିଶାରେ ଖଣ୍ଡେ ବୋଲି ଭଲ ଖବରକାଗଜ ନାହିଁ। ସେ କେତେ ଖଣ୍ଡ ଅଛି, ଉପଯୁକ୍ତ ସମ୍ପାଦକ ଅଭାବରୁ ତହିଁରେ ଭଲ ଲେଖା ବାହାରେ ନାହିଁ। ତାଙ୍କର ଯେପରି ଲେଖା, ସେ ଅନ୍ତତଃ ଦୈନିକ ଏକ ଘଣ୍ଟା ଖବରକାଗଜ ପାଇଁ ଦେଲେ, ହଜାର ହଜାର ଗ୍ରାହକ ହେବେ ଏବଂ କାଗଜ ବେଶି ବିକ୍ରିହେଲେ ବିଜ୍ଞାପନ ଆଦିରୁ ମଧ୍ୟ ଅନେକ ଟଙ୍କା ମିଳିଯିବ। ଖବରକାଗଜ ବାହାରକଲେ ଦେଶରେ ଓ ସରକାରଙ୍କ ପାଖେ ମଧ୍ୟ ତାଙ୍କ ପ୍ରତିପତ୍ତି ବଢ଼ିଯିବ।

ଓଡ଼ିଆ ସାହିତ୍ୟର ଉନ୍ନତି କଳ୍ପେ ମଧ୍ୟ ଚେଷ୍ଟା କରିବା ଦରକାର। ଓଡ଼ିଆରେ ଭଲ ଉପନ୍ୟାସ ନାଟକ ନାହିଁ। ଭଲ ଲେଖକ ପାଠକ ସୃଷ୍ଟି କରିଥାଏ। ଆଜିକାଲି ଯେତେ ଓଡ଼ିଆ ବହି ଛାପା ଯାଉଅଛି, ସେଥି ମଧ୍ୟରୁ ଅଧିକାଂଶ ବହିର ସାହିତ୍ୟ କ୍ଷେତ୍ରରେ କିଛି ମୂଲ୍ୟ ନାହିଁ। ବହି ବିକ୍ରି ହେଉ ନାହିଁ; ଓଡ଼ିଶାରେ ପାଠକ ନାହାନ୍ତି – ଏପରି ଆକ୍ଷେପ କରିବାର କୌଣସି ଅର୍ଥ ନାହିଁ। ଶକ୍ତିଶାଳୀ ଲେଖକ ବାହାରିଲେ, ପାଠକ ଆପେ ଆପେ ବାହାରିବେ। ଉପାଦେୟ ପୁସ୍ତକ ପ୍ରକାଶିତ ହେଲେ, ପାଠକର ଅଭାବ ହେବ ନାହିଁ। ଆଜି ପର୍ଯ୍ୟନ୍ତ ନରହରିବାବୁ ମାସିକ ପତ୍ରମାନଙ୍କରେ ଯାହା ଲେଖିଛନ୍ତି, ସମସ୍ତେ ସେ ଲେଖାର ପ୍ରଶଂସା କରିଛନ୍ତି। ପ୍ରତିଦିନ ନିୟମିତ କିଛି ସମୟ ସାହିତ୍ୟ ଉନ୍ନତି ନିମିତ୍ତ ବ୍ୟୟ କଲେ, ଉତ୍କୃଷ୍ଟ ପୁସ୍ତକ ଲେଖି ପାରିବେ। ଛାପାଖର୍ଚ୍ଚ ବାଦ୍ ଯାଇ ବହି ବିକ୍ରିରୁ ମଧ୍ୟ ଆୟ ହେବାର ଯଥେଷ୍ଟ ସମ୍ଭାବନା ଅଛି।

ଏହିପରି ସ୍ଥିରକରି କାର୍ଯ୍ୟରେ ନରହରି ବାବୁ ଲାଗି ପଡ଼ିଲେ। ସରକାରୀ ଖଜଣାଖାନାର ହିସାବ-ପରୀକ୍ଷକଙ୍କଠାରୁ କିପରି ହିସାବ ରଖାଯାଏ, ତନ୍ନ ତନ୍ନ କରି ବୁଝିଲେ। ଲେଜର ବା ଦୈନିକ ଜମାଖର୍ଚ୍ଚ ବହି, ଭାଉଚର ବା ରସିଦ, ଚେକ୍ ବହି ଆଦି ସବୁ ବୁଝିଲେ। ଜଣେ ଏଣ୍ଟ୍ରାନ୍ସ ପାଶ ବାଲାଙ୍କୁ ମାସିକ ଟ୨୦ଙ୍କା ବେତନରେ ଗୁମାସ୍ତା ନିଯୁକ୍ତ କରି ତାଙ୍କୁ କିପରି ହିସାବ ରଖିବାକୁ ହେବ, ବୁଝାଇ ଦେଇଥିଲେ। କଲିକତା ଯାଇ ମନୋହରୀ ଜିନିଷ ଖର୍ଦ୍ଦିକରି ଆଣି ବୈଠକଖାନାରେ ଦୋକାନ ସଜାଇ

ଦେଲେ। ବୈଠକଖାନାର ଚାରିକୋଣିଆ ଟେବଲ୍ ବିକ୍ରିକରି ଗୋଟିଏ ଗୋଲଟେବଲ୍ ଅଣାଇ ପକାଇଲେ। ଛଖଣ୍ଡି ଚଉକୀ ଟେବଲ୍‌ର ଚାରିପାଖେ ପଡ଼ିଲା। ପ୍ରତ୍ୟେକ ଚଉକୀର ପଛପଟେ ଛଅଟି ବିଭିନ୍ନ ବିଭାଗ ବା ଡିପାର୍ଟମେଣ୍ଟର ନାମ ଲେଖାଗଲା, ଯଥା – ଢଂଲଲସମର ଊରକ୍ଟ୍ରବକ୍ସଷ୍ପଙ୍କରଭଷ୍ପ (କଚେରୀ ବା ଓକାଲତି ବିଭାଗ), ଐକ୍ଟଙ୍କର ଊରକ୍ଟ୍ରବକ୍ସଷ୍ପଙ୍କରଭଷ୍ପ (ଘରୋଇ ବିଭାଗ), ଇଶକ୍ସସମଙ୍କଷଷ୍ପଙ୍କକ୍ସର ଊରକ୍ଟ୍ରବକ୍ସଷ୍ପଙ୍କରଭଷ୍ପ (ଗ୍ରାମର କୃଷି ବିଭାଗ), ଝଷକ୍ଟକ୍ଟ ଊରକ୍ଟ୍ରବକ୍ସଷ୍ପଙ୍କରଭଷ୍ପ (ଦୋକାନ ବିଭାଗ), ରଯସ-ଷ୍ପକ୍ଟକ୍ସସବଷ ଊରକ୍ଟ୍ରବକ୍ସଷ୍ପଙ୍କରଭଷ୍ପ (ଖବରକାଗଜ ବିଭାଗ) ଏବଂ ଖସଷ୍ପରକ୍ସବଷ୍ପଙ୍କକ୍ସର ଊରକ୍ଟ୍ରବକ୍ସଷ୍ପରଭଷ୍ପ (ସାହିତ୍ୟ ବିଭାଗ)।

ଏହି ଛଅଟି ଡିପାର୍ଟମେଣ୍ଟ ଅନୁସାରେ ସମୟ ବିଭାଗ କରି ଦିଆଗଲା। ନିର୍ଦ୍ଦିଷ୍ଟ ସମୟରେ ବାବୁ ନିର୍ଦ୍ଦିଷ୍ଟ ବିଭାଗରେ ଚଉକୀରେ ବସି ରହୁଥିଲେ ଏବଂ ସେହି ସମୟ ବ୍ୟତୀତ ଅନ୍ୟ ସମୟରେ ସେ ବିଭାଗର କାର୍ଯ୍ୟ ବୁଝାଯାଉ ନଥିଲା। ବାବୁ ଦୋକାନ ଡିପାର୍ଟମେଣ୍ଟର ଚଉକୀରେ ବସିଥିବା ବେଳେ, ପୂଜାରୀ ବା ଚାକର ଘରୋଇ ଡିପାର୍ଟମେଣ୍ଟ ହିସାବ ଆଣି ଘରଖର୍ଚ୍ଚ ପାଇଁ ପଇସା ମାଗିଲେ ତାଙ୍କୁ ଗାଳି ଓ ଶେଷରେ ପ୍ରହାର ହେଉଥିଲା। ବାବୁ ସାହିତ୍ୟ ଡିପାର୍ଟମେଣ୍ଟର ଚଉକୀରେ ବସି ସାହିତ୍ୟ ଆଲୋଚନା କଲାବେଳେ, କେହି ଦୋକାନରୁ କୌଣସି ଜିନିଷ ଖର୍ଦ୍ଦି କରିବାକୁ ଆସିଲେ, ତାଙ୍କୁ ଅପେକ୍ଷା କରିବାକୁ ଆଦେଶ ହେଉଥିଲା, ଇତ୍ୟାଦି।

ପ୍ରତ୍ୟେକ ଡିପାର୍ଟମେଣ୍ଟରେ ଅଲଗା ରକମର କଟକଣା କରାଯାଇଥିଲା। ବାବୁ ଦୋକାନ ଡିପାର୍ଟମେଣ୍ଟ ଚଉକିରେ ବସିଥିବାବେଳେ ଭାଗ୍ୟକ୍ରମେ କୌଣସି ଖର୍ଦ୍ଦିଦାର ଆସି ପହଞ୍ଚି ଜିନିଷ କିଣିବା ପାଇଁ ଜଣାଇଲେ ବାବୁ ଟେବଲ ଉପରେ ଥୁଆ ହୋଇଥିବା ଗୋଟାଏ ଘଣ୍ଟି ବଜାଇ ଦେଉଥିଲେ, ଏବଂ ତତ୍‌କ୍ଷଣାତ୍ ଗୋଟିଏ ସୁତୁଳି ଦଉଡ଼ିରେ ବନ୍ଧାଥିବା ଗୋଛାଏ ଚାବି ଉପର ମହଲାରୁ ବୈଠକଖାନା ଦୁଆରେ ଆସି ଝମକିନା ପଡୁଥିଲା। ବାବୁ ସେ ଚାବି ଗୋଛାକ ଧରି ଆଲମାରୀ ଫିଟାଇ ଜିନିଷ ବିକ୍ରି କରି ସାରିବା ପରେ ପୁନର୍ବାର ଘଣ୍ଟି ବଜାଇ ଦେଉଥିଲେ; ସଙ୍ଗେ ସଙ୍ଗେ ଉପରୁ କିଏ ସେ ଦଉଡ଼ି ଟାଣି ଦେଉଥିଲା ଏବଂ ଚାବି ଗୋଛାକ ଉପରକୁ ଉଠିଯାଇ ଅନ୍ତର୍ଦ୍ଧାନ ହେଉଥିଲା।

ବାବୁଙ୍କଠାରୁ ହୁକୁମନାମା ନ ପାଇଲେ ଗ୍ରାମରେ ଗୁମାସ୍ତାଙ୍କର ଗୋଟିଏ ପଇସା ଖର୍ଚ୍ଚ କରିବାର କ୍ଷମତା ନ ଥିଲା। ଚାଷ ସକାଶେ କୋଡ଼ି କାଙ୍କ ବା ଲଙ୍ଗଳ ଦରକାର ହେଲେ ଗୁମାସ୍ତାଙ୍କ ବିଲ୍ କରି ଖର୍ଚ୍ଚତାଲିକା ପଠାଇବାକୁ ହେଉଥିଲା ଏବଂ ବିଲ୍ ବାବୁ ମଞ୍ଜୁର କରି ଦସ୍ତଖତ୍ କରିଦେଲେ, ସେ ସବୁ ଉପକରଣ କିଣାଯାଇ ପାରୁଥିଲା। ବିଲ୍ ବଛା ବା ବେଉଷଣ ସମୟରେ ମୂଲ ଦେବା ଆବଶ୍ୟକ ହେଲେ, ଗୁମାସ୍ତା ସେହିପରି

ବିଲ୍ ଦେଇ ମଞ୍ଜୁର କରାଇ ନ ନେବା ପର୍ଯ୍ୟନ୍ତ କୌଣସି ଖର୍ଚ୍ଚ କରିପାରୁ ନ ଥିଲେ। ବିଲ୍, ଭାଉଚର ଓ କ୍ୟାସବୁକ ରୀତିମତ ଲେଖା ଯାଉଥିଲା। ଏହିପରି ହେବାରୁ ଯଥା ସମୟରେ ଚାଷ କାମ ହୋଇପାରୁ ନଥିଲା।

ସାହିତ୍ୟ ଡିପାର୍ଟମେଣ୍ଟର କାର୍ଯ୍ୟ ଦିନାକେତେ ବେଶ୍ ଦ୍ରୁତଗତିରେ ଚାଲିଲା। ସମାଜ ସଂସ୍କାର ବିଷୟରେ, ବିଧବା ବିବାହ, ସ୍ତ୍ରୀ ଶିକ୍ଷା ଓ ସ୍ତ୍ରୀ ସ୍ୱାଧୀନତା ବିଷୟରେ ପ୍ରଥମେ କେତେଖଣ୍ଡ ବହି ଛପାଗଲା। ତାପରେ ଗଳ୍ପ, ଉପନ୍ୟାସ, ନାଟକ, ପ୍ରହସନ ମଧ୍ୟ ଲେଖା ହୋଇଗଲା। ନିନ୍ଦୁକମାନେ କହି ବୁଲିଲେ, ଅମୁକ ଲେଖାଟା ଅମୁକ ବଙ୍ଗଳା ବହିରୁ ଅବିକଳ ଉତ୍ତାରି ଦିଆଯାଇ ଅଛି। ଏ ବିଷୟ ଘେନି ଖବରକାଗଜରେ ମଧ୍ୟ ଆନ୍ଦୋଳନ ଚାଲିଲା। ନରହରି ବାବୁଙ୍କ ହାତରେ ତ ଖଣ୍ଡେ ଖବରକାଗଜ, ପରବାଏ କଅଣ ? ଜ୍ୱାଳାମୟୀ ଭାଷା ବ୍ୟବହାର କରି ନିନ୍ଦୁକମାନଙ୍କୁ ସମାଜ ସପକ୍ଷରେ ଅପଦସ୍ଥ ଓ ବେକୁବ୍ ବନାଇ ଦେଲେ ବୋଲି କହିଲେ।

ଏହିପରି ସବୁ ବିଭାଗର କାର୍ଯ୍ୟ ଦିନାକେତେ ଏକରକମ ଚାଲିଲା। ମାତ୍ର ମୋଟ ଉପରେ ଆୟଠାରୁ ବ୍ୟୟ ବେଶି ହେବାକୁ ଲାଗିଲା। ସବୁଠାରୁ ବେଶି ଆୟ ହେବାର କଥା ଗ୍ରାମରୁ। ଖର୍ଚ୍ଚପତ୍ରର ହିସାବ କଟକଣା ହେତୁ ଅବଶ୍ୟ ଅତିରିକ୍ତ ଖର୍ଚ୍ଚ କରିବାର ଗୁମାସ୍ତାଙ୍କର ଉପାୟ ନ ଥିଲା। ମାତ୍ର ଚାଷର ତ କୌଣସି ନିର୍ଦ୍ଦିଷ୍ଟ ଆୟ ନାହିଁ। ଭ୫୦ରଣ ଧାନ ଆୟ ହେବା ଅବସ୍ଥାରେ ଗୁମାସ୍ତା ଭ୩୦ରଣ ଲେଖି ଜମା ଖର୍ଚ୍ଚ ବହି ପୂରଣ କଲେ, ହିସାବ ଧରିବାର କୌଣସି ଉପାୟ ନ ଥିଲା। ବାବୁ ହିସାବପତ୍ର ଠିକ୍ କରିଦେଇ, ବେଶି ବେତନର ଗୁମାସ୍ତ ରଖି ଭାବିଥିଲେ, ଆୟ ବଳି ପଡ଼ିବ। ଫଳରେ ଲୋକସାନ ହେବାର ଦେଖାଗଲା। ଗୁମାସ୍ତାଙ୍କ ଦରମାରେ, ବହି କାଗଜପତ୍ରରେ ଖର୍ଚ୍ଚ କେବଳ ବେଶି ହେଲା।

ଦୋକାନ ଡିପାର୍ଟମେଣ୍ଟର ଦଶା ମଧ୍ୟ ସେହିପରି। ଜିନିଷପତ୍ର ଖର୍ଦ୍ଦି ବିଷୟରେ ବାବୁଙ୍କର ଆଦୌ ଅଭିଜ୍ଞତା ନ ଥିବାରୁ ଏବଂ ନିଜେ କଲିକତା ଯାଇ ଖର୍ଦ୍ଦି କରିବାରୁ, ସମସ୍ତ ଖର୍ଚ୍ଚ ମିଶାଇ ଜିନିଷର ଦାମ୍ ବେଶି ପଡ଼ିଯାଇଥିଲା। ତା ଉପରେ ପୁଣି ଟଙ୍କାକେ ଦୁଇଅଣା ଲାଭ ଧରିବା ଦ୍ୱାରା, କଟକର ଯେକୌଣସି ଦୋକାନଠାରୁ ଦାମ୍ ବେଶି ପଡ଼ି ଯାଇଥିଲା। ଭଦ୍ରଲୋକଙ୍କ ଦୋକାନ ବୋଲି ଯାହା ବା ବିକ୍ରି ହେବା ସମ୍ଭାବନା ଥିଲା, ସମୟର ଏତେ କଟକଣା, ଘଣ୍ଟି ବଜା ଓ ଚାବିର ହଠାତ୍ ଆବିର୍ଭାବ ଓ ଅନ୍ତର୍ଦ୍ଧାନ ଦେଖି ଖର୍ଦ୍ଦିଦାରମାନେ ମଧ୍ୟ କ୍ରମେ କ୍ରମେ ଅନ୍ତର୍ଦ୍ଧାନ ହେଲେ। ଜିନିଷ ସବୁ ଆଲମାରୀ ବନ୍ଦ ହୋଇ ପଡ଼ିରହିଲା ଏବଂ ବାବୁଙ୍କ ଦୋକାନ ଡିପାର୍ଟମେଣ୍ଟର ନିର୍ଦ୍ଦିଷ୍ଟ ସମୟ ତକ ନାନା ଦୁଶ୍ଚିନ୍ତାରେ ଅପବ୍ୟୟ ହେବାକୁ ଲାଗିଲା।

ସାହିତ୍ୟ ଡିପାର୍ଟମେଣ୍ଟରୁ ଯେ କେତେଖଣ୍ଡ ବହି ଛାପା ହେଲା କେତେ ଖଣ୍ଡି ଉପହାର ଦିଆଯିବା ପରେ ଯାହା ବଳିଲା, ସବୁ ପଡ଼ିରହିଲା। ଖଣ୍ଡିଏ ବୋଲି ବିକ୍ରି ହେଲା ନାହିଁ କି ଛାପା ଖର୍ଚ୍ଚ ଉଠିବାର କୌଣସି ସମ୍ଭାବନା ରହିଲା ନାହିଁ।

ଖବରକାଗଜ ବାହାର କରି ବିଶେଷ ଲାଭବାନ୍ ହେବାର ବାବୁ ଯେଉଁ ଆଶା ପୋଷଣ କରିଥିଲେ, ବର୍ଷ ଶେଷରେ ଦେଖାଗଲା, ଛାପାଖର୍ଚ୍ଚ, କାଗଜ ଖର୍ଚ୍ଚ ଓ ଡାକଟିକଟ ଖର୍ଚ୍ଚ ପର୍ଯ୍ୟନ୍ତ ସବୁ ହାତରୁ! ବହୁଥର ଅନୁନୟ ବିନୟ କରି ଶେଷରେ ଯେ କେତେଖଣ୍ଡ କାଗଜ ଭି.ପି. ରେ ପଠାଗଲା ସବୁତକ ଫେରି ଆସିଲା!

ଓକାଲତି ଡିପାର୍ଟମେଣ୍ଟର କଥା ତ କହିଲେ ନ ସରେ। ବାବୁଙ୍କର ଡିପାର୍ଟମେଣ୍ଟ ଢଙ୍ଗ ଦେଖି ମୋହରିରମାନେ ଦଣ୍ଡବତ ପକାଇ ଚାଲିଗଲେ। ବାବୁ ଅଗତ୍ୟା ମାସିକ ଟ୧୫ଙ୍କା ଲେଖାଏଁ ବେତନ ଦେଇ ଦୁଇଟି ମୋହରିର ରଖିବାକୁ ବାଧ ହୋଇଥିଲେ। ବାବୁଙ୍କ ଗୁଣରେ ମୁଗ୍ଧ ହୋଇ ଯେ କେତେଜଣ ବଡ଼ ମହକିଲ ରହିଥିଲେ, ଡିପାର୍ଟମେଣ୍ଟର ବାହୁଲ୍ୟ ଯୋଗୁଁ ବାବୁଙ୍କ ସଙ୍ଗେ ଦିପଦ କଥା କହିବାର ସମୟ ନ ପାଇ ବିଦାୟ ନେଇ ଅଛନ୍ତି। ଓକାଲତି ଡିପାର୍ଟମେଣ୍ଟର ବ୍ୟୟ ବାହୁଲ୍ୟ ଦେଖି ବାବୁ ଦୁଇଟି ମୋହରିରଙ୍କୁ ମଧ୍ୟ ବିଦାୟ ଦେଇ ଅଛନ୍ତି।

ଘରୋଇ ଡିପାର୍ଟମେଣ୍ଟ କଥା କହିବାର କିଛି ନାହିଁ। ସେଥିରେ ତ ଆୟର ପନ୍ଥା ନାହିଁ, କେବଳ ଖର୍ଚ୍ଚ! ଆଜି ଘିଅ ନାହିଁ – ଟଙ୍କା ଦିଅ; ଡାଲି, କାଠ, ତେଲ କିରାସିନି କିଣାଗଲା – ଟଙ୍କା ଦରକାର। ଆଜି ଅମୁକ ଓଷା, ପୂଣ୍ୟ, ପର୍ବ, ଏତେ ଟଙ୍କା ହେଲେ ଚଳିବ।

ଅନେକ ସମୟରେ ଲୋକନିନ୍ଦା ଭୟ ମନୁଷ୍ୟକୁ ବଡ଼ ବ୍ୟସ୍ତ କରି ପକାଏ। ଲୋକନିନ୍ଦାକୁ ଖାତିର ନ କରି ନିଜର ମନର ଜୋରରେ ଯେଉଁମାନେ କର୍ତ୍ତବ୍ୟ ଅବଧାରଣ କରିପାରନ୍ତି ସେମାନଙ୍କ ସଂଖ୍ୟା ସଂସାରରେ ବଡ଼ କମ୍। ନରହରି ବାବୁଙ୍କଠାରେ ଲୋକନିନ୍ଦାକୁ ଏଡ଼ି ଚାଲି ଯିବାର ଶକ୍ତି ନ ଥିଲା। ବର୍ତ୍ତମାନ ତାଙ୍କର ଯେପରି ଅବସ୍ଥା ଡିପାର୍ଟମେଣ୍ଟ ଭାଙ୍ଗିଦେଇ ଚଳିଲେ, ଚଳିଯାଇପାରନ୍ତେ; ମାତ୍ର ତାହାହେଲେ ଲୋକହସା ହବାକୁ ପଡ଼ିବ ଯେ! କୌଣସି ସତ୍‌କାର୍ଯ୍ୟରେ ଯୋଗଦେଇ ଲୋକନିନ୍ଦାକୁ ଡରି ତହିଁରୁ ପଶ୍ଚାତ୍‌ପଦ ନ ହେବା, ମନୁଷ୍ୟ ଚରିତ୍ରରେ ବାସ୍ତବ ପରିବର୍ତ୍ତନ ଆଣିଦିଏ; ମାତ୍ର ନରହରି ବାବୁଙ୍କ ଡିପାର୍ଟମେଣ୍ଟ ସୃଷ୍ଟିର କୌଣସି ମୂଳଭିତ୍ତି ନ ଥିଲା। ତାହା ଥିଲେ, ତାଙ୍କର ଯେତେ ଅବସ୍ଥା ବିପର୍ଯ୍ୟୟ ହେଉ ପଛକେ, ସେ ସମାଜରେ ଆଦର୍ଶ ସ୍ଥାନୀୟ ହୋଇପାରିଥାନ୍ତେ।

କଥାରେ କହନ୍ତି, ନାଗସାପ ଚୁଚୁନ୍ଦ୍ରାକୁ କାମୁଡ଼ିଲେ, ତାକୁ ଛାଡ଼ି ଦେଲେ

ତା'ର ଯେଉଁ ଦଶା, କାମୁଡ଼ି ଧରିଥିଲେ ମଧ୍ୟ ସେହି ଦଶା। ନରହରି ବାବୁଙ୍କର ଆଜି ସେହି ଦଶା ହୋଇଅଛି। ଡିପାର୍ଟମେଣ୍ଟକୁ ଛାଡ଼ିଦେଲେ, କରିବେ କଅଣ? ରହିବେ କେଉଁଠି? କଅଣ ନେଇ ସମୟ ଯାପନ କରିବେ? ତାକୁ ଧରି ବସିଲେ ତ କ୍ରମେ ଭେଳା ବୁଡ଼ି ଯାଉଅଛି! ବର୍ଷକୁ ବର୍ଷ ବ୍ୟୟାଧିକ ହେତୁ ତାଙ୍କୁ କରଜ କରିବାକୁ ହେଲା। ଶେଷରେ କଟକଘର, ଗ୍ରାମଠାର ସମସ୍ତ କୋଠାବାଡ଼ି ବନ୍ଧକ ପଡ଼ିଗଲା। ଆଉ ଏଣିକି କରଜ ମିଳିବା ଦୁଷ୍କର ଓ କୌଣସି ଡିପାର୍ଟମେଣ୍ଟ ଚଳାଇବା ଅସମ୍ଭବ ହୋଇ ପଡ଼ିଲା।

ବିପଦ ପଡ଼ିଲାବେଳେ, ଚାରିଆଡୁ ଘେରିକରି ମନୁଷ୍ୟକୁ ବ୍ୟତିବ୍ୟସ୍ତ କରି ପକାଏ। ମହାପୁରୁଷମାନେ କହନ୍ତି, ବିପଦ ମନୁଷ୍ୟର କଳଙ୍କ ଦୂରକରି ତାକୁ ପବିତ୍ର କରିଦିଏ। ତାହା ଠିକ୍ କି ଭୁଲ୍, ବର୍ତ୍ତମାନ ନରହରି ବାବୁଙ୍କ ଅବସ୍ଥା ବା ସେହିପରି ଅବସ୍ଥାରେ ନ ପଡ଼ିଲେ କେହି ହୃଦୟଙ୍ଗମ କରି ପାରିବେ ନାହିଁ। ସମସ୍ତ ଆର୍ଥିକ ଅନାଟନ ସମୟରେ ଗୋଟିଏ ମହାବିପଦ ଆସି ପଡ଼ିଲା। ନରହରି ବାବୁଙ୍କ ସ୍ତ୍ରୀ ଏତେଦିନେ ଗର୍ଭବତୀ ହୋଇଥିଲେ; ପ୍ରସବ ସମୟକୁ ବଡ଼ ଯାତନା ଆରମ୍ଭ ହେଲା। ଡାକ୍ତରମାନଙ୍କ ଖର୍ଚ୍ଚ ଆସେ କୁଆଡୁ? ବାହାରୁ କାହାରିଠାରୁ ଧାର କରଜ ମିଳିବା ଅସମ୍ଭବ। ଧନ ମନୁଷ୍ୟକୁ ଏଡ଼େ ନିର୍ମମ କରିଦିଏ ଯେ, ତାଙ୍କର ଏପରି ଦୁରବସ୍ଥା ସ୍ୱଚକ୍ଷୁରେ ଦେଖି ମଧ୍ୟ, କେବଳ ଅସୁଲ ହେବାର ଆଶା ନଥିବାରୁ ତାଙ୍କୁ କେହି ଗୋଟିଏ ପଇସା ଧାର ଦେବାକୁ ସ୍ୱୀକୃତ ହେଲେ ନାହିଁ।

ଅଗତ୍ୟା ଅତି ମନଦୁଃଖରେ ସ୍ତ୍ରୀଙ୍କର କେତେଖଣ୍ଡ ଅଳଙ୍କାର ନେଇ ଯା ଦୁଆର, ତା ଦୁଆର ବୁଲି ସେ ଟଙ୍କା ସଂଗ୍ରହ କଲେ। ମାତ୍ର ଡାକ୍ତରମାନଙ୍କ ଖର୍ଚ୍ଚ ଓ ଔଷଧ ପଥ୍ୟ ଖର୍ଚ୍ଚରେ ତାହା ଅଳ୍ପ ଦିନରେ ନିଃଶେଷ ହୋଇଗଲା।

ଘରର ସମସ୍ତ ଆସବାବ ପତ୍ର, ତାଙ୍କ ବହି ସବୁ ଅତି ଅଳ୍ପ ମୂଲ୍ୟରେ ବିକ୍ରି ହୋଇଗଲା। ସବୁ ତ ଶେଷ ହେଲା; ତା ସଙ୍ଗେ ସଙ୍ଗେ ମନୁଷ୍ୟର ସବୁ ଚେଷ୍ଟା ବିଫଳ କରି, ତାଙ୍କ ସ୍ତ୍ରୀ ଇହଧାମ ତ୍ୟାଗକରି ଚାଲିଗଲେ। ସବୁ ବିପଦ ମଧ୍ୟରେ ଯାହାଙ୍କୁ ଚାହିଁ, ଯାହାଙ୍କର ଅକପଟ ବ୍ୟବହାରରେ ମୁଗ୍ଧହୋଇ ସେ କୌଣସି ମତେ ଜୀବନ ଯାତ୍ରା ନିର୍ବାହ କରି ଯାଉଥିଲେ, ଆଜି ତାଙ୍କ ବିୟୋଗରେ ନରହରି ଚତୁର୍ଦ୍ଦିଗ ଅନ୍ଧକାର ଦେଖିଲେ।

ସଂସାରର ସବୁ ମାୟା ମମତା ଛିଡ଼ିଗଲା। ମୃତା ସ୍ତ୍ରୀଙ୍କର ଦାହ କ୍ରିୟା ଶେଷହେବା ପରେ, ଏକବସ୍ତ୍ର ହୋଇ ନରହରି ଯେଉଁଆଡ଼େ ଇଚ୍ଛା ହେଲା, ଚାଲିଗଲେ। ଭବିଷ୍ୟତ ଭାବନା ଭାବିବାକୁ ଅବସର ନାହିଁ, ଲୋକନିନ୍ଦା ଭୟ ମନରୁ କାହିଁ ଚାଲି ଯାଇଅଛି।

ଏହିପରି ଶୂନ୍ୟ ମନରେ କେତେଦିନ କଟାଇ ସେ ଭବଭୟହର ପରମେଶ୍ୱରଙ୍କ ନାମ ନେବାକୁ ବାଧ୍ୟ ହେଲେ। ସଂସାରର ସବୁ ଭାବନା ଭୁଲିଯାଇ, ମନକୁ କେବଳ ଈଶ୍ୱର ଭାବନାରେ ତନ୍ମୟ କରିଦେଲେ।

କିଛିଦିନ ପରେ ଦେଖାଗଲା, ନରହରି ପଦ୍ମପୁର ଗ୍ରାମ ପ୍ରାନ୍ତ ନଈକୂଳରେ ଖଣ୍ଡିଏ କୁଡ଼ିଆଘରେ ରହି ଅଛନ୍ତି। ପଦ୍ମପୁର ଓ ପାଖ ଆଖ ଗ୍ରାମର ବହୁଲୋକେ ପ୍ରତିଦିନ ଆସି ତାଙ୍କଠାରୁ ଉପଦେଶ ନିଅନ୍ତି। ଯେ ଯାହା ଦିଅନ୍ତି, ଖାଇ ଦିଅନ୍ତି। ଏହିପରି ସମୟ କଟି ଯାଉଥାଏ।

ତାଙ୍କ ଉପଦେଶର ସାରମର୍ମ – "ସଂସାରରେ, ଈଶ୍ୱର ରାଜ୍ୟରେ ମନୁଷ୍ୟ ହାତରେ କିଛି ନାହିଁ। 'ମୁଁ କରୁଛି' ବୋଲି ଯେ ବୃଥା ଅହଂକାର, ମନୁଷ୍ୟ ସେତକ ନ ଛାଡ଼ିବା ପର୍ଯ୍ୟନ୍ତ ଈଶ୍ୱର ଚିନ୍ତା କରି ପାରିବ ନାହିଁ। ସର୍ବମୟ କର୍ତ୍ତା ହୋଇ ମଧ୍ୟ, ଈଶ୍ୱର କେଡ଼େ ଗର୍ବଶୂନ୍ୟ! ସବୁବେଳେ ସେ ଲୋକ ଅନ୍ତରାଳରେ! ଏପରିକି, ନାସ୍ତିକର ଏ ଜଗତରେ ଅବସ୍ଥିତି, ଈଶ୍ୱରଙ୍କ ଗର୍ବଶୂନ୍ୟତା ଓ ମହତ୍ ଉଦାରତାର ନିଦର୍ଶନ।

■

ପ୍ରତାରଣା

ପୁଅ ଆସି ଦୁଇ ମାସ ହେଲା କଲିକତାରେ ବସିଲାଣି। ତିନି ବର୍ଷ ହେଲା ଗଲାଣି ଯେ, ତାକୁ ନ ଦେଖି ମୋ ଛାତି କରତି ହୋଇ ପଡୁଛି। ତୁମେ ତ ଆଚ୍ଛା ବାପ, ତମଙ୍କୁ କିଛି ଲାଗୁନାହିଁ। ନିଜେ ଯାଅ; ନଇଲେ ତା ବଡ଼ ସବୁଙ୍କୁ ପଠାଅ। ତା ନ ହେଲେ, ମୁଁ ଅନ୍ନ ଜଳ ଛୁଇଁବି ନାହିଁ।

"ତୋର ସବୁବେଳେ ଏଇ ଅବୁଝପଣିଆ। ପୁଅ କଅଣ କୋଡ଼ର କାଖର ହୋଇଛି ଯେ ମୁଁ ଯାଇ ଧରି ଘେନି ଆସିବି? ପରଦିନ ଚିଠି ଦେଇଛି, ଏଇଲାଗେ ଆସି ପାରିବ ନାହିଁ; ଆଉ ଛମାସ ପରେ ଦଶହରାକୁ ଆସିବ ବୋଲି। ତା ସବୁ ତ ମନା କଲେ, ଏଇଲାଗେ ଛୁଟି ତାଙ୍କୁ ମିଳିବ ନାହିଁ – ସେ ଆଉ ଦୁଇ ତିନି ମାସ ପରେ ଯିବେ। ମୁଁ କରିବି କଅଣ? ଆସି ତ ଷାଠିଏ ବରଷ ହେଲା; ମହାନଦୀ ପାରି ହୋଇ ନାହିଁ! କାହିଁ କଲିକତା; ମୁଁ ଏବେ କିମିତି ଯିବି?"

"ନାହିଁ, ତମେ କାହିଁକି ଯିବ?" ତମେ କାହିଁକି କଅଣ କରିବ? ସଞ୍ଜବେଳକୁ ଟେଲାଏ ଅଫିମ ଆଉ ଜଳଖିଆ ପକାଇ ଦେଲେ, ତମର ସ୍ୱର୍ଗ ଦି'ଆଙ୍ଗୁଳ! ମୁଁ ଘାଣ୍ଟିହୋଇ ମଲେ, ତମର କଅଣ ଅଛି? ମୋର କେତେ ମରି ମରି, ସେତିକି। ତିନି ତିନି ବର୍ଷ ହେଲା ଧନକୁ ମୋର ଦେଖି ନାହିଁ। ତମେ ନ ଗଲେ ନାହିଁ। ମୁଁ କାଲି ବିନୋଦିଆ ଭଣ୍ଡାରୀ ସାଙ୍ଗରେ ଚାଲିଯିବି।"

"ହଉ, ମୁଁ ଯିବି, ତୁ ଆଉ ସିମିତି ହୁଅନା। ମାସକୁ ମାସ ତ ପାଞ୍ଚଶ ଛଅ ଶହ ଟଙ୍କା ପୁଅର ଖର୍ଚ୍ଚ ପାଇଁ ପଠାଉଅଛି। ସେ ହାଇକୋର୍ଟରେ ବାରିଷ୍ଟରୀ କଲାଣି; ପୁଣି ଛୁଟି ପାଇଲେ ତ ଆସିବ?"

"ଇଲାଗେ ବିନୋଦିଆ ବାରିକକୁ ଡକାଅ; ତାକୁ ସାଙ୍ଗରେ ନେଇ କାଲି ଯିବ। ଆଗ କଟକ ଯାଇ ପୁଅର ବଡ଼ ସବୁ ସଙ୍ଗେ କଥାବାର୍ତ୍ତା ହୋଇ ସେ ଯେବେ

ଯିବେ ତେବେ ତାଙ୍କୁ ସାଙ୍ଗରେ ନେବ। ଯିମିତି ହେଉ ପୁଅକୁ ମୋରାଣ ପକାଇ ସଙ୍ଗରେ ଘେନି ଆସିବ। ଦିନେ ଦୁଇଦିନ ରହି ପଛେ ଫେରିଯିବ। ମୁଁ ଟିକିଏ ଧନକୁ ମୋର ଦେଖିବି।"

"ପୁଅକୁ ତ ଅଣାଇବାକୁ ଏଡ଼େ ତରବର, ପୁଆଣିଘରର ନାଁ'ତ ଧରିବାକୁ ନାହିଁ। ମୁଁ ଭାବିଥିଲି, ନାଏକ ଡକାଇ ପୁଆଣିଘରର ଦିନ ଠିକଣା କରି, ପୁଅ ପାଖକୁ ଚିଠି ଦିଅନ୍ତେଇଁ। ତା'ପରେ ସେ ନାହିଁ କଲେ ତାକୁ ଆଣିବା ପାଇଁ ମୁଁ ଯାଆନ୍ତି।"

"ନା, ନା, ସେ ହେବ ନାହିଁ। ତମେ ଯାଅ, ନଇଲେ ମତେ ଛାଡ଼ି ଦିଅ, ମୁଁ ଯାଇ ଧନକୁ ମୋର ଟିକିଏ ଦେଖି ଆସେ। ପୁଆଣୀ ଘର କଥା ପରେ ହେବ – କ'ଣ ପାଣିରେ ପଥର ମିଳାଇ ଯାଉଛି ?"

"ହଉ, ଯା, ରକ୍ଷା କର, ତୋରି କଥା ହେଲା। ମୁଁ କାଲି ବାହାରିଗଲେ ତୋର ଯେବେ ଶାନ୍ତି, ତେବେ ମୁଁ ଯିବି।"

ଏହା ଶୁଣି କଞ୍ଚନମାଳୀ ନାକ ଛିଞ୍ଚାଡ଼ି, ମୁହଁ ବୁଲାଇ ତଳ ଅଗଣାକୁ ଚାଲିଗଲେ।

ସୁଦର୍ଶନ ରାଉତରାୟ କଟକଜିଲା ମହନପୁର ମୌଜାର ବଡ଼ ଧନୀ, ବଡ଼ ଜମିଦାର। ଜମିବାଡ଼ି, ଧାନ ଟଙ୍କା ଅସୁମାର। ଦଶ ବାରଟା ମୌଜାରେ ଖମାର; ଧାନ ଖମାର ଅଛି। ଏକମାତ୍ର ସନ୍ତାନ ତାଙ୍କର ଶ୍ରୀକାନ୍ତ ରାଉତରାୟ; ପତ୍ନୀ ତାଙ୍କର କଞ୍ଚନମାଳୀ ଦେଈ। ଏହି ତିନ ଜଣରେ ତାଙ୍କର ସଂସାର। ସବୁବେଳେ ଲେଖାଯୋଖା ଭାଣିଜି, ପିଉସୀ ଆଦି ଦଶ ବାର ଜଣ ତାଙ୍କ ଘରେ ପଡ଼ିଥାଆନ୍ତି।

ପୁଅ ଶ୍ରୀକାନ୍ତ ଗ୍ରାମ ମାଇନର ସ୍କୁଲରୁ ପାଶ କରି କାନରେ ନୋଳି ମୁଣ୍ଡରେ ବେଣ୍ଟି ଓ କମ୍ଫଟର ଏବଂ ଦେହରେ କଳାକୋଟପିନ୍ଧି ଯେଉଁଦିନ କଟକ କଲେଜିଏଟ୍ ସ୍କୁଲରେ ନାମ ଲେଖାଇଲେ, ସେଦିନ ତାଙ୍କୁ ଦେଖି, ମାଷ୍ଟର ଓ ପିଲାମାନେ ହାସ୍ୟ ସମ୍ବରଣ କରି ପାରି ନଥିଲେ। ସେହି ବେଶ ପାଇଁ ଅନେକ ଦିନ ଯାଏ ସହାଧ୍ୟାୟୀମାନଙ୍କଠାରେ ତାଙ୍କୁ ନିର୍ଯ୍ୟାତିତ ହେବାକୁ ହୋଇଥିଲା।

କଲେଜିଏଟ୍ ସ୍କୁଲରେ ନାମ ଲେଖାଇ, ଶ୍ରୀକାନ୍ତ ବୋର୍ଡ଼ିଂରେ ରହିଲେ। ଅଳ୍ପ ଦିନ ଭିତରେ ନିଜର ବେଶଭୂଷା ଉପରେ ପ୍ରତିହିଂସା ନେଇ, ସେ ବରାବର ବଦଳି ଯାଇଥିଲେ। ଆଧୁନିକ ଧରଣର କୋଟ୍, କମିଜ୍, ଛତା, ଯୋତା ଓ ଦୁଇ ଥାନମୁନ୍ଦୁରା ଏବଂ ମୁଣ୍ଡର ପଛଆଡ଼ୁ କ୍ଷୌର ହେବାପରି ବାଳ ଛାଣ୍ଟିଦେଇ ମୁହଁପଟ କପାଳ ଉପରେ ଝାମ୍ପୁରା ବାଳ ରଖିଲେ। ବେଣ୍ଟି ଅନ୍ତର୍ଦ୍ଧାନ ହେଲା ସତ, ମାତ୍ର ତା'ର ଚିହ୍ନ ବହୁଦିନ ଯାଏ ଲିଭି ନ ଥିଲା।

ରୀତିମତ ପାଠ ପଢ଼ି ଶ୍ରୀକାନ୍ତ ବାବୁ ଯଥାସମୟରେ ଏଣ୍ଟ୍ରାନ୍ସ ପାଶ କଲେ।

ସ୍କୁଲରେ ବୁଦ୍ଧିମାନ ଛାତ୍ର ବୋଲି ତାଙ୍କର ନାମ ଥିଲା; ମାତ୍ର ଉଚ୍ଚରେ ପାଶ କରି ପାରିଲେ ନାହିଁ। ପାଶ ପରେ କଲେଜରେ ନାମ ଲେଖାଇଲେ। କଲେଜରେ ପଢ଼ିବା ସମୟରେ ବାବୁଆନିର ମାତ୍ରା ଟିକିଏ ବେଶି ବଢ଼ିଗଲା - ପ୍ରତିଦିନ କ୍ଷୌର କର୍ମ, ଚା, ସିଗାରେଟ୍, ଲେବେଣ୍ଡର ବ୍ୟବହାର ଅବାଧରେ ଚାଲିଲା। ଫଳରେ ଏଫ୍.ଏ. ଫେଲ୍ ହେଲେ।

ଗ୍ରାମରେ ଥାଇ ଫେଲ୍ ଖବର ଶୁଣି ସେ ବାପାଙ୍କୁ କହିଲେ, କଟକ କଲେଜରେ ପ୍ରଫେସରଯାକ ସମସ୍ତେ ଅପାଠୁଆ – କିଛି ପଢ଼ାଇ ଜାଣନ୍ତି ନାହିଁ। ସେ ଏଥର କଲିକତା ଯାଇ ପଢ଼ିବେ। ପାଠ ପଢ଼ି ପୁଅ ଡେପୁଟି ହେବ, ଏହି ଆଶାରେ ପିତା ରାଜି ହେଲେ; ମାତ୍ର ମାତା କଞ୍ଚନମାଳୀ ଅଡ଼ି ବସିଲେ - ପୁଅକୁ ଏତେ ଦୂରକୁ ଛାଡ଼ିଦେବେ ନାହିଁ। ମା'ର ହୃଦୟ ତ, ଯେତେବେଳେ ପୁଅ ନ ଖାଇ ପିଇ ରୁଷି ବସିଲା, ଅଗତ୍ୟା ପୁଣି ରାଜିହେଲେ।

କଲିକତା ପ୍ରେସିଡ଼େନ୍ସି କଲେଜରେ ଦୁଇବର୍ଷ ପରେ ଶ୍ରୀକାନ୍ତ ବାବୁ ଏଫ୍.ଏ. ପାଶ କଲେ। ତାଙ୍କ ସହାଧ୍ୟାୟୀମାନଙ୍କ ମଧ୍ୟରୁ ଦୁଇଜଣ ବଙ୍ଗାଳୀ ଛାତ୍ର ବାରିଷ୍ଟରୀ ପଢ଼ିବା ପାଇଁ ବିଲାତ ଯିବାର ସ୍ଥିର କରିଥିଲେ। ସେମାନଙ୍କ ସଙ୍ଗେ ଶ୍ରୀକାନ୍ତଙ୍କର ବଡ଼ ଘନିଷ୍ଠତା। ବିଲାତ ଦର୍ଶନ ଓ ସଙ୍ଗେ ସଙ୍ଗେ ବାରିଷ୍ଟରୀ ପାଶ ତାଙ୍କୁ ବଡ଼ ଲୋଭନୀୟ ଦେଖାଗଲା। ସେ ମଧ୍ୟ ବିଲାତ ଯିବାର ସ୍ଥିର କଲେ।

ଏ ଖବର ଶୁଣି ଘରେ ମହାଗଣ୍ଡଗୋଳ ପଡ଼ିଲା। ପିତା ସୁଦର୍ଶନ ବାରିଷ୍ଟରୀର ଲୋଭନୀୟ ଆୟ ଦୃଷ୍ଟିରେ ଟିକିଏ ରାଜି ଥିଲେ ସୁଦ୍ଧା, କଞ୍ଚନମାଳୀଙ୍କ ଉଗ୍ର ଆପତ୍ତିରେ ଯୋଗ ଦେବାକୁ ବାଧ୍ୟ ହେଲେ। ମାତ୍ର ଶ୍ରୀକାନ୍ତ ଯେ ତାଙ୍କର ବଡ଼ ଆଦରର ଏକମାତ୍ର ପୁତ୍ର। ସେ ଧରି ବସିଲାଣି, ବିଲାତ ନ ପଠାଇଲେ ତା'ର ଜୀବନ ବୃଥା ହେବ। ଏଠାରେ ଯେତେ ପଢ଼ି ପଢ଼ି କିଛି ନାହିଁ; ବର୍ଷ ଦୁଇଟାରେ ସେ ବାରିଷ୍ଟର ହୋଇ ବିଲାତରୁ ଫେରିବ ଲକ୍ଷ ଲକ୍ଷ ଟଙ୍କା ରୋଜଗାର କରିବ; ଜଜ୍ ମେଜେଷ୍ଟରମାନେ ସେତେବେଳେ ତାକୁ ଡରିବେ। ତାକୁ ବିଲାତ ତ ପଠାଇଲେ, ସେ ଜୀବନ ରଖିବ ନାହିଁ – ବିଷ ଖାଇ ମରିବ।

ଔଷଧ ଠିକ୍ ଧରିଲା। ପିତାମାତାଙ୍କର କେଉଁଠି ଦୁର୍ବଳତା ଶ୍ରୀକାନ୍ତଙ୍କୁ ତାହା ମାଲୁମ୍ ଥିଲା। କାନ୍ଦି କାନ୍ଦି ମାତା ସ୍ୱାମୀଙ୍କୁ କହିଲେ – "ପୁଅକୁ ବିଭା ନ କରାଇ, ବିଲାତ ପଠାଇବାକୁ ହେବ ନାହିଁ। ଶୁଣନ୍ତୁ, ବିଲାତ ଯାଇ ଅନେକେ ସେଠାରେ ମେମ୍ ବିଭାହୋଇ ପଡ଼ନ୍ତି।" ଏ ପ୍ରସ୍ତାବ ଶୁଣି ଶ୍ରୀକାନ୍ତ ମଧ୍ୟ ରାଜିହେଲେ।

ବିଭାଘର ପାଇଁ ଆୟୋଜନ ଲାଗିଗଲା। ଉପଯୁକ୍ତ କନ୍ୟା ଠିକଣା ନ ହେଲେ

ତ ନୁହେଁ। ଗୋଟିଏ ବୋଲି ପୁଅ; ଏତେ ସମ୍ପତ୍ତି; ଏପରି ରୂପ ଗୁଣ; ସେ ଯେଉଁଠା ସେଠି ବିଭା ହେବ! ଏପର୍ଯ୍ୟନ୍ତ କେତେ ଜାଗାରୁ ପ୍ରସ୍ତାବ ଆସିଲାଣି, ଶ୍ରୀକାନ୍ତଙ୍କ ପିତା କୌଣସିଠାରେ ରାଜି ହୋଇ ନାହାନ୍ତି। ଯାନ, ବାହାନ, ଯାୟ ଯୌତୁକ ସୁଦର୍ଶନ ଯାହା ଧରି ବସନ୍ତି, ସେଥିରେ ରାଜି ହେବା ସହଜ କଥା ନୁହେଁ। ଶ୍ରୀକାନ୍ତ ଏହି ଖବର ପାଇ, ନିଜେ ନ କହି, ପିତାଙ୍କୁ ଅନ୍ୟଦ୍ୱାରା କହି ସାରିଲେଣି, କେବଳ କନ୍ୟାର ରୂପ ଗୁଣ ଦେଖି ବିବାହରେ ମତ ହେବାକୁ ହେବ। କୌଣସି ରକମ ଦାବୀ କରାଯିବ ନାହିଁ; ବିବାହ କନ୍ୟାଘରେ ନ ହୋଇ ତାଙ୍କ ଘରଠାରୁ କନ୍ୟାକୁ ଅଣାଇ ବିବାହ କରିବାକୁ ହେବ। ବିବାହ ପରେ କନ୍ୟା ତାଙ୍କ ଘରେ ରହି ପାଠପଢ଼ିବ, ଯେପରି କି ସେ ବିଲାତରୁ ଫେରି ଆସିବା ସମୟକୁ କନ୍ୟା ସବୁ ବିଷୟରେ ତାଙ୍କର ଉପଯୁକ୍ତ ହୋଇ ସାରିଥିବ।

ବୃଦ୍ଧ ସୁଦର୍ଶନ ବଡ଼ ବ୍ୟସ୍ତ ହେଲେ। ଜାଣୁ ଜାଣୁ ହାତରୁ ଏତେଗୁଡ଼ାଏ ପଦାର୍ଥ ଛାଡ଼ି ଦେବାକୁ ହେବ! ଯେଉଁଠି ଯାହା ଦାବୀ କରିଥାନ୍ତେ, ଅକ୍ଳେଶରେ ପାଇଥାନ୍ତେ। ତାଙ୍କ ପୁଅକୁ କ'ଣ କନ୍ୟା ଅପୂର୍ବ ହୁଅନ୍ତା! କଅଣ କରିବେ, ଅଗତ୍ୟା ରାଜିହେଲେ - ପୁଅ ଯେ ଏହି ସାତ ଆଠ ମାସ ଭିତରେ ବିଲାତ ଯାତ୍ରା କରିବ – ଏ ମଧ୍ୟରେ ବିବାହ ସମ୍ପନ୍ନ ହେବା ଦରକାର।

ପୂର୍ବରୁ ଯେଉଁମାନଙ୍କୁ ରାଉତରାୟ ବେଶି ଯୌତୁକ ଆଶାରେ ଫେରାଇ ଦେଇଥିଲେ, ପୁଣି ସେମାନଙ୍କ ନିକଟକୁ ଭଲଲୋକ ପଠାଗଲେ। କନ୍ୟା ଦେଖିବାକୁ ବନାମା' ବାରିକାଣୀକୁ କଞ୍ଚନମାଳୀ ପଠାଇଲେ। କନ୍ୟାର ରୂପ ଗୁଣ ହେତୁରୁ ଗୋଟିଏ ସ୍ଥାନରେ ସମସ୍ତଙ୍କ ମନ ମାନିଲା। କନ୍ୟାର ବାପ ନାହିଁ; ମା'ଟିଏ, ଯୋଡ଼ିଏ ଝିଅ, ଗୋଟିଏ ପୁଅ। ବଡ଼ ଝିଅଟି ବର୍ଷେ ହେବ ବିଭା ହୋଇଛି। କନ୍ୟାଟି ଦେଖିବାକୁ ଅପୂର୍ବ ସୁନ୍ଦର; ଗୋଟିଏ ବୋଲି ଛୋଟ ଭାଇ, ଗାଁ ଇସ୍କୁଲରେ ପଢ଼େ। ସମ୍ପତ୍ତି ବାଡ଼ି ବେଶ୍ ଅଛି। ଯାନ ଯୌତୁକ ମଧ୍ୟ ସାଧମତ ଦେବେ। ପୂର୍ବର ଖାନ୍‌ଦାନ ଘର; ଜାତିରେ ରାଉତରାୟ ବଂଶଠାରୁ ଉଚ୍ଚବଂଶ। କନ୍ୟାର ମା' ବରଘର କଥା ଶୁଣି ତାଙ୍କର ସବୁ ସର୍ତ୍ତରେ ରାଜି ହେଲେଣି। କନ୍ୟାକୁ ବରଘରକୁ ପଠାଇବା ପାଇଁ ମଧ୍ୟ ଶେଷରେ ମତ ଦେଇ ଅଛନ୍ତି।

ଶ୍ରୀକାନ୍ତ ନିଜର ଜଣେ ଆତ୍ମୀୟଙ୍କୁ ଗୋପନରେ କନ୍ୟା ଦେଖିବାକୁ ପଠାଇ ତାହାଠାରୁ ତା'ର ରୂପ ଗୁଣର ପ୍ରଶଂସା ଶୁଣି ମୁଗ୍ଧ ହୋଇଛନ୍ତି। ବିଭାଘରର ଯୋଗାଡ଼ ହୋଇଗଲା ଏବଂ ଯଥାସମୟରେ ରାଉତରାୟଙ୍କ ଘରଠାରେ ବିବାହ ସମ୍ପନ୍ନ ହେଲା। କନ୍ୟାଘରର ଓ ବରଘରର ସବୁ ବନ୍ଧୁବାନ୍ଧବମାନେ ନିମନ୍ତ୍ରିତ ହୋଇ ଆସିଥିଲେ।

କେବଳ କନ୍ୟାର ବଡ଼ଭଉଣୀ ଘରର କେହି ଆସିଲେ ନାହିଁ। କନ୍ୟାକୁ ବରଘରଠାରୁ ଅଣାଇ ବିଭା କରାଇବାକୁ ସେ ମନା କରି ପଠାଇଥିଲେ; ମାତ୍ର ତାଙ୍କ କଥା ରକ୍ଷା ନ ହେବାରୁ ବଡ଼ଜ୍ୱାଇଁ ଆସିଲେ ନାହିଁ।

ବିବାହବେଳେ କନ୍ୟାର ମୁଖ ଦେଖିବାକୁ ଇଚ୍ଛାଥିଲେ ମଧ୍ୟ ଶ୍ରୀକାନ୍ତ ବାବୁ ଦେଖିପାରି ନ ଥିଲେ, କେବଳ ତା'ର ଅନିନ୍ଦ୍ୟ ସୁନ୍ଦର ପାଦ ଦୁଇଟି ତାଙ୍କ ଆଖିରେ ପଡ଼ି ତାଙ୍କୁ ବିମୋହିତ କରି ଦେଇଥିଲା। ବିବାହ ପରେ କନ୍ୟା ରାଉତରାୟଙ୍କ ଘରେ ରହି ବିଦ୍ୟାଶିକ୍ଷା କରିବାକୁ ଲାଗିଲା ଏବଂ ପାଶପୋର୍ଟ ଆଦିର ଯୋଗାଡ଼ କରିବା ନିମିତ୍ତ ସାତମଙ୍ଗଳା ବାସି ଶ୍ରୀକାନ୍ତ ବାବୁ କଲିକତା ଚାଲିଗଲେ।

କଲିକତାରେ ଯାତ୍ରାର ସବୁ ରକମ ଆୟୋଜନ ଠିକ୍ କରି ସେ ଗ୍ରାମକୁ ଫେରି ଆସିଲେ ଏବଂ କେତେକ ଦିନପରେ ବିଲାତ ଯାତ୍ରା ଉଦ୍ଦେଶ୍ୟରେ ସମସ୍ତଙ୍କଠାରୁ ବିଦାୟ ନେଇ ବାହାରିଲେ। କଞ୍ଚନମାଳୀ କହିଲେ – "ଯାଉଛୁ, ବାପ, ଯା। ହରିସହ ଦେବ ତୋତେ ସହାୟ ହେବେ। ଦୂର ଦେଶ ସେ, କିଏ କେତେ ରକମର ଭୁଲାଇବାର ଚେଷ୍ଟା କରିବେ। ମୋ ରାଣଟି ବାପ, କାହାରି କଥା ନଶୁଣି ନିଜ କାର୍ଯ୍ୟକରି ଶୀଘ୍ର ଫେରି ଆସିବୁ। ତୁ ମତେ ଅନ୍ଧୁଣୀ କରି ଯାଉଛୁ, ବାପ; ତୁ ଫେରି ନ ଆସିବା ଯାଏ ମୁଁ ତୋ ବାଟକୁ ଚାହିଁ ବସିଥିବି।"

ଶ୍ରୀକାନ୍ତ ସବୁ ଶୁଣିଲେ, ସବୁଥିରେ ହସି ହସି ରାଜିହେଲେ। ଶେଷରେ ପିତା ମାତାଙ୍କ ପାଦତଳେ ପଡ଼ି ବିଦାୟ ନେଇ ଯାତ୍ରା କରିଗଲେ। ସୁଦର୍ଶନ ଅନେକବାଟ ବାଟେଇଦେଇ ଆସିଲେ, କଞ୍ଚନମାଳୀ ଦାଣ୍ଡ ଦୁଆରେ ଠିଆହୋଇ ଯେଉଁ ପର୍ଯ୍ୟନ୍ତ ଆଖି ପାଇଲା, ପୁତ୍ରକୁ ଦେଖିବାକୁ ଲାଗିଲେ।

ଗଲାବେଳେ କଟକ ବାଟ ଦେଇଗଲେ। କଟକର ମୁଖିଆ ମୁଖିଆ ଲୋକମାନେ ଗୋଟିଏ ସଭା କରି ତାଙ୍କୁ ଶୁଭ ବିଦାୟ ଦେଲେ। କଲିକତାଠାରେ ମଧ୍ୟ ସେହିପରି ସେଠାରେ ଓଡ଼ିଆ କେତେଜଣ ଶ୍ରୀକାନ୍ତଙ୍କ ଉଦ୍ଦେଶ୍ୟରେ ବିଦାୟ ସଭା କରିଥିଲେ।

ସଙ୍ଗୀମାନଙ୍କ ସଙ୍ଗେ ଶ୍ରୀକାନ୍ତ ବାବୁ କଲିକତାଠାରୁ ବମ୍ବେଇ ପର୍ଯ୍ୟନ୍ତ ରେଳରେ ଯାଇ ସେଠାରୁ ଜାହାଜରେ ଚଢ଼ି ବିଲାତ ଯାତ୍ରା କଲେ। ବିଲାତରେ ପହଞ୍ଚି ଲଣ୍ଡନରେ ପ୍ରଥମେ ଗୋଟିଏ ହୋଟେଲରେ ତାପରେ ଗୋଟିଏ ଭଦ୍ର ପରିବାର ମଧ୍ୟରେ ରହିଲେ। ସେଠାରେ ପରିବାର ମଧ୍ୟରେ ସେମାନେ ଅନ୍ୟ ଲୋକଙ୍କୁ ରଖି, ତାଙ୍କର ଖାଇବା ପିଇବାର ବନ୍ଦୋବସ୍ତ କରିଦେଇ ତାଙ୍କଠାରୁ ଘରଭଡ଼ା ଓ ଖାଇବା ଖର୍ଚ୍ଚ ନିମିତ୍ତ ଟଙ୍କା ଆଦାୟ କରନ୍ତି।

ଲଣ୍ଡନର ମୁକ୍ତବାୟୁ ଶ୍ରୀକାନ୍ତଙ୍କୁ ମୁଗ୍ଧ କରିଦେଲା। ଏଠାରେ ସମାଜର କୌଣସି ଧରାବନ୍ଧା ନିୟମ ନାହିଁ। ସ୍ତ୍ରୀଲୋକମାନେ କବାଟ କୋଣରେ ଚୁଁ ମାରି ବସି ରହନ୍ତି ନାହିଁ। ଏଠାର ସବୁ ପରିଷ୍କାର ପରିଚ୍ଛନ୍ନ ସବୁ ମୁକ୍ତ। କେବଳ ଆଇନକୁ ସମସ୍ତଙ୍କର ଡର। ତା ଛଡ଼ା କାହାରି କାହାରିକୁ ଭୟ କରିବାର କିଛି ନାହିଁ। ଧନୀ ବୋଲି, ଦେଶର ମୁଖ୍ୟ ବ୍ୟକ୍ତି ବୋଲି କାହାରି ଅନ୍ୟ ଉପରେ ଅତ୍ୟାଚାର ଉତ୍ପୀଡ଼ନ କରିବାର କ୍ଷମତା ନାହିଁ। ବିବାହ ସେଠାରେ ପ୍ରକୃତ ହୃଦୟ ହୃଦୟର ମିଳନ ବୋଲି ତାଙ୍କର ମନେହେଲା। ଯୁବକ ଯୁବତୀମାନେ ଅବାଧରେ ବୁଲୁ ଅଛନ୍ତି। ଏହାରି ସଙ୍ଗେ କାହାରି ହୃଦୟର ମିଳନ ହେଲେ, ତଦନୁସାରେ ବିବାହ ସମ୍ପନ୍ନ ହେଉଅଛି।

ଏସବୁ ଦେଖି ତାଙ୍କର ନିଜ ଦେଶ କଥା ମନେ ପଡ଼ିଲା। ବିବାହ ତାହା ସଙ୍ଗେ କରିବାକୁ ହେବ, କୌଣସି ପକ୍ଷ ନିଜେ ସେ ବିଷୟରେ କିଛି ଜାଣନ୍ତି ନାହିଁ। ପିତା ବା ଅନ୍ୟ ଅଭିଭାବକ ସେସବୁ ଠିକଣା କରି ଦିଅନ୍ତି। ନିଜ ବିବାହ କଥା ସ୍ୱତଃ ମନେପଡ଼ିଲା। କନ୍ୟାର ରୂପ ସେ ଦେଖି ନାହାନ୍ତି, ଅଥଚ ତାଙ୍କୁ ବାଧ ହୋଇ ବିବାହ ହେବାକୁ ହୋଇଅଛି। କନ୍ୟାପକ୍ଷରେ ମଧ୍ୟ ସେହିପରି। ସେ ବିଚାରୀ କିଛି ଜାଣି ନାହିଁ, ଅଥଚ ବିବାହ ହୋଇଅଛି। ଏ ବିବାହର କୌଣସି ଅର୍ଥ ନାହିଁ। ପରେ ସେ ଯେଉଁ କନ୍ୟାକୁ ବିବାହ ହୋଇ ଆସି ଅଛନ୍ତି ତା'ର ଏତେ ଅଳ୍ପ ବୟସ ଯେ, ତା'ର ହିତାହିତ ବିବେଚନା ହୋଇନାହିଁ। ସେ କିପରି ତାଙ୍କର ଉପଯୁକ୍ତ ପତ୍ନୀ ହେବ ?

ଦିନଯାକ ଲଣ୍ଡନର ନାନା ସ୍ଥାନ ପରିଦର୍ଶନ ଓ ବିଦ୍ୟାଶିକ୍ଷାରେ କୌଣସିମତେ କଟିଯାଏ। ରାତ୍ରିରେ ତାଙ୍କୁ ତାଙ୍କର ବିବାହ ବିଷୟ ବଡ଼ ପୀଡ଼ାଦିଏ। ସମୟେ ସମୟେ ମନେକରନ୍ତି – "ମୋର ତ ପ୍ରକୃତ ବିବାହ ହୋଇନାହିଁ; ଗୋଟିଏ ନିହାତି କ୍ଷୁଦ୍ର ବାଳିକା ସଙ୍ଗେ ବସାଇ ଏଣୁ ତେଣୁ ଶ୍ଳୋକଗୁଡ଼ାଏ ପାଠ କରାଯାଇଅଛି। ପୁନର୍ବିବାହ ବୋଲି ଯେଉଁ ପ୍ରଥା ହିନ୍ଦୁ ସମାଜରେ ଚଳୁଅଛି, ସେହିଟା ପ୍ରକୃତ ବିବାହ। ମୋର ମନୋନୀତ ହେଲେ, ମୁଁ ସେ ବିବାହ ବନ୍ଧନ ଛିନ୍ନ କରି ଦେଇପାରେ। ପୁନର୍ବିବାହ କରିବାକୁ ମୁଁ ରାଜି ହୋଇ ନ ପାରେ।"

ଭବିଷ୍ୟତର ସବୁ ପ୍ରକାର ସୁଖମୟ କଳ୍ପନା ମଧ୍ୟରେ ଚନ୍ଦ୍ରରେ କଳଙ୍କ ପରି ତାଙ୍କ ବିବାହ ଚିନ୍ତା ତାଙ୍କୁ ବ୍ୟଥିତ କରିପକାଏ; ବିବାହ ବନ୍ଧନ ଛିନ୍ନ କରିବାର ଶକ୍ତି ତାଙ୍କ ହାତରେ ଅଛି ମନେକରି ଆଶ୍ୱସ୍ତ ହୁଅନ୍ତି। ଏହିପରି ଦିନ ପରେ ଦିନ ଚାଲିଗଲା। ସବୁ 'ଟର୍ମ' ରେ ଉତ୍ତୀର୍ଣ୍ଣ ହୋଇ ତିନି ବର୍ଷ ମଧ୍ୟରେ ଶ୍ରୀକାନ୍ତ ବାବୁ ବାରୀଷ୍ଟର ହେବାର ସାର୍ଟିଫିକଟ୍ ଆଉତ୍ତ କଲେ।

ଭାରତବର୍ଷକୁ ଫେରି ଆସିବାକୁ ହେବ; ବାରିଷ୍ଟରୀ କରି ଦେଶରେ ଜଣେ

ମୁଖିଆ ବ୍ୟକ୍ତି ବୋଲି ଗଣ୍ୟ ହେବେ। ମାତ୍ର ଏଡ଼େ ସୁନ୍ଦର ଦେଶକୁ ଏତେ ଶୀଘ୍ର ଛାଡ଼ିଯିବାକୁ ହେବ ବୋଲି ମଧ୍ୟ ଟିକିଏ ବ୍ୟସ୍ତ ହେଲେ। ଆଉ ଜୀବନରେ ଇଉରୋପ ଭ୍ରମଣ ସମ୍ଭବ ହେବ କି ନାହିଁ? ମନେକରି ସମଗ୍ର ଇଉରୋପ ଭ୍ରମଣ କରିବାର ମନସ୍ଥ କରି ବାହାରିଲେ। କେତେ ଦେଶ ବୁଲି ଶେଷରେ ଭାରତରେ ଆସି ପହଞ୍ଚିଲେ। କଲିକତା ହାଇକୋଟରେ ବାରିଷ୍ଟରୀ କରିବେ ବୋଲି ସେ ସ୍ଥିର କରି ସାରିଥିଲେ। ସେଥିପାଇଁ ବମ୍ବେଇରୁ କଲିକତା ଆସି ରସାରୋଡ଼ରେ ଘରଭଡ଼ା ଠିକଣା କରି ବାରିଷ୍ଟରୀ ଆରମ୍ଭ କରିଦେଲେ।

ନୂଆଲୋକ, ବାରିଷ୍ଟର ହେଲେ ବୋଲି ସେ ହଠାତ୍ କୌଣସି ରୋଜଗାରର ପନ୍ଥା ଖୋଲିଯିବ, ତା ନୁହେଁ। ଶ୍ରୀକାନ୍ତ ଓରଫ ଏସ୍, ରାଓଟ୍ ଏସ୍କ୍ୱେଆର୍‌ଙ୍କ ଚାଲି ଚଳଣ, ଖାଇବା ପିଇବା, ପୋଷାକ ପରିଚ୍ଛଦ ସବୁ ଖାଣ୍ଟି ବିଲାତ ଢଙ୍ଗର। ବିଲାତରୁ ଆସିବା ସଙ୍ଗେ ଅନେକେ ଦେଶୀ ପାଲଟି ଯାଆନ୍ତି; କିନ୍ତୁ ଶ୍ରୀକାନ୍ତ ସେପରି ନଥିଲେ। ବିଲାତ ଢଙ୍ଗରେ ରହିବାରୁ ଟିକିଏ ଖର୍ଚ୍ଚ ମଧ୍ୟ ବେଶି ପଡୁଥିଲା। ପିତାଙ୍କୁ ଚିଠି ଲେଖି ଟଙ୍କା ଅଣାଇ ଖର୍ଚ୍ଚ କରୁଥିଲେ। ଘରଠାକୁ ଯାଇ ମାତୃଦର୍ଶନ କରିବାର ଭାବନା ଅନେକ ସମୟରେ ଭାବିଥିଲେ; ମାତ୍ର ବର୍ତ୍ତମାନ ଅବସ୍ଥାରେ ସେହି ମଫସଲ ଗାଁକୁ ଯାଇ ସେ ଚଳିବେ କିପରି। ଖଟ, ଶେଯ ତକିଆ ଯେ ସବୁ ମଇଳା, ତେଲ ଚିକିଟା! ପାଇଖାନା ଯିବା ପାଇଁ କମୋଡ଼ ନାହିଁ। ବିଦେଶରେ ଘରକୁ ଗଲେ ଯଦି ତାଙ୍କର ପିତା ମାତା ପୁନର୍ବିବାହ କରାଇ ଦିଅନ୍ତି, ତାହାହେଲେ, ତାଙ୍କୁ ସାରା ଜୀବନଟି କି କଷ୍ଟରେ କଟାଇବାକୁ ହେବ? ସେହି ନାକ-କାନ-ଫୋଡ଼ା, ଗୋଡ଼ଠାରୁ ମୁଣ୍ଡ ଯାଏ ବିଚିତ୍ର ଆଭରଣପୂର୍ଣ୍ଣହେବା, ହରିଦ୍ରା-ରଞ୍ଜିତ ଦୁର୍ଗନ୍ଧଯୁକ୍ତ ମୋଟା ମଇଳା ବସନ ପରିହିତା, ଲଜ୍ଜାଶୀଳା ଓଡ଼ିଆଣୀର ଚିତ୍ର ତାଙ୍କ ଆଖି ଆଗରେ ନାଚିଗଲା। ସେ ମିଥ୍ୟା ବିବାହ ବନ୍ଧନ ତାଙ୍କୁ ହୃଦୟର ସମସ୍ତ ବଳ ପ୍ରୟୋଗ କରି ଛିନ୍ନ କରିବାକୁ ହେବ।

ଘରଠାକୁ ଆସିବା ପାଇଁ ତାଙ୍କ ନିକଟ ଅନେକ ପତ୍ର ପଠାଗଲା। ଜନନୀ କେତେ ଅନୁନୟ ବିନୟ କରି ବ୍ୟାକୁଳ ହୋଇ ପତ୍ର ଲେଖାଇ ପଠାଇଲେ। ସବୁ ପତ୍ରର ଉତ୍ତରରେ ଆଉ ଛମାସ ପରେ ଯିବେ ବୋଲି ଲେଖନ୍ତି। ବର୍ତ୍ତମାନ ହାଇକୋର୍ଟରେ ବିଶେଷ କାମ, ଛୁଟି ମିଳିବା ଅସମ୍ଭବ।

ଘରକୁ ନ ଯିବାର ଆଉ ଗୋଟିଏ ବିଶେଷ କାରଣ ମଧ୍ୟ ଥିଲା। ମିଷ୍ଟର ରାଓଟ୍‌ଙ୍କ ସାହେବାନୀ ଚାଲ୍ ଦେଖି କଲିକତାର ବଡ଼ ମହଲରେ ଅଳ୍ପଦିନ ମଧ୍ୟରେ ତାଙ୍କର ଆଦର ହୋଇ ଯାଇଥିଲା। ହାଇକୋର୍ଟର ଓରିଜିନାଲ ସାଇଡ୍‌ରେ ଗୋଟିଏ ଦିଓଟି ମୋକଦ୍ଦମାରେ ମିଷ୍ଟର ରାଓଟ୍‌ଙ୍କ ଜେରା ଓ ବିଶୁଦ୍ଧ ଇଂରାଜୀ ଉଚ୍ଚାରଣର ବକ୍ତୃତା

ଶୁଣି ଭବିଷ୍ୟତରେ ସେ ଜଣେ ବଡ଼ ବାରିଷ୍ଟର ହେବେ ବୋଲି ମଧ୍ୟ କେହି କେହି ତାଙ୍କର ପ୍ରଶଂସା ଗାନ କଲେଣି। ଏହାରି ଫଳରେ ଶ୍ରୀଯୁକ୍ତ ଶ୍ରୀକାନ୍ତ ରାଉତ ଓରଫ୍ ମିଷ୍ଟର ରାଓଟ୍‌ଙ୍କ ସଙ୍ଗେ ଗୋଟିଏ ଦିଓଟି ବିଲାତ ଫେରନ୍ତା ବଙ୍ଗାଳି ପରିବାରଙ୍କର ସମ୍ବନ୍ଧ କ୍ରମେ ଘନିଷ୍ଟରୁ ଘନିଷ୍ଟତର ହେବାକୁ ଲାଗିଲାଣି। ପ୍ରଥମେ ପ୍ରଥମେ ନିମନ୍ତ୍ରଣ ପାଇ ସେ ସେହି ବଙ୍ଗାଳି ପରିବାରମାନଙ୍କ ଘରେ ଚା ପାନ ଓ ମଧ୍ୟେ ମଧ୍ୟେ ଭୋଜନ କରି ବହୁ ତୃପ୍ତି ଲାଭ କରି ଅଛନ୍ତି। ସେମାନଙ୍କ ଘରର ରୀତି ନୀତି, ଆଦବ କାୟଦା ଓ ସ୍ତ୍ରୀ ଲୋକମାନଙ୍କ ଭଦ୍ର ବ୍ୟବହାର ଦେଖି ସେ ମୁଗ୍ଧ ହୋଇଅଛନ୍ତି।

ମିସ୍ ଚାରୁବାଳା ବୋଷ ଜଣେ ଅବସର ପ୍ରାପ୍ତ ଜିଲ୍ଲା ମାଜିଷ୍ଟ୍ରେଟଙ୍କ କନ୍ୟା। ବେଥୁନ୍ କଲେଜରୁ ଏଫ୍.ଏ. ପାଶକରି ଅଛନ୍ତି। କଥାବାର୍ତ୍ତା ପୋଷାକ ପରିଛଦ ଓ ରୂପରେ ସେ ମି. ରାଓଟ୍‌ଙ୍କର ବଡ଼ ପ୍ରିୟପାତ୍ରୀ। ପ୍ରତିଦିନ ସନ୍ଧ୍ୟା ସମୟରେ ମିଃ. ରାଓଟ୍ ତାଙ୍କ ଘରକୁ ଚା'ପାନ କରିବାକୁ ନ ଗଲେ, ମିସ୍ ଚାରୁବାଳା ବଡ଼ ଦୁଃଖିତ ହୁଅନ୍ତି। ଚାରୁବାଳା ଓ ଦୁଇ ତିନି ଜଣ ସଙ୍ଗିନୀ ମଧ୍ୟେ ମଧ୍ୟେ ମିଃ ରଓଟ୍‌ଙ୍କ ଘରକୁ ମଧ୍ୟ ଶୁଭାଗମନ କରନ୍ତି। ହିନ୍ଦୁଘରର ବିବାହ ସମ୍ବନ୍ଧରେ ନିଜ ମତ ସଙ୍ଗେ ମିସ୍ ଚାରୁବାଳା ଏକମତ ଥିବାର ଦେଖି ସେ ସମ୍ବନ୍ଧରେ ତାଙ୍କର ମତ ଦୃଢ଼ୀଭୂତ ହୋଇଅଛି।

ଚାରୁବାଳା କହନ୍ତି – "ହିନ୍ଦୁ ବିବାହ, ବିଶେଷରେ ବାଲ୍ୟବିବାହର କୌଣସି ଅର୍ଥ ନାହିଁ। ବୈଦିକ ଯୁଗରେ ହିନ୍ଦୁର ଏପରି ଅଧୋଗତି ହୋଇ ନଥିଲା; କ୍ରମେ ସ୍ୱାର୍ଥପର ବ୍ରାହ୍ମଣମାନଙ୍କ ପ୍ରରୋଚନାରେ ଓ ପୁରୁଷର ସ୍ତ୍ରୀ ଉପରେ ଅନ୍ୟାୟ ଆଧିପତ୍ୟ କରିବା ଅଭିଳାଷରେ ଏସବୁ କୁସଂସ୍କାର ହିନ୍ଦୁ ସମାଜରେ ପ୍ରବେଶ କରି ତାକୁ ଛାରଖାର କଲାଣି। ପୁରୁଷ ଯଦି ସ୍ତ୍ରୀକୁ ନ ବୁଝିଲା ଓ ସ୍ତ୍ରୀ ଯଦି ନିଜର ହିତାହିତ ଜ୍ଞାନ ବିକଶିତ ହେବା ଆଗରୁ ତାକୁ ଅନ୍ୟାୟ ବଳାତ୍କାର ଦ୍ୱାରା ଜଣେ ପୁରୁଷ ସଙ୍ଗେ ବିବାହ କରି ଦିଆଗଲା, ତାହାହେଲେ ବିବାହ ରୂପ ପବିତ୍ର ଅନୁଷ୍ଠାନର ମୂଲ୍ୟ ରହିଲା କେଉଁଠାରେ ? ଏ କୁସଂସ୍କାର ଦୂରକରି ଯେ ହିନ୍ଦୁ ଜାତିକୁ ସୁପଥରେ ଆଣିବାର ଚେଷ୍ଟାକରେ, ତାରି କେବଳ ମନୁଷ୍ୟତ୍ୱ ବିକାଶପାଏ। ନିଜର ଜୀବନରେ ସମାଜକୁ ଭ୍ରୂକ୍ଷେପ ନକରି, ଏ କୁସଂସ୍କାର ଦୂର କରିବାକୁ ହେବ।"

ଏ ଅଭିମତ ଶୁଣି, ଶ୍ରୀକାନ୍ତ କୃତକୃତ୍ୟ ହୋଇ ଯାଆନ୍ତି। ଚାରୁବାଳା ଓ ତାଙ୍କର ସଙ୍ଗିନୀମାନେ ଜାଣନ୍ତି, ମିଷ୍ଟର ରାଓଟ୍ ଅବିବାହତ; ଇଚ୍ଛାନୁରୂପ କନ୍ୟା ପାଇଲେ ପତ୍ନୀରୂପେ ବରଣ କରିବେ। ଅନେକେ ବୁଝିଲେଣି ସେ ଚାରୁବାଳାଙ୍କ ଆଡ଼କୁ ଢଳି ପଡ଼ିଲେଣି। ଏ ସ୍ନେହ ସୌହାର୍ଦ୍ଦ୍ୟ ଆଉ ଟିକିଏ ଗାଢ଼ତର ହେଲେ, ବିବାହ ପ୍ରସ୍ତାବ ସ୍ୱତଃ ଉଠିବ। ଚାରୁବାଳାଙ୍କ ମାତା ପିତା ମଧ୍ୟ ମିଷ୍ଟର ରାଓଟ୍‌ଙ୍କୁ ଦେଖି ଓ ତାଙ୍କର

ଜମିଦାରୀ ଖବର ଶୁଣି ଏବଂ ହାଇକୋର୍ଟରେ ଏତେ ଅଳ୍ପ ଦିନ ମଧ୍ୟରେ ନାମ କରିବାର ଶୁଣି ତାଙ୍କ ସଙ୍ଗେ ନିଜ ଦୁହିତାର ବିବାହ ପ୍ରସ୍ତାବରେ ସୁଖୀ ଅଛନ୍ତି।

ଚାରୁବାଳା ଓ ତାଙ୍କର ସଙ୍ଗିନୀ ନିହାରବାଳା, ହେମନଳିନୀମାନେ ସମୟେ ସମୟେ ମିଷ୍ଟର ରାଓଟ୍‌ଙ୍କ ଘରକୁ ଆସନ୍ତି; ଚା ରସ ପାନ ଓ ନାନାଦି ବିଷୟର ଆଲୋଚନାରେ ସମୟ ଅବିବାହିତ ହୁଏ। ମନହେଲେ ମଟର ଯୋଗେ ସମସ୍ତେ କେବେ କେବେ ଇଡ଼ନଗାର୍ଡ଼ନସ୍ ବା କଲିକତାର ପ୍ରମୋଦ ଉଦ୍ୟାନ ଓ ନୂଆ ବଜାର ବୁଲି ଯାଆନ୍ତି। ସମ୍ବନ୍ଧ କ୍ରମେ ଏତେ ଘନିଷ୍ଠ ହୋଇ ଉଠିଲାଣି ଯେ, ବିବାହର ଦିନ ପର୍ଯ୍ୟନ୍ତ ଠିକ୍ ହେଲାଣି। ଚାରୁବାଳାଙ୍କ ପିତା ଶ୍ରୀକାନ୍ତଙ୍କୁ ତାଙ୍କର ମୁରବିମାନଙ୍କୁ ପତ୍ର ଲେଖି ସମସ୍ତ ଠିକ୍‌ଠାକ୍ କରିବାକୁ କହିଲେଣି। ଶ୍ରୀକାନ୍ତ ମଧ୍ୟ ଏ ବିଷୟ ପିତାଙ୍କୁ ଜଣାଇବାକୁ ସାହସ ନ କଲେ ମଧ୍ୟ ଗ୍ରାମର ଜଣେ ଦୁଇଜଣ ସମବୟସ୍କ ବନ୍ଧୁମାନଙ୍କୁ ଲେଖି, ପିତାମାତାଙ୍କଠାରୁ ଗୋପନ ରଖିବାକୁ ଲେଖି ଅଛନ୍ତି।

ସନ୍ଧ୍ୟା ଲାଗି ଆସିଲାଣି। କଲିକତା ଆଲୋକ ବିମଣ୍ଡିତ ହୋଇ ଅମରାବତୀର ଶୋଭା ଧାରଣ କଲାଣି। ମିଷ୍ଟର ରାଓଟ୍‌ଙ୍କ ସୁସଜ୍ଜିତ ବୈଠକଖାନାରେ ଶ୍ରୀକାନ୍ତ, ଚାରୁବାଳା, ନିହାରବାଳା ଓ ହେମନଳିନୀ ମେଜ ଚାରିପାଖ ଘେରି ବସିଛନ୍ତି। ବୈଦ୍ୟୁତିକ ଆଲୋକରେ ଘରଟି ଝଟକୁ ଅଛି। ବୈଦ୍ୟୁତିକ ପଙ୍ଖା ଉପରେ ଘରଘର ବୁଲି, ଘରଟିକୁ ଶୀତଳ କରି ରଖିଅଛି। ଖାନ୍‌ସମୀ ଚା' ତିଆରି କରି ସଜାଇ ରଖୁଅଛି। ଶ୍ରୀମତୀ ହେମନଳିନୀ ତା'ର ସ୍ୱରରେ ହାରମୋନିୟମ ଯୋଗେ ରବିବାବୁଙ୍କର,

"ସୁନ୍ଦର ତୁମି ଏସେଛିଲେ, ଆଜ ପ୍ରାତେ;
ଅରୁନ ବରନ ପାରିଜାତ ଲୟେ ହାତେ"

ଗୀତଟି ଗାଉଅଛନ୍ତି। ହଠାତ୍ ଘର ଭିତରେ ଦୁଇଜଣ ଆଗନ୍ତୁକ ପହଞ୍ଚି ଠିଆ ହୋଇଗଲେ।

ଆଗନ୍ତୁକ ଦୁଇ ଜଣଙ୍କ ମଧ୍ୟରୁ ଜଣେ ଚାକର ଶତରଞ୍ଜିରେ ଗଣ୍ଠିରା କରି ପିଠିରେ ପକାଇଛି। ଅନ୍ୟ ଜଣକ ବୃଦ୍ଧ; ଗୌର ଦେହା, ମୁଣ୍ଡରେ ଦି'ଆଙ୍ଗୁଳି ବିଶିଷ୍ଟ ବେଣ୍ଟି ବିମଣ୍ଡିତ କୁଶଗଣ୍ଠି; ବେକରେ ତୁଳସୀ ମାଳି, ମଧ୍ୟେ ମଧ୍ୟେ ସୁନା ଡେଉଁରିଆ ଝଟକୁ ଅଛି। ରୂପାଭୁଣ୍ଡି ଲଗା ବଟୁଆଟିଏ ଫେର ପାଖରେ ଖୋସା ଯାଇଅଛି। କାନ୍ଧ ଉପରେ ଖଣ୍ଡେ ପାଟିଲା ଗାମୁଛା। ଘରର ସାଜସଜ୍ଜା ଓ ଘର ଭିତରର ବ୍ୟକ୍ତିମାନଙ୍କ ବେଶଭୁଶା ଓ ପରିଛନ୍ନ ଚେହେରା ଦେଖି ଆଗନ୍ତୁକ ଦୁଇ ଜଣ କିଛିକ୍ଷଣ ସ୍ତମ୍ଭୀଭୂତ ହୋଇଗଲେ। ତାପରେ ବୃଦ୍ଧ ପୁତ୍ରକୁ ଚିହ୍ନିପାରି "ବାପା, ବାପ ମୋର" ବୋଲି ଡାକି ପାଖକୁ ଯାଇ ହାତ ବଢ଼ାଇଲା ବେଳେ ମହିଳାମାନଙ୍କ ଦେହରେ ପାଟିଲା ଗାମୁଛାଟା

ଖସି ପଡ଼ିବାରୁ ସେମାନେ ନାକରେ ଲାଭେଣ୍ଡର ସୁବାସିତ ରୁମାଲ ଖଣ୍ଡମାନ ଝଟ୍ ପକେଟରୁ କାଢ଼ି ନାକରେ ଲଗାଇ ଦେଲେ।

ହାରମୋନିୟମ ବନ୍ଦ ହୋଇଗଲା; ଚା'ଗୁଡ଼ାକ ଟେବଲ୍ ଉପରେ ରହି ଥଣ୍ଡା ହେବାକୁ ଲାଗିଲା। ଶ୍ରୀକାନ୍ତ ଉଠିଯାଇ ପିତାଙ୍କ ଚରଣ ତଳେ ପରିଷ୍କୃତ ସାହେବୀ ପୋଷାକ ସହ ପଡ଼ିଗଲେ। ବଡ଼ ଆଦରରେ ପିତା ପୁତ୍ରକୁ ତଳୁ ଉଠାଇ ଆଲିଙ୍ଗନ କଲେ। ଏହା ଦେଖି ଚାରୁବାଳାଙ୍କ ମୁଖ ଗମ୍ଭୀରଭାବ ଧାରଣକଲା – ସେ ଗାମ୍ଭୀର୍ଯ୍ୟରେ ଘୃଣା ମିଶ୍ରିତ ଥିବାର ସ୍ପଷ୍ଟ ଜଣା ପଡ଼ିଲା। ଅନ୍ୟମାନେ ରୁମାଲ ମୁହଁରେ ଦେଇ ହସିବାକୁ ଲାଗିଲେ। ପିତା ପୁତ୍ରଙ୍କ ମଧ୍ୟର ଓଡ଼ିଆ କଥାବାର୍ତ୍ତା ବିଶେଷରେ ପିତାଙ୍କ ଅପୂର୍ବ ବେଶଭୂଷା ଦେଖି ମହିଳାମାନେ ଚଉକୀ ଛାଡ଼ି ଉଠି ଠିଆହେଲେ । ଶ୍ରୀକାନ୍ତ ସେମାନଙ୍କ ଆଡ଼କୁ ଚାହିଁ ପାରିଲେ ନାହିଁ କି ସେମାନେ ଯେତେବେଳେ ଯିବାକୁ ଅନୁମତି ମାଗିଲେ, ସେ ସେମାନଙ୍କୁ କିଛି କହିପାରିଲେ ନାହିଁ। ମହିଳାମାନେ ଶ୍ରୀକାନ୍ତଙ୍କ ବ୍ୟବହାରରେ ଅପମାନ ବୋଧକରି ବାହାରି ଗଲେ।

ସେମାନେ ବାହାରିଗଲା ପରେ ଶ୍ରୀକାନ୍ତ ପିତାଙ୍କ ଚର୍ଚ୍ଚା ବୁଝିବାକୁ ଲାଗିଲେ। ବିନୋଦ ବାରିକ କଳରୁ ପାଣି ଆଣି ସୁଦର୍ଶନଙ୍କ ଗୋଡ଼ ଧୋଇଦେଇ ପାନ ଭାଙ୍ଗିଦେଲା। ବଜାରରୁ ଜଳଖିଆ ଆଣି କରାଟରୁ ଅଫିମ ଦେଇ ଜଳଖିଆ ଖାଇବାକୁ ଦେଲା। ବୃଦ୍ଧ ଅଫିମ ପକାଇ ତକିଆକୁ ଆଉଜ ଢୁଳାଇବାକୁ ଲାଗିଲେ। ବର୍ତ୍ତମାନ ପିତା ପୁତ୍ରଙ୍କର ଖୁସି ଗଳ୍ପ ପଡ଼ିଲା। ତାଙ୍କୁ ନ ଦେଖି ବୋଉ ତାଙ୍କର କିପରି ବ୍ୟସ୍ତ; ଜବରଦସ୍ତି ତଡ଼ି ପଠାଇଲେ - ପୁଅକୁ ଘରକୁ ଘେନି ଯିବାକୁ। ବୋଉ ନିଜେ ଆସିବାକୁ ବସିଥିଲେ। ଶ୍ରୀକାନ୍ତ ନ ଗଲେ, ସେ ହୁଏତ ପଳାଇ ଆସିବେ। ତା ପରେ ପୁନର୍ବିବାହ ତ ଅଛି; ଆଉ ବିଳମ୍ବ କଲେ ଚଳିବ ନାହିଁ। ବୋଉର ମା ଓ କୁଟୁମ୍ବମାନେ ଭାରି ବ୍ୟସ୍ତ। ଶୀଘ୍ର ଗ୍ରାମକୁ ଯିବାକୁ ହେବ।

ଶ୍ରୀକାନ୍ତ ପିତାଙ୍କ ପାଖେ ବସି ତାଙ୍କର ସବୁ କଥା ଶୁଣି କହିଲେ – "ମୁଁ ତ ବର୍ତ୍ତମାନ ଯାଇ ପାରିବି ନାହିଁ, ବାପା। ହାଇକୋର୍ଟରେ ମୋକଦ୍ଦମା ଅଛି; ଛାଡ଼ିକରି କିପରି ଯିବି? ମୁଁ ପୁଣି ଏଠାରେ ନୂଆ; ଚାଲିଗଲେ ଲୋକେ କଅଣ କହିବେ? ପୂଜାଛୁଟି ତ ଆଉ ପାଞ୍ଚ ମାସ ପରେ ହେବ; ସେହି ସମୟକୁ ଯିବି।"

"ସେ ତ ସତ କଥା, ବାପା; ରୋଜଗାର ଛାଡ଼ି କିପରି ଯିବୁ? ମାସକୁ କିଛି କିଛି ରୋଜଗାର ହେଉଛି ଟି? କେତେଯାଏ ହେଲାଣି?"

"ଏଇଲାଗେ ତ ନୂଆ, ବେଶି କ'ଣ ହେବ? ତା'ପରେ ଏଠାରେ ତ ରୋଜ ରୋଜ କି ମାସକୁ ମାସ ରୋଜଗାର ହେବ ନାହିଁ। ମଫସଲରେ ଓକିଲମାନେ ରୋଜ୍

ଫିସ୍ ନେଇ ମୋକଦ୍ଦମା କରନ୍ତି। ଆମର ସବୁ ଆଟର୍ଣ୍ଣିଙ୍କ ହାତରେ। ବର୍ଷକୁ ବର୍ଷ ହିସାବ କରି ଯେତେ ଟଙ୍କା ହୋଇଥିବ, ମିଳିବ।"

"ତେବେ କ'ଣ ଏ ବର୍ଷ ତମାମ୍ ଘରୁ ଟଙ୍କା ଦେବାକୁ ହେବ? ଏଠାରେ ପୁଣି ଏତେ ଖରଚ?"

"ହଁ, ବାପା, ଏ ବର୍ଷ ତମାମ ଘରୁ ଟଙ୍କା ଦେବାକୁ ହେବ?"

"ତୋ ପାଇଁ ତ ମୋର ସବୁ। ଯାହା ଇଚ୍ଛା କର; ତେବେ ଟିକିଏ ଜଗିରଖି ଖର୍ଚ୍ଚ କରିବୁ। ଏ ଯେ ମାଇପିଗୁଡ଼ିକ ଆସିଥିଲେ, ସେମାନେ ସବୁ କିଏ? ସେ କ'ଣ ବିଭାହୋଇ ନାହାନ୍ତି? ତାଙ୍କ ସାଙ୍ଗରେ ତ କ'ଣ କେହି ମର୍ଦ୍ଦ ମଣିଷ ନଥିଲେ, ସେମାନେ ଏପରି ବୁଲୁଛନ୍ତି କାହିଁକି? ତାଙ୍କର ତ କ'ଣ ଦେଖିଲି ଲଜ୍ଜା ସରମ କିଛି ନାହିଁ।"

"ନାହିଁ ବାପା, ସେମାନେ ଭଦ୍ରଘରର ଝିଅବୋହୂ। ପାଠ ଶାଠ ପଢ଼ି ସଭ୍ୟ ହୋଇଛନ୍ତି। ସେମାନେ କ'ଣ ମଇଳା ଲୁଗା ପିନ୍ଧି, ଘରେ ପଶି ଟୁଁ ମାରିବେ? ବେଶି ବୟସ୍କାଟି ଜଣେ ଭଦ୍ରଲୋକଙ୍କ ବୋହୂ; ଆଉ ଗୋଟିଏ ତାଙ୍କ ଝିଅ, ଯେ ମୋ ପାଖକୁ ଲାଗି ବସିଥିଲେ . ତାଙ୍କ ବାପା ବିଲାତ ଯାଇ ମେଜେଷ୍ଟର ହୋଇଥିଲେ। ଏବେ ପେନସନ୍ ପାଆନ୍ତି। ଆରଟି ଆଉ ଜଣେ ଭଦ୍ରଲୋକଙ୍କ ଝିଅ; ଏମାନଙ୍କର ସଙ୍ଗିନୀ।"

"ତୋ ପାଖକୁ ଯେଉଁ ଝିଅଟି ବସିଥିଲା, ସେଉଟି ବିଭା ହୋଇନାହିଁ ପରା! ସେମାନେ ଏଠିକି କାହିଁକି ଆସନ୍ତି?"

"ନା, ସେ ବିଭାହୋଇ ନାହାନ୍ତି। ତାଙ୍କ ବାପାଙ୍କ ସଙ୍ଗେ ମୋର ଆଳାପ ଅଛି। ସେମାନେ ବୁଲା ବୁଲି ହୋଇ କେତେବେଳେ କିମିତି ଆସନ୍ତି, ମୁଁ ମଧ୍ୟ ତାଙ୍କ ଘରକୁ ଯାଏଁ। ଏଠାରେ ବିଲାତ ଫେରନ୍ତା ଭଦ୍ରଲୋକଙ୍କ ବ୍ୟବହାର ଏହିପରି। ଏଥିରେ କିଛି ଦୋଷ ନାହିଁ।"

"ନାହିଁ, ବାପ, ହେଉ ପଛକେ ଭଦ୍ରଲୋକଙ୍କ ବ୍ୟବହାର, ଆମର ସେଥିରେ ଦରକାର ନାହିଁ। ସେମାନଙ୍କୁ ଆଉ ଆସିବାକୁ ମନା କରିଦେବୁ। ଚାଲ, ବାପ କିଛିଦିନ ପାଇଁ ଗ୍ରାମକୁ ଯିବା। ଚାରି ଆଠଦିନ ରହି ଫେରି ଆସିବୁ। ପୁଆଣୀ ଘରଟା କରି ଦେବାକୁ ହେବ। ତା ନ ହେଲେ, ବଡ଼ ଲୋକନିନ୍ଦା ହେଉଛି।"

"ଦୋଷ ଧରିବ ନାହିଁ ବାପା। ପୁଆଣୀ ଘର ହେବାର ଦରକାର ନାହିଁ। ସାମାଜିକ କୁସଂସ୍କାର ବଦଳାଇବାକୁ ହେବ।"

"ସାମାଜିକ କୁସଂସ୍କାର କଅଣ? ତୋର ବିଭାଘର ହୋଇଛି; ପୁଆଣୀ ଘର ହେବ ନାହିଁ?"

"ଜଣା ନାହିଁ, ଶୁଣା ନାହିଁ, ବର କନ୍ୟାକୁ ଜାଣିବାକୁ ନାହିଁ; କନ୍ୟା ବରକୁ ଜାଣିବାକୁ ନାହିଁ – ଜବରଦସ୍ତି ଦୁଇ ଜଣଙ୍କୁ ଧରି ହାତଗଣ୍ଠି ପକାଇଦେଲେ କ'ଣ ବିଭା ହୋଇଗଲା ? ଯେ ଜୀବନର ଚିର ସଙ୍ଗିନୀ ହେବ, ତାକୁ କଅଣ ଏପରି ଗ୍ରହଣ କରିବା ଉଚିତ ?"

"କ'ଣ କହିଲୁ ? ତୁ ବିବାହ କରିଛୁ, ବୋହୂ ଉପଯୁକ୍ତା ହୋଇଛି, ତୁ ପୁଅାଣୀ ଘର ହେବାକୁ ମନା କରୁଛୁ ? ଘୋର କଳିକାଳ ହେଲାଣି। ଏତେ ଟଙ୍କା ଖର୍ଚ୍ଚ କରି ବିଲାତ ପଠାଇବାର କ'ଣ ଏହି ଫଳ ? ତୁ ଆମ ବଂଶର ନା' ବୁଡ଼ାଇବୁ, ଦେଖୁଛି।"

"ବଂଶର ନାଁ, ବଂଶର ଟେକ ମୁଁ ବଢ଼ାଇବି ବାପା ତୁମ୍ଭେ ଭାବନା କର ନାହିଁ। ତେବେ ସାମାଜିକ କୁସଂସ୍କାର ମତେ ଉଠାଇବାକୁ ହେବ। ସତ କହୁଛି, ମୁଁ ସେ କନ୍ୟାକୁ ଇଚ୍ଛାନୁସାରେ ବିବାହ କରି ନାହିଁ; କନ୍ୟା ଇଚ୍ଛାରେ ମତେ ପତିରୂପେ ଗ୍ରହଣ କରି ନାହିଁ।"

"ବୁଝିଲିଣି, ତୁ ଏହି ଯେ ମାଇକିନିଆ ଗୁଡ଼ାକ ଆସିଥିଲେ, ସେମାନଙ୍କ ଭିତରୁ ଗୋଟିକୁ ବିଭା ହେବୁ। ଆମ ଜାତି ଯିବ, କୁଳର ମାନ ବୁଡ଼ିବ। ଶେଷକୁ ଏଇଆ କଲୁ ତୁ ଶ୍ରୀକାନ୍ତ ! ଆମେ ଏକଘରିଆ ହୋଇ ଗ୍ରାମରେ ପଡ଼ି ରହିବୁ।"

"କିଛି ପରବାଏ କର ନା ବାପା; ତୁମ୍ଭଙ୍କୁ ଏକଘରିଆ କରିବ, କାହାର ସାଧ୍ୟ। ଗ୍ରାମର ସମ୍ପତ୍ତି ବୁଝିବା ପାଇଁ ଉପଯୁକ୍ତ କର୍ମଚାରୀ ନିଯୁକ୍ତ କରି, ବୋଉ ଆଉ ତୁମେ ଆସି ଏହିଠି ରହିବ।"

"ବାଃ ବାଃ; ଭଲ ଉପାୟ ବତାଉଛୁ ମତେ ! ମୁଁ ବାପଅଜା ସାତପୁରୁଷର ଘରଦ୍ୱାର ଛାଡ଼ି ଏଠାରେ ପଡ଼ି ରହିବି ?"

ଶ୍ରୀକାନ୍ତ ଉଠି ଚାଲି ଯିବାରୁ ଗପ ବନ୍ଦ ହୋଇଗଲା। ବୃଦ୍ଧ ଭୁଟୁର୍ ଭୁଟୁର୍ ହେବାକୁ ଲାଗିଲେ। ସମୟେ ସମୟେ ମନରେ ବଡ଼ କ୍ରୋଧ ଆସୁଥିଲେ ସୁଦ୍ଧା ଅହିଫେନର ସୁକୋମଳ ସ୍ପର୍ଶରେ ତାଙ୍କର ଆଖି ଆଗରେ ଖାଲି ସୁଖର ଛବି ନାଚିଯାଇ ତାଙ୍କୁ ଶୀତଳ କରି ଦେଉଥିଲା।

ପିତା ଖାନସମା ହାତରେ ଖାଇବେ ନାହିଁ ଜାଣି, ଜଣେ ବ୍ରାହ୍ମଣ ଅଣାଇ ରୋଷାଇବାସ ହେଲା। ନାନାପ୍ରକାର ସୁମିଷ୍ଟ ଅନ୍ନ ବ୍ୟଞ୍ଜନ ଖାଇ ସୁଦର୍ଶନ ମହାସୁଖରେ ଦୁଗ୍ଧଫେନନିଭ ଶଯ୍ୟାରେ ଶୋଇ ରହିଲେ। ବିନୋଦ ବାରିକ ପଦ ସେବା କରିବାକୁ ଲାଗିଲା।

ରାତି ପାହି ସକାଳ ହେଲାରୁ ବୃଦ୍ଧ ଉଠି ନିତ୍ୟକର୍ମ ଶେଷ କଲେ। କାଲି ରାତିର ପୁଅ ସଙ୍ଗେ କଥୋପକଥନ ମନେପଡ଼ିଲା। ପୁଅକୁ କୌଣସି ପ୍ରକାରେ ଗ୍ରାମକୁ

ନେବାପାଇଁ ମଗାଇ ନପାରି ବଡ଼ ଦୁଃଖିତ ହେଲେ। ଶ୍ରୀକାନ୍ତ ଦଶହରା ବନ୍ଦକୁ ଯିବାପାଇଁ କହିଲେ। ବୃଦ୍ଧ ମନଦୁଃଖରେ ସେହି ଦିନ ଫେରି ଆସିଲେ।

ଗ୍ରାମକୁ ଆସି ବୃଦ୍ଧ ସୁଦର୍ଶନ ପତ୍ନୀ କଞ୍ଚନମାଳୀଙ୍କୁ ପୁଅ କିପରି ସାହେବ ହୋଇଛି; କିପରି ଇନ୍ଦ୍ରଉପବନ ପରି ଘରେ ଅଛି କହିଲେ। ହାଇକୋଟରେ ମୋକଦ୍ଦମା ସବୁ ଅଛି, ଛାଡ଼ିକରି ଆସିପାରିବ ନାହିଁ, ଦଶହରା ବନ୍ଦକୁ ନିଶ୍ଚୟ ଆସିବ। ଅନେକ ଟଙ୍କା ରୋଜଗାର କରିବ। ତାଙ୍କର ବର୍ଷକୁ ବର୍ଷ ଟଙ୍କା ମିଳେ; ଏ ବର୍ଷଟା ଘରୁ ଖର୍ଚ୍ଚ ଚଳାଇ ଦେଲେ; ଆଉ ଚିନ୍ତା ନାହିଁ। ଏ ସବୁ କହିଲେ ସତ, ମାତ୍ର ଚାରୁବାଳା ଓ ତାଙ୍କ ସଙ୍ଗିନୀମାନଙ୍କ ବିଷୟ ଆଦୌ ଉଲ୍ଲେଖ କଲେ ନାହିଁ – ଭୟ ହେଲା, କାଳେ କଞ୍ଚନମାଳୀ ମନ ଦୁଃଖରେ କଲିକତା ଯିବାକୁ ବାହାରନ୍ତି।

ପୁଅ ନ ଆସିବାରୁ ଟିକିଏ ଦୁଃଖ ହେଲା; ମାତ୍ର ତା'ର ସୁଖବର ଶୁଣି ମାତା କଞ୍ଚନମାଳି ଅନନ୍ଦିତ ହେଲେ। ହେଉ, ଯେଉଁଦିନ ଆସୁ। ଭଲରେ ତ ଅଛି! ବୋହୂକୁ ଘରକୁ ଅଣାଇବାକୁ ଜିଦ୍ ଧରିବାରୁ, ସୁଦର୍ଶନ ବୋହୂକୁ ଅଣାଇବା ପାଇଁ ମନୁଷ୍ୟ ପଠାଇଲେ। ଖବର ଆସିଲା; ଶ୍ରୀକାନ୍ତଙ୍କ ଶାଶୁ ମନାକଲେ – ଏଇଲାଗେ ପଠାଇବେ ନାହିଁ; ଏକାବେଳେକେ ପୁଆଣୀ ଘରକୁ ପଠାଇବେ।

ତେଣେ ସୁଦର୍ଶନ ଓ ବିନୋଦ ବାରିକ ଆସିବାର ଦେଖି ଚାରୁବାଳା ଓ ତାଙ୍କ ସଙ୍ଗିନୀମାନେ ଫେରିଯାଇ ଘରେ ସେମାନଙ୍କ ବିଷୟରେ ନାନାପ୍ରକାର ଆଲୋଚନା କରିବାକୁ ଲାଗିଲେ। ସେ ଏଡ଼େ ଅସଭ୍ୟ। ମହିଳାମାନଙ୍କ କିପରି ମର୍ଯ୍ୟାଦା ଦେଖାଇବାକୁ ହୁଏ ଜାଣନ୍ତି ନାହିଁ। ଏପରି ଲୋକର ପୁଣି ଚାରୁବାଳା ବୋହୂ ହେବେ! ଚାରୁବାଳା ଏ ଆଲୋଚନାରେ ଯୋଗ ଦେଇ ପାରିଲେ ନାହିଁ; ମୁଖ ଭାର କରି ବସି ରହିଲେ। ସୁଦର୍ଶନ ଓ ତାଙ୍କ ଚାକରର ବେଶଭୂଷା, କଥାବାର୍ତ୍ତା ନେଇ ସମାଲୋଚନା ହେଲାବେଳେ; ଚାରୁବାଳାଙ୍କ ପିତା ଆସି ସମସ୍ତଙ୍କୁ ଚୁପ୍ କରିଦେଲେ। ସେମାନେ ସଂସାରର କିଛି ଦେଖି ନାହାନ୍ତି ବୋଲି ଏପରି କହୁଛନ୍ତି। ମଫସଲ ଲୋକଙ୍କ ଅବସ୍ଥା ସେହିପରି। ସେ ଚାକିରୀ କରି ଦେଶ ବିଦେଶ ବୁଲି ଦେଖି ଅଛନ୍ତି। ସେଥିରେ ବା ଦୋଷ କଅଣ ଅଛି? ମିଷ୍ଟର ରାଓଟ୍ ତ କଲିକତାରେ ରହିବେ। ତାଙ୍କଠାରେ ତ ସେସବୁ ଦୋଷ ନାହିଁ। ଏହା ଶୁଣି ସେମାନେ ସମାଲୋଚନାରୁ ବିରତ ହେଲେ; ଚାରୁବାଳାଙ୍କ ମୁଖରେ କ୍ଷୀଣ ହାସ୍ୟ ରେଖା ଫୁଟି ଉଠିଲା। ତହିଁ ଆର ଦିନ ସନ୍ଧ୍ୟାବେଳେ ମିଷ୍ଟର ରାଓଟ୍ ଆସି ଚା'ଟେବଲ୍‌ରେ ଯୋଗ ଦେଲେ ଏବଂ ପୂର୍ବଦିନର ଘଟଣା ଭୁଲି ଯିବା ପାଇଁ ସମସ୍ତଙ୍କୁ ବିଶେଷ ଭାବରେ ଚାରୁବାଳାଙ୍କୁ ଅନୁରୋଧ କଲେ। ମେଘମାଳ ଅପସାରିତ ହୋଇ ଚନ୍ଦ୍ର ଉଭାସିତ

ହେଲା ପରି, ଚାରୁବାଳାଙ୍କ ମୁଖଶ୍ରୀ ପୂର୍ବପରି ସତେଜ ଦେଖାଗଲା। ପୁଣି ସେହିପରି ଯିବା ଆସିବା ଖୁସି ଗଳ୍ପ ଓ ଚା'ପାନ ଚାଲିଲା।

ଶ୍ରୀକାନ୍ତ ଓରଫ୍ ମିଷ୍ଟର ରାଓଟ୍ ଅଳ୍ପ ଦିନ ମଧ୍ୟରେ ଯୁବକ ବାରିଷ୍ଟରମାନଙ୍କ ଅଗ୍ରଣୀ ହୋଇ ଉଠିଲେ। ତାଙ୍କ ପରିଷ୍କାର ଇଂରାଜୀ ଉଚ୍ଚାରଣ ଓ ଅଦ୍ୟମ ଜେରା ଦେଖି କେତୋଟି ବଡ଼ ବଡ଼ କମ୍ପାନୀ ତାଙ୍କୁ ବାରିଷ୍ଟର ନିଯୁକ୍ତ କଲେ।

ଦିନେ ରାତ୍ରରେ ଶ୍ରୀକାନ୍ତ କେଦାରା ଉପରେ ପଡ଼ି ଗୋଟିଏ ମକଦ୍ଦମାର ନଥି ମନଯୋଗ ସହିତ ପଢୁଅଛନ୍ତି, ଏପରି ସମୟରେ ଦାଣ୍ଡଦୁଆରେ କିଏ ଜଣେ ଅପରିଚିତ ବ୍ୟକ୍ତି, ବେହେରା ବେହେରା ବୋଲି ଡାକିବାକୁ ଲାଗିଲେ। ବେହେରା ଡାକି ଆଣି ତାଙ୍କୁ ସାହେବଙ୍କ ନିକଟରେ ହାଜରକଲା। ଶ୍ରୀକାନ୍ତ ଅପରିଚିତ ଭଦ୍ରବ୍ୟକ୍ତିଙ୍କୁ ଦେଖି ଚୌକିରୁ ଉଠିପଡ଼ିଲେ। ଚୌକି ଦେଖାଇ ବସିବାକୁ କହି ଆପେ ବସି ପଡ଼ିଲେ। ଭଦ୍ରବ୍ୟକ୍ତି ଶୁଦ୍ଧ ଓଡ଼ିଆ ଭାଷାରେ କହିଲେ, - "ଆପଣ ଚିହ୍ନି ପାରିବେ ନାହିଁ; ମୁଁ ଜଣେ ସ୍କୁଲ ମାଷ୍ଟର, ନାମ ମନମୋହନ ମହାପାତ୍ର, ପୁରୀରେ ଥାଏଁ। ଟିକିଏ କଲିକତା ଓ ଆଉ ଆଉ ସ୍ଥାନ ବୁଲି ଦେଖିବା ପାଇଁ ଆସିଛି। ଏଇ ନିକଟରେ ଘର ଖଣ୍ଡେ ଭଡ଼ାକରି ଅଛି। ଆପଣ ଉତ୍କଳର ଗୌରବ। ଅନେକ ଦିନୁ ଆସିଲିଣି, ଜାଣି ନାହିଁ, ଆପଣ ଏତେ ନିକଟରେ। ଏବାଟେ ଯାଉଁ ଯାଉଁ ଦୁଆରେ ଆପଣଙ୍କ ନାମ ଦେଖି, ଟିକିଏ ଦେଖା କରିବାକୁ ଆସିଲି। କାର୍ଯ୍ୟରେ ବୋଧହୁଏ ବ୍ୟାଘାତ ହେଲା। ଆପଣଙ୍କ ସମୟ ବହୁ ମୂଲ୍ୟ।"

"ନା, ମହାଶୟ, କାର୍ଯ୍ୟରେ କିଛି ବ୍ୟାଘାତ ହୋଇନାହିଁ। ଏ ଦୂର ପ୍ରବାସରେ ଆପଣଙ୍କ ଭଳି ଭଦ୍ରବ୍ୟକ୍ତିଙ୍କ ସଙ୍ଗେ ସାକ୍ଷାତ ଭାଗ୍ୟର କଥା। ଆପଣ କ'ଣ ଏକା ଆସିଛନ୍ତି, ନା ଆଉ କେହି ସଙ୍ଗରେ ଅଛନ୍ତି? ଏକା ଆସିଥିଲେ, ଯଦି ଆପତ୍ତି ନ ଥାଏ, ଏଠାରେ ରହି ପାରନ୍ତି; ଅଲଗା ବସାର ଆବଶ୍ୟକତା ନାହିଁ।"

"ଧନ୍ୟବାଦ ଆପଣଙ୍କୁ। ଆପଣଙ୍କ ଗୌରବରେ ଆମ୍ଭେମାନେ ଗୌରାବାନ୍ୱିତ। ମୋ ସଙ୍ଗରେ ମୋର ସ୍ତ୍ରୀ ଅଛନ୍ତି; ତା ନ ହେଲେ, ଆପଣଙ୍କ ସଙ୍ଗସୁଖ ଲାଭକରି ଧନ୍ୟ ହୋଇଥାଆନ୍ତି। ଯାହାହେଉ ମୁଁ ଆସି ସମୟେ ସମୟେ ଦେଖା କରୁଥିବି। ଆଜି ଆସୁଛି, ନମସ୍କାର।"

"ନମସ୍କାର, ଆପଣ ଅନୁଗ୍ରହ କରି କାଲି ସନ୍ଧ୍ୟାରେ ଆସିବେ। ଆପଣଙ୍କ ସଙ୍ଗେ ଯାଇ ମୁଁ ଆପଣଙ୍କ ବସା ଦେଖି ଆସିବି।"

ତହିଁ ଆରଦିନ ସନ୍ଧ୍ୟାବେଳେ ମନମୋହନ ବାବୁ ଆସି ହାଜର। ଚା'ପାନ ପରେ ଅନେକ କଥୋପକଥନ ହେଲା। ଉଭୟେ ଉଭୟର ପରିଚୟ ପାଇଗଲେ।

ଶ୍ରୀକାନ୍ତ ନିଜର ସବୁ ପ୍ରକୃତ ପରିଚୟ ଦେଲେ, କେବଳ ବିବାହ କରି ନାହାନ୍ତି ବୋଲି କହିଲେ। ମନମୋହନ ବାବୁ ଆଶ୍ଚର୍ଯ୍ୟ ହେଲେ।

ଶ୍ରୀକାନ୍ତ କହିଲେ – "କଅଣ କରିବି, ମନମୋହନ ବାବୁ, ଆମ ଦେଶରେ ଉପଯୁକ୍ତା କନ୍ୟା ମିଳିବା ଅସମ୍ଭବ। ଯାହାକୁ ଜୀବନର ସଙ୍ଗିନୀ କରିବାକୁ ହେବ, ସେ ଯଦି ଉପଯୁକ୍ତା ନ ହୁଏ, ତାହାହେଲେ ସାରା ଜୀବନଟା ଦୁଃଖର ସୀମା ରହିବ ନାହିଁ।"

"ସତ କଥା, ଆପଣଙ୍କ ପରି ସୁଶିକ୍ଷିତ ବ୍ୟକ୍ତି କାହିଁକି ସେପରି ବିବାହ କରିବେ ? ତା ନ ହେଲେ, ଏଠାରେ ଉପଯୁକ୍ତା ଶିକ୍ଷିତା କନ୍ୟା, ମିଳିବେ। ବାପ ଅଜା ସାତପୁରୁଷଙ୍କ ଭଳିଆ ଯେ ଚଳିବାକୁ ହେବ ସେପରି କିଛି କଥା ନାହିଁ। ତେବେ ଆପଣଙ୍କ ପିତା ମାତା ବୋଧହୁଏ ରାଜିହେବେ କି ନାହିଁ।"

"ପିତା ମାତାଙ୍କ ମତକୁ ଅପେକ୍ଷା କରି ନିଜର ବିବେକକୁ ଜଳାଞ୍ଜଳି ଦେବା ପ୍ରକୃତ ମନୁଷ୍ୟତାର ପରିଚାୟକ ନୁହେଁ। ଚାଲନ୍ତୁ, ଆପଣଙ୍କ ବସାକୁ ଯିବା।"

"ଆସନ୍ତୁ, ଆପଣଙ୍କ ଅନୁଗ୍ରହରେ ମୁଁ ଆପ୍ୟାୟିତ ହେଲି।"

ଦୁହେଁ ତହୁଁ ମନମୋହନ ବାବୁଙ୍କ ବସାକୁ ଗଲେ। ବସାଟି ଗୋଟିଏ ଛୋଟଘର, ହରିକେନ୍ ଲଣ୍ଠନଟିଏ ମିଞ୍ଜି ମିଞ୍ଜି ଜଳୁଛି। ବେଞ୍ଚ, ଚୌକି ଆଦି କୌଣସି ଉପକରଣ ନାହିଁ, କେବଳ ଖଣ୍ଡେ ତକ୍ତପୋସ, ତା ଉପରେ ସତପମସିଣା ଖଣ୍ଡେ ପଡ଼ିଛି। ଦୁହେଁ ବସିଲା ପରେ, ମନମୋହନ ବାବୁ "ଲୀଳା, ଲୀଳା, ପାନ ଆଣ" ବୋଲି ବଡ଼ ପାଟିରେ ଡାକିଲେ। ଅନତି ବିଳମ୍ବରେ ଗୋଟିଏ ଅନିନ୍ଦ୍ୟ ସୁନ୍ଦରୀ ବାଳିକା ରେକାବିରେ ପାନ ଓ ମସଲା ଆଣି ଥୋଇଦେଇ, ଶ୍ରୀକାନ୍ତଙ୍କୁ ଗୋଟିଏ ନମସ୍କାର କଲା। ଅନ୍ୟମନସ୍କ ଥିବାରୁ ସେ ପ୍ରତିନମସ୍କାର କରି ପାରିଲେ ନାହିଁ। ବାଳିକାଟି ନିତାନ୍ତ ନିରାଭରଣା; କୌଣସି ଅଳଙ୍କାର ନାହିଁ। ଦୁଇ ହାତରେ ଦୁଇପଟ ନାଲି କାଚ; ନାକରେ, କାନରେ କି ବେକରେ କୌଣସି ଅଳଙ୍କାର ନାହିଁ। ଗୋଟିଏ ସେମିଜ ଉପରେ, କେବଳ ଖଣ୍ଡେ ପତଳା ପରିଷ୍କାର ଧୋବ ଶାଢ଼ୀ। ବାଳିକାଟି କିଛିକ୍ଷଣ ଠିଆହୋଇ ଚାଲି ଯିବାରୁ, ସେ କିଏ ବୋଲି ଶ୍ରୀକାନ୍ତ ବାବୁ ପଚାରିଲେ।

ମନମୋହନ କହିବାକୁ ଲାଗିଲେ – "ସେ ବହୁଦିନ କଥା। ପିଲାଟିକୁ ତିନି ଚାରି ବର୍ଷ ହେବା ବେଳେ ପିତା ଦର୍ଶନକୁ ଯାଇ ପୁରୀରୁ ପିଲାଟିକୁ ନେଇ ଆସିଥିଲେ। କି ଘର ପିଲା, କେହି ଜାଣେ ନାହିଁ। ନିଜର କନ୍ୟା ନ ଥିବାରୁ ବାପା ତାକୁ କନ୍ୟା ନିର୍ବିଶେଷରେ ପାଳିବାକୁ ଲାଗିଲେ। କଟକରୁ ଶିକ୍ଷୟତ୍ରୀ ଅଣାଇ ବହୁ ଖର୍ଚ୍ଚରେ ତାକୁ ଓଡ଼ିଆ, ବଙ୍ଗଳା ଓ ସମାନ ଇଂରାଜୀ ଶିଖାଇଲେ। ସେ କମ୍ପଟର ଓ ମୋଜା ବୁଣା, ସେମିଜ ବଡ଼ି ସିଲାଇ ଓ ହାରମୋନିୟମ୍ ଯୋଗେ ଗୀତ ବୋଲିବା ଭଲ ଜାଣେ।

ଜାତି ଜଣା ନ ଥିବାରୁ ବାପା ଯେତେ ଚେଷ୍ଟାକଲେ ସୁଦ୍ଧା ତାକୁ କେହି ବିବାହ ହେବାକୁ ମଙ୍ଗିଲା ନାହିଁ। ବାପାଙ୍କର ବଡ଼ ଚିନ୍ତା ଥିଲା, କିପରି ମୃତ୍ୟୁ ପୂର୍ବରୁ କନ୍ୟାଟିର ବିବାହ ଦେବେ। ଭଗବାନଙ୍କ କୃପାରୁ ଗୋଟିଏ ବରପାତ୍ର ଜୁଟିଲା - ଆମ ଗାଁ ନିକଟର ବୁଲା ପରିଡ଼ା। ସେ ରେଙ୍ଗୁନ୍ ଯାଇ କିଛି ପଇସା ଆଣିଥିଲା। ଅତିରିକ୍ତ ଯୌତୁକ ଲୋଭରେ ଲୀଳାକୁ ବିଭା ହେଲା। ପିତା ସୁଖରେ ମୃତ୍ୟୁକୁ ବରଣ କଲେ। କନ୍ୟାଟିର ଭାର ମୋ ଉପରେ ପଡ଼ିଲା। ବୁଲା ପରିଡ଼ାର ତିନିବର୍ଷ ହେଲା, କୌଣସି ଖବର ନାହିଁ। ଚିଠି ଲେଖି କେତେ ଚେଷ୍ଟାକରି କିଛି ସନ୍ଧାନ ପାଇ ନାହିଁ।"

ଶ୍ରୀକାନ୍ତ କହିଲେ – "ଆପଣଙ୍କ ସ୍ତ୍ରୀ ଲୀଳାକୁ କିପରି ଭଲ ପାଆନ୍ତି ?"

ମନମୋହନ - "ସେ କଥା କହିବେ ନାହିଁ। ଲୀଳା, ହାତରେ ପାଣି ଛୁଇଁବେ ନାହିଁ। ଝୁଣ୍ଟି ପଡ଼ିଲେ, ତାକୁ ଅକଥ୍ୟ ଭାଷାରେ ଗାଳି ଦେବେ। ସେ ବିଚାରୀ ଅନନ୍ୟୋପାୟ ହୋଇ ପଡ଼ିରହିଛି।"

ଶ୍ରୀକାନ୍ତଙ୍କ କୋମଳ ହୃଦୟ ବଡ଼ ବ୍ୟଥିତ ହେଲା। ମୁଖ ଭିନ୍ନ ଆକାର ଧାରଣ କଲା। ବିଚାରିଲେ ଯେତେ ଅନ୍ୟାୟ ସବୁ ଏହି ହିନ୍ଦୁ ସମାଜ ଭିତରେ। ଏ ସମାଜରେ ନାରୀର କୌଣସି ଅଧିକାର ନାହିଁ। ଏହା ବିପକ୍ଷରେ ଅସ୍ତ୍ର ଧରିବାକୁ ହେବ।

ଲୀଳା ଦୁଇଟି ପରିଷ୍କାର ରେକାବୀରେ କିଛି ମିଷ୍ଟାନ୍ନ ଓ ଦୁଇଟି କପ୍‌ରେ ଦୁଇ ବାଟି ଚା' ଆଣି ହାଜରକଲା। ତା'ର ପରିବେଶଣର ଭାବଭଙ୍ଗୀ ଶ୍ରୀକାନ୍ତ ଅନିମେଷ ନୟନରେ ଚାହିଁ ରହିଥାନ୍ତି। ଶେଷରେ କହିଲେ – "ଲୀଳା, ତମେ କିପରି ଗୀତ ବୋଲି ଜାଣ, ଗୋଟିଏ ଶୁଣାନ୍ତ! ଦରହସିତ ମୁଖରେ ଲୀଳା ହଲି ଦୋହଲି ଚାଲିଗଲା। ଜଳଯୋଗ ଓ ଚା'ପାନ ଶେଷ ହେବାରୁ, ବାସନ ସବୁ ଘେନିଯିବା ପାଇଁ, ଲୀଳା ପୁଣି ଆସିଲା। କ୍ଷିପ୍ର ଗତିରେ ଅଙ୍ଗୁଳି ଚାଳନକରି ସବୁ ଜିନିଷ ଏକାଥରକେ ନେଇ ପୁଣି ସେହିପରି ଚାଲିଗଲା।" ଶ୍ରୀକାନ୍ତ ବାବୁ ପଚାରିଲେ – "ମନମୋହନ ବାବୁ, ଆପଣଙ୍କର ବୋଧହୁଏ ଚାକର ନାହିଁ। ବାସନ ମଜା, ଘରଦୁଆର ଓଳିଆ କିଏ କରେ ?"

ମନମୋହନ - "ଲୀଳା ସବୁ କରେ, କେହି ଚାକର ଚାକରାଣୀ ରଖିଲେ, ରଖାଇ ଦିଏ ନାହିଁ। ସେ ଏଡ଼େ କ୍ଷିପ୍ର ଗତିରେ ସବୁ କାର୍ଯ୍ୟ ଏତେ ଅଳ୍ପ ସମୟ ମଧ୍ୟରେ ପରିଷ୍କାର ଭାବେ ସମ୍ପନ୍ନ କରେ ଯେ, ଦେଖିଲେ ଆପଣ ଆଶ୍ଚର୍ଯ୍ୟ ହେବେ।"

ଲୀଳା ବିଷୟ ଭାବି ଭାବି,ଶ୍ରୀକାନ୍ତ ଘରକୁ ଫେରିଲେ। ରାତ୍ରରେ ଲୀଳାକୁ ସ୍ୱପ୍ନ ଦେଖିଲେ। ସେହିଦିନଠାରୁ ଚାରୁବାଳା ଓ ତାଙ୍କ ସଙ୍ଗିନୀଙ୍କ ସହ ଘନିଷ୍ଠତା କ୍ରମେ କମି ଆସିଲା ଏବଂ ପ୍ରତିଦିନ ତାଙ୍କ ଘରକୁ ଯିବାର ଅବସର ପାଇ ପାରିଲେ ନାହିଁ।

ସପ୍ତାହରେ ଥରେ ଅଧେ ସେମାନେ ଶ୍ରୀକାନ୍ତଙ୍କ ଘରକୁ ଆସନ୍ତି; କିଛିକ୍ଷଣ ଆଳାପ କରି ଫେରି ଯାଆନ୍ତି।

ମନମୋହନ ବାବୁ ତଥା ଲୀଳା ସଙ୍ଗେ ଶ୍ରୀକାନ୍ତଙ୍କର ବନ୍ଧୁତ୍ୱ ଦିନୁ ଦିନ ଗାଢ଼ତର ହେବାକୁ ଲାଗିଲା। ଲୀଳା ଖୁବ୍ ଭଲ ରାନ୍ଧିଜାଣେ; ମାଛ ମାଂସ ହେଲେ ମନମୋହନ ତାରି ହାତରେ ରନ୍ଧାଇ ଖାଆନ୍ତି। ଏହା ଶୁଣି ଶ୍ରୀକାନ୍ତ ଲୀଳାର ରନ୍ଧା ଖାଇବାକୁ ବଡ଼ ଆଗ୍ରହ ପ୍ରକାଶ କଲେ। ମାଛ ମାଂସର ପଚିଶ ରକମ ତରକାରୀ, ଭଜା, ଆମ୍ବିଳ ଖାଇ, ମୁକ୍ତକଣ୍ଠରେ ଶ୍ରୀକାନ୍ତ ସ୍ୱୀକାର କଲେ ଯେ ସେ ଏପରି ରୋଷେଇ କେବେ ଖାଇ ନାହାନ୍ତି।

ଦିନେ ରାତିରେ ଚା' ଓ ଜଳଯୋଗ ପରିବେଷଣ କଲାବେଳେ ମନମୋହନଙ୍କୁ ଝାଡ଼ା ମାଡ଼ିଲା, ସେ ଚାଲିଗଲେ। ଶ୍ରୀକାନ୍ତ ଏକାକୀ ବସି ରହିଲେ। ଲୀଳାକୁ ଏକାକୀ ଦେଖି ପଚାରିଲେ – "ଲୀଳା, ତୁମେ ଆମ ଘରକୁ ଯିବ? ତୁମେ ଆମ ଘରେ ରହି ରନ୍ଧାବଢ଼ା କଲେ, ମୁଁ ବଡ଼ ସୁଖୀ ହୁଅନ୍ତି।"

ଲୀଳା – "ନାହିଁ, ଆଜ୍ଞା। ପିଲାଦିନୁଁ ଯାଙ୍କର ଖାଇ ମଣିଷ। ଆପଣଙ୍କ ଘରକୁ କାହିଁକି ଯିବି?"

"ଏଠି ଚାକରାଣୀ ପରି ଅଛ। କେତେ ଗଞ୍ଜଣା ସହୁଛ। ଯଦି ଆମ ଘରେ ରାଜରାଣୀ ପରି ରହିବାର ସୁଯୋଗ ଦିଆଯାଏ, ତେବେ ଯିବ?"

"ଦୈବ ଯାହାକୁ କାଙ୍ଗାଳୁଣୀ କରି ଜନ୍ମ ଦେଇଛି, ସମାଜରେ ଯାହାର ସ୍ଥାନ ନାହିଁ, ବିବାହିତ ସ୍ୱାମୀ ଯାହାକୁ ପରିତ୍ୟାଗ କରିଛନ୍ତି, ତାକୁ ରାଜରାଣୀ କରିବାର ପୁଣି ମନୁଷ୍ୟର କ୍ଷମତା ଅଛି, ମୁଁ ଏହା ବିଶ୍ୱାସ କରିବାକୁ ନାରାଜ।"

ଆଉ ଦିନେ ଏଡ଼େ ସହଜରେ ଏଡ଼େ ଅବାଧରେ କଥାଗୁଡ଼ିକ ଲୀଳା କହିଗଲା ଯେ, ଶ୍ରୀକାନ୍ତ ସ୍ତମ୍ଭୀଭୂତ ହୋଇଗଲେ। କଅଣ ଜବାବ ଦେବେ ସ୍ଥିର କରି ପାରିଲେ ନାହିଁ। ଶ୍ରୀକାନ୍ତ ମନମୋହନଙ୍କ ସଙ୍ଗେ ତାଙ୍କ ଘରକୁ ଆସିବା ସମୟରେ ହାରମୋନିୟମ୍ ଯୋଗେ ଲୀଳା 'ଗୀତ ଗୋବିନ୍ଦ' ଗାଉଥିବାର ଶୁଣି ମୁଗ୍ଧ ହୋଇ ଦାଣ୍ଡରେ ଠିଆହୋଇ ରହିଲେ; ଘର ଭିତରକୁ ପ୍ରବେଶ କରି ପାରିଲେ ନାହିଁ। ପଚାରିଲେ – "କିଏ ଗୀତ ଗାଉଛି? କି ସୁନ୍ଦର!" ଲୀଳା ଗୀତ ଗାଉଛି ଶୁଣି କହିଲେ – "ମନମୋହନ ବାବୁ, ଲୀଳା ପରି ଯଦି ଓଡ଼ିଆଘର ସ୍ତ୍ରୀଲୋକେ ହୁଅନ୍ତେ, ତାହାହେଲେ ଦୁଃଖ ନଥିଲା। ଓଡ଼ିଆଣୀ ବୋଲି ମୋ ମନରେ ଧାରଣା ଯେ ହଳଦୀ ଦୁର୍ଗନ୍ଧଯୁକ୍ତ ମଇଳା ଲୁଗା ଦେହମୁଣ୍ଡରେ ଗୁଡ଼ାଇ, କବାଟ-କଣରେ ଲୁଚି ଚୁଁ ଚୁଁ ଡାକିବା; ଗୋଡ଼ ହାତରେ ବୋଝେ ରୂପା ଅଳଙ୍କାର ଓ ନାକ କାନ ସିଲାଇ କଲାଭଳି ଫୋଡ଼ି ଗୁଡ଼ାଏ କଦର୍ଯ୍ୟ

ସୁନା ଅଳଙ୍କାର ଲଗାଇଥିବା ଗୋଟିଏ ସ୍ତ୍ରୀଲୋକ। ଆଜି ଲୀଳାକୁ ଦେଖି ସେ ଧାରଣା ବଦଳାଇବାକୁ ହୋଇଅଛି।"

ଏପରି କଥାବାର୍ତ୍ତା ହୋଇ ଦୁଇ ବନ୍ଧୁ ଘର ଭିତରେ ଯାଇ ବସିଲେ। ଡାକ ଶୁଣିପାରି ଲୀଳା ଆଣି ଲଣ୍ଠନ ଥୋଇ ଦେଇଗଲା। ଚା' ଓ ଜଳଖିଆ ଆଣି ରଖିଦେଲା। ପରେ ଗୋଟିଏ କାର୍ଡ଼ବୋର୍ଡ଼ ବାକ୍ସ ଆଣି ରଖିଦେଇ ଦରହସିତ ମୁଖରେ ଚାଲିଗଲା। ଚା' ପାନ କରୁ କରୁ କାର୍ଡ଼ବୋର୍ଡ଼ ବାକ୍ସ ଦେଖି ମନମୋହନ ବାବୁ କହିବାକୁ ଲାଗିଲେ – "ମହାଶୟ, ଗୋଟିଏ କଥା କହିବାକୁ ଭୁଲି ଯାଇଛି। ଆମ୍ଭେମାନେ ଅପରଦିନ ସନ୍ଧ୍ୟା ଗାଡ଼ିରେ ଗୟା ଯାଉଅଛୁଁ। ସେଠାରେ ପିଣ୍ଡଦେଇ କାଶୀ ଯିବୁଁ ଏବଂ କାଶୀଠାରୁ ପୁରୀ ଫେରିବୁଁ। ଲୀଳା ତା'ର ହାତସିଲାଇ କେତେକ ଜିନିଷ ଆପଣଙ୍କୁ ଉପହାର ଦେବା ପାଇଁ ରଖିଅଛି; ଲାଜରେ କହିପାରି ନାହିଁ। ହେଇଟି ଦେଖନ୍ତୁ।"

ଏହା କହି ବାକ୍ସଟି ଖୋଲି ଗୋଟି ଗୋଟି କରି ସବୁ ଜିନିଷ କାଢ଼ି ରଖିଲେ। ଦୁଇଟି ସୁନ୍ଦର ରେସମର ରୁମାଲ, ଶ୍ରୀକାନ୍ତଙ୍କ ନାମ ଲେଖା ଯାଇଅଛି, ଯୋଡ଼ିଏ ସୁନ୍ଦର ପଶମର ମୋଜା; ଗୋଟିଏ କମ୍ଫଟର ଓ ନାନାପ୍ରକାର ରଙ୍ଗର ସୂତାରେ ତିଆରି ଗୋଟିଏ ଟଙ୍କା ରଖିବାର ଥଳି। ସବୁ ଜିନିଷ ଦେଖି ଶ୍ରୀକାନ୍ତଙ୍କ ମୁଖମଣ୍ଡଳ ଆନନ୍ଦରେ ବଡ଼ ଉଜ୍ଜ୍ୱଳ ଦେଖାଗଲା। ବେଶି ପ୍ରଶଂସା କରିବାର ମନେହେଲା ବୋଲି, ସେ ଆଦୌ ଲୀଳାକୁ ପ୍ରଶଂସା କରି ପାରିଲେ ନାହିଁ। କେବଳ କହିଲେ – "ଏଗୁଡ଼ିକ କେଡ଼େ ସୁନ୍ଦର ହୋଇଛି ! ଲୀଳା ଏ ସବୁ ନିଜେ କରିଛି ?"

"କେବଳ ଏତିକୁ ନୁହେଁ, ମୋର ଓ ମୋ ସ୍ତ୍ରୀର ଯେତେ କୁରୁତା ଦରକାର ହୁଏ, କନା କିଣି ଆଣି ଦେଲେ, ଲୀଳା ମାପ ନେଇ ସବୁ କରିଦିଏ। ସେ ଆମ ଘରର ସବୁ କାମ କରେ। ତା'ର ନିଜ କୁରୁତା ତିଆରି କରେ; ଲୁଗାପଟା ଆପେ କାଚି ପରିଷ୍କାର କରିଦିଏ।"

ଶ୍ରୀକାନ୍ତ ବିସ୍ଫାରିତ ନୟନରେ ଏ ସବୁ ଶୁଣିଲେ। ଶୁଣି ନିଜର ହିତାହତ ଜ୍ଞାନ ହରାଇଲେ। ସେ ଜଣେ ବାରିଷ୍ଟର, ମାନ୍ୟଗଣ୍ୟ ଲୋକ ତାଙ୍କୁ ଆଦବ କାୟଦା ମାନି ଚଳିବାକୁ ହୁଏ, ଭୁଲିଲେ। ଶେଷରେ କହି ପକାଇଲେ – "ମନମୋହନ ବାବୁ, ଆପଣ ଗୟା ଦେଇ କାଶୀ ଦେଖିବେ। ଅନୁଗ୍ରହ କରି ଏଠାକୁ ଫେରି ଆସିବେ। ସେ ପର୍ଯ୍ୟନ୍ତ ଲୀଳାକୁ ଅନୁମତି ଦିଅନ୍ତୁ ସେ ଆମ ଘରେ ଥାଉ, ଆପଣ ଆସି ତାକୁ ନେଇଯିବେ।"

ମନମୋହନ ମୁଖ ଗମ୍ଭୀର କରି, ଉଚ୍ଚସ୍ୱରରେ କହିଲେ – "ଆପଣ କିପରି ଏ ପ୍ରସ୍ତାବ କରୁଛନ୍ତି; ଲୀଳା ଯୁବତୀ, ବିଶେଷରେ ବିବାହିତା; ସେ ଆପଣଙ୍କ ଘରେ

କାହିଁକି ରହିବ ? ତା ପରେ ଆମ୍ଭେମାନେ କାଶୀଠାରୁ ପୁରୀ ଫେରିଯିବୁ, ଆପଣ ଶୁଣିଲେ; ପୁଣି କାହିଁକି ଏଠାକୁ ଆସିବୁ? ଆପଣ ଦେଖୁଛନ୍ତି, ଲୀଳା ନ ହେଲେ, ଆମର ଏକ ମୁହୂର୍ତ୍ତ ଚଳିବା କଷ୍ଟକର।"

"ଆପଣ ରାଗ ସମ୍ବରଣ କରନ୍ତୁ। ମୁଁ କେବଳ ଲୀଳାର ରନ୍ଧାଖାଇ ତାଠାରୁ ଦୁଇଟା ଗୀତ ଶୁଣିବାକୁ ଚାହୁଁଥିଲି। ଆପଣ ଓଲଟା ବୁଝୁଛନ୍ତି କାହିଁକି ? ଅନୁଗ୍ରହ କରି ନିଜେ ଯାଇ ବନ୍ଧୁତା କରିଅଛନ୍ତି। ଏତିକି କଥାରୁ ମତେ ଏଡେ ନିଚ ବୋଲି ଭାବିବା ଆପଣଙ୍କର ଉଚିତ ହୋଇ ନାହିଁ। ସେ ପର ସ୍ତ୍ରୀ ହୋଇ, ଯଦି ଆପଣଙ୍କ ସ୍ତ୍ରୀଙ୍କଠାରୁ ପଦେ ପଦେ ଲାଞ୍ଛନା ପାଇ ଚିରଦିନ ଆପଣଙ୍କ ଘରେ ରହିପାରେ, ତାହାହେଲେ ମୋ ଘରେ ଦିନେ କେତେଟା ରହିବା ଏଡ଼େ ଦୋଷାବହ ହେବ କାହିଁକି ?"

ମନମୋହନ ଟିକିଏ ନରମ ହୋଇ କହିଲେ – "ତା ନୁହେଁ। ଆମ୍ଭେମାନେ ଆଉ ଫେରି ଏଠାକୁ ଆସି ପାରିବୁ ନାହିଁ। ମୁଁ କିଛି ଆପଣଙ୍କ ପରି ସ୍ୱାଧୀନ ନୁହେଁ; ସାମାନ୍ୟ ସରକାରୀ ଚାକିରୀ କରେ। ସ୍କୁଲ ଖୋଲିବା ସମୟ ହେଲାଣି; ମତେ ଶୀଘ୍ର କାର୍ଯ୍ୟସ୍ଥଳକୁ ଯିବାକୁ ହେବ। ଆପଣ ଅନୁଗ୍ରହ କରି, ଆଉ ସେ ଅନୁରୋଧ କରିବେ ନାହିଁ।"

ଶ୍ରୀକାନ୍ତ ନମସ୍କାର ପକାଇ ଉଠି ଯାଉଥିଲେ। ମନମୋହନ ତାଙ୍କ ହାତ ଧରି ପକାଇ କ୍ଷମା ଭିକ୍ଷା କଲେ ଏବଂ ଲୀଳା ଦେଇଥିବା ଉପହାର ତାଙ୍କ ହସ୍ତରେ ଦେଲେ। ଶ୍ରୀକାନ୍ତ ପଛକୁ ମୁହଁ ବୁଲାଇ ଦେଖିଲେ, ଲୀଳା ମୁଗ୍ଧ ଦୃଷ୍ଟିରେ ତାଙ୍କ ଆଡ଼କୁ ଚାହିଁ ରହିଅଛି। ଆଖି ଫେରାଇ ପାରିଲେ ନାହିଁ। କାଳେ ମନମୋହନ ବାବୁ ରାଗ କରିବେ ଭାବି, ସେ କାର୍ଡ଼ବୋର୍ଡ଼ ବାକ୍ସଟି ହାତରେ ଧରି ବାହାରି ଚାଲିଗଲେ।

ଏ ଘଟଣାର ପରଦିନ ରାତି ସାତଟା ବେଳେ ଶ୍ରୀକାନ୍ତ ମନମୋହନଙ୍କ ବସାକୁ ଗଲେ। ଡାକ ଶୁଣି, ଲୀଳା ଲଣ୍ଠନ ଆଣି ଖବର ଦେଲା, ବାବୁ ଜିନିଷ ପତ୍ର ଖରିଦ କରିବାକୁ ବଜାର ଯାଇଛନ୍ତି; ଆସୁ ଆସୁ ଅନେକ ରାତି ହେବ କହି ଯାଇଛନ୍ତି।

କଣ୍ଠ ସ୍ୱରରେ ମୁଗ୍ଧ ବିହ୍ୱଳ ହୋଇ ଶ୍ରୀକାନ୍ତ ଖଟ ଉପରେ ବସିପଡ଼ି ଲୀଳାକୁ ପାଖକୁ ଡାକିଲେ। ସେ ଟିକିଏ ଦୂରରେ ଆସି ଠିଆହେଲା। ଶ୍ରୀକାନ୍ତ କହିଲେ – "ଲୀଳା, ତୁମେ ବୁଝିପାରିବ ନାହିଁ; ତୁମ ପାଇଁ ମୋ ମନ କଅଣ ହେଉଛି। ସେଥିପାଇଁ କାଲି ମନମୋହନ ବାବୁଙ୍କଠାରୁ ଏତେ ଅପମାନ ପାଇ ସୁଦ୍ଧା ଆଜି ଆସିଲି। ତୁମେ ଦେଇଥିବା ଉପହାର ନେଇଛି। ଚିରଜୀବନ ପାଖେ ପାଖେ ରଖିବି, ମନ କୌଣସି କାରଣରୁ ବ୍ୟସ୍ତ ହେଲେ କାଢ଼ି ସେଗୁଡ଼ିକ ଦେଖିବି।"

"ଆପଣ କାହିଁକ କାଲି ରାଗିଲେ ? ବାବୁ ମଧ କାହିଁକି ରାଗିକରି ଆପଣଙ୍କୁ କଅଣ କହିଲେ, ମୁଁ ଶୁଣି ନାହିଁ।"

"ମୁଁ ପ୍ରସ୍ତାବ କରୁଥିଲି, ଲୀଳା, ଅନ୍ତତଃ ଦୁଇ ଚାରିଦିନ ପାଇଁ ତୁମ ହାତରନ୍ଧା ଖାଇ, ତୁମଠାରୁ ଗୀତ ଶୁଣି ଜୀବନ ଧନ୍ୟ କରନ୍ତି। ଓଡ଼ିଆଘର ଝିଅଠାରେ ଏତେ ଗୁଣ ଦେଖି, ମୁଁ ତୁମକୁ ମୋର ଆରାଧ୍ୟା ଦେବୀ ବୋଲି ଭାବିଛି। ତୁମେ ଅନ୍ୟର ବିବାହିତ ପତ୍ନୀ, ମୁଁ ଜାଣେ। ଏହି ପ୍ରସ୍ତାବ କଲା ମାତ୍ରେ ତମ ବାବୁ ମୋ ଉପରେ ଅଗ୍ନିଶର୍ମା ହୋଇ ଯାହା ଇଚ୍ଛା ତାହା କହିଗଲେ।"

ଲୀଳା କହିଲା – "ମୋଠାରୁ ବଳି ହତଭାଗିନୀ ଏ ସଂସାରରେ ଆଉ କେହି ଅଛି କି ନାହିଁ ସନ୍ଦେହ। ମୋଠାରେ ଆପଣଙ୍କ ଅନୁଗ୍ରହ, ଆପଣଙ୍କ ମହତ୍ ହୃଦୟର ପରିଚାୟକ। ତେବେ ମୁଁ ଏମାନଙ୍କୁ ଛାଡ଼ି ରହିବି କିପରି ? ଏମାନେ ମୋର ଅନ୍ନଦାତା। ମୁଁ ଯେ ଏପରି ଆଜି ହୋଇ ପାରିଛି, ତାହା କେବଳ ଏମାନଙ୍କ ଅନୁଗ୍ରହରୁ।"

"ତା ସତ ଲୀଳା, ମୁଁ ଅସ୍ୱୀକାର କରୁନାହିଁ। ତୁମ୍ଭଙ୍କୁ ସମାଜ ସମକ୍ଷରେ ଉପସ୍ଥାପିତ କରି ମୁଁ ଜଣାଇବାକୁ ଚାହେଁ, ଯେ ଓଡ଼ିଆଣୀର ଆଦର୍ଶ ତୁମେ। ତୁମକୁ ଆଦର୍ଶ ରୂପେ ପାଇଲେ, ଓଡ଼ିଆଣୀର ଚେତନା ଆସିବ। ତୁମ୍ଭଙ୍କୁ ପାଖରେ ରଖିବାରେ ଯେ ମୁଁ ଏକାବେଳେକେ ନିଃସ୍ୱାର୍ଥପର ତାହା କହିପାରୁ ନାହିଁ। ତୁମ୍ଭର ଚାଲିଚଳଣ, ତୁମ୍ଭ ରନ୍ଧାବଢ଼ା ଓ ଗୀତ ମତେ ବିମୋହିତ କରିଅଛି।"

ଲୀଳା କହିଲା – "ମୁଁ ଯେ ବିବାହିତ, ମୋର ଯେ ସ୍ୱାମୀ ସେ ଯଦି ମୋତେ କେବେ ଖୋଜି ଚିହ୍ନିକରି ନେବାକୁ ଆସନ୍ତି, ତାହାହେଲେ କଅଣ ହେବ ?"

ଶ୍ରୀକାନ୍ତ - "ମୁଁ ଅମ୍ଳାନ ବଦନରେ ତୁମ୍ଭଙ୍କୁ ତୁମ୍ଭ ସ୍ୱାମୀଙ୍କ ହସ୍ତରେ ଅର୍ପଣକରି ଧନ୍ୟ ହେବି। କେବଳ ସେତିକି ନୁହେଁ। ମୁଁ ଏଠାରୁ ରେଙ୍ଗୁନ୍‌କୁ ଖବର ପଠାଇ ବୁଝିବି, ଯଦି ତାଙ୍କ ଖବର ମିଳେ ତାଙ୍କୁ ଡକାଇ ଆଣିବି।"

ଲୀଳା – "ଆଚ୍ଛା, ହେଉ, ମୋର ଆପଣଙ୍କ ନିକଟରେ ରହିବାକୁ କୌଣସି ଆପତ୍ତି ନାହିଁ। ଏ କେତେ ଦିନର ବ୍ୟବହାରରୁ ମୁଁ ବୁଝିଛି, ଆପଣ ଭଦ୍ରବ୍ୟକ୍ତି। ତେବେ ମୁଁ କିପରି ରହିବି; ମନମୋହନ ବାବୁ ମତେ କୌଣସି ମତେ ଛାଡ଼ିବେ ନାହିଁ। କେବଳ ବାବୁଙ୍କ ଯୋଗୁଁ ନଚେତ୍ ତାଙ୍କ ସ୍ତ୍ରୀଙ୍କର ମୋ ଉପରେ ଯେ ଅତ୍ୟାଚାର; ଶୁଣିଲେ ଆପଣ ଆଶ୍ଚର୍ଯ୍ୟ   ହେବେ।"

ଶ୍ରୀକାନ୍ତ - "ମୁଁ ଶୁଣିଛି, ଲୀଳା, ସେସବୁ ବର୍ତ୍ତମାନ କହିବାର ସମୟ ନୁହେଁ। ତୁମେ ରହିବାର ଗୋଟିଏ ଉପାୟ ମୁଁ ଭାବିଛି। ମନମୋହନ ବାବୁ ତମୁକୁ କେବେ ଛାଡ଼ିବେ ନାହିଁ, ମୁଁ ଜାଣେ। ତୁମେମାନେ ବୋଧହୁଏ ପରଦିନ ସନ୍ଧ୍ୟା ଗାଡ଼ିରେ ହାବଡ଼ା

ଷ୍ଟେସନଠାରୁ ଯିବ। ମୁଁ ମୋର ଖାନସମାକୁ ସଙ୍ଗରେ ନେଇ ମଟରରେ ଯାଇଥିବି। ତୁମେମାନେ ଯେପରି ଦେଖି ନ ପାରିବ, ଏପରି ଜାଗାରେ ଅପେକ୍ଷା କରିଥିବି। ତମେମାନେ ଗାଡ଼ିକୁ ଗଲାବେଳେ ଖାନସମା ପଛେ ପଛେ ଦୁଇ ଖଣ୍ଡ ପ୍ଲାଟ୍‌ଫର୍ମ ଟିକଟ ନେଇ ପ୍ଲାଟଫର୍ମ ଭିତରକୁ ଯିବ। ତମେ ବାହାରେ ବୁଲୁଥିବ। ଗାଡ଼ି ଛାଡ଼ିବା ବେଳ ହେଲେ ଜିନିଷପତ୍ର ଗାଡ଼ିରେ ଉଠାଇ ଦେଇ ପ୍ଲାଟଫର୍ମରେ ରହିଯିବ। ଗାଡ଼ି ଚାଲିଗଲେ ଖାନ୍‌ସମା ସଙ୍ଗେ ଆସିବ; ମୁଁ ଫାଟକ ନିକଟରେ ଅପେକ୍ଷା କରିଥିବି। ମଟରରେ ବସି ଆମ ଘରକୁ ଚାଲି ଆସିବା।”

ଏ ପ୍ରସ୍ତାବ କାନ ଡେରି ଲୀଳା ଆଗ୍ରହ ସହକାରେ ଶୁଣୁଥିଲା । ଶ୍ରୀକାନ୍ତ ତୁନି ହେଲାରୁ ଭୟରେ ଥରି ଥରି ସେ କହିଲା – “ଯଦି ବାବୁ ଜାଣନ୍ତି, ମତେ କ’ଣ କହିବେ ?”

ଶ୍ରୀକାନ୍ତ – “ଭୟ ନାହିଁ, ଲୀଳା ! ସେ ଆଉ ଆସିବେ ନାହିଁ, ଆସିଲେ ତାଙ୍କୁ ବାହାରୁ ତଡ଼ାଇ ଦେବାର ଭାର ମୋ ଉପରେ। ତୁମର ସେ କିଛି କରି ପାରିବେ ନାହିଁ।”

ଲୀଳା ସମ୍ମତ ହେଲା; ତାଙ୍କ ପ୍ରସ୍ତାବ ଅନାସ୍ଥାରେ କାର୍ଯ୍ୟ କରିବାକୁ ପ୍ରତିଶ୍ରୁତି ଦେଲା। ଫେରିଲା ବେଳେ ଶ୍ରୀକାନ୍ତ କହି ଆସିଲେ – “ସମୟ ଉଚ୍ଛୁର ହେଲାଣି, ହୁଏତ ତମ ବାବୁ ଆସିଯିବେ। ମୁଁ ଯାଉଛି। ସବୁ ଗୋପନ ରଖିବ।” ଲୀଳା ହସି ହସି ମୁଣ୍ଡ ହଲାଇ ସମ୍ମତି ଜଣାଇଲା। ତା’ର କଥାରେ, ଚକ୍ଷୁରେ ପୂର୍ଣ୍ଣ ସରଳତା ବିରାଜମାନ ଥିବା ବିଶ୍ୱାସରେ ଆନନ୍ଦ ମନରେ ଶ୍ରୀକାନ୍ତ ଘରକୁ ଫେରି ଆସିଲେ। ଆନନ୍ଦରେ, ଭାବନାରେ ସେ ରାତିରେ ବାରିଷ୍ଟରଙ୍କୁ ଭଲ ନିଦ୍ରା ହେଲା ନାହିଁ।

ରାଗରେ ଶ୍ରୀକାନ୍ତ ମନମୋହନଙ୍କୁ ବିଦାୟ ଦେବାକୁ ଗଲେ ନାହିଁ – କାଳେ ସେ କ’ଣ ଭାବିବେ। ମନମୋହନ ମଧ୍ୟ ଆଉ ଆସିଲେ ନାହିଁ। ନିର୍ଦ୍ଦିଷ୍ଟ ସମୟରେ ଶ୍ରୀକାନ୍ତ ମଟର ଯୋଗେ ଖାନ୍‌ସମାକୁ ନେଇ ହାବଡ଼ା ଷ୍ଟେସନଠାରେ ହାଜର ହେଲେ। ଅନ୍ତରାଳରେ ରହି ମନମୋହନ, ତାଙ୍କ ସ୍ତ୍ରୀ ଓ ଲୀଳା ଆସିବାର ଦେଖିଲେ। ସେମାନେ ଟିକଟ କିଣି ଜିନିଷପତ୍ର କୁଲି ମୁଣ୍ଡରେ ଦେଇ ଗାଡ଼ିକୁ ବାହାରିଲେ। ଖାନ୍‌ସମା ଦୁଇଖଣ୍ଡ ପ୍ଲାଟଫର୍ମ ଟିକଟ୍ କିଣି ନେଇ ସେମାନଙ୍କ ପଛେ ପଛେ ଚାଲିଲା। ଗାଡ଼ିରେ ମନମୋହନ ଓ ତାଙ୍କ ସ୍ତ୍ରୀ ବସିଲେ। ଲୀଳା ବାହାରେ ବୁଲୁଥାଏ। ଗାଡ଼ି ଘଣ୍ଟା ପଡ଼ିବାକୁ ଲାଗିଲା, ସିଟ୍ ଦେଇ ଗାଡ଼ି ଚାଲିଲା। ଲୀଳା ପ୍ଲାଟଫର୍ମରେ ରହିଗଲା। ଗାଡ଼ିରୁ ମୁହଁ ବଢ଼ାଇ ମନମୋହନ ଉଚ୍ଚ ଡାକରେ ଡାକିବାକୁ ଲାଗିଲେ; ସେ ଗଲା ନାହିଁ। ଗାଡ଼ି ବାହାରି

ଚାଲିଗଲା। ଲୀଳା ଖାନସମା ସଙ୍ଗେ ଆସି ଫାଟକ ନିକଟରେ ଶ୍ରୀକାନ୍ତଙ୍କୁ ଦେଖିଲା। ଦୁହେଁ ଭାରି ହସ ହସ। ଦୁହେଁ ମଟରରେ ବସି ଘରକୁ ଆସିଲେ।

ଆଜି କାଲି ଶ୍ରୀକାନ୍ତ ବଡ଼ ଚଞ୍ଚଳମନା। ହାଇକୋର୍ଟକୁ ଯାଆନ୍ତି, କୌଣସିଥିରେ ମନଲାଗେ ନାହିଁ, ଦୁଇଟା ତିନିଟା ବେଳକୁ ଘରକୁ ଚାଲି ଆସନ୍ତି। ଘରେ ଆସି ଲୀଳା ସଙ୍ଗେ କେତେ ବିଷୟର ଆଲୋଚନା କରନ୍ତି। ହିନ୍ଦୁ ସମାଜର ଦୋଷ ଗୁଣ ନେଇ ଅନେକ ତର୍କ ବିତର୍କ ପଡ଼େ। ଲୀଳା ହିନ୍ଦୁ ସମାଜ ସପକ୍ଷରେ ଓ ଶ୍ରୀକାନ୍ତ ବିପକ୍ଷରେ। ସବୁଥିରେ ଶ୍ରୀକାନ୍ତ ହାର ମାନନ୍ତି। ହିନ୍ଦୁର ସମାଜ ବନ୍ଧନରେ ସ୍ୱାର୍ଥର ସତ୍ତା ନାହିଁ। ପରିବାରର ମୁଖ୍ୟ ବ୍ୟକ୍ତି ସେ ସ୍ୱାର୍ଥତ୍ୟାଗ କରିବେ। ଆଧୁନିକ ସଭ୍ୟ ସମାଜରେ କୌଣସି ବନ୍ଧନ ନାହିଁ; ସମସ୍ତେ ସ୍ୱାର୍ଥପର; ନିଜ ନିଜର ସୁଖ ଦେଖିବାରେ ବ୍ୟସ୍ତ। ସମାଜକୁ ଉନ୍ନୀତ କରିବାକୁ ହେଲେ, ସମାଜ ଭିତରେ ରହିଯିବାକୁ ହେବ। ଶ୍ରୀକାନ୍ତ ନିଜ ମତ ଦୃଢ଼ ଭାବରେ ଉପସ୍ଥାପିତ କରି ପାରନ୍ତି ନାହିଁ; ହାର ମାନନ୍ତି। ଏପରି ହାରମାନିବାରେ ଯେ ତାଙ୍କର ସୁଖ !

ଲୀଳା ତା'ର ଇଚ୍ଛାନୁସାରେ ଗୀତ ବୋଲେ; ଘରକାର୍ଯ୍ୟ କରେ। ଶ୍ରୀକାନ୍ତଙ୍କ ଫରମାସ ଅନୁସାରେ କୌଣସି କାର୍ଯ୍ୟ କରେ ନାହିଁ। ସେ ଏ ମଧ୍ୟରେ ଗୋଟିଏ ଦିଓଟି ଭଲ ଅଲଙ୍କାର ଓ ସୁନ୍ଦର ଶାଢ଼ୀ କୁର୍ତ୍ତା ଆଣି ଦେଇଛନ୍ତି; ଶତ ଅନୁରୋଧରେ, ସେ ବ୍ୟବହାର ନ କରି ରଖିଦେଇ ଅଛି। ଏହିପରି ଚାରିଦିନ କାଳ ଅତି ଚଞ୍ଚଳ ଅତିବାହିତ ହୋଇଗଲା।

ପଞ୍ଚମ ଦିନ ହାଇକୋର୍ଟ ବାରଲାଇବ୍ରେରୀରେ ମିଷ୍ଟର ରାଓଟ୍ ବସି ସଙ୍ଗୀମାନଙ୍କ ସଙ୍ଗେ ଖୁସି ଗପ କରୁଛନ୍ତି, ଦୁଆର ନିକଟରେ ମନମୋହନଙ୍କୁ ଦେଖି ଚମକି ପଡ଼ିଲେ; ମୁହଁ କଳାକାଠ ପଡ଼ିଗଲା। ବାହାରକୁ ଆସି ତାଙ୍କୁ ଆଗମନର କାରଣ ପଚାରିଲେ। ମନମୋହନ କହିଲେ – "ବୋଧହୁଏ, ଆଗମନର କାରଣ ଆପଣଙ୍କୁ ଅଜ୍ଞାତ ନାହିଁ। ଲୀଳା, ଆପଣଙ୍କ ଘରେ ଅଛି; ଆସନ୍ତୁ, ଅନୁଗ୍ରହ କରି ବିଦା କରିଦେବେ।"

ଶ୍ରୀକାନ୍ତ - "ଲୀଳା, ଲୀଳା ! କାହିଁ ଆମ ଘରକୁ ତ ଆସି ନାହିଁ। ଆପଣଙ୍କୁ କିଏ କହିଲା ? ପରଦିନ ମୁଁ ଯାଇ ଆପଣଙ୍କ ବସା ଦେଖିଲି, କେହି ନାହାନ୍ତି ସମସ୍ତେ ଚାଲି ଯାଇଛନ୍ତି।"

ମନମୋହନ - "ଆପଣ ବାରିଷ୍ଟର; ଯାହା କହିବେ, ଯାହା କରିବେ ସବୁ ସୁନ୍ଦର। ମୁଁ ସବୁ ବୁଝିଛି। ଆପଣ ନିଜର ବିବାହିତ ପତ୍ନୀକୁ ପରିତ୍ୟାଗ କରି, କଲିକତାରେ ଆଉ କାହାକୁ ବିଭା ହେବାର ପ୍ରସ୍ତାବ କରିଥିଲେ। ସେଥିରେ ଅକୃତକାର୍ଯ୍ୟ ହୋଇ, ବର୍ତ୍ତମାନ ଆମ ଲୀଳାକୁ ଭୁଲାଇଆଣି ଘରେ ରଖିଛନ୍ତି। ପଚାରିଲାରୁ କହୁଛନ୍ତି - ଆପଣ କିଛି ଜାଣନ୍ତି ନାହିଁ।"

ଶ୍ରୀକାନ୍ତ ଆକାଶରୁ ପଡ଼ିଲେ ! କଅଣ ଉତ୍ତର ଦେବେ କିଛି ଠିକ୍ କରି ନପାରି ମୁହଁ ବୁଲାଇ ଲାଇବ୍ରେରୀ ଭିତରକୁ ଚାଲିଗଲେ । ମନମୋହନ କିଛିକ୍ଷଣ ଅପେକ୍ଷା କରି ଫେରିଆସିଲେ ।

ବେଳ ରତ, ରତ – ସୂର୍ଯ୍ୟ ହସି ହସି ମା' କୋଡ଼କୁ ଢଳି ଅଛନ୍ତି – ମାତ୍ର କଲିକତାରେ ସେ ଶୋଭା ଦେଖିବା ଅସମ୍ଭବ । ଅନିଚ୍ଛାରେ ବିପଦ ଆଶଙ୍କା କରି ଶ୍ରୀକାନ୍ତ ଘରକୁ ଫେରିଲେ । ଦାଣ୍ଡଦୁଆରେ ଦେଖନ୍ତି – ମନମୋହନ ଠିଆହୋଇ ଅଛନ୍ତି । ସ୍ତମ୍ଭୀଭୂତ ହୋଇଗଲେ । ଘର ଭିତରେ ଅନେକ ଲୋକଙ୍କ ପାଟି ଶୁଭୁଅଛି । ମନେହେଲା, ବିପଦ ଉପସ୍ଥିତ । ନିଜର ମାନ ମର୍ଯ୍ୟାଦା କିପରି ବଜାୟ ରଖିବେ, ସ୍ଥିର କରି ପାରିଲେ ନାହିଁ ।

ମନମୋହନ ହସି ହସି ଡାକିଲେ – "ଆସ, ଭାଇ, ବନ୍ଧୁ ମୋର, କେତେ ନିର୍ଯ୍ୟାତନା ଦେଇଅଛି ।" ଏହା ଶୁଣି ମନେହେଲା, ଏ କି ପ୍ରକାର ପରିହାସ ! ପାହାଚକୁ ଉଠିଲେ; ଘର ଭିତରକୁ ଗଲେ । ଏ କ'ଣ ? ତାଙ୍କ ପିତା ମାତା ! କଞ୍ଚନମାଳୀ ଦଉଡ଼ି ଆସି ପୁଅକୁ କୁଣ୍ଢାଇ ପକାଇଲେ । ପିତା ମାତାଙ୍କୁ ଦଣ୍ଡବତ କରିବାକୁ ହେବ ଭୁଲିଗଲେ । ଗୋଟିଏ ଘରେ ଦେଖିଲେ ପୁରୋହିତ ବାଲି ସଜାଇ ହୋମର ଯୋଗାଡ଼ କରୁଅଛନ୍ତି । ମନେହେଲା – ଏ କ'ଣ ସ୍ୱପ୍ନ ପଛ ଆଡ଼କୁ ବୁଲି ଚାହାନ୍ତି ! ସେହି ମନମୋହନ ! ପିତା କହିଲେ, "ଚିହ୍ନି ପାରୁନାହୁଁ କି ବାପ ? ଏ ପରା ତୋର ବଡ଼ ସଢୁ; ନାଁ ଗୋବିନ୍ଦ ଚନ୍ଦ୍ର ମହାପାତ୍ର । ଏମ୍.ଏ. ପାସକରି କଟକ କଲେଜରେ ପ୍ରଫେସରି କରନ୍ତି । ଶ୍ରୀକାନ୍ତ ଜଳ ଜଳ ମନମୋହନଙ୍କୁ ଚାହିଁ ରହିଲେ ।"

ବିନୋଦ ବାରିକ ଦୁଇଟା ନୂଆ ବନାରସୀ ଯୋଡ଼ ଆଣି, ଶ୍ରୀକାନ୍ତଙ୍କ ଦେହରୁ ପୋଷାକ କାଢ଼ି, ପାଟଯୋଡ଼ ପିନ୍ଧାଇ ଦେଲା; ଚନ୍ଦନ ଘୋରି ଆଣି ଚିତା ଘିନାଇ ଦେଲା । ଚିତ୍ରପୁତ୍ତଳି ପରି ଶ୍ରୀକାନ୍ତ ବସିରହିଲେ । ଡକରା ପଡ଼ିବାରୁ ଯେଉଁ ଘରେ ହୋମର ଯୋଗାଡ଼ ହେଉଥିଲା, ସେ ଘରକୁ ଗଲେ । ଶଙ୍ଖ ବାଜି ଉଠିଲା, ହୁଳହୁଳି ପଡ଼ିଲା; ଜ୍ୟୋତିଷ ଅବଧାନ ମଧୁରାଷ୍ଟକ ପଢ଼ିଲେ; ପୁରୋହିତ ମନ୍ତ୍ର ଉଚ୍ଚାରଣ କରି ହୋମ ଆରମ୍ଭ କରିଦେଲେ । ବେଶଭୂଷା ହୋଇ ନୂଆ ପାଟଶାଢ଼ୀ ପିନ୍ଧି ବୋହୂ ଆସିଲା । ତାଙ୍କର ସର୍ବାଙ୍ଗ ଆବୃତ; କେବଳ ଅଳକ୍ତରଞ୍ଜିତ ପାଦ ଦୁଇଟି ଶ୍ରୀକାନ୍ତଙ୍କ ଆଖି ଆଗରେ ପଡ଼ିଲା । ଅନେକ ଦିନ ପୂର୍ବେ ଏହିପରି ଯୋଡ଼ିଏ ପାଦ ଦେଖିଥିଲେ – ମନେପଡ଼ିଲା । ପରକ୍ଷଣରେ ଭାବିଲେ - ନା, ଏ ଲୀଳାର ପାଦ !

ପ୍ରସନ୍ନ ନଡ଼ିଆ ହୋମକୁଣ୍ଡରେ ପେଡ଼ ଗଲା । ଆଶୀର୍ବାଦ ଭାବେ କ୍ରିୟା ଶେଷ ହେଲା । ସମସ୍ତେ ବସି କରି ଭୋଜନ କଲେ ।

ପରଦିନ ସକାଳୁ ଉଠି ଶ୍ରୀକାନ୍ତ, ମନମୋହନ ଓରଫ୍ ଗୋବିନ୍ଦବାବୁଙ୍କୁ କହିଲେ – "ଆପଣ ମତେ ଏତେ ଦୂର ପ୍ରତାରଣା କଲେ। ପରିଚୟ ଦେଇଥିଲେ, କଅଣ ଲୋକସାନ ହୋଇଥାଆନ୍ତା।"

ଗୋବିନ୍ଦ ବାବୁ କହିଲେ – "କିଏ ପ୍ରତାରକ, ଆପଣ ନା,ମୁଁ; ଭାବି ଦେଖନ୍ତୁ। ଆପଣଙ୍କ ପ୍ରତାରଣାରେ ପଡ଼ି ଗୋଟିଏ ପରିବାର ଉତ୍ସନ୍ନ ଯିବା ଉପରେ ବସିଥିଲା। ମୋ ପ୍ରତାରଣା କଥା ଯଦି କହନ୍ତି, ତାହାହେଲେ ସେପରି ପ୍ରତାରିତ ହେବାକୁ ପ୍ରତ୍ୟେକେ ଆନନ୍ଦ ସହକାରେ ଇଚ୍ଛା କରିବେ ଓ ଅଭିଧାନରେ ତାହାର ଅର୍ଥ ଭିନ୍ନ ପ୍ରକାର ହୋଇଯିବ।"

■

ମାଳତୀ

ଆଜି ଦଶହରା, ରାତି ପ୍ରାୟ ଏକ ପ୍ରହର ହେଲାଣି । ନିର୍ମଳ ଶରଚ୍ଚନ୍ଦ୍ର ଧଉଳୀ ପାହାଡ଼ ଓ ତାହାର ଚତୁର୍ଦ୍ଦିଗରେ ପଡ଼ି ଅତି ମନୋହର ଦିଶୁଅଛି । ଧୀର ସମୀର କୋମଳ ପଲ୍ଲବ ଦୋହଲାଇ ଜ୍ୟୋସ୍ନାର ଅପୂର୍ବ ଶୋଭା ସମ୍ପାଦନ କରାଉଅଛି । ସ୍ୱଚ୍ଛସଲୀଳା ଦୟା ନଦୀ ପାହାଡ଼ର ପାଦଦେଶ ଚୁମ୍ବନ କରି ଧାବମାନା । ପକ୍ଷୀମାନଙ୍କର ମଧୁର କାକଳିରେ ଧଉଳୀ କୂଜିତ ହେଉଅଛି । ଚତୁର୍ଦ୍ଦିଗସ୍ଥ ଶସ୍ୟକ୍ଷେତ୍ର ପଶାପାଲି ପରି ଦେଖାଯାଉଅଛି । କୌଶଲ୍ୟା ଗଙ୍ଗାର ଶୋଭା ବର୍ଣ୍ଣନୀୟ ନୁହେଁ । ପ୍ରକୃତିର ଏପରି ଦୃଶ୍ୟ, ତା ମଧ୍ୟରେ ପୁଣି ଏକାକିନୀ ଗୋଟିଏ ପଞ୍ଚଦଶ ବର୍ଷିୟା ସୁନ୍ଦରୀ ବିଦ୍ୟମାନ । ସିଦ୍ଧିଦାତା ଗଣେଶଙ୍କ ଠାରେ ନିଜ ଦୁଃଖ ଜଣାଇବାକୁ ହେଉ, ବା ଅନ୍ୟ କୌଣସି କାରଣରୁ ହେଉ ଯୁବତୀ ଆସିଅଛନ୍ତି । ଅପୂର୍ବ ସୌନ୍ଦର୍ଯ୍ୟରେ ବିଷାଦ କାଳିମାଁ ପଡ଼ିଅଛି । ସେ କେତେବେଳେ ଉର୍ଦ୍ଧ୍ୱକୁ କେତେବେଳେ ଗଣେଶଙ୍କ ଆଡ଼କୁ, କେତେବେଳେ ଅବା ଚତୁର୍ଦ୍ଦିଗକୁ ଚାହୁଁ ଅଛନ୍ତି । ଚକ୍ଷୁଦ୍ୱୟରୁ ଅବିଶ୍ରାନ୍ତ ଅଶ୍ରୁଧାରା ଗଡୁଅଛି । କ୍ଷଣ କ୍ଷଣକେ ଦୀର୍ଘଶ୍ୱାସ, କିଛି ସମୟରେ ଗୋଟିଏ ଯୁବକ ସେଠାରେ ଆସି ଉପସ୍ଥିତ ହେଲେ । ବୟସ ପଚିଶ ହେବ, ରୂପକାନ୍ତି ଦେଖିଲେ କୌଣସି ଉଚ୍ଚକୁଳୋଦ୍ଭବ ବୋଲି ମନେହୁଏ । ଦୁହେଁ ଦୁହିଁଙ୍କ ଆଡ଼କୁ ଚାହିଁ ରହିଲେ, କାହାରି ତୁଣ୍ଡରେ କଥା ନାହିଁ । ଯୁବକଟି କିଞ୍ଚିତ୍ ଅଗ୍ରସର ହୋଇ ଯୁବତୀଙ୍କ ପୃଷ୍ଠଦେଶରେ ବାମହସ୍ତ ଏବଂ ଓଷ୍ଠରେ ଦକ୍ଷିଣ ହସ୍ତ ସ୍ଥାପନ ପୂର୍ବକ ମୁଖକୁ ଚାହିଁ ରହିଲେ । ଚାରିଚକ୍ଷୁ ଏକତ୍ର ହେଲା । ଏଥିରେ ଯୁବତୀଙ୍କ ଶୋକ ଦ୍ୱିଗୁଣ ବଢ଼ିଲା । ଏପରି ଭାବରେ କେତେକ ସମୟ ଗତ ହେଲା ପରେ, ଯୁବକଟି ପୃଷ୍ଠଦେଶରେ ହସ୍ତ ସଞ୍ଚାଳନ ପୂର୍ବକ ଅସ୍ଫୁଟ ସ୍ୱରରେ କ'ଣ କହି ଚାଲିଗଲେ । ନାରୀ ଅନିମେଷ ନୟନରେ ଚାହିଁ ରହିଥାଆନ୍ତି । ଯୁବା ଅଦୃଶ୍ୟ ହୁଅନ୍ତେ ସେ ଭାବିବାକୁ ଲାଗିଲେ - ଆହା ସେହି ଅକପଟ ସ୍ୱଭାବ ବାଲ୍ୟକାଳରୁ ମଧ୍ୟ ଠିକ୍ ସେହିପରି ରହିଅଛି । ବାଲିଘର,

ଲୁଚକାଳି ଖେଳିଲା ବେଳେ ମୋ ପ୍ରତି ଯେପରି ସ୍ନେହ ଦୟା ଥିଲା। ଆଜି ମୁଁ ସେଥିରୁ ତ କିଛି ଊଣା ଦେଖିପାରିଲି ନାହିଁ। ଖବର ପାଇଲା କ୍ଷଣି, ଦଶ ବାର କୋଶ ବାଟ ଚାଲିଆସି ଅଛନ୍ତି। ଯେଉଁ ସମୟକୁ କହି ପଠାଇଥିଲି, ଠିକ୍ ସେତିକି ବେଳକୁ ଆସି ପହଞ୍ଚିଲେ। ଆହା ବାଟରେ ଆସୁ ଆସୁ କେତେ କଷ୍ଟ ପାଇ ନଥିବେ। କେଡ଼େ ବଡ଼ଲୋକୀରେ ଚଳୁଥିଲେ, ମୋ ଛାର ପାଇଁ କେତେ କଷ୍ଟ; କେତେ ଚିନ୍ତା ସହିଲେ। ଧନ ସମ୍ପଦ ମନୁଷ୍ୟକୁ କେତେବେଳେ ହେଲେ ତ ସୁଖ ଦେଇନାହିଁ। ତାଙ୍କ ସଙ୍ଗେ ବିବାହ ଦେବେ ବୋଲି ବାପା ପିଲାଦିନୁ ସ୍ଥିର ପାଇଥିଲେ। ଆଜି ସମ୍ପଦ ଗଲାବୋଲି ସିନା ! ମୋର ତ ସମ୍ପତ୍ତି ଲୋଡ଼ା ନାହିଁ ? କ'ଣ କରିବି ? ବାପାବୋଉଙ୍କୁ ମନଖୋଲି କହିବି ବୋଲି କେତେଥର ଭାବିଲିଣି ! ପାଖକୁ ଗଲାବେଳକୁ ମନ କିମିତ କିମିତି ହଉଚି। କେତେଥର ଚେଷ୍ଟା କଲିଣି କହି ପାରୁନାହିଁ। କ'ଣ କରିବି ?

ଦକ୍ଷିଣ ନୂଆଗାଁରେ ଜନାର୍ଦ୍ଦନ ଚଉଧୁରୀ ଜମିଦାରଙ୍କ ଘର, ସମ୍ପତ୍ତି ବାଡ଼ି କମ୍ ନୁହେଁ। ଆଡ଼େ ଦୀର୍ଘେ ଚାରି କ୍ରୋଶରେ ମାଲିକ। ଟଙ୍କା ପଇସା ଧାନ ମହାଜନୀ ମଧ୍ୟ ଖୁବ୍ ଅଛି। ତାଙ୍କ କନ୍ୟା ମାଳତୀଙ୍କ ବିବାହ ଆସନ୍ତା ମାର୍ଗଶୀର ଶୁକ୍ଳ ଦ୍ୱିତୀୟା, ଆଉ ପନ୍ଦର ଦିନ ରହିଲା। ପ୍ରଜାମାନଙ୍କୁ ଆଜିକାଲି ଅବସର ନାହିଁ। ସମସ୍ତେ ବିବାହ ଜିନିଷପତ୍ର ଯୋଗାଡ଼ରେ ବ୍ୟସ୍ତ। ଆଜିଠାରୁ ନହବତ ବାଜା ବଜି। ଦକ୍ଷିଣ ନୂଆଗାଁର ସମସ୍ତେ ଆଜିକାଲି ଖୁସି ଅଛନ୍ତି। ଯେଉଁଆଡ଼େ ଯାଅ ଖାଲି ସେହି ବିଭାଘର କଥା। ଚଉଧୁରୀ ଏ ଗୋଟିଏ ଅତ୍ୟନ୍ତ ସୁଶ୍ରୀ ଧନବାନ ଜାମାତା ଠିକ୍ କରିଅଛନ୍ତି। ସ୍ୱୀକାର ସମ୍ପ୍ରତି ଆସିଲାଣି, ସ୍ୱୀକାର ଆସିଲା ଦିନଠାରୁ କନ୍ୟାପିତା ଘରେ ବାହୁନି କାନ୍ଦିଥାଏ। ଏତେ ଦିନର ସମ୍ପର୍କ ବାପ, ମାଆ, ଭାଇ, ଭଉଣୀମାନଙ୍କୁ ଛାଡ଼ି ଚାଲିଯିବାକୁ ହେବ, ସେଥିନିମିତ୍ତ କେହି କେହି ନିଜ କୁଟୁମ୍ବ, ସାଇପଡ଼ିଶାଙ୍କ ଦୁଆରେ ମଧ୍ୟ ପାଳିକରି କାନ୍ଦିଥାଆନ୍ତି। କାହିଁକି କେଜାଣି ମାଳତୀଙ୍କୁ ସେପରି କାନ୍ଦିବାର କେହି ଦେଖି ନାହାନ୍ତି। ଏପରି କାନ୍ଦଣା ସୁଖର କି ଦୁଃଖର ତାହା ମଧ୍ୟ ଠିକ୍ କହିବାର ଶକ୍ତି ଆମ୍ଭମାନଙ୍କର ନାହିଁ। ସ୍ତ୍ରୀମାନେ ଏହା ଦେଖି କାନ୍ଦିବା ପାଇଁ ତାଙ୍କୁ ଯଥାବିଧି ଅନୁରୋଧ କରି ବିଫଳଯତ୍ନ ହୋଇଥିଲେ। ଏ ବିଷୟ ନେଇ ସାଇ ମାଇପଙ୍କ ସମ୍ମିଳନୀରେ ତୀବ୍ର ସମାଲୋଚନା ଓ କେତେ କଳ୍ପନା ଜଳ୍ପନା ହୋଇପାରି ଥାଆନ୍ତା; କିନ୍ତୁ ମାଳତୀଙ୍କ ଗୁଣରେ ପୂର୍ବରୁ ସମସ୍ତେ ତାଙ୍କର ନିତାନ୍ତ ପକ୍ଷପାତି ଥିଲେ। ସେଥିଯୋଗୁଁ ବୋଧହୁଏ ସେପରି କିଛି....... ପାଇନାହିଁ। ବିବାହ ଦିନ ଯେତେ ନିକଟ ହେବାକୁ ଲାଗିଲା, ମାଳତୀଙ୍କ ମନସ୍ତାପ ସେତିକି ବଢ଼ିଲା। ନିଦ୍ରା, ଆହାର, ମିଷ୍ଟାଳାପ ପ୍ରାୟ ପରିତ୍ୟାଗ କରିଥିଲେ କହିଲେ ଚଳେ। କେହି କିଛି କାରଣ ଅନୁସନ୍ଧାନ କରିପାରିଲେ ନାହିଁ। ସମସ୍ତେ କହୁଥାଆନ୍ତି

ବିବାହ ପରେ ମାଳତୀ ପିତାମାତାଙ୍କୁ ତ୍ୟାଗ କରିଯିବେ ବୋଲି ଏପରି ଶୋକ କରୁଅଛନ୍ତି। କ୍ରମେ ବିବାହ ଦିନ ଆସି ନିକଟ ହେଲା। ଆସନ୍ତା ପରଦିନ ବିଭାଘର ହେବ। କେତେ ବାଦ୍ୟ, ବଡ଼କାଠ ବାଜିଲାଣି। ଗାଁ ପିଲାଗୁଡ଼ାକ ନ ଖାଇ ନ ପିଇ ଆସି ଚଉଧୁରୀଙ୍କ ଦୁଆରେ ଜମା। କେତେ ଆଡୁ କେତେ ଭାରଥୋର ଆସୁଅଛି କିଛି ସୀମା ନାହିଁ। କୌଶଲ୍ୟା ଗାଙ୍ଗରୁ ପଦ୍ମପତ୍ର ବୁହା ଲାଗିଅଛି। ଆଜି ସକାଳୁ ମାଳତୀ ଉଠି ଗାଧୋଇ ପାଧୋଇ ଆସିଅଛନ୍ତି। ସେ ଆଜି କାହିଁକି ସବୁଦିନଠାରୁ ଟିକିଏ ଖୁସି ଅଛନ୍ତି। ବେଳ ଦୁଇ ଘଡ଼ିକି ପହରେ ହେଲାଣି। ଜନାର୍ଦ୍ଦନ ଚଉଧୁରୀ ତାଙ୍କ ସ୍ତ୍ରୀଙ୍କ ସହିତ କ'ଣ କଥାବାର୍ତ୍ତା ହେଉଅଛନ୍ତି। ହଠାତ୍ ମାଳତୀ ସେ ଘରେ ପ୍ରବେଶ ହେଲେ। ପିତାଙ୍କ ଚରଣ ତଳେ ପଡ଼ି କହିଲେ, "ବାପା ଆଜିଯାଏ କିଛି କହି ନ ଥିଲି; ଆପଣ ଯେଉଁ ବିବାହ ଯୋଗାଡ଼ କରୁଛନ୍ତି ମୁଁ ବିଭା ହେବି ନାହିଁ।" ଚଉଧୁରୀ ତାକୁ ହାତଧରି ଉଠାଇ କହିଲେ, "ମା ତୋର ଯଦି କିଛି କହିବାର ଥିଲା 'ମହାପ୍ରସାଦ ନିର୍ବନ୍ଧ' ଆଗରୁ କହିଲୁ ନାହିଁ କାହିଁକି ? ବର୍ତ୍ତମାନ ସବୁ ଠିକ୍ ହୋଇଗଲାଣି, ଏତେବେଳେ ତୁ ମୋ ମୁଣ୍ଡତଳେ ପକାଇବୁ ? ମୁଁ କ'ଣ ମହାପ୍ରସାଦ ଦୋରେହୀ ହେବି ? ମୋ ମା ପରା ! ବରଘରର ସବୁ ଭଲ, ଯା ମୋ ମା, ତୁ କ'ଣ ବାଇୟାଣୀ ହୋଇ ଗଲୁକି ?"

ଆଜି ବିଭାଘର। କେତେ କୁଣିଆ ମଇତ୍ର ଆସିଗଲେଣି; ପଦାରେ ବାଦ୍ୟର ରୋଳ, ଘର ମଧ୍ୟରେ ହୁଳହୁଳି ପଡୁଅଛି। ପୁରୋହିତ ଆସି ପହଞ୍ଚି ଗଲେଣି। କେତେ ଲୋକ କେତେ ପ୍ରକାର କାର୍ଯ୍ୟରେ ଲାଗିଅଛନ୍ତି। ଠିକ୍ କରିହେବ ନାହିଁ। ଗାଁ ମାଇପେ ଆସି ଚଉଧୁରୀଙ୍କ ଘରେ ରୁଣ୍ଡ ହେଲେଣି। ଆଜି ଗାଁର କେହି କାହା ଘରେ ନାହିଁ। କେତେ ଚଉଧୁରୀଙ୍କ ଘରକୁ ଆସିଅଛନ୍ତି। ଆଉ କେତେ ଦାଣ୍ଡଦୁଆରେ ଠିଆ ହୋଇ ବରକୁ ଦେଖିବାର ଅପେକ୍ଷାରେ ଅଛନ୍ତି। ଦୂରରେ ତୋପବାଜୀର ଢୋ ଢା ଶବ୍ଦ ହେଲା। କ୍ରମେ କ୍ରମେ ଫୁଲଗଛ, ଫନସ, ମଶାଲ ବିଡ଼ା ଦେଖାଗଲା। ସମସ୍ତେ ସେଇ ଆଡ଼କୁ ଧାଇଁଲେ, ତୋପବାଜୀ, ଆତାସବାଜୀର ଶବ୍ଦରେ କାନ ବଧିରା ହୋଇଗଲା। ଆକାଶମଲ୍ଲୀ, ଚମ୍ପା ଇତ୍ୟାଦି ବାଣର ମଧ୍ୟ ଅଭାବ ନ ଥିଲା। କେତେ ଘୋଡ଼ା ହାତୀ ମଧ୍ୟ ଆସିଥିଲେ; ସବାରୀ ପ୍ରାୟ ଚାଳିଶ ପଚାଶ ଖଣ୍ଡ ହେବ। ମୋଟରେ ବର ସଙ୍ଗରେ ତିନି ହଜାର ହେବ ଆସିଥିଲେ। ଦକ୍ଷିଣ ନୂଆଗାଁ ଦାଣ୍ଡ କମ୍ପି ଉଠିଲା। ଏପରି ରୋଷଣୀ କିଏ ଦେଖିବାର ତେଣିକି ଥାଉ, ଆଜିଯାଏ କେହି ଶୁଣି ନ ଥିଲେ। ବର ପାଲିଙ୍କି ଆସି ନିକଟ ହେଲା। ବର ବୀର ବେଶରେ ଆସୀନ, ଦେଖିବାକୁ ମଧ୍ୟ ସୁଶ୍ରୀ। କ୍ରମେ କ୍ରମେ ବାଟ ବରଣ ବରଯାତ୍ରୀମାନଙ୍କ ଚର୍ଚ୍ଚା ହୋଇଗଲା। ବର ବେଦୀ ଉପରେ ବସିଲେ। ପୁରୋହିତ ମନ୍ତ୍ର ଉଚ୍ଚାରଣ କରି ହୋମର ଯୋଗାଡ଼ କରିବାକୁ ଲାଗିଲେ। କନ୍ୟାକୁ

ବେଦୀ ଉପରକୁ ଆଣିବା ଆବଶ୍ୟକ ହେଲା। ବାରିକାଣୀମାନେ ଘର ଭିତରକୁ ଗଲେ। ମାଳତୀଙ୍କୁ ପାଇଲେ ନାହିଁ। ଯାଇ ସାଆନ୍ତାଣୀଙ୍କୁ କହିଲେ। ସବୁଘର ଖୋଜାହେଲା। କନ୍ୟା ଆସିବାର ବିଳମ୍ବ ଦେଖି ନିଜେ ଚଉଧୁରୀ ଘର ଭିତରକୁ ଗଲେ। ଘରେ ମହାରୋଳ ଲାଗିଅଛି କିଏ, କହୁଅଛି – "ମୁଁ ଘଡ଼ିକ ତଳେ ଦେଖିଥିଲି। ଏଇଠି ଥିଲେ। ବର ଦେଖିବାକୁ ଦାଣ୍ଡକୁ ଗଲି, ଆସି କାହିଁ ଆଉ ଦେଖୁ ନାହିଁ।" ଚଉଧୁରୀ ମହାଚିନ୍ତାରେ ପଡ଼ିଲେ। ଗାଡ଼ିଆ ପୋଖରୀ ଖୋଜିବାକୁ ମନୁଷ୍ୟ ପଠାଗଲେ। ସମସ୍ତ ଘର ଖୋଜି ଖୋଜି, କଣଘର କବାଟ ଭିତରୁ କିଳା ହୋଇଥିବାର ବାରିକାଣୀ କହିଲା। ସମସ୍ତେ ସେ ଆଡ଼କୁ ଗଲେ। ମାଳତୀ ମାଳତୀ ବୋଲି କେତେ ଡାକିଲେ; କିଛି ସୋର ଶବ୍ଦ ପାଇଲେ ନାହିଁ। ଶେଷରେ ଦ୍ୱାର ତଡ଼ାଗଲା। ଦେଖିଲା ବେଳକୁ ମାଳତୀ ମୁହଁ ମାଡ଼ି ଶୋଇଅଛନ୍ତି। ଦୀର୍ଘଶ୍ୱାସ ବହୁଅଛି। ଚଉଧୁରୀ ଝିଅକୁ ସଜକରି ଶୀଘ୍ର ବେଦୀକୁ ପଠାଇବାର ଆଦେଶ ଦେଇ ଦାଣ୍ଡଦୁଆରକୁ ଚାଲିଗଲେ। ମାଳତୀଙ୍କର ଚାଲିବାର ଶକ୍ତି ନାହିଁ। ବାରିକାଣୀମାନେ ଟେକିକରି ବେଦୀ ଉପରକୁ ନେଲେ। ସମସ୍ତେ କହିଲେ, "ସୁକୁମାରୀ କନ୍ୟା। ଆଜି ଉପବାସରେ ଚାଲିପାରୁ ନାହାନ୍ତି।" ବିଭାଘର ଆରମ୍ଭ ହେଲା। କେତେ ମନ୍ତ୍ର କେତେ ଆହୁତି ହେଲା। ହଠାତ୍ କାହିଁକି ମାଳତୀ ଢଳି ପଡ଼ିଲେ।

କ'ଣ ହେଲା କ'ଣ ହେଲା ବୋଲି ସମସ୍ତେ ଡକା ପକାଇଲେ; ମହାକୋଳାହଳ ଉପସ୍ଥିତ ହେଲା। ଏଣେ ନାଡ଼ୀ ଦେଖାଠାରୁ କାନଫୁଙ୍କା ପର୍ଯ୍ୟନ୍ତ ହୋଇଗଲା। ବର ବେଦୀ ଉପରୁ ଉଠି ପଡ଼ିଲେ। ସ୍ତ୍ରୀମାନେ କରୁଣ ସ୍ୱରରେ କାନ୍ଦିବାକୁ ଲାଗିଲେ। ବିବାହର ସମସ୍ତ ଜାକଜମକ କ୍ଷଣକ ମଧ୍ୟରେ ବିଲୀନ ହେଲା। ବର ଭାରି ଅପମାନବୋଧ କଲେ। ସେ ତାଙ୍କ ପକ୍ଷର ଲୋକଙ୍କୁ ଆଦେଶ ଦେଲେ, "ମାର, ଯାହାଙ୍କୁ ପାଉଛ ମାର"। ତୁମୁଳ ମାଡ଼ଗୋଳ ଲାଗିଲା, ବର ପାଲିଙ୍କିରେ ବସି ଚାଲିଗଲେ।

ମାଳତୀଙ୍କ ମୃତ୍ୟୁଦିନ ଠାରୁ ଜନାର୍ଦ୍ଦନ ଚଉଧୁରୀ ପଦାକୁ ବାହାରି ନାହାନ୍ତି। ସେ ମାଳତୀଙ୍କୁ ପ୍ରାଣରୁ ଅଧିକ ଭଲ ପାଉଥିଲେ। ସେ ସମୟରେ ଯେଉଁ ମାରପିଟ ହୋଇଥିଲା, ତହିଁରେ ଉଭୟ ପକ୍ଷରୁ ଲୋକ ଆହତ ହୋଇଥିଲେ। ବରପକ୍ଷୀୟ ଦୁଇ ଜଣଙ୍କର ତାଳୁ ଫାଟି ଯାଇଥିଲା। ସେମାନେ ମୋକଦ୍ଦମା ଆରମ୍ଭ କଲେ। ଚଉଧୁରୀ ମୋକଦ୍ଦମାର କୌଣସି ଯୋଗାଡ଼ କରିନାହାନ୍ତି। ଫଳରେ ତାଙ୍କର ଦୁଇବର୍ଷ କାରାବାସର ଆଦେଶ ହେଲା। ସେ କାରାଗୃହରେ ପ୍ରାୟ ଦୁଇମାସ ରହି ସଂସାର ଲୀଳା ଶେଷ କଲେ। ଦକ୍ଷିଣ ନୁଆଗାଁର ପ୍ରାୟ ଦଶକ୍ରୋଶ ଦୂରରେ ବେଗୁନିଆଁ ବୋଲି ଖଣ୍ଡିଏ ଗ୍ରାମ ଅଛି। ସେ ଗ୍ରାମର ବୀର ବଲ୍ଲଭ ନାମକ ଜଣେ ସମ୍ଭ୍ରାନ୍ତ ବଂଶୀୟ ଯୁବକ ମାଳତୀ

ବିବାହ ଦିନଠାରୁ ପାଗଳ ପ୍ରାୟ ହୋଇଯାଇଥିଲା। ଚାରିଆଡ଼େ ବୁଲି କାହାକୁ କ'ଣ କହୁଥିଲା ଠିକ୍ ନାହିଁ। ନ ଖାଇ ନ ପିଇ ନିତାନ୍ତ ଶୀର୍ଣ୍ଣ ହୋଇଗଲା। ଆଜିକାଲି ତାକୁ ଆଉ କେହି ଦେଖୁନାହାନ୍ତି। ଅନେକ ଦିନ ହେବାରୁ ଭାଇ କୁଟୁମ୍ବ ଶୁଦ୍ଧଶ୍ରାଦ୍ଧ ହୋଇ ସାରିଲେଣି।

ମୁକୁର, ୦୮/୦୭, କାର୍ତ୍ତିକ ୧୩୨୧ (୧୯୧୪)

■

କାରିଗର

ଭୁବନେଶ୍ୱର ଓ ଖଣ୍ଡଗିରି ମଧ୍ୟରେ ସୁନ୍ଦରପଦା ବୋଲି ଗୋଟିଏ ଗ୍ରାମ ବିଦ୍ୟମାନ। ଚତୁର୍ଦ୍ଦିଗ କୋଚିଲା ହିନ୍ତାଳ ପ୍ରଭୃତି ବୃକ୍ଷକୁଞ୍ଜରେ ପରିଶୋଭିତ; ଘନବୃକ୍ଷ ସମୂହ ମଧ୍ୟସ୍ଥ ରକ୍ତ ବର୍ଣ୍ଣର ଏକପଦୀ ରାସ୍ତାଗୁଡ଼ିକ ପ୍ରକୃତି ଦେବୀଙ୍କ ଚାରୁସୀମନ୍ତ ରେଖାପରି ପ୍ରତିଭାତ। ବର୍ଷା ସମୟର ପରିଷ୍କୃତ ରାସ୍ତା ଓ ସୁଦୃଶ୍ୟ ପଲ୍ଲବରାଜି; ବସନ୍ତକାଳର ଅଗଣିତ ପକ୍ଷୀମାନଙ୍କର ସୁମଧୁର କାକଳି ଓ ସର୍ବଋତୁର ପ୍ରାତଃକାଳ ଓ ସନ୍ଧ୍ୟାର ସୂର୍ଯ୍ୟୋଦୟ ଓ ଅସ୍ତ ଗ୍ରାମଟିକୁ ପ୍ରାକୃତିକ ଶୋଭା ସମ୍ପଦରେ ଭାରାକ୍ରାନ୍ତ କରି ରଖିଥାଏ।

ସେହି ଗ୍ରାମରେ ହୃଦାନନ୍ଦ ମହାରଣା ନାମକ ଗୋଟିଏ ପିତୃମାତୃହୀନ ନିରାଶ୍ରୟ ବାଳକ ବାସକରେ। ସାତବର୍ଷ ବୟସରୁ ବିସୂଚିକା ରୋଗରେ ବାପ ମାଆ ମରିଯାଇଅଛନ୍ତି। ଲେଖା ଯୋଖା ଖୁଡ଼ୁତାର ତତ୍ତ୍ୱାବଧାନରେ ରହିଅଛି। ମଫସଲରେ ଚଳିବା ପକ୍ଷେ ଜମିବାଡ଼ି ଯଥେଷ୍ଟ ଅଛି। ମଉସା ମାମୁଁ ପ୍ରଭୃତି ଭିନ୍ନ ଗ୍ରାମର ବନ୍ଧୁ ଆସି ହୃଦାନନ୍ଦକୁ ନିଜ ନିଜ ଘରେ ରଖିବା ନିମିତ୍ତ ଇଚ୍ଛୁକ ଥିଲେ। ଗ୍ରାମ ଛାଡ଼ି ଯିବାକୁ ନାରାଜ ହେବାରୁ ଅଗତ୍ୟା ଖୁଡ଼ୁତାଙ୍କ ଉପରେ ତାକୁ ଗଳଗ୍ରହ ହେବାକୁ ପଡ଼ିଲା। ଅନୁଗ୍ରହ କରି ପୂର୍ବ ଗୃହବିବାଦ ମନାନ୍ତର ଭୁଲିଯାଇ ଖୁଡ଼ୁତା ତାଙ୍କ ଜମିବାଡ଼ି ହୃଦାନନ୍ଦ ଜମି ସଙ୍ଗେ ଏକତ୍ର ଚାଷ ଆବାଦ କରି ତାକୁ ନିଜ ଘରେ ରଖିଲେ। ଖୁଡ଼ୁତା ଓ ତାଙ୍କ ସ୍ତ୍ରୀ ଯେ ଏ ବିଷୟରେ ଖୁବ୍ ବଦାନ୍ୟ ହୋଇଅଛନ୍ତି ଏକଥା ସେମାନଙ୍କ ମୁଖରୁ ପ୍ରକାଶ ହୋଇ କ୍ରମେ ଗ୍ରାମର ପୁରୁଷ ମହଲରୁ ସ୍ତ୍ରୀ ମହଲ ପର୍ଯ୍ୟନ୍ତ ବ୍ୟାପ୍ତ ହୋଇଗଲା।

ହୃଦାନନ୍ଦ ଅତିଶୈଶବରୁ ସୌନ୍ଦର୍ଯ୍ୟ ପିପାସୁ। କୌଣସିଠାରେ ଗୋଟିଏ ସୁନ୍ଦର ମୂର୍ତ୍ତି ବା ପ୍ରକୃତିର ମନୋମୁଗ୍ଧକର ସୌନ୍ଦର୍ଯ୍ୟ ଦେଖିଲେ ସେ ଏକାବେଳେକେ ଉତ୍‌ଫୁଲ୍ଲ ହୋଇଯାଏ। ନିକଟରେ କାହାକୁ ନ ପାଇଲେ ଗ୍ରାମ ଭିତରକୁ ଯାଇ ଯାହାକୁ ଦେଖେ କହେ – "ଆହା, ଆଜି ସନ୍ଧ୍ୟାଟି କେଡ଼େ ସୁନ୍ଦର, ଦେଖିଲେ

ଆଖି ଫେରାଇବାର ଇଚ୍ଛା ହେବନାହିଁ। ତା କଥା ବୁଝି ନ ପାରି ଅନେକେ ତାକୁ ପାଗଳ ବୋଲି ଠଉରାଇଲେଣି। କବି ବା ସାହିତ୍ୟିକ ଯେପରି କୌଣସିଠାରେ ହୃଦୟସ୍ପର୍ଶୀ ଲେଖା ଦେଖି ଆନନ୍ଦରେ ନାଚି ଉଠନ୍ତି ଏବଂ ବନ୍ଧୁମାନଙ୍କ ନିକଟରେ ତାହା ପ୍ରକାଶ କରିବାକୁ ଉତ୍କଣ୍ଠିତ ହୁଅନ୍ତି, ହୃଦାନନ୍ଦ ସେହିପରି ବାହ୍ୟ ସୌନ୍ଦର୍ଯ୍ୟରେ ବିଗଳିତ ହୋଇଯାଏ। ମାତ୍ର ତା'ର ଏ ପ୍ରକୃତି ବୁଝିବାକୁ ସେ ଗ୍ରାମରେ ପ୍ରାୟ କେହି ନାହିଁ।"

ବାପ ମା' ମରିବା ପୂର୍ବରୁ ହୃଦାନନ୍ଦ ଗ୍ରାମ ପାଠଶାଳାରେ ପଢୁଥିଲା। ପାଠ ପ୍ରତି ତେତେ ଆଗ୍ରହ ଦେଖାଯାଉ ନଥାଏ। ଖଡ଼ିଧରି ପାଠ ଘୋଷୁଥାଏ। କିନ୍ତୁ ମନ ଭିନ୍ନ ଦିଗରେ ନିଯୁକ୍ତ ଥାଏ। ବାପ ମା ମରିବାର କେତେକ ଦିନପରେ ଖୁଡୁତାଙ୍କ ଯତ୍ନରେ ତାଙ୍କ ପୁତ୍ର ହାଡ଼ିବନ୍ଧୁ ସହିତ ହୃଦାନନ୍ଦ ପୁଣି ପାଠଶାଳାକୁ ଗଲା। ବୈରାଗୀ ମହାରଣା ବଡ଼ ଠିକ୍ ଲୋକ, ସେ ପୁଣି ଛେଉଣ୍ଡ ପିଲାଟାକୁ ମୂର୍ଖକରି ଦେବ। ବହୁକଷ୍ଟରେ ହୃଦାନନ୍ଦର ଘର ଆସବାବ ପତ୍ରଗୁଡ଼ାକ ନିଜ ଘରକୁ ଅଣେଇ, ତା'ର ଜମିଯାକ ଚାଷ ଆବାଦ କରି, ପିଲାଟା ପିଛା ଖର୍ଚ୍ଚ କରୁଅଛି। ଏକଥା କେତେ ଲୋକ ପାରନ୍ତି। ଗ୍ରାମର ନିନ୍ଦୁକଗୁଡ଼ାକ ତାଙ୍କ ନାମରେ ବାର ଦୁର୍ନାମ ରଟାଉ ଅଛନ୍ତି। ନିନ୍ଦୁକ ଛଡ଼ା ତ ପୃଥିବୀ ନାହିଁ। କେତେ ବଡ଼ ବଡ଼ ନିଃସ୍ୱାର୍ଥପର ଲୋକଙ୍କ ପଛେ ପଛେ ନିନ୍ଦୁକ ଲାଗି ଅଛନ୍ତି। ବୈରାଗୀ ଅବା କେଉଁ ଛାର ଯେ ତହିଁରୁ ବାହାର ହେବ।

ସକାଳୁ ଉଠି ହୃଦାନନ୍ଦ ପାଠଶାଳାକୁ ଯାଏ। ପାଠ ପଢୁ ବା ନ ପଢୁ ଅନ୍ୟାନ୍ୟ ପିଲାମାନଙ୍କ ପରି ସେ କାହା ସହିତ ମାଡ଼ଗୋଳ କରେ ନାହିଁ। ବଡ଼ ଗମ୍ଭୀର ଭାବରେ ଭଲ ପିଲାଟିପରି ବସି ରହିଥାଏ। ଅନ୍ୟାନ୍ୟ ପିଲାଙ୍କ ସହିତ ତା'ର ଯେପରି କିଛି ସମ୍ପର୍କ ନଥାଏ। ସକାଳ ବେଳା ପାଠଶାଳା ଛୁଟି ହେଲାରୁ, ସେ ଘରକୁ ଫେରି ଆସେ। ଠିକ୍ ସେହି ସମୟ ଉଣ୍ଡି ଅଧବାଟରେ ରମା ତାକୁ ଚାହିଁ ବସିଥାଏ। ହୃଦାନନ୍ଦକୁ ଦୂରରୁ ଦେଖି ସେ ପ୍ରଥମେ ହସିଉଠେ। ଦୁଇ ବନ୍ଧୁ ମଧ୍ୟରେ ଖୁସିବାସି କେତେ ଗଳ୍ପ ହୁଏ। ହୃଦାନନ୍ଦର କେବଳ ରମା ନିକଟରେ ଥିବାବେଳେ ହସ; ଅନ୍ୟ ସବୁ ସମୟରେ ସେ ପ୍ରାୟ ଗମ୍ଭୀର ନୀରବ ଥାଏ।

ରମାର ଘର ସେହି ଗ୍ରାମରେ। ନିତାନ୍ତ ଗରିବ ଘରର ପିଲା। ଘରେ କେବଳ ବିଧବା ମାତା। ମା'ଟି ବହୁ କଷ୍ଟରେ ଝିଅଟିକୁ ପ୍ରତିପୋଷଣ କରି ରଖିଅଛି। ରମା ନିତାନ୍ତ ବାଳିକା। ଦେଖିଲେ କୌଣସି ଉଚ୍ଚକୁଳଜାତ ବୋଲି ହଠାତ୍ ମନେହେବ। ପ୍ରତି ଅଙ୍ଗପ୍ରତ୍ୟଙ୍ଗରେ ସୌନ୍ଦର୍ଯ୍ୟର ବିକାଶ ଯେପରି ଫୁଟିପଡୁଅଛି। ପ୍ରଥମ ଦର୍ଶନରେ ନିତାନ୍ତ ହୃଦୟହୀନ ବ୍ୟକ୍ତିର ମଧ ତା' ପ୍ରତି ଦୟା ହେବ। ରମାର ବାହ୍ୟ ସୌନ୍ଦର୍ଯ୍ୟରେ

ହେଉ ବା ତା'ର ସାଧାରଣ ଗୁଣମୋହରେ ହେଉ ହୃଦାନନ୍ଦ ସବୁବେଳେ ତାହାରି ସୌନ୍ଦର୍ଯ୍ୟ ବିଷୟ କଳ୍ପନା କରୁଥାଏ।

ହୃଦାନନ୍ଦ ପାଠଶାଳାରୁ ଫେରିଆସି ରମାକୁ ଅଧବାଟରୁ ସଙ୍ଗେନେଇ ଗାଧୋଇବାକୁ ଯାଏ। ପୋଖରୀ ତୁଠରେ ଦୁଇଟି ବନ୍ଧୁ ଗାଧୋଉ ଗାଧୋଉ ପାଣି ପକାପକି ହୋଇ ଅନ୍ୟମାନଙ୍କୁ ବିରକ୍ତ କରନ୍ତି; ସମୟ ସମୟରେ ମଧ୍ୟ ଅନ୍ୟମାନଙ୍କଠାରୁ ଗାଳିରୁ ଆରମ୍ଭକରି ମାଡ଼ ପର୍ଯ୍ୟନ୍ତ ଖାଇଥାଆନ୍ତି। ହୃଦାନନ୍ଦର ନିଜେ ମାଡ଼ଖାଇବା ପ୍ରତି ଭ୍ରୂକ୍ଷେପ ନଥାଏ। ସେ ତେତେବେଳେ ତା'ର ସେହି ସହଜ ସହିଷ୍ଣୁତା ଓ ଗାମ୍ଭୀର୍ଯ୍ୟ ବୃତ୍ତିଦ୍ୱାରା ସବୁ ସହିଯାଏ। ମାତ୍ର ରମା ଉପରେ କୌଣସି ଅତ୍ୟାଚାରର ମାତ୍ରା ସହିପାରେ ନାହିଁ। ହୃଦାନନ୍ଦ ବେଶ ପହଁରି ପାରେ। ପହଁରିଯାଇ ପୋଖରୀ ମଝିରୁ ସିଂଗଡ଼ା, ପଦ୍ମ ଓ କଇଁଫୁଲ ତୋଳିଆଣେ, ରମାକୁ ଦିଏ। ଏ ଉପହାର ଯେପରି ରମାପ୍ରତି କେତେ। ଅନ୍ୟ କାହାଠାରୁ ଗୋଟିଏ ବଡ଼ ଜମି.....(ଅସଂମ୍ପୂର୍ଣ୍ଣ)

ସତ୍ୟବାଦୀ, ୦୫/୦୩-୦୪, ମିଥୁନ ଓ କର୍କଟ ୧୩୨୬-୨୭ (୧୯୧୯-୨୦)

ବନ୍ଧୁ

ବଡ଼ଦିନ ଛୁଟି। କର୍ମକ୍ଳାନ୍ତ ଜୀବନର ଗତିପଥରେ ଅତି ଅଳ୍ପମାତ୍ର ରହଣି। ଏ ଗତିରୋଧରେ ମୋର ଗମନ ଶକ୍ତି ପ୍ରବଳ ହୋଇ ଉଠିଲା। ବିଚାରିଲି, ଗୋଟାଏ ଜାଗାରେ ପଡ଼ି ରହି, ଖାଇ ପିଇ ଶୋଇ ରହି ପାରିବି ନାହିଁ। ଦେଶ ବିଦେଶ ନୋହୁ ପଛକେ, ସ୍ୱଦେଶ ପ୍ରଦେଶ ଟିକେ ତ ବୁଲି ପାରିବି। ସ୍ଥିର କଲି ପଶ୍ଚିମ ଆଡ଼େ ଯିବି। ପ୍ରସ୍ତାବଟା ଘରଣୀଙ୍କୁ ନିବେଦନ କଲି। ଖର୍ଚ୍ଚର ହିସାବଟା ପାଇ ସେ ମୁହଁ ମୋଡ଼ିଦେଲେ। ରେଲ କମ୍ପାନୀର ବଦାନ୍ୟତାରୁ ବଡ଼ଦିନ କନ୍‌ସେସନର ସୃଷ୍ଟି। ତା ନ ହୋଇଥିଲେ କେତେ ଅଧିକ ଟଙ୍କା ଖର୍ଚ୍ଚ ପଡ଼ନ୍ତା।

ସନ୍ତୁଷ୍ଟ ନ ହୋଇ ସେ କହିଲେ, "କମ୍ପାନୀ ତମଠାରୁ ଢେର ବେଶୀ ବୁଦ୍ଧିମାନ୍। ଏହି ଆଠ ଦିନ ଭିତରେ ଯଦି ହିସାବ ମଗାଇ ପାରନ୍ତ ଦେଖିବ, ସେ ଢେର୍ ବେଶି ଲାଭବାନ୍ ହୋଇଛି। ଅଳ୍ପ ଭଡ଼ା ଦେଇ ଯେତେ ଲୋକ ଯିବା ଆସିବା କରନ୍ତି, ସବୁ ଦିନେ ବେଶୀ ଭଡ଼ା ଦେଇ ସେତେ ପାରନ୍ତି ନାହିଁ।"

ଯୁକ୍ତି ଶୁଣି ଅବାକ୍ ହେଲି। ମନେପଡ଼ିଲା, ଆଗ୍ରା କିମ୍ବା ଲକ୍ଷ୍ନୌରେ ମୋର ବନ୍ଧୁ ଶ୍ରୀନିବାସ ଅଛନ୍ତି। ଦେଖା ହୋଇ ନାହିଁ ତାଙ୍କ ସଙ୍ଗେ ପଢ଼ା ଛାଡ଼ିବା ଦିନଠାରୁ, କଲିକତାରୁ। ଅଥଳ ଅକୂଳରେ କୂଳ କିନାରା ପାଇଗଲି। ହସି ହସି କହିଲି – "କେତେ ଥର କହିଛି ତମକୁ, ଶ୍ରୀନାବାସ ବାବୁଙ୍କ କଥା-କ'ଣ ପାସୋରିଦେଲ କି ?"

ନାହିଁ କରି, ଆଉ ଶୁଣିବେ ବୋଲି, ମୋ ମୁହଁକୁ ସେ ଚାହିଁ ରହିଲେ। ମୁଁ କହିଲି, "ପିଲା ଦିନୁଁ, କେତେ ବନ୍ଧୁ ପାଇଛି କେତେ ହରାଇଛି, କେତେ ବନ୍ଧୁ ରୂପରେ ଦେଖା ଦେଇ ଶତ୍ରୁ ରୂପରେ ବିଦାୟ ହୋଇଅଛନ୍ତି। କିନ୍ତୁ କେବଳ ତାଙ୍କୁ ମୁଁ ବନ୍ଧୁ କରି ପାର ପାଇଛି। ଥରେ ବୋଲି ଆଉ ଦେଖା ନାହିଁ। ସେ ଅଛନ୍ତି ପଶ୍ଚିମରେ। ଟିକିଏ ଦେଖି ଆସନ୍ତି। ହୁଅନ୍ତା ନାହିଁ ?"

ସମବେଦନାପୂର୍ଣ୍ଣ ହୋଇ ଗୃହିଣୀ କହିଲେ – "ସତେ କ'ଣ ମୁଁ ତମକୁ ମନା କରୁଛି ? ଯାଅ ଟିକିଏ ବୁଲି ଆସ, ମନଟା ତ ଟିକିଏ ହେଲେ ବଦଳିଯିବ।"

ବଡ଼ ଆଶ୍ୱସ୍ତ ହୋଇ ଯିବାର ଯୋଗାଡ଼ରେ ଲାଗି ପଡ଼ିଲି।

+ + +

ତାଙ୍କୁ ଦେଖିଛି। କେତେ ଦିନ, କେତେ ମାସ ସଙ୍ଗସୁଖ ଲାଭ କରିଛି। ସେ କେତେ ଦିନ ତାଙ୍କୁ ଯେପରି ଭିତରେ ବାହାରେ ଚାରିଆଡ଼େ ପାଇଛି। ଏକାଠି ଦାନ୍ତଘଷା, ଗାଧୁଆ, ଖିଆପିଆ, ଚଲାବୁଲା, କଲେଜ ଗମନ ଇତ୍ୟାଦି। ଆକ୍ଷେପ କରିବାର କାରଣ ଅଛି। ମୋର ଅନ୍ତର ତାଙ୍କ ପାଖେ ସମ୍ପୂର୍ଣ୍ଣ ଉନ୍ମୁକ୍ତ ରଖି ପାରି ନାହିଁ। ମୋ ପାଖେ ସେ କିଛି ଗୋପନ ରଖି ନାହାନ୍ତି, ଏଥିରେ ମୋର ସନ୍ଦେହ ନାହିଁ। ସୁଖର ସଂସାର ନିମିଷକେ ଭାଙ୍ଗିଗଲା ପରି ସେ ମୋ ପାଖରୁ ଅନ୍ତର ହୋଇଅଛନ୍ତି। ସେହି ଦିନୁଁ ଆଉ ଦେଖି ନାହିଁ ତାଙ୍କୁ। ଅନେକ ଥର ଇଚ୍ଛା ବଳବତୀ ହୋଇଛି, ଥରେ ଟିକିଏ ଦେଖିବାକୁ। ଭାଗ୍ୟଦୋଷରୁ ତାହା କେବଳ ସେହି ଇଚ୍ଛାରେ ଶେଷ ହୋଇ ଯାଇଛି। ସେ କମନୀୟ କାନ୍ତି ଆଉ ଦେଖି ନାହିଁ-ସେ ମଧୁର ଭାଷଣ ଆଉ ଶୁଣି ନାହିଁ !

ଚିଠି ଖଣ୍ଡେ ତାଙ୍କୁ କେବେ ଲେଖି ନାହିଁ କିମ୍ବା ସେ ମଧ୍ୟ କେବେ ଲେଖି ନାହାନ୍ତି। ଆଜିଯାଏ ବନ୍ଧୁ ବୋଲି ମନରେ ସ୍ଥାନ ଦେଇ ଆସିଛି। ସେ କ'ଣ କରିଛନ୍ତି, ଅନ୍ତର୍ଯ୍ୟାମୀ ଜାଣନ୍ତି। ଅଯାଚିତ ଭାବରେ କେତେବେଳେ କେଜାଣି ତାଙ୍କ ଖବର ମୋ କାନରେ ପଡ଼ିଥିବ। ଥରେ ବ୍ୟଥିତ ହୋଇଥିଲି ଶୁଣି ତାଙ୍କ ରୋଗ କଥା। ଆରୋଗ୍ୟ ହେବା ପାଇଁ ସେ ମୋର ବାସସ୍ଥାନର ଅଳ୍ପ ଦୂରରେ ଥିଲେ ବୋଲି ଯେତେବେଳେ ଶୁଣି ପାଇଲି, ସେତେବେଳକୁ ସେ ବହୁ ଦୂରକୁ ଅପସରି ଯାଇଛନ୍ତି-ଦେଖା ହେଲା ନାହିଁ।

ରେଳ ଗାଡ଼ୀ ଘର୍ଘର ରବରେ ଧାଇଁ ଯାଉଛି, ମୋର ସେ ଆଡ଼କୁ ଲକ୍ଷ୍ୟ ନାହିଁ। କେତେ ଷ୍ଟେସନରେ ଗାଡ଼ୀ ଠିଆ ହେଉଛି, କେତେ ନୂଆ ନୂଆ ବନ୍ଧୁ ଆସି ପାଖରେ ବସୁଛନ୍ତି-କିଛି ଠିକଣା ନାହିଁ, ମୁଁ କିନ୍ତୁ ଭାବିବାରେ ଲାଗିଛି ମୋର ସେହି ବନ୍ଧୁଙ୍କୁ କଥା। ଗାଡ଼ୀ ଭିତରେ ରାତିରେ ମୋ ପାଖରେ ଶୋଇ ଲୋକେ ଘୁଙ୍ଗୁଡ଼ି ମାରୁଛନ୍ତି-ମୋର ନିଦ ନାହିଁ। ଯାନର ଗତି ସଙ୍ଗେ ମୋର ମନର ଗତି ଚାଲିଛି।

କେତେ ବର୍ଷ ବିତିଗଲାଣି, ତାଙ୍କୁ ଥରେ ଦେଖି ନାହିଁ। ପୁଅ ଝିଅ କେତୋଟି ହେବେଣି ତାଙ୍କର ଏ ମଧ୍ୟରେ କେଜାଣି। ଗୃହିଣୀ ତାଙ୍କର ମୋର ପରି ଟିକି ? ବଡ଼ ସରସ, ବଡ଼ ପ୍ରେମିକ ସେ ଘରଣୀଙ୍କଠାରୁ ପ୍ରତିଦାନ ମିଳୁଛିଟିକି ତାଙ୍କୁ ? 'ଲ' ପଢୁଥିଲେ,

ଓକିଲାତି କରୁଥିବେ ବୋଧହୁଏ। ଦେଶ ଛାଡ଼ି, ରାଜ୍ୟ ଛାଡ଼ି, କାହିଁ ପଶ୍ଚିମ ମୁଲକରେ ଓକିଲାତି ତାଙ୍କ ଭାଗ୍ୟରେ ଲେଖା ଥିଲା ?

ବୋଧହୁଏ ନାହିଁ। ଚାକିରୀ କରୁଥିବେ ? ବଡ଼ ଧନ୍ଦାରେ ପଡ଼ିଲି। ଯିବି କେଉଁଠିକି ? କେବେ କାହାଠାରୁ ଶୁଣିଲା ପରି ଲାଗୁଛି, ଲକ୍ଷ୍ନୌ କି ଆଗ୍ରାରେ ସେ ଥାଆନ୍ତି। ଆହା, ଏତେ କଷ୍ଟ ପାଇ ଆସି କ'ଣ ସତେ ବୃଥା ମତେ ଫେରିଯିବାକୁ ହେବ ? ସେ ତ ସବୁ ବଡ଼ ବଡ଼ ସହର, ଏତେ ଅଳ୍ପ ସମୟ ମଧ୍ୟରେ କେଉଁଠି ତାଙ୍କର ସନ୍ଧାନ ନେବି ? ଖବରଟା ନ ନେଇ ଏପରି ଆସିବାଟା ଭୁଲ୍ ହୋଇଗଲା।

ଭୁଲ୍ ହୋଇଗଲା-ସଂଶୋଧନର ବାଟ ଆଉ ନାହିଁ। କ'ଣ କରିବି, ମହାଚିନ୍ତାରେ ପଡ଼ିଲି। ଗୃହିଣୀ କହିଥିଲେ-ମନଟା ମୋର ଟିକିଏ ବଦଳିଯିବ। ନୂଆ ନୂଆ ଜାଗା ଦେଖି ଖୁସି ହୋଇଯିବି। କାହିଁ ?

ଲକ୍ଷ୍ନୌ ଗଲି, ଦିଲ୍ଲୀ, ଆଗ୍ରା ଗଲି। ଇମାମ୍‌ବାଡ଼ା , ତାଜମହଲ ଦେଖିଲି। ସିନେମା ଛବିପରି ସବୁ କୁଆଡ଼େ କ୍ଷଣକେ ଉଭେଇଗଲା। ଶୁଣିଛି, ତାଜ ଅକବିକୁ କବି କରିଦିଏ। ଅପଟୁ ଗାୟକକୁ ପଟୁ ବନାଇଦିଏ। କାହିଁ ? ମୋର ତ କିଛି କରିପାରିଲା ନାହିଁ। ଆଗ୍ରାରୁ ଲକ୍ଷ୍ନୌ ଗଲି, ପୁଣି ଲକ୍ଷ୍ନୌରୁ ଆଗ୍ରା। କାହାକୁ ପଚାରିବି ? କିଏ ମତେ କହିଦେବ ତାଙ୍କ ଠିକଣା ?

ଛୁଟି ଶେଷ ହୋଇ ଆସିଲା। ଫେରିଯିବାକୁ ହେବ। ହୋଟେଲ ବାରଣ୍ଡାରେ ଆରାମ ଚୌକୀ ଉପରେ ପଡ଼ି ଗୁଡ଼ାଖୁ ଟାଣିବାରେ ଲାଗିଛି। ଅତୀତ, ବର୍ତ୍ତମାନ, ଭବିଷ୍ୟତ କେତେ କ'ଣ ଭାବୁଛି। ଦରବାନ ଆସି ଜଣାଇଲା – "ବାବୁଜି, ଜଣେ ଭଦ୍ରମହିଳା ଦେଖା କରିବାକୁ ଆସିଛନ୍ତି। ଡାକି ଆଣିବି ?"

ଭଦ୍ରମହିଳା ! ମୋ ସଙ୍ଗେ ପୁଣି ଦେଖା। ଡାକିଦେବା ପାଇଁ ଦରବାନକୁ ଇଙ୍ଗିତ କଲି। ସଙ୍ଗେ ସଙ୍ଗେ ଜଣେ ଆପାଦମସ୍ତକ ଶୁକ୍ଳବସ୍ତ୍ର ପରିହିତା ରମଣୀ ବାଳିକାଟିର ହାତ ଧରି ଆସି ଉଭା ହେଲେ। ସସଂଭ୍ରମରେ ଉଠି ଠିଆ ହୋଇପଡ଼ିଲି। ପ୍ରତି-ନମସ୍କାର କରିପାରିଲି ନାହିଁ। ବସିବାକୁ କହିପାରିଲି ନାହିଁ। ଠିଆ ହୋଇ ନିରୀକ୍ଷଣ କରିବାରେ ଲାଗିଲି।

କ୍ଷୀଣ ସ୍ୱରରେ ସେ କହିବାକୁ ଲାଗିଲେ, "ଆପଣଙ୍କ ନାମ ଶୁଣିଛି ତାଙ୍କଠାରୁ ବହୁ ବାର। ମାସେ ପୂରିବାକୁ ବାକି ଅଛି। କେତେ ଦିନ କି କେତେ ଯୁଗ ବିତିଗଲାଣି, ହିସାବରେ ଆଣିପାରିବି ନାହିଁ-ସେ ଚାଲିଗଲାଣି, ମତେ ଏକୁଟିଆ ଏପରି ଛାଡ଼ି ଦେଇ।"

ଏତିକି କହି ସେ କାନ୍ଦ କାନ୍ଦ ହୋଇଗଲେ। ମୋର ନିଶ୍ୱାସ ଖରତର ବହିଲା। ଟିକିଏ ଛାଡ଼ି ସେ ପୁଣି କହିଲେ, "ପୁଅ ଝିଅ ହୋଇ ଚାରୋଟି ମରିଗଲେ, ସବୁ ଦୁଃଖ

ସହିଥିଲି ତାଙ୍କ ମୁହଁକୁ ଚାହିଁ। ଏତେ ଯାତନା ଭିତରେ ଭିକ ମାଗି ବୁଲୁଚି-ରାସ୍ତା ଖର୍ଚ୍ଚ ଯୋଗାଡ଼ ହେଲେ ଦେଶକୁ ଯିବି ବୋଲି।"

ମୁଁ କହିଲି, "ଶ୍ରୀନିବାସ ବାବୁ ନାହାନ୍ତି! ମୁଁ ଖୋଜି ବୁଲୁଛି ତାଙ୍କୁ। ଆହା! ସତେ ତାଙ୍କୁ ଆଉ ଟିକିଏ ଦେଖିପାରିବ ନାହିଁ। କାହାକୁ ଦେଖିବା ପାଇଁ ବ୍ୟାକୁଳ ହୋଇ ଆସି ଆପଣଙ୍କୁ ଏପରି ଦେଖିଲି। ଏଠାକୁ ଦି'ଥର ଆସି ଖୋଜି ଖୋଜି ପାଇଲି ନାହିଁ। ଆପଣ କିପରି ମୋର ସନ୍ଧାନ ନେଇ ଆସିଲେ?"

"ଏ ହୋଟେଲକୁ ଆସିବା ମୋର ନୂଆ ନୁହେଁ। କେତେ ଥର ଆସିଛି। ସେ ତ ଥିଲେ ଭାରି ଖର୍ଚ୍ଚୀ ମଣିଷ। ଖିଆ ପିଆ ମେଳା ମଉଛବରେ ସବୁ ରୋଜଗାର ଉଡ଼ାଇ ଦେଉଥିଲେ। ତାଙ୍କ କଥାମାନି ଚଳିବା ମୋର ଚିରଦିନର ଅଭ୍ୟାସ। କିଛି କହି ନାହିଁ ତାଙ୍କୁ ଦିନକ ପାଇଁ। ବେରାମ ପଡ଼ିଲେ ଚାରି ପାଞ୍ଚ ମାସ, ହାତରେ ଯାହା ପୁଞ୍ଜି ଥିଲା, ସବୁ ସରିଗଲା। କେତେ ଦିନ ହେଲା ଏହି ଝିଅଟିର ଭାର ମୋର ଅସହାୟ ମସ୍ତକରେ ଛାଡ଼ିଦେଇ ସେ... ଚାଲିଗଲେ। ତଳେ ଟଙ୍କା ହୋଇଥିବା ହୋଟେଲର ଆଗନ୍ତୁକମାନଙ୍କ ତାଲିକାରୁ ଆପଣଙ୍କ ନାମ ଦେଖି ଖବର ପଠାଇଲି, ଦେଖା କରିବାକୁ।"

କମ୍ପିତ କଣ୍ଠରେ ଏତିକି କହି ସେ ଲୁହଧାର ପୋଛିବାକୁ ଲାଗିଲେ। ମୁଁ ଠିଆ ହୋଇ ରହିଥାଏ। ପାଟି ତୁଣ୍ଡ ମୋର ଫିଟିଲା ନାହିଁ। ସେହିକ୍ଷଣି ତାଙ୍କ ସଙ୍ଗେ ତାଙ୍କ ଘର ଦେଖିବାକୁ ଗଲି। ବଡ଼ରାସ୍ତା ଉପରେ ଛୋଟ ଗୋଟିଏ ଦୋତାଲା ଘର। ଜିନିଷପତ୍ର ପ୍ରାୟ କିଛି ନାହିଁ। କେତେ ଖଣ୍ଡ ଛିଣ୍ଡା ଖାତା, ପୁରୁଣା ବହିରେ ତାଙ୍କ ହାତ ଲେଖା ଚିହ୍ନିପାରି ଶୋକବିହ୍ୱଳ ହୋଇ କାନ୍ଦି ପକାଇଲି। ମୋର ଏ ଅବସ୍ଥା ଦେଖି ସେ କହିଲେ, "ଶୋକ ଦୁଃଖ ସଙ୍ଗେ ଲଢ଼ି ଲଢ଼ି ମୋ ମନ ଟାଣ ହୋଇଗଲାଣି। ଜିନିଷପତ୍ର ଯାହା ଥିଲା, ବିକି ଦେଇ ବାକି ଘର ଭଡ଼ା କେତେକ ଦେଇ ସାରିଛି। ସେ ବାବତରେ ଆଉ ଶହେ ଖଣ୍ଡ ଟଙ୍କା ବାକି। ଏ ବାଦ୍ ରାସ୍ତାଖର୍ଚ୍ଚ ତ ପୁଣି ଅଛି। ଭିକ ମାଗି ମାଗି କିଛି କରିପାରି ନାହିଁ-ଘରକୁ ଯିବି କିପରି? ପ୍ରଭୁ ଆପଣଙ୍କୁ ଆଣି ଦେଇଛନ୍ତି-ଯଦି ପାରନ୍ତି, ବ୍ୟବସ୍ଥା କରନ୍ତୁ। ଏଠାରେ କିପରି କ'ଣ କରିବି, ଭବିଷ୍ୟତ ମତେ ଅନ୍ଧାର ଦିଶୁଛି।"

କିଛି ନ କହି ହୋଟେଲରୁ ବାକ୍ସ ବିଛଣା ଅଣାଇ ସେହିଠାରେ ରହିଲି। ଘରର ମାଲିକ ପାଖକୁ ଯାଇ ଭଡ଼ା ଟଙ୍କା ଶୁଝି ଦେଇ ଆସିଲି। ତା'ର ଯୋଗେ ଟଙ୍କା ପଠାଇବା ପାଇଁ ଘରକୁ ତା'ର କରିଦେଲି। ଠିକ୍ ଦୁଇ ଦିନ ପରେ ବନ୍ଧୁବିଧବା ଓ ତାଙ୍କ ଝିଅଟିକୁ ଘେନି ରେଳରେ ଫେରି ଆସିଲି। ଦିନ ପରେ ରାତି ଗାଡ଼ୀରେ ବସି ବସି କଟିଗଲା। କେତେ ଲୋକ ଆସିଲେ, ପାଖରେ ବସି ଆମ ଦୁଇ ଜଣଙ୍କୁ ଚାହିଁ ଚାହିଁ

କେତେ କ'ଣ ଭାବିଲେ। ଗପ ସପ ନାହିଁ କି ଭାବର ଆଦାନ ପ୍ରଦାନ ନାହିଁ। ଗାଡ଼ୀ ନିରାନନ୍ଦରେ ଚାଲିଥାଏ।

ଖୋର୍ଦ୍ଧାରୋଡ଼ ଷ୍ଟେସନରେ ଓହ୍ଲାଇ ମଟର ଲରୀ ଭଡ଼ା କରି ନୟାଗଡ଼ର ଗୋଟିଏ ଅଜଣା ଅଶୁଣା ଗାଁରେ ମା'ଝିଅ ଦୁହିଙ୍କୁ ଛାଡ଼ିଦେଲି। ସେ ଗାଁର ଲୋକେ ଜମା ହୋଇ ମୁହଁ ଘୋଡ଼ାଇ ହସିବାକୁ ଲାଗିଲେ। ସେମାନଙ୍କ ହାବଭାବ ଦେଖି ସ୍ତମ୍ଭୀଭୂତ ହୋଇଗଲି।

ଏହି ତ ସଂସାର। ଶ୍ରୀନିବାସଙ୍କର ଭାଇବନ୍ଧୁ, କୁଟୁମ୍ବ ତ ଏହିମାନେ। ଟିକିଏ ସହାନୁଭୂତି ଦେଖାଇବା ଦୂରେ ଥାଉ, ଏମାନେ ଦାଉ ସାଧିବା ପାଇଁ ବୋଧହୁଏ ଭାରି ଉତ୍ସୁକ। ମୋର ବନ୍ଧୁ ଉପରୁ ଏସବୁ ଦେଖି କ'ଣ ମନେ କରୁଥିବେ! ଜୀବନରେ ବନ୍ଧୁତାର ନିଦର୍ଶନ ଦେଖାଇବା ପାଇଁ ଜାଣି ଶୁଣି ଅବହେଳା କରି, ଯାହା ହେଉ ମୃତ୍ୟୁପରେ ତାଙ୍କର କିଛି ଉପକାରରେ ଆସିପାରିଲି ବୋଲି ମନକୁ ଆଶ୍ୱସ୍ତ କଲି। ପୁଣି କେବେ ଆସି ଦେଖା ଦେବି ବୋଲି କହି, ବହୁ କଷ୍ଟରେ ବନ୍ଧୁବିଧବାଙ୍କ ପାଖରୁ ଛୁଟି ନେଇ ଚାଲି ଆସିଲି।

ବନ୍ଦରୁ ଅଧିକା ଦୁଇ ଦିନ ଅତିକ୍ରମ କରି ଯେତେବେଳେ ଘରେ ଆସି ପାଦ ପକାଇଲି, ପିଲାମାନେ ସନ୍ଦେଶ ମିଠାଇର ଗୋଳ ଲଗାଇବା ପୂର୍ବରୁ ଗୃହିଣୀ ପଚାରିଲେ, "ହଇହୋ, ଏତେ ଟଙ୍କା ତ ନେଇଗଲ ଖର୍ଚ୍ଚ କରିବ ବୋଲି-ରେଲ କମ୍ପାନୀର ବଦାନ୍ୟତା ଭାରି ବଖାଣ କରୁଥିଲ ? ପୁଣି ଶହେ ଟଙ୍କା ଟେଲିଗ୍ରାଫ୍ ନ କଲେ ଆସିପାରିଲ ନାହିଁ ? ଟଙ୍କାଗୁଡ଼ାକ ଏପରି ଉଡ଼ାଇଲେ ଚଳିବଟିକି ?"

ଉତ୍ତରରେ ଯେତେ ଠିକ୍ କଥା କହିଲି, ବନ୍ଧୁଙ୍କ ଦୁର୍ଦ୍ଦଶା, ତାଙ୍କ ବିଧବାଙ୍କ ପାଇଁ ଯେତେ ଖର୍ଚ୍ଚ କରିବାକୁ ପଡ଼ିଲା ବୋଲି ଗୋଟି ଗୋଟି ହିସାବ ଦାଖଲ କଲି – ତାଙ୍କ ମନକୁ ମାନିଲା ନାହିଁ। ବିଧବା ଯେ ଏଡ଼େ ସହର ଭିତରେ ଦାଣ୍ଡ ଘଟରେ ବୁଲି ହୋଟେଲରେ ମୋ ଦେଖା ପାଇଲେ, ତାଙ୍କ ହାତରେ ପଇସା ଜମା ନ ଥିଲା- ଏ କଥା ସେ ଆଦୌ ବିଶ୍ୱାସ କଲେ ନାହିଁ। ମୋ କଥା ମୋ ମନରେ ଶୁଖି ଆସିଲା। କେତେ ବଡ଼ଦିନ ବନ୍ଦ ସେ ଦିନରୁ ଚାଲିଗଲାଣି। ଆଉଥରେ ଏକୁଟିଆ କୁଆଡ଼େ ବୁଲି ଯାଇ ନାହିଁ କି ସେପରି କରିବାକୁ ସେ ଦେଇ ନାହାନ୍ତି।

ସହକାର, ୧୪/୧୧, ଫାଲ୍ଗୁନ ୧୩୪୧, (୧୯୩୪/୩୫)

ମଜଲିସ୍

ଅନେକ ଦିନ ପରେ କାମ ପଡ଼ିଲା, ବରହମପୁର ଗଲି। ପଢ଼ିବା ବେଳେ ଥରେ ଯାଇଥିଲି, ସମ୍ମିଳନୀ ଦେଖିବାକୁ। କେତେ ରଙ୍ଗୀନ ଛବି ମୋର କାହିଁ ଅପସରି ଯାଇଛି। ତେତେବେଳେ କାମ ଥିଲା, ଯହିଁରେ କଡ଼ାକର ଫାଇଦା ନାହିଁ, ସେଥିରେ ମନପ୍ରାଣ ଦେଇ ଲାଗି ପଡ଼ିବା। ଏବେ କାମରୁ ଫୁରୁସତ୍ ପାଇ ସୁଦ୍ଧା ସେପରି କିଛି କରିବା ତ ଦୂରର କଥା, ଭାବିବାର ମଧ୍ୟ ଇଚ୍ଛା ବା ପ୍ରବୃତ୍ତି ନାହିଁ।

ଥାଉ ସେ କଥା। ଗୋଟିଏ ହୋଟେଲରେ ଆଶ୍ରୟ ନେଇ ଯଥାଶୀଘ୍ର ମୋର କର୍ତ୍ତବ୍ୟରେ ଲାଗି ପଡ଼ିଲି। ସନ୍ଧ୍ୟା ବେଳେ ବୁଲି ଗଲି, ବନ୍ଧ ଆଡ଼େ। ପଛ ଆଡୁ କିଏ ଜଣେ ହଠାତ୍ ମୋର ଆଖି ବୁଜି ଧରିଲେ। କିଛି କହି ପାରିଲି ନାହିଁ; ବିରକ୍ତିରେ ହାତ ଦୁଇଟା ସଜୋରରେ କାଢ଼ି ନେଇ ଦେଖିଲି, ଶ୍ରୀହରି ବାବୁ ହସୁଛନ୍ତି। ତାଙ୍କୁ ଧରି କୁଣ୍ଢାଇ ପକାଇଲି। କେତେ ମିଷ୍ଟାଳାପ, ଦୁଃଖସୁଖ ପରେ ସେ ଜିଦ୍ ଧରି ବସିଲେ, ମତେ ତାଙ୍କ ଘରକୁ ନେବେ। ନାହିଁ କରିବି କିପରି ? ଗଲି।

ଭଲ ଛାତ୍ର ବୋଲି ତାଙ୍କର ନାମ ଥିଲା। ବୟସରେ କମ୍ ହେଲେ ମଧ୍ୟ ତାଙ୍କ ପ୍ରତି ମୋର ଶ୍ରଦ୍ଧା ଥିଲା। ସେହିଦିନୁଁ ଆଉ ତାଙ୍କୁ ଦେଖି ନାହିଁ। ସେହି ରଙ୍ଗିନ୍ ଛବି ପୁଣି ଆଖି ଆଗରେ ନାଚିଗଲା। ଅତୀତ ସବୁବେଳେ ସୁନ୍ଦର। ବର୍ତ୍ତମାନଟା ସିନା ସମସ୍ତଙ୍କର ଡର। ଅନ୍ଧକାରମୟ ଭବିଷ୍ୟତ କଥା ତ ଜାଣି ଅଲଗା। ଆମର ଯାହା କଥା ହେଲା, ସବୁ ଅତୀତକୁ ଆଶ୍ରୟ କରି।

ତାଙ୍କ ଘର ଭିତରେ ପଶି ମୁଗ୍ଧ ହୋଇଗଲି। କି ସୁନ୍ଦର ସାଜସଜ୍ଜା। ପିଲା ଦୁଇଟି ଆସି ତାଙ୍କୁ ଘେରି ବସିଲେ। ସୁନ୍ଦର ସୁସ୍ଥ ଅବୟବ ଦେଖି ନିଜକୁ ଭୁଲିଗଲି। ଆନନ୍ଦରେ ଧରିବାକୁ ଗଲି, ଛୁଟି ପଳାଇ ଗଲେ।

ଚା’, ଜଳପାନ, ପାନ ଓ ମସଲାର ବରାଦ ଦେଇ ଶ୍ରୀହରି ବାବୁ କେତେ

କଥା ଗପିଗଲେ। କେତେ ମୋ କାନରେ ପଶିଲା, କେତେ କୁଆଡ଼େ ଉଡ଼ିଗଲା। ଘରର ଏଣେତେଣେ ଚାହିଁ ମୁଁ କେତେ କ'ଣ ଭାବୁଥାଏଁ। ଦୁଇଜଣ ଭଦ୍ରଲୋକ ଆସି ପହଞ୍ଚିଗଲେ। ଭାରି ମିଷ୍ଟାଳାପୀ ତ ଦୁଇଜଣ ଯାକ! ମୋ ସହିତ ପରିଚୟ ପରେ ହସର ଲହରୀ ଗପର ସୁଅ ଚାଲିଲା।

ଶ୍ରୀହରି କହିଲେ, "ହଇ ହୋ ରାମଚନ୍ଦ୍ର, କହିଲ ନାହିଁ ଆଜିଯାଏ, ତମର ମତ କ'ଣ? ବେଶି ଚାଲାକ୍ କିଏ, ବେଶି ବୋକା ବା କିଏ?"

"ଓଃ, ଏହି କଥା? ଆଜିଯାଏ ଆପଣ ପଚାରିଥିଲେ କେବେ କି? ସେ ପାଦ୍ରୀ ସାହାବ ତ ନିଶ୍ଚୟ ପଣ୍ଡିତଙ୍କଠାରୁ ବେଶି ବୁଧିଆ। ରହମତ୍ ଉଲ୍ଲାଙ୍କ ବୁଦ୍ଧିକୁ ପସନ୍ଦ ନ କରିବ କିଏ?"

ସେ ତିନି ଜଣ ମିଶି ହୋ ହୋ ହସି ଉଠିଲେ। ମୁଁ ବିଚାରା ଥକ୍କା ହୋଇ, ଆମ୍ବୁଲ ଚାଟିବା ପରି ମୁହଁ କରି ଦାନ୍ତ ନିକୁଟିବାକୁ ଲାଗିଲି। ଶ୍ରୀହରି ମୋର ଦୁର୍ଦ୍ଦଶା ବୁଝିପାରି କହିଲେ, "ଆପଣ ବୋଧହୁଏ ରସ ଗ୍ରହଣ କରି ପାରିଲେ ନାହିଁ।"

ମୁଁ କହିଲି, "'ବୋଧହୁଏ' କଥାଟା ଆପଣଙ୍କର ନିତାନ୍ତ ଉପରୋଧ ମିଶା ମିଛ କଥା। ବୋଧହୁଏ କାହିଁକି, ନିଶ୍ଚୟ ତ ଜାଣିପାରି ନାହିଁ।"

"ଆଚ୍ଛା ହେଉ ଦୀନବନ୍ଧୁ ବାବୁ, କହନ୍ତୁ ନା, ଆଉ ଥରେ, ଏ ମହାଶୟ ଟିକିଏ ଶୁଣିବେ।"

ଶ୍ରୀହରିଙ୍କର ଉପରୋଧ ରକ୍ଷାକରି, ଦିନବନ୍ଧୁ କହିବାକୁ ଲାଗିଲେ;-

"କେତେ କାଳ ବିତି ଗଲାଣି, ପାଦ୍ରୀମାନେ ଏ ଦେଶକୁ ଆସି ଏତେ ବ୍ୟାପୀ ଯାଇ ନଥିଲେ। ପୁରୀ ରଥ ବେଳେ ବଡ଼ଦାଣ୍ଡରେ ଠିଆ ହୋଇ ଜଗନ୍ନାଥଙ୍କ ଚଉଦ ପୁରୁଷ ଶ୍ରାଦ୍ଧ କରିବା ଥିଲା, ସେମାନଙ୍କର ବଡ଼ କାମ। ଲୋକଙ୍କଠାରୁ ମାଡ଼ଗାଳି ଥିଲା, ସେମାନଙ୍କର ଉପୁରି ଲାଭ। ତେତେବେଳେ ଦେଖିଛି, ପାଦ୍ରୀଯାକ ପ୍ରାୟ ଦାଢ଼ିଆ ବୁଢ଼ା ଥିଲେ। ଧୋବଲା ମୁହଁକୁ ଧୋବ ଫରଫର ପାକଲା ଦାଢ଼ି ବେଶ୍ ମାନୁଥିଲା। ଆଜିକାଲି ପାଦ୍ରୀଙ୍କ ପରି ସୁଚିକ୍କଣ ସଦ୍ୟ କ୍ଷୌର ମୁଖମଣ୍ଡଳ ଘେନି ସେମାନେ ବାହାରୁ ନଥିଲେ। ଆଜିକାଲି କାହିଁକି ସେମାନେ ଆଉ ଦାଢ଼ିର ପ୍ରୟାସୀ ନୁହନ୍ତି, ତାହାର ଗୋଟିଏ ଗୂଢ଼ କାରଣ ମତେ ଜଣାଅଛି। ମନଦେଇ ଶୁଣନ୍ତୁ, ବୁଝି ପାରିବେ।"

ପିଲା କୁଟୁମ୍ବ ନେଇ ଥରେ ଯାଇଛି, ରଥଯାତ ଦେଖି, ପୁରୀ। ମନୁଷ୍ୟ-ସମୁଦ୍ର ମଧରେ ବଡ଼ଦାଣ୍ଡର ଗୋଟିଏ ପାଖରେ ଦେଖିଲି, ଜଣେ ବୁଢ଼ା ପାଦ୍ରୀ। ଚାରିଆଡ଼ର ଶୁଭ୍ର ପୋଷାକ ପରିଚ୍ଛଦଠାରୁ ଦେହର ରଙ୍ଗ ଆହୁରି ବେଶି। ମାତ୍ର ଦାଢ଼ିଟି କାହିଁ ନାହିଁ। ସଦ୍ୟକ୍ଷୌର ମୁଖମଣ୍ଡଳ ଠାଏ ଠାଏ କଟି ଯାଇଛି। ଦୁଇ ଜଣ ଶିଷ୍ୟ ତାଙ୍କର ଓଡ଼ିଆ

ଗୀତ ବୋଲୁ ଥାଆନ୍ତି। ପାଦ୍ରୀ ମହାଶୟ ଝୁଲି ଝୁଲି ସଙ୍ଗୀତ ଉପଭୋଗ କରି ଦୁଆ ଧରି ଗାଉ ଥାଆନ୍ତି। ଜନତା ମଧ୍ୟରୁ କେହି ତାଙ୍କୁ ଥଟ୍ଟା ପରିହାସ କରୁଥାଏ; କେହି ଅବା ଧୂଳି ମାଟି ଫିଙ୍ଗି ଦେଇ ମନ ଓରମାନ ମେଣ୍ଟାଉ ଥାଏ।

"ଦୁଇ ତିନ ଜଣ ବ୍ରାହ୍ମଣଙ୍କୁ ପାଦ୍ରୀ ସାହେବ ପାଖକୁ ଡାକି ପଚାରିଲେ 'ଆପନ୍‌ମାନେ କନ୍ ପନସ୍ ଖାଇଛନ୍ତି କି ?' କେହି କିଛି ବୁଝି ନପାରି ତାଙ୍କୁ ଗାଳି ଦେବାରେ ଲାଗି ଥାଆନ୍ତି। କିଏ କହୁଥାଏ, 'ତୋ ମୁଣ୍ଡ ଖାଇଛୁଁ'। ଆଉ କିଏ ହସି ହସି ତାଳି ମାରୁଥାଏ। ମୁଁ ଟିକିଏ ପାଖକୁ ଯିବାର ଦେଖି, ପାଦ୍ରୀ ସାହେବ ମତେ ମଧ୍ୟ ଠିକ୍ ସେହି ପ୍ରଶ୍ନ ପଚାରିଲେ। ମୁଁ କହିଲି, 'ନା ମହାଶୟ, ଗୁଣ୍ଡିଚା ବେଳ, ହଇଜା ଏତେବେଳେ ଟିକିଏ ବାଟ ପାଇଲେ, ମାଡ଼ି ବସିବ। ଏ ସମୟରେ କିଏ ପଣସ ଖାଏ ?'

"ବାରମ୍ବାର ମୁଣ୍ଡ ହଲାଇ ସେ କହିଲେ, ; 'ନା, ନା ଆପନ୍ ନିଶ୍ଚୟ ପନସ୍'"

"ଅବାକ୍ ହୋଇ ନିହାତ୍ ଭଦ୍ର ଭାବରେ ତାଙ୍କୁ କହିଲି, 'କଦାପି ନୁହେଁ, ମୁଁ ଆପଣଙ୍କୁ କାହିଁକି ମିଛ କହିବି ?'"

"ହସି ହସି ପାଦ୍ରୀ କହିଲେ, 'ତେବେ ଆପନ୍ ମୁହଁ ତମାମ୍ କ୍ଷୌର ହୋଇଛନ୍ତି କାହିଁକି ?'"

"ମୁହଁ କ୍ଷୌର ସହିତ ପଣସ ଖିଆର କି ସମ୍ପର୍କ ବୁଝି ନପାରି ମୁଁ ହସିବାକୁ ଲାଗିଲି। ଆଖପାଖ ଲୋକେ ସମସ୍ତେ ହସିଲେ। ମୁଣ୍ଡ ହଲାଇ ହଲାଇ, ମୋ ପାଖକୁ ଚାଲି ଆସି ପାଦ୍ରୀ ସାହେବ ଯାହା କହିଲେ, ତାହାର ସାରାଂଶ ଏହିପରି :-

'ବିଲାତରେ ଥାଇ ତମ ଦେଶର ଆମ୍ବ, ପିଜୁଳି ଓ ସପୁରୀ କେବେ କିମିତି ଚାଖିବାକୁ ପାଇ, ତମ ଦେଶ ପ୍ରତି ବଡ଼ ଆକୃଷ୍ଟ ହୋଇଥିଲି। ଯାକୁ ତାକୁ ପଚାରି ବୁଝିଥିଲି, ସବୁଠାରୁ ବଡ଼ ଓ ସୁସ୍ୱାଦୁ ଫଳ ହେଉଛି ପଣସ; କେବେ ଦେଖି ନଥିଲି କି ଚାଖି ନଥିଲି।'"

"ବହୁ ଦିନର ଚେଷ୍ଟାର ଫଳରେ ଏହି କେତେଦିନ ହେବ ଏଠାକୁ ଆସିଛି। ବାଟରେ ଆସୁ ଆସୁ, ଏତେ ବଡ଼ ସୁସ୍ୱାଦୁ ଫଳ କଥା ମନେପକାଇ ପାଟିରୁ ଲାଳ ବୁହାଇ ଥିଲି। ଆସି ପହଞ୍ଚିବା ପରେ, ଖାନସମାକୁ କହିଲି, ଗୋଟିଏ ବଡ଼ ପଣସ ପାଇଁ। ବାରଅଣା ପଇସା ଦେଇ ଗୋଟିଏ ଦେଢ଼ ହାତ ଲମ୍ବା ପଣସ ଆଣି ସେ ଦେଲା। ତାକୁ ଦେଖି ମୁଗ୍ଧ ହୋଇଗଲି। ଦେହ ତମାମ କଣ୍ଟା ନଥିଲେ ସର୍ବାଙ୍ଗରେ ତାର ଚୁମ୍ବନ ଦେଇ ଥାଆନ୍ତି।"

"ତର ସହିଲା ନାହିଁ। ଟେବୁଲ୍ ଉପରେ ତାକୁ ରଖିଦେଇ ଛୁରୀ ନେଇ ଚୌଚିର

କରି କାଟି ପକାଇଲି । ଜିଭ ଲହ ଲହ ଓ ପେଟ ତେତେବେଳେ ହାକୁ ହାକୁ କରୁଥାଏ । କିପରି ଖାଇ ଦେବି । ଆନାଭିବିସ୍ତୃତ ଧୋବ ଫରଫର ଦାଢ଼ିଟି ମୋର ସମୁଦ୍ର ହାଓଆରେ ଉଡ଼ି ବୁଲୁଥାଏ । ଯେମିତି ନେଇ ଖଣ୍ଡେ ପଣସ ପାଟିରେ ପୂରାଇଛି, ଓଃ କି ଶକ୍ତ । ଚୋବାଇ ପାରିଲି ନାହିଁ । ଖଣ୍ଡ ଖଣ୍ଡ କରି ଯେତେ ଖଣ୍ଡ ଥିଲା ସବୁ ଯାକ ଚେଷ୍ଟା କରି ଦେଖିଲି । ଏକା ଦଶା ! ବିରକ୍ତ ହୋଇ ଖାନସମାକୁ ଡାକିଲି । ଧାଇଁ ଆସି ବିଚାରା ଅବାକ୍ ହୋଇ ଠିଆ ହେଲା । ସେଟା କଞ୍ଚା, ଆଜି ଗଛରୁ ତୋଲାଇ ଆଣିଥିଲା ବୋଲି କହିଲା । ଦିନେ ଦୁଇ ଦିନ ଘରେ ଥିଲେ, ପାଚି ସୁଖାଦ୍ୟ ହୋଇ ଥାଆନ୍ତା ।"

"ତେତେବେଳେ ଚେତନ ପଶିଲା ମୋର । ହାତ ଦୁଇଟା ଦେଖେଁ, ଅଠା । ପାଟି ମୁହଁ ସବୁ ଅଠା । ଆହା, ମୋର କେତେ ଯୁଗର, କେଡ଼େ ଆଦରର ସୁଦୃଶ୍ୟ ଦାଢ଼ିଟି ବି ଅଠା । ଯାହା ବା ବାକି ଥିଲା, ବିକଳରେ ଅଠା ହାତ ବୁଲାଇ ଦାଢ଼ିତମାମ ଚିକିଟା ଅଠା କରିଦେଲି ।"

'ତା' ପରେ ଖାନସମା ଚାକର ନୌକର ସମସ୍ତେ ମିଶି ପାଣି, ସାବୁନ୍, ସାଜିମାଟି, ବନମାଟି ଯେତେ ଯେ ଯାହା ଆଣି ଲଗାଇଲା, କାହିଁରେ ଦାଢ଼ି ସଫା ନହୋଇ, ମେଞ୍ଚା ମେଞ୍ଚା ହୋଇଗଲା । ଦର୍ପଣରେ ମୁହଁ ଦେଖି, ହସିଲି, କାନ୍ଦିଲି, ରାଗିଲି । ବିଲାତରୁ ମେମ୍ ସାହେବ ଆସି ମତେ ଚାହିଁ କ'ଣ କହିବେ ? ହାରେ କପାଳ ! କାହାକୁ ଦୋଷ ଦେବି ?

"ଭଣ୍ଡାରି ଆସି ଛାଞ୍ଚି ଛୁଞ୍ଚି ଦାଢ଼ିଟିକୁ ମୋର ଅନ୍ତର୍ଦ୍ଧାନ କରାଇ ଦେଲା । ଅତଏବ ମନେ କରିଥିଲି ତମେ ସବୁ ମୋରି ପରି ପଣସ ଖାଇ ଦାଢ଼ି ଚାଞ୍ଛିଛ ବୋଲି, ସେଥିପାଇଁ ପଚାରୁ ଥିଲି ।"

ହୋ ହୋ ହୋଇ ହସି ଉଠିଲି । ଟିକିଏ ପ୍ରକୃତିସ୍ଥ ହୋଇ ଜିଦ୍ ଲଗାଇଲି, ପଣ୍ଡିତଙ୍କ କଥା ଶୁଣିବା ପାଇଁ । ପାନ ଖଣ୍ଡେ ଖାଇ, ନାସ ଟିକିଏ ଶୁଙ୍ଘି, ସେ ପୁଣି କଥା ଆରମ୍ଭ କରି ଦେଲେ;-

"କଥାରେ ଅଛି, ନ ଦେଖିଲା ଉଆଉ ଛ'ଫଡ଼ା । ତମେ ସବୁ ବିଶ୍ୱାସ କର ବା ନକର, ମୋର ଯାଏ ଆସେ କେତେ ? ଏଟା ଆମ ଗାଁ କଥା । ସେତେବେଳେ ମୋର ବୟସ ବାର କି ତେର । ହଁ, ଏହିପରି ହେବ; ନଇଲେ, ଆଉ ବର୍ଷେ ଦୁଇ ବର୍ଷ କମ୍ ବା ବେଶୀ - ଆହା, ମରି ଗଲେଣି, ଆମ ଗାଁ ପଣ୍ଡିତ, ରାମ ମିଶ୍ରେ । ଶୁଣା ଅଛି, କାଶୀରେ ସେ କେବଳ ପାଣିନୀ ବ୍ୟାକରଣ ପନ୍ଦର ବର୍ଷ ପଢ଼ିଥିଲେ । କାବ୍ୟ, ନାଟକ, ଅଳଙ୍କାରର ଖଣିଟିଏ ଥିଲେ ସେ । ରାଜା ମହାରାଜାଙ୍କ ପାଖରେ ତାଙ୍କର ଆଦର ଥିଲା ଯେପରି, ପେଟ ପାଟଣା ଚଳିବା ମଧ୍ୟ ଥିଲା, ସେହିପରି ସୁଗମ । ନିଜର

କିଛି ସନ୍ତାନ ସନ୍ତତି ନଥିଲେ କ'ଣ ହେଲା, ଘରଟା ତାଙ୍କର ଥିଲା, ଗୋଟାଏ ମାଛ ହାଟ। ତାଙ୍କ ମୃତ ଭାଇଙ୍କର ପିଲା ଝିଲା, ନାତି ନାତୁଣୀ ମିଶି ରାତି ଦିନ ଘରଟାକୁ ଗୋଟାଏ ନିଆଁଲଗା ମେଣ୍ଢା ଗୁହାଳରେ ପରିଣତ କରିଥିଲେ।"

"ପଣ୍ଡିତେ ଓ ତାଙ୍କ ସ୍ତ୍ରୀଙ୍କ ଭିତରେ ଦାମ୍ପତ୍ୟ ପ୍ରେମ ଯଥେଷ୍ଟ ଥିଲା ସତ; ହେଲେ କ'ଣ ହେବ, ଏ ପିଲାଗୁଡ଼ାଙ୍କ ଉପସ୍ଥିତି ଓ ଉପଦ୍ରବ ନେଇ ସମୟେ ସମୟେ ଉଭୟଙ୍କ ମଧ୍ୟରେ ମହାତାଣ୍ଡବ ଲାଗୁଥିଲା। ବାସ୍ତବିକ କଥା, ସେଗୁଡ଼ାଙ୍କୁ ତ କେବେ କେହି ଖୋଜି ଲୋଡ଼ି ଆଣୁ ନଥାଏ। ଆପେ ଆସି ବଳେ ପଶି ମଙ୍ଗଳବାର ପୂଜୁ ଥାଆନ୍ତି। ପଣ୍ଡିତ ବିଚାରା କରିବେ କ'ଣ, ବଡ଼ ଅମାୟିକ ପ୍ରକୃତିର ଲୋକ ସେ। ଭାଇଙ୍କ ଇଜିମାଲି ସମ୍ପତ୍ତି ମାଣେ କଣେ ହେଉ ପଛକେ ଭୋଗ କରୁଛନ୍ତି ତ। ତାଙ୍କ ରକ୍ତ ସମ୍ପର୍କ ନାତି ନାତୁଣୀମାନଙ୍କୁ ତଡ଼ି ବାହାର କରିଦେବେ କିପରି ?"

"ଯେକୌଣସି ପ୍ରକାରେ, ଚାଉଳ ମୁଠାକର ଯୋଗାଡ଼ ହେଲେ ସୁଦ୍ଧା, ପନିପରିବା ଏ ପରିବାରକୁ କେତେବେଳେ ଯୋଗାଇ ହୁଏ ନାହିଁ। ଆଜି ଯା' ବାଡ଼ିରୁ କଖାରୁଟାଏ, ସଜନା ଶାଗ କେରାଏ, କାଲି ହାଟରୁ କଲରା ବା ବାଇଗଣ ବିଶାଏ ଆଣି ଦାଖଲ କଲେ ସୁଦ୍ଧା, ଗୃହିଣୀଙ୍କ ବାକ୍ୟବାଣରୁ ତ୍ରାହି ପାଇ ପାରନ୍ତି ନାହିଁ। ସବୁବେଳେ ତରକାରିର ଅଭାବ ଏ ଦମ୍ପତିର ସ୍ନେହ ସୌହାର୍ଦ୍ଦ୍ୟର ଅଭାବ ଘଟାଏ।"

"ଆମ ଗାଁ ପାଖେ ତ ବନମାଳୀପୁର ହାଟ, ବଡ଼ ପ୍ରସିଦ୍ଧ। ଦଶ କୋଶ ପାଞ୍ଚ କୋଶରୁ ଲୋକେ ଏ ହାଟରୁ ସଉଦା କରନ୍ତି। ଜ୍ୟେଷ୍ଠ ମାସର ପ୍ରଚଣ୍ଡ ଗ୍ରୀଷ୍ମରେ ଶାଗମୁଗର ନିତାନ୍ତ ଅଭାବ। ପଣ୍ଡିତେ ହୋ ବିରକ୍ତ ହୋଇ ହାଟକୁ ଯାଇଥାଆନ୍ତି। ପାଳୁଆ ବାଇଗଣ ଓ ପିତା ଶୁଖୁଆ ସେଦିନ ହାଟରେ ଭର୍ତ୍ତି ହୋଇଥାଏ। ପଣ୍ଡିତେ ତ ଶୁଖୁଆ ପାଖ ମାଡ଼ିବେ ନାହିଁ। ନାକରେ ଗାମୁଛା ଗୁଞ୍ଜି ଯାଇ ପହଞ୍ଚିଲେ ବାଇଗଣ ହାଟ ପାଖେ। ସୁଦୃଶ୍ୟ ସୁଗୋଲ ବାଇଗଣଗୁଡ଼ିକ ଦେଖିବାକୁ ଖୁବ୍ ବଡ଼, ମାତ୍ର ଭିତର ତା'ର ମଞ୍ଜିଭରା। ଯେ ଦେଖିଛି, ଯେ ଚାଖିଛି, ସେ କହି ପାରିବ ଏହାର ଗୁଣ। ତମେ ସବୁ ଜାଣ କି ନାହିଁ, କେ ଜାଣି।"

"ଶଗଡ଼ ଶଗଡ଼ ବାଇଗଣ ଦେଖି ପଣ୍ଡିତେ ଭାରି ମୁଗ୍ଧ। ପଇକାରୀ ଭାଉ ପଚାରି ବୁଝିଲେ ଯେ, ଶଗଡ଼ ଦରିଆ ନେଲେ ପଇସାକୁ ଚାରି ବିଶା। ଗୃହିଣୀଙ୍କ ସବୁ ଜଞ୍ଜାଳ ମନେପଡ଼ି, ଆଜି ଏତେ ସହଜରେ ତା'ର ପ୍ରତିଶୋଧ ଦେଇ ପାରିବେ ବୋଲି ବଡ଼ ଖୁସିଟାଏ ହେଲେ। ଧାର ଉଧାର କରି ପାଞ୍ଚ ଟଙ୍କାରେ ସାତ ଶଗଡ଼ ବାଇଗଣ କିଣି, ତା ଉପରେ ପୁଣି କିଛି ଶଗଡ଼ ଭଡ଼ା ଦେବାର ଚୁକ୍ତି କରି ସବୁ ଶଗଡ଼ିଆଙ୍କୁ ଘେନି ପଣ୍ଡିତେ ଗାଁରେ ଆସି ହାଜର।"

"ମୁଣ୍ଡରେ ଠେକାଟାଏ ବାନ୍ଧି ଶଗଡ଼ ଆଗେ ଆଗେ ପଣ୍ଡିତଙ୍କ ଶୁଭାଗମନ ଦେଖି, ଗାଁର ଅନେକ ଲୋକ ଶଗଡ଼ର ପଛେ ପଛେ ଚାଲିଲେ। ମୁଁ ମଧ୍ୟ ଯିବାକୁ ଛାଡ଼ି ନାହିଁ। ପଣ୍ଡିତଙ୍କ ସାଙ୍ଗେ ସାଙ୍ଗେ ମୁଁ ତାଙ୍କ ଘର ଭିତରେ ପଶିଗଲି।" ପଣ୍ଡିତେ ଡାକିଲେ, – "ହଇହୋ, କାହିଁଗଲ ? ଏବେ ନିଅ। ସବୁବେଳେ ଟିକିଏ ବସାଇ ଉଠାଇ ଦେବନାହିଁ – ପନିପରିବା କାହିଁ, ପନିପରିବା କାହିଁ ? ସେଥିପାଇଁ ମନଖୁସିରେ ଟିକିଏ ପାଖରେ ବସି କଥା ସୁଦ୍ଧା କହିବ ନାହିଁ।"

"ଲସର ପସର ଧାଇଁ ଆସି ଗୃହିଣୀ କହିଲେ, 'କ'ଣ ହୋଇଛି କି ? ଆଜି ଏଡ଼େ ସରାଗ କାହିଁକି ?'"

"ଆରେ ଆଜି ଆଉ ପୁଣି ଭାବନା ! ହାଟରୁ ସାତ ଶଗଡ଼ ବାଇଗଣ ଆଣିଛି; ଦାମ୍ ଜମା ପାଞ୍ଚ ଟଙ୍କା। ତରକାରୀ କର, ଭାଜ ସିନ୍ତୋଳ ଯାହା ଇଚ୍ଛା କର। ଏଠି ବର୍ଷକ ଯାଏ ଆଉ ତରକାରୀ କଷ୍ଟ ଆମର ନାହିଁ।"

"ପଣ୍ଡିତେ ଭାବିଥିଲେ, ସ୍ତ୍ରୀ ତାଙ୍କର ଆନନ୍ଦରେ ଗଦ୍‌ଗଦ୍ ହୋଇ ସ୍ନେହ ସରାଗରେ କେତେ କ'ଣ କହିଯିବେ। ମାତ୍ର ଦେଖିଲେ, ଠିକ୍ ଓଲଟା।" ଏ କଥା ଶୁଣି ବ୍ରାହ୍ମଣୀ କାନ୍ଦି ପକାଇ କହିଲେ –"କପାଳ ମୋର ଏଡ଼ିକି ପୋଡ଼ା। ଏତେଗୁଡ଼ାଏ ବାଇଗଣ କ'ଣ ହେବ ଭଲା ? ପୋଡ଼ି ଯାଉ ତମ ବୁଦ୍ଧି, ପୋଡ଼ି ଯାଉ ତମ ପଣ୍ଡିତିଆ ତମ। ଚାରି ଦିନ ଭିତରେ ତ ସବୁଯାକ ସଢ଼ିପଚି ପୋକ ଯୋକ ହୋଇଯିବ। ମୁଁ କରିବି ଏବେ କ'ଣ ?"

ଏ କାନ୍ଦଣାରେ ପଣ୍ଡିତେ ଯୋଗ ଦେଇ ସକେଇ ସକେଇ କହିଲେ – "ଆରେ ସତ କଥାରେ। ବାଇଗଣଗୁଡ଼ାକ ଯେ ଏତେ ଶୀଘ୍ର ପଚିଯାଏ, ମତେ ଆଗରୁ କହିଲ ନାହିଁ କାହିଁକି ? ଜାଣିଥିଲେ, କ'ଣ ଏତେଗୁଡ଼ାଏ ମୁଁ ଆଣିଥାନ୍ତି ?"

"ଏ ହାଲ ଦେଖି ହସି ହସି ମୁଁ ଘରକୁ ଧାଇଁ ଆସି ସମସ୍ତଙ୍କ ଆଗେ କଥାଟା ପ୍ରକାଶ କରି ଦେଲି।"

ଶ୍ରୀହରି କହିଲେ, "ରାମଚନ୍ଦ୍ର, ଏବେ ତମ କଥାଟା ଟିକିଏ ହେଉ।" ରାମଚନ୍ଦ୍ର କାଳ ବିଳମ୍ବ ନକରି କଥା ଆରମ୍ଭ କରିଦେଲେ –

"ଦୀନବନ୍ଧୁ ବାବୁଙ୍କୁ ବାହାପିଆ ପାଣିଆରେ କେବେ କିଏ ପାରିଛି, ନା ପାରିବ ? ଗାଳ ଗଳ୍ପକୁ ନିଜ ଅଙ୍ଗେ ନିଭାଇବା କଥାରେ ପରିଣତ କରି ଦେବାପାଇଁ ତାଙ୍କ ଜିଭ ଖଣ୍ଡ ଯେପରି ତିଆର ହୋଇଛି। ମୋର ତ ଦେଖା କଥା କିଛି ନାହିଁ, ଯାହା ଶୁଣିଛି, କହିବି।"

"ଜଣେ କାବୁଲୀ ସୌଦାଗରଠାରୁ ଥରେ ଖଣ୍ଡେ ଲାଲ ଲୋହି କିଣି ତା

ସହିତ ମୋର ଭାବ ହୋଇଗଲା। ଏମିତି କି, ପଇସା ବାକି ନଥିଲେ ସୁଦ୍ଧା ସେ ସମୟ ସମୟରେ ଆମ ଘରକୁ ଆସି, କିସ୍‌ମିସ୍, ଆଖରୋଟ୍ ଓ ଖଜୁରୀ ଆମ ପିଲାଙ୍କୁ ବାଣ୍ଟି ଦେଉଥିଲା। ମୋ ପାଇଁ ତ ବରାବର ସାଲେମିଶ୍ରି, ଶିଳାଜତୁ ଆଣି ସେହିପରି ଦେଇଯାଏ। ଏହିପରି ବନ୍ଧୁତ୍ୱ ଓ ନେଣଦେଣ ଚାଲିଥାଏ।"

ଥରେ ମୁଁ ତାକୁ ପଚାରିଲି, "ହଇ ହୋ ଦୋସ୍ତ, ଏତେ ସୁନ୍ଦର ଫଳ ତମ ଦେଶରେ ଫଳେ। ଶୁଖିଲା ଅବସ୍ଥାରେ ସେ ଫଳ ଖାଇ ଆମେ ମୋହିତ ହୋଇ ଯାଉଛୁ ତ ଦେଖୁଛ। ଆମ୍ବ ଭଳି ସୁସ୍ୱାଦୁ ଫଳ ଭଲା ତମ ଦେଶରେ ଅଛି ?"

ଦାଢ଼ି ଉପରେ ହାତ ବୁଲାଇ ହସି ହସି ସେ କହିଲା - "ଆମର ଦାଢ଼ି ଥିଲେ, ଆମ୍ବର ବଡ଼ବାପ ଆମ ଗୋଡ଼ ତଳେ ହାଜର ହେବ।"

କଥାଟା ବୁଝି ନପାରି, ମୁଁ ତା ମୁହଁକୁ ବଲବଲ ଚାହିଁ ରହିଲି। ସେ କହିବାକୁ ଲାଗିଲା –

"ଆମ ଅମୀର ସାହେବଙ୍କର ଥରେ କାହିଁକି ଭଲ ସରସ ଆମ୍ବ ଚାଖିବାର ଖିଆଲ ଉଠିଲା। ଅମୀରି ମେଜାଜ ତ, ଆମ ଭଳି ସୌଦାଗରଙ୍କଠାରୁ ଆମ୍ବ କିଣି ଖାଇବା ସେ ପସନ୍ଦ କରେନାହିଁ। ସେଥିପାଇଁ ଖୋଦ ତାଙ୍କର ମନ୍ତ୍ରୀ ସାହେବଙ୍କୁ ଏ ଦେଶକୁ ପଠାଇ ଦେଲେ। ଆଦେଶ ହେଲା, ମନ୍ତ୍ରୀ ଭାରତର ଚାରିଆଡ଼େ ବୁଲି ଯେଉଁଠି ତାଙ୍କ ମନ ମୁତାବକ ଆମ୍ବ ପାଇବେ, ଅମୀର ବାହାଦୂରଙ୍କ ନିକଟ ଅବିଳମ୍ବେ ଚାଲାନ କରିବେ।"

"ମନ୍ତ୍ରୀ ସାହେବ ମାସେ ଦୁଇ ମାସ ଭାରତର ନାନା ସ୍ଥାନରେ ବୁଲି, ଅସୁମାର ଟଙ୍କା ଖର୍ଚ୍ଚ କରି ନିଜେ ଆମ୍ବ ଚାଖି ଚାଖି ମନ ଓରମାନ ମେଣ୍ଟାଇବାରେ ଲାଗିଲେ। ଖାଲି ଚିଠି ପଠାଉ ଥାଆନ୍ତି, ଅମୁକ ସ୍ଥାନର ଆମ୍ବ ଭଲ ନୁହେଁ, କେଉଁ ସ୍ଥାନର ଆମ୍ବ ମିଠା ହେଲେ କ'ଣ ହେବ, ସେଗୁଡ଼ାକ ଚେରୁଆ ଓ ଆଉ କେଉଁ ସ୍ଥାନର ଆମ୍ବ ମଞ୍ଜଖଟା ଇତ୍ୟାଦି। ଏହିପରି ଭାବରେ ଗ୍ରୀଷ୍ମକାଳ ଯାଇ ବର୍ଷା ଆସି ପହଞ୍ଚିଲା, ତେବେ ସୁଦ୍ଧା ମନ୍ତ୍ରୀଙ୍କର ଆମ୍ବଚଖା ଶେଷହେଲା ନାହିଁ କି ଗୋଟିଏ ବୋଲି ଆମ୍ବ ଅମୀରଙ୍କ ମୁଣୋହି ନିମିତ୍ତ ପଠାଗଲା ନାହିଁ।"

ମନ୍ତ୍ରୀ ରହମତୁଲ୍ଲା ଦିନେ ତାଙ୍କର ଲମ୍ବା ଦାଢ଼ି ସହ ଯାଇ କାବୁଲ ରାଜ ଦରବାରରେ ହାଜର ହେଲେ, ଅମୀର ବାହାଦୂର ମନ୍ତ୍ରୀଙ୍କର ଆମ୍ବଖିଆ ଲାଲ ଟକଟକ ଚେହେରା ଦେଖି ଖୁସି ହେଲେ, ମାତ୍ର ଗୋଟିଏ ମାତ୍ର ଆମ୍ବ ନଦେଖି ମନ୍ତ୍ରୀଙ୍କୁ ଚାହିଁ ରହିଲେ।

ପ୍ରଶ୍ନର ଅପେକ୍ଷା ନରଖି ରହମତୁଲ୍ଲା କହିଲେ - "ଖୋଦାବନ୍ଦ, କେତେଆଡ଼େ

ବୁଲି କେତେ ଆମ୍ବ ଚାଖିଲି । ଗୋଟାଏ ଭଲ ପାଇଲି ନାହିଁ । ଯେପରି ମୁଁ ଚାଖିଛି, ଯେତେ ପ୍ରକାରର ମଧ୍ୟ ଚାଖିଛି, ସହଜରେ ଓ ସବୁ ସମୟରେ ଆମେ ସବୁ ପ୍ରକାରର ଆମ୍ବ ରସ ତିଆରି କରି ଆସ୍ୱାଦନ କରିପାରିବା । ତୁଚ୍ଛାଟାରେ ଟଙ୍କା ଖର୍ଚ୍ଚ କରି ସେଗୁଡ଼ାକ ଏତେ ଦୂରରୁ ବୁହାଇ ଆଣିବା ଦରକାର କ'ଣ ? ପଚିସଢ଼ି ଅକାରଣ ନଷ୍ଟ ହୋଇଯିବ । ଏହା ଭାବି ମୁଁ ସେସବୁ ଆଣିଲି ନାହିଁ ।"

ଅମୀର କହିଲେ, "ତାହାହେଲେ ବିଳମ୍ବ କାହିଁକି ମନ୍ତ୍ରୀନ୍, କିପରି କ'ଣ କରିବ ତା'ର ବନ୍ଦୋବସ୍ତ କର । ଆମ୍ବରସ ଚାଖି ଆମ୍ଭେ ଓ ପ୍ରଜାମାନେ ମୁଗ୍ଧ ହେଉଁ ।"

ମନ୍ତ୍ରୀଙ୍କ ବରାଦ ଅନୁସାରେ ବଡ଼ ବଡ଼ ହାଣ୍ଡିଗୁଡ଼ିଏ ଅଣାଯାଇ ପାଲମୋଡ଼ା ଉପରେ ସାରି ସାରି ରଖାଗଲା । କାହିଁରେ ବେଶି ତିନ୍ତୁଳି, କାହିଁରେ କମ୍ ଗୁଡ଼ ପଡ଼ି ପାଣି ମିଶାଇ ଚକଟା ଗଲା । ଦରବାର ସେଦିନ ଲୋକାରଣ୍ୟ, ଆମେ ସବୁତ ଚାହିଁ ରହିଥାଉଁ । ମନ୍ତ୍ରୀ ସାହେବ ହିନ୍ଦୁସ୍ଥାନରୁ ଫେରିଆସି ଆମ୍ବରସ ତଆରି କରୁଛନ୍ତି, ସମସ୍ତେ ଚାଖିବାର ସୁବିଧା ପାଇବେ ।

ମନ୍ତ୍ରୀ ସାହେବ, ଅମୀର ଓ ଆଉ ଦୁଇଜଣ ରାଜକର୍ମଚାରୀଙ୍କୁ ସଙ୍ଗେ ଘେନି ପ୍ରଥମ ହାଣ୍ଡି ପାଖକୁ ଗଲେ । ନଇଁପଡ଼ି ତହିଁରେ ନିଜ ଲମ୍ବା ଦାଢ଼ିଟି ବୁଡ଼ାଇ ଦେଇ ଠିଆ ହେଲେ ଏବଂ ସେ ରସମିଶ୍ରିତ ଦାଢ଼ିଟି ପାଟିରେ ପୂରାଇ ଜିଭ ଓ ଦାନ୍ତ ସାହାଯ୍ୟରେ ରସ ଆସ୍ୱାଦନ କରିବାକୁ କହିଲେ ।

ସ୍ୱୟଂ ଅମୀର ଓ ଅନ୍ୟମାନେ ସେହିପରି କରିବାକୁ ଲାଗିଲେ । ଦାଢ଼ିଟି ହାଣ୍ଡିପରେ ଅନ୍ୟ ହାଣ୍ଡିରେ ବୁଡ଼ିବାକୁ ଲାଗିଲା ଓ ସେମାନେ ଓଠ ମୁହଁ ଚାଟି ଟାକରା ଫୁଟାଇ ଦାଢ଼ି ଚୋଷିବାକୁ ଲାଗିଲେ ।

ମନ୍ତ୍ରୀ ସାହେବ ସଜୋରେ କହିବାକୁ ଲାଗିଲେ - "ଆମ୍ବର ସ୍ୱାଦ ଏହିପରି, ଏଥିରୁ ବେଶି କିଛି ନାହିଁ । ଦାଢ଼ିପରି ଚେରୁଆ, ତେନ୍ତୁଳି ଓ ଗୁଡ଼ର ଭାଗମାପ ଅନୁପାତରେ ଆମ୍ବିଳା ଓ ମିଠା । ଏ ତିନି ରସ ଏକତ୍ର ହେଲେ, ଆମ୍ବର ଆସ୍ୱାଦ ପୂରା ଆସିଯିବ ।"

ଆମେ ସବୁ ହସି ହସି ଅସ୍ଥିର । ରାତି ବେଶି ହୋଇଥିବାରୁ କାଲି ଆସିବାର ପ୍ରତିଶ୍ରୁତି ଦେଇ ହୋଟେଲକୁ ଫେରି ଆସିଲି ।

ଭଞ୍ଜ ପ୍ରଦୀପ, ୦୪/୦୧, ଆଶ୍ୱିନ ୧୩୪୨ (୧୯୩୫-୩୬)

କରୁଣାକର

କରୁଣାକର ବୋଲି ଗୋଟିଏ ବୁଢ଼ା ଥାଏ। ତା’ ଘର ଆମ ଗାଁରେ। କେହି କେହି ତାକୁ କକେଇ ଦଦେଇ ଡାକନ୍ତି, ଅଧିକାଂଶ ଡାକନ୍ତି, “ବୁଢାପ୍ପା”। ଦେହରେ ତା’ର ପଳେ ମାଂସ ନଥାଏ, ନିତାନ୍ତ ଧଡ଼ିଆ ବାଙ୍ଗରା ମଣିଷଟିଏ ସେ। ମୁଣ୍ଡରେ କୁଶଗଣ୍ଠି ପଡ଼ିବା ଭଳି କେରାଏ ଚାରି ଆଙ୍ଗୁଳ ଲମ୍ବ ବାଳ, ପୁଣ୍ୟପର୍ବ ଦିନେ ତହିଁରେ ଗୋଟିଏ ଦିଓଟି ଫୁଲ ମଧ୍ୟ ଶୋଭା ପାଏ। ଠିକ୍ କହିବାକୁ ହେଲେ, ତା’ ଦ୍ୱାରା ମସ୍ତକର କିମ୍ବା ଫୁଲର ଶୋଭା ବଢ଼େ, ସ୍ଥିର କରିବା ଦୁଷ୍କର।

ମୁଖମଣ୍ଡଳ ତା’ର ଚିତ୍ରକର ନ ହେଲେ ବର୍ଣ୍ଣନା କରିବା ଦୁରୂହ। ଦୁଇ ପାଟି ଦାନ୍ତ କେଉଁ ଦିନୁଁ କୁଆଡ଼େ ଯାଇଛି, କେହି ଜାଣନ୍ତି ନାହିଁ। ପାଟିର ମାଢ଼ି ଚାପିଦେଲା ବେଳେ ଲମ୍ବା ନାକର ଶେଷଭାଗ ଓ ଚିବୁକ ହାଡ଼ ମଧ୍ୟରେ ସୂତାଟାକର ବ୍ୟବଧାନ ରହେ। ଆଖି ଦିଓଟି ସୁନ୍ଦର, ରାଗିଗଲା ବେଳେ ଜଳିଉଠେ; ଖୁସି ବେଳେ ତହିଁରୁ ଯେପରି କୋମଳତା ଝରିପଡ଼େ। କାନ ଦୁଇଟା ଅସମ୍ଭବ ରକମର ବଡ଼, ମୁଣ୍ଡ ହଲାଇବା ବେଳେ ଧଡ଼ ଧଡ଼ କମ୍ପିଯାଏ। ଓଠ ଦୁଇଟି ବନ୍ଦ ଥିବାବେଳେ ଦ୍ୱିତୀୟା ଚନ୍ଦ୍ରର ଶୋଭା ଧାରଣ କରେ; ମୁରୁକି ହସିଲେ ଆହୁରି ତୀର୍ଯ୍ୟକ୍ ହୋଇ ମନୋହର ଦେଖାଯାଏ। ନିଶ ଦାଢ଼ି ପ୍ରାୟ ନଥିବା ଭଳି। ତେବେ ଓଠ ତଳେ ଚାରି ପାଞ୍ଚ ଆଙ୍ଗୁଳର କେତୋଟା ବାଳ ରହିଥାଏ। କିଛି ଜିନିଷ ଚୋବାଇବା ବେଳେ ପାଟି ପାକୁପାକୁ ହୋଇ ଦର୍ଶକ ମନରେ କିନ୍ତୁ ବିଶେଷର ଭ୍ରମ ଧାରଣା ଆଣିବା ବିଚିତ୍ର ନୁହେଁ।

ହାତରେ ଖଣ୍ଡେ ଛୋଟ ବାଉଁଶ ବାଡ଼ି ଓ କଦଳୀ ପଟୁକା ମଧ୍ୟରେ ନାସ, ତାହାର ଚିର ସହଚର। ଶଙ୍କରାଚାର୍ଯ୍ୟ ଏ ଯୁଗରେ ଜନ୍ମିଥିଲେ ନିଃସନ୍ଦେହରେ କହି ହୁଅନ୍ତା, ସେ କରୁଣାକରକୁ ହିଁ ଦେଖି ଲେଖିଥିଲେ।

“ଅଙ୍ଗଂ ଗଳିତଂ ପଳିତଂ ମୁଣ୍ଡଂ
ଦଶନବିହୀନଂ ଜାତଂ ତୁଣ୍ଡଂ
କରଧୃତ-କମ୍ପିତ-ଶୋଭିତ-ଦଣ୍ଡଂ।” ଇତ୍ୟାଦି

ଗାଁ ଟୋକାଗୁଡ଼ାକ କରୁଣାକରକୁ ଦେଖିଲେ ଭାରି ଖୁସି ହୋଇ ଏଣୁ ତେଣୁ କହନ୍ତି, ମାତ୍ର ତା ପାଖ କେହି ମାଡ଼େ ନାହିଁ। କିଏ କହେ, "ବୁଢ଼ାପ୍ପା, ଈ"। ବୁଢ଼ା ଥରଥର ହୋଇ ବାଡ଼ି ଫୋପାଡ଼େ। ପିଲାଏ ହସି ହସି ନୟାନ୍ତ। ହାବୁଡ଼େ ପଡ଼ିଲେ କିଏ ବାଡ଼ି ଖଣ୍ଡ ଘେନି ପଳାଏ । ବୁଢ଼ା ଉତ୍ୟକ୍ତ ହୋଇ ଗାଳିଦିଏ। ପ୍ରୌଢ଼ମାନେ ପିଲାଙ୍କୁ ମତାଇ ବୁଢ଼ାକୁ ବ୍ୟତିବ୍ୟସ୍ତ କରନ୍ତି।

ରୂପଠାରୁ ଗୁଣ ତା'ର ଆହୁରି ବିଚିତ୍ର। ବଡ଼ଭାଇ ସାଙ୍ଗେ ଅଷ୍ଟ ପ୍ରହର କଳି। କୌଣସି ବିଷୟରେ ଦୁହିଁଙ୍କ ମନ ମିଳେ ନାହିଁ। ବଡ଼ ଯେବେ ମୂଳିଆ ଗଙ୍ଗାଭୋଇକୁ ଜୈନାବାଦ ଚକକୁ ଚାଷ କରିବାର ବରାଦ କରିଦିଏ, ସାନ କରୁଣାକର ଅନ୍ୟ ଚକ ପାଇଁ ଆଦେଶ କରେ। ଫଳରେ କଳି ତକରାର। ଗଙ୍ଗା ସୁଯୋଗ ପାଇ ତା' ନିଜ ବିଲ ହଳକରେ। ଦୁଇ ଭାଇଙ୍କଠାରୁ ମୂଲ ନିଏ। ଏପରି ଅବୁଝାମଣା ଭାଇ ବଡ଼ ବିରଳ।

ହେଲେ କ'ଣ ହେଲା, ଏପରି କଳି କଜିଆର ଅଧଘଣ୍ଟା ପରେ ବଡ଼ଭାଇ ଯଦି କୋଶେ ଦୂର ଖମାର ଆଡ଼େ ଚାଲିଯାଏ, କରୁଣାକର ପଛେ ପଛେ ଗୋଡ଼ାଏ। ଗାଳି ଫଜିତ୍ ଶୁଣେ, ତଥାପି ଅନୁସରଣ କରିବାକୁ ଛାଡ଼େ ନାହିଁ। ଖାଇବାବେଳେ ଦୁହେଁ ଏଣେତେଣେ ମୁହଁ ବୁଲାଇ କଥାବାର୍ତ୍ତା ନହୋଇ ଖିଆ ଶେଷ କରନ୍ତି, ତଥାପି କେହି କେବେ ଏକୁଟିଆ ଖାଇ ନାହାନ୍ତି।

ବଡ଼ଭାଇ ମରିଯିବା ପରେ କରୁଣାକରର ସ୍ୱଭାବରେ ବିଶେଷ କିଛି ପରିବର୍ତ୍ତନ ଦେଖା ଗଲାନାହିଁ। ତେବେ ଭାଇ ସାଙ୍ଗରେ କଳି ତକରାର ବନ୍ଦ ହୋଇଯିବାରୁ ଗାଁ ଟୋକାଙ୍କ ଉପରେ ତା'ର ରାଗର ମାତ୍ରା ଟିକିଏ ବଢ଼ିଗଲା; ସଙ୍ଗେ ସଙ୍ଗେ ଗାଁର ଆନନ୍ଦ ବେଶି ହେଲା। ସେ ଯେତେ ବେଶି ଚିଡ଼ିବ, ଯେତେ ଗାଳି ଦେବ, ସମସ୍ତେ ତେତେ ଖୁସି।

ସେ ବର୍ଷ ମରୁଡ଼ିରେ ଆମ ଗାଁ ଧାନ ମରିଗଲା। ବୁଢ଼ା ବିଚରା ଯେତେ ଧାନ ପାଇଲା, ବିହନଭୂଜ ରଖି ବାକିତକ ଦୁଇମାସ ଭିତରେ ଶେଷ ହୋଇଗଲା। ଅନ୍ୟଠାରୁ ଧାନ କରଜ ନ ଆଣିଲେ ନ ଚଳେ। ଜ୍ୟୋତିଷ ଅବଧାନକୁ ଡକାଇ ଦିନ, ମୁହୂର୍ତ୍ତ ଠିକ୍ କରି ହରି ନାମ ସ୍ମରଣ କରି, ବୁଢ଼ା ବାହାରିଲା କୋଶେ ଦୂର ମହାନ୍ତିଖମାରକୁ। ଗାଁରେ ଏକଥା କାହାରିକୁ ଅଜଣା ରହିଲା ନାହିଁ। ବୁଢ଼ାର ଏ ଶୁଭଯାତ୍ରା ପଣ୍ଡ କରିବା ପାଇଁ ଟୋକା ସମିତିରେ ଠିକ୍ ହେଲା, ସୁଦର୍ଶନ ଖାଲି ମାଠିଆଟିଏ ନେଇ ବୁଢ଼ା ଯିବା ବାଟରେ ଜଗି ବସିବ। ଗୋଟିଏ ହାତରେ ବାଡ଼ି ଓ ଆର ହାତରେ ନାସ ପଟୁକା ଧରି ବୁଢ଼ା ଠୁକୁଠୁକୁ ହୋଇ ବାଟ ଚାଲୁଥାଏ; ମନରେ ତା'ର ଭାବନା, କିପରି କଥାରେ ମହାନ୍ତିଙ୍କୁ ବଶକରି ଧାନ କରଜ ମାଗିବ। ସେ କାଳେ ମନାକରି ଦେବେ।

ବୁଢ଼ା ଚାଲୁଥାଏ ବାଟ, ତଳକୁ ମୁହଁ ପୋତି; ସୁଦର୍ଶନ ତୁଚ୍ଛା ମାଠିଆ ଧରି ସଡ଼କ ପାଖ ନୟନ ଯୋଡ଼ିରେ ଲୁଚି ବସି ରହିଥାଏ। ବୁଢ଼ା ପାଖେଇବାର ଦେଖି ସୁଦର୍ଶନ ଡାକିଲା, "ବୁଢ଼ାପ୍ପା, ବୁଢ଼ାପ୍ପା, ହେଇ ଦେଖ।" ବୁଢ଼ା ଶୁଣି ନ ଶୁଣିଲା ପରି ଚାଲିଥାଏ। ପୁଣି ଡାକିଲା, "ବୁଢ଼ାପ୍ପା, ଖାଲି ମାଠିଆ, ଦେଖ" ତଥାପି ବୁଢ଼ା ଚାଲିଥାଏ। ସବୁ ଚେଷ୍ଟା ପଣ୍ଡ ହେବାର ଦେଖି ସୁଦର୍ଶନ ଧାଇଁ ଯାଇ ବୁଢ଼ା ଆଗରେ ଠିଆ ହୋଇ ଫମ୍ପା ମାଠିଆଟା ଧରି କହିଲା, "ଦେଖ ତୁଚ୍ଛା ମାଠିଆ, ଯାଅ। ଧାନ ପାଇବ ଯେ।"

ବୁଢ଼ା ବାଡ଼ିଟା ବୁଲାଇ ବୁଲାଇ ତା ଆଡ଼କୁ ଛାଡ଼ିଦେଲା। ଟୋକାଟା ଖାଲି ମାଠିଆ ଫିଙ୍ଗି ଦେଇ ପଳାଇଗଲା। ବାଡ଼ି ତା'ର କେଉଁଠି ବାଜିଲା ନାହିଁ। ଗାଁବାଲାଙ୍କର ଚଉଦ ପୁରୁଷ ଉଦ୍ଧାରକରି ବୁଢ଼ା ଫେରିଲା ଘରକୁ।

ଆଉଥରେ ପଡ଼ିଲା ଚୈତ୍ର ପୂର୍ଣ୍ଣମୀ ମେଳଣର ଚାନ୍ଦା ଆଦାୟ। ଦୋଳ ପୂର୍ଣ୍ଣମୀ ଯିବାର ଦିନ କେତୋଟା ଭିତରେ ଗାଁ ଟୋକାଏ ପୁଣି ଚାନ୍ଦା ଅସୁଲ କରି ବୁଲିଲେ। କରୁଣାକରକୁ ମାଗିବା ପାଇଁ ଯିବ କିଏ ? ମାଡ଼ ଗାଳିର ତ ଶ୍ରାଦ୍ଧ ହେବ। ଶେଷରେ ସ୍ଥିର ହେଲା, ଏକାସଙ୍ଗରେ ଚାରିଜଣ ଟୋକା ଯିବେ, ଭେଦା ମାଗିବେ; ଦେଖାଯାଉ, ଯାହା ହେବାର ହେବ। ଚାରିଜଣଯାକ ଟିକିଏ ଦୂରରେ ଠିଆହୋଇ କହିଲେ, "ବୁଢ଼ାପ୍ପା, ମେଳଣ ଭେଦା ଦିଅ।" ବୁଢ଼ା ପାଟିକରି ଯା' ମନକୁ ଆସିଲା ଗାଳିଦେଇ ଓଠ ଦୁଇଟା ଚିପି ବାଡ଼ି ଘେନି ମାରିବାକୁ ଧାଇଁଲା। ଟୋକାଗୁଡ଼ାକ ଏଣେତେଣେ ପଳାଇ ଯାଇ କହିବାକୁ ଲାଗିଲେ, "ହଉ, ଦେଖାଯାଉ, କିମିତି ଭେଦା ନ ଦେବ। ଚାଲ, ଯା' ଗଛରେ ଚଢ଼ି ନଡ଼ିଆ ପାରି ଭେଦା ଅସୁଲ କରିବା।"

ବୁଢ଼ା ନିଆଁବାଣ ହୋଇ ଗାଳି ଦେବାକୁ ଲାଗିଲା। ସତକୁ ସତ ଟୋକାଯାକ ଧାଇଁଲେ କରୁଣାକର ନଡ଼ିଆ ବାଡ଼ିକୁ। ଜଣେ ଗଛ ଉପରେ ଖପାଖପ୍ ଉଠି ଚାରି ଛ'ଟା ନଡ଼ିଆ ଛିଣ୍ଡାଇ ତଳକୁ ଫିଙ୍ଗିଦେଲା। ଅନ୍ୟମାନେ ଗୋଟାଇବାରେ ଲାଗିଲେ। ଯା' ଦେଖି ବୁଢ଼ା ଖଇ ଫୁଟିଲା ପରି ଠକ୍ ଠକ୍ ଡେଇଁଗଲା। ଟିକିଏ ରହି କହିଲା, "ରହ ଆଜି, ଥାନାକୁ ଯାଇ ଯେବେ ଯୋଡ଼ି ଯୋଡ଼ି କରି ନ ବନ୍ଧାଇଛି ତେବେ ମୋ ନାଁ କରୁଣାକର ନୁହେଁ।"

ଥାନା ଆମଗାଁକୁ ଦି'ପା ବାଟ। ସେହିଆଡ଼େ ବାଡ଼ିଧରି ଚାଲିଲା କରୁଣାକର। ଟୋକାଙ୍କ ବୁଦ୍ଧିବଣା ! କ'ଣ କରିବେ, ପୁଲିସ୍ ଏତେଲା ପାଇଲେ ସେମାନଙ୍କୁ ବାନ୍ଧି ଘେନିଯିବ। ବୁଢ଼ାଟା ବଡ଼ ରାଗିଗଲା, ଏତେଦୂର ଯିବା ସେମାନଙ୍କର ଉଚିତ ହୋଇନାହିଁ।

ଗୋଟାଏ ଟୋକା ଲୁଚି ଲୁଚି ଗଲା କରୁଣାକର ପଛେ ପଛେ। ଦେଖିଲା ଗାଁ ମୁଣ୍ଡ ବାଟରୁ ଥାନା ଆଡ଼େ ନଯାଇ ବୁଢ଼ା ବାଡ଼ି ବାଟେ ଫେରିଲା ତା' ଘରକୁ। ଧାଇଁ

ଆସି ହସି ହସି ସଙ୍ଗୀମାନଙ୍କୁ ଏ ଖବର ଦେଲା। ସମସ୍ତେ ଭାରି ଖୁସିଟାଏ ହୋଇ ବୁଢ଼ାର ଦାଣ୍ଡ ଦୁଆରକୁ ଗଲେ। ଦାଣ୍ଡ ପିଣ୍ଡାରେ ବୁଢ଼ାର ପୁଅ ବସିଥାଏ। ପୁଅର ଇଚ୍ଛା ମେଲଣ ଭେଦା ଦେବାକୁ; ବୁଢ଼ା ବୃଥାରେ ରାଗିବାର ଜାଣି ସେ ମନେମନେ ବିରକ୍ତ ହୋଇ ବସି ରହିଥାଏ। ଏତିକିବେଳେ କରୁଣାକର ଘର ଭିତରୁ ବାହାରି ଆସି ଟୋକା ଚାରୋଟିଙ୍କ ଦରହସିତ ମୁହଁ ଦେଖି ଭିତରେ ଜଳିଗଲା। ପଟୁକାରୁ ନାସ ଟିପେ ଧରି, ଖୁବ୍ ଜୋର୍‌ରେ ଶୁଙ୍ଘି କହିବାକୁ ଲାଗିଲା, - "ଆଜି ଦେଖି ଥାଆନ୍ତ ଯେ ମଜା! ଏତେବେଳକୁ ଥାନାବାଲା ପୁଲିସ୍ ଆସି ବାନ୍ଧି ନିଅନ୍ତାଣି। ମୁଁ କ'ଣ ସତେ ଫେରି ଆସନ୍ତି ? ପୁଅକୁ ଦେଖାଇ କହିଲା, "ଏ ଦୀନା ମତେ ଫେରାଇ ଆଣିଲା ସିନା।"

ଦୀନବନ୍ଧୁ ଓରଫ୍ ଦୀନା ରାଗରେ ତମ୍ ତମ୍ ହୋଇ କହିଲା, "ମୁଁ କାହିଁକି ଏଟାକୁ ଲେଉଟାଇ ଆଣନ୍ତି। ଲାଜ ନାହିଁ, ସରମ ନାହିଁ, ଯାଉଛନ୍ତି ଥାନାକୁ। ଯାଉଥିଲ ଯେବେ ଏଡ଼େ ଆଡ଼ମ୍ବରରେ, ଫେରିବାକୁ ଖୁସାମତ୍ କରୁଥିଲା କିଏ ?"

ଝଟ୍ କରି ବୁଢ଼ା ଘର ଭିତରେ ପଶିଗଲା, ପଦାରେ ମୁହଁ ଦେଖାଇ ପାରିଲା ନାହିଁ। ଟୋକାଯାକ ମନଦୁଃଖରେ ଯେଝା ଘରକୁ ଚାଲିଗଲେ।

ଆମ ଗାଁକୁ ପାଞ୍ଚ କୋଶ ବାଟ ଅଲାରପୁର ଗାଁରୁ ଲୋକ ଆସିଲେ କରୁଣାକର ପାଖକୁ। ଭେଦା ପଞ୍ଚା ହୋଇ ଟଙ୍କା ଜମାଥାଏ, ସେ ଗାଁରେ ଭାଗବତ ବଢ଼ା ହେବ। ଆଖପାଖ ଗାଁମାନଙ୍କରେ କରୁଣାକର ପରି କୁଆଡ଼େ କେହି ଭଲ ସ୍ୱରରେ ଭାଗବତ ବୋଲି ପାରୁ ନ ଥିଲେ। ସେମାନେ ଧରି ବସିଲେ ତାକୁ ନେବାକୁ। ଦାନ, ଦକ୍ଷିଣା, ସିଧା, ସଞ୍ଚା ହୋଇ ଅନେକ ମିଳିବ। ବୁଢ଼ା ଭାରି ଖୁସି ହେଲା।

ଆମ ଦୁଆରେ ଆସି ସେ ଡାକିବାକୁ ଲାଗିଲା, ଗାଁର ଆଉ ସବୁଗୁଡ଼ାକ ବଦମାସ, ପାଜୀ; କାହାକୁ ତା'ର ତିଳାର୍ଦ୍ଧେ ବିଶ୍ୱାସ ନାହିଁ। ବୁଢ଼ା ଟିକିଏ ଭଲପାଏ ମତେ। ସମସ୍ତଙ୍କ ସଙ୍ଗେ ହସରେ ଯୋଗ ଦେବାବେଳେ ସେ ଗାଳିଦିଏ, ତେବେ ଅନ୍ୟମାନଙ୍କ ପରି ଅପଭାଷାରେ କେବେ ମତେ ବକେ ନାହିଁ। ସେ ମତେ ସଙ୍ଗେ ନେଇ ଅଲାରପୁର ଯିବ। ଦିନ କେତୋଟା ଭିତରେ ଭାଗବତ ବଢ଼ାଇ ଫେରି ଆସିବ। ଆମ ଘରେ ସମସ୍ତେ ମନାକଲେ, ଭିତରେ ଷୋଳପଣ ଇଚ୍ଛା ଥିଲେ ସୁଦ୍ଧା ମୁଁ ମନାକଲି। ହାତ ଓଠ ଧରି ନେଉରା ନମସ୍ତେ ହୋଇ ବୁଢ଼ା ମତେ ସଙ୍ଗେ ନେଇ ଅଲାରପୁର ଗଲା।

ସେ ଗାଁଟିରେ ଅନେକ ଗୁଡ଼ିଏ ଘର। ଚଳପଟ ସମସ୍ତେ; ଭୋକ ଶୋଷରେ କେହି ପଡ଼ି ରହନ୍ତି ନାହିଁ। ସକାଳୁଁ ସଞ୍ଜ ଯାଏଁ ସେମାନେ ବିଲବାଡ଼ି କାମ କରନ୍ତି; ରାତିରେ କେତେ ଆସି ଭାଗବତ ଘରେ ବସନ୍ତି। ଆମର ବସା ହେଲା ସେହି ଭାଗବତ ଘର। ମୁଁ ପରିବା କାଟେଁ, ବେଶର ବାଟେଁ, କରୁଣାକର ରାନ୍ଧେ।

ବେଳବୁଡ଼କୁ ରାନ୍ଧିବାଢ଼ି ଖାଇସାରି ସେ ଭାଗବତ ବୋଲେ; ମୁଁ ଶୋଇପଡ଼େଁ । ମାଇପେ ମିଣିପେ ମିଶି ଢେର ଲୋକ ଜମନ୍ତି, ଭାଗବତ ଶୁଣନ୍ତି। ପାକୁଆ ପାଟି ମେଲାକରି କରୁଣାକର ତା'ର ସ୍ୱରରେ ଗୀତ ବୋଲେ। ବେଳେବେଳେ ନିଦ ଭାଜିଗଲେ, ମୁଁ ବଡ଼ ବିରକ୍ତ ହୁଏଁ। ତେବେ ସେପରି ଜାଗାରେ ତାକୁ କିଛି କହିବାକୁ ମୋର ଭୟ ହୁଏ।

ନିଦ ଭାଜିଗଲେ ଉଠି ଦେଖେଁ, ଯେତେ ସବୁ ଶୁଣିବାକୁ ଆସିଥାନ୍ତି, ଅଧିକାଂଶ ଶୋଇ ପଡ଼ିଛନ୍ତି। ଜଣେ ଅଧେ ବୁଢ଼ା ହାଇ ମାରି ଭିଡ଼ି ମୋଡ଼ି ହେଉଛନ୍ତି। ଗୋଟିଏ ବୁଢ଼ୀ କିନ୍ତୁ କରୁଣାକର ଆଡ଼କୁ ସତତ ଚାହିଁ ଆଖିରୁ ଲୁହ ଗଡ଼ାଉଛି। ଗୀତ ବୋଲି ବୋଲି, ଚାରିଆଡ଼େ ଚାହିଁ ଗୋଟିଏ ବୋଲି ଉପଯୁକ୍ତ ଶ୍ରୋତା ନପାଇ, ଶେଷରେ ସେହି ବୁଢ଼ୀକୁ ଚାହିଁ ସେ ଗୀତ ବୋଲି ଯାଉଥାଏ। ମୁଁ କହିଲି, "ବୁଢ଼ାପ୍ପା, କାହିଁକି ତୁଚ୍ଛାଟାରେ ଗର୍ଜି ମରୁଛ, ଶୁଣିବାକୁ ତ କେହି ନାହିଁ। ରାତି ଏତେ ହେଲାଣି, ଶୋଇପଡ଼।"

ସେତିକି ବେଳକୁ ବୁଢ଼ା ବୋଲୁଥିଲା, "ଯୁଗକୁ ଯୁଗ ଏହି ମତେ, ପରମାନନ୍ଦ ଏ ଜଗତେ।" ମୋ କଥା ଶୁଣି ସେ ଥମ୍ଭି ଯାଇ କହିଲା, "ଭାରି ଚଗଲା ତୁ, ଉଠିଲୁ କାହିଁକି ବେ। କେହି ଶୁଣିବାକୁ ନାହିଁ କହୁଛୁ? ଚାହିଁଲୁ ଏ ବୁଢ଼ୀକୁ।"

ବୁଢ଼ୀକୁ ଚାହିଁ ମୁଁ କିରି କିରି ହସିଦେଲି। ବୁଢ଼ା ରାଗିହେଲା, ଅଧ୍ୟାୟ ଅଧା କରି ଉଠିଆସି ପାରିଲା ନାହିଁ। ନଚେତ୍ ମାରିଥାନ୍ତା।

ମୁଁ ଧାଇଁ ଯାଇ ଶୋଇ ପଡ଼ିଲି। ଅଧ୍ୟାୟ ଇତି ଶ୍ରୀ କରି କରୁଣାକର ଦୁଆ ଧଇଲା, ଯେ କେତେ କ'ଣ ଚାହିଁଥିଲେ ଆବୃତ୍ତ କରିବାକୁ ଲାଗିଲେ। ସେହି ପାଟିରେ ଆଉ ଯେଉଁମାନେ ଶୋଇ ପଡ଼ିଥିଲେ ଉଠି ପଡ଼ିଲେ। ସଭା ଭଙ୍ଗ ହେଲା।

ଭାଗବତ ବୋଲା ଚାଲିଲା - ଦିନ ପରେ ଦିନ, ରାତି ପରେ ରାତି, ମୁଁ ଭାଗ୍ୟକୁ ଆଦରି ପଡ଼ି ରହିଥାଏଁ। ସିଧା ସଞ୍ଜା ଯାହା ମିଳେ ଦୁହେଁ ମିଳି ରାନ୍ଧୁ। ଅନେକ ସମୟରେ ବୁଢ଼ା ଉପରେ ରାଗ ହୁଏ, ମାତ୍ର ଭୟରେ କିଛି କହିପାରେ ନାହିଁ, କାଳେ ମାରିବ। ସିଧାରେ ଦିନେ ଗୁଡ଼ିଏ କଶି ମୁଣ୍ଡି ବାଇଗଣ ମିଳିଲା। କରୁଣାକର ଦେଖି ଭାରି ଖୁସି ହୋଇ ମୋତେ କହିଲା, "ବାଇଗଣ ଖଣ୍ଡ ଖଣ୍ଡ କରି କାଟିବୁ ନାହିଁଟି! ଯା'କୁ ଗୋଟି ଗୋଟି ରଖି ମରିଚ ପାଣି କରିବା, ଭାରି ଭଲ ହେବ।" ଭାତ ଓ ଅନ୍ୟ ତରକାରୀ ରାନ୍ଧି ସାରି ହଳଦୀ ପାଣି ଫୁଟାଇ ଏବଂ ବାଇଗଣଗୁଡ଼ିକ ତହିଁରେ ଛାଡ଼ିଦେଇ ସେ ପିଣ୍ଡାରେ ଆସି ବସିଲା।

ରୋଷେଇ ଘର ଭିତରକୁ ଯାଇ ମୁଁ ଦେଖିଲି ବାଇଗଣଯାକ ହାଣ୍ଡି ଉପରେ ଭାସି ବୁଲୁଛି। କହିଲି, "ବୁଢ଼ାପ୍ପା, ପାଣି ଏତେ କମ୍ ଦେଲ, ବାଇଗଣ ତ ବୁଡ଼ିଲା

ନାହିଁ, ସିଝିବ କିପରି ?” ବୁଢ଼ା କହିଲା, “ଢାଳ ପାଣି, ଆହୁରି ପାଣି ଦେଲି, ପୁଣି ଭାସିଲା। ବୁଢ଼ା ଏ କଥା ଶୁଣି ପୁଣି ପାଣି ଦେବା ପାଇଁ ଆଦେଶ କଲା। ପାଣି ଦେଇ ଦେଇ ହାଣ୍ଡି ପରିପୂର୍ଣ୍ଣ, ତେବେ ବି ବାଇଗଣ ବୁଡ଼ିଲା ନାହିଁ।”

ସେଦିନ ଗୋଟି ବାଇଗଣ ତରକାରି ଯାହା ହେଲା, ମା ଗଙ୍ଗା ଜାଣନ୍ତି। ଏ ବ୍ୟାପାର ଶୁଣିପାରି ସେ ଗାଁରେ ସମସ୍ତେ ହସିଲେ। ବୁଢ଼ା ଯେ ଗୋଟିଏ ଅନାଡ଼ି, ସେଦିନ ଅଲାରପୁରରେ ଜଣା ପଡ଼ିଗଲା।

ଭାଗବତବଢ଼ା ଦିନ ଆସି ପହଞ୍ଚିଲା। ସେଦିନ ପାଠ ସମାପ୍ତ ହେବ, ଭୋଗରାଗ, ଧୂପ, ଦୀପ ନୈବେଦ୍ୟର ଧୂମ୍ ସବୁ ଦିନଠାରୁ ବେଶି। ପ୍ରତ୍ୟେକ ଘରୁ ଭୋଗର ସମ୍ଭାର ବୁହା ହୋଇ ସଞ୍ଜବେଳୁ ଜମା ହେବାକୁ ଲାଗିଲା। ଖଇ, ଉଖୁଡ଼ା, ଚୁଡ଼ା, ଚୁଡ଼ାଭଜା ଇତ୍ୟାଦି ଡାଲା ଡାଲା ହୋଇ ଥୁଆଗଲା। ଦକ୍ଷିଣା ପାଇଁ କାହିଁରେ ପଇସାଟିଏ ଦିପଇସା ମାତ୍ର। ଦକ୍ଷିଣା ଏତେ କମ୍ ଦେଖି ବୁଢ଼ାର ମନେମନେ ଭାରି ରାଗ। ବିରକ୍ତ ହୋଇ ଗୀତ ବୋଲିଲା। ଖାଲି ଏଣେତେଣେ କାହିଁକି ଚାହୁଁଥାଏ, ଗୀତରେ ତା'ର ଆଜି ମନ ନାହିଁ।

ଶେଷଦିନ ଯେପରି ଜାକଜମକରେ କାର୍ଯ୍ୟ ବଢ଼ିବ ବୋଲି ଆଶା କରାଯାଇଥିଲା, ସେପରି ହେଲା ନାହିଁ। ବୁଢ଼ା ମନରେ ସୁଖ ନାହିଁ, ଗୀତବୋଲା ଭଲହେଲା ନାହିଁ। କାର୍ଯ୍ୟ ଶେଷ ପରେ, ଗାଁର ସମସ୍ତେ ଆସି ମୁଣ୍ଡିଆ ମାରି ଯାହା ଭୋଗ ବଢ଼ା ଯାଇଥିଲା, ପ୍ରସାଦ ପାଇବା ବାହାନାରେ ସେଥିରୁ ଅଧିକରୁ ବେଶି ଶେଷକରି ଯେଝା ଘରକୁ ଫେରିଗଲେ।

ଅନେକ ରାତିରେ ଦକ୍ଷିଣା ପଇସା ଠୁଳ କରି ସେ ଗଣି ଦେଖିଲା ଏକ ଟଙ୍କା ଏଗାର ଅଣା ଦୁଇ ପଇସା ହେଲା। ମତେ ଡାକି କହିଲା, “ହଇରେ ଦେଖିଲୁ ନା, ଏ ଗାଁବାଲାଗୁଡ଼ାକ ଅସଲ ସଇତାନର ହାଡ଼। କେତେ ରଙ୍ଗରେ କହି ପୋଛି ଆମକୁ ଅଣାଇଲେ, ଏବେ ଦକ୍ଷିଣା ଦେଲେ ଏତିକି ? ଆଚ୍ଛା, କହି ପାରିବୁ କି, ସେ ବୁଢ଼ୀଟି ତ କାହିଁ କେତେ ଦିନୁ ଆସିନାହିଁ। ତା'ର କ'ଣ ହେଲା କି ?”

ହସି ହସି ମୁଁ କହିଲି, “ବୁଢ଼ାବ୍ବା, କେଉଁ ବୁଢ଼ୀ ? ତମର ସେ ବୁଢ଼ୀ ସଙ୍ଗରେ କ'ଣ ଅଛି ?” ଭାରି ରାଗି ଥରହର କମ୍ପି, କରୁଣାକର ମତେ ଗାଳିଦେଲା। କିଛି କ୍ଷଣ ପରେ ରାଗ ଶାନ୍ତ କରି କହିଲା, “ଆରେ ସେହି ବୁଢ଼ୀ, ଯେ ଭାଗବତ ଶୁଣି ଆଖିରୁ ଲୁହ ଗଡ଼ାଉଥାଏ, ଦେଖି ନାହୁଁ ? ଭାରି ଭକ୍ତିମତୀ ସେ। ଆହା, ତା' ଦେହ ବ୍ୟସ୍ତ ହୋଇଥିବ, ନଇଲେ ସେ କ'ଣ ନ ଆସି ରହିଥାନ୍ତା। ସେ ଆସିଥିଲେ ନିଶ୍ଚୟ ବେଶି ଦକ୍ଷିଣା ଦେଇଥାନ୍ତା। ଆଉ ସବୁଗୁଡ଼ାକ ତ ଗଣ୍ଡମୂର୍ଖ, ପାପୀ।”

ମୁଁ କହିଲି, "ହଁ ବୁଢ଼ାବ୍ବା, କେତେଦିନ ହେଲା କାହିଁ ସେ ବୁଢ଼ୀକୁ ତ ଦେଖା ନାହିଁ। ଯେବେ କହିବ, ତାକୁ କାଲି ସକାଳେ ଖୋଜିବା।"

"ନା, ନା, ଦରକାର କ'ଣ ? ଯାହା ହେଲା ହେଲା, କାଲି ଆମ ଗାଁକୁ ଫେରିଯିବା । ଆଉ ଏଠାରେ ରହିବା ଠିକ୍ ନୁହେଁ। ଏପରି ଜାଣିଥିଲେ କ'ଣ ମୁଁ ଏଠାକୁ ଆସିଥାନ୍ତି।"

ରାତି ପାହି ସକାଳ ହେଲା। ସ୍ନାନ ପରେ ଜଳଖିଆ କରି ଆମେ ଦୁହେଁ ଗାଁ ବାଟେ ଚାଲିବାକୁ ଲାଗିଲୁଁ। ଯେ ଦେଖିଲା ବୁଢ଼ାକୁ ଗୋଟିଏ ଶୁଖିଲା ଦଣ୍ଡବତ କଲା। ଗାଁ ପାର ହୋଇ ହିଡ଼ ବାଟରେ ଖଣ୍ଡେ ଦୂର ଯିବାପରେ ଦେଖିଲୁଁ, ସେହି ବୁଢ଼ୀ ବାଡ଼ି ଧରି ପଲେ ଛେଳି ତଡ଼ି ତଡ଼ି ଗାଁ ଆଡ଼କୁ ଆସୁଛି। ଟିକିଏ ଦୂରରୁ ତାକୁ ଦେଖିବାକୁ ପାଇ ମୁଁ କହିଲି, "ବୁଢ଼ାବ୍ବା। ଏଇ ଦେଖ, ସେହି ବୁଢ଼ୀ।" ବୁଢ଼ା ଆଖି ତରାଟି ଚାହିଁ ଦେଖିଲା। ମନେମନେ ଖୁସିଟାଏ ହୋଇ ଚାଲିଲା-ବୋଧହୁଏ କିଛି ପ୍ରାପ୍ତି ହେବ।

ବୁଢ଼ାକୁ ଲକ୍ଷ୍ୟ ନ କରି ଛେଳି ଉଡ଼ାଇ ବୁଢ଼ୀ ଚାଲି ଯାଉଥିଲା। କରୁଣାକର ତାକୁ ଡାକିଲା, "ହଇ ହୋ, ଟିକିଏ ଶୁଣ। ଏ କେତେ ଦିନ ତମ ଦେହ ଭଲ ଥିଲାଟିକି ? କାହିଁକି ଭାଗବତ ଶୁଣି ଯାଇନାହିଁ ? କାଲି ଶେଷ ଦିନଟାରେ ବି ଗଲ ନାହିଁ ?"

ବାଡ଼ି ଉପରେ ଭରାଦେଇ ମୁଣ୍ଡ ହଲାଇ ହଲାଇ ବୁଢ଼ୀ କହିଲା, "ମଲା ମୋ ଭାଗବତ କେଉଁ ଅଲପାଇଷ ଛେଳି ଦୁଇଟା ଖୁଆଡ଼ରେ ପକାଇ ଦେଲା, ମୋର ଭାଗବତ ଶୁଣୁଛି କିଏ ?"

"ନା, ନା, ନିଶ୍ଚୟ ତମ ଦେହ ଖରାପ ଥିଲା, ନଚେତ୍ ତମେ କି ଯାଇ ନ ଥାନ୍ତ। ଏତେ ଲୋକଙ୍କ ଭିତରେ ତ ଦେଖିଛି, ତମେ ଏକା ବୁଝୁଥିଲ ଭାଗବତ। ଶୁଣୁ ଶୁଣୁ ଦୁଇ ଆଖିରୁ ତମର ଲୁହଧାର ବହି ଯାଉଥିଲା। ଆହା, ଏତେ ଭକ୍ତି ପୁଣି ଆଉ କାହାଠି ଅଛି ?"

"ମଲା ମୋର, ଭାଗବତ ଫାଗବତ କ'ଣ କହୁଛ ମ ! ତମ ମୁହଁକୁ ଦେଖିଲେ ମତେ ଖାଲି କାନ୍ଦ ମାଡ଼େ। ଏବେ ବି କାନ୍ଦ ମାଡୁଛି।" ଏତିକି କହି, ତଳକୁ ମୁହଁ ପୋତି ବୁଢ଼ୀ ସକେଇବାକୁ ଲାଗିଲା।

ମୁଁ ମନେକଲି, ବୋଧହୁଏ ବୁଢ଼ୀର ମୃତ ଗୁଣବନ୍ତ ସ୍ୱାମୀର ମୁହଁ କରୁଣାକର ପରି ଥିଲା, ସେଥିପାଇଁ ବୁଢ଼ୀ କାନ୍ଦୁଛି।

କରୁଣାକର କହିଲା, "ସତ କହ ବୁଢ଼ୀ, ନିଜର ଭକ୍ତି କଥା ଲୁଚାଉଛ, ମୁଁ କ'ଣ ବୁଝିପାରୁ ନାହିଁ ? ତମ ପରି ପୁଣ୍ୟବତୀ ଏ ଗାଁରେ ଆଉ କିଏ ଅଛି ?"

"ଛିଆ ତମ କଥା। ସତ କଥା ଯେବେ ପଚାରିଲ, ଶୁଣ। ଗୋଟିଏ ଛଇଲା ଛେଳିଛୁଆ ଜନ୍ମକରି ତା ମା ମରିଗଲା। କୋଡ଼ରେ କାଖରେ ଧରି ତାକୁ ପାଳିଥିଲି। କେତେବେଳେ ପାଖଛଡ଼ା କରିନାହିଁ ତାକୁ।" କହୁଁ କହୁଁ ବୁଢ଼ୀ କଇଁ କଇଁ କାନ୍ଦିବାକୁ ଲାଗିଲା।

କରୁଣାକର କହିଲା, "କାନ୍ଦ ନାହିଁ, କହିଯାଅ କ'ଣ ହେଲା।"

ବୁଢ଼ୀ କହିଲା, "ମୁଁ ଯାହା ମଲି ନାହିଁ। ବିଧାତା ମତେ ଏଇଆ ଦେଖାଇଲା। ଏ ସତ୍ୟାନାଶିଆ ଗାଁବାଲାଙ୍କୁ ଝାଡ଼ାବାନ୍ତି ହେଲା ନାହିଁ। ମୋ ଛେଳିଛୁଆର ନାଁ ଦେଇଥିଲି 'ଦଇନ'। ଦଇନ ମୋର ଦିନକୁ ଦିନ ବଢ଼ିଲା। ବେକରେ ତା'ର କଉଡ଼ି ମାଳ, ଚାରି ଗୋଡ଼ରେ ଘୁଙ୍ଗୁର ବାନ୍ଧି ଦେଇଥିଲି। କି ସୁନ୍ଦର ଡିଆଁ ମାରି ବୁଲୁଥିଲା।"

"ଦଇନ ମୋର ବଡ଼ ହେଲା। ଗାଁବାଲାଙ୍କ ଚଉଦ ପୁରୁଷ ସାତଥର ହୋଇ ମରନ୍ତୁ। ମୋ ସାଙ୍ଗେ ଲଗାଇଲେ, ଦଇନକୁ ମୋର କିଣି ନେଇ ଖାଇବେ। ଜୀବନ ଥାଉଁ ଥାଉଁ ମୁଁ କି ସେପରି କରନ୍ତି ?"

କରୁଣାକରର ମୁହଁକୁ ଚାହିଁ ରହି ବୁଢ଼ୀ କହିବାକୁ ଲାଗିଲା, "ଆହା ଏହିପରି ତ, ଠିକ୍ ଏହିପରି – ତମରି ପରି ମୁହଁ, ଗୋଜିଆ ଓଠ ତଳେ ଦାଢ଼ି। କାହିଁ ଗଲୁରେ ମୋର ଦୁଃଖସଙ୍ଗାଳି, ଦଇନ।"

ବୁଢ଼ୀ ଭୋ ଭୋ କାନ୍ଦିଲା। ବୁଢ଼ା କହିଲା, "କ'ଣ ହେଲା ବୁଢ଼ୀ କହ। ମତେ ବଡ଼ ବାଧୁଛି, ତମ ଅବସ୍ଥା ଦେଖି।"

"ହେଲା ମୋର ନିଆଁ ଦରପୋଡ଼ା। ଛ'ମାସ ହେବ କିଏ ମୋର ଦଇନକୁ ନେଇ ହାଣି କୁଟି ଖାଇଗଲେ। ତାଙ୍କ ସାତ ପୁରୁଷରେ ପାଣି ଦେବାକୁ କେହି ନରହୁ।"

ତେବେ ସୁଦ୍ଧା ସନ୍ତୁଷ୍ଟ ନ ହୋଇ ମୁଁ ପଚାରି ଦେଲି, "ଆଚ୍ଛା ବୁଢ଼ୀ, ଭାଗବତ ବୋଲା ବେଳେ ତମେ ଏତେ କାନ୍ଦୁଥିଲ କାହିଁକି ?"

ମୁଣ୍ଡ ହଲାଇ ସେ କହିଲା, "କାନ୍ଦିବି ନାହିଁ ?" କରୁଣାକର ଆଡ଼କୁ ଆଙ୍ଗୁଠି ବଢ଼ାଇ କହିଲା, "ଏ ଯେତେବେଳେ ପାଟି ପାକୁ ପାକୁ କରି ଗୀତ ବୋଲୁଥିଲେ, ୟାଙ୍କ ଦାଢ଼ି ଯେତେବେଳେ ଥରି ଉଠୁଥିଲା, ମୋର ତ ଖାଲି ମନେ ପଡୁଥାଏ ମୋ ଦଇନ। ତାରି ପାଟି ପରି ପାଟି, ତାରି ଦାଢ଼ି ପରି ଦାଢ଼ି କାନ୍ଦିବି ନାହିଁ ?"

ବୁଢ଼ୀ ଏତିକି କହି ଛେଳି ତଡ଼ି ତଡ଼ି ଗାଁ ଆଡ଼େ ଗଲା। କରୁଣାକର ପଛେ ପଛେ ପାଟି ମୁଦି ହସି ହସି ମୁଁ ଫୁଲିବାକୁ ଲାଗିଲି। ବାଟରେ କଥା ନାହିଁ, ବାର୍ତ୍ତା ନାହିଁ। ଗାଁରେ ପଶୁ ପଶୁ, ସମସ୍ତଙ୍କ ଆଗେ ସବୁ କଥା କହିଦେଲି। ଗାଁ ଲୋକେ ଆମର ହସି ହସି ଅସ୍ଥିର। କରୁଣାକରକୁ ଆହୁରି ଉତ୍ୟକ୍ତ କଲେ। ସେହିଦିନୁ ଆଉ କୁଆଡ଼େ ଗଲେ କରୁଣାକର ମତେ ସଙ୍ଗରେ ନେଲା ନାହିଁ।

ଭଞ୍ଜ ପ୍ରଦୀପ, ୦୪/୦୨, ପୌଷ ୧୩୪୨ (୧୯୩୫-୩୬)

■

ପିତୃଶିରାଧ

ଏକ ରାଇଜରେ ମାଧିଆ ବୋଲି ଗୋଟିଏ ବ୍ରାହ୍ମଣ ପିଲା ଥାଏ। ମା ଛଡ଼ା ତା'ର ଆଉ କେହି ନାହିଁ। ମାଧିଆ ରୋଜ ସକାଳୁ ଉଠି କୋଶେ ଦିକୋଶ ବୁଲି ଆସେ; ଚାଉଳ ପରିବା ଯାହା ପାଏ, ଆଣି ମା'କୁ ଦିଏ। ମା ସେତକ ରାନ୍ଧେ ବାଢ଼େ, ପୁଅକୁ ଦିଏ, ଆପେ ଖାଏ। ଇମିତି ଇମିତି କେତେଦିନ ଗଲା। ମାଧିଆ ବଡ଼ ହେଲା; ମଗାଯଚା କରି ବଡ଼ ହେଲା। ଏକ ଦିନକର ସେ ଗାଁର ଜଣେ ବୁଢ଼ା ତାକୁ କହିଲା – "ହଇରେ ମାଧିଆ, ତୁ ବଡ଼ ହେଲୁ, ପାରିଲୁ। ଦିନେ ତୋ ବାପା ନା'ରେ ମୁଠାଏ ହେଲେ ପିଣ୍ଡ ବାଢ଼ିଲୁ ନାହିଁ। ଶିରାଧ ନ ଦେଲେ, ତୋହର ଉନ୍ନତି କେତେବେଳେ ହବନାହିଁ।" ତା ମନକୁ ଏ କଥାଗୁଡ଼ାକ ଟିକିଏ କିମିତି ବାଧିଲା ପରି ଲାଗିଲା; ସେ ଘରକୁ ଆସି ମା' ଆଗରେ ସବୁ କହିଲା। ଯା' ଶୁଣିଲାଣୁ ମା ଆଖିରୁ ଲୁହ ଦି ଟୋପା ଗଡ଼ିଲା। ମା ପୁଅ ଦିହେଁ ବିଚାର କରି ଶିରାଧ ଦିନ ଠିକ୍ କଲେ। ଆଉ ଆଠ ଦିନ ଅଛି ବୁଝି ମାଧିଆ ସେଇଦିନ ଠାରୁ ଟିକିଏ ବେଶି ମିହନ୍ତ କଲା। ଯାହା କୋଶେ ଦିକୋଶ ବୁଲୁଥିଲା, ସେଦିନୁ ଚାରି ପାଞ୍ଚ କୋଶ ବୁଲିଲା। ବୁଲି ବୁଲି ଟୋକାଟା ଶିରିଦଉଡ଼ି ହୋଇଗଲା, ତେବେ ସୁଦ୍ଧା ବେଶି କିଛି ଚଳାଇ ରଖିପାରିଲା ନାହିଁ। ଯେଉଁଦିନ ଯାହା ଆଣେ, ସେଦିନ ସବୁ ଖରଚ କରି ପକାଏ। ଏବେ କ'ଣ ହବ କାଲି ଶିରାଧ।

ସେ ରାଇଜରେ ଗୋଟିଏ ରାଜା ଥାଏ ଯେ ନିତି ତା'ର ଲକ୍ଷେ ମେଣ୍ଢା ଛେଳି ଘିଅ ଭଜା ବୁଟ ଖାଆନ୍ତି। ଲୋକେ ଯା ଦେଖି ଶୁଣି କହନ୍ତି ସେ ରଜା ଭାରି ଧରମବନ୍ତ। ମେଣ୍ଢା ଛେଳିଙ୍କଠି ଯାର ଏତେ ହିପାଦସ୍ତ। ମଣିଷଙ୍କୁ ସେ କିମିତି ଚରଚା କରୁ ନଥିବ ? ଏସବୁ କଥା ମାଧିଆ ଶୁଣି ପାଇଲା। ଶିରାଧ ଦିନେ ଅଛି। ସକାଳୁ ଉଠି ଗାଧୋଇ ପାଧୋଇ ବାହାରିଲା। ଯାଇ ଯାଇ ସେ ରଜା ମୁଲକରେ। ରଜାର ଭାରି କଟିରୀ ଲାଗିଚି; ପାତ୍ର ମନ୍ତ୍ରୀ ସବୁ ବସିଛନ୍ତି; କେତେ ଲୋକ ଜମା ହୋଇ ଦେଖୁଛନ୍ତି। ଗୋଟାଏ ମକଦ୍ଦମା ବିଚାର ପଡ଼ିଚି।

ଆଗରୁ ହୁକୁମ୍ ପାଇ କମାର ଗୋଟାଏ ସଙ୍ଗିନ୍ ଶୂଳୀକାଠି ତିଆରି କରି ଆଣି ରଖିଚି। ଯାହାର ଦୋଷ ହବ ତାକୁ ଶୂଳୀ ଦିଆଯିବ ବୋଲି। ମକଦ୍ଦମାଟା ଏଇ ଜଣଙ୍କର ଦାଣ୍ଡ ପାଖରେ କାନ୍ଥଦିଆ ହେଉଥିଲା। ମୂଲିଆମାନେ କଞ୍ଚା କାନ୍ଥ ଉପରେ ଆଟିକାଏ ପାଣି ରଖି କାନ୍ଥ ଦଉଥିଲେ। ଗୋଟିଏ ବାଟୋଇ ସେ ବାଟେ ଯାଉ ଯାଉ ଖଣ୍ଡେ କାନ୍ଥ ଭୁଷୁଡ଼ି ପଡ଼ିଲା। ପାଣିହାଣ୍ଡିଟା ମେଞ୍ଚାଏ ମାଟି ବାଟୋଇ ଉପରେ ପଡ଼ିଗଲା। ସେ ବିଚାରା ତଳେ ଲଥକିନି ପଡ଼ିଗଲା; ଲୁଗାପଟା ମାଟିପାଣି ହୋଇଗଲା। ସେ ଯାଇ ରଜାଆଗେ ଫେରାଦ ହେଲା। ଆଜି ମକଦ୍ଦମା ବିଚାର। ଆଗେ ହେଲା ଘରବାଲାର ଦୋଷ- ସେ କାହିଁକି ଦାଣ୍ଡ ପାଖେ କାନ୍ଥ ଦେଲା ? ଯେବେ ଦେଲା ବାଟ ବନ୍ଦକଲା ନାହିଁ କାହିଁକି ? ଯା ଶୁଣି ଘରବାଲି କହିଲା, "ହଜୁର, ମୁଁ ମୂଲିଆମାନଙ୍କୁ ତାଗିଦ୍ କରି କହିଥିଲି, ସେମାନେ ଏପରି କଲେ ମୁଁ କ'ଣ କରିବି ?" ତାପରେ ହେଲା ସବୁ ମୂଲିଆମାନଙ୍କର ଦୋଷ। ସେ ସମସ୍ତେ ହାତଯୋଡ଼ି କହିଲେ, "ମଣିମା, ଆମେ କ'ଣ କରନ୍ତୁ, ପାଣିହାଣ୍ଡିଏ କଞ୍ଚା କାନ୍ଥ ଉପରେ ଥୁଆ ହେବାରୁ କାନ୍ଥ ଛିଡ଼ିଲା। ଯେ ଥୋଇଥିଲା ତା'ର ଦୋଷ ନ ହୋଇ ଆମର କିମିତି ଦୋଷ ହବ ?" ତା'ର ଦୋଷ ପ୍ରମାଣ ହେଲା। ସେ ବିଚାରା ବେମାର ଥିବାରୁ ଆସି ପାରି ନଥିଲା। ବରକନ୍ଦାଜ ଚପରାଶି ଯାଇ ତାକୁ ଧରିକରି ଆଣିଲେ; ତାକୁ ଏଇଲାଗେ ଶୂଳୀ ଦିଆଯିବ। ଶୂଳୀ ଦବାର ସବୁ ଠିକ୍ ହେଲା। ମନ୍ତ୍ରୀ ବାହାରିପଡ଼ି କହିଲେ – "ମଣିମା, ମଣିମା, ବିଚାର ଭଲ ହେଲା ନାହିଁ, ରାଜଦରବାରରେ ବଡ଼ ଅନ୍ୟାୟ ହେଲା। ଶୂଳୀକାଠିଟା ମୋଟା ହୋଇଗଲା। ଯାହାକୁ ଶୂଳୀ ଦିଆଯିବ ସେ ଯେଡ଼େ ମୋଟ ଶୂଳୀକାଠିଟା ସେଡ଼ିକି ମୋଟ ହେଇଚି, କ'ଣ ହବ ?" ପୁଣି କଚିରି ଲାଗିଲା। ଶେଷରେ ଠିକ୍ ହେଲା ଯେ - ସେ ଲୋକ ଖଲାସ ପାଇବ। ରାଇଜ ମଧ୍ୟରୁ ଜଣେ ମୋଟା ଲୋକ ଧରିଆଣି ଶୂଳୀ ଦବାକୁ ହବ। ରାଜା ଆଜ୍ଞା କ'ଣ ତଳେ ପଡ଼ିବ ? ଏକଥା ସମସ୍ତଙ୍କ ମନକୁ ଆସିଲା।

ଆଜି ଭିତରେ ଶୂଳୀ ଦବାର କଥା। ସବୁଆଡ଼େ ଚାର ପଠାଗଲେ। ପାଖ ଆଖରେ କେଉଁଠି ବଡ଼ ମୋଟା ମଣିଷ ମିଳିଲା ନାହିଁ। ଶେଷରେ ଜଣେ ଆସି କହିଲେ – "ମଣିମା, କହିବାକୁ ଡର ଲାଗୁଛି; ମଣିମାଙ୍କ ଉଆସରେ ଜଣେ ଅଛନ୍ତି, ସେ ହେଲେ ଏ ଶୂଳୀକୁ ଠିକ୍ ହେବେ।" ରାଜଦୁଆର, ସେଠି ତ ପକ୍ଷପାତର ବିଚାରଣା ନାହିଁ। ହୁକୁମ ହେଲା ଉଆସରୁ ସେ ମୋଟା ମଣିଷକୁ ଆଣିବାକୁ । ରଜାଙ୍କର ଗୋଟିଏ ରାଣ୍ଡ ଖୁଡ଼ୀ ଥିଲେ ଯେ ସେ ଘିଅ ଦୁଧ ଖାଇ ବେଶ୍ ମୋଟୀ ହୋଇଥିଲେ; ତାଙ୍କୁ ଅଣାଗଲା। ସେ ଯେତେବେଳେ ଶୁଣିଲେ, ତାଙ୍କୁ ଶୂଳୀ ଦିଆଯିବ ଭାରି ରଡ଼ି ଛାଡ଼ିଲେ; ରଜାଙ୍କୁ ଆଉ ସମସ୍ତଙ୍କୁ ଭାରି ବକିଲେ। ସେ ବକା ଶୁଣୁଚି କିଏ ? ଚାରିଜଣ ମଣିଷ ଆସି ତାଙ୍କୁ ଟେକି

ନେଇ ଶୂଳୀଖୁଣ୍ଟ ଉପରେ ହାଜିର କଲେ। ସେ ଡକା ପକାଉଥାଆନ୍ତି – "ଆରେ ବାଡ଼ିଖିଆଏରେ, ମୋର କେଉଁ ଦୋଷରୁ ମତେ ଏତେ ଅବସ୍ଥା କରୁଚରେ; ତମ ବଉଁଶ ପଦା ହଉରେ; ତମ ଡିହରେ ବିଲୁଆ ଡେଉଁରେ।" ଆଉ ବେଶି ଗାଳି ଦେଇପାରିଲେ ନାହିଁ, ପାଟି ବନ୍ଦ ହୋଇଗଲା; ଦିହରେ ଶୂଳୀକାଠି ଫୋଡ଼ିହୋଇ ପ୍ରାଣ ବାହାରିଗଲା।

ଏତେବେଳ ଯାଏ ମାଧିଆ ଏ ସବୁ ଦେଖି କାବା ହେଲାଣି। ସେ ଜଣକୁ ପଚାରିଲା, "ହଇହେ ଏ କ'ଣ ହେ; ଦୋଷ କଲା କିଏ ତୁଛାଟାକୁ ବୁଢ଼ୀ ବିଚାରିକି ଶୂଳୀ ଦେଲେ।" ସେ ଲୋକଟି କହିଲା – "ପାଟି ଫିଟାନା, ତୁ ପିଲାଲୋକ, ରଜାଘର ନିଶାପ କାହୁଁ ଜାଣିବୁ?" ମାଧିଆ କହିଲା ଛେଳି ମେଣ୍ଢାଙ୍କୁ ବୁଟଭଜା ଦେଉଥିବାର ଜାଣି ରଜା ପାଖକୁ କିଛି ଗୁହାରି କରିବି ବୋଲି ଆସିଥିଲି ଯେ, ଦେଖିଲି ତ ଖସା ବୁଝାମଣା। ଲୋକଟି କହିଲା – "ଆରେ ଆଉ ପାଟି କରନାରେ; ତତେ କଣ ଶୂଳୀ ଯୋଗ ଅଛି କିରେ? ରଜା ଛେଳି ମେଣ୍ଢାଙ୍କୁ ବୁଟଭଜା ଦେଇ ଧରମ କରୁଛନ୍ତି ପରା? ସେଗୁଡ଼ାକ ଖାଇ ପିଇ ମୋଟା ହେଲେ ହଣାହୋଇ ରଜାଙ୍କର ଭୋଜି ହୁଏ। ବେଗେ ପଳା ଏ ରାଇଜରୁ ବେଗେ ପଳା।" ଯା ଶୁଣି ମାଧିଆ ଏକ ଆଡ଼େ ମୁହଁ କରି ପଳାଇଲା। ଅଖିଆ, ଅପିଆ ବେଳବୁଡ଼ ସରିକି ଯାଇ ମା ପାଖରେ। ମା କୁ ସବୁ ହାଲ ହକିକତ କହିଲା। ମା ଗଲା ସାଇରୁ ଯାଇ ଚାଉଳ ଅଧମାଣେ ଉଧାର ଆଣି ରାନ୍ଧିବାଢ଼ି ପୁଅକୁ ଖାଇବାକୁ ଦେଲା।

ରାତି ପାହିଲା, ସକାଳ ହେଲା, ଆଜି ଶିରାଧ। ମାଧିଆ ଗଲା ପୁରୋହିତକୁ ଡାକି ଆଣିଲା। ସାଇପଡ଼ିଶାକୁ ଉଧାର ପାଇଁ ଗଲା ଯେ କିଛି ପାଇଲା ନାହିଁ। ଘରଦୁଆର ସବୁ ଖୋଜି ଖୋଜି ନଳିତା ମଞ୍ଜି ପୁଡ଼ାଟାଏ ପାଇଲା, ତାକୁ ଆଣି ପୁରୋହିତକୁ ଦେଖାଇଲା। ପୁରୋହିତ କହିଲା – "ହଉ ଯାହା ଜୁଟିଲା ନା, କ'ଣ କରିବ। ଏ ନଳିତା ମଞ୍ଜି ସିଝାଅ, ପିଣ୍ଡ ପକାଇ ଦବା" ସେଇଆ ହେଲା। ନଳିତାମଞ୍ଜି ସିଝା ପିଣ୍ଡ ପଡ଼ିଲା। ମାଧିଆମା ପଇତା ବିକି କରି ପଇସା ଦିଓଟି ରଖିଥିଲା, ତାକୁ ଆଣି ବ୍ରାହ୍ମଣକୁ ଦେଲା। ବ୍ରାହ୍ମଣ ଦକ୍ଷିଣା ପାଇ ବାଟେ ବାଟେ ଘରକୁ ଗଲା।

ପାଞ୍ଚ ମଣିଷରେ ପାଞ୍ଚ କଥା। ପାଞ୍ଚ ମାଇପିରେ ପାଞ୍ଚ କଥା। ପାଞ୍ଚ ପିତୃଲୋକରେ ବି ପାଞ୍ଚ କଥା ପଡ଼େ। ସରଗରେ ପିତୃଲୋକ ବସି ବିଚାର ପକାଇଲେ। ସମସ୍ତେ ପଚରା ପଚରି ହେଲେ, - "କିଓ, ତମର ଆଜି କି ଭୋଜନ? କିଏ କହିଲା ମୋର ଅମୃତ ଭୋଜନ, କିଏ କହିଲା ମୋର ଖିରି ପୁଳୀ।" ଇମିତି ଇମିତି କେତେ କଥାବାର୍ତ୍ତା ହେଲେ। ମାଧିଆର ପିତୃଲୋକେ ଏତେବେଳଯାଏ କିଛି କହିନଥାନ୍ତି। ତାଙ୍କୁ ଯେତେବେଳେ ପଚରା ହେଲା, ସେ କହିଲେ, "ଆମେ ଆଜିଯାଏ ଉପାସ ଭୋକରେ

ଥିଲୁ ଭଲ ହୋଇଥିଲା। ଆଜି କାହିଁକି ପାଟି ପିତା ଉଠି ଯାଉଅଛି। ଭାରି ପିତା, କ'ଣ କରିବା ଭାରି ପିତା।" ସବୁ ପିତୃଲୋକେ ଧିଆନରେ ବସି ବିଚାରଣା କଲେ। ପରେ ବୁଝିଲେ ଯେ "ମାଧିଆକୁ କିଛି ନ ମିଳିବାରୁ ଦିଓଟି ନଳିତାମଞ୍ଜି ରାନ୍ଧି ପିଣ୍ଡ ଦେଇଛି। ଆଛା ହଉ, ସେ ଏ ବରଷ ନିୟତ ଜଗିଚି। ସମସ୍ତେ କଲିଆଣ କର ତା'ର କିମିତି ଅଚଳାଚଳ ସମ୍ପତ୍ତି ହଉ। ସେ ଆର ବରଷକୁ ଭଲକରି ପିଣ୍ଡ ଦବ।" ସବୁ ପିତୃଲୋକେ ମିଶି କଲିଆଣ କଲେ। ସେହିଦିନୁଁ ମାଧିଆର ଭାରି ଉନ୍ନତି ହେଲା। ଲୋକେ କହିଲେ ସେ ସୁନା ଗରାଏ ପାଇଚି। ସେ କେତେ ଗୋରୁ ଗାଈ କିଣି ଆଣିଲା। ଭଲକରି ଘରଦୁଆର ତୋଳିଲା। କେତେ ଘୋଡ଼ା ହାତୀ ଆଣି ରଖିଲା। ଆଜିଯାଏ ତାକୁ ସମସ୍ତେ ମାଧିଆ ମାଧିଆ ଡାକୁ ଥିଲେ। ଆଜିଠୁଁ ତା ନାଁ ହେଲା 'ମାଧବଚନ୍ଦ୍ର'। ସେ ଗାଁ ପାଖ ଜଣେ ଜମିଦାର ଝିଅକୁ ମାଧବଚନ୍ଦ୍ରର ବାହା ହବାର କଥା ପଡ଼ିଲା। ତା'ର ସେଦିନୁ କେତେ ଚାକର ଚାକରିଆଣି ରହିଲେ।

ଦିନ ପରେ ଦିନ ଚାଲିଗଲା। ପୁଣି ଆସି ଶିରାଧ ଦିନ ପହଞ୍ଚିଲା। ମାଧବଚନ୍ଦ୍ର ଆର ବରଷ କଥା ମନେପକାଇଲା। ସେ ମନେମନେ କହୁଥାଏ – "ଆର ବରଷତ ଏତେ ଦିଓଟି ନଳିତାମଞ୍ଜି ପିଣ୍ଡ ଦେଲି ବୋଲି ମୋର ଏ ବରଷ ଏତେ ଉନ୍ନତି। ଏ ବରଷ ଖୁବ୍ ବେଶିକରି ନଳିତାମଞ୍ଜି ପିଣ୍ଡ ବାଢ଼ିବି ଯେ ପୁଣି ଆର ବରଷକୁ ଆଉ କେତେ ଧନସମ୍ପତ୍ତି ହବ। ନଳିତାମଞ୍ଜି ପିଣ୍ଡରେ ପିତୃଲୋକ ଭାରି ଖୁସି ହୁଅନ୍ତି।" ଏ କଥା ମନେ ପାଞ୍ଚି ଯାଇ ମା'କୁ ତା'ର କହିଲା। ଯା ଶୁଣି ମା ବି ହଁ ଭରିଲା। ସେ ଲୋକ ପଠାଇ ଦଶଗଉଣୀ ନଳିତାମଞ୍ଜି ଆଣିଲା। ଶିରାଧ ଦିନ ବ୍ରାହ୍ମଣ ଡକାଇ ସବୁତକ ନଳିତାମଞ୍ଜି ରନ୍ଧାଇ ପିଣ୍ଡ ଦେଲା।

ପୁଣି ସିମିତି ପିତୃଲୋକରେ କଥା ପଡ଼ିଲା। ଏଥର ମାଧବର ପିତୃଲୋକେ କହିଲେ – "ଓହୋ, ପିତାରେ ପାଟି ଅଠା ହୋଇଯାଉଚି, ଗୋଡ଼ଠୁଁ ମୁଣ୍ଡଯାଏ ପିତା ଉଠିଯାଉଚି। ଆଉ ଏତେ ପିତା ସହି ପାରିବାନାହିଁ।" ଯା ଶୁଣି ସବୁ ପିତୃଲୋକେ ଭାରି ରାଗିଗଲେ। ଅଭିଶାପ ଦେଇ କହିଲେ – "ମାଧିଆ, ତୁ ତଳିତଳାନ୍ତ ହେଇ ଯା; ତୁ ଆମ ସଙ୍ଗେ ଥଟ୍ଟା ଖେଳିଲୁ।" ସତକୁ ସତ ଗାଈଆଳ ଗାଈ ନେଇ କୁଆଡ଼େ ଚାଲିଗଲା, ଆଉ ଫେରିଲା ନାହିଁ। ହାତିଆଳ ହାତୀ କୁଆଡ଼େ ନେଇ ଚାଲିଗଲା। ସଇସ ଘୋଡ଼ା ନେଇ ଆଉ ଆସିଲା ନାହିଁ। ଧନସମ୍ପତ୍ତି ଯାହା ଯେଉଁଠି ଥିଲା ସବୁ ଚୋର ନେଇଗଲେ। ପଛକୁ ଯେଉଁ ମାଧିଆକୁ ସେଇ ମାଧିଆ ରହିଲା। ମୁଁ ଗଲାକୁ କଥା କହିଲା ନାହିଁ।

ମୁକୁର, ୮/୧, ବୈଶାଖ ୧୩୨୦ (୧୯୧୩)

■

ଅମୃତ କଙ୍କଣରେ ବ୍ୟବହୃତ କେତେଗୋଟି ଅପ୍ରଚଳିତ ଶବ୍ଦ

ରେକାବି - ଥାଳିଆ, ଛୋଟ ଥାଳି
ଫାବିଲା - ଘଟିଲା, ଉପଯୁକ୍ତ/ ନିର୍ଦ୍ଧାରିତ ହେଲା
ଗଳଗ୍ରହ - ତଣ୍ଟି ଚିପିବା
କୋଳ ପୋଛା - ଯେଉଁ ଶିଶୁ ମାତାର ସର୍ବଶେଷ ଶିଶୁ
ଚାସ - ତାସ
ସିଠାମ- ଷ୍ଟାମ୍ପ, ଦଲିଲ ଲେଖାଇବା ପାଇଁ ସରକାରଙ୍କ ଛାପାମରା କାଗଜ
ଆଇନ୍ଦା ସନ - ଆଗାମୀ ବର୍ଷ
ଶୁଭାଦୃଷ୍ଟ - ସୌଭାଗ୍ୟ/ ଭାଗ୍ୟବାନ
ନାଲିଶ୍ - ମକଦ୍ଦମା, ଅପରାଧର ଅଭିଯୋଗ
ଚାର - ଦୂତ, ସଂବାହକ
ପୁଳୀ - ପୁଳି ପିଠା, ଘିଅରେ ପୁଆ ହୋଇଥିବା ମିଠା ପିଠା
ସଇସ - ଅଶ୍ୱ ପାଳକ
ନହବତ - ରାଜଦ୍ୱାରରେ ନିର୍ଦ୍ଦିଷ୍ଟ ସମୟରେ ବାଦିତ ବାଦ୍ୟଯନ୍ତ୍ର
କମ୍ପଟର - ପଶମର ମସ୍ତକ ବା ଗଳା ବେଷ୍ଟନୀ
ପେଡ଼ ଗଲା - ଦିଆଗଲା, ପ୍ରଦତ୍ତ
ନାସ - ତମାଖୁ ଚୂର୍ଣ୍ଣ
ବିହନ ଭୂଜ - ମଞ୍ଜି ପାଇଁ ବା ରୋଇବା ପାଇଁ ରଖାଯାଇଥିବା ସ୍ୱତନ୍ତ୍ର ଧାନ
ନଡ଼ିଆ ପାରି ଭେଦା - ମଦ୍ୟପାନ ପାତ୍ର (?)
ନାସ ପଟୁକା - ଅଣ୍ଟାରେ ଭିଡ଼ିବା ପାଇଁ ଥିବା ଲମ୍ବ ବସ୍ତ୍ର ଖଣ୍ଡ
ଚଳପଟ - ସଚଳ ଅବସ୍ଥା
ଖୁଆଡ଼ - ଗୋରୁ ଆଦି ରହିବାର ବାଡ଼ାବନ୍ଦି ସ୍ଥାନ; ମେଲା ଗୁହାଳ
ବାଉଁଶ କଣି - ବାଉଁଶର କ୍ଷୁଦ୍ର ଶାଖା
ଲେନ୍ଥାଏ - ପେନ୍ଥାଏ, ମେଞ୍ଚାଏ
ଓଜର - ଆପତ୍ତି ବା ବାଧା
ଆନିକଟ - ବନ୍ଧ ତିଆରି
ସୁଆରୀ - ସବାରୀ
ଇଜଲାସ - ବିଚାରପତିଙ୍କ ବସିବା ସ୍ଥାନ
ବିସ୍ତର - ବହୁତ
ପାଇକେରା - ଶସ୍ତା
କୋଡ଼ି କାଙ୍କ - କୋଦାଳ
ପଞ୍ଚୁଆତି - ନବଜାତ ଶିଶୁର ଜନ୍ମର ପଞ୍ଚମ ଦିବସ ଉପଲକ୍ଷେ ହେଉଥିବା ଉତ୍ସବ
ଉଠିଆରି - ଶିଶୁ ଜନ୍ମ ହେବାର ସପ୍ତମ, ଅଷ୍ଟମ ବା ନବମ ଦିନର କୃତ୍ୟ ବା ଅନୁଷ୍ଠାନ, ସେ ଦିନ ଅନ୍ତୁଡ଼ି ନିଆଁ ଉଠାଯାଇ ପ୍ରସୂତି ସ୍ନାନ କରେ ଓ ଅନ୍ତୁଡ଼ିଶାଳ ସଫା ହୁଏ
ରୁଟ - ରାଗ ବା ରୋଷ
କଙ୍କତିକା - ପାନିଆ
ଦୁଆ ଧରି - ପାଳିଆ ଧରି
ଲୋହି - ପଶମ ମିଶ୍ରିତ ମୋଟ ଶୀତ ବସ୍ତ୍ର
ଚୌଚିର - ଚାରିଫାଳ
ଉଚ୍ଛନ୍ନ - ବିନଷ୍ଟ, ଲୁପ୍ତ
ତଦ୍ ପିର - ଆରବୀ ଶବ୍ଦ ତଦ୍‌ବିର, ଅର୍ଥାତ୍ ଉପାୟ ବା ବ୍ୟବସ୍ଥା
ଉପସର୍ଗ - ବିଘ୍ନ ବା ରୋଗରୁ ଜାତ ବିକାର
ଅର୍ଗଳି - ପଶୁ ବଧ କରିବା ପାଇଁ ଖୁଲ ଦିଆ ଯାଇଥିବା ଅର୍ଦ୍ଧଚନ୍ଦ୍ରାକୃତି କାଷ୍ଠ ଯନ୍ତ୍ର । ଏହାର ମୂଳ ଭୂଇଁରେ ପୋତା ଥାଏ। ଏଥିର କନାରେ ପଶୁର ବେକକୁ ପୂରାଇ ବେକ ଉପରେ ଗୋଟାଏ କୀଳା ଦେଲେ ପଶୁ ସେଥିରୁ ବେକ କାଢ଼ି ପାରେ ନାହିଁ ।
ସାହା ଖର୍ଚ୍ଚି - ଅପବ୍ୟୟୀ
ବେରାମ - ରୁଗ୍ଣ
ଯୁଗରାଜ୍ୟ - ବହୁକାଳ ଧରି ରାଜ୍ୟ ବା ସଂସାର ଭୋଗ
ସାତ ପାଞ୍ଚ - ଦ୍ୱୈଧା ଭାବ (Hesitation)
ଟିପଣା - ଜାତକ ବା ଜନ୍ମ ପତ୍ରିକାରୁ ଉଦ୍ଧୃତ ସଂକ୍ଷିପ୍ତ ଲିପି, କୋଷ୍ଠୀ
ଅମତ - ଅସମ୍ମତ
ହକରା - ବ୍ରାହ୍ମଣ ସମାଜରେ ଶଶୁରଘରକୁ ନବବଧୂକୁ ପହିଲିପାଳି ଆଣିବା ପାଇଁ ଓ ପୂର୍ଣ୍ଣିମା ଆଦିରେ ଜୋଇଁଙ୍କୁ ଆଣିବା ପାଇଁ ପ୍ରେରିତ ନିମନ୍ତ୍ରଣ ସାମଗ୍ରୀ ବା ଯୋଗାଡ଼
ସଙ୍ଖୁଳା - ଶାଶୁଘରେ ଥିବା ଝିଅ ନିକଟକୁ ପିତା ମାତାଙ୍କ ନିକଟରୁ ପଠାଯିବା ତତ୍ତ୍ୱ ବା ବୋଝ ଓ ବସ୍ତ୍ରାଦି
ସଞ୍ଜା - ନଗଦ ଖଜଣା ପରିବର୍ତ୍ତେ ପ୍ରଜାର ଜମିଦାରକୁ ଶସ୍ୟର ଅଂଶ ଦେବା ପ୍ରଥାକୁ 'ଭାଗ' ଦେବା ପ୍ରଥା ବୋଲାଯାଏ । ଏହା ଦୁଇପ୍ରକାର— ୧ - ଧୂଳିଭାଗ, ୨ - ସଞ୍ଜା ଭାଗ। ଧୂଳି ଭାଗକୁ ଲୋକେ ସାଧାରଣତଃ 'ଭାଗ' ଓ ସଞ୍ଜା ଭାଗକୁ 'ସଞ୍ଜା' ବୋଲି କହନ୍ତି ।
ଅଗିଚାଞ୍ଚ - ଅଗିଚା ଡାଳ

BLACK EAGLE BOOKS

www.blackeaglebooks.org
info@blackeaglebooks.org

Black Eagle Books, an independent publisher, was founded as
a nonprofit organization in April, 2019. It is our mission to
connect and engage the Indian diaspora and the world at large
with the best of works of world literature published on a
collaborative platform, with special emphasis on
foregrounding Contemporary Classics and New Writing.

www.ingramcontent.com/pod-product-compliance
Lightning Source LLC
Chambersburg PA
CBHW020143120726
47903CB00007B/2387